SUPERBUR
NARRATIVA

KAS
SHUPRIA
GURGUM
Eufrate
Tarso
CARCHEMISH
Mo
ALEPPO
CIPRO
MARE SETTENTRIONALE
Eufrate
Khanirabbat
Hamath
Tripoli
Tadmor
Biblo
MONTI DEL LIBANO
Baalbek
Sidone
Tiro
DAMASCO
HAURAN
L. di Galilea
Giordano
GERUSALEMME
Mar Morto
MOAB
HARRA
EDOM

MARE MOSSO
Tushpah
Bothan
L. di URM
Amat
Grande Zab
Musasir
NINIVE
Tigri
Calah
Arbela
Piccolo Zab
ASSUR
Radanu
Turna
Ecbatan
Tigri
Samarra
Khalule
Opia
MONT ZAGROS
Eufrate
AKKAD
Sippar
Tigri
BABILONIA
Borsippa
Nippur
SUMER
SUSA
Karun
Scale
0 40 80 100
MIGLIA INGLESI
0 50 100 150
CHILOMETRI
FIUME
AMARO

Nicholas Guild

L'ASSIRO

traduzione di PAOLA MERLA

Biblioteca Universale Rizzoli

First published in 1987 by Atheneum, New York

ISBN 88-17-11366-2

Titolo originale dell'opera:
THE ASSYRIAN

prima edizione Superbur: gennaio 1990
quindicesima edizione Superbur Narrativa: novembre 2001

Questo romanzo si basa in parte su personaggi e fatti storici, in parte su personaggi e fatti fittizi. Questi ultimi sono il prodotto dell'immaginazione dell'autore.

A Mikey e alla sua mamma

I

Di notte, fuori dalla mia stanza, il vento si lamenta fra gli alberi. I grandi pini, antichi quanto l'origine del mondo, levano in alto i rami dalle foglie aghiformi, squassati dalle tempeste che nascono al morire del giorno. Io mi rigiro sulla mia stuoia, sveglio e in ascolto, perché un vecchio non sa trovare a lungo riposo. Altri non sentono che il vento, ma io odo i discorsi senza parole del Signore Assur, Re del Cielo: il vento è il suo messaggero e in esso parlano le voci dei morenti.

Perfino qui, al limitare del mondo, nelle mie narici è l'odore dei cadaveri. Fra questa gente che non conosce quel sole duro come la selce della patria dove sono nato, nessuno parla di presagi; eppure io so. A oriente, la terra dove mio padre è sepolto è molle di sangue, gli dei sono trascinati in schiavitù e le città bruciate alle loro spalle. I pingui campi di orzo, l'erba ondeggiante, ogni cosa è distrutta. E io vedo tutto ciò, mi basta soltanto chiudere gli occhi.

O forse questi fantasmi sono soltanto sogni inquieti e niente di più? Quando la vita di un uomo si deteriora giorno per giorno, qualche volta la sua mente si riempie di ombre.

Io credo che non siano soltanto sogni. Anche al tempo in cui ero solo un ragazzo, il dio Assur volle aprire il futuro davanti ai miei occhi e oggi non mi ha abbandonato. Le mura di Ninive sono abbattute e la sua gente uccisa dalle spade straniere. Tutto mi era stato predetto, un segreto che è rimasto chiuso nel mio cuore durante questi lunghi anni, una nera visione di ciò che doveva essere. Quello che ho visto con gli occhi della mia anima è già accaduto o accadrà.

E se la fine è giunta, se il trono dell'impero è abbattuto e i potenti sono ridotti in polvere, chi altri se non io, che ho fissato la mia dimora fra gli stranieri e i cui nipoti parlano una lingua che non è la loro, potrà mai ricordare come tutto ebbe inizio?

Lasciatemi dunque dar principio al mio racconto, perché il dio che governa in questa vita e nell'altra pone i nostri piedi su strani sentieri. Io sono Tiglath Assur, figlio di Sennacherib il Glorioso, il Terrore delle Nazioni, e le mie parole hanno il suono della verità, come monete d'argento.

Mia madre era Merope, una donna data in tributo da uno dei sette re di Cipro al Sovrano dei Quattro Angoli della Terra il quale, essendo già al tramonto della sua vita, la inviò al figlio le cui due mogli legittime non avevano partorito che pochi maschi, secondo quanto avevano stabilito gli dei. Così avvenne che questa donna straniera, forestiera nella città reale di Dur-Sharrukin, mi portò nel suo grembo nella casa delle donne, nel palazzo dell'erede e principe, il Signore Sennacherib. Essa attese là, gravata dal peso, mentre il dio andava portando a compimento il suo disegno.

Per mia madre si avvicinava il giorno stabilito, e il grande re Sargon, Signore del mondo, padre di mio padre, stava portando la guerra nel paese dei Kullumiti, combattendo contro un popolo che viveva nelle tende, vagando da una fonte d'acqua all'altra. Sulle montagne a oriente Sargon condusse le armate di Assur affinché quei nomadi assaggiassero la nostra potenza e fossero ricacciati nel deserto, per non venire a turbare mai più le ricche terre di Akkad e di Sumer lungo i veloci flutti del Tigri.

È un luogo aspro quello dove i Kullumiti vivono. A malapena un filo d'erba riesce ad aprirsi la strada fra le pietre aguzze. Non c'è conforto né per gli uomini né per gli altri animali. È una terra montuosa, dove il carro reale deve essere trasportato a spalla dai soldati e dove il re stesso deve abbandonare il cavallo da guerra per arrampicarsi con le sue gambe sulle piste dure e rocciose, come una capra qualsiasi. E il re Sargon era già vecchio.

Il ventesimo giorno dopo che il suo esercito ebbe bagnato i sandali nel grande fiume Turnat, il re ordinò di montare l'accampamento su un pianoro fra i dirupi senza nome di scisti e di calcare, vicino a una sorgente d'acqua viva che sgorgava dal terreno come sangue da una ferita recente. Egli decretò che tutti si fermassero là due notti per rinfrescarsi lo spirito e ritrovare le forze. Il re fece piantare la sua tenda e vi si sedette davanti, con le mani appoggiate sulle ginocchia, mentre l'esercito di Assur si riposava alla sua ombra possente. Si trovarono le pentole per cucinare e gli uomini, che non ricordavano più i volti delle loro mogli e il sapore di un agnello appena ucciso, si strapparono di dosso le armature e si lavarono il sudore dalla faccia e dal corpo, saltando come bambini nelle pozze fresche e limpide. I soldati sono contenti di poco e trovano il loro piacere quando e come possono, e il re sorrideva loro come fa un padre ricordando i tempi della gioventù.

Il re Sargon aveva governato il vasto mondo per diciassette anni. I re di Tiro e di Sidone, al limite del Mare Settentrionale, le ricche città di Carchemish, Aleppo e Damasco, tutti sottostavano al suo giogo. Aveva sconfitto Marduk e si era proclamato re di Babilonia, e dal lontano Egitto, dalla Lidia e dalle solitudini del deserto dell'Arabia gli uomini inviavano a lui ricchi doni e tremavano a ogni sua parola, poiché egli era potente e la sua collera arrivava lontano. La Terra di Assur aveva visto molti grandi re, conquistatori indomabili che avevano fatto tremare il terreno sotto i piedi delle loro armate, ma Sargon era di gran lunga il più grande. Il suo vecchio corpo indurito recava le cicatrici di molte ferite, perché aveva combattuto fin dai tempi della sua giovinezza. Era coraggioso come il cinghiale selvatico e astuto come l'aspide, e i suoi soldati lo amavano e lo veneravano come se fosse il dio.

Eppure era vecchio e stanco, e il piacere della guerra lo aveva abbandonato mentre la morte volteggiava in cerchio intorno al suo capo come un uccello nero.

Quella notte egli festeggiò con i suoi ufficiali, dividendo con loro il pane e la birra, ascoltando i cantastorie e aspettando che il trascorrere delle ore gli facesse chiudere gli occhi nel sonno. I fuochi degli accampamenti ardevano e gli uomini giocavano ai dadi, ridendo e dimenticando le asprezze della vita militare. Ma sulle montagne i Kullumiti spiavano e aspettavano.

Non so dar conto di tutto quello che seguì. Gli annali, che comunque sono sempre pieni di menzogne, tacciono a questo riguardo, e i ricordi dei testimoni si sono annebbiati con gli anni ancor prima che io potessi domandare. I sopravvissuti di quella notte furono pochi e forse riluttanti a parlare di tali cose. Chi, dopo tutto, avrebbe osato dir male del Grande Sargon? Ma gli uomini che non hanno visto il nemico per giorni si fanno meno attenti, questo l'ho sperimentato io stesso, ed è facile per l'esercito di una grande nazione in guerra contro popoli barbari ritenersi invincibile. Qualsiasi fossero le ragioni, non si inviarono esploratori sulle montagne e le sentinelle della potente armata reale furono sorde e cieche.

Nell'ora in cui le tenebre sono più fitte, subito prima del baluginare dell'alba, i cavalieri Kullumiti arrivarono con le torce accese in mano. Si erano dipinti le facce di nero e galoppando in mezzo all'accampamento calpestavano le tende dove i nostri soldati dormivano, dandole alle fiamme. Gli uomini si precipitarono fuori nel buio, ancora caldi dei panni nei quali si avvolgevano per dormire, sbattendo gli occhi come civette, per essere uccisi senza le armi in pugno. Non riuscivano nemmeno a rendersi conto di quanto avveniva intorno a loro prima di cadere colpiti a morte, il petto squarciato, le cervella sparse sul terreno. Molti dei coraggiosi soldati di Assur caddero davanti alla lunga lancia con la punta di rame e alla spada ricurva che non conosce pietà. I cavalli nitrivano come diavoli e battevano il suolo con gli zoccoli tanto da farlo vibrare come un tamburo. Dappertutto grida di battaglia, urla di terrore, gemiti e tanto sangue... La crudele dea Ereshkigal, Regina dei Morti, si andava saziando di cadaveri.

«E poi fu tutto finito. Veloci com'erano venuti i nemici si ritirarono, tornando al galoppo fra le loro montagne, le spoglie catturate gettate sulla sella, felici del bottino conquistato e della gloria. I pochi fra noi che erano sopravvissuti si guardavano intorno, la mente annebbiata dallo stordimento e dalla paura. Non riuscivamo a capire niente se non che eravamo stati a un passo dalla morte e non potevamo pensare a niente altro, quasi fossimo morti anche noi, in un'impotenza piena di paura. Il cervello pulsava e il mondo, con la sua forma solida, sembrava svanire per noi, come fossimo diventati spettri. E poi trovammo ciò che ci riportò alla vita, perché i nemici avevano lasciato dietro di loro a giacere nella polvere il corpo del Grande Sargon, con le vesti che aveva indossato la notte imbrattate di sangue rappreso, fatto a pezzi come un animale da macello, colpito con la lancia da molte mani. Perché un colpo solo, Principe, non avrebbe mai potuto ucciderlo.»

Così mi fu raccontato molti anni fa e così avvenne, dunque, che il re morì fra quelle montagne, caduto in battaglia, ucciso da banditi le cui arti più raffinate erano il ladrocinio e la cura delle capre. Il figlio, mio padre, dovette pagare gli assassini per riavere il suo corpo.

Non voglio prendermi la pena di raccontare come i resti del grande esercito del re trovassero la strada del ritorno, come fossero tormentati dai razziatori, come dovessero sopportare fame, sofferenze e morte. La loro storia non è la mia storia. Passarono molte settimane prima che nella Terra di Assur si venisse a conoscere il loro destino e la morte di Sargon. Non sapevano i sudditi del re, ma indovinavano, perché gli dei, ai quali niente è nascosto, avevano mandato un segno: la notte in cui il re morì, fu vista una stella a oriente, bassa sopra le montagne. Quando la gente la vide, tremò e si chiuse in casa mormorando preghiere per allontanare il male dal paese, perché era una stella di malaugurio quella, e rossa come il sangue.

La stessa notte, nel palazzo di Sennacherib, nella casa delle donne del *marsarru*, l'erede, che era già re pur senza saperlo, mia madre mi partorì e il mio pianto nel venire alla luce fu il primo lamento per la morte del Grande Sargon.

«Vedi che ci riesci, mio piccolo *Lathikadas*, tu puoi fare tutto, non ci sono misteri per te. Vedi com'è facile, mio dolce piccolo principe...?»

Era la voce di mia madre che m'insegnava a camminare sulle mani sopra il freddo pavimento di mattoni del porticato intorno al nostro giardino; io lo chiamo nostro, ma era in comune con tutti quelli che abitavano nella casa delle donne, con le mogli, le concubine e i figli del re. Essa doveva reggermi per i piedi perché non facessi un capitombolo, io riuscivo però a sostenere il mio peso e a camminare seguendo una linea diritta fino alla grande fontana. Mia madre voleva che avessi braccia robuste. Diceva che il dio aveva posto il suo segno su di me e che io ne avrei avuto bisogno. Avevo allora forse quattro o cinque anni.

«La stella è il simbolo di Istar, la dea dell'amore e la regina delle battaglie, e il rosso è il colore del lutto: la nascita del tuo bambino è stata segnata da un cattivo presagio.»

Naq'ia sorrise, stringendo le palpebre come se volesse prendere le misure per la mia fossa. Sedeva sul bordo della fontana, le braccia conserte come un uomo, e ci guardava. Era una delle due mogli legittime del re e la sua favorita sotto ogni aspetto, sebbene non ancora Signora del Palazzo, poiché la madre dell'erede era viva. Si diceva che una bellezza come quella di Naq'ia avrebbe fatto struggere le viscere di un idolo di pietra, ma un bambino non vede certe cose e perciò io ero semplicemente spaventato da lei. Naq'ia aveva molte ambizioni per suo figlio e odiava me e Merope che mi aveva partorito. Il piccolo Asarhaddon ci osservava da dietro le gonne della madre; gli mostrai la lingua e lui nascose la testa.

«Metti giù il bambino, donna, non vedi che tutto il sangue gli va alla testa?»

Mia madre mi lasciò andare le gambe e io piegai il collo e feci una capriola, proprio come lei mi aveva insegnato, scattando in piedi come una trappola che si chiude.

«Lo capirebbero tutti che è uno ionio, uno straniero come te. Finirà i suoi giorni a fabbricare mattoni per le mura della città.»

«Uno schiavo, come tutti quelli della tua famiglia, *zakutu*?»

Poiché naturalmente si sapeva che Naq'ia era una schiava liberata di Babilonia, che il grande re Sennacherib aveva acquistato da un taverniere a Borsippa. Nei giorni del suo potere non era molto prudente parlarne, né ricordare il nome accadico che il re gli aveva dato e che significava ''liberata''.

Il sorriso svanì dalle labbra di Naq'ia come ghiaccio che si scioglie.

«Mio figlio, *zakutu*, sarà grande nella Terra di Assur» continuò Merope, prendendomi in braccio e stringendomi a sé. Prese poi la mia mano destra e coprì con la sua la voglia a forma di stella, rossa come il fuoco, accesa nella carne del palmo della mia mano. «Questa è profezia, questo è stato scritto nell'ora della sua nascita perché gli dei lo prediligono.»

Ho sempre amato mia madre, ma sapevo già fin d'allora che a volte non parlava saggiamente.

E Naq'ia, la cui mente era sempre occupata in pensieri oscuri, rimase seduta quietamente sul bordo della fontana, lisciando con la punta delle dita l'orlo del suo scialle di lino nero. Con gli occhi della mente io la vedo là, dopo tanti e tanti anni, non com'era allora, ma come io la ricordo dai tempi della mia gioventù, ancora bella ma con un po' di grigio nei capelli lucidi e neri, la bocca segnata da anni di intrighi. Doveva essere molto giovane quella mattina nel giardino di Ninive, ma forse giovane non lo era mai stata, come tutte coloro che sono destinate a essere madri di re.

«*Lathikadas*, va' a giocare con il principino tuo fratello» mi disse mia madre mettendomi giù, così che i miei sandali sfregarono contro il pavimento di mattoni.

«E attento a come tratterai il futuro re, o mio grande uomo di Assur!»

Mentre mi avvicinavo a Naq'ia, lei mi toccò i capelli, come se non cessasse mai di stupirsi per il loro colore. Io alzai gli occhi e sostenni il suo sguardo, affascinato dalla prossimità del pericolo. Da dietro le gonne di sua madre sbucò Asarhaddon, un bambino di sole poche settimane più piccolo di me, ma basso di statura, come lo erano per lo più i figli del re, miei compagni nella casa delle donne. Io gli tesi la mano come mi era stato detto di fare e lui la prese sorridendo. Per quanto fosse figlio di sua madre, era fin d'allora disposto a considerarsi mio amico.

«Sì, va bene, figlio mio.» Naq'ia si chinò spingendoci per le spalle, come se volesse allontanarci quali barche dai loro ormeggi. «Va' a giocare con il prediletto del dio, anche se sua madre è soltanto una concubina, e impara tutto dai grandi uomini che fra pochi anni saranno tuoi schiavi.»

Volgendo il pensiero a quei tempi, oggi vedo ciò che allora mi era nascosto, che la casa delle donne, cioè, era un luogo strano, innaturale, pieno d'infelicità. Era sempre affollata di giovinette, madri con i loro bambini, vecchie rugose che erano state un tempo compagne di letto di re morti da molti anni e che non avevano altro luogo dove andare. Ma ciò che mi è rimasto impresso veramente è il silenzio: parlavamo tutti a bassa voce, perfino i bambini più piccoli, come se avessimo timore di rompere qualche incantesimo. Era il luogo dove il re mio padre veniva a prendere il suo piacere, e nessun altro trovava qui alcuna gioia.

La casa delle donne era una prigione, una gabbia dalle sbarre dorate, perché nessuno poteva entrare o uscire senza l'ordine del gran re. Ma un bambino non sa niente di tutto ciò e il nostro giardino, circondato sui quattro lati dalle mura delle abitazioni di mogli e concubine, era per me un luogo incantato.

Le vasche rivestite di piastrelle erano piene di pesci che luccicavano nell'acqua come lampi guizzanti, sempre sfuggendo alla nostra presa, e il re teneva una gazzella addomesticata, allevata da piccola e ormai priva di alcun timore, che veniva a leccare il sale dalle nostre braccia sudate.

C'era anche un albero di tiglio, considerato una grande rarità, dai cui rami bassi mi era proibito penzolare per timore che si spezzassero. Ma io lo facevo ugualmente. Fino a questo tiglio portai Asarhaddon per poterlo sbalordire con la mia abilità nel dondolarmi; mio fratello però voleva soltanto imparare a camminare a testa in giù.

«Fammi vedere, fammi vedere, fammi vedere!» continuava in una specie di cantilena, e gli occhi neri gli brillavano mentre saltellava senza troppa agilità sulle sue gambe robuste. Asarhaddon non era molto agile, non più della maggior parte dei suoi coetanei, ma fino all'ora della sua morte fu sempre solido e massiccio come un muro. «Fammi vedere! Insegnami, *Laf'kos!*»

«Io mi chiamo Tiglath!» dissi freddamente, voltandogli le spalle arrabbiato. Un bambino cresciuto nella casa delle donne impara rapidamente ad affermare la propria dignità, e la cosa ottenne infatti l'effetto desiderato. Asarhaddon mi fissò, sbalordito.

«Tua madre ti ha chiamato *Laf'kos*, l'ho sentita io!»

«Mi chiama *Lathikadas*, solo lei , e nessun altro. È una parola nella sua lingua.»

Asarhaddon, che a quell'età conosceva a malapena la sua di lingua, scosse la testa da un lato, come se cercasse di liberarsi da qualcosa rimasto impigliato nei capelli.

«Che vuol dire?» domandò alla fine. Di fronte a questo mistero si era dimenticato completamente di voler camminare a testa in giù.

«Vuol dire che il mio nome è Tiglath. Tu mi chiamerai Tiglath e basta. Riuscirai a ricordartelo?»

E il bambino sorrise e disse di sì, evidentemente senza rendersi conto che avevamo deciso una questione d'onore, e da quel momento mi si aprì una porta nel cuore, che non si sarebbe mai più richiusa per lui. Nemmeno con la morte. Anche in questo istante gli occhi mi si riempiono di lacrime al ricordo di quando eravamo bambini insieme: Asarhaddon, mio fratello, mio amico, al quale ho fatto torto e che mi ha fatto torto a sua volta, ma che ho sempre amato, e che anche ora amo, ora che è soltanto polvere.

«Insegnami come si fa» mi disse, spingendo le braccia in alto. «Fammi vedere, Tiglath!»

«Va bene. Ma se ti romperai il collo non sarà colpa mia.»

«Che vuol dire?» Mio fratello Asarhaddon aveva ben il diritto di domandarlo, perché il nome col quale Merope mi chiamava era un enigma anche per me, come io ero un enigma per me stesso.

Che eravamo stranieri lei e io, diversi dagli altri, me ne ero reso conto fin da bambino. Le signore della casa delle donne venivano a guardarmi per assicurarsi che la storia del bambino «i cui occhi rimanevano azzurri» fosse vera. Gli uomini di Assur sono tarchiati e scuri di capelli, mentre io sono alto e snello, e nella mia giovinezza avevo i capelli color castano chiaro. Da quando Shamash, dio del Giudizio, ha fatto di me un vagabondo in tutte le contrade della terra, ho imparato che in questo non c'è niente di anormale, e che gli uomini al di là del Mare Settentrionale e perfino il popolo del Nilo, nel Paese di Cam, per quanto più scuri, non sono poi così diversi. La vasta terra contiene una grande moltitudine di genti, ma questo lo avrei imparato soltanto molti anni più tardi, mentre tutto ciò che allora sapevo era che mia madre aveva gli occhi azzurri e i capelli color del bronzo e parlava una lingua che nessuno, oltre me, riusciva a capire e che io, suo figlio, ero diverso da tutti quelli che mi circondavano. I bambini temono le canzonature e io sentivo la mia diversità come una maledizione. E, almeno, io ero nato lì, vicino al Tigri dai veloci flutti, ma che cosa non aveva dovuto sopportare mia madre, una straniera nella casa delle donne?

Mia madre era ciò che la gente di Assur chiamava una "ionia", o, come lei si sarebbe espressa, una "greca", essendo nata sulla terraferma, in una città chiamata Atene. Suo padre, così mi raccontò, era un fabbricante di scarpe, il quale commerciava con le navi che veleggiavano lontano sul mare profondo. Io non capivo niente di tutto questo, non avendo mai visto una nave né sentito parlare di quei cosiddetti ''mercanti'', ma mia madre mi aveva spiegato che egli si era trovato in difficoltà ed era stato costretto a vendere la sua figlia maggiore come schiava. Era un uomo affettuoso e aveva pianto mentre l'accompagnava fuori di casa per l'ultima volta, e mia madre non gli serbava alcun rancore. E così, a tredici anni, Merope si trovò su una nave diretta a Cipro dove le donne dai capelli chiari erano pagate di più. Da lì, non so per quale caso, venne a far parte del tributo che i re di quell'isola erano soliti inviare al Signore Sargon per propiziarselo: non doveva rivedere mai più la terra nella quale era nata.

Lathikadas, «Colui che allontana ogni pena». Il grande re mio padre scelse per me il nome di Tiglath Assur, per onorare a un tempo suo nonno e il suo dio, ma mia madre, nella sua vita piena di dolori, mi chiamò *Lathikadas*, e posso soltanto sperare che questo sia stato, in sia pur minima parte, vero.

Ma il mio fratellino Asarhaddon, che nel colore e nell'aspetto faceva pensare a un mattone di fango, quel bambino dai capelli neri, non sapeva niente di queste cose nel rivolgermi la sua innocente domanda. Naq'ia poteva tessere intrighi per metterlo sul trono di suo padre, ma il cuore di lui era senza alcuna malizia. Non volle mai veramente male a nessuno, salvo ai nemici di Assur, e a quel tempo poco anche a loro.

Mentre Naq'ia sognava il trono per il figlio, nessuno, e meno di tutti lo stesso Asarhaddon, immaginava per lui un destino diverso da quello del soldato. Voleva diventare un *rab shaqe*, un comandante delle truppe reali, e, pur piangendo se assisteva alla morte di un piccione nel giardino, quel dolce ragazzino, come tutti quanti noi, sognava di veder scorrere il sangue degli Elamiti e dei Medi.

«Detesto scrivere!» mi bisbigliava mentre eravamo chini sulle tavolette, intenti a copiare i caratteri di un'invocazione al dio Nabu che dovevamo imparare a memoria. «È una cosa che va bene per gli scribi e i sacerdoti, non per uomini valorosi. Non ho nessuna speranza, non ne imparerò nemmeno la decima parte!»

In effetti il mistero di cui Nabu era patrono non s'imparava facilmente, essendo un'arte della più elevata raffinatezza. Scrivevamo su tavolette d'argilla che, una volta cotte, sarebbero durate fino alla fine del mondo, così ci dicevano, e noi perciò dovevamo prestare la più grande attenzione nell'incidere le lunghe linee appuntite che formavano un carattere, cioè la più piccola parte di una parola, in modo da non dar luogo a spaziate creste sulla superficie liscia. E di caratteri ce n'erano a centinaia, troppi per riuscire a contarli, poiché un vero scriba non usava l'accadico della gente comune, ma un antico dialetto che non si parlava più nella Terra di Assur fin dai tempi degli eroi. E poi c'era da imparare la lingua sumerica, lingua sacra, scritta con gli stessi caratteri ma con diversi significati e suoni, fatta per confondere la mente, e tale che nessuno avrebbe potuto parlarla con facilità — nemmeno nei tempi più antichi era stato così — ma che era gradita all'orecchio degli dei.

Asarhaddon reggeva lo stilo appiattito da un lato fra le dita tozze, copiando i tratti simili a colpi di pugnale del nostro testo, odiandoli mentre passavano a uno a uno davanti ai suoi occhi e gli attraversavano la mente come fa l'acqua attraverso un setaccio, e odiando il vecchio scriba che c'insegnava, con i suoi capelli bianchi, la sua faccia glabra e la sua tremenda paura del re. La scuola rappresentava dunque per Asarhaddon il tormento della sua infanzia, perché sua madre, la quale non riusciva a formare neppure le lettere del suo stesso nome, era ansiosissima circa i progressi del figlio. E Naq'ia, così sembrava, aveva occhi dappertutto.

Le avevo chiesto: «Madre, sai scrivere?».

Merope mi guardò come se si aspettasse che gli dei mi trasformassero di colpo in una statua di sale per la mia impertinenza, poi sospirò e si passò le dita fra i capelli color del bronzo.

«Nella città di Atene, chiunque non sia un lattante o uno stolto sa scrivere. Soltanto la gente di campagna che ha il letame fin nelle orecchie non ne è capace.»

In realtà essa sapeva soltanto formare dieci o dodici segni, sufficienti a scrivere il suo nome e quello della dea patrona della sua città, oltre a qualche altra parola, e tutto questo insegnò anche a me.

Scrivere è una cosa strana, innaturale. Ho sentito raccontare che il dio Nabu, impietosito, insegnò agli uomini la scrittura dai caratteri cuneiformi affinché non si dimenticassero le invocazioni propiziatorie, ma io non lo credo. I Greci possono scrivere qualsiasi parola con ventiquattro segni, che essi chiamano ''lettere''; per qual motivo, quindi, Nabu avrebbe dovuto oberare il popolo di Akkad e di Sumer con centinaia di simboli, difficili da tracciare come da ricordare? La scrittura del popolo del Nilo, che non sono mai riuscito a imparare, è ancora peggiore. Perciò, soltanto gli uomini avrebbero potuto inventare una cosa tanto perversa, gli dei non vi hanno certo avuto alcuna parte.

«Gli dei ti hanno favorito donandoti un buon orecchio» mi diceva il vecchio Bag Teshub, con la voce tremula come il suono di un flauto di canna, mentre si asciugava il sudore dalla faccia senza barba. «Nello studio hai pochi rivali fra i tuoi reali fratelli, perfino Nabusharusur, che ha tre mesi più di te, non possiede la tua finezza nell'apprendere. Se il re tuo padre deciderà di fare di te un sacerdote, diventerai certamente un bravo divinatore.»

Un giorno, il nostro testo narrava la vittoria di Assur su Tiamat, il mostro femminile del Caos: come Assur usasse i venti per tenerle aperta la bocca mentre le scagliava una freccia nel cuore, e come avesse tagliato in due il suo corpo, facendo con una parte il cielo e con l'altra la terra, diventando per questo il Signore di tutte le altre divinità le quali gli dettero cinquanta grandi nomi. Era un testo facile, a parte i cinquanta nomi.

«Principe Asarhaddon, recita per noi i versi della seconda tavoletta, dove si narra come Ea non riuscisse a sconfiggere il mostro. Ecco, prendila.»

Mio fratello, poveretto, prese il delicato rettangolino di argilla, con i bordi resi lisci e arrotondati dalle mani amorevoli di generazioni di scribi, e si voltò a guardarmi, implorando il mio aiuto con gli occhi.

«... Terrore... mandibole...», si premeva la punta dello stilo sulla guancia, come se volesse pungersi per rimanere sveglio. «... Il terrore di lei... qualcosa come "mandibole"...»

Nabusharusur, mio solo rivale nella nostra piccola classe, un ragazzo vivace e sveglio, e mio migliore amico dopo Asarhaddon, mi lanciò un'occhiata maliziosa, sorridendo. Già, non eravamo diversi dagli altri ragazzi e provavamo una certa soddisfazione nell'assistere alle sofferenze di nostro fratello, e io stesso, probabilmente, sorridevo.

«Quale cosa, Principe?»

Asarhaddon, che non aveva paura di niente e di nessuno tranne che di sua madre, guardò scuro in volto dalla rabbia l'anziano scriba.

«Ti darò io qualcosa, vecchio mollaccione castrato! Il sacchetto che tieni fra le gambe è vuoto come la pancia di un battelliere!»

La tavoletta di argilla volò attraverso la stanza come un'arma di guerra, infrangendosi contro la parete a pochi centimetri dalla testa di Bag Teshub.

Io credo che Asarhaddon fosse contento di ricevere le sue frustate, come se fosse un onore ogni colpo dello staffile di cuoio, che il maestro usava per altro molto leggermente, poiché eravamo figli del re e potevamo un giorno crescere fino a inchiodare la sua vecchia pelle grinzosa sulle mura della città. Tutto era preferibile per Asarhaddon alla recitazione, e quando fummo liberati dai doveri della giornata, era allegro come un fringuello. Fra un'ora, quando per vie misteriose ma non meno sicure, alla Signora Naq'ia sarebbe giunta la notizia di quanto era successo, avrebbe conosciuto il dolore in tutti i suoi numerosi aspetti, ma per il momento, mentre sedevamo sotto il tiglio sciogliendo il nodo che stringeva il fagottino della colazione, Asarhaddon era abbastanza soddisfatto di sé.

«Non dovresti trattare così Bag Teshub» dissi con aria molto seria, ma incontrando lo sguardo di Asarhaddon scoppiai a ridere insieme a lui del riso irrefrenabile dei ragazzi. «E non dovresti dire cose del genere!»

«Be', non è forse la verità?» Asarhaddon aveva la bocca piena di datteri secchi, dolcissimi ma difficili da masticare, e, volendo a tutti i costi aggiungere qualcosa a quanto aveva detto, inghiottì con tale sforzo che gli occhi gli si riempirono di lacrime. «Hai mai visto il vecchio stolto urinare? La verga gli si è così avvizzita che la pelle risecchita si squama come la buccia di una cipolla! E del resto non gli è rimasto niente. C'è solo una cicatrice che luccica, sembra che gli abbiano raschiato via il sacchetto con le due palline, come si fa con i resti di cibo nella pentola!»

Asarhaddon rise, come a una battuta udita per la prima volta, ma io rimasi scandalizzato, e non avrei saputo dir bene il perché. Certamente, noi tutti ci eravamo accorti che in Bag Teshub c'era qualcosa di diverso dagli altri: innanzi tutto poteva accedere alla casa delle donne, cosa che per chiunque altro avrebbe significato morte sicura, e poi non aveva peli sul mento.

Avevamo raggiunto un'età, Asarhaddon e io, tale da poter lasciare in qualche rara occasione la nostra prigione dorata per assistere a qualche solenne cerimonia pubblica od osservare la Festa per il Nuovo Anno da una certa distanza. Non accadeva spesso, perché eravamo ancora troppo giovani, ma si voleva cominciassimo a capire che, al di fuori della casa delle donne, c'era una vita diversa nella quale, un giorno o l'altro, avremmo trovato il nostro posto.

Sapevamo quindi che gli uomini si facevano crescere la barba, grandi barbe luccicanti, cosparse di unguenti e arricciate. I dignitari della corte di mio padre avevano l'aspetto di dei, un'impressione questa resa più viva dal fatto che li osservavamo soltanto da lontano.

Bag Teshub, invece, non assomigliava in nulla a loro.

«Come avrà fatto a diventare così?» udii me stesso chiedere, quasi col timore di ascoltare la risposta.

«Mia madre dice...» Asarhaddon si chinò verso di me, ben consapevole di star rivelando un segreto importante. «Mia madre dice che gli hanno fatto una cosa: i sacerdoti hanno preso un coltello e gli hanno tagliato quello che serve a un uomo, quando era piccolo. Lo sai, vero, che lui è uno dei fratelli minori del vecchio re che è morto?»

Scossi il capo, con il cuore che mi batteva furioso nel petto per la strana sensazione di star guardando nelle profondità oscure del futuro.

«Se fosse il fratello del vecchio re, chi avrebbe osato, chi avrebbe voluto fargli una cosa simile?»

Asarhaddon, nell'innocenza del suo cuore, mi offrì uno dei suoi datteri, e io lo presi rendendomi a malapena conto di ciò che facevo.

«Che domanda sciocca, Tiglath, mi meraviglio di te. Non sai perché? Un re ha molti figli e non tutti alla sua morte vivranno in pace fra loro. Certamente il re desidera che il suo erede gli succeda senza contese, e un castrato non può aspirare al trono.»

Per alcune notti il coltello dei castratori perseguitò i miei sogni, perché non ero io forse uno dei figli più piccoli del re? La Signora del Palazzo, Tashmetum-sharrat, aveva due figli, già quasi uomini fatti, e poi c'era lo stesso Asarhaddon, mentre mia madre era una semplice concubina e per di più straniera. Non avevo dunque un buon motivo per aver paura? Ma un ragazzo non rimane a lungo nel timore, solo un pericolo immediato è reale per lui, e io perciò dimenticai presto le mie paure.

Si aggiunga che avevo altri pensieri con i quali occupare la mente, da quando nei giardini della casa delle donne era giunta una nuova prigioniera. All'età di otto anni, e già padrone della scrittura cuneiforme, ovvero per me di tutta la sapienza del mondo, scoprii l'amore.

Che cosa posso scrivere di Esharhamat? Esharhamat, la bella Esharhamat, il cui ricordo fa sciogliere le mie viscere come argilla inumidita sotto la mano del vasaio, con quali parole riuscirò a rendere anche soltanto la più lontana idea della sua splendente bellezza? Quanti hanno conosciuto questa specie di amore infantile, fatto di tenerezza e di dolce sofferenza, non avranno bisogno delle mie parole, mentre coloro che non l'hanno conosciuto non potranno in alcun modo comprenderlo. Esistono alcune ferite che, ricevute in giovane età, continuano negli anni a dolere, e così è stato il mio amore per Esharhamat.

Eravamo cugini, poiché anche Esharhamat vantava il Signore Sargon fra i suoi avi. Il padre era babilonese, di nobile famiglia, e sua nonna aveva diviso il letto del sovrano al tempo in cui regnava il quinto Shalmanasser. Ma il grande re Sargon aveva sparso ampiamente il suo seme nelle terre di Akkad e di Sumer, e quindi Esharhamat non era stata portata a Ninive per essere allevata insieme ai figli di Sennacherib, Signore del Vasto Mondo, soltanto per rispetto alla sua parentela con la casa regnante. Gli dei avevano deciso infatti che la fanciulla di Nippur avrebbe avuto una parte non piccola nel forgiare il destino delle nazioni.

Nel paese in cui sono nato regna il dio Assur, che ha dato il suo nome alla nostra antica capitale e alla nazione stessa. Siamo tutti suoi schiavi, nati per servirlo, perfino il re, anzi nessuno più del re. Nel giorno della sua incoronazione, la folla lo segue dal tempio gridando: «Assur è Re! Assur è Re!», e questa è la pura verità. Per volere di Assur, una fanciulla nata a Nippur e dello stesso sangue del Signore Sargon era stata destinata a essere madre di re su queste terre, fino a quando Ninive e Calah e Assur stessa non sarebbero diventate soltanto parole sulla bocca di stranieri.

Esharhamat non poteva appartenere al cucciolo di una

schiava greca, ma sarebbe diventata moglie dell'erede di Sennacherib quando avesse raggiunto l'età di avere figli. Era scritto, era la legge e il volere del dio, davanti al quale gli uomini sono tutti impotenti.

Ma un bambino, ignaro sia delle passioni degli uomini sia del peso della legge, un bambino che ama soltanto con gli occhi, le orecchie e il tocco della mano, non tiene in alcun conto il volere degli dei. Un giorno, pensavo, Esharhamat sarebbe stata regina, consorte del *marsarru* Assurnadinshum, di molti anni maggiore e già ammesso da tempo alla casa dell'erede, nella quale egli era distante da noi quanto il re stesso. Ma che cosa rappresentava questo per me? Un ragazzo non conosce impedimenti all'amore, ama, semplicemente: e io amavo Esharhamat.

Perché avrei dovuto preoccuparmi di Assurnadinshum? Non ero forse padrone del mondo? Non ero lo scolaro migliore del vecchio Bag Teshub, esperto nella scrittura cuneiforme e capace di parlare la lingua di Sumer? E non ero già più alto di tutti i miei fratelli? Non sapevo forse camminare sulle mani, ormai senza bisogno dell'aiuto e del sostegno di mia madre? E non rappresentavo tutto quanto esisteva di bello e perfetto ai grandi occhi neri di Esharhamat?

«Oh, Tiglath!» diceva con la sua voce infantile, che aveva un lieve difetto di pronuncia e l'accento del sud, quando le baciavo il palmo della mano, un gioco che era stato inventato da noi. «Sei terri-bi-le!»

E mi porgeva l'altra mano, con il palmo rivolto verso l'alto; io le baciavo anche quella e lei ridacchiava, dapprima nascondendosi la faccia dietro l'orlo del suo scialle di lino rosa e poi guardandomi di sottecchi.

L'amavo. Esharhamat governava il mio cuore più saldamente di ogni re che avesse mai regnato nella Terra di Assur. Dalla vita non chiedevo niente se non di sedermi con lei sotto il tiglio, dividendoci i datteri e sorridendo insieme a questo meraviglioso segreto, che, ingenuamente, credevamo soltanto nostro. Non riuscivamo a immaginarci un futuro diverso.

Intanto Naq'ia ci osservava sorridendo, con un sorriso non proprio innocente come il nostro.

«Vedi? Non ha ancora compiuto nove anni e Istar lo ha già preso nella sua rete. Se è vero che sono stati gli dei a imprimergli il segno che ha sulla mano, certo non l'hanno fatto perché avesse un destino felice!»

Ma mia madre alzò le spalle, senza dare alcun peso alle parole di Naq'ia.

«Sono bambini» disse. «Che male potrà capitargli per questo?»

Oh, Merope, come ti sbagliavi in quel momento, nel pronunciare quelle parole! Ero un bambino e guardavo il mondo con gli occhi di un bambino, ma tu perché non vedevi l'aura di male che circondava il capo di tuo figlio?

Merope però non voleva vedere, e io non potevo. Per me la casa delle donne era ancora il paradiso, sebbene cominciassi a essere un po' irrequieto nella mia felicità. Sapevo che presto avrei lasciato quel luogo per entrare nel mondo degli uomini ed ero perciò pieno d'impazienza.

Alla fine del nono anno, durante i giorni delle feste che segnano la fine della semina estiva, un rampollo reale lascia il giardino per iniziare il suo compito quale servo del dio. Da quel giorno in poi, sia che diventi uno scriba o un soldato, o uno dei compagni del re, cioè quei pochi scelti per stare alla destra del loro signore e assisterlo nella conduzione dello Stato, egli esce dall'infanzia. Non c'è modo di tornare indietro e per lui la casa delle donne è ormai chiusa per sempre. Tutto questo mi era noto, eppure non riuscivo a capire perché mia madre mi guardasse con occhi tanto ansiosi e perché piangesse nel buio della nostra stanza, la notte. Non potevo immaginare nemmeno lontanamente la possibilità che fossimo separati l'uno dall'altra, forse per tutta la vita.

E naturalmente quel giorno avrei perduto anche Esharhamat, ma anche questo mia madre mi aveva nascosto.

Asarhaddon e io sapevamo soltanto, ed era l'unica cosa che contasse per noi, che presto saremmo entrati nella casa della guerra, per prepararci alla sola vita degna di un uomo e sicuro mezzo per raggiungere la gloria, e cioè la vita del soldato. Questo sarebbe stato il nostro *simtu*, il destino a noi riservato, per il nostro piacere e, naturalmente, per quello del dio: niente altro era possibile.

«Però, può darsi che queste cose non ti piacciano più» disse Asarhaddon sorridendo maliziosamente, mentre, seduto per terra, mi guardava dondolare appeso per le braccia al ramo del tiglio proibito. «Forse quella bambina ti ha fatto cambiare idea e tu non desideri altro che startene sprofondato nei cuscini a sognare i suoi occhi.»

Lasciai andare la presa e saltando a terra sferrai un calcio nel petto di Asarhaddon col piede scalzo, senza raggiungerlo peraltro perché lui aveva capito benissimo le mie intenzioni e aveva schivato il colpo. Anzi, mi afferrò il piede e lo torse in modo da farmi cadere di schianto accanto a lui. Era uno splendido lottatore, non scattante, ma imbattibile a distanza ravvicinata, ciò che più contava. In pochi secondi mi inchiodò a terra sulla schiena.

«Ammettilo!» gridò, ridendomi in faccia, mentre mi tratteneva con forza al suolo. «Ammettilo! Ti ha reso molle come il fango di primavera. Prima che arrivasse tu non eri tanto stupido, perfino nella lotta che non è certo la tua specialità! Mi avresti tenuto a distanza e stancato fino a che saresti riuscito a buttarmi a terra a faccia sotto con uno dei tuoi trucchi da ionio. Le ragazze, puah!»

Si trattava di uno scherzo, di un gioco divertente e io risi insieme a lui. Dovevo riconoscere con Asarhaddon che, sì, c'era qualcosa di ridicolo in questa passione concepita per la nostra cuginetta, che non sapeva combattere con una spada o camminare sulle mani, e nemmeno fare la lotta; che piangeva quando i tuoni la spaventavano, che sapeva soltanto sorridere, guardare con ammirazione e affascinare.

«Tu sei uno straniero, naturalmente; se tu fossi un vero uomo di Assur, sapresti fare di meglio che sciogliерti come cera quando ti guarda!»

«Io non sono più straniero di te, figlio di un babilonese che non sei altro!»

Questa volta non fu abbastanza svelto da schivare il mio piede, che lo colpì dietro il ginocchio, mandandolo a ruzzolare per terra.

Un quarto d'ora più tardi, dopo che ci fummo lavati la faccia sudicia nello stagno dei pesci, pensavamo ancora che si era trattato di uno scherzo molto divertente.

«Be', vedrai che guarirai presto. Quando dovrà sposare Assurnadinshum, e sarà prima di quanto pensi, questa follia ti dovrà passare per forza.»

«Non vedo perché» risposi, forse a voce un po' troppo alta, poiché già allora una parte di me sapeva che nel mio sentimento per Esharhamat c'era qualcosa di pericoloso. «Non vedo perché, per il solo fatto che lei sarà regina, non dovremmo continuare a volerci bene. Che gliene dovrebbe importare ad Assurnadinshum?»

«Tiglath, fratello mio, ti crederai anche un furbo ionio, ma per gli dei, non c'è mai stato uno sciocco più di te!»

Come all'approssimarsi di un temporale, man mano che andava avvicinandosi il momento della separazione, l'atmosfera della casa delle donne si faceva più pesante e il respiro quasi mancava. Bag Teshub, sempre più ansioso, era in continua agitazione mentre ci preparava agli esami finali, mentre le mogli e le concubine del re che avevano figli in età di lasciarle si rinchiudevano nel silenzio del loro cuore. E Naq'ia, osservandomi seduta sul bordo della fontana, sorrideva come se già conoscesse tutti i segreti della mia esistenza futura.

Alla fine, quando mia madre non fu più in grado di trattenere le lacrime di fronte a me, mi strinse fra le braccia, coprendomi il capo con i capelli color del bronzo, e pianse come se io fossi stato in punto di morte, e per la prima volta conobbi il sapore amaro della paura.

«Vedrai, mio piccolo principe» mi diceva fra i singhiozzi «vedrai che il dio di questo paese ti proteggerà da tutti i tuoi nemici. Tu porti su di te il suo segno che ti salverà da ogni pericolo. Vedrai, sì, vedrai!»

«Quali nemici potrei avere nella casa di mio padre?» domandai, sembrandomi questa improvvisamente una domanda della massima importanza.

«Non c'è un solo pericolo dal quale la grandezza del tuo destino non sappia proteggerti. Non devi aver paura di nessuno.»

La guardai negli occhi inondati di lacrime e mi resi conto immediatamente che non credeva lei stessa alle sue parole; il cuore mi tremò nel petto.

«Non resteremo separati a lungo, Merope. Quando sarò un grande generale e avrò tutto il favore del re, ti riscatterò da questo posto.»

Mia madre sorrise, fingendo di credermi.

Il primo pensiero, quando mi sciolsi dal suo abbraccio, fu di correre da Esharhamat, perché la mia mente era molto turbata. Sedeva sotto il tiglio, come se mi stesse aspettando, ma da lei non trassi alcun conforto perché la paura aveva contagiato anche la piccola Esharhamat.

«Non ti vedrò mai più» disse con una voce fattasi sottile sottile. Io sarò murata viva nella casa delle donne di Assurnadinshum e tu mi dimenticherai. Quando sarai uscito da questo giardino non mi amerai più.»

Erano parole strane, non riuscivo a capire che cosa volessero dire, e ho il sospetto che nemmeno lei lo sapesse, ma forse qualche presentimento l'aveva afferrata, per quanto bambina fosse, riempiendola di un terrore contro il quale non sapeva combattere. Io non avevo che nove anni, lei ancora meno, e tutti e due non riuscimmo a far altro che restarcene seduti sotto i lunghi rami del grande albero a contemplare un futuro che sembrava volerci imprigionare come una gabbia di ferro.

Il giorno seguente, in quattro fummo condotti alla presenza del Signore Sinahiusur, il fratello del re, che stava alla sua destra come *turtanu*, comandante delle armate reali, il più fidato e potente servitore della corona: io stesso, Asarhaddon, Nabusharusur e un ragazzo di nome Belushezib, figlio di una concubina ancor più disprezzata di mia madre, non essendo che la moglie semiselvaggia di un capo tribù delle montagne a oriente, catturata dal Signore Sennacherib sul campo di battaglia, dove il suo uomo giaceva massacrato. Non era nemmeno certo se il ragazzo fosse figlio del re o del defunto guerriero dei Medi. Lì restammo tutti in piedi, davanti al vecchio Bag Teshub, aspettando di essere ascoltati mentre leggevamo ad alta voce la scrittura cuneiforme sulle tavolette di argilla. Era quello l'ultimo momento in cui ci trovavamo insieme da ragazzi, come compagni di scuola: quel giorno, per il bene o per il male, saremmo diventati uomini veri.

Bag Teshub, e sospetto che lo facesse per mostrare la sua bravura come insegnante, mi porse una tavoletta nella lingua di Sumer: era una semplice preghiera a Enlil, un dio antico, il guardiano dell'altro mondo. Io lessi, un po' esitante, ma il *turtanu* Sinahiusur, splendido nella sua tunica ricamata di verde e azzurro con filettature d'argento, assentì col capo, accarezzandosi la barba in segno di approvazione. Di come recitassero gli altri niente ricordo, se non l'osservazione di Asarhaddon quando la prova finì.

«So leggere abbastanza bene per riuscire a capire un dispaccio» disse. «E che cos'altro deve servire a un soldato? Mi basterà.»

Noi quattro ragazzi, lasciatici per sempre alle spalle i nostri compiti infantili, fummo condotti via da Bag Teshub e dal Signore Sinahiusur, lungo un corridoio che non avevamo mai percorso prima, e attraverso una porta che era sempre rimasta chiusa per noi uscimmo alla luce abbagliante del mondo esterno. Era questo il momento della separazione. Il *turtanu*, in piedi, teneva le mani appoggiate sulle spalle di Asarhaddon, in quanto figlio della seconda moglie del monarca, ben diverso da me, nato da una delle sue concubine. Egli perciò era già stato prescelto fra noi. Ma pur tenendo le mani appoggiate su mio fratello, il Signore Sinahiusur teneva gli occhi fissi su di me, quasi volesse imprimersi indelebilmente la mia immagine nella mente; ma quali potessero essere i suoi pensieri non riuscivo a immaginare. Restò tutto il tempo in silenzio

«Venite, ragazzi miei» mormorò Bag Teshub, distogliendo lo sguardo da Asarhaddon, come se la sua vista lo turbasse. «Su, venite. Voi tutti diverrete scribi. Vivrete qui, nel palazzo del re, e forse grandi cose vi attendono.»

La delusione in quel momento fu forse la più acuta che avessi mai provato fino ad allora. Non sarei diventato un soldato, niente conquiste, niente gloria per me: avrei trascorso la vita a copiare tavolette.

In cuor mio maledissi il vecchio eunuco per avermi segnalato al *turtanu* del re: ero tanto ingenuo da immaginare che questa fosse la causa del mio infelice destino. Avevo dimenticato il sorrisetto della Signora Naq'ia.

«Da questa parte» continuò il vecchio Bag Teshub con voce pigolante. «È giunto il momento della vostra, ehm, iniziazione.»

Mentre il *turtanu* conduceva via mio fratello Asarhaddon, noi tre fummo scortati in un vasto cortile, molto lontano dalla casa delle donne, dove ci stavano aspettando quattro uomini nelle vesti sacerdotali, con le maniche arrotolate che mettevano in mostra i muscoli sodi e rigonfi delle braccia, e un'espressione sul viso come se covassero un rancore speciale per i ragazzi della nostra età, un'espressione che ricorderò per tutta la vita. Da allora, molte altre volte l'ho vista, ma quella fu la prima.

Esitammo tutti e tre, presi da paura, e cercammo di nasconderci dietro le vesti di Bag Teshub. Ma ora nemmeno lui era nostro amico.

«Cominciate da questo qui» disse con la voce stranamente alterata, afferrando Belushezib per le spalle e spingendolo in avanti. Belushezib non conservò la sua dignità di rampollo reale e lanciò un urlo di terrore quando i sacerdoti lo afferrarono per le braccia, torcendogliele crudelmente, mentre lo conducevano a un basso altare di pietra nel centro del cortile.

L'estate era ormai avanzata e noi ragazzi indossavamo soltanto la veste di lino e il perizoma, e questi i sacerdoti strapparono di dosso a Belushezib, con la stessa freddezza con la quale avrebbero tolto la pelle a un coniglio. Il ragazzo continuava a strillare come se lo stessero spellando vivo davvero.

Da principio, io capii molto poco di quanto stava accadendo. Vidi due sacerdoti immobilizzare Belushezib sulla pietra dell'altare per le braccia e le gambe, mentre un terzo, che teneva in mano un laccio di cuoio, si fece avanti e strinse in un nodo scorsoio le parti intime di Belushezib, strozzandogli lo scroto con il laccio. Tutto fu eseguito con la massima calma, come un lavoro qualsiasi, quasi i sacerdoti fossero cuochi delle cucine reali che preparassero un agnello per il banchetto della sera. Nabusharusur e io guardammo inorriditi, mentre il quarto prete tirava fuori un coltello e con la lama ricurva tagliava lo scroto, il cui contenuto insanguinato si riversò sulle gambe di Belushezib. Credetti per un attimo che l'aria dovesse spaccarsi in due dalle urla di terrore e di dolore.

E poi, naturalmente, mi fu tutto chiarissimo.

"Come osano?" pensai. "Come osano fare una cosa simile?" Osavano, tuttavia, e quando sentii la mano di Bag Teshub sulla mia spalla, capii che era venuto il mio turno.

Alzai lo sguardo sulla sua faccia glabra e vidi che mi sorrideva: aveva la pelle del collo floscia e tremolante a ogni movimento il grasso e molle Bag Teshub, che pure era il fratello del vecchio re.

Di colpo capii perché mia madre avesse avuto tanta paura e perché Naq'ia avesse sorriso.

Sì, naturalmente! Asarhaddon non era con noi e sarebbe stato al sicuro da ogni minaccia qualora avesse dovuto salire al trono, ma io ero qui e ora stavano per strapparmi via ogni virilità, ancor prima che la mia stagione avesse inizio.

E Bag Teshub riusciva a sorridere!

«No! Io no!»

Non so se pronunciai effettivamente queste parole, ma esse riempirono tutto il mio animo. Mio padre era il re e loro non potevano farmi una cosa simile!

Ormai con Belushezib avevano finito. Uno degli uomini prese una torcia dalla quale gocciolava pece bollente che servì a cauterizzare la ferita. Belushezib urlò un'altra volta, senza che nessuno gli prestasse ascolto. Gli occhi del sacerdote erano adesso su di me.

«Avanti, Tiglath» mi sussurrò Bag Teshub. «È questione di un momento. Fa' vedere che ragazzo coraggioso sei!»

Mi spinse con gentilezza in avanti. I sacerdoti si limitavano ad aspettarmi e uno teneva in equilibrio sul palmo della mano il coltello ricurvo, quasi per gioco. Feci un passo, poi un altro, un altro ancora. A malapena sapevo quel che stavo facendo.

Io sarei diventato un guerriero e un guerriero ripete a se stesso che non ha paura del dolore e della morte. Non avevo paura di soffrire... e in quanto alla morte, appena sapevo cosa fosse. Ma questo disonore, questa vergogna... No, non poteva essere!

In quel momento seppi che cosa dovevo fare.

Non si aspettavano minimamente una resistenza. Mi avvicinai a loro rassegnato, gli occhi bassi, da bravo ragazzo come mi avevano insegnato a essere. L'uomo col coltello in mano era il più vicino a me e voltava le spalle all'altare, sicuro di avermi in suo potere.

Non ero che un ragazzo, ma mia madre mi aveva insegnato a essere agile e veloce. Continuai ad avanzare strascicando i piedi e tenendo gli occhi abbassati.

Poi, all'ultimo istante, quando già il sacerdote stava allungando la mano verso di me, mi avventai contro di lui con tutta la forza di cui ero capace. Fu sufficiente: lo colpii proprio sopra le ginocchia, spingendolo violentemente con le mani aperte, ed egli barcollò, perdendo l'equilibrio. Cadde all'indietro sulla pietra dell'altare e, come avevo previsto, si lasciò sfuggire il coltello di mano.

La lama ruzzolò sul pavimento di pietra e nell'attimo in cui tutti quanti si stavano riprendendo dalla sorpresa io ebbi il tempo di raccoglierla e correre verso una delle colonne del portico che chiudeva l'estremità più lontana del cortile. Corsi rapido come un cerbiatto, con il cuore che mi batteva furiosamente, e mi fermai soltanto quando ebbi le spalle appoggiate al massiccio pilastro di granito. Allora mi voltai, con il coltello in pugno, per affrontare i miei carnefici.

«Sono Tiglath Assur!» gridai: ero quasi impazzito dalla paura, mescolata però a una strana sensazione quale non avevo mai conosciuto. «Mio padre è Sennacherib, Signore della Terra, Re dei Re! Guai a voi se vi avvicinate!»

Per un attimo ci fu soltanto il silenzio: riuscivo perfino a udire il debole sussurro del vento sulla mia testa, e in quell'istante pensai di aver vinto, forse, e di essere salvo.

Poi, una risata giunse al mio orecchio, una risata simile al tuono, simile al riso del dio Assur stesso. Come osavano? Ero a tal punto pieno di rabbia che avrei voluto mettermi a piangere, finché non mi accorsi che non erano i sacerdoti a ridere: essi anzi avevano dimenticato la mia esistenza ed erano inginocchiati con la faccia sulla polvere del pavimento.

Allora scorsi dall'altra parte del cortile, all'ombra del portico, due figure. Strizzai gli occhi per vedere meglio e, quasi volessero favorirmi, i due uomini uscirono alla luce del sole.

Conoscevo uno di loro. Era il *turtanu* Sinahiusur, il fratello del re, taciturno e maestoso come sempre, saggio ed eroico.

Ma quasi non avevo occhi per il *turtanu*, non potendo distoglierli dal personaggio che era con lui, il personaggio che aveva osato ridere di me e che ancora rideva, vestito di una splendida tunica d'oro: pensai di trovarmi alla presenza di un dio.

Fece un gesto con una mano indicando me, sempre sorridendo.

«Bag Teshub, zio» disse. «Non è che un bambino, anche se reagisce come un leone, eh? Toglietegli il coltello!»

Bag Teshub trovò il coraggio di sollevarsi da terra e venne verso di me, continuando a inchinarsi perfino mentre camminava.

«Dammi quel coltello, Tiglath! Non siamo a scuola adesso. Questi è il... ahi!»

Si era avvicinato troppo: il coltello gli aprì un taglio sulla mano e il sangue rosso sprizzò sul braccio, colando fino a terra. Io continuavo ad agitare minaccioso la mia arma, ma Bag Teshub si ritirò con un balzo fuori pericolo, mentre la risata tuonante risuonò ancora una volta.

«È proprio come si definisce lui stesso, eh, fratello?» disse l'uomo d'oro, voltandosi verso Sinahiusur. «Ha il fegato d'un principe, vero? Sì, mi hai convinto, perciò che sia come tu credi meglio. Gli sarà risparmiato il coltello.»

Sinahiusur non disse niente, si limitò soltanto ad appoggiare la mano destra sul petto e a inchinarsi. Poi si volse a guardarmi.

«Inchinati, Tiglath Assur» disse con una voce che mi colpì come un colpo d'ascia. «Inchinati davanti al re tuo padre.»

Le ginocchia mi diventarono molli come cera e caddi a terra con la fronte sulla pietra del cortile: ero alla presenza del prescelto dal dio e la mia mente era completamente annebbiata da un timore pieno di reverenza. Davanti a me stava in piedi Sennacherib, colui che io stesso avevo chiamato Signore della Terra.

«Vieni qui, ragazzo» disse, con una voce piena di gentilezza. «Vieni e lasciati guardare.»

In tutta la mia vita non avevo mai visto il re mio padre e adesso ero lì, davanti a lui; quando mi appoggiò le mani sulle spalle, gli occhi mi si velarono di lacrime.

«Non avere paura, figlio mio. Abbi un cuore di leone e io ti farò grande nella Terra di Assur. Che cosa ne dici? Va meglio così?»

Si sentì un leggero rumore: Bag Teshub, con la mano insanguinata avvolta in un pezzo di tela, si schiariva la gola.

«Sì? Che c'è, zio?»

«E l'altro, Temibile Signore?»

Poiché, naturalmente, ci eravamo dimenticati completamente di Nabusharusur, il quale se ne stava nascosto all'ombra di un pilastro, come se volesse scomparire del tutto. Non so cosa provai per lui in quel momento, ma forse il mio cuore era troppo saturo di emozioni per sentire ancora qualcosa.

«Sì, certamente.» Il volto del re s'indurì, sebbene la mano riposasse leggera sulla mia spalla. «Credo che un leone sia sufficiente per oggi, no? Completate il vostro lavoro, zio.»

I sacerdoti furono svelti questa volta e Nabusharusur non ebbe la minima opportunità di resistere, sollevato come fu da terra per le braccia e le gambe. Urlò, riempiendo l'aria della sua voce acuta, ma in un attimo fu trascinato all'altare e il crudele coltello cominciò la sua opera.

«No, non voltarti, figlio mio» disse il re, costringendomi con la mano sulla guancia a non girare il capo. «Impara a essere uomo e a non aver paura del dolore e del sangue.»

Così, dunque, nel mio nono anno, imparai cosa volesse dire diventare un uomo di Assur.

II

Sinahiusur era un uomo devoto, rispettoso degli oracoli, e si era ricordato del bambino nato nella notte in cui il Grande Sargon era morto. Fu così che il segno del dio che portavo su di me mi liberò, come mia madre aveva predetto. Fui perciò mandato anch'io alla casa della guerra e lo sguardo di mio padre mi accompagnò. «Ti farò grande nella Terra di Assur» aveva detto e sembrava davvero che dovessi ottenere tutto ciò che il mondo aveva da offrirmi.

E nella casa della guerra ritrovai Asarhaddon.

Ci vedemmo sulla porta delle caserme reali dove ero stato condotto dopo aver ricevuto la benedizione del re ed essermi accomiatato da lui. Era sera e Asarhaddon aveva ancora indosso la corazza di cuoio e stava lucidando la sua spada nuova, seduto sulla stuoia. Alzò gli occhi al rumore dei miei passi e perfino nella scarsa luce vacillante della lampada a olio posata sul pavimento, potei vedere la sorpresa e la gioia mescolate sul suo volto.

«Per i sessanta grandi dei! Sei proprio tu, Tiglath?»

Balzò in piedi e corse verso di me, la spada ancora in mano, come se avesse voluto infilzarmi solo per dimostrarmi la sua amicizia. Ci buttammo le braccia al collo e non saprò mai come non ebbi il capo mozzato.

«E così sei tu, in carne e ossa, e non qualche *gallu* ingannatore evocato da Zaqar, Signore dei sogni? Credevo che tu dovessi andare alla casa delle tavolette per diventare un graffiatore di fango insieme agli altri.»

«C'è mancato poco che non mi rendessero buono a niente altro» dissi, e gli raccontai tutto. Non sembrò sorpreso e il destino di Belushezib e Nabusharusur non lo commosse affatto. Avrebbe avuto la stessa reazione se fosse toccato a me questo *simtu*? Avrebbe fatto un sorrisetto compiaciuto e pronunciato blande parole a proposito della volonta del dio? Non lo saprò mai; ma quando gli descrissi come avevo ferito la mano del vecchio Bag Teshub, gettò indietro la testa e scoppiò a ridere. «L'hai fatto davvero, Tiglath? Per il tuono di Adad, come vorrei esser stato là per sentirlo ululare! Tiglath, mio coraggioso fratello, ti vorrò sempre bene fino alla morte per ogni goccia di sangue di quella zitellona che hai versato. E hai davvero visto il re?»

«Sì, e mi ha messo la mano sulla spalla e mi ha chiamato ''figlio mio''.»

«Beato te! Ricordati del tuo povero fratello quando il re ti avrà fatto *shaknu* di Babilonia e il popolo dai capelli neri sentirà il tuo piede sul collo come quello di Sargon redivivo!»

Quest'idea lo fece scoppiare a ridere di nuovo, per semplice eccesso di buon umore, dato che Asarhaddon aveva un cuore buono e affettuoso.

«E questo posto com'è?» gli chiesi, guardandomi intorno con una curiosità che non mi presi la briga di dissimulare, perché le caserme reali rappresentavano un sogno per me non meno che per mio fratello.

«Com'è questo posto?» Asarhaddon mi mise il braccio intorno alle spalle e mi fece entrare nella stanzetta che avremmo diviso per i prossimi quattro anni. «Questo posto, come dici tu, fratello, è il tempio della gloria!»

In che modo parlerò della casa della guerra nella quale Asarhaddon e io superammo prove così esaltanti? Là imparai a cavalcare e a guidare il carro, a combattere con la spada, il pugnale, l'arco e il giavellotto. Imparai l'etichetta militare, imparai la tattica, la disciplina e il comando degli uomini. E, cosa più importante di tutte, imparai l'arroganza.

Imparai che ero un principe di Assur, che tutti i popoli della terra erano mera polvere sotto i piedi delle invincibili armate che ero destinato a comandare. Imparai che avevo ogni diritto di essere fiero di me e di disprezzare gli altri, perché ero figlio del re e sarei stato un soldato. Era questa una lezione sommamente necessaria, perché solo l'arroganza generava l'audacia e la crudeltà che erano sempre state indispensabili a vincere ogni guerra.

Noi gente di Assur siamo agricoltori. Raccogliamo il nostro grano e le nostre uve e la vita è per noi legata alla terra e all'acqua fecondatrice, doni entrambi del grande fiume-madre Tigri. Ma le nostre terre sono pianeggianti e non offrono protezione contro gli scorridori provenienti dalle montagne a oriente e sono anche povere di metalli. L'oro viene dall'Egitto, l'argento dal Bulghar Maden, a nord delle porte della Cilicia, e se una nazione può fare anche a meno di questi metalli, non può invece fare a meno del rame, che arriva da Haldia e perfino da Cipro. Lo stagno ci giunge dalle miniere del nord, oltre il lago Urmia, e il ferro dalle coste meridionali del Mar Nero. Tutti questi luoghi si trovano al di fuori delle pianure dove gli antichi padri hanno costruito le loro prime capanne di mattoni crudi e adorato il dio dal quale deriva il nostro nome. Perciò, poiché gli altri ci invidiavano i nostri ricchi raccolti e poiché le armi non si fabbricano col fango e con le canne del fiume, noi diventammo guerrieri e portammo la gloria di Assur fino ai quattro angoli della terra.

Il nostro dominio recò con sé la benedizione della pace. È quello, lo so, che tutti i conquistatori affermano, ma è nondimeno vero. I minuscoli regni occidentali, che ci chiamavano tana di leoni e piangevano la libertà perduta, si erano dissanguati combattendo fra loro per un migliaio di anni, prima che noi arrivassimo. Ognuno avrebbe voluto essere tiranno sugli altri e tutti maledicevano noi soltanto perché eravamo al posto dove avrebbero voluto trovarsi essi stessi. Perciò i mercanti, gli artigiani e i contadini, ai quali le ambizioni dei principi non interessano affatto, questa gente umile poteva sì lamentarsi delle nostre imposte, ma non sarebbe stata contenta di veder rovesciato il nostro regno, perché le vie del commercio erano aperte e gli uomini potevano vivere in pace. E queste non sono cose di poco conto.

Tutto ciò m'insegnarono nella casa della guerra.

Ma fatti del genere hanno poca importanza quando si è giovani, e io amavo soprattutto i cavalli e le frecce dalle punte di bronzo e la robustezza crescente del mio corpo. Sarei stato grande nella Terra di Assur, avevo la parola di mio padre. Felice il ragazzo, ansioso di farsi uomo, che si trova in mano una spada!

La prima mattina dopo il mio arrivo nella caserma reale mi svegliai di soprassalto, e con mia enorme sorpresa mi ritrovai penzoloni, con le dita dei piedi che cercavano invano la stuoia sotto di me.

«Non sei nella casa delle donne adesso, Principe!» disse una voce vicinissima al mio orecchio. Mi girai e, con non poca sorpresa, vidi la faccia annerita dal sole di un uomo nell'uniforme verde di *rab kisir*. I capelli e la barba erano striati di grigio. Mi parve incredibilmente vecchio, anche se probabilmente non superava i quarant'anni. Aveva un'espressione corrucciata e mi teneva sollevato per la collottola con una mano: l'altra mancava, c'era solo un moncherino che gli spuntava dalla manica.

«Sono Tabshar Sin, Principe Tiglath, tuo servo. Nell'esercito di tuo nonno, il Signore Sargon, io condussi un centinaio di soldati contro gli uomini della Nairia e quel giorno vincemmo una grande battaglia. Come puoi vedere ho perso la mano sinistra, ma ho versato molto sangue nemico e al grande re piacque affidarmi i suoi nipoti per farli diventare soldati, e i soldati, Principe, non dormono fino a mezzogiorno come prostitute da taverna. Vestiti e lavati la faccia! Qui non troverai nessuno addetto a questo servizio.»

Mi lasciò cadere a terra come una brocca rotta. Due minuti più tardi avevo terminato la mia toletta e stavo in piedi nella grigia luce del mattino, mentre Tabshar Sin mi aspettava nel polveroso terreno di parata dove eravamo noi soli.

«Che peccato, Principe! Sembra che tu abbia mancato la colazione.» Sogghignò, mostrando la dentatura bianca e forte. Io mi sentivo come un coniglio fra le zampe del leone. «Tuttavia, troveremo qualcosa che ti terrà occupato.»

Fu questo il mio ingresso nella via della gloria. Dal mattino alla sera, lontano dagli sguardi degli altri e con la pancia vuota, imparai l'arte di strigliare i cavalli reali da guerra.

Le scuderie del re vantavano oltre cento cavalli, grandi stalloni, l'uno più ombroso e selvaggio dell'altro, dalle narici frementi e dagli zoccoli ferrati di bronzo, che avrebbero potuto staccare la testa dalle spalle di un uomo così di netto come la scure del boia. Dovetti cercare la strada fra le strette poste, trasportando enormi balle di fieno e di biada. Mi sentivo umiliato, e più di una volta mi sedetti su di una giara di granaglie vuota a piangere sul triste destino che mi aveva strappato a mia madre, ponendomi fra estranei tanto crudeli. Nella caserma reale non esisteva il pasto di mezzogiorno, perché un soldato deve imparare a lavorare tutto il giorno con la sola colazione del mattino, ma io questo non lo sapevo ed ero certo che tutti si fossero dimenticati di me.

Al calar della sera, però, quando ero ormai convinto di essere stato abbandonato alla fame e alla disperazione, Tabshar Sin ritornò, si guardò in giro e sembrò contento di vedere che avevo eseguito il compito affidatomi.

«Questa, Principe, è la vita del soldato» disse posandomi la mano sulla spalla come se comprendesse tutta la mia pena. «La maggior parte del tempo è fatica e noia, il resto è paura, dolore e, infine, morte. La gloria è riservata a pochi e soltanto a quelli che hanno accettato tutto il resto. Vieni, è ora di mangiare e poi di andare a dormire. Domani andrà meglio.»

Quella sera cenammo con pane, formaggio di capra e birra scura e forte. Io sedevo fra i principi reali, alla destra di Tabshar Sin, dalla parte dell'unica mano che aveva, e questo pareva essere un onore particolare. Tabshar Sin raccontava aneddoti delle sue campagne, mentre io e i miei fratelli ascoltavamo attenti e pieni di ammirazione. Non avevo mai assaggiato cibo più raffinato né conosciuto compagnia più splendida: già mi ero dimenticato delle scuderie reali e consideravo questa la serata più bella della mia vita.

Asarhaddon non era con noi. Quando chiesi di lui, dapprima incontrai un silenzio imbarazzato, poi fui informato che era stato mandato a dormire all'aperto, una dura punizione davvero perché le notti erano fredde. Lo avevano scoperto a battersi, e non ebbi che da guardarmi in giro per capire con chi: all'estremità opposta della tavola c'era un ragazzo con un occhio nero. Si chiamava Arad Malik e lo conoscevo un po' perché aveva lasciato la casa delle donne soltanto l'anno precedente. Aveva una faccia larga e stupida e mi fissò con odio tutta la sera perché sapeva che Asarhaddon era mio amico.

Dei miei reali fratelli, oltre a lui conoscevo soltanto di vista Arad Ninlil, secondo figlio della Signora Tashmetumsharrat, un ragazzo magrolino e dall'aria malaticcia di circa quattordici anni, che aveva un'ombra bluastra sotto gli occhi. Non parlava mai, né sembrava ascoltare Tabshar Sin, come se la sua mente fosse occupata a contemplare qualche sua pena privata. Aveva quasi terminato l'addestramento e fra pochi mesi se ne sarebbe andato a raggiungere le armate nel nord.

Dopo suo fratello Assurnadinshum, era il primo fra gli eredi al trono.

Quando il pasto fu finito, riuscii a rubare un mezzo filone di pane e una piccola anfora sigillata di birra, e non mi avrebbe sorpreso che Tabshar Sin si fosse accorto del mio furtarello, ma se così fu non lo dette a vedere. Ritornai alla caserma, arrotolai la mia coperta e quella di Asarhaddon e uscii a cercarlo. Lo trovai sul tetto, sdraiato, che osservava le stelle con le mani intrecciate dietro la nuca. Fu contento di vedermi, ma ancor più contento, credo, del pane e della birra.

«Perché hai fatto un occhio nero ad Arad Malik?» chiesi. Con la bocca piena, Asarhaddon sorrise al ricordo, mentre rompeva il sigillo del boccale di birra con le dita tozze.

«Non mi ha dato scelta» rispose. «Voleva battersi, e tutto perché avevo detto che i seni di sua madre sono grossi come zucche e altrettanto gialli. Ed è verissimo, sai, li ho visti una volta, quando avevo sei anni. Non è uno spettacolo che si può dimenticare.»

Scoppiammo a ridere entrambi, senza riuscire a trattenerci. La madre di Arad Malik era di Hamath, un dono del re del luogo, prelevato dal proprio harem, e poiché gli uomini di Hamath sono famosi per la loro abilità nel commercio, non mi stupiva apprendere che il Signore Sennacherib aveva ricevuto meno del valore dichiarato.

«Però, chi si fa un nemico inutilmente è uno sciocco, fratello.»

Accettai il boccale che Asarhaddón mi porgeva e bevvi una sorsata, sebbene, poco abituato com'ero, ho il sospetto che dopo la cena fossi già un po' alticcio. «Impara a stare attento. Arad Malik è uno stupido zoticone, ma un giorno potrebbe farti del male.»

«Farsi dei nemici è il lavoro del soldato, e poi il giorno che dovessi aver paura di quel figlio di buona donna...»

Scoppiammo a ridere di nuovo e ci passammo il boccale di birra finché non fu del tutto vuoto e la testa prese a ronzarci come un alveare. Il boccale vuoto rotolò giù dal tetto, andando in mille pezzi sul terreno sottostante, cosa questa che ci fece ridere ancora di più, e stavamo ancora ridendo quando ci avvolgemmo nelle coperte.

Asarhaddon alzò lo sguardo al cielo stellato e sorrise.

«Magari ci fossero altri mondi da conquistare oltre questo!» disse con aria sognante. «Magari fossero tanti quanto le stelle!»

«Ne basta uno, fratello. Tu e io avremo la nostra parte di gloria prima che i nostri giorni siano finiti.»

Non ebbi risposta. Asarhaddon giaceva accanto a me con gli occhi chiusi, sognando già battaglie e vittorie.

Quella notte dormimmo vicini sotto la cupola del cielo, soddisfatti della nostra sorte e l'uno dell'altro, perché eravamo fratelli e c'era fra noi un affetto che, nel nostro cuore fiducioso, pensavamo dovesse durare per sempre. Agli occhi di un fanciullo il mondo è davvero molto semplice.

Il giorno seguente mi fu consegnato un elmo di bronzo e un corsetto di cuoio, e Tabshar Sin cominciò a insegnarmi a maneggiare la spada. Mi fece lavorare finché non riuscii a sollevare la destra neppure più in alto della spalla, e a quel punto mi legò un piccolo scudo rotondo sul braccio sinistro e trasse la sua spada dicendomi di difendermi se non volevo cominciare a collezionare cicatrici. Cicatrici non ce ne furono, credo più per la cura che Tabshar Sin prese nell'evitarmele che non per la mia abilità, ma a metà pomeriggio ogni pezzetto del mio corpo al di sopra dell'ombelico era irrigidito come legno e io ero certissimo che sarei rimasto invalido tutta la vita. Infine Tabshar Sin mi condusse all'ombra di un muro, mi fece sedere e mi versò acqua fredda sul capo e sul corpo, finché mi coprii la faccia con le mani, implorandolo di smettere.

«"Sono Tiglath Assur, figlio di Sennacherib!" Sì, ragazzo, ho saputo della tua bravura col coltello, ma pare che tu sia fiero e coraggioso soltanto con i preti e gli eunuchi.»

Lo ingiuriai, chiamandolo con tutti gli epiteti più offensivi che riuscii a ricordare, ma ottenni soltanto di farlo ridere ancora di più. Era un veterano. Niente lo impressionava e non conosceva la pietà. E Tabshar Sin aveva deciso che in me c'era la stoffa del soldato.

L'organismo di un ragazzo si irrobustisce in fretta, e dopo pochi giorni ero in grado di esercitarmi dall'alba al tramonto, di festeggiare e scherzare tutta la sera, per trascinarmi poi a letto, dal quale mi alzavo la mattina dopo fresco e arzillo come una fanciulla il giorno delle nozze. Amavo molto la casa della guerra.

Le caserme reali erano, naturalmente, solo una parte del vasto complesso del palazzo e avevano lo scopo di dare al re una guardia del corpo e alla città di Ninive una guarnigione. I principi si mescolavano amichevolmente con ufficiali e soldati in ugual misura, poiché gli uomini di Assur sono una razza orgogliosa e per loro solo il re è sacro. Nonostante fossi ancora un ragazzo, conducevo una vita da uomo, in mezzo agli uomini, ed ero profondamente felice.

I giorni passavano velocemente. Io apprendevo tutte le tecniche della guerra d'assedio e della battaglia campale, distinguendomi in alcune di esse. Asarhaddon, con il quale ero sempre in accanita competizione, era miglior spadaccino di me, ma io ero più esperto nell'arco e particolarmente bravo nel lancio del giavellotto. Non avevo rivali nell'arte di guidare il carro, mentre Asarhaddon mi batteva come cavaliere ed era anche un bravo lottatore, come ho già avuto occasione di ricordare, ma io ero più agile e riuscivo a correre per lunghe distanze senza fiaccarmi. Mai ci stancavamo di gareggiare fra noi, come mai ci stancavamo della compagnia reciproca, o di crederci i ragazzi più simpatici, più bravi e più fortunati del mondo. Così trascorreva ogni ora e ogni giorno e ogni mese nell'atmosfera di regolata violenza della vita militare.

L'unico avvenimento ebbe luogo dopo che furono trascorsi circa sei mesi dal mio arrivo nella caserma reale. Un giorno ricevetti un dono inatteso da mio zio, il Signore Sinahiusur.

Eravamo soltanto a metà pomeriggio, quando un messaggero venne a prendermi mentre ero sul terreno di parata, dicendomi soltanto che c'era per me un visitatore la cui presenza mi avrebbe esentato dal partecipare agli esercizi. Non mi dispiaceva andarmene, dato che ero stanco, sudato e avevo la schiena completamente spellata dalla vita al collo a causa di una caduta da cavallo. Il piede mi si era impigliato nella staffa e la vecchia cavalla, esperta conoscitrice di ragazzini che s'immaginavano maestri della cavalleria reale, e che aveva evidentemente deciso di insegnarmi il rispetto per gli anziani, mi aveva trascinato per almeno venti passi prima che Tabshar Sin riuscisse a frenare l'accesso di risa e mi liberasse. Non era stato uno dei miei giorni migliori ed ero grato quindi a ogni scusa che mi si presentava per abbandonare la scena di tanta umiliazione: non m'importava chi fosse colui che mi cercava, né che cosa volesse.

«Va' all'alloggio del comandante» mi fu detto, e subito mi passò per la mente il pensiero che forse mi ero comportato in modo tale da farmi cacciar via, ma ero troppo sfinito per preoccuparmene.

Non trovai però il comandante seduto su uno sgabello, sotto il pergolato del giardino, a bere birra da un boccale smaltato a colori vivaci, bensì il Signore Sinahiusur.

Il *turtanu* del re non aveva perduto minimamente il suo aspetto maestoso dall'ultima volta che lo avevo visto, quasi sette mesi prima, quando mi aveva salvato dal coltello del castratore. La tunica, colore del caldo sole d'estate, scintillava di fili d'argento e la barba era nera come la pece. Sedeva calmo, impassibile come un monumento, apparentemente senza notare niente, tenendo il boccale delicatamente nella mano destra, quasi fosse incerto se lasciarlo cadere. Mi avvicinai a lui e mi inginocchiai, posandogli la mano sul ginocchio in segno di rispetto. Non c'era alcun servo con lui, perciò eravamo completamente soli. Alla fine il Signore Sinahiusur mi toccò leggermente il capo e mi disse di alzarmi.

«Che ti è successo?» domandò, ordinandomi di voltarmi per poter esaminare le scorticature che avevo dietro le braccia.

«Sono caduto da cavallo, mio Signore.»

Non era questo un argomento che fossi lieto di trattare, e fui quindi felice quando potei ricoprire le ferite nascondendole alla sua vista. Mi dolevano, perché il sole invernale le aveva rese secche come screpolature nel fango, ma la ferita più profonda l'aveva riportata il mio amor proprio.

«E trascinato per terra, a quel che vedo.»

«Sì, mio Signore.»

«E così non sei ancora in grado di comandare una carica?» Scrutò il mio volto e sorrise, ma si capiva che lo faceva più per mettermi a mio agio che perché si sentisse in vena di allegria.

«Mi giungono tuttavia buoni rapporti sui tuoi progressi, Tiglath Assur. Allora, ti trovi bene qui? Questa vita ti piace?»

«Sì, mio Signore.»

«E pensi che diventerai un buon soldato al servizio del re nostro Signore?»

«Lo spero, mio Signore.»

«Bene. Ci sono cose più importanti nell'arte del soldato di quelle che si possono apprendere nella casa nella guerra... o sulla groppa di un cavallo. Farai una cosa saggia a ricordartelo, Tiglath Assur.»

Non sapevo cosa rispondere e perciò stetti zitto, permettendo invece ai suoi occhi, carichi di anni e di esperienza, di osservarmi a loro agio. E aspettai, poiché certamente il *turtanu* non era venuto nel giardino solo per scambiare complimenti con un ragazzo: lo capivo da me, non c'era bisogno che Tabshar Sin me lo spiegasse.

Sembrava che anche il Signore Sinahiusur fosse in attesa di qualcosa, di un segno da parte mia, e forse alla fine lo vide, perché sorrise nuovamente e questa volta con vero piacere, e la sua mano si appoggiò saldamente sulla mia spalla.

«Tu vivrai in un mondo sconvolto, Tiglath Assur, e avrai bisogno di molti amici. Mi sto chiedendo se vorrai contarmi fra questi. Che ne pensi? Saremo amici, ragazzo mio?»

Inclinò la testa da un lato, sempre tenendomi la spalla con le sue forti dita scure.

«C'è qualcosa che io non ti devo, Signore?» domandai, e quasi non mi rendevo conto dove prendessi il coraggio per parlare, poiché ero tutto scombussolato e non capivo più niente dall'agitazione. «Tutto ciò che sono è al tuo servizio, e tu puoi desiderare l'amicizia di qualcuno così insignificante...!»

«Bene! Allora siamo d'accordo» disse bruscamente, dandomi una scrollatina e scostandosi. «Parli bene per un ragazzo, ma ricordati che qualche volta la cosa migliore è tacere. Lo imparerai, anzi credo che tu lo abbia già imparato. Vieni!»

Si alzò dal suo sedile e uscimmo insieme dalla casa del comandante, fino alla portantina del Signore Sinahiusur che lo stava aspettando. Gli schiavi portatori, i corpi nudi anneriti dal sole, erano accucciati per terra come cani e dagli sguardi sembrava che ci stessero giudicando in base al peso.

«Io credo possibile, Tiglath Assur, amico mio, che tu cresca fino a essere di qualche utilità, sia pur modesta, al re del quale siamo entrambi servitori, e perciò io desidero essere utile a te: non è forse questo il significato più vero dell'amicizia? Sì, certamente, ti ho portato quindi un regalo... Dov'è?»

Mi guardai intorno come se la domanda fosse indirizzata a me, ma gli occhi del *turtanu* erano fissi sul capo dei portatori, un individuo enorme, con l'anello del prigioniero al naso, il quale si limitò a indicare con il pollice le tendine abbassate della portantina. «Fuori di lì immediatamente, dannato farabutto!» Il volto del Signore Sinahiusur si era fatto di colpo nero dalla collera; in pochi rapidi passi raggiunse la portantina, scostò le tende con gesto impaziente e rivelò alla vista il dannato farabutto, il quale si era evidentemente svegliato in quel momento da un piacevole sonnellino. Non avevo mai visto un miscuglio tanto buffo di sorpresa e di vergogna piena di paura come in quello schiavo, quando il *turtanu* lo afferrò per il bavero della tunica e lo mandò con uno strattone a spiaccicarsi nella polvere a quattro o cinque passi di distanza. I portatori scoppiarono in una risata fragorosa a quello spettacolo e io risi insieme a loro, e perfino il malcapitato sorrise stupidamente, mentre se ne stava inginocchiato nella polvere, con le braccia levate in gesto di supplica, come se volesse scongiurare la bastonatura che certamente si aspettava.

Ma il *turtanu* non lo colpì. Lo scudiscio rimase attaccato alla sua cintura mentre studiava lo schiavo con evidente disgusto.

«Devi pensare che sia un ben misero dono quello che ti porto» disse alla fine. «Ma forse, Tiglath Assur, lo troverai più utile di quanto lo abbia trovato io. Ha qualche talento ed è astuto: fa' di lui quello che puoi.

«E tu, procura di occuparti della schiena di questo ragazzo, se non vuoi disonorarmi del tutto!»

Lo schiavo piegò ancor di più il collo, ansioso di compiacere il padrone, tenendo sempre le mani sollevate per proteggersi la faccia, anche se avrebbe dovuto capire che ormai non correva più pericolo. Il Signore Sinahiusur lo fulminò con lo sguardo, simile a un gatto quando guarda il topo che è appena sfuggito alle sue fauci.

Non disse altro, ma tese la mano verso di me per permettermi di piegare la fronte a toccarla, salì sulla portantina, liberata tanto recentemente dal suo occupante, e tirò completamente la tenda. Mentre il *turtanu* si allontanava, io mi voltai verso lo schiavo, ancora inginocchiato nella polvere, domandandomi che cosa avrei dovuto fare di questa mia nuova e singolare proprietà.

Restai a guardarlo con aria interrogativa e alla fine lo schiavo si alzò in piedi, dando uno sguardo intorno a sé. Poteva avere circa venticinque anni, anche se non mostrava il portamento di un giovane, e aveva la carnagione chiara che, in questa parte del mondo, rivela una vita trascorsa per lo più al chiuso; nelle sue maniere c'era poi qualcosa di insolente, come se non fosse precisamente contento di essere lo schiavo di un ragazzo non ancora decenne. Questo atteggiamento mi irritò fortemente, dato che durante la giornata avevo avuto più di un motivo per ricordarmi che non ero certamente un uomo fatto.

Lo schiavo aspettava, incerto sulla sua posizione come lo ero io sulla mia.

«Io sono un soldato» dissi alla fine. «Non ho nessun bisogno di un servitore e comunque non sarebbe permesso nella caserma reale. Forse il *rab kisir* potrà trovare il modo di usarti da qualche parte.»

Dapprima non dette segno di reagire, poi le parole sembrarono affollarglisi alla mente.

«Mio Signore, non dovete giudicarmi troppo male per questo...» e fece un gesto verso il punto in cui era stata la portantina del *turtanu*, lasciando che la faccia pallida e mobile gli si allargasse in un sorriso piuttosto ottuso. «Mi troverete un servitore eccellente e...»

Si era preparato un discorsetto, e ora, a quel che sembrava, le parole gli erano venute meno. I vocaboli uscivano a fatica dalle sue labbra perché era straniero e il suo accadico era sgradevole a sentirsi come una pietra per arrotare sulla lama di un'ascia. Uno straniero nella Terra di Assur, e lo avevano fatto sentire uno sciocco. Be', sapevo esattamente che cosa provasse e riuscivo ad avere compassione di lui.

«Farò per te quello che posso» gli risposi in aramaico, la lingua usata da molti soldati e da una buona metà degli abitanti di Ninive, tanto che ci si aspettava sempre che uno straniero la capisse. «Che altro vuoi da me?»

La schiena mi doleva mentre ce ne stavamo là in piedi, nella corrente d'aria fredda, e avrei voluto finire rapidamente con questo argomento, così da poter rientrare per lavarmi e cambiarmi, ma lo schiavo restava lì a guardarmi con un'espressione che era quasi una muta invocazione di aiuto. Non mi ci volle molto a capire che non aveva afferrato neanche una parola. Scrutai attentamente la sua faccia, con gli occhi chiari e le fattezze precise, quasi delicate, così diversa da quelle che mi vedevo intorno tutti i giorni, e di colpo capii.

«Che altro vuoi da me?» ripetei, questa volta nella lingua di mia madre. Il cambiamento fu talmente immediato che non era possibile sbagliarsi.

«Gentile padrone!» Prima che potessi fermarlo si era gettato a terra e mi abbracciava i piedi. «Mai mi sarei aspettato in questo posto...»

Così fu che lo schiavo Kephalos si unì al mio destino.

«Non sono nato schiavo, padrone» mi disse mentre nella fresca penombra della mia stanza della caserma, con un catino d'acqua e un morbido panno, mi lavava la sporcizia dalle scorticature sulla schiena. Aveva un tocco delicato come quello di una donna. «Sono prigioniero di guerra.»

Lo disse con grande orgoglio, ma io lo avevo già capito dal marchio che gli era stato fatto nell'orecchio sinistro, grazie al quale uno schiavo evaso può essere riacciuffato e messo immediatamente a morte. Così dice la legge.

La maggior parte dei prigionieri di guerra, tuttavia, è obbligata a lavorare allo scavo dei canali o al trasporto di pietre per le grandi opere pubbliche volute dal re. Sono sfruttati senza pietà e muoiono presto, ma questo schiavo in particolare non aveva le mani di uno in grado di sopportare un lavoro duro e nemmeno i rigori della vita militare. Era difficile credere che la mia nuova proprietà fosse stata un tempo un soldato.

«Quale guerra?» gli chiesi. Ero francamente curioso e volevo sentire quali bugie avrebbe fabbricato per fare di sé un eroe. «Com'è che fosti catturato?»

Il greco si limitò a scuotere le spalle, come se rimpiangesse una qualche occasione perduta. Passarono forse quindici secondi prima che si decidesse a rispondere.

«Cinque anni fa stavo tornando a casa da Aleppo e per mia sfortuna mi trovai a Tiro quando gli Assiri arrivarono. Solo due giorni prima ero stato assalito e derubato uscendo da una taverna e quindi, disgraziatamente, nel panico che seguì non ebbi i mezzi per procurarmi il modo di fuggire con una nave. Le autorità di Tiro mi arruolarono a forza nell'esercito e io passai il tempo durante l'assedio a giocare a dadi, mentre aspettavamo che i capi della città negoziassero la resa. Vinsi un bel po' di denaro e questo forse provocò un certo risentimento: uno straniero in una città assediata, padrone, si trova sempre in una posizione imbarazzante. In ogni caso, quando giunse il momento di consegnare i prigionieri, io mi ritrovai in catene, spinto a forza con la punta di una lancia verso l'accampamento assiro. E questa è tutta la storia della mia carriera militare.»

Sospirando aprì una scatolina di legno, che aveva posato accanto a sé sul mio giaciglio, e ne tirò fuori un minuscolo vasetto di terracotta pieno di un unguento grigiastro che, non appena spalmato sulla pelle scorticata, mi calmò il bruciore della schiena facendomi sentire molto meglio.

Scoprii a un tratto che il mio malumore era scomparso e che il disprezzo divertito verso quell'individuo si era smontato, tanto che avrei voluto aiutarlo in qualche modo prima di lasciarlo, parendomi poco probabile che mi fosse permesso di tenerlo.

«Che cosa sai fare?» gli chiesi dando un'occhiata alla scatolina di legno, mentre mi aiutava a infilarmi la tunica. «Come hai fatto a evitare finora l'arruolamento forzato nelle squadre di lavoro?»

Gli angoli della bocca dello schiavo si arricciarono per un attimo in un sorrisetto furbo che scomparve quasi immediatamente.

«Ah! Padrone» esclamò alzando gli occhi al soffitto. «Guardati dallo sciupare la gioventù in follie senza profitto! Se avessi bevuto meno la notte in cui fui derubato a Tiro, oggi non sarei schiavo, e se fossi stato meno indolente, oggi sarei a casa mia, a Nasso, ad arricchirmi con la medicina, una vocazione presente nella mia famiglia da generazioni.

«Tuttavia, essendo figlio di un medico, non ho abitato la casa di mio padre con gli occhi completamente chiusi. Qualcosa ho imparato, e la prima moglie del *turtanu*, questo forse tu non lo sai, soffre di disturbi collegati alle sue perdite mensili, la natura precisa dei quali sei troppo giovane per capire, ma che sono stati fonte di grande fastidio per il marito. Io sono riuscito, con l'aiuto di qualche piccolo trucco che ho appreso qua e là nei miei viaggi...»

Fece un passo indietro e mi guardò, come se stesse considerando quale tocco apportare ai drappeggi della mia tunica, e il soggetto della moglie del *turtanu* sembrò uscirgli di mente come un'ombra fugace.

«E ora il *turtanu* ti cede a me?» gli chiesi, non volendo perdere niente del suo interessante racconto.

Sorrise, con l'aria di chi sia stato svegliato di colpo da un sogno.

«Chi sono io, padrone, per svelare i segreti del talamo coniugale? La signora non è più nel fiore della giovinezza e perciò le difficoltà si sono forse risolte da sole. O forse il *turtanu* si è spazientito con lei e ha trovato questo modo per... no, no, giovane padrone, non avere l'aria così scandalizzata: quando gli dei decideranno che è giunto il momento di affliggerti con una moglie, capirai come possono essere dure da sopportare. In quanto a me, io non ho mai preso moglie, ma ogni uomo ha una madre e potrei raccontarti certe storie sulla mia... ma basta così. È tempo per te di andare a cena, Signore, dove potrai perorare la mia causa davanti al *rab kisir*, affinché, se devo essere schiavo fra gli Assiri, gli dei possano almeno concedere che il mio padrone sia greco.»

Aprii la bocca per ricordargli che io non ero uno straniero come lui, bensì il figlio del re, ma ci ripensai osservando l'espressione del suo volto. La Terra di Assur poteva, sì, essere la mia patria, ma sapevo che cosa volesse dire viverci da straniero e comprendevo i sentimenti di Kephalos. Non ero che un ragazzo, ma più maturo di quanto sarei stato in una situazione diversa.

«Questo schiavo, Principe, è un dono del *turtanu*?» Tabshar Sin si soffregò la guancia con le dita della sua unica mano, mentre si piegava verso di me, facendo quasi rovesciare col gomito il suo boccale di birra.

Prese il coltello e cominciò a battere la lama sul bordo del tavolo, segno sicuro che la sua mente era turbata. Aveva bevuto parecchio quella sera, ma in qualsiasi momento un fatto del genere lo avrebbe riempito di dubbi e di timori. Era lui il responsabile della disciplina nella caserma reale, ma il *turtanu* era secondo soltanto al re nel comando dell'esercito.

Feci di sì con il capo senza sorridere. Kephalos, il quale da quanto avevo capito non era propriamente felice di vedere affidato il suo destino a un fanciullo, mi aveva istruito con grande cura.

«Ho avuto l'impressione che il Signore Sinahiusur desideri darmi l'occasione di far pratica della lingua ionica, così da non perdere ciò che potrebbe tornare utile negli anni a venire. Gli Ioni sono gente ambiziosa, Tabshar Sin, e chissà che un giorno...»

Mi bastò un'ambigua scrollata di spalle per vedere sulla fronte del *rab kisir* scavarsi un solco di preoccupazione. Io stesso non avevo veramente idea di ciò che significassero le mie parole, perché Kephalos me le aveva ficcate in testa come paglia in un cuscino, ma mi parve che Tabshar Sin fosse ancor più incerto di me. Era un soldato e aveva le qualità del soldato: coraggio, abilità nel suo lavoro, obbedienza cieca nell'eseguire gli ordini, ma le questioni di Stato, misteriose come la negromanzia, erano da lui considerate territorio del re e della divinità.

Perciò, se il *turtanu*, il quale parlava con la voce stessa del monarca, desiderava che Tiglath Assur possedesse uno schiavo di qualche lontano angolo del mondo, questo doveva bastare a Tabshar Sin.

«Ma bada, Principe, che quello ionio rammollito non ci dia nessun fastidio!» disse alla fine, agitando la mano nella mia direzione, con il coltello che quasi mi sfiorava il petto. «E cerca di non farti insegnare l'infingardaggine straniera. Soltanto uno stolto, abbandonato dagli dei, affiderebbe i ferri del mestiere a uno schiavo, perciò occupati tu stesso di tener lucida la tua spada e trova qualche altra incombenza per tenere occupato quel mascalzone. Ricordatelo, Principe!»

La sua espressione era così minacciosa e la punta del coltello tanto vicina al mio petto, che chinai in fretta il capo, dicendo di sì a tutto.

«Gli dei sanno» mi affrettai ad aggiungere «che ho ben poco bisogno di un servo, ma quel tipo sembra intendersene nel curare le ferite, e così...»

«D'accordo, allora, la cosa è sistemata.»

Di colpo, come se il pensiero gli fosse venuto in mente in quel preciso momento, Tabshar Sin si alzò da tavola e uscì, strascicando i piedi, per vuotarsi la vescica contro il muro della caserma. Era tardi e bisognava andare a letto: la mattina dopo l'idea dello schiavo Kephalos sarebbe stata sua fin dal primo momento.

Non ebbi mai l'occasione di ringraziare come si conveniva il Signore Sinahiusur per il suo regalo, perché lo vidi raramente dopo quel giorno, e sempre da lontano e nell'esercizio delle sue funzioni, che m'incutevano grande soggezione e non permettevano alcun contatto di carattere personale. In realtà, il re e i suoi ministri erano distanti da noi come gli dei. Sebbene il Signore Sennacherib avesse posto la mano sul mio capo e mi avesse chiamato ''figlio'', nei successivi due anni lo intravidi soltanto due volte e udii la sua voce in un'unica occasione.

La prima volta fu a una parata che ebbe luogo quando il re partì per una campagna militare. Io ero dritto sull'attenti insieme agli altri ragazzi della caserma reale mentre egli passava sul carro da guerra, risplendente nelle vesti d'oro e d'argento che brillavano al sole come guizzi di fiamma. Non guardava né a destra né a sinistra, immobile come un idolo di pietra, ma così sono fatti i re ed è questo il loro modo di rivelare la maestà della monarchia.

La seconda occasione si presentò al ritorno del re dalla campagna e, nonostante fosse cominciata abbastanza bene, conserverò nella mia memoria il ricordo di quella giornata come di una delle più penose della mia vita.

Ci fu un grande banchetto per celebrare il trionfo delle nostre armate sulle tribù delle montagne, che si radunavano come locuste a oriente del fiume Tigri, in una delle grandi sale del palazzo reale dalle pareti coperte di fregi scolpiti, nei quali erano illustrate le vittorie del potente sovrano di Assur sui suoi nemici. Torce imbevute di cera ardevano nelle nicchie alle pareti e l'aria era piena del brusìo di molte voci e della musica suonata da musicisti che il re aveva portato a Ninive come bottino di guerra dai quattro angoli della terra. Danzatrici avvolte in lini pregiati, intessuti d'oro, muovevano ritmicamente i loro corpi sulla cadenza dei cimbali e dei tamburi, e l'odore delle spezie gravava nell'aria.

Io servivo come paggio, poiché in simili occasioni il Signore Sennacherib amava circondarsi dei suoi figli per permettere loro di contemplare la sua gloria. Ero in piedi accanto all'entrata, nell'uniforme pulita di cadetto reale, ma senza la spada, nessuno potendo portare un'arma alla presenza del re, e guardavo mio padre seduto a tavola circondato dai suoi due figli maggiori, dal Signore Sinahiusur e da una dozzina circa di dignitari più importanti, i cui nomi ho da gran tempo dimenticato.

Mi sentivo invisibile: in tale confusione e rumore questi splendidi nobili, tutti presi dai loro piaceri, non potevano notare uno come me, ma io lo consideravo una lezione di magnificenza e di grandezza, perché questi uomini, pensavo, avrebbero governato nella Terra di Assur finché fossi vissuto.

La maestà del re e del *turtanu* mi abbagliava. La grandezza del loro potere li circondava come un'aura vivente e mi sembrava che solo a guardarli gli occhi mi dovessero bruciare nelle orbite: non erano esseri di carne e ossa come me, ma personaggi quasi divini.

Il *marsarru* Assurnadinshum, che non avevo mai visto prima, lo trovavo meno impressionante, e questo a dispetto del fatto che fosse già re di Babilonia per volere di suo padre. Era venuto dal sud per sposarsi, prospettiva che non sembrava riempirlo di gioia. Aveva una faccia lunga, dall'espressione insoddisfatta e non pareva gran che incline a parlare; sedeva alla destra del re, tamburellando con le dita sul calice d'oro pieno di vino, silenzioso, quasi assente.

È questo, pensavo fra me e me, l'uomo che sposerà Esharhamat e me la porterà via per sempre? Sapevo ormai che mio fratello Asarhaddon aveva detto la verità e che la nostra separazione sarebbe stata definitiva, e nella mia disperata gelosia arrivai a maledire Assurnadinshum: a vederlo mi rodevo il fegato. Gli augurai infelicità e rovina, e chiesi agli dei di strapparlo alla vita: se essi mi ascoltarono, possa il suo spirito errante perdonarmi.

Non mi fu permesso di restarmene lì inosservato. Alla fine, il re guardò nella mia direzione e, nel momento in cui stava quasi per volgere altrove lo sguardo, qualcosa in me sembrò attirare la sua attenzione. Si girò verso il *turtanu*, mormorò una parola e assentì gravemente col capo alla risposta di questi. Un istante dopo alzò la mano e con un cenno mi invitò ad avvicinarmi; io mi inginocchiai davanti a lui e gli appoggiai le mani sulle ginocchia in segno di sottomissione, ma mi aiutò lui stesso a rialzarmi.

«E così questo sarebbe il grande Tiglath Assur, eh? ''Mio padre è Sennacherib, Re dei Re!'' non è vero? Sì? Ah, Ah, Ah!»

Non rimasi mortificato, perché avevo già sentito quella risata che ora riecheggiava su molte bocche. Il re mi posò la mano sul braccio e mi trasse più vicino a sé, come se volesse osservarmi meglio.

«Ecco qualcuno che fra pochi anni ammucchierà molte teste ai piedi del Re mio Signore.»

Non so chi avesse parlato, ma il re scoppiò in un'altra risata, che mi colpì come un pugno. Fece per assestarmi un colpetto col dorso della mano, finse di meravigliarsi nel vedere che sapevo restare fermo, e allora la sua risata riempì nuovamente la sala: il Signore Sennacherib era soddisfatto di se stesso e di me.

Alzai gli occhi per guardarlo in faccia, sembrandomi indegno di un figlio del re tenere lo sguardo stupidamente fisso a terra come un qualsiasi contadino, e fui sorpreso di vedere che il re distoglieva immediatamente il suo, quasi non volesse guardarmi direttamente; io ebbi dunque un attimo (un solo attimo perché i grandi della terra non amano essere guardati fissamente) per studiare il suo volto.

Sì, non mi ero sbagliato. Glielo avevo potuto leggere negli occhi ciò che afferravo con l'intuito dei fanciulli ma che non avrei saputo esprimere in parole: il Temibile Signore, il Prescelto di Assur, il Padrone dell'Universo, era impaurito, sì, stanco e impaurito. Non aveva certamente paura di me — chi può temere un ragazzo? — ma della vita, perché non era che un uomo dopotutto e il suo fardello era gravoso. Il cuore mi si riempì di compassione e, dentro di me, lo chiamai col nome di padre.

Fu questione di un istante e nel tempo di un respiro era tornato a essere il re. Mi sorrise e sentii la pressione della sua mano sul braccio, mentre il volto bruno e segnato riprendeva tutta la sua maestà; ma l'impressione riportata mi accompagnò per tutta la vita.

«C'è una sorpresa per te» disse. «Chi credi stia aspettando di vederti questa sera, ragazzo? Eh?» Alzò il braccio e indicò un angolo in penombra della sala. Ma pur sforzandomi non riuscii a vedere niente altro che una porta semiaperta. «Tua madre, ragazzo! Sì, sei scusato, corri da lei!»

Il grande monarca, il dispensatore di doni, non avrebbe potuto conquistarmi più completamente se avesse gettato metà dell'Asia ai miei piedi. Nella confusione del mio animo, non pensai a inchinarmi per congedarmi dalla sua sacra persona, e corsi, col sangue che mi rombava nelle orecchie, verso l'angolo buio, come un falchetto che si precipita a piombo sulla preda.

Era là, la mia bella mamma dai capelli color del bronzo, e s'inginocchiava nella penombra, aprendo le braccia per stringermi a sé fino a soffocarmi. Mi sentivo il cuore scoppiare dalla felicità ed era quasi una sofferenza acuta, mentre mia madre mi abbracciava, così forte da conficcarmi le unghie nella schiena, piangendo, cullandomi fra i singhiozzi e le lacrime che mi sentivo scorrere sulla faccia. Non mi ero reso conto fino a quel momento di quanto mi fosse mancata. Che cosa era la gloria, che cosa il favore del re a paragone del dolce abbraccio di mia madre, al quale avevo dovuto rinunciare per questi? In quale altro luogo avrei potuto trovare la felicità se non fra le sue braccia? Per un bel pezzo non parlammo, non riuscivamo a parlare, come se la lingua ci si fosse paralizzata.

«Mio *Lathikadas*, mio bel bambino, come sei cresciuto!» disse alla fine, tenendomi un po' scostato da sé per studiarmi e constatare che era vero, che, sì, ero proprio il suo bambino: glielo leggevo negli occhi, azzurri come i miei. Mi raddrizzai e sorrisi, lasciando che si riempisse la vista guardandomi.

«Sei cresciuto, sì. Sei quasi un uomo adesso.» Ricambiò il mio sorriso, ma nel suo c'era un'ombra d'infelicità, come se stesse misurando la distanza che si spalancava fra noi. «Dimmi, raccontami tutto quello che ti è successo. Ti piace fare il soldato? È proprio tutto come sognavi nella casa della guerra?»

Che cosa lessi in quel momento sul suo volto? Forse stava tremando all'idea che io amassi la caserma e i cavalli e tutto il crudele armamentario della guerra? Temeva forse che il mio nuovo idolo potesse averla sostituita nel mio cuore? Oppure desiderava con tutta l'anima di sentirmi dire che ero felice, così da poter credere che il suo sacrificio era valso tutto il tormento e la solitudine? Non lo sapevo. Un ragazzo non può capire queste cose, perché non comprende altra felicità o infelicità che la sua, eppure in quel momento sentivo che le mie parole avevano il potere, non di alleviare le sue sofferenze, ma soltanto, se avessi detto la cosa sbagliata, di rendere ancor più pesante il suo fardello.

«Oh, Merope» dissi prendendole il volto fra le mani «come vorrei che tu potessi vedere quanto è meraviglioso, che tu potessi vedermi lì! Non ti vergogneresti a chiamarmi figlio!»

Le raccontai tutto: di Tabshar Sin, che aveva una mano sola, e del mio schiavo greco, delle mie prodezze con il giavellotto, dell'abilità di Asarhaddon nella lotta e dei carri che sollevavano una cortina di polvere con le ruote incandescenti, e del sole che accendeva lampi di luce nelle armi durante i nostri esercizi con la spada. Mi stancai la lingua, tanto le parole mi correvano via come l'acqua in tempo d'inondazione, mentre essa se ne stava lì ferma ad ascoltarmi e a contemplarmi felice. Non avevo sbagliato a parlarle di queste cose, perché erano proprio quelle che sembrava più ansiosa di sentire e che le facevano capire come non mi avesse perduto. Che io fossi libero rendeva libera anche lei, sempre presente nel mio cuore.

Ma quando le chiesi di lei e della casa delle donne, si fece silenziosa ed evasiva.

«Oh, figlio mio, è sempre tutto più o meno uguale» disse distogliendo lo sguardo. «Le acque della fontana ridono ancora come fanno i bambini felici. Ti ricordi la fontana, *Lathikadas*? E la piccola gazzella? È cresciuta e l'hanno portata via...»

«E che mi racconti di Esharhamat, madre? È ancora così carina? Non chiede mai di me?»

Era una domanda abbastanza innocente, ma mia madre mi chiuse le labbra con una mano, come se avessi pronunciato qualche terribile maledizione che avrebbe potuto ricadere sul mio capo.

«Non devi mai parlare di lei, figlio mio. Devi dimenticarla, dimenticare che esista.»

Mi tenne ancora stretto a sé e, sebbene non piangesse, intuivo che era spaventata e infelice; ma, giovane com'ero, non riuscivo a capire perché.

«Dimenticati di entrambe noi e pensa soltanto a diventare un grand'uomo.

«Adesso va'!» disse a un tratto, spingendomi via da sé. «Tu non mi appartieni più, o mio *Lathikadas*, torna da tuo padre... ora appartieni a lui. A lui e al suo dio. Dimenticati di me e sii felice.»

Non lo sopporterò, pensai: il momento della separazione era giunto e questa volta mi rendevo conto che l'avrei perduta totalmente e per sempre. Gli occhi mi si riempirono di lacrime e mi sembrò che il cuore dovesse spezzarmisi nel petto.

«Ti riscatterò dalla casa delle donne, madre!» dissi, quasi incapace di articolare le parole e attaccandomi alle sue braccia come se, senza il loro sostegno, dovessi sprofondare nelle viscere della terra. «Vedrai, il re è contento di me, ti riscatterò! Non ti dimenticherò mai!»

La porta alle nostre spalle si aprì e vidi l'eunuco che aspettava di riportare mia madre nella sua gabbia dorata. Un singhiozzo mi salì in gola senza che potessi impedirlo.

Ma Merope era già in piedi, e l'oscurità la stava inghiottendo. Avrei voluto precipitarmi ad abbracciarla ancora una volta, ma essa stese le braccia per impedirmelo: perfino in quella luce fioca riuscivo a vedere le lacrime che le bagnavano il viso.

«Addio, mio *Lathikadas*, bambino mio!» mormorò. «Ormai non posso più aiutarti col mio amore. Dimenticami, figlio mio. Ricorda soltanto che ti amo più della mia vita!»

Se ne era andata; la porta si chiuse. Ero solo.

III

Non so come riuscii ad arrivare alla caserma reale quella notte. Ricordo soltanto che ero steso sul letto pensando che sarei morto dal dolore, e che le lacrime mi soffocavano e mi facevano bruciare la gola. Ero ancora un bambino e niente ferisce tanto profondamente come il dolore che si prova nell'infanzia.

E la pena che mia madre mi aveva causato era più tremenda di quanto potesse immaginare, poiché mi aveva fatto provare una seconda volta tutto il dolore del distacco. Per molti giorni restai in quello stato; nelle ore in cui il sole brillava, facevo il mio dovere, imparando il mestiere del soldato. Nessuno si accorse di niente, ma di notte ero soffocato dal dolore del quale soltanto Asarhaddon era testimone. Ma Asarhaddon non parlava e io gli ero grato per questo.

Finalmente, il torrente dei miei sentimenti rallentò la sua corsa per adagiarsi in una specie di malinconia che, sebbene non mi lasciasse mai, mi permetteva però di pensare ad altre cose: ero infelice, ma non avevo perso interesse alla vita. Mi trovavo in questo stato quando un giorno Kephalos mi si presentò davanti.

Non avevo detto altro che la verità sostenendo con Tabshar Sin che non avevo affatto bisogno di un servo. Ero soltanto un ragazzo, non possedevo cose tali da dovermene preoccupare, alle mie necessità di cibo, vestiario e alloggio provvedeva la caserma reale, e la maggior parte del tempo la trascorrevo negli esercizi militari. Vero è che Kephalos mi aveva insegnato tutto l'alfabeto greco, ma non gli ci era voluto molto tempo e, comunque, non trovavo niente da leggere in quella lingua. Per il resto, sembrava che Kephalos passasse tutto il giorno vagando per la piazza d'armi, ozioso e inutile. Non era certo un individuo pieno di energia, ma perfino lui, dopo un certo tempo, divenne irrequieto.

«Padrone» mi disse alla fine. «Non è permesso in questo paese a uno schiavo andare in città a trovarsi un'occupazione che faccia guadagnare qualcosa a lui e al suo padrone? Non c'è questa usanza?»

Ero seduto sulla mia stuoia, occupato a massaggiarmi gli stinchi doloranti, e mi voltai in su a guardarlo, fermo sulla soglia. Era quasi sera. Avevo avuto una giornata faticosissima, ero stanco e affamato, non in modo spiacevole però: tra un quarto d'ora sarei uscito dal bagno di vapore, depurato, pulito a fondo, per andare a cena. Ascoltavo perciò le sue parole con la stessa attenzione che avrei prestato al brontolìo affettuoso di un cane dell'accampamento, senza grande comprensione né interesse, ma abbastanza ben disposto.

«Sì, certo, Kephalos, c'è questa usanza.»

«Allora, mi stavo chiedendo...»

«Sì, Kephalos...?»

Egli mostrò i denti in un sorriso nervoso, segno sicuro che si era messo in qualche pasticcio. Già allora, ero abituato a questo suo atteggiamento.

«Padrone, qui non sono di grande utilità, come sai, e l'atmosfera della caserma non è proprio di mio gusto. Mi domando se mi sarebbe possibile, con il tuo permesso, seguire la mia antica professione...»

«E di quale professione si tratta, Kephalos?» Il sorriso si fece un tantino più tirato sulla sua faccia, perché si rendeva conto che lo stavo invitando a scoprirsi.

«Vorrei, con il tuo permesso, giovane padrone, dedicarmi alla medicina.»

Feci volar via i sandali, sfilandomeli con una pedata, ed egli si precipitò a raccoglierli e se li strinse al petto come se avesse avuto l'idea di obbligarmi a riscattarli.

«Padrone, devi capire che io...»

«Hai letto il codice delle leggi, Kephalos? Lo sai che il re punisce il medico negligente o anche soltanto inetto? Se fai perdere la vista da un occhio a qualcuno, il re ti manda un soldato a casa a cavarti un occhio con la punta del pugnale. Avevo avuto l'impressione che tu non avessi ancora terminato il tuo apprendistato quando sei stato catturato. Mi sbaglio, forse?»

«Padrone, tu sei giovane, lascia che ti spieghi qualcosa» disse inginocchiandosi accanto a me e posando i sandali in bell'ordine vicino alla stuoia. «Padrone, tu devi sapere che non ci si arricchisce a fare il medico curando i malati...»

Il piano di cui Kephalos mi accennò i tratti essenziali era semplicissimo: «Vedi, o giovane signore che non sa niente del mondo, io possiedo qualcosa che vale più della scienza, io ho il prestigio che mi deriva dall'avere un padrone di grande nome. Sono lo schiavo di un principe di sangue reale e ho servito come medico la moglie del *turtanu* in persona. Con simili credenziali i ricchi pazienti si affolleranno alla mia porta, non fosse che per il piacere di parlarne con amici e conoscenti: ''Naturalmente il nostro medico è il bravissimo ionio Kephalos, che serve anche la famiglia del re!''. E tra questi io prenderò in cura soltanto le donne che non hanno niente di cui occuparsi se non le loro malattie immaginarie, e di una tale categoria di pazienti, te lo posso assicurare, non c'è città che scarseggi. Gli altri, quelli veramente ammalati, io li manderò dai miei colleghi assiri, così da non suscitare le loro gelosie. In questo modo, saremo entrambi ricchi nel giro di un anno».

Mi scrutò con aria interrogativa, piegando la testa da un lato come se stesse considerando una questione di grande peso.

«Perché, naturalmente, padrone, io dividerei equamente i profitti con te. Conosco le regole, e tu hai diritto ad avere un ragionevole ricavo dal tuo investimento. Diciamo un quarto? Il mio signore è un soldato e suo padre è il re in persona, perciò le sue necessità nei giorni a venire non saranno così pressanti come le mie. Un terzo, allora?»

«Kephalos, occorre denaro per cominciare l'attività del medico. Sono un ragazzo, ma questo lo so. Avrai bisogno di una casa, di strumenti, di medicine. Io non ho denaro da darti, nonostante che tu mi abbia definito principe reale. Dove lo troverai?»

Prese a mordicchiarsi un labbro e io capii immediatamente che non mi aveva ancora detto tutto a proposito di questa sua improvvisa ispirazione. Raccolsi la spada da terra e con la punta gli accarezzai la gola morbida.

«Kephalos...»

«Padrone, non devi preoccuparti di questi sordidi dettagli, lascia tutto a me, e...»

«Kephalos! Ti sei rimesso a giocare a dadi con i soldati! E di quanto li hai derubati questa volta? Dimmi la verità!»

«Padrone, io... be', effettivamente ho avuto una certa fortuna negli ultimi tempi e...»

«E perciò c'è chi si è offerto di impiccarti con le tue budella, vero?»

«Per essere sincero, padrone, sarebbe meglio che potessi allontanarmi di qui per un certo tempo... Tu capisci. Diciamo allora una divisione in parti uguali?»

Quella sera stessa Kephalos fece fagotto e si trasferì in città. Quando lo vidi, dieci giorni dopo, stentai a credere che fosse lo stesso uomo, tanto era riccamente abbigliato. La sua veste di lana era ricamata di azzurro, di giallo, di rosso: era una trasformazione davvero incredibile, aveva una casa e un servo di sua proprietà e mi dette dodici sicli d'argento quale mia parte dei suoi primi guadagni.

«È al di là di ogni mia aspettativa, padrone! Il fatto che sia straniero costituisce un grosso punto a mio favore, perché mi dà il vantaggio della novità. Le donne amano le novità più di ogni altra cosa, lo scoprirai senza dubbio a suo tempo, e la scienza dei paesi lontani è tenuta in gran conto fra le classi mercantili. Faremo fortuna, padrone! Ho avuto un successo assolutamente incredibile con un certo afrodisiaco, di cui ho avuto la ricetta per caso, quando ero ad Aleppo. Lo vendo più in fretta di quanto riesca a fabbricarlo, sebbene non possa fare a meno di provare un po' di compassione per i poveri mariti, ammesso che di mariti si tratti, perché il preparato ha un odore terribile e se ne sente il sapore sulla lingua per ore...»

Dissi a Kephalos di riprendersi la mia parte di utile e di investirla per me. Nel far questo c'erano due buone ragioni: non avevo un immediato bisogno di denaro e cominciavo a nutrire il più grande rispetto per l'astuzia del mio schiavo. Sentivo che ci avrebbe potuto effettivamente arricchire entrambi e, in un angolo nascosto della mia mente, vagheggiavo l'idea di riscattare mia madre dalla casa delle donne. Dell'assurdità di questo mio progetto mi rendevo conto fin d'allora: il re mio padre non commerciava in carne umana come un mercante qualsiasi e, comunque, una manciata di sicli d'argento non gli avrebbe fatto certamente impressione. Ciò nonostante, l'idea mi dava speranza e, se non altro, era qualcosa di concreto per combattere la mia solitudine e la mia cupa rabbia.

La vita continuava all'interno della caserma reale. Tabshar Sin era contento di me, e io diventavo ogni giorno più alto e più forte: ero quasi un uomo, come aveva detto mia madre, e quasi un soldato. E poi c'era Asarhaddon, al quale potevo confidare i miei sentimenti e che, pur non comprendendomi del tutto, era mio amico.

«Te la prendi troppo» disse, mentre usava la punta della spada per aprire un'altra anfora di birra, che aveva cominciato a piacergli quasi quanto la lotta. Si appoggiò all'indietro sulla sua stuoia, con gli occhi semichiusi, e l'aria perfettamente beata.

«Anche mia madre è nella casa delle donne e io spero che ci resti per sempre. Per i sessanta grandi dei, vorrei affrontare un migliaio di Medi, senza niente con cui difendermi tranne un roncolo di rame, piuttosto che ricominciare a vivere con lei sotto lo stesso tetto!»

Mi sorrise, molto soddisfatto di sé. Il mio amico ebbe sempre il dono di vedere la vita in termini di un realismo solido e senza complicazioni, come se i bisogni e i desideri di un solo individuo potessero essere trasformati per sua volontà in leggi universali.

«Le madri sono peggio di tutti i diavoli dei luoghi più brutti del mondo» riprese descrivendo un cerchio di aria con il boccale di birra per indicare il carattere cosmico di questa sua improvvisa intuizione. «Tu avresti dovuto avere una madre come Naq'ia, Tiglath, allora sapresti essere felice oggi!»

Non molto tempo dopo, nel mese di Ab, nelle ore più calde della giornata, quando uomini e bestie cercano tutti l'ombra e il riposo, me ne stavo accoccolato davanti alla porta della mia stanza con l'attenzione rivolta al tentativo di riparare un laccio del sandalo, quando un bambino di circa sette o otto anni mi si avvicinò e, inchinatosi profondamente, mi chiese: «Ho l'onore di parlare con il Signore Tiglath Assur?». Era grazioso e delicato come una fanciulla, con grandi occhi scuri e ciglia lunghe. Io accennai di sì col capo, al che il ragazzo tornò a inchinarsi e mi porse un rotolino di pelle. La scrittura all'interno era greca, perciò non feci fatica a capire chi me lo mandava. Il ragazzo aveva evidentemente avuto l'ordine di aspettare una risposta, perché rimase lì in attesa, guardandomi con una certa attenzione mentre leggevo.

«L'umile schiavo, il medico Kephalos di Nasso, prega il suo Temibile Padrone, il Principe Tiglath Assur, figlio di Sennacherib, Re dei Re, Monarca di Assiria, di onorare con la sua presenza la modesta tavola del suo servitore, questa sera nella sua casa presso la Porta di Adad. La presenza del Principe Asarhaddon sarebbe un'ulteriore fonte di gioia.»

«Puoi dire al medico Kephalos che saremo felici di accettare» dissi «ma che, essendo soldati, dobbiamo chiedere il permesso.»

Il ragazzo si inchinò per la terza volta, ancor più profondamente di quanto sembrasse possibile, e si ritirò.

Non mi presi la briga di consultare Asarhaddon, sapendo benissimo che si sarebbe precipitato come uno sciacallo affamato su ogni occasione di sfuggire alla caserma per una sera, perciò andai direttamente da Tabshar Sin. Aveva anch'egli cercato refrigerio dal caldo; se ne stava sdraiato sulla sua stuoia, e si faceva colare acqua fredda sulla faccia e sulla barba con uno straccio che strizzava dopo averlo immerso in un grande bacile di terracotta. Come ogni buon soldato aveva imparato da gran tempo ad approfittare delle sue ore di riposo, e fu quindi molto irritato quando la mia ombra si profilò attraverso la soglia.

«Che cosa vuoi, Principe?» mi domandò con un tono dal quale capii che, per quanto stava in lui, avrei potuto andarmene ad Arallu, il luogo che i Greci chiamano ''Ade''.

«Il permesso di allontanarmi questa sera, *rab kisir*. Ho ricevuto un invito a cena.»

Gli porsi il rotolino di pelle, ma Tabshar Sin gli gettò appena un'occhiata prima di lasciarlo cadere sul pavimento. «È quell'effemminato giocatore di dadi del tuo schiavo, da quel che capisco. E così adesso fa anche degli inviti! Dicono che sia diventato piuttosto ricco.»

«Ma posso andarci, *rab kisir*?»

«Hai preparato il tuo equipaggiamento per gli esercizi sul campo di domani?»

«Sì, *rab kisir*.»

«Allora puoi andare. Probabilmente il tuo schiavo ti servirà un pasto migliore di quello che offrono le cucine reali.»

«E Asarhaddon?»

«Anche lui?» Tabshar Sin girò il capo verso di me di qualche millimetro, come se volesse sottolineare il suo stupore. «E va bene. Ma non fargli bere troppa birra, e tornate appena la cena sarà finita. Siete principi di sangue reale, è vero, ma di questi tempi Ninive è piena di stranieri.»

Le ombre stavano già allungandosi quando Asarhaddon e io ci mettemmo in cammino. Per noi quella era un'avventura magnifica. L'accampamento e il palazzo reale, questo era stato il nostro mondo, e la grande città di Ninive, dove pure avevamo vissuto tutta la vita, ci era sconosciuta come i deserti della Giudea.

«Leggimelo un'altra volta.»

Tirai fuori il rotolino di pelle dal mio borsellino e per il divertimento di Asarhaddon tradussi nuovamente il suo contenuto in accadico.

«Perché chiama nostro padre monarca di ''Assiria''? Che razza di luogo è questa ''Assiria''?»

«Gli Ioni non hanno certi suoni nella loro lingua, e questo è semplicemente il loro termine per Terra di Assur.»

«Questo tuo schiavo è un tipo buffo, Tiglath. Assiria! Per gli dei, è davvero un tipo curioso!»

Il palazzo reale, e tutto quanto è a esso collegato, poggia su di una piattaforma di mattoni ed è perciò sopraelevato di molti cubiti rispetto alla città che lo circonda. Dovemmo quindi scendere una lunga scalinata prima di raggiungere la strada sottostante, e per noi fu come scendere da una montagna per entrare in una foresta. Di colpo, una folla di umanità varia si chiuse intorno a noi, con la gente che si urtava passando, i richiami dei venditori, l'odore dei cibi, il puzzo del sudore, delle immondizie. Dopo di allora ho visitato molte città, ma nessuna è rimasta impressa nella mia memoria come Ninive.

Per la strada si vedevano molte donne, cosa che non mi sarei aspettato, e indossavano costumi di vari paesi, dai colori vivaci: verdi, azzurri, gialli, perfino rossi, un colore che nessuna donna di Assur porterebbe se non fosse in lutto, e un velo copriva loro la faccia, lasciando scoperti soltanto gli occhi grandi e neri. Alcune non avevano il viso coperto, e questo voleva dire che erano concubine, mentre altre non si coprivano nemmeno i capelli.

Fra la gente sentii parlare più aramaico che accadico, e molte volte non avrei saputo dire che lingua stessero usando. Alcuni uomini li riconobbi dalle vesti per Ittiti o Ebrei, e altri, dai loro lini a pieghe e dalle facce sbarbate, per Egiziani.

Passammo davanti a un luogo dove tre uomini stavano accovacciati per terra a bere birra da un boccale comune: succhiavano attraverso cannucce di paglia vuote, perché non è costume fra la gente comune di togliere prima la pula, una cosa alla quale non avevo mai prestato attenzione. Uno di loro, notai, aveva la punta del naso tagliata, senza dubbio in punizione per aver mentito sotto giuramento.

Asarhaddon volle a tutti i costi fermarsi a una bancarella dove una vecchia senza velo e con una serie di linee curve tatuate sul naso e sulla guancia sinistra vendeva frutta candita sulla quale si addensavano le mosche; ma Asarhaddon non fu contento finché non ne ebbe comprata qualcuna. La pagammo con un paio di monete da mezzo siclo di rame, quasi tutto il denaro in nostro possesso, e l'acquisto si rivelò sbagliato. Non appena ebbe dato un morso alla frutta e forato lo strato di zucchero che l'avvolgeva, venne fuori un odore terribile: all'interno il frutto era marcio e annerito, tanto che dovemmo gettar via il resto nel canale di scolo.

Qua e là si sentiva un suono di musica e, a tratti, le risate acute delle donne: le porte aperte invitavano a entrare in edifici costruiti di gialli mattoni di fango.

La gente per la strada, cittadini e stranieri in ugual misura, ci guardavano e si tiravano in disparte al nostro passaggio, vedendo le uniformi della caserma reale. Nonostante fossimo soltanto dei ragazzi, nessuno avrebbe osato levare le mani contro di noi.

Per le vie non si incontravano mendicanti, come ho visto in altri luoghi, perché il re puniva l'accattonaggio: Ninive è una città ricca e c'è lavoro per tutti quelli che hanno voglia di darsi da fare, e chi fa bancarotta può sempre vendere se stesso come schiavo, cosa ritenuta più onorevole che chiedere l'elemosina, perché è sempre possibile riscattarsi pagando dalla schiavitù, mentre l'accattonaggio è una macchia sulla coscienza.

Finalmente, dopo aver chiesto più volte indicazioni sulla strada, ci trovammo alla Porta di Adad. In quel quartiere si onorava continuamente il dio della guerra e delle tempeste chiamato Adad, ''il tuonante'', poiché ovunque si udiva il rumore del martello sull'incudine, e dalle fornaci ardenti giungeva un'aria soffocante. Gli uomini giravano a petto nudo e mostravano numerose piccole cicatrici causate dalle bruciature. Quando chiedemmo della casa di Kephalos ci dissero di seguire una strada un po' più larga delle altre e una volta giunti alla porta i colpi di martello non si sentirono più. Kephalos, il quale aveva probabilmente sguinzagliato i suoi informatori per avvertirlo del nostro arrivo, era là ad accoglierci, splendido in una tunica di lana azzurra con le maniche ricamate di giallo. Si era fatto crescere la barba color marrone come il fango del Tigri, che aggiungeva dignità al suo portamento. Si inginocchiò davanti a noi, aprendo le braccia per abbracciarci le caviglie.

«Giovane padrone, benvenuto, molte volte benvenuto nella casa del tuo servo Kephalos! E tu, Principe Asarhaddon, sii doppiamente benvenuto, come reale fratello del mio padrone e per te stesso. Non ho parole per esprimere l'onore che mi fate, pensando...»

«È ovvio che non ti mancano le parole, Kephalos! Su, rialzati, Onorevole Medico, o ti sciuperai le vesti.» Quest'idea sembrò produrre un certo effetto e riuscimmo così a persuaderlo a rimettersi in piedi per terminare le sue effusioni di saluto dentro casa.

Aveva il volto luccicante di oli profumati e la sua prosperità traspariva ovunque nelle stanze della sua abitazione nelle quali ci introdusse. Sul pavimento c'erano numerosi tappeti e le cassapanche appoggiate alle pareti erano probabilmente state lasciate aperte apposta per mostrare le sete multicolori e i tessuti di lana splendidamente ricamati. Ancor prima che ci fossimo seduti a tavola, dalla cucina ci era arrivato il profumo dell'agnello cucinato con le spezie: non c'era dubbio che il mio schiavo era diventato ricco.

«Metà di tutto questo è tuo, giovane padrone, come previsto dal nostro accordo.» Kephalos agitò la mano così da far scintillare gli anelli sulle dita alla luce della lampada. «E ho investito alcune somme con i commercianti aramei, un investimento avveduto, naturalmente, perché ho molto a cuore le ricchezze del mio padrone, e per l'anno venturo ci possiamo aspettare un buon ricavo, quando le carovane torneranno dal Mare Settentrionale. Sì, avvicinati, mio dolce fanciullo!»

Il ragazzo che mi aveva portato l'invito di Kephalos quella mattina si sedette accanto al suo padrone, tanto vicino da toccargli il fianco, e Kephalos gli mise un braccio intorno alle spalle con un gesto che rivelava un'intimità di lunga data. Asarhaddon e io ci scambiammo un'occhiata, ma non dicemmo niente, e Kephalos continuò a parlare come niente fosse, evidentemente assai soddisfatto delle abitudini della sua casa. Parlò del commercio dei metalli e in modo tale da far pensare a chiunque che fosse un mercante di mestiere. Mentre parlava continuava a bere vino, e più beveva, più apertamente accarezzava il piccolo schiavo, il quale accettava tutto innocentemente, come un bambino in grembo alla madre. La cosa era andata avanti fino a farsi quasi indecente, quando entrò una donna, grassa e piccoletta, con la faccia larga e scura delle Frigie, i bracciali alle caviglie e ai polsi, recando la prima portata della nostra cena, che pose davanti a ognuno di noi. Uscendo, sollevò di peso il fanciullo con il movimento automatico del battelliere quando solleva un carico, e Kephalos le sorrise con un'espressione di blanda lascivia.

«Madre e figlio» disse, dopo che la donna fu tornata alla sua cucina. «Arrivati in questo paese due anni fa. Il ragazzo è ancora un bambino e Philinna, pur essendo dolce come un fico maturo, è una creatura rozza e parla solo poche parole di accadico. Il greco lo capisce abbastanza bene, ma chi altri lo comprende in questa parte del mondo? Li ho presi entrambi per una miseria che mi vergogno a dire. Il nome del fanciullo è Ernos. Assaggiate queste, miei giovani signori, sono locuste al miele che non mi periterei di servire allo stesso re vostro padre. Philinna ha un tocco meraviglioso per certe prelibatezze...»

Dopo cena, Kephalos ci condusse nel giardino dove ci sedemmo sotto un pergolato a bere vino mescolato ad acqua, in proporzione di tre parti a due, forte come non ne avevo mai assaggiato. Non passò molto tempo che cominciai a sentirmi stordito come dopo una caduta da cavallo, mentre Asarhaddon era ormai ubriaco fradicio.

«Non possiamo permettere al Principe di tornare alla caserma in questo stato» disse alla fine Kephalos, scuotendo la testa nel vedere il modo in cui Asarhaddon si afflosciava contro il pergolato. «Ho qualcosa che lo rimetterà in piedi.»

Entrò in casa per riuscirne un attimo dopo con una fialetta il cui contenuto vuotò nella coppa semivuota di Asarhaddon.

«Fra un'ora sarà fresco come una rosa.»

Restammo ad aspettare che la pozione di Kephalos facesse il suo magico effetto ascoltando i grilli e godendoci il sollievo recato dalla fresca brezza della notte: fu una delle serate più piacevoli che abbia mai trascorso.

Alla fine, Asarhaddon si alzò, barcollò fino a un angolo del giardino e vomitò rumorosamente. Quando tornò era sorridente e ciarliero e chiese di nuovo da bere.

Prima che Kephalos ci permettesse di accomiatarci era ormai notte fonda e, come gesto di saluto, mi porse un borsellino rigonfio di monete d'argento.

«Stai raggiungendo un'età, padrone, in cui si ha bisogno di un po' di denaro a disposizione» mi disse tenendomi le mani fra le sue e stringendomele intorno al borsellino. «E poi la notte è appena cominciata e la strada è lunga prima di arrivare alla caserma del re.»

Ancora una volta, sulla soglia della sua lussuosa dimora, si inginocchiò ai miei piedi e mi afferrò le caviglie.

«Sono il tuo servo» disse. «E sebbene sia nato libero, non potrei desiderare un padrone migliore. Ricordati sempre che in questa vita io e la mia casa e tutto ciò che possiedo è tuo, mio Principe.»

Aveva bevuto anche lui più del dovuto, ma sapevo che diceva la verità parlando così, e quando si rialzò, vidi che aveva gli occhi lucidi. Questo mio schiavo era un farabutto e forse peggio, ma per qualche suo motivo aveva deciso di essermi amico e io dal canto mio non riuscivo a non volergli bene. Continuò a salutarci con la mano dopo che Asarhaddon e io ci fummo avviati lungo la strada, diretti alla Porta di Adad.

Alla luce proveniente dalla porta del negozio di un sarto, perché Ninive non dorme mai e il sarto era intento al suo lavoro e ci guardò forse pensando che volessimo fargli qualche brutto scherzo, io divisi il contenuto del borsellino con Asarhaddon; spartivamo sempre tutto fra noi, il pane, la birra, il lavoro, perché non il denaro, quindi? Ce n'era più di quanto ne avessimo visto in tutta la nostra vita.

«Mi domando con chi andrà a letto» osservò Asarhaddon dopo che ci fummo rimessi in cammino, più lentamente adesso e guardandoci attorno, poiché secondo Asarhaddon avremmo dovuto far buon uso della fortuna che ci era piovuta addosso improvvisamente. «La madre o il figlio, o forse entrambi: che ne pensi? Forse con tutti e due alla volta!»

Sogghignò, sicuro di avermi scandalizzato, sebbene non ci fosse alcuna ragione di esserlo. Sia lui che io sapevamo, nel modo un po' astratto dei ragazzi alle soglie della maturità, che le donne servivano ad altre cose oltre che a preparare locuste al miele, e nessuno che fosse vissuto per qualche tempo in un accampamento militare, fosse pure nelle caserme reali, poteva ignorare che ci fossero alcuni i quali preferivano un fanciullo a qualsiasi donna, foss'anche dolce come un fico maturo. Eppure, io ero scandalizzato. Il significato del comportamento di Kephalos durante la cena, che aveva suscitato la mia curiosità più di ogni altra cosa, mi fu d'un tratto chiarissimo, e di colpo, come se avessi capito la battuta di Asarhaddon soltanto in quel momento, scoppiai in una sonora risata.

«Sì» dissi, sempre ridendo, e ridevamo entrambi adesso. «Sì, conoscendo Kephalos, direi tutti e due alla volta!»

Con il braccio passato intorno alle spalle l'uno dell'altro e il denaro nella cintura, Asarhaddon e io ce ne partimmo alla ricerca di avventure e di piaceri e di tutto ciò che le nostre monete d'argento potevano procurarci nelle vie di Ninive.

Alla fine trovammo una taverna, a meno di un centinaio di passi dalle mura del palazzo.

Dopo di allora sono stato in migliaia di luoghi del genere, dato che si possono trovare in ogni angolo della terra, ma naturalmente la prima esperienza è quella che si ricorda. La taverna consisteva soltanto di qualche minuscola stanzetta e le pareti di fango avevano l'aria di non aver mai ricevuto un colpo di spazzolone. C'erano tavoli e panche di rozzo legno scuro dove uomini, vestiti di semplici tuniche di lana e con la testa scoperta, sedevano a bere con una certa cupa concentrazione. L'aria viziata sapeva di bevande inacidite ed era così pesante che sembrava di poter bere anche quella. Ammucchiati in un angolo stavano tre musicanti con i loro strumenti; davanti a loro danzava una donna che a tutta prima mi parve la bellezza più incantevole sulla quale avessi mai posto lo sguardo, perché aveva i seni rotondi e sodi come mele, e il ventre che sembrava possedere una sua vita indipendente seguiva il ritmo della musica sulla quale la danzatrice si muoveva. Fatta eccezione per mia madre, non avevo mai visto una donna nuda.

Ce n'erano altre di donne, che portavano il vino ai tavoli e qualche volta si chinavano a sfiorare gli uomini mentre li servivano. Anche queste, e la cosa mi saltò agli occhi all'improvviso, erano nude. Una di esse si voltò quando Asarhaddon fece ricadere la tenda che chiudeva la porta d'ingresso e ci rivolse un sorriso che sembrava promettere tutte le delizie della terra.

«Per i sessanta grandi dei, Tiglath, fratello mio, credo che abbiamo trovato quel che cerchiamo!»

Sì, l'avevamo davvero trovato.

Tutti ci guardarono mentre ci avvicinavamo a un tavolo e ci mettevamo a sedere. Non pareva un locale troppo frequentato dai cadetti della caserma reale, ma la cosa andò a nostro vantaggio. La ragazza che ci aveva sorriso si avvicinò con una brocca di vino e un paio di tazze di terracotta, e mentre le posava sul tavolo avvertimmo il profumo del suo corpo nudo. Non so quel che provasse Asarhaddon, ma io ero mortalmente spaventato e, per quanto la desiderassi, avrei piuttosto ficcato la mano nella fornace dell'armaiolo. La ragazza, però, non era altrettanto riluttante.

«Signori» mormorò facendo scorrere le dita sulla guancia di Asarhaddon «voi ci onorate con la vostra presenza.» Ci versò il vino e nel farlo un suo seno, di dimensioni ragguardevoli, sfiorò la manica della mia veste. Per un momento credetti di restare soffocato dall'eccesso di piacere. «Potete chiedere qualsiasi cosa, cibo, vino, una donna per aiutarvi a berlo, una che vi faccia dimenticare le vostre preoccupazioni... non avete che da parlare!»

Ma parlare non ci era assolutamente possibile, le nostre lingue si erano incollate al palato e non osavamo spiccicare nemmeno una sillaba. A quel punto mi accorsi che la faccia di Asarhaddon si era fatta rossa come il fuoco.

«Più tardi, forse?» La donna guardò prima l'uno poi l'altro, ma eravamo entrambi incapaci di muoverci. «Tornerò più tardi, ma se desiderate qualcosa basterà che alziate un dito.»

Mi prese un mignolo e, stringendolo col suo, se lo portò alle labbra, fingendo di mordermelo con i suoi denti bianchi. ''La mia vita è stata sprecata'' pensai. ''Fino a questo momento non ho imparato niente, fatto niente che abbia la minima importanza.'' Sotto il perizoma, il mio membro era duro come un piolo di tenda.

La ragazza si allontanò; io sollevai la coppa di vino alle labbra e il sapore acidulo mi riportò a terra di soprassalto.

La danzatrice aveva ricominciato a ballare, e per tutto il tempo, mentre il corpo ondeggiava al ritmo del flauto e dei tamburi, sembrava che non riuscisse a staccare gli occhi da noi due. Con il movimento delle spalle i seni si proiettavano in fuori a tempo con la musica, mentre i fianchi roteavano facendo sussultare il piccolo triangolo scuro fra le sue cosce.

«Per i sessanta grandi dei!» La voce di Asarhaddon non era che un rauco mormorìo. «Che cosa non darei per un quarto d'ora solo con lei! Che cosa non darei!»

Sembrava tuttavia che altri non fossero tanto prodighi come mio fratello, perché non appena la donna ebbe finito di ballare, un uomo vestito come un amorreo le si avvicinò, le offrì un sorso di vino dalla coppa che aveva in mano e cominciò con lei una discussione il cui soggetto era assai chiaro. Alla fine, si frugò in tasca e contò qualche moneta di rame che dette alla donna, la quale, appoggiandosi alla parete grezza, mise un piede sopra uno sgabello forse messo là a quello scopo: l'amorreo si sollevò rapidamente la tunica sul davanti e si premette contro di lei.

Era una cosa che avevo visto molte volte, poiché il popolo che vive lungo i due grandi fiumi non prova vergogna nel soddisfare i propri istinti. In tutte le grandi strade dell'Oriente può capitare, camminando per la via in pieno giorno, di vedere uomini che si accoppiano con donne, e lo fanno con la stessa naturalezza con cui Greci ed Egiziani orinano contro il muro di un tempio; forse perché sono uno straniero ho sempre distolto lo sguardo con un senso d'imbarazzo, come se avessi per caso profanato qualcosa, ma è un mio pregiudizio che non sono mai riuscito a superare.

Devo confessare perciò che guardavo l'amorreo e la sua danzatrice con una specie di sgomento, senza però riuscire a staccare lo sguardo. Non ne sarei stato capace anche se avessi voluto: e non lo volevo affatto. Tutto ciò che riuscivo a vedere di lei, seminascosta dalla tunica verde e bianca dell'uomo, era la gamba il cui piede poggiava sullo sgabello, ma non ci voleva un grande sforzo d'immaginazione per capire quello che stava accadendo. La tunica dell'amorreo, unica concessione al pudore, tremava e si scuoteva come la vela di una barca da pesca durante la burrasca. Quando tutto fu finito, poiché l'intero atto non prese più di un minuto o due, l'uomo, dopo un ultimo brivido, si calmò, afflosciandosi come se la donna lo avesse strizzato, prosciugandolo completamente. La danzatrice, quando si scostò da lui, era naturalmente calmissima, come se la cosa non fosse mai avvenuta. Tornò dai musicanti, si sedette e sorseggiò una tazza d'acqua: per lei era come se non fosse successo.

«Ho una camera al piano di sopra... forse ti andrebbe meglio, Signore?»

Era tornata la ragazza che serviva ai tavoli; si piegava su di noi, più vicina ad Asarhaddon che a me, ma non si riusciva a capire a chi si stesse rivolgendo.

«Sì, vorrei...» La voce morì in gola ad Asarhaddon, e in quanto a me, non credo che sarei riuscito a spiccicare una parola.

La donna mi guardò, ma io mi limitai ad abbassare gli occhi e a scuotere la testa. Ogni desiderio, se di desiderio si poteva parlare, mi aveva abbandonato. La ragazza mise un braccio intorno alle spalle di Asarhaddon, liquidandomi con un sorrisetto.

«Allora andiamo, Signore, dividi con me il mio giaciglio, vedrai che conosco la differenza fra un sudicio carovaniere e un cadetto della caserma reale. Su, vieni, Signore...»

Asarhaddon mi lanciò un'occhiata dalla quale mi resi conto che era spaventato quasi quanto me, ma finì per alzarsi e seguire la donna, mentre io me ne restavo da solo a meditare sul mio fallimento.

La ragazza dovette fare un servizio veloce perché dopo un quarto d'ora Asarhaddon era già di ritorno e tutti e due uscimmo sulla strada. Avevamo avuto una dose sufficiente di baldoria ed era tempo di tornare al palazzo e alla quiete dei nostri giacigli.

«Be'... hai...?»

Mi sentivo autorizzato a spingere fino a questo punto la mia curiosità.

«Non ne sono proprio sicuro... *credo* di sì.» Asarhaddon scosse il capo, perplesso. «Si è sdraiata e mi ha detto che potevo fare quello che volevo e di dirle se preferivo che stesse sul dorso o sulla pancia. Alla fine mi ha afferrato... hai capito... ed è finito tutto in un secondo. Non ti saprei dire se ero effettivamente dentro di lei o no.»

«E come è stato?»

«È difficile spiegarlo con le parole! In ogni modo, per due pezzi d'argento, credo di aver fatto un cattivo affare.»

Gettò indietro il capo ridendo e, sottobraccio, ce ne tornammo a casa.

Appena giunti sul piazzale della caserma, capimmo subito che era successo qualcosa: c'erano luci accese dappertutto e si sentiva un gran brusìo di voci. Non facemmo in tempo a toglierci i sandali, che sulla soglia della nostra stanza si proiettò un'ombra, e la voce di Tabshar Sin domandò, in tono irritato:

«Dove siete stati?».

«Siamo andati a cena dall'ionio. Tiglath ti ha chiesto il permesso, non ricordi?»

Tabshar Sin ci squadrò nella penombra, con l'aria di non riuscir bene a capire di che cosa stessimo parlando.

«Siate pronti per un'ispezione fra cinque minuti!» disse. «Stanotte nessuno deve dormire. Bisogna stare all'erta fino a quando dal palazzo non ci daranno un contrordine.»

«Perché? Che cosa è successo?» Non so chi parlasse di noi due.

«Volete dire che non avete sentito niente?»

Tabshar Sin si girò verso di noi dalla soglia, e la sua sorpresa sembrava genuina.

«Niente. Che cosa è successo?»

«Il messaggero è arrivato un'ora fa. Gli Elamiti hanno attraversato il Tigri con un grosso esercito. Babilonia è caduta: sembra che non ci sia stata grande resistenza e il *marsarru* Assurnadinshum è stato catturato. Se sia vivo o morto...»

«Allora è la guerra!» esclamai: una conclusione allo stesso tempo ovvia eppure straordinariamente importante. Gli Elamiti ci avevano attaccato e avevano catturato l'erede al trono. Assurnadinshum era forse già stato ucciso a quest'ora e non gli invidiavo certamente il modo in cui forse era morto.

La Terra di Assur avrebbe dovuto combattere, e non per un giorno o un mese, e forse neanche un anno. Ci sarebbero state molte campagne, poiché non era un fatto di poco conto l'aver catturato il figlio del re, strappandogli il trono di Babilonia, e gli Elamiti non erano certamente un popolo di donnicciole. Se la guerra fosse durata a lungo, forse anche Asarhaddon e io saremmo riusciti a vedere una battaglia. Di colpo mi resi conto che quella sera era stata probabilmente l'ultima della mia infanzia.

«Sì, Principe, è la guerra.»

IV

Nergalushezib, per qualche mese almeno, si era seduto sul trono di Babilonia; adesso, tutto il suo regno era una gabbia di ferro appesa a una catena sulla Grande Porta di Ninive. Nudo e coperto di sporcizia, la corona che aveva usurpato ad Assurnadinshum inchiodata sul suo capo con chiodi di rame, si trascinava avanti e indietro, avanti e indietro, sulle mani e sulle ginocchia, mentre i cittadini gli lanciavano fango, escrementi e ingiurie. Quando io lo vidi, era esposto là da tre giorni e già la fame, il sole impietoso, l'angoscia del suo animo, e forse i chiodi piantati nel suo cranio fino al cervello, lo avevano privato della ragione. Ululava come un animale, invocando la morte con le labbra crepate e sanguinanti, ma gli dei probabilmente si prendevano gioco di lui, perché resistette fino al sesto giorno.

Così il Signore Sennacherib, il Servo di Assur, si era vendicato della morte del suo figlio maggiore.

Quel giorno, e tutti i giorni finché Nergalushezib visse, furono giorni di festa in città. Indovini e prostitute, venditori di birra, di frutta, di dolci al miele e carni arrostite facevano affari sotto i suoi occhi che potevano contemplare tutte le delizie della vita senza poterle raggiungere, mentre minuto dopo minuto la linfa vitale gli sfuggiva attraverso le sbarre inzaccherate della sua gabbia di ferro.

E mentre egli impazziva e urlava e implorava la pietà degli uomini e degli dei, la gente di Ninive lo derideva. C'erano anche molti stranieri, non coinvolti direttamente in quella guerra, che si trovavano là soltanto per osservare e per fare buoni affari.

Era una guerra che, a quanto pareva, non sarebbe mai finita, ma si sarebbe trascinata per anni e anni, poiché Nergalushezib non era stato catturato in una battaglia decisiva, ma venduto da un traditore al quale Sennacherib aveva dato in ricompensa tanto argento quanto era il suo peso. Gli Elamiti e i loro alleati Caldei avrebbero sempre potuto mettere un re che regnasse per loro conto sul trono di Babilonia. Assurnadinshum aveva incontrato la morte strangolato dalla corda di un arco a Susa, nelle prigioni del re elamita Hallutush-Inshushinat. Quel re era morto a sua volta, ucciso dal suo stesso popolo dopo la vittoria di Sennacherib a Nippur, ma adesso regnava suo figlio e, come tutti sapevano, Kudur-Nahhunte era pericoloso come un serpente arrotolato.

Erano passati quasi due anni dalla notte in cui la caserma reale era stata messa all'erta. Sul mio mento cominciava a spuntare la barba e con mio grande disappunto i peli erano lisci anziché arricciati, esplicita rivelazione del mio sangue misto. Ero quasi un uomo e il mio addestramento militare, molto accelerato da quando era cominciata la guerra, era praticamente terminato. Tutte queste cose mi occupavano la mente mentre me ne stavo fra la folla che si era raccolta fuori dalle mura della città per assistere all'agonia dell'usurpatore.

La vista di lui, la sua nudità e il balenìo folle dei suoi occhi mi avevano turbato senza che riuscissi a capire bene perché. Si era messo in combutta con gli Elamiti per portare il *marsarru* alla rovina e a una morte disonorevole, aveva insultato la maestà di Assur. Era quindi giusto e appropriato che dovesse agonizzare fra gli scherni del popolo, eppure non potevo trovare alcuna soddisfazione in quello spettacolo. Restai a osservare per un po', perché Tabshar Sin ci aveva detto che era bene per un soldato essere testimone della scena offerta dalla vendetta del re, e che le sofferenze di un nemico erano dolci a vedersi; ma io non riuscivo a godere di esse come mi sarei aspettato, e mi vergognavo di questa eccessiva sensibilità.

Le mura di Ninive erano tanto alte da sembrare più opera della Grande Madre Terra o degli dei che delle mani dell'uomo: racchiudevano la città e il suo frastuono in modo tale che si poteva pensare che non esistessero nemmeno. Al di là di esse si stendevano i campi d'orzo a perdita d'occhio e si snodava il Grande Tigri, madre di tutti i fiumi. Se di notte un viandante solitario fosse uscito dalla porta della città per rinfrescarsi lo spirito, quale unico suono sarebbe giunto alle sue orecchie il fragore delle acque vorticose. Ma ora non c'era alcuna solitudine: il chiacchiericcio incessante di diecimila voci soffocava il pressante mormorìo del fiume e il confuso, ondeggiante movimento di diecimila corpi impediva perfino di vedere il suolo. E così sarebbe stato finché le grida dell'usurpatore non avessero ccssato di divertire la folla di Ninive.

Era la sesta ora del mattino, l'ora in cui il sole ha quasi raggiunto la sua massima altezza. Io mi trovavo vicino alla gabbia di Nergalushezib nell'uniforme del *quradu*, la guardia del corpo personale del re, e avevo in mano il giavellotto che portavo con me dovunque. Mi ci sarebbe voluto solo un istante per sollevare la mia arma e colpire. La distanza non superava i venti passi: in un attimo gli avrei potuto trafiggere il cuore come se fosse un otre di pelle pieno di vino lasciato al sole, e la folla non avrebbe avuto più niente di cui ridere. Provavo una forte tentazione di farlo e non prendevo neanche in considerazione di poter essere punito, perché godevo del favore del re e mi rifiutavo quindi di pensare a una punizione; ma un membro del *quradu* è soprattutto leale e fedele al suo re e la volontà del sovrano era che Nergalushezib vivesse fino all'ultimo istante le sue sofferenze. Perciò trattenni la mia mano.

«Tiglath, sei proprio tu?»

Sentii un tocco esitante sulla mia spalla, e voltandomi vidi una figura femminile in piedi dietro di me. Il volto era coperto dal velo che indicava la donna sposata, ma c'era qualcosa nei suoi occhi che agitò un ricordo nella mia memoria.

Era vestita riccamente, secondo la moda delle donne di corte, le frange del suo scialle erano decorate di monete d'oro e d'argento e il tessuto rosso della sua tunica di vedova era intrecciato di fili d'argento. Era una grande dama e dietro di lei, quando ritrovai la presenza di spirito per osservare, vidi altre donne al suo servizio, anch'esse riccamente abbigliate, e un eunuco alto che portava il bastone della casa reale.

Ma quella grande dama era alta poco più di una bambina. Non sembrava in età da aver conosciuto un marito, e tanto meno di averlo perduto, e i suoi occhi, luminosi e neri, dicevano che stava ancora aspettando l'uomo che le avrebbe fatto accelerare i battiti del cuore.

Scrutai quegli occhi, che mi sembravano familiari come il riflesso della mia stessa immagine, ma non riuscii a ricordare il suo nome. Alla fine, dopo essersi guardata indietro, per accertarsi che nessuno avrebbe potuto notare la sua sfrontatezza, allentò un angolo del velo e mi lasciò vedere il suo volto. Sì, ciò che il mio cuore aveva intuito era vero: Esharhamat!

«Non mi riconosci, Tiglath?» Nella sua voce si sentiva come l'eco di un singhiozzo.

Ma non doveva temere che mi fossi dimenticato di lei. Negli anni trascorsi da quando avevo lasciato la casa delle donne, avevo cercato con tutte le mie forze di cancellare la sua immagine dalla mia memoria. *Quando te ne sarai andato da questo giardino non mi amerai più*, mi aveva detto, ma il mio amore per lei non mi aveva mai lasciato: magari fosse stato altrimenti, per il bene di entrambi.

«Sì, ti riconosco, Esharhamat» risposi in un rauco bisbiglio. «Ti riconoscerei anche al buio, anche se mi avessero cavato gli occhi!»

«Ma lo hai fatto, mi sembra, soltanto quando mi sono tolta il velo.»

Sorrise, di nuovo sicura di sé, e con la piccola mano bianca rimise il velo al suo posto. Poi, per un lungo momento, fummo tutti e due sopraffatti dalla timidezza per riuscire a parlare.

La bambina che era stata Esharhamat non c'era quasi più e al suo posto si vedeva la donna che presto sarebbe diventata. Era stata sempre bella, la sua pelle era ancora meravigliosamente bianca, pallida fino a esser quasi trasparente, e le sue fattezze possedevano una delicatezza rara fra la gente del fiume, ma adesso a tutto questo si aggiungeva un grande fascino. Gli occhi, tanto profondi che ci si poteva sperdere, avevano afferrato i miei con una magia alla quale non potevo resistere e che non riuscivo a comprendere. Non potevo fare altro che contemplarla smarrito. Mi era tanto familiare eppure mi pareva di non averla mai vista prima.

Poi, l'anima dannata del cui tormento eravamo tutti venuti a godere, lanciò un urlo attraverso le sbarre della sua gabbia di ferro: scoppiarono nuovamente le risate della folla e l'incanto si ruppe. Entrambi ci voltammo a guardarlo e il cuore quasi mi morì nel petto quando sentii le sue incoerenti suppliche e vidi che stava puntando il braccio verso di me.

Ma no, non di me si trattava, ma di Esharhamat.

«Sembra che ti riconosca» dissi. «Perché, poi, mi domando?»

«Ero qui anche ieri e il giorno prima.» Esharhamat abbassò gli occhi come se stesse confessando qualche terribile debolezza. «È desiderio del re, poiché Assurnadinshum era mio marito, che io venga qui tutti i giorni, finché... Forse lui lo sa e per qualche ragione mi dà la colpa di...»

Ma certo, era così! Avevo saputo del suo matrimonio con il *marsarru*, celebrato a Ninive solo pochi mesi prima che gli Elamiti entrassero in Babilonia. Era stato deciso, probabilmente, che era troppo giovane per assolvere ai propri doveri di moglie; per questo suo marito non l'aveva portata con sé quando era ritornato a prendere il suo posto di sovrano del popolo dalla testa scura, altrimenti lo avrebbe seguito nella prigionia e nella morte.

Ma no, Nergalushezib non avrebbe potuto conoscere l'identità della sposa bambina nella sua tunica di lutto, ed era vano d'altronde cercare di indovinare che cosa in lei aveva potuto attirare la sua attenzione, né ciò che passava per la sua mente tormentata e ferita. Io mi girai dall'altra parte e posando la mano sul braccio di Esharhamat attirai il suo sguardo a me.

«Non può incolpare te» dissi. «Le sue sofferenze sono causate dalla volontà del re, il quale si vendica su un individuo che annovera fra i massacratori di suo figlio. Lo sciagurato non è più in grado di dare la colpa a nessuno ormai.»

«Grazie, Tiglath» mormorò lasciando che la punta delle sue dita mi sfiorasse appena il dorso della mano. «Hai mai provato quella specie di... vergogna? Non aver fatto niente, eppure...?»

«Sì. Ma non siamo responsabili dei nostri sentimenti.»

«No... non lo siamo.»

Si voltò per andarsene e a me sembrò di non aver avuto nemmeno il tempo di tirare un sospiro.

«Allora, domani tornerai ancora?» domandai. In mezzo a estranei non potevo parlarle apertamente di ciò che sentivo per lei, potevo soltanto sperare che anche lei mi amasse un poco e intuisse ciò che rimaneva non detto.

Era così? Quello che vedevo sul suo volto era soltanto la mia stessa preghiera riflessa come in uno specchio, oppure la luce che si accendeva nei suoi occhi neri significava la speranza che, dopo esserci ritrovati, non ci saremmo separati mai più?

«Sì, domani.»

«A quest'ora?»

«Sì.»

Ancora una volta la sua mano si tese verso di me e per un

istante quasi ci toccammo, ma forse eravamo già troppo distanti, ed Esharhamat ritirò il braccio, nascondendolo sotto lo scialle vedovile, come se la sua stessa esistenza fosse un qualche segreto colpevole. E mi voltò di nuovo le spalle.

«Domani!» ripetei, ma se mi sentì non ne dette alcun segno, in un attimo la folla la inghiottì e scomparve.

A malapena mi rendevo conto di ciò che dovevo fare. Era come se una parte della mia anima, morta da lungo tempo, fosse improvvisamente tornata alla vita. Tutto l'amore per contenere il quale avevo costruito una diga nel mio cuore, si riversò su di me e quasi mi sommerse. Fra i Greci, molti cantano le dolcezze dell'amore, la sua follia e le sue gioie, ma si tratta solo di canzoni. Quando si ama veramente, quando l'amore giunge presto nella vita e la assedia per anni, come un fantasma che deve essere scacciato, l'amore è un'agonia che strappa le viscere, è un coltello acuminato nelle mani di un bambino: taglia fino all'osso e lascia una cicatrice che il tempo non riesce a cancellare.

Esharhamat era ancora una fanciulla, e della sua verginità avrei avuto a suo tempo la prova io stesso, ma era anche una vedova il cui marito giaceva ormai sotto terra e quindi libera agli occhi della legge. Sapevo che, non appena fosse trascorso il periodo di lutto, il re l'avrebbe data ad Arad Ninlil, il suo secondogenito avuto dalla Signora Tashmetum-sharrat e nuovo *marsarru*, ma non me ne curavo. Come vedova aveva una sua posizione nella società, non doveva stare rinchiusa nella casa delle donne e poteva andare e venire a suo piacimento: era quindi raggiungibile.

Di Arad Ninlil non mi preoccupavo, poiché tutti sapevano che era un essere molle e crudele, mezzo idiota. La prospettiva che diventasse il marito di Esharhamat era abbastanza repellente, non essendovi fanciulla che potesse desiderare di accoglierlo nel suo letto, ma era un male non immediato, e oltre l'indomani, non esisteva futuro per me. Esisteva soltanto il momento presente. Il desiderio che sentivo pareva colmarmi tutto, senza lasciare spazio per nessun altro sentimento e quasi mi sembrava che la mia pelle avesse il solo scopo di contenerlo, e pur sapendo che stavo gettando via la mia vita come si fa con la buccia di un melone, non me ne curavo.

Improvvisamente desiderai con tutte le mie forze di essere solo. La folla degli estranei mi opprimeva, volevo respirare aria pulita e ascoltare soltanto i miei pensieri. Decisi che avrei seguito le mura verso sud fino al fiume, perché lo scorrere veloce delle sue acque mi lavasse dalla mente quel tormento.

Mentre camminavo davo dei colpetti leggeri con la punta del giavellotto sul terreno: era la mia arma preferita e non me ne separavo mai. Riuscivo a colpire un bersaglio non più grosso della mia mano a settanta passi di distanza, e in combattimento ravvicinato un abile lanciatore può strappar via le budella dalla pancia di un nemico con un solo colpo della punta di rame, ma io lo avevo usato soltanto per cacciare. Sarei stato certamente terribile in guerra, e coraggioso, e avrei dato volentieri la mia vita per il re, ma tutto questo rimaneva per me una cosa astratta. Al momento studiavo il modo di portar via la sposa che egli aveva destinato al suo erede.

Io amavo Esharhamat e questa non era una cosa astratta. La timidezza che mi aveva sopraffatto la sera della cena da Kephalos apparteneva al passato, poiché era facile diventare uomo nella città di Ninive. Pochissimo tempo dopo che la mia voce aveva cominciato a cambiare, mi ero recato al tempio di Istar, avevo lasciato cadere una moneta d'argento in grembo a una delle prostitute sacre e la cosa era successa.

Una volta nella vita ogni donna deve compiere questo atto di omaggio alla dea: aspetta sulla porta del tempio finché un uomo non le dà una moneta d'argento che in tal modo diventa sacra e non sarà mai spesa. Questo la donna lo fa affinché la dea sia benevola con lei e dia molti frutti al suo matrimonio. Per una donna graziosa può bastare una sera, ma alcune devono aspettare per mesi, perfino per anni. Alcune decidono di restare nel tempio e consacrarsi al culto della dea, diventando così esperte nell'amore carnale e onorate dovunque vadano.

A queste mi ero affidato, nonostante che il loro prezzo fosse più elevato, e per abitudine, oltre che per il mio benessere fisico, le visitavo come tutti i giovani della caserma una volta alla settimana. Il cuore ne era turbato (non era affar loro questo), ma grazie alle mie visite al tempio, la mia mente era tranquilla.

Tutto questo era finito, adesso. Amavo Esharhamat, e se anche non fossi mai riuscito nemmeno a sfiorarla, non avrei potuto trovar pace fra le braccia di un'altra donna. In un attimo, con un sorriso ingenuo da bambina, aveva cambiato tutta la mia vita.

C'è un punto in cui sembra che la città voglia farsi da parte per paura di bagnarsi le vesti: il fiume le scorre vicino, tanto che Ninive par sorgere sulla riva stessa. Nella stagione delle inondazioni, le acque del Tigri lambiscono quasi le mura, ma ora non eravamo nel periodo delle piene. Mi sedetti sull'argine, lasciando spenzolare i piedi fin quasi a toccare la superficie del fiume, tenendo in equilibrio il giavellotto sulle cosce. Mi bastava soltanto ripensare al momento in cui Esharhamat si era tolta il velo per rivedere il suo volto e per provare una pena che era però più carica di felicità di ogni altro sentimento che avessi mai conosciuto. Non comprendevo ciò che sentivo ed ero diventato straniero a me stesso.

Che fossi un uomo condannato, non lo dubitavo neanche per un istante. Il favore del re non si spingeva fino a perdonare chi interferiva con il destino della sua casa, perciò, quando avesse saputo che avevo osato alzare gli occhi su colei che doveva diventare madre di re, mi avrebbe fatto strappare la pelle a strisce per inchiodarla sulle mura della città. E questo mi sembrava giusto ed equo, non lo mettevo in discussione. Ma che dovessi amare Esharhamat, anche questo mi sembrava inevitabile. Mi consideravo quindi un uomo morto, forse non quell'anno, o il prossimo, ma certamente lo sarei stato molto presto. Avevo incontrato il mio *simtu*, il mio fato, il destino che gli dei avevano scelto per me. Come avrebbe potuto essere altrimenti? A cosa poteva portare quell'amore cominciato sullo sfondo di una pubblica esecuzione? E tuttavia non riuscivo a preoccuparmene.

Ma il fatto che avrei coinvolto Esharhamat nella mia disgrazia, questo sì, mi tormentava, perché, visto che l'amavo più della mia vita, che cosa avrei dovuto desiderare se non che fosse sicura e felice? Ma avrebbe potuto essere felice, separata da me, quando io ero così disperato lontano da lei? Sembrava un nodo impossibile da sciogliere. Quasi rimpiangevo che il coltello del sacerdote si fosse fermato in quel momento e desideravo piuttosto essere un eunuco nella casa delle tavolette: la mia mente in pace ed Esharhamat al sicuro.

Nello stesso tempo ero profondamente felice. L'avevo rivista e l'avrei riveduta ancora l'indomani: questo non valeva forse qualsiasi prezzo?

Non so dire quanto tempo rimasi così. A un tratto, alzai lo sguardo, vidi che la mia ombra si era allungata sul terreno e mi resi conto che era quasi sera. Se non fossi tornato in caserma entro un'ora, Tabshar Sin mi avrebbe obbligato a passare tutto il giorno seguente a pulire le scuderie reali, ed Esharhamat avrebbe pensato che mi ero scordato di lei. Balzai in piedi come se le acque del Tigri si fossero fatte a un tratto bollenti.

«Ti ho spaventato, Principe?»

Lo vidi e sentii la sua voce nello stesso istante. Stava in piedi sull'argine a sette o otto passi di distanza, e nella mano destra teneva il bastone del pellegrino. Era un vecchio: i capelli e la barba erano più bianchi dell'ala di una colomba e il sole gli aveva bruciato la faccia, che aveva il colore dei finimenti di cuoio. Era a capo scoperto e indossava le vesti gialle del sacerdote, sebbene non avessi mai visto un sacerdote con una veste tanto consumata: sembrava di esserci nato dentro e cresciuto insieme.

Inoltre, non avevo mai visto un sacerdote che non fosse grasso e dalla pelle liscia, poiché i preti amano molto i piaceri della vita, ma questo era rinsecchito come un cadavere dissepolto dalla sabbia infuocata. Si intravedevano le scapole sotto la tunica leggera e l'arco delle sopracciglia era così prominente che gli occhi sembravano affondati profondamente nel suo volto.

Mi sorrideva, ma pareva che il suo sguardo mi passasse attraverso. E poi, naturalmente, capii che il vecchio era cieco.

«No, non mi hai spaventato» risposi. La sua mano si mosse leggermente sul bastone, un gesto appena accennato, ma eloquente alla sua maniera e sufficiente a suggerire che aveva capito che mentivo. «Mi sono semplicemente ricordato che dovrei essere in un altro posto: è già tardi!»

«Davvero?» Il vecchio alzò la faccia verso il cielo, come se desiderasse far sentire ai suoi occhi spenti almeno il calore del giorno sul finire.

«Non per te, Principe. Il tuo giorno è appena cominciato.»

Stavamo in piedi sulla riva, uno di fronte all'altro; la brezza dai monti lontani cominciava a muovere l'aria intorno a noi e mi sentivo sopraffatto da una sensazione di irrealtà. Il sole che tramontava alle spalle del vecchio gli creava intorno una luce, simile al *melammu*, che i Greci chiamano ''aureola'' e che si dice riveli la presenza di un dio.

«Tu mi conosci, allora?» domandai, e non ero sicuro di voler sentire la risposta.

«Sì, ti conosco. Sei Tiglath Assur, non è vero? E hai il segno della stella di sangue sul palmo della mano destra.»

«Ma tu sei cieco! Come...?»

«Lo sono davvero?» Scosse il capo, quasi provasse compassione, e sorrise. «Sono io cieco o lo sei tu, che sei tanto stordito dallo spettacolo del mondo da non riuscire a vedere ciò che il dio potrebbe mostrarti? No, non ti spaventare. Sono soltanto un uomo e le mie spalle non sono circondate dalla luce della divinità. Il tuo animo è turbato, Principe? Ma non devi temere. Tutto si svolgerà secondo i disegni del dio. Tutto questo è stato previsto e il peccato non sarà tuo.»

«Tu parli di peccato?» chiesi, avendo capito finalmente di trovarmi alla presenza di un *maxxu*, un sant'uomo che parla con la voce del dio.

«Sì.»

Mi avvicinai, quietamente, come se stessi appostando un cervo fra l'erba alta. Il vecchio sapeva che mi stavo avvicinando, ma non si mosse: i suoi occhi ciechi non lasciavano mai il mio volto, tanto da farmi pensare che mi vedesse, se non fosse stato per le sue pupille, lattiginose come il fiume in un mattino d'inverno. Era cieco e straniero, eppure la mia vita non aveva segreti per lui.

«Io vengo dal Monte Epih... lo conosci?»

Mi fermai, scuotendo la testa. «So che è un monte sacro ad Assur. Pochi ci sono saliti.»

«Pochi, sì, ma un giorno tu ci salirai. Fino ad allora, ascolta ciò che ti suggerisce il cuore, perché il dio Assur ha affidato i tuoi passi a un *sedu*. Tutto accade secondo il disegno del dio. Il peccato non sarà tuo.»

«Quale peccato, vecchio?» Allungai la mano, ma sapevo che non avrei potuto toccarlo. «Quale peccato? Parla!»

«Vuoi saperlo davvero, Principe?»

Il suo sorriso rivelava una volta di più come avesse compassione della mia ignoranza. Alzò il braccio in direzione della città.

«Guarda Ninive, Tiglath Assur! Nelle sue strade cacceranno le volpi e i gufi faranno il nido nel palazzo del grande re! Non credere che la felicità e la gioia ti aspettino fra le sue mura, Principe, perché il dio ti ha tracciato un'altra via. Qui tutto ti sarà amaro: l'amore, il potere, l'amicizia. Dolce all'inizio, ma alla fine, amaro. Il *sedu* protegge i tuoi passi: ascolta il tuo cuore.»

«Il mio *sedu*? Che cosa...?»

«Tu porti il suo segno, Tiglath Assur. Ci rivedremo.»

Si voltò e, come se mi cancellasse dalla sua esistenza, se ne andò, allontanandosi da me e dalla città che aveva maledetto con le sue profezie. Nella mia mente si affollavano le parole, ma non riuscivo a pronunciarle; riuscivo soltanto a guardare, incapace di muovermi, la sua figura che andava rimpicciolendosi in lontananza.

«Allora il tuo *simtu* non è di avere la pelle inchiodata sulla porta della città? Per i sessanta grandi dei, immagino che sia stato un sollievo per te, fratello!»

Asarhaddon sedeva sulla sua stuoia con il capo appoggiato al palmo della mano. Era rimasto molto impressionato da quanto gli avevo raccontato dei due incontri che avevo fatto fuori dalle mura, perché Asarhaddon credeva a ogni specie di magia e di vaticinio.

«E se il dio ti ha dato un *sedu*, allora la tua vita sarà piena di gloria!»

«Il *maxxu* dice di no.» Scossi il capo. Non avevo nascosto niente ad Asarhaddon, tranne la profezia della caduta di Ninive; questo non glielo avevo voluto dire.

«Ma un *sedu*, Tiglath...»

«Forse era soltanto un vecchio pazzo.»

«Ma ti conosceva, anche se dici che era cieco. Sapeva del segno che porti dalla nascita.»

«Forse qualcuno mi avrà indicato a lui, forse gli avrà detto del segno: non lo tengo nascosto.»

Scrollai le spalle, desiderando in cuor mio di non aver parlato. Non volevo più crederci.

Ma Asarhaddon non si lasciò dissuadere. Vecchi ciechi che vengono dalle montagne sacre. Spiriti custodi, segni di nascita che predicono il destino di un uomo, tutto questo era veramente di suo gusto. Che il mio visitatore fosse stato un *maxxu*, inviato dal dio, era un fatto scontato per lui.

«Un *sedu*...» Asarhaddon si lasciò ricadere all'indietro sulla stuoia, con le mani intrecciate dietro la nuca, contemplando il soffitto con aria sognante. «Se una cosa simile capitasse a me...»

Forse, una volta di più, il mio sangue misto mi rendeva dubbioso, perché i Greci non ripongono tanta fede nel favore dei loro dei — che d'altronde pare siano esseri piuttosto indolenti — limitandosi ad amare maggiormente gli uomini che meno hanno bisogno di loro. Nella lingua di mia madre non c'è una parola che indichi un *sedu*; i morti, se sono stati ricoperti come si conviene con le tre manciate di terra rituali, non ritornano più. Gli dei, al cui sguardo sono stati sottratti, non hanno ormai niente a che fare con loro e perciò non li inviano a proteggere e guidare i viventi. E comunque, chi fra i grandi, poiché il dio sceglie sempre un *sedu* fra le anime degli eroi caduti, sarebbe potuto ritornare nel mondo per amore di uno come me?

Asarhaddon, naturalmente, aveva la risposta pronta.

«La stella di sangue» disse annuendo gravemente. «Tu sei nato nell'ora in cui egli fu inviato ad Arallu. Chi potrebbe essere se non il re che è morto? Il Grande Sargon è il tuo *sedu*!»

Rimase molto impressionato da quest'idea, mio fratello, e nell'ora seguente, finché andammo a dormire, mi trattò con profondo rispetto. Quando spuntò il sole, per fortuna, se ne era dimenticato completamente.

La mattina tornai alla Grande Porta, e vidi che la folla era molto diminuita. Nergalushezib era silenzioso e indifferente, attaccato alle sbarre della gabbia, e rivelava chiaramente che non gli restava molto da vivere, costituendo perciò uno spettacolo assai meno divertente. Era appena l'alba quando arrivai, con l'impazienza che mi divorava le viscere come fanno le formiche nella carcassa di un maiale.

''Non verrà'' pensavo. ''Non mi ama e pensa soltanto alla sua sicurezza, perciò non verrà. Meglio così.''

Non ero tuttavia così altruista da non ritenere insopportabile questa idea. Nella grigia luce del mattino, Nergalushezib e io ci guardavamo, ed ero tanto giovane e sciocco da arrivare al punto di invidiarlo.

Finalmente giunse, spartendo con i suoi piedini leggeri l'erba ancora umida, e il velo nero che avvolgeva il mio animo si sollevò.

Non riuscimmo a dirci che poche parole quella mattina. La folla ci circondava ed Esharhamat aveva la scorta con sé.

Ma la vedova del *marsarru* aveva i suoi appartamenti privati entro le mura del palazzo reale, dove viveva sotto la protezione della suocera, la Signora Tashmetum-sharrat, la quale, in quanto Signora del Palazzo, non era confinata nella casa delle donne; ma quella creatura ferita, ormai vecchia, dimenticata dal re, dopo la morte del suo figlio maggiore, viveva da reclusa più di ogni altra donna del palazzo.

Non era una cosa del tutto sconveniente che io facessi visita a un'amica d'infanzia nei suoi appartamenti, perché non eravamo mai soli e io poi non osavo andarla a trovare troppo spesso. Eravamo perciò abbastanza sicuri, ammesso che non ci fossimo spinti più in là, e questo bastava per ora a renderci felici. Sotto lo sguardo vuoto e pieno di dolore della Signora Tashmetum-sharrat, sedevamo sul bordo della fontana del suo giardino, così simile alla fontana della nostra infanzia, parlavamo e giocavamo con i suoi gatti, che Esharhamat amava moltissimo, gatti pasciuti, dal lungo pelo bianco e dalle unghie aguzze. Qualche volta le portavo un gingillo grazioso che avevo comprato per lei in un bazar.

«Che cos'è?» mi chiedeva sorridendo con i suoi occhi neri, sollevandolo alla luce del sole.

«È una spilla per il tuo velo. Vedi com'è ben nascosta la chiusura? Viene da Tiro.»

Lei rideva e batteva le mani nel vedermi armeggiare goffamente, cercando di aprire la spilla. Quando eravamo insieme nell'intimità del suo giardino, non portava il velo, e questo lo consideravo un segno della sua fiducia.

«Ma le figure che cosa sono? Gatti? Sono gatti davvero?»

«Sì. Vedi? Questo somiglia esattamente a Lamashtu.»

«Oh, Tiglath! Non devi chiamarla così.»

«Perché no? Non è forse lei il più tremendo dei tuoi diavoli scatenati? Hai visto che cosa ha fatto alla mia mano l'ultima volta che ho cercato di prenderla dal tuo grembo?»

D'amore non parlavamo mai. Per me era sufficiente vederla di tanto in tanto. Credevo, e credo tuttora, che non desiderassi nient'altro: mi sentivo bene e al tempio di Istar non andavo più.

Mentre Esharhamat e io coltivavamo il nostro amore innocente, la Terra di Assur era in guerra, e io mi sentivo stranamente diviso in me stesso, o forse non tanto stranamente, perché la guerra fa accelerare il battito del cuore di un uomo.

Esharhamat era come l'aria che spirava la vita nei miei polmoni, ma io non vedevo l'ora di andare a combattere contro gli Elamiti. Il mio addestramento era stato grandemente accelerato e sapevo che avrei fatto parte dell'armata diretta a sud durante la prossima campagna. Non desideravo altro quindi che poter amare Esharhamat e cercare la gloria. Il giorno in cui ricevetti la conferma definitiva della partenza fu uno dei più belli della mia vita.

«E io, superiore a te in tutto,» si lamentò Asarhaddon «io, Asarhaddon il potente, il valoroso, io sono spedito a ovest, in una guarnigione!»

«Sanno chi di noi due è un vero soldato, fratello!» dissi, evitando destramente un sandalo diretto alla mia fronte. «Tu faresti soltanto una pessima figura, bagnandoti il perizoma la prima volta che un elamita ti facesse uno starnuto in faccia.»

Questo era troppo, e mi si scagliò contro a testa bassa come un toro. Soltanto quando mi ebbe inchiodato a terra e le risate ci ebbero impedito di continuare la lotta, mi lasciò andare, e tutti e due ci avviammo in città per celebrare la mia gloria davanti a un boccale di birra.

«In questo ci vedo la mano di mia madre» disse, e anche se aveva già bevuto molto, probabilmente diceva la verità. «Quella strega. Sta sempre lì a complottare, a tessere le sue tele come un ragno. Se morirò di gotta all'età di cento anni, l'avrà voluto lei. Quella gatta babilonese! Per i sessanta grandi dei! Perché mi tormenta così?»

«Per riuscire a fare di te un grand'uomo e governare la Terra di Assur per mezzo tuo» gli risposi. Anch'io ero ubriaco in quel momento, e questa tutto sommato ci sembrò abbastanza divertente.

Asarhaddon assentì col capo, come se l'idea gli fosse passata in quel momento per la mente.

«Non lo metto in dubbio. Quella gatta!»

Fu così che tutti e due entrammo nell'età adulta.

Permettetemi di dire qualcosa della terra e del popolo di Elam, poiché la storia che racconto non tratta soltanto della mia modesta vita, e gli Elamiti erano un tempo fra le nazioni più potenti della terra, sebbene oggi il loro ricordo sia oscuro perfino in quanti allora li temevano. Quando sarò morto, forse rimarranno soltanto queste mie poche parole a loro memoria, e poiché è crudele che i nomi degli uomini debbano perire senza lasciare traccia, lasciate quindi che vivano un po' più a lungo in questa mia cronaca di un'antica contesa.

L'Elam, come la Terra di Assur, era nutrito dalle acque del Tigri e si trovava a molti giorni di distanza, scendendo la corrente del fiume verso est, di fronte a Babilonia, sulla riva opposta. Era un paese ricco e quanti lo erediteranno saranno sempre ricchi perché quella è una terra che continuerà a dare buoni frutti, e si sa che la terra è fedele per sempre. Il suolo è profondo e benedetto dal Tigri, dall'Uqnu e dall'Idide, le cui inondazioni lo rendono fertile.

Al di là delle pianure sorgono le montagne dalle quali si ricava il rame, il piombo, l'argento, lo stagno, il basalto, la pietra, il legno, il ferro, e dove si trovano i cavalli. Tutto ciò gli uomini di Assur hanno dovuto conquistarselo, mentre gli Elamiti l'hanno ricevuto per diritto di nascita.

Si dice che le estati siano calde come fornaci, che un cane lasciato all'aperto a mezzogiorno impazzisca entro un'ora e che una lucertola non possa attraversare una strada di Susa senza essere arrostita viva.

Non mi sono avvicinato ai loro confini oltre il fiume Turnat, e questo nel mese di Siwan, dopo che le inondazioni si sono ritirate e prima che inizi la stagione in cui il solleone picchia come un martello, ma anche lì so che la popolazione scava cantine nella terra per trovare qualche refrigerio al terribile calore.

Sono tre le razze di uomini che si definiscono Elamiti: le pianure sono popolate da gente con la pelle chiara e i capelli scuri, non diversi dai Babilonesi, le montagne producono uomini dalla carnagione scura e dalla statura elevata, mentre dagli altopiani oltre le montagne viene una razza nera di pelle, ben diversa però da quella che ho visto in Egitto e che proviene dai luoghi dove il Nilo trova la sua sorgente. Ma tutti gli Elamiti, indipendentemente dal loro colore, sono guardati con grande sospetto dai loro vicini, che li definiscono brutali, privi di spirito, molli, avidi e infidi. I Sumeri avevano un proverbio: «Un elamita è infelice se ha tutto, oltre la casa in cui vivere». I Babilonesi parlano dell'Elam come di una tana di streghe, di maghi e di ogni sorta di spiriti maligni. Per quanto consta a me, posso soltanto dire che non sono molli: li ho affrontati in battaglia e ho visto che sono coraggiosi fino a essere avventati.

Delle loro usanze posso riferire poco. Non ho mai imparato la loro lingua, né ho mai incontrato qualcuno che l'abbia fatto, poiché è di una complessità incredibile. La scrittura è fondata sull'alfabeto cuneiforme, ma non sono mai riuscito a leggerla, e per firmare i documenti usano imprimere le unghie nell'argilla morbida delle tavolette. Il popolo adora il serpente, un animale molto comune in quel paese, e una dea chiamata Pinikir di cui portano un'immagine di terracotta attaccata al collo: di lei non so niente se non che è sempre raffigurata nuda, con le mani che reggono i grossi seni. I sacerdoti godono di grande prestigio, fra i potenti e gli umili in ugual misura, e se ne vanno in giro svestiti anche quando seguono l'esercito in battaglia.

Ma delle molte cose interessanti dell'Elam, la più notevole è il sistema che regola la successione al trono nella casa regnante. Come tutti i popoli civili, gli Elamiti hanno un re, il cui potere, però, è diviso fra il re stesso, il fratello maggiore, che viene chiamato ''re minore'', e il figlio del re che è governatore di Susa, la loro capitale. Quando il re muore non gli succede il figlio, ma il fratello, il quale non nomina il proprio figlio governatore di Susa, ma lascia a quel posto il nipote. Il fratello succede al fratello e soltanto quando non ci sono più fratelli il figlio del fratello maggiore può salire al trono. Questo sistema ha l'ovvio svantaggio di creare invidie nei fratelli, oltre che nei figli, e la storia della famiglia reale elamita è infatti piena di liti e di contese. In effetti, Hallutush-Inshushinak, che dette inizio alla guerra con il Signore Sennacherib, aveva preso il potere rovesciando suo fratello.

A rendere ancora più complicata la cosa è l'usanza, che risale a tempi antichissimi, che il re sposi la propria sorella. Alla morte del sovrano, il fratello ne sposa la vedova, la quale ovviamente è sua sorella, ed è l'ordine dei figli maschi di lei, e non l'identità del padre, a stabilire i diritti di successione. Questa pratica dell'incesto innalza le donne della casa reale a grande importanza, ma è un fatto negativo in ogni paese e nocivo alla vitalità della stirpe, come sa bene ogni allevatore di bestiame. I figli muoiono giovani, i loro lombi non danno frutti e a memoria d'uomo i re dell'Elam sono tutti finiti pazzi, uno dopo l'altro, la loro mente sconvolta come una palizzata di canne nel vento. L'Elam è una terra ricca e il suo è un popolo coraggioso e dotato, ma nessuna nazione può prosperare se chi la governa diventa folle e si agita infuriato con la schiuma alla bocca, come un cane affetto dal morbo che fa odiare l'acqua. Perciò gli Elamiti costituivano una minaccia per i loro vicini ed erano odiati in proporzione.

In quanto a me, io non pensavo a loro come a esseri umani: erano semplicemente i nemici di Assur e in quanto tali un bersaglio appropriato al mio valore che non conosceva la pietà. Poiché non avevo dubbio alcuno, in guerra sarei stato durissimo e, se era vero che avevo la debolezza di spendere il denaro che Kephalos mi dava per le piccole spese nell'acquisto di specchi di bronzo lucido e di oggettini di avorio intagliato da regalare a Esharhamat, quando mi fossi trovato davanti gli Elamiti, sarei stato un demonio devastatore.

E così trascorse velocemente un anno, e il tempo della campagna estiva si fece imminente. Passavo le ore nell'addestramento sul campo, negli ultimi frenetici preparativi, e con Esharhamat. Niente altro è rimasto nella mia memoria di quei giorni, tranne un incontro casuale della cui importanza non mi resi conto per molti anni.

La settimana prima della nostra partenza, terminati gli esercizi militari della giornata e mentre aspettavo il mio turno per entrare nel bagno di vapore a ripulirmi prima della cena, Tabshar Sin mi si avvicinò e si accovacciò per terra accanto a me, scuro in volto.

«Andrai alla guerra come membro del *quradu*» cominciò, agitandosi come se stesse a disagio e quel che aveva da dirmi gli fosse poco gradito. «Il *quradu* in genere ha molte perdite, perché combatte all'avanguardia intorno al re in persona. Inoltre, tu sei spericolato e inesperto allo stesso tempo e questa è una combinazione pericolosa. Un po' di paura è una cosa buona, Principe: io non ho nessuna lamentela da fare sul tuo coraggio, perché il coraggio è certamente la virtù principale del soldato, ma vorrei che tu avessi un rispetto maggiore della morte. Ricordati che presto dovrai condurre gli uomini in battaglia e dovrai pensare alla loro vita, oltre che alla tua. Ma non era di questo che ti volevo parlare.»

Non dissi niente, aspettando in silenzio, perché Tabshar Sin era una persona seria e un soldato coraggioso che meritava rispetto. Se fossi sopravvissuto al primo impeto della battaglia, sapevo che lo avrei dovuto a lui.

«Principe, un soldato prudente sistema sempre i suoi affari prima di partire per una campagna militare. So che quello ionio infingardo ti ha reso ricco e che tu hai una madre nella casa delle donne. Va' alla casa delle tavolette e fa' testamento.»

Detto questo se ne andò, e già mi pareva di sentire un fruscìo di ali sulla mia testa, come se la Signora Ereshkigal, Regina di Arallu, stesse volteggiando in quel momento sopra di me, pronta a tuffarsi per ghermire la mia vita.

Perciò, il giorno dopo, accompagnato da Asarhaddon in qualità di mio testimone, mi recai alla casa delle tavolette. L'aria era umida e aveva l'odore che si sente sulle rive del fiume dopo che la piena si è ritirata. Ci fecero attraversare una stanzetta dopo l'altra, dove tutte le pareti erano ricoperte di scaffali zeppi di piccole tavole di argilla, e mi venne alla mente il pensiero di come ero andato vicino a vivere tutti i miei giorni in questo luogo. L'idea mi fece rabbrividire. Finalmente giungemmo in un locale un po' più vasto, simile all'aula scolastica della mia infanzia, e lì, seduto alla scrivania, con il palmo della mano macchiato da anni di contatto con l'argilla umida, sedeva uno scriba vestito con una tunica di lino bianco. Era giovane, poteva avere forse la nostra età, ma il suo volto imberbe sarebbe rimasto così per sempre. Gli occhi erano scuri e colmi di un'ira repressa, come se avesse deciso dentro di sé che noi eravamo i soli responsabili di ogni pena che rattristava la sua vita.

Asarhaddon e io ci sedemmo su una panca di fronte a lui, e per qualche istante ci guardammo tutti e tre senza dire una parola.

«Che cosa desideri, Tiglath Assur?» chiese alla fine lo scriba con la sua voce sottile da eunuco. «Non sei cambiato molto, né tu né Asarhaddon, ma forse non mi riconosci perché io non sono praticamente cambiato affatto.»

Era quasi un invito a scrutarlo più attentamente, ma non mi ci volle molto tempo a risolvere il problema, e naturalmente mi meravigliai di non averlo capito prima.

«Nabusharusur! Per il Signore Assur! Sei proprio tu?»

Feci per alzarmi e abbracciarlo, ma Nabusharusur fece capire chiaramente che intendeva rimanere seduto. Sembrava meno contento di me di questo incontro e i suoi occhi neri, colmi di odio, non lasciavano la mia faccia.

«Sì, sono io» rispose tenendo le mani intrecciate sul grembo. «Basta guardarti per capire che hai realizzato le tue ambizioni, mentre io sono diventato... quello che vedi oggi davanti a te.»

Scrollò le spalle gracili in un gesto da donna, il gesto di uno che sa di essere diventato un oggetto di disprezzo e ben consapevole anche di essere così non per sua volontà o colpa. Per qualche momento sembrò che pensasse di essere solo, come se, immerso nella sua infelicità incolpevole, si fosse dimenticato della nostra esistenza, poi si riprese, guardò Asarhaddon e io capii subito il perché: Asarhaddon lo scrutava sogghignando.

«Sono venuto per registrare il mio testamento» mi affrettai a dire, perché sapevo come Asarhaddon sapesse essere stupido e brutale, a volte. Avrei voluto tirargli un calcio, ma Nabusharusur mi avrebbe visto. «La guerra, capisci. Parto per il sud questa settimana.»

«Già.» Asarhaddon stava ancora sogghignando, come se trovasse la sua battuta spiritosissima. «Questo almeno è un rischio che tu non corri, Nabusharusur.»

I miei due reali fratelli, Asarhaddon e Nabusharusur, si scambiarono un'occhiata che mi rivelò sul loro conto più di quanto avessi desiderato sapere.

«Sì, Asarhaddon» disse Nabusharusur a denti stretti. «Ci sono molti pericoli che attendono gli imprudenti in questo mondo.»

Quando si vive in una caserma, dove gli uomini sono ammassati uno sull'altro e dove il mestiere di vivere è la violenza, non si può fare a meno di acquisire una profonda conoscenza di tutte le sfumature della collera e dell'odio. Io avevo assistito a liti furibonde per una brocca di birra o per una partita ai dadi, liti nelle quali i contendenti si sarebbero uccisi se non fossero intervenuti i compagni a separarli. Una volta ho visto un fante di Edom cavare un occhio a un altro soldato col pollice e questo per il sole che scottava e per una brocca d'acqua rovesciata, ma non avevo mai visto niente di simile al freddo odio negli occhi di Nabusharusur, un odio che, pur non turbando mai la superficie della sua calma paziente e disdegnosa, sembrava per questo ancora più mortale. Non era la furia di un momento, da dimenticarsi prima dell'ora di cena o forse da rimpiangere per il resto della giornata: questo era un odio che sembrava destinato a durare fino all'ultimo istante della vita.

Alla fine, come per significare che era abituato a simili insulti e che non ne teneva alcun conto, Nabusharusur si volse a me. Quando parlò, la sua voce era piana come una pozza d'acqua piovana dopo un temporale.

«In che modo vuoi disporre delle tue proprietà, Tiglath?»

Il momento si avvicinava. Il giorno prima della partenza dell'esercito, indossai la mia uniforme nuova, perché ero un *rab kisir* adesso, sebbene, devo confessarlo, non per mio merito ma perché ero figlio del re, e mi diressi da Esharhamat per passare con lei ancora qualche istante. Mi ricevette, come ormai era nostra abitudine, in giardino. Era seduta sul bordo della fontana e alzò gli occhi a guardarmi mentre mi avvicinavo: in tutti i mesi in cui mi ero recato a trovarla, non l'avevo mai vista piangere.

«Che hai?» le chiesi, domanda sciocca alla quale volevo disperatamente sentir rispondere in un certo modo. Mi sedetti accanto a lei e, fremendo, le afferrai le mani e le tenni strette fra le mie. Essa non le ritirò. «Che cosa ti ha reso infelice, Esharhamat? Dimmelo!»

«Che sarà di me se tu verrai ucciso, Tiglath?»

Non avevo che da guardarle gli occhi lucidi di lacrime per capire che cosa volesse dirmi: il tempo della fanciullezza era finito, mi stava dicendo, e lei mi amava.

«Mi chiedo cosa sarà di te se non lo sarò.»

Guardammo tutti e due all'altra estremità del giardino, dove la Signora Tashmetum-sharrat giaceva, lo sguardo assente, su un divanetto di vimini, mentre una delle sue donne le faceva vento.

«Non sarò la moglie di suo figlio» bisbigliò Esharhamat, con voce gelida. «Sono vedova, presto avrò il controllo del patrimonio di Assurnadinshum e allora sarò libera. Nessuno potrà obbligarmi a sposare Arad Ninlil, mi vengono i brividi nella schiena se penso a lui, come se fosse un serpente. Posso scegliere chi voglio e sceglierò te!»

Sorrisi, sia per la sua infantile fiducia nella possibilità di poter avere tutto ciò che voleva (e mi riferisco solo al suo potere di decidere, perché lei sapeva bene che avrei rischiato anche una morte terribile per amor suo), sia perché nessun uomo avrebbe potuto udire parole simili sulle sue labbra senza essere felice. Sorrisi, dunque, ma sapevo che quella era una cosa impossibile.

«Noi siamo i servi del re» dissi, e mai come in quel momento avevo sentito la verità di quelle parole. «Il tuo *simtu* è di essere madre di re. Non puoi evitarlo, più di quanto io possa scegliere di mettere sul mio capo la corona. Mio padre deciderà chi dovrai sposare e tu obbedirai, così come oggi io lo seguo in battaglia.»

«Sei diventato molto nobile tutto a un tratto, Tiglath, mi piacevi di più quando eri meno rispettoso.»

Liberò le mani dalle mie: le lacrime si erano già asciugate sulle sue guance e quando la guardai mi sembrò di vedere una persona che non conoscevo, una donna che aveva messo da parte ogni dolcezza infantile: la sua bocca senza sorriso rivelava una volontà dura come la selce.

«Questa guerra non finirà presto» riprese, come parlando a se stessa. «Può darsi che più di un figlio del re muoia in battaglia. Tu mi hai detto un giorno di avere un *sedu*, oppure anche questo era un altro esempio della tua imprudenza?»

«Forse si trattava soltanto della fantasia di un vecchio pazzo.»

«Cerca di tornare vivo dalla guerra, Tiglath!»

Mi sorrise e anche quel sorriso non glielo avevo mai visto prima.

«Ne ho tutte le intenzioni...»

«Ti crederò quando sarai tornato.» Questa volta fu lei a prendermi la mano. «Non era un vecchio pazzo, io credo nel tuo *sedu*, Tiglath. Fatti amare dal re come già ti ama il dio... e come io ti amo. Non sposerò mai Arad Ninlil, e se è destino che sia madre di re, dovrai esserne tu il padre.»

Quando tornai alla caserma reale, trovai qualcuno che mi aspettava. Kephalos era seduto sullo sgabello fuori della mia porta, con aria d'importanza e mostrando una certa impazienza, mentre Ernos, il ragazzo, reggeva un ventaglio di penne di struzzo sul suo capo per proteggerlo dal sole. Si alzò in piedi quando mi vide ed ebbi qualche difficoltà a impedirgli di gettarsi carponi per abbracciarmi le caviglie.

«Padrone, vieni... entriamo, leviamoci da questo calore insopportabile.» Prese una grossa borsa di pelle e un'ancor più grossa anfora di terracotta dalle mani del ragazzo, facendogli poi segno di ritirarsi. «Come vedi ho portato al mio Signore il più pregiato vino del Libano affinché ci possiamo rinfrescare.»

«Allora entra» dissi mettendogli una mano sulla spalla e aprendo la porta. «Vederti è sempre una cosa che mi fa piacere, anche senza il vino del Libano, e pregiato per giunta.»

Ero davvero felice di vederlo perché avevo avuto l'intenzione di andare a trovarlo a casa sua proprio quella sera e mi ero così risparmiato il fastidio. Presi due calici di vetro azzurro da uno scaffale posto sotto l'unica finestra, e mentre il mio schiavo si sistemava comodamente sulla mia stuoia arrotolata, ruppi il sigillo dell'anfora e li riempii fino all'orlo.

Kephalos aveva un aspetto veramente notevole, come sempre d'altronde: con la prosperità si era ingrassato e la barba, che negli ultimi anni aveva raggiunto proporzioni maestose, era pettinata, arricciata e profumata con olio di melograno, e aveva più braccialetti e anelli della più costosa prostituta di Ninive. La tunica era di lana azzurra, intessuta di fili d'argento come quella di un nobile di sangue reale, e sontuosamente ricamata di giallo e di verde; il turbante sul suo capo aveva un fermaglio d'argento grande come lo scudo di un guerriero. Nessuno, vedendolo, avrebbe potuto indovinare che era lo schiavo di un soldato.

Dopo che ci fummo scaldati il cuore con il vino e che mi ebbe intrattenuto con i racconti dei suoi molti successi di medico (un mero pretesto per derubare signore inutili e sconsiderate), Kephalos sollevò la borsa di pelle, se la posò in grembo e ne sciolse i lacci.

«Ti porto alcuni doni, padrone: sono stato anch'io un soldato e, conoscendoti per un giovane spensierato e imprevidente, ho pensato di procurarti alcune cosette che ti saranno utili in questa guerra folle... No, no, mio giovane signore, tutte le guerre sono follia e servono soltanto a ingrassare i corvi e gli sciacalli, ma dal momento che hai proprio deciso di partecipare a questa...»

Dalla borsa tolse due piccole anfore smaltate, una verde e una rossa, dall'imboccatura sigillata con argilla.

«In questa» disse tenendo la verde nella mano sinistra «troverai un rimedio di grande efficacia nel trattare ogni specie di ferita, ma abbi cura di usarlo immediatamente, se non vuoi che la ferita s'infetti.» Sollevò poi l'altra fra il pollice e l'indice, come se volesse determinarne il peso. «E questo, questo è un rimedio sovrano contro le malattie procurate dalle donne impure. Ricordati, Signore, che un soldato che si reca in terra straniera...»

«Grazie, amico mio» risposi riempiendogli il bicchiere con aria di grande solennità, perché se fossi stato costretto a guardarlo in faccia sarei scoppiato a ridere, e non avevo alcuna voglia di offenderlo. Kephalos considerava tutti gli uomini corrotti alla sua stregua, ma a modo suo era un individuo leale e io gli volevo bene.

«Anch'io ho un regalo per te.»

Mi alzai e andai alla mia sacca dalla quale tolsi un oggetto avvolto accuratamente in un rotolo di pelle. Tornai a sedere, lo posai davanti a Kephalos e lo svolsi.

«Ho fatto testamento» dissi. «Nell'eventualità che non dovessi tornare da questa guerra, ciò che possiedo, il denaro che hai guadagnato con la tua attività, vorrei che fosse dato a mia madre e vorrei che fossi tu a occupartene, te lo chiedo come un favore a un amico.»

«Lo farò, padrone. Ma il tuo è un argomento malinconico, vorrei piuttosto...»

«Ho un altro bene di mia proprietà, cioè tu stesso.» Kephalos abbozzò un gesto di ossequienza, appoggiando le mani e la fronte sulle mie ginocchia, ma io lo fermai. «Non so che cosa potrebbe accaderti se morissi, perciò anche tu sei fra i miei eredi... se il mio *simtu* si compisse al sud, questa tavoletta, di cui esiste una copia negli archivi reali, attesterà che ti è stata data la libertà.»

Questa volta non riuscii a trattenerlo: si gettò per terra con la fronte sul pavimento, e mi abbracciò le caviglie. Piangeva, e piangevo anch'io: eravamo, ho il sospetto, ambedue un po' ubriachi, poiché i vini del Libano sono notoriamente forti.

«Come sai, padrone, io sono nato libero» disse, quando ebbe riacquistato la sua compostezza, «e libero sento che sono destinato a morire. Ma sappi, Signore, che non vorrei mai comprare la mia libertà al prezzo della tua vita. Torna perciò dalla tua guerra come sei in questo momento e fa' attenzione a quelle sudice donne del sud!»

Alla fine, quando si alzò per accomiatarsi, mi appoggiò una mano sulla spalla.

«E, padrone, quando avrai usato tutto il contenuto delle anfore, sta' attento a non gettarle via.»

La porta si chiuse alle sue spalle e io mi versai un ultimo goccio di vino, domandandomi che cosa avesse voluto dire con quelle parole. Alla fine presi in mano una di quelle anfore e mi meravigliai di sentirla tanto pesante. Allora, con il filo della spada grattai via un po' di smalto dal fondo di quella rossa: il metallo sottostante aveva il colore del miele stagionato ed era morbido come cera.

«Oro massiccio» mormorai. Le soppesai e, senza contare il contenuto, giudicai che pesassero circa settanta sicli. «Kephalos, vecchio briccone, che tu possa vivere per sempre!»

V

La terra offre molte cose belle, ma ho sempre pensato che uno degli spettacoli più sublimi per gli occhi di un giovane sia quello di un esercito che parte per la guerra. Il cuore si gonfia di sogni di gloria e mentre i re affrontano le guerre per vendetta o per profitto e gli uomini comuni per sfuggire ai debiti, alle mogli, al braccio della legge o semplicemente perché sono coscritti, il giovane avido di gloria imbraccia le armi per marciare al ritmo dei tamburi della grandezza, della fama, dell'avventura. L'esercito di Sennacherib era un tappeto magico che si stendeva lontano lontano e mi avrebbe portato... non sapevo bene dove, ma sicuramente a qualche splendido trionfo. Questa impressione rimase in me per molte settimane, anzi, fino al giorno della mia prima battaglia.

Il giorno della partenza da Ninive, io quasi invidiai la folla che si assiepava lungo la strada del sud, perché ero molto indietro nella parata e occupato con il bagaglio e con la mia compagnia di cento uomini, alcuni dei quali veterani, ma altri esperti della guerra non più di me.

Non riuscivo a vedere il re sul suo carro da guerra, e il suono delle trombe mi giungeva fievole e lontano. Quando la nostra compagnia passò attraverso la porta della città, la gente aveva smesso di applaudire da molte ore. I soli testimoni del nostro passaggio furono alcuni bottegai alquanto malinconici e le più malandate fra le prostitute, quelle adatte ai viaggiatori che hanno ancora addosso la polvere della strada; ci ridevano dietro, gridando lazzi osceni e sollevandosi le vesti perché vedessimo che cosa lasciavamo, forse per sempre.

Io avevo il grado di *rab kisir*, con autorità su cento uomini, ma la mia era un'autorità piuttosto formale. Gli eserciti di Assur non avevano certo conquistato quasi tutto il mondo guidati da ragazzi sciocchi e inesperti, e mi si era fatto capire molto chiaramente che, fino a quando non avessi provato quello che valevo, non mi dovevo considerare diverso da un semplice soldato. L'uomo che era stato messo al mio fianco come *ekalli*, un termine che significa semplicemente ''messaggero'', aveva in realtà il comando effettivo. Si chiamava Nargi Adad ed era stato in numerose campagne insieme a Tabshar Sin nelle guerre del Grande Sargon, e aveva anzi fatto parte dell'armata che si era dovuta aprire la strada combattendo per tornare in patria dopo la morte del re. Da lui avevo appreso la storia di quell'ultima battaglia.

Nargi Adad scoppiava spesso in brevi risate ed era di carattere gioviale. Eternamente affamato e mai stanco, era uno dei migliori soldati che abbia mai conosciuto. Era basso di statura, grosso e peloso come un caprone, non aveva quasi la fronte e la barba pareva cominciargli subito sotto gli occhi. Le mani, e perfino i piedi, erano ricoperti di un fitto vello nero, e quando si toglieva la tunica assomigliava a uno di quegli animali chiamati ''orsi'' che ho visto sulle montagne a oriente. Ciò che chiunque altro avrebbe maledetto come una disgrazia, era per lui fonte d'immenso orgoglio; egli sosteneva che le prostitute di ogni paese lo trovavano irresistibile, una cosa di cui non dubitavo poiché, come Kephalos amava sottolineare, le donne vanno pazze per le novità.

In condizioni di marcia forzata, viaggiando durante le sei ore di luce, un esercito poteva coprire in quattro giorni la distanza fra Ninive e i territori contesi che si stendevano in Akkad, a est del Tigri, ma non sarebbe arrivato in condizioni di combattere. Noi ci spostammo con più calma, sapendo che gli Elamiti e i loro alleati Caldei erano già sul campo di battaglia, e inoltre, da uomini devoti, in tutti i giorni considerati sfortunati, cinque di ogni mese, restammo nelle nostre tende, indossando vesti stracciate e non mangiando cibo cotto nelle pentole. Non ci bagnammo perciò i sandali nel fiume Radanu prima del dodicesimo giorno di marcia.

«Bene, Principe, quando avremo attraversato questa pisciatina di bue, dovremo guardarci bene intorno perché fra qui e il Turnat incontreremo sicuramente il nemico.»

Nargi Adad scoppiò a ridere dandomi una pacca sulla spalla perché, come la maggior parte dei soldati di Assur, non aveva un gran rispetto dei privilegi del sangue. L'uniforme da *rab kisir* non fa il guerriero e io trovavo un certo motivo di orgoglio nel fatto che il mio *ekalli*, che aveva combattuto a fianco del Grande Sargon, mi trattasse né come un ufficiale né come un figlio di re, ma come un vecchio compagno d'armi, e sapevo anche che, sebbene quel modo di fare fosse tipico di Nargi Adad, molto probabilmente Tabshar Sin, suo amico, gli aveva parlato bene di me.

«Quanti saranno, secondo te?»

«Un esercito intero, Principe, e grosso anche.»

Accennò col capo alla riva scura e pianeggiante dall'altra parte del fiume, senza più sorridere. «Quegli uomini non sono dei vigliacchi e sanno bene che dovranno fermare qui il re, tuo padre, se non vogliono che marci dritto su Susa per portarsi a letto le donne di Kudur-Nahhunte e per dissotterrare le ossa dei suoi antenati. Combatteranno per difendere le loro case e i loro campi, come potrebbe capitare a noi di dover fare se non li fermiamo.»

«Ma li fermeremo!»

Nargi Adad girò il capo sul collo tozzo e mi guardò di sottecchi: sembrava sul punto di fare qualche osservazione, ma ci ripensò e scoppiò a ridere.

«Sì, Principe... con l'aiuto di Assur li fermeremo, spargeremo le loro ossa da qui al Fiume Amaro e gli uomini potranno calpestare le teste degli Elamiti. Vieni! Diamo da mangiare ai soldati e partiamo. Domani sera ci accamperemo in vista del fiume Turnat, e la mattina dopo ci sarà una battaglia che ti regalerà tante di quelle storie da raccontare nelle taverne da bastarti per il resto dei tuoi giorni, se avrai la fortuna di uscirne vivo.»

E così attraversammo il Radanu e il giorno seguente, vicino a un miserabile mucchio di capanne di fango chiamato Khalule (e possa questo nome essere cancellato dalla memoria degli uomini e i suoi campi cosparsi di sale), il nostro esercito si accampò.

Nargi Adad e io decidemmo di vedere con i nostri occhi la situazione e ce ne andammo insieme al villaggio. Gli abitanti erano fuggiti perché sapevano che ci sarebbe stata una grande battaglia e che il saccheggio e il massacro sarebbero stati terribili, chiunque fosse risultato vincitore. Mentre camminavamo, per le strade deserte, l'unico suono che ci giunse fu l'abbaiare di un cane, tanto sfortunato da essere stato abbandonato, e tutto quel luogo ci fece un'impressione molto malinconica. Salimmo sul tetto dell'edificio più alto e ci guardammo intorno per esaminare il terreno.

Non mi piacciono le terre del meridione. Questo in gran parte è dovuto al fatto che i miei ricordi di quei luoghi sono legati a distruzioni e massacri, e nessuno che abbia preso parte alle guerre di Babilonia arde dal desiderio di rivedere le terre dove sono avvenute tali carneficine, ma anche, in certo qual modo, perché sono nato nella Terra di Assur e amo la vista delle montagne lontane. Le pianure del sud sono piatte come una pelle di tamburo e niente distrae l'occhio, tranne forse la vista di un fiume limaccioso e di un ciuffo di palme da datteri, gli alberi più brutti che gli dei abbiano creato, come tutti sanno. Osservato da quel tetto di Khalule, il terreno sembrava stendersi senza una ruga fino a una lontananza nebbiosa e infinita.

«Vedi che stanno arrivando?» bisbigliò Nargi Adad, quasi avesse paura che gli Elamiti lo sentissero, indicando col braccio peloso un nastro d'acqua che luccicava in lontananza. Era il Turnat, e la sua superficie era già coperta di piccole imbarcazioni dai fianchi arrotondati, fatte di canne, chiamate *gufas*. «Stanno attraversando in forze, fra due ore saremo in grado di vedere i fuochi dei loro accampamenti, e domattina... Hanno intenzioni molto serie, Principe. Non pensano affatto a ritirarsi: come vedi hanno il fiume alle spalle.»

Tornando all'accampamento sentimmo i loro tamburi di guerra, simili al brontolìo di un tuono lontano.

«Continueranno tutta la notte. Senza dubbio vogliono spaventarci a morte.» Il mio *ekalli* sogghignò, mostrando i denti grandi e macchiati. «Non so se loro dormiranno bene, ma in quanto a me, trovo questo suono molto riposante.»

Quella sera, dopo aver cenato e bevuto la mezza pinta di forte birra babilonese che Nargi Adad mi obbligò a mandare giù, mi tolsi i sandali e mi avvolsi in una coperta, tirandomela sopra le orecchie per soffocare il rullo dei tamburi elamiti; era una notte calda, perciò non posso sostenere di aver tremato per un motivo diverso dalla paura. La testa mi ronzava per la birra bevuta, ma sentivo in tutto il corpo un formicolìo che mi dava la precisa sensazione di essere vivo, in un modo che quanti non hanno conosciuto la vigilia di una battaglia difficilmente comprendono: tale è infatti l'effetto della paura in un uomo.

''Domani all'alba'' dicevo a me stesso ''domani forse morirò. Una freccia, forse, oppure sarò travolto e schiacciato da un carro, e dopo, quando la battaglia sarà finita, mutileranno il mio cadavere. Forse un caldeo tornerà a casa dalla moglie e dai figli con i miei organi genitali appesi alla sua faretra.'' Avevo completamente dimenticato il mio *sedu* e i miei sogni di gloria. Tutto ciò che volevo era alzarmi dal mio giaciglio, scegliere la direzione opposta al fiume Turnat, e correre fino a cascare per terra. Se dormii quella notte, fu solo per pochi secondi alla volta, ma non credo di aver dormito affatto.

Ero un *rab kisir* e mi vergognavo molto di me stesso, ma nonostante abbia combattuto molte battaglie dopo di allora, ho sempre conosciuto quella tremenda paura nel buio della notte precedente, e ho imparato a non giudicarmi troppo male per questo. La paura è naturale come il respiro: il solo problema per un uomo è come riuscire ad affrontarla.

La mattina seguente, dopo aver fatto colazione con pane e uva, indossai i miei schinieri, il corsetto di cuoio e un elmo di bronzo, e mentre stavo in piedi con il giavellotto in pugno, mi accorsi con grande sorpresa che la paura mi aveva lasciato, o almeno capii che non avrei fatto dietro-front e non sarei scappato, il che era all'incirca la stessa cosa. Mi resi anzi conto di star desiderando l'inizio della battaglia, come credo accada alla maggior parte dei soldati.

Non parlerò dello schieramento delle truppe, di quali forze fossero tenute di riserva e quali no, del peso della cavalleria o della disposizione dei carri, perché se c'era una qualche grande strategia all'opera, io non me ne accorsi. In ogni caso, visto il risultato, i piani di entrambi i comandanti dovettero essere paurosamente inadeguati, perché una battaglia ben pianificata non finisce in un massacro così generale. Il fine della guerra è la sconfitta del nemico, e questo al minor costo possibile. Quel giorno, a Khalule, non erano re e generali a combattere, ma uomini. Gli eserciti erano come due giganti avvinghiati nel combattimento, con le mani strette alla gola l'uno dell'altro, e quando alla fine si separarono, non fu perché uno avesse sopraffatto l'altro, ma perché erano entrambi troppo sfiniti e malridotti per poter proseguire. Fu così che andarono le cose.

Non ho perciò alcuna storia da raccontare se non la mia, che ritengo tanto vicina alla verità generale quanto un'altra. In seguito, quando io stesso fui comandante di un esercito, usavo stare su di un'altura sovrastante il campo a osservare lo svolgimento della battaglia secondo i piani che avevo elaborato nella mia mente, piani che credo abbiano salvato la vita di molti soldati di entrambe le parti, perché una vittoria netta è sempre la meno dispendiosa per tutti. Ma a Khalule non fu così.

Nella luce grigiastra del mattino il fumo delle cucine da campo si avvolgeva al suolo come una nebbia. Gli uomini non parlavano e non si udiva altro suono se non il rumore delle armi e lo sbuffare dei cavalli. Anche i tamburi degli Elamiti tacevano: il nemico sapeva bene che non restava molto tempo ed erano tutti troppo occupati con i problemi pratici, le cinghie degli scudi, le corde degli archi, per permettersi il lusso di cercare di impaurirci con un terrore vago.

«Vieni, Principe. Vediamo se gli uomini sono pronti.»

Con l'armatura e l'elmo, Nargi Adad sembrava un macigno rotondo e impenetrabile, tanto da farmi pensare che ci sarebbe bastato farlo rotolare contro le linee nemiche per sfondarle come una fila di canne. Mi appoggiò con forza la mano pelosa sul braccio destro e gli dette una strizzatina.

«Tabshar Sin mi dice che sei molto bravo con il giavellotto» disse sogghignando. «Sostiene che tu riesci a centrare l'occhio di un topo a cento passi. Spero bene che sia la pura verità, Principe.»

Avevo ai miei ordini una compagnia di arcieri e lanciatori di giavellotto, la vera ossatura di ogni esercito. Combattevano in unità di due uomini, uno che portava l'arco o il giavellotto, e l'altro che proteggeva entrambi dietro un immenso scudo di cuoio intrecciato. Noi dovevamo combattere in prima linea, disponendoci secondo uno schema a punta di freccia, e ci saremmo trovati di fronte la cavalleria nemica che avrebbe cercato di travolgerci, per rompere la nostra formazione e disperderci come pula. Ma prima bisognava che ci raggiungessero e per far questo dovevano cavalcare dritto contro le nostre armi appuntite. Se non ci avessero raggiunto, o se avessimo resistito al loro primo assalto, allora saremmo andati avanti fino alle linee elamite, dove il combattimento sarebbe proseguito corpo a corpo, con la spada o il pugnale. Ai grandi carri da guerra che potevano falciare il corpo di un uomo come una spiga di grano, noi cercavamo di non pensare affatto.

Non dimenticherò certamente la prima visione che ebbi dello schieramento degli Elamiti. Essi avevano naturalmente molti alleati fra i piccoli stati del meridione, uomini di Anzan e di Lakabra, Caldei, tribù di Iazan e Harzunu, Pasheru, e altri di innumerevoli popoli e razze. Gli Elamiti costituivano però il nerbo dell'esercito e senza di loro gli altri non erano che uno sciame di mosche ronzanti. Noi eravamo del *quradu* e formavamo perciò l'avanguardia intorno alla persona del re. Avremmo avuto su di noi tutto l'impatto della carica elamita.

In piedi sulla piana polverosa, dove non spirava un alito di vento, riparandomi dai raggi del sole con uno scudo di pelle, riuscivo a vedere i loro cavalli da guerra scalciare nell'aria con gli zoccoli taglienti come lame di pugnale. I soldati indossavano armature di bronzo ed elmi con le corna come quelle dei tori. Gli scudi non si contavano e, nel baluginare del mattino, le loro armi mandavano lampi di luce simili allo scintillìo dell'acqua ogni volta che alzavano le spade e le lance in gesto di derisione e di sfida. I tamburi tacevano adesso e gli uomini non sprecavano il fiato in grida di guerra: il loro silenzio era altrettanto efficace.

«Bene, soldati!» Era la voce di Nargi Adad che rompeva la quiete dell'aria come un colpo di martello. «Ricordatevelo! È l'uomo coraggioso che sopravvive per tornare a combattere. Fatevi prendere dal panico e vi calpesteranno come uva nel tino. C'è un solo modo perché non vi ammazzino: ammazzateli! E perciò abbiate un cuore di ghiaccio e mirate giusto. Noi siamo il *quradu*, i forti, e abbiamo la vita del re da difendere. Ricordatevi anche questo. E stanotte sentiremo che sapore ha la birra dell'Elam!»

Le voci di tutti, compresa la mia, si levarono, acclamando. Se c'è stato un momento in cui ho creduto alla gloria della guerra, se mai esiste, è stato quello.

Improvvisamente, non so come, stavamo avanzando, un passo dopo l'altro, mantenendo la formazione, l'orecchio teso ad ascoltare il calpestìo degli zoccoli della cavalleria elamita, le armi pronte in mano. Il mio portatore reggeva lo scudo sul braccio sinistro, mentre col destro teneva in un canestro circa venticinque dei miei giavellotti sottili, dalla punta di rame. Un altro giavellotto lo avevo pronto in mano, ben bilanciato, e già cercavo con gli occhi il bersaglio.

Il lanciatore di giavellotto deve essere molto agile, perché la sua è la più pericolosa delle arti marziali. L'arciere può stare al riparo dello scudo di pelle, ma il lanciatore ha bisogno di uno spazio maggiore e perciò deve esporsi completamente per eseguire il lancio e gli è necessario un certo tempo perché la sua mira sia accurata, altrimenti rischia la vita per niente; ma deve essere allo stesso tempo molto rapido o una freccia lo raggiungerà al ventre ed egli non lancerà mai più. La cavalleria elamita si stava avvicinando e già vedevo il lampo delle loro lunghe spade ricurve. Aspettai che fossero più vicini. Bisogna mirare al cavallo a distanza ravvicinata, perché il cavaliere, una volta perduta la sua cavalcatura, scapperà come un coniglio, mentre il cavallo, essendo più grosso e meno appesantito dall'armatura, può travolgere una formazione anche senza il cavaliere. Miravo quindi al cavallo, era lui il mio nemico, mentre l'uomo le cui ginocchia stringevano i suoi fianchi era soltanto un'ombra. Aspettavo, col braccio che mi tremava nella trepidazione dell'attesa e il giavellotto che sentivo assetato di sangue.

Finalmente, ed era ora, il primo cavaliere mi fu abbastanza vicino. Io non lo vedevo, vedevo soltanto il cavallo, solo una macchia di color marrone. Uscii dal riparo dello scudo, trassi indietro il braccio, attesi la frazione di secondo che mi permetteva di essere sicuro della mira, e lanciai. Tutto di me, ogni frammento della mia forza, andò in quel lancio. Il giavellotto disegnò un arco nell'aria come un uccello da preda e io rimasi là a guardarlo, incapace di muovermi, stregato. S'innalzò sempre più in alto e alla fine scese in picchiata per affondarsi alla base del collo dell'animale. La bestia si rovesciò su se stessa come una carriola, e il cavaliere con un balzo da acrobata volò in aria e stramazzò sotto la sua cavalcatura. Dovette rimanere gravemente ferito o ucciso perché non tentò nemmeno di trascinarsi via. Era uno spettacolo bellissimo e non riuscivo a staccarvi gli occhi.

Una freccia si conficcò ai miei piedi e, ricordandomi che anch'io ero mortale, mi tuffai al riparo dello scudo. Non feci in tempo ad allungare la mano che il mio portatore mi ci ficcò un giavellotto, e ripresi quindi a scrutare il campo in cerca di un altro bersaglio.

E continuai così, un lancio dopo l'altro, qualche volta mancando il bersaglio, ma nella maggior parte dei casi riuscendo a colpire e a uccidere non so quanti uomini e cavalli, e la vista della loro morte mi inebriava come l'alito degli dei. Le frecce cadevano intorno a me come grandine, ma quasi non ci facevo caso, perché sentivo che non potevano farmi alcun male. Una volta, e una volta soltanto, la punta di un dardo mi sfiorò la coscia, ma non mi curai nemmeno di asciugarmi il sangue. Ero in estasi. Quanti sostengono che la guerra è una delle gioie più grandi sotto il sole, non dicono una sciocchezza e mentono soltanto un poco, perché l'ebrezza prodotta dal pericolo e dalla morte è grande e spazza via ogni altro pensiero dalla mente. Credo di esser stato vicino alla follia in quei momenti.

Quando la cavalleria ci fu quasi addosso, mirammo ai cavalieri. I miei soldati cadevano intorno a me, stramazzando con la faccia al suolo, senza gettare un grido, ma io non riuscivo che a pensare al prossimo lancio, e a quello seguente. Una volta, un cavaliere mi si precipitò direttamente contro, e mentre mi si abbatteva addosso con la spada sguainata per tagliarmi la testa, la punta del mio giavellotto gli penetrò sotto il corsetto e lo sollevò, facendolo volare sopra la sua cavalcatura e mandandolo a sbattere a terra con un rumore sordo. Non detti nemmeno un'occhiata al suo volto, estrassi semplicemente il giavellotto e mi guardai intorno in cerca di un altro bersaglio.

Non riuscirono a sfondare le nostre linee. La cavalleria può fare solo una carica, dopodiché si limita a razziare i carri delle vettovaglie: la sua è una battaglia di breve durata. Ma quando furono passati i cavalieri, sopraggiunsero i carri.

Fummo fortunati: soltanto due si diressero dalla nostra parte, ma, se riuscimmo ad ammazzare i cavalli di un carro prima che ci raggiungesse, l'altro invece sfiorò l'angolo della nostra formazione, schiacciando gli uomini sotto le ruote come datteri.

Eravamo però ormai vicini alle linee elamite e il tempo delle frecce e dei giavellotti era finito. Trassi la spada e il mio portatore gettò via lo scudo, perché a questo punto ognuno doveva combattere da solo per aprirsi la strada. Ero rientrato in me abbastanza da capire che gli uomini che mi stavano di fronte volevano uccidermi e che la mia pelle non era fatta di ferro.

Avevo paura, adesso, ma era una sensazione elettrizzante che mi faceva sentire ancora più vivo. Era quasi un piacere, una gioia dei sensi.

Intorno a me c'era chiasso, grida e urla dei feriti e degli agonizzanti e clangore di armi. Quanti fra i miei uomini erano ancora vivi, mi si strinsero vicino, come api che si raggruppano sul tronco di un albero. Agivano quasi di concerto, ma per istinto più che per una decisione razionale, la disciplina non esisteva più, c'era solo il desiderio di vivere e la consapevolezza di aver bisogno l'uno dell'altro. Ma la verità ultima era che ognuno di noi combatteva da solo e per se stesso.

Sono stato favorito dalla natura con due braccia lunghe, ma pur avendo questo vantaggio per compensarmi della mia mancanza di esperienza, ebbi nondimeno due ferite che mi procurarono dolore e m'indebolirono: una lancia mi colpì sopra il gomito, e mi fece perdere il piccolo scudo rotondo. Provai un dolore acuto, ma durò solo un istante, e comunque non fu nulla rispetto al pericolo, perché corsi il rischio di morire cento volte prima che potessi trovare un attimo per chinarmi a raccogliere lo scudo.

Un grosso elamita però, un uomo dalla faccia segnata da cicatrici, riuscì quasi a dare il mio corpo in pasto ai cani.

Il combattimento corpo a corpo, che si era trascinato da una parte e dall'altra come se fossimo tante formiche su un masso, sembrava essersi allontanato da me, e per la prima volta in quelle che mi erano parse ore, ebbi un momento per fermarmi a riprendere fiato. Quel momento per poco non mi costò la vita, perché quando mi chinai in avanti, le mani appoggiate sulle ginocchia, improvvisamente sentii qualcosa grattare contro il mio scudo: non mi ero nemmeno accorto di averlo sollevato, ma il soldato che riesce a sopravvivere combatte con l'istinto, e forse avevo avuto sentore di quanto stava accadendo. Abbassai lo sguardo e restai annichilito: la pelle era squarciata come la pancia di un bove al macello e io ebbi appena il tempo di balzare da un lato per evitare la spada che cercava per la seconda volta di arrivare alle mie budella. L'uomo non lo avevo nemmeno notato.

Non passò molto tempo che mi si gettò nuovamente addosso, e di colpo mi trovai piede contro piede con un gigante nero, di cui vedevo il sudore scorrere lungo le braccia e gli occhi roteare nell'estasi furibonda che rivela il guerriero nato. La faccia tirata luccicava come se fosse stata sbalzata nell'ossidiana con un'ascia, e i denti si rivelavano in un ghigno feroce. Quella faccia aveva subìto i colpi di più di una spada, perché sul setto nasale e lungo la mascella si vedevano due grandi cicatrici, sporgenti e lucide, spesse come i lacci di un sandalo. Quando si gettò su di me, bastò il suo grido di guerra, simile al gracchiare di qualche grande uccello rapace, a farmi quasi svenire. Come non mi abbia ucciso in quei primi, pochi secondi, non lo saprò mai.

Sembrava che fossimo rimasti soli nella battaglia che infuriava, non c'era nessuno che potesse venirmi in aiuto e questo diavolo mi si abbatteva addosso quasi pensasse di potermi calpestare come un filo d'erba. L'iniziativa era sua e soltanto tirando fendenti all'impazzata, da una parte e dall'altra, con la lama che sibilava nell'aria come un serpente, riuscii a tenerlo a distanza: ma niente di più. Non riuscivo quasi a respirare e il cuore mi batteva nel petto come se volesse balzarmi fuori. Molte volte il mio scudo avvertì l'impatto dei suoi colpi e alla fine fui sicuro che il prossimo lo avrebbe sfondato, penetrando nelle mie viscere. Certamente mi ucciderà, pensai, questo è il momento della mia morte. Ancora e ancora la punta della sua spada si avventò su di me, cercando la mia vita, e ogni volta riuscii a parare il colpo che ogni volta, però, si faceva piú vicino. Un assalto e la sua lama scivolava contro la mia, mancando di un pelo la mia spalla, un altro e la sua punta mi graffiava il corsetto di cuoio. Lo stridore delle spade l'una contro l'altra mi riempiva le orecchie: ero l'ariete pronto per il sacrificio, e l'augure stava affilando la lama del coltello. Il suo prossimo allungo sarebbe stato l'ultimo. L'attesa spasmodica era una tortura.

Poi, in lontananza, sopra il clamore della battaglia, mi giunse la voce di Nargi Adad.

«Ehilà, bastardo!»

Non mi voltai a guardare perché voltarsi sarebbe stato un invito alla morte e sapevo comunque che era troppo lontano per salvarmi. L'elamita mi avrebbe infilzato come un'anatra arrosto e già vedevo i muscoli del suo collo taurino tendersi per vibrare il colpo mortale. Potevo considerarmi già cadavere. Ma anche l'elamita sentì il grido di Nargi Adad e probabilmente pensò che doveva sbrigarsi a finirmi prima che quella grossa e villosa macina da mulino avesse la possibilità di rotolargli addosso. È questo l'unico modo in cui riesco a spiegare come restai vivo, perché il gigante nero tirò un gran fendente e non so come fui in grado di parare quest'ultimo colpo.

Ma non del tutto. La lama mi penetrò sotto il corsetto e raggiunse le costole, tanto che pensai di essere stato colpito a morte: ero spacciato, ne ero certo.

Ma il nero elamita mi si era fatto così vicino da offrirmi il modo di vendicarmi. Con quella che pensai essere la forza dell'agonia, mi gettai in avanti, la mia spada lo raggiunse proprio sotto le costole e riuscii a mettere a segno il colpo. Lanciò un grido, più di sorpresa che di dolore, credo, poi, mentre io con un violento strattone estraevo la spada, si piegò sulle ginocchia, continuando a guardarmi, e cadde con la faccia a terra.

Non sapevo come, ma non ero morto. La ferita sul fianco mi bruciava come il morso di una vipera, ma questo era in realtà un buon segno. Non ero morto. Infilai la mano sotto il corsetto e la ritirai sporca di sangue, ma ero ancora vivo, e non mi sentivo nemmeno debole, soltanto indolenzito. Mi guardai intorno nella ricerca di Nargi Adad, ma era già scomparso, inghiottito dal caos della battaglia. Sì, ero ancora in piedi: l'elamita giaceva a terra davanti a me e io ero vivo. Ero vivo e potevo continuare a combattere. Un momento dopo avevo dimenticato la mia ferita e questo fu un bene, perché la battaglia non era certo finita.

A più riprese ci gettammo contro lo schieramento nemico, ma non riuscimmo a sfondare. Anche le nostre linee tenevano, perché farsi travolgere avrebbe voluto dire morte certa, e la battaglia si trascinava perciò senza che se ne potesse intravedere la fine. A volte, come di comune accordo, le due grandi masse di uomini si scostavano l'una dall'altra, troppo sfinite per poter continuare al momento la lotta. Poi si sentiva un gridare e un correre e gli scudi urtavano uno contro l'altro con un suono di cimbali. E ognuno di noi aveva occhi solo per i compagni che gli erano a lato e per il nemico di fronte. Se un soldato moriva, sia che fosse amico o avversario, scavalcavamo il suo corpo come se si fosse trattato di una pietra, perché non c'era tempo né fiato per niente altro. Così la piana di Khalule si ricoprì di cadaveri. Alla fine gli dei, i quali devono odiare gli uomini per la loro follia, si mossero a compassione perfino di esseri come noi, e permisero alla luce del giorno di ritirarsi dal campo di battaglia. Pareva che si fosse atteso soltanto questo segnale, perché le due grandi armate, lentamente, con molti soprassalti ed esitazioni, si divisero, ognuna arretrando verso il proprio accampamento come la marea che si ritira dalla sabbia della riva. Non c'erano né vinti né vincitori, semplicemente non potevamo più continuare a combattere: non ce la facevamo più.

Ci sedemmo per terra a riposare e, guardandomi attorno, riuscii per la prima volta a capire che cos'era la guerra. Uomini con le braccia e il volto rigati dal fumo, dal sangue e dalla polvere, guardavano nel vuoto con occhi di vecchi, l'odore dei cadaveri appesantiva l'aria che gravava come una nebbia. Non vedevo né grandezza, né gloria, ma solo un orrore agghiacciante per ciò che avevamo fatto, visto e sofferto. Nessuno di questi uomini avrebbe mai più conosciuto il mondo nella sua innocenza, la vita per loro era ormai cambiata per sempre. Questo fu lo spettacolo offerto ai miei occhi e questo, credo, gli altri videro in me.

«Dov'è Nargi Adad?» chiesi alla fine, quando riuscii a ritrovare il respiro.

«Solo i grandi dei lo sanno, *rab kisir*. Forse è morto.»

Mi osservavano con i loro occhi stanchi e all'improvviso capii che aspettavano da me gli ordini. Io ero il *rab kisir*: era tempo che me ne ricordassi.

«Tornate alle vostre tende, mangiate e riposatevi. La battaglia per oggi è finita.»

Lentamente si rimisero in piedi e io li contai mentre raccoglievano le armature e le armi: erano rimasti soltanto trentadue uomini. Alcuni dei mancanti erano forse fuggiti o erano rimasti separati in qualche modo, ma all'inizio della giornata erano in cento e adesso ne restavano trentadue.

«Tu vieni, *rab kisir*?»

«Non subito... più tardi.»

Volevo cercare Nargi Adad.

Il campo di battaglia di Khalule si era trasformato in una scena da incubo, non era più una guerra, ma un massacro reciproco: i morti e i moribondi giacevano dappertutto sul terreno, le membra intrecciate e accatastate come legname trasportato dalla corrente. I cavalli azzoppati nitrivano di dolore, sbattendo di qua e di là nel tentativo di rimettersi in piedi. I corvi si appollaiavano sui volti dei morti ed estraevano gli occhi con i loro lunghi becchi. Armi abbandonate, uomini e animali morti, grida di feriti, lezzo di carne macellata. Il terreno era scivoloso per il sangue e ovunque, fin dove arrivava lo sguardo, lo spettacolo era lo stesso. Mi mancano le parole per descriverlo, ma porterò con me sotto la nera terra la visione di quel luogo.

Nargi Adad era vivo, anche se per miracolo. Quando lo trovai giaceva su un fianco, abbastanza in sé, ma con gli occhi lucidi di febbre e un grosso buco nel ventre che cercava di tener chiuso con le dita pelose, incrostate di sangue raggrumato. Sorrise quando mi vide: non ho mai conosciuto un personaggio così coraggioso.

«Hai combattuto bene oggi» mi disse. «Ti sei battuto come un diavolo infuriato! Quel gigante nero... l'hai ucciso, vero? Vorrei vivere tanto da raccontare a Tabshar Sin come hai combattuto oggi.»

«Glielo dirai!» Le lacrime mi bagnavano il volto, perché sapevo che non c'era speranza. «Troveremo un medico.»

«No, Principe, lo vedi, non riesco neanche a sentirmi le gambe. Credo che quel disgraziato mi abbia spezzato la spina dorsale prima che lo ammazzassi. Eccolo là.»

Quasi ai piedi di Nargi Adad giaceva il cadavere di un elemita, con gli occhi ancora aperti e la spada in pugno: non ci sarebbero state più guerre per entrambi.

«Ti fa molto male?»

«Sì, Principe, mi sembra di avere la pancia piena di ortiche. E la battaglia? Hanno già lasciato il campo? Arrampicati su quel carro rovesciato laggiù e da' un'occhiata in giro per me.»

«Stanno riattraversando il fiume» dissi tornando. «L'acqua è nera di barche.»

«Bene. Per lo meno li abbiamo fermati. E ora, sii bravo e uccidimi. Vuoi?»

«Io non potrei mai. Io...»

«Fallo, Principe. Come un favore.» Sorrideva ancora, ma i suoi occhi mi pregavano. «Non è una cosa piacevole morire e non vorrei impiegarci tutta la notte. Un colpo rapido e mi finirai. Per favore, Principe.»

Prima che avesse il tempo di accorgersene, o che io perdessi il coraggio, trassi il pugnale e gli trapassai il cuore. Morì senza emettere un sospiro.

Lo lasciai lì e presi a camminare senza sapere dove stessi andando. Il cervello mi pulsava come se avessi bevuto troppo vino e non avevo più niente dentro, né coraggio, né volontà. Se un soldato nemico mi si fosse avvicinato traendo la spada, sarei caduto in ginocchio, implorando per aver salva la vita come una donna. C'è una misura in tutte le cose e nessuno può sopportare più di tanto.

Per quanto tempo io abbia camminato per quel vasto campo di morte, non lo so. Le tenebre avevano già avvolto la terra e si vedeva soltanto la luce delle torce accese nell'accampamento, così, probabilmente, mi mossi attirato da queste.

Al limitare del campo, vidi il re. Era solo e sedeva sul sedile posteriore del suo carro con la testa fra le mani. Sembrava avesse pianto.

Molti anni dopo lessi il resoconto di quella battaglia negli Annali, della collera e della gloria del re e della sua vittoria sugli Elamiti, le cui ginocchia tremavano come canne al vento. Erano tutte menzogne, e d'altronde la storia delle nazioni è fatta per lo più di menzogne, le loro e quelle dei loro nemici. Il re non era ''glorioso'' quella notte, quando lo trovai che piangeva sul suo carro. Gli toccai un braccio e mi inginocchiai accanto a lui, perché era facile in quel momento dimenticare che era il Signore dei Quattro Angoli della Terra. Alzò lo sguardo e per un istante un lampo di paura gli passò negli occhi, prima che mi riconoscesse.

«Sei proprio tu, Tiglath, figlio mio? Sei ancora vivo, in mezzo a tutto questo? Gli dei devono averti donato un *sedu*!»

Sobbalzai nel sentire questa parola, ma egli non se ne accorse, totalmente estraneo e lontano da una cosa insignificante come il mio piccolo brivido di disperazione.

«Sì, Signore, sono io.»

«E i nemici se ne sono andati, eh?»

«Hanno riattraversato il fiume, Signore. Non credo che torneranno presto.»

Il re mio padre mi appoggiò la mano sulla spalla, e questa volta non fu per salvarmi dal coltello dei sacerdoti, ma per trovare un conforto al suo cuore sfinito. Era vecchio e spaventato e per questo si lasciò sostenere da suo figlio, poiché anche un re deve potersi fidare di qualcuno. Così dunque ci ritrovammo uniti sulla piana insanguinata di Khalule.

VI

Il giorno dopo e quello dopo ancora raccogliemmo i nostri morti sul campo di battaglia di Khalule e li seppellimmo con offerte di cibo e di vino. I cadaveri dei nemici li spogliammo, abbandonandoli poi ai corvi, mentre i feriti li passammo a fil di spada. Come trofeo, tagliammo loro le mani e le teste senza alcuna pietà. Finita l'opera, ci occupammo di cercare i nostri feriti, dopodiché riposammo, aspettando gli ordini del re. Gli Elamiti si erano ritirati, e le nostre pattuglie mandate in ricognizione non riuscirono a trovarli; e fummo quindi autorizzati ad aggiudicarci la vittoria nella battaglia, anche se non ricordo di aver sentito parlare di vittoria fra noi.

Aspettammo perciò che il re mio padre ci dicesse ciò che dovevamo fare, pregando in cuor nostro che non ci ordinasse di attraversare il Turnat e di penetrare nell'Elam, perché non avevamo più l'animo di affrontare una battaglia. La piana dove avevamo combattuto era ricoperta di carcasse puzzolenti di uomini e di animali, e la terra era smossa per le fosse scavate di fresco. Dei nostri erano stati uccisi circa due uomini su cinque e il nemico doveva aver subìto perdite ancora maggiori; se li avessimo inseguiti sul loro territorio, li avremmo spinti ai limiti della disperazione e nessun avversario è tanto pericoloso quanto quello che ha perduto ogni speranza di sopravvivere.

Ma per tre giorni il re rimase chiuso nella sua tenda, rifiutando il cibo, senza vedere anima viva, e nessuno, nemmeno il *turtanu*, era ammesso alla sua presenza. Non ci rimase che aspettare, quindi, e meditare sull'amarezza del nostro stato, considerando a cosa era ridotto il nostro coraggio virile. Nessuno pensò comunque di ribellarsi contro il Servo di Assur, il Signore dei Quattro Angoli della Terra, perché la persona del re era sacra e i soldati del dio erano uomini devoti, ma l'umore nell'accampamento era comunque nero. Aspettammo, tuttavia, poiché non potevamo fare diversamente.

La morte di Nargi Adad mi aveva reso *rab kisir* di fatto oltre che di diritto, perché non c'era nessun altro in grado di comandare gli uomini della mia compagnia, semplici soldati, completamente smarriti senza nessuno a dar loro gli ordini. In quel momento capii che cosa volesse dire per un soldato obbedire ai comandi, che sono per lui la linfa vitale, tutto ciò che lo salva da quanto egli teme più del nemico, e cioè l'abbrutimento prodotto dalla sua volontà sregolata.

Toccò perciò a me discutere con gli ufficiali addetti ai vettovagliamenti per ottenere il pane e la birra, procurare che i medici si occupassero delle ferite dei miei uomini e, più di ogni altra cosa, cercare di tener occupati i soldati facendoli lavorare. Non ero io stesso di umore sereno; la ferita al torace mi doleva continuamente e avevo finito tutto l'unguento dell'anfora verde di Kephalos per curare i miei feriti che altrimenti sarebbero morti. Inoltre, col passare dei giorni, la memoria mi si andava affollando di ricordi di cui non potevo parlare con nessuno, ed ero perciò contento di dovermi occupare degli altri. I compiti senza fine che sono la conseguenza dell'autorità costituiscono il modo migliore per sfuggire a se stessi. Ogni giorno i miei uomini dipendevano sempre più da me e la loro lealtà nei miei confronti andava facendosi sempre più solida, e la notte, mentre giacevo sulla mia stuoia, troppo stanco perfino per sognare, riuscivo a trovare un po' di benefico riposo dall'orrore di quelle lunghe giornate.

La terza sera dopo la battaglia, mentre sedevo con i miei uomini intorno al fuoco dell'accampamento, aspettando che la zuppa nella pentola bollisse per poter mangiare e andare a dormire, alzando lo sguardo vidi un uomo che portava il giavellotto bianco, insegna del messaggero reale. All'estremità del giavellotto sventolava un nastro d'argento, segno che l'uomo stava recando un messaggio a un principe della casa reale, ma a tutta prima non riuscii ad afferrare il significato che questo comportava.

«*Rab kisir*, indicami dove posso trovare il Principe Tiglath Assur» mi disse il messaggero, il quale, come gli ufficiali di corte di ogni paese, era un giovane di bell'aspetto e piuttosto pieno di sé. La barba luccicava d'olio e le mani, bianche come neve contro l'uniforme azzurra finemente ricamata, erano curate ed espressive come quelle di una donna. Avrei scommesso che l'arma era per quell'individuo soltanto il segno distintivo della sua qualifica e che non gli era più utile di un bastone da passeggio; inoltre ero stanco, non mi ero lavato e non avevo alcuna pazienza con il resto del mondo, e il suo modo di rivolgersi a me non mi era piaciuto.

«La tua ricerca è finita» gli risposi, quasi senza guardarlo in faccia, mentre attizzavo il fuoco con la punta della spada. Mi rendevo conto che i miei uomini trovavano la scena divertente e ammiccavano con aria furbesca, dandosi di gomito l'uno con l'altro: sembrava che anche a loro il messaggero reale non andasse troppo a genio. «Che vuoi?»

«Sei tu...?»

«Sì. Dimmi che cosa vuoi, o devo provare a indovinare?»

Forse mi disse effettivamente qualcosa, ma se così fu non riuscii a sentirlo nella risata generale che seguì. Il messaggero, quando si fu ripreso dall'imbarazzo, perché certamente non gli capitava tutti i giorni di vedere un principe di sangue reale starsene seduto accanto al fuoco, in mezzo a un mucchio di soldati sudici e sudati, si inchinò profondamente, toccandosi la fronte con la destra in segno di rispetto. Era un gesto al quale nessun vero guerriero si sarebbe abbassato, tranne che alla presenza del re, e io lo disprezzai per questo.

«Sono stato mandato dal Signore Sennacherib, Principe. Ti invia i suoi auguri di una lunga vita e ti ordina di recarti da lui.»

«Subito?»

«Subito, Principe.»

Era un ordine che non poteva essere ignorato, perciò mi alzai per eseguirlo, limitandomi a imprecare fra me e me. Qualcuno mi porse un boccale di birra, e mi sciacquai la bocca con una sorsata, sputando il resto nel fuoco che emise un sibilo come se fosse stregato.

«Niente paura, Principe» disse Lushakin, il mio nuovo *ekalli*. «Ti conserverò qualcosa nella pentola, nel caso il re tuo padre non t'invitasse a fermarti per cena!»

Quest'osservazione fu accolta da una nuova risata, perché Lushakin era famoso per le sue battute, cosa naturale per il figlio di un barcaiolo, un tipo sveglio e dalla lingua sciolta, bravo a raccontare storielle, in ogni paese.

«Non disturbarti, mio Signore. Ricordati che il re mi ha augurato di restar vivo fino all'ora di colazione.»

Mentre mi allontanavo seguendo il messaggero reale, mi giunsero all'orecchio le risate dei miei uomini, fino a che il suono fu inghiottito dal brusìo generale dell'accampamento.

Camminando fra le tende, non dovevo far altro che guardarmi attorno per vedere la stanchezza mortale dei soldati, la paura penetrata fino alle ossa di ognuno di loro, riflessa sui volti degli uomini dell'esercito reale. I fuochi illuminavano i volti dei soldati che sedevano con le braccia abbandonate sulle ginocchia, lo sguardo fisso nell'oscurità come se vi potessero scorgere l'immagine della loro stessa morte. Le voci erano spente e senza espressione, i movimenti lenti. Avevano l'aspetto di uomini che si stessero appena riprendendo da una malattia grave, non una malattia del corpo, ma dello spirito e della volontà. Tutto questo potevo vedere alla luce dei fuochi che balenavano nella notte buia.

Non mi chiedevo perché il re mi avesse mandato a chiamare, la mia mente non era abbastanza lucida perché potessi anche solo formulare a me stesso la domanda: potevo soltanto guardarmi intorno e vedere ciò che era palese a tutti quanti. Non avevo nemmeno la forza di sorprendermi.

La tenda del re era esattamente al centro dell'accampamento, circondata da quelle dei suoi ufficiali più importanti. Era di un pesante tessuto color porpora e grande quasi quanto l'abitazione del mio schiavo Kephalos a Ninive. Era perfino divisa in due ambienti, uno esterno e uno interno, così che la maestà del re poteva essere salvaguardata. Tranne all'ingresso, non c'erano guardie e d'altronde che cosa aveva da temere il re mio padre, al centro della sua armata?

Che il Signore Sennacherib fosse mio padre mi fu impresso una volta di più nella mente quando il messaggero reale piantò la punta del giavellotto nel terreno, lasciandolo lì accanto all'ingresso della tenda del re affinché tutti sapessero che il sacro monarca desiderava restare solo con il frutto del suo seme.

La stanza esterna conteneva soltanto un tavolino da campo dietro al quale stava appollaiato uno scriba dal mento liscio senza neppure osare di levare lo sguardo dalla sua tavoletta. La tenda che introduceva alla stanza interna era rialzata da un lato con un cordone, e lo scriba con lo stilo mi fece cenno che potevo passare.

«Sei tu, ragazzo, eh?»

Il re sedeva sul bordo del suo letto da campo, senz'altro indosso che una semplice tunica di lino, come se si fosse svegliato in quel momento dal sonno, sebbene i suoi occhi rivelassero che non aveva dormito da parecchie notti. Era a capo scoperto e gli si vedevano molte striature di grigio fra i capelli. Mi inginocchiai davanti a lui posandogli le mani sulle ginocchia ed egli le prese fra le sue stringendomele forte. Quando alzai lo sguardo al suo volto, cercò di sorridere, voltando però subito il capo e lasciandomi andare le mani.

«Vuoi un po' di vino, eh? Lo vedi? Sì? È là, sulla tavola. Prendi una coppa per te e berremo alla salute del re elamita, eh? Ah! Ah! Ah!»

Senza parlare, feci come mi aveva chiesto e mentre prendeva la coppa dalle mie mani mi accorsi che le sue tremavano.

«Siedi, ragazzo, siedi. Vieni qui accanto a me!»

Dopo la seconda coppa di vino, sembrò che stesse meglio: le mani non tremavano più.

«Se ne sono andati, eh?» Il suo sguardo si aggirò nervosamente intorno alla tenda, come se temesse che il re Kudur Nahhunte potesse sbucar fuori da dietro a una sedia. «Hanno riattraversato il fiume, vero?»

«Sì, Signore. Non torneranno, ma non per molto tempo Hanno lasciato troppi loro soldati a marcire fuori dai nostri ripari.»

«Davvero?» Il re mi afferrò il braccio con entrambe le mani. «Davvero, ragazzo? Tu li hai visti?»

«Sì, Signore. Basta fare qualche passo nella pianura per vedere la massa di cadaveri.»

«Allora facciamolo, ragazzo! Saremo abbastanza sicuri, tu e io soli, eh?»

Si alzò dal letto e io lo aiutai a indossare la sua ampia tunica d'argento e con le mie mani gli posi sul capo il turbante reale. Sembrava un bambino che si facesse vestire dalla mamma. Quando uscì dalla tenda, uno dei cortigiani gli si avvicinò, ma egli lo licenziò con un gesto impaziente.

«No!» disse fulminando con lo sguardo la cerchia degli ufficiali intorno a noi. «Nessuno tranne mio figlio. Una torcia!»

Una delle guardie mi porse una torcia e, io e il re, ci avviammo verso la porta della palizzata seguiti dagli sguardi attoniti degli uomini che pareva avessero visto passare un dio, e uscimmo poi sul campo di battaglia di Khalule.

Il fetore della morte gravava pesante nell'aria. L'unica illuminazione era data dalla luna estiva e dalla torcia che reggevo in mano, ma quel paesaggio macabro non aveva bisogno di altra luce per rivelare i suoi orrori. Il sangue insozzava il terreno, lasciando grandi macchie scure nei punti in cui si era seccato, e i corpi morti giacevano dovunque in un groviglio grottesco. Sembrava di poter udire le grida angosciate delle loro anime che volteggiavano senza meta nel vento notturno.

«Allora è proprio vero, eh?»

Il re si reggeva al mio braccio mentre ci facevamo strada fra l'ammasso di cadaveri, vacillante come un vecchio.

«È vero, Signore.»

«E il nostro esercito?»

«In cattivo stato, anche se intatto.»

«Allora non marceremo sull'Elam» disse, e per la prima volta quella sera, la sua fu la voce piena di maestà del re.

«Non possiamo fermarci qui, o scoppierà un'epidemia. Puah! Che lezzo! Andremo a ovest, verso l'Eufrate. Con gli Elamiti fuori combattimento, tutta quella marmaglia dalla testa nera farà presto a ricordarsi chi è il Signore di Akkad e di Sumer. Darò ai miei soldati qualche mese di facili vittorie, perché si arricchiscano col bottino e ritrovino la fiducia in se stessi. I Babilonesi faranno le spese di questa campagna, devono imparare qual è il prezzo del loro tradimento verso mio figlio ed erede.

«Vieni, Tiglath. Tu starai al mio fianco quando darò l'ordine. Mi hanno detto che hai combattuto come un cinghiale intrappolato e che hai avuto due ferite: e alla tua prima battaglia, per giunta! Lasciamo che i nobili di Assur vedano come tuo padre ti onora, eh? Le ferite ti dolgono, ragazzo? Ricordo come nella mia prima battaglia, io...»

E così il re mio padre, in quella sua ora di paura, mi accolse vicino a sé. Mi fece grande, come mi aveva promesso quando non ero che un bambino dalla pelle liscia, e grazie a lui imparai a conoscere le vie e gli usi del potere. Non ho mai saputo che cosa lo abbia spinto a mandarmi a chiamare, ma tutto ciò che sono stato in seguito nella Terra di Assur, lo devo a quella notte.

Marciammo verso ovest e i capi di Sippar si gettarono ai piedi del nostro re, implorandolo di risparmiare la città, perché ormai tutti sapevano che gli Elamiti non sarebbero più tornati quell'anno nella terra di Akkad e di Sumer. E il re, nella sua saggezza, vedendo i vantaggi di una facile vittoria, accettò il loro tributo e adorò nei santuari loro dei, dirigendosi poi a sud lungo la riva dell'Eufrate, il fiume dalle acque fangose e dalla corrente pigra come un serpente malato. Le città di Cuthah, Kish e Borsippa fecero tutte atto di sottomissione, perché alle armate di Assur non si poteva opporre resistenza: e poi, sarebbero presto tornate a casa loro. Non marciammo contro Babilonia perché il re Mushezib-Marduk, che l'anno precedente aveva toccato le mani del dio Bel ed era diventato re della città, aveva con sé un grosso esercito. Era stato anche lui a Khalule, ma da monarca prudente aveva lasciato che il suo alleato sostenesse la parte principale del combattimento, ed era perciò ancora abbastanza forte da poter difendere la sua città. Babilonia, come tutti sanno, è grande, e prenderla di forza, sapendo d'incontrare un'accanita resistenza, era un compito al di là delle nostre forze per quell'anno; nel corso della campagna non combattemmo altre battaglie campali.

E alla fine dell'estate, volgemmo nuovamente i nostri passi verso il nord, in direzione di Ninive.

Durante la marcia, i sudditi fedeli vennero a onorare il loro sovrano: Opia, Samarra, Takrit, la sacra Assur, Calah e tutte le grandi città del paese. Percorremmo la strada verso casa con ghirlande di fiori intorno al collo, mentre le donne meno giovani ci offrivano vino e frutta. Avevamo sofferto molto, per amore loro e del dio, affinché tutti potessero dormire tranquilli senza che i loro sogni fossero popolati di Elamiti. A Takrit, le mura erano pavesate di verde e di giallo e a Calah la gente s'inginocchiava ai bordi della strada per ricevere la benedizione del potente sovrano.

E a Ninive, che scorgemmo in distanza proprio mentre cadevano le gocce della prima pioggia invernale, a Ninive ci fu un'esplosione di gioia folle per accogliere il Servo di Assur che era tornato nella sua capitale. Le donne, con pani e brocche di birra stretti in mano, danzavano in estasi per il ritorno dei loro mariti, da tanto tempo lontani, e gli uomini gettavano monete al passaggio del re perché potessero essere benedette sfiorando le ruote del suo carro. Per tre notti nessuno dormì dentro le mura della città, poiché quello era tempo di festa. Le taverne e i bordelli si affollarono, e le donne corsero al tempio di Istar per unire il dovere verso la dea al piacere per il ritorno dell'esercito. Eravamo una grande nazione e calpestavamo i nemici sotto i nostri piedi. Il dio ci era favorevole, tutti ci temevano, eravamo ricchi e potenti, e questo lo credevano tutti e se ne rallegravano. Un uomo che indossasse la tunica del soldato non aveva più bisogno di niente, che avesse o non avesse denaro, e anche il più misero dei bottini equivaleva a una fortuna. Ninive era lontana da Khalule e qui potevamo credere di aver vinto.

Non appena il *quradu* fu rientrato nella casa della guerra, mi tolsi in fretta l'armatura e mi unii agli uomini che aspettavano in fila davanti al bagno di vapore. Indossai poi un'uniforme pulita e mi diressi verso gli appartamenti di Esharhamat, all'interno del palazzo del re. Una delle sue schiave mi condusse nel giardino interno, dove Esharhamat era seduta presso la fontana, con lo sguardo fisso sull'acqua.

Alzò gli occhi, e quando mi riconobbe il suo volto sembrò riprendere vita. Attraversò danzando il pavimento rivestito di piastrelle (questo è l'unico termine per descrivere il modo in cui volarono i suoi piedini) e mi si gettò fra le braccia, e in un attimo le sue labbra si premettero contro le mie con un ardore che quasi mi mozzò il fiato.

«Sapevo che saresti tornato» mormorò. «Sapevo che non saresti morto, lo sapevo, lo sapevo!»

La baciai avidamente. Non m'importava che qualcuno ci vedesse, non mi curavo di niente: ero di nuovo in quel giardino ed Esharhamat mi amava ancora.

Soltanto quando ci fummo seduti tutti e due, con le sue piccole mani strette fra le mie, mi accorsi che non indossava più la tunica rossa delle vedove.

«Allora dovrai sposare Arad Ninlil» dissi con il cuore che mi diventava di ghiaccio nel petto.

«Mai! Non lo sposerò mai!» Sembrò che le parole la soffocassero.

«Viene qui qualche volta» aggiunse con voce più bassa, più spenta, come se il ricordo le facesse male. «Resta a pranzare con sua madre e mi guarda con gli occhi spalancati, avidi. Una volta... Lo odio, non lo sposerò mai. Non sposerò mai nessuno tranne te, mio Tiglath Assur che il dio ama come ti amo io. Mai!»

Non avevo che da guardare i suoi occhi per capire che lo pensava veramente. Avrebbe attirato l'ira del re sul nostro capo, saremmo periti entrambi, ma in quanto a me non potevo che sentirmi pieno di gioia: questo momento mi sembrava dovesse valere mille morti.

«Ma tu sei uscita dal lutto...»

«Sì. È durato anche troppo. Non mi è mai importato di lui, non è mai stato veramente mio marito.»

«Allora non ti hanno detto ancora niente di Arad Ninlil?»

«Niente.»

Sorridemmo entrambi, assurdamente felici. Avevamo avuto soltanto una sospensione della pena, come prigionieri cui sia stato concesso un altro giorno prima di affrontare il coltello del carnefice, ma che importava? Avevamo questo piccolo spazio di tempo tutto per noi e niente altro sembrava importante.

Cercai di raccontarle qualcosa della campagna, ma pareva stranamente che sapesse già tutto: il massacro di Khalule, la marcia attraverso le città del sud, tutto. Sapeva perfino che adesso godevo del favore del re. La notizia di tutti questi fatti aveva raggiunto Ninive molto prima di noi.

Quando parlai del re, Esharhamat sorrise soltanto, osservandomi con la coda dell'occhio, come se tutto le sembrasse semplice e ovvio, ma soltanto dopo che l'ebbi lasciata mi accorsi che fino ad allora non avevo capito niente e che Esharhamat era una di quelle nature femminili davanti alle quali un uomo non è che un ingenuo bambino.

Era quasi buio quando uscii dal giardino e, non sentendomi voglia di affrontare la caserma reale, mi diressi invece alla casa vicino alla Porta di Adad.

«Giovane padrone!» gridò Kephalos quando mi vide. Era diventato ancor più grasso nello spazio di sei mesi e la sua tunica verde e gialla si gonfiava come una vela, mentre avanzava ondeggiando verso di me per salutarmi sulla porta e gettarsi ai miei piedi ad abbracciarmi le caviglie. «Sono ancora lo schiavo del mio giovane e irrequieto padrone? Gli dei di tutte le nazioni siano lodati per questo!»

Mandò di corsa Philinna in cucina a preparare la cena, mentre al ragazzo Ernos dette tre sicli d'argento per comprare il miglior vino che riuscisse a trovare. Non erano ancora comparse nel cielo le stelle, che già Kephalos e io, seduti sotto il pergolato del giardino, eravamo piuttosto brilli e il mio schiavo mi deliziava con i racconti di come erano andate le cose a Ninive durante la mia assenza.

«Il pettegolezzo più in voga fra i medici, Signore, è naturalmente quello che riguarda i disturbi di stomaco del *marsarru* Arad Ninlil: è stato gravemente ammalato fin da quando l'esercito è partito, e molti dicono che la scusa sia la gelosia delle tue imprese, che io, padrone, ho fatto diffondere per tutta la città pagando i cantastorie, per il profitto di entrambi noi. Le mie pazienti vengono da me per sentirmi parlare di te; naturalmente, si ha una gran fiducia nel medico il cui padrone è tanto eroico e fortunato da essere ancora vivo. A proposito, gli unguenti ti sono stati di qualche utilità?»

«Sì... sì...» Non mi dispiacque di restare quasi soffocato da una delle locuste al miele di Philinna, perché l'anfora rossa era ancora nella mia sacca con il sigillo intatto, e non avevo alcuna voglia di godermi un'altra conferenza di Kephalos sulla depravazione e la sudiceria delle donne del sud. «Le mie ferite... Vuoi vedere come si sono cicatrizzate bene?»

Mi alzai in piedi e sollevai la tunica per mostrargli il colpo di spada che mi aveva solleticato il costato a Khalule: della ferita era rimasta soltanto una sottile linea bianca che Kephalos, reggendo una lampada a olio per vederci meglio, ispezionò con grande interesse.

«Se tu fossi un uomo più vanitoso, Signore, ti dispiacerebbe quasi che la mia arte abbia raggiunto una tale perfezione» disse, rimettendosi a sedere. «Perché le cicatrici non stanno male sul corpo di un soldato quando si sono avute onorevolmente, ma fra un anno o due soltanto un occhio addestrato riuscirà a vedere che questa ferita è andata tanto vicina a ucciderti.»

«Ma, come tu dici, Kephalos, io non sono vanitoso. Adesso, raccontami. Che si sa qui della campagna? La gente ha un'idea delle perdite vere di Khalule?»

Il mio schiavo si strinse nelle spalle. «Non se ne curano, Signore. Non devi dimenticare che Ninive gode dell'esenzione reale e, dal momento che qui nessuno può essere obbligato ad arruolarsi nell'esercito, bisogna recarsi nelle case dei poveri per sentire pianti e lamenti. Se ne è parlato come di una campagna gloriosa e i mercanti si sono arricchiti ricomprando il bottino di guerra. La gente è sempre disposta a credere a tutto quanto le viene raccontato.»

Quando gli descrissi la grande battaglia e gli raccontai come il re avesse pianto fra le mie braccia e come fosse rimasto nella sua tenda per tre giorni, Kephalos si limitò ad annuire, quasi fosse una storia già sentita molte altre volte.

«Ti ricorderai, padrone, che ti avevo avvertito prima che tu partissi, ma tu eri così preso dall'idea della gloria militare! La guerra è un'impresa che non fa guadagnare nessuno, tranne i corvi e, naturalmente, i mercanti e le prostitute quando l'esercito ha fatto ritorno. Alla fine della settimana, nessuno dei soldati che stanotte girano per le strade in cerca di vino e di divertimenti avrà più un solo soldo di rame in tasca.»

Era la pura verità, e mentre me ne tornavo a piedi fra la folla di buontemponi, capivo che Kephalos aveva ragione. Non ero perciò in uno stato d'animo molto allegro quando, giunto alla caserma reale e sfilati i sandali con una pedata, mi sdraiai per godermi la prima notte di riposo in un vero letto dopo sei mesi: ma avevo dormito cento volte meglio sulla nuda terra.

La mattina dopo mi svegliai alle prime luci del giorno, con la testa che sembrava mi si spaccasse come una mela al forno. Mi alzai e mi lavai alla meno peggio la faccia, ma non osai affacciarmi alla porta per timore che la luce del sole del Santo Assur mi colpisse a morte. Mentre mi stringevo la testa fra le mani, maledicevo Kephalos e la sua saggezza e l'abbondanza del suo vino, il cui gusto mi ritrovavo ancora in bocca, perché stavo cominciando a capire che il dio non mi aveva destinato a essere un uomo adatto ai bagordi.

«Qua, bevi questo.»

Era Tabshar Sin. Mi portò alla bocca un boccale di birra, obbligandomi a berlo. Doveva esserci qualcosa nella birra, perché il sapore ricordava il carbone di legna dei forni fuori delle mura, ma dopo pochi minuti la testa era tornata alle sue normali dimensioni.

«Che stai facendo qui?» domandò alla fine. «Ti ho cercato dappertutto nella casa della guerra.»

«Perché? Dove dovrei essere? Questa è la mia stanza.»

Mi guardai in giro, strizzando gli occhi come una civetta nella luce polverosa proveniente dall'unica finestra. Sì, certamente, non c'era stato nessuno sbaglio: Asarhaddon e io eravamo vissuti in quella stanza per cinque anni.

«Questa è una stanza da ragazzo» disse calmo Tabshar Sin, come se stesse spiegando qualcosa a un bambino non molto intelligente. «Domani qui ci sarà un altro allievo a dormire. Tu hai le tue stanze nell'alloggio degli ufficiali: o forse ti sei dimenticato che ora sei un *rab kisir* del *quradu*? Alzati e va' al bagno di vapore per toglierti la nebbia dal cervello insieme al sudore. Stasera sei invitato dal re.»

Lo guardai in faccia e vidi che stava sogghignando, per ridiventare serio dopo un istante.

«Sei stato bravo, Principe» disse. «Il tuo nome è coperto di gloria e mi hai reso orgoglioso di te. Adesso va' a strigliarti e poi torna a raccontarmi della morte di Nargi Adad.»

Ho sempre notato che quanto più crudele è la guerra e più ambiguo il suo esito, tanto più elaborate e costose sono le celebrazioni della vittoria. Avevamo versato molto sangue al sud e raggiunto poco più della soddisfazione di aver inflitto perdite uguali al nemico. Era vero che gli Elamiti si erano ritirati entro i loro confini e che noi avevamo accettato la sottomissione di tutte le grandi città di Akkad e di Sumer tranne Babilonia, l'unica che in realtà contava, ma niente era stato definito e l'anno prossimo entrambi gli eserciti si sarebbero schierati nuovamente sul campo di battaglia. La prova decisiva, così pareva, era soltanto procrastinata. Di qui la grandiosità del banchetto con il quale il re mio padre celebrava il suo trionfo.

Quella notte ci fu molta musica e molto vino, ma io non ero in compagnia di uomini dei quali potessi fidarmi come di Kephalos, e perciò mi contenni nel bere. Il profumo dell'incenso e dell'agnello arrostito gravava sull'aria. Le torce di cera bruciavano nelle nicchie alle pareti e le danzatrici ballavano, nude questa volta, con i soli gioielli indosso, e il sudore si mescolava sui loro corpi formosi e dalla pelle scura agli unguenti, facendoli luccicare come stelle nel cielo, mentre si contorcevano ad arte in una danza che aveva l'apparenza di una frenesia amorosa.

Ciò nonostante, era il re a trattenere i nostri sguardi, risplendente in una tunica di porpora e oro e con il turbante, che copriva i capelli striati di grigio, tempestato di gioielli verdi. Quando il re rideva, tutti ridevamo con lui, e quando raccontava un aneddoto, tutti ascoltavamo. Il re era la gloria, il potere, la divinità stessa, e ci teneva tutti sul palmo della mano come dadi pronti a essere gettati.

Quella sera io non ero più uno dei paggi, in piedi nel vano di una porta: ero uno dei favoriti del re, vicino a lui, intorno alla lunga tavola. Erano presenti tutti i dignitari del regno: i comandanti dell'esercito, il Signore Sinahiusur e il *marsarru* Arad Ninlil, seduto non alla destra del padre, come ci si sarebbe aspettato, ma discosto, soltanto di qualche posto più vicino al re di me. C'era il governatore della città e c'era lo *shaknu* di Hindani, che si guardava nervosamente in giro, come se stesse pensando di essere stato convocato dalla sua provincia per andare incontro a un incerto destino. C'era anche una donna, sebbene poco più di una bambina, seduta alla sinistra del re, che premeva la spalla contro il suo braccio.

Io pensai che fosse una delle sue concubine, parte del bottino di guerra, fino a quando, mentre faceva vagare lo sguardo per la sala, i suoi occhi non incontrarono i miei ed essa sorrise: nessuna delle donne del re avrebbe mai osato sorridere a un altro uomo in questo modo.

Seppi soltanto molto tempo dopo che si trattava di Shaditu, la figlia preferita del sovrano, la delizia del suo cuore, come egli la chiamava, perché era bellissima e sapeva sfruttare la debolezza del re e le sue paure. Sua madre era un'egiziana, morta nel darla alla luce, e si diceva che avesse maledetto la bambina col suo ultimo respiro. Ma il re era completamente cieco alla sua malvagità e Shaditu riuscì a operare grandi mali prima che la sua vita giungesse al termine. Era mia sorella, eppure soltanto una prostituta mi aveva sorriso in quel modo prima d'allora.

«... ma non era come nella guerra della nostra gioventù, fratello. Vero? Ti ricordi nella spedizione contro gli Ittiti, come il re di Sidone se ne fuggì davanti a noi, finendo in mare e annegando davanti agli occhi di tutta la città? E quando Sidka, re di Ashkelon, non si volle sottomettere e noi gli prendemmo gli dei, le donne, le figlie e i figli e li bruciammo tutti in un gran fuoco? Te lo ricordi, eh? *Lui* imparò a baciare la terra ai nostri piedi! E gli Egiziani? Per Adad, come li combattemmo! Come i loro cadaveri ricoprirono il campo di battaglia sotto le mura di Altaku! Ti sarebbe piaciuto quello spettacolo, vero, mia dolce melina? Il tuo vecchio padre, quando non era così vecchio...»

Shaditu lo guardò dritto in faccia, gli carezzò le mani che abbracciavano il suo giovane corpo e gli mormorò all'orecchio qualcosa che lo fece scoppiare in una risata fragorosa: il re, che come tutti i re aveva imparato a non fidarsi di nessuno, si fidava della sincerità dell'affetto di lei.

Ma il re era ubriaco di qualcos'altro quella sera, oltre che delle carezze della figlia, e alla fine essa fu mandata via affinché mio padre potesse gustare appieno l'esibizione delle danzatrici. La tavolata era scossa dalle risate e dagli scherzi da soldati, mentre il battere ritmato e frenetico dei tamburi mi stordiva come una mazzata sulla fronte. Le danzatrici si fecero più vicine e sarebbe bastato allungare una mano per toccare i loro corpi luccicanti: più di un invitato lo fece, infatti.

Alla fine il re si alzò traballando da tavola e due donne lo afferrarono sotto le braccia per impedirgli di cadere, muovendosi al suo soccorso con una prontezza che doveva derivare da una lunga pratica. Egli rise, girando la testa verso l'una e l'altra, e permise loro di aiutarlo, dopodiché tutti cominciammo ad alzarci.

«Mio Temibile Signore, io...»

«No! Sta' lontano da me! Non avvicinarti!»

Era Arad Ninlil, suo figlio ed erede, che gli si stava accostando, ma il re tese le mani per impedirglielo come se fosse stato un lebbroso. In un istante, nella sala ci fu silenzio.

«Non avvicinarti» ripeté il re, più calmo adesso. Noi quasi non osavamo alzare gli occhi, mentre il *marsarru* si guardava intorno con l'odio che gli saettava dagli occhi. «Venite, miei graziosi passerottini, venite... aiutatemi ad arrivare alla mia camera, perché ho esagerato un po' col vino.»

Le donne lo condussero via, e noi, i suoi compagni, restammo in piedi immobili come pezzi di legno finché non se ne fu andato: solo allora Arad Ninlil uscì impettito dalla sala, senza guardare nessuno.

Quando riuscii ad alzare gli occhi, il mio sguardo incontrò quello di Sinahiusur: non parlò, non ne aveva bisogno.

Nei giorni seguenti preferii dimenticare che ero il figlio del re; era cosa migliore, sentivo, essere un semplice soldato che conosce il suo dovere e obbedisce agli ordini: in guerra il re era il mio padrone e questo mi bastava. Lo avrei seguito attraverso le porte di Arallu, avrei dato la vita per lui, se me lo avesse comandato. Volevo soltanto che dimenticasse di essere mio padre, affinché anch'io potessi dimenticare d'essere suo figlio: ancora non me ne rendevo conto, ma avevo perduto la mia fede nei re.

Ritornai perciò molto volentieri al terreno di parata della casa della guerra per addestrare i miei uomini, spremendo dai loro corpi tutti gli umori nocivi di cui si erano impregnati facendo baldoria nelle strade di Ninive. Non ne erano troppo soddisfatti, anche se io mi impegnavo più duramente di loro, perché agognavo l'oblìo prodotto dalla stanchezza, ma i soldati non trovavano che questa fosse una consolazione. Imparai quindi quanto sia più difficile mantenere la disciplina nelle guarnigioni che in battaglia.

Tuttavia li feci esercitare e presto si dimenticarono dei piaceri di Ninive. Erano uomini di buon cuore e mi perdonarono di essere ossessionato da un'idea fissa, perché non potevo dimenticare la cavalleria nemica a Khalule, come fosse riuscita a fendere le nostre linee con la stessa facilità di una scure sulla paglia, e avevo un mio progetto per fermarla.

«Se riuscissimo a tenere i nostri uomini stretti insieme a formare una muraglia di scudi e proteggessimo questa muraglia con lunghe lance, l'estremità solidamente piantata al suolo e l'asta inclinata in modo tale che i cavalieri nemici si troverebbero davanti alla prospettiva di essere impalati... io credo che mi sposterei di fianco pur di non essere infilzato come un'anatra allo spiedo. Perfino gli Elamiti scarterebbero di lato, non pensi?»

Tabshar Sin mi ascoltò con grande attenzione, osservando i disegni che tracciavo sulla polvere. Aveva perduto una mano proprio per opera di un cavaliere nairo e la mia nuova tattica non era senza interesse per lui.

«Le lance dovrebbero essere molto lunghe» disse infine, scuotendo il capo. «Otto, nove, forse dieci cubiti. Un cavaliere dovrebbe sapere con certezza di non avere nemmeno una possibilità di raggiungere le nostre linee. E come farebbero i portatori di scudi a trasportarle?»

«Con i giavellotti. Dovranno levarsi dritte in aria per spaventare il nemico. Che i loro cavalieri imparino ad avere paura di caricarci.»

«E se i tuoi uomini romperanno la formazione?»

«Non lo faranno. Addestriamoli a correre senza rompere i ranghi: venti passi, poi ginocchio a terra e piantare la lancia. Poi altri venti passi. Ciò che scoraggerà la cavalleria, avrà lo stesso effetto sui soldati a piedi. È qualcosa che ho imparato a Khalule: il momento in cui gli uomini rompono la formazione, quando non combattono più di concerto, la battaglia finisce e ciò che segue è solo una zuffa.»

«Be', ci puoi provare, Principe, ma ricordati, quel che funziona durante le esercitazioni non è detto che funzioni nella furia della battaglia. La cosa è ben diversa quando gli uomini che ti stannno di fronte non sono i tuoi amici della baracca vicina, ma un'armata di Elamiti.»

«Per questo è necessario addestrare gli uomini finché non conoscano più la differenza fra esercitazione e combattimento, finché non eseguano i comandi così naturalmente come respirano.»

«Be', tentare non costa niente, almeno avranno qualcosa da fare.»

In questo modo passai quindi le ore del giorno, esercitando gli uomini a usare un'arma che ancora non esisteva nemmeno.

«No, Principe, un'asta di bronzo più lunga di quattro cubiti si piegherà come un ramoscello sotto il peso della neve fradicia.»

Il capo delle armerie reali si sfregò un occhio con il dorso della mano sinistra: le scintille dell'incudine gli avevano da gran tempo bruciato le sopracciglia e le ciglia.

«Potrei provare col ferro, forse, ma dovrei costruire una nuova fornace. Non siamo attrezzati, capisci, per lavorare metalli di una lunghezza così, e il ferro è ostinato come mia moglie!»

Sorrise timidamente, forse timoroso che mi fossi potuto offendere per questa sua battuta scherzosa, ma capivo che stava già rimuginando sul problema nella sua testa.

«E il peso?» domandai. Non volevo che le mie formazioni si trasformassero in tanti porcospini, irti di punte ma lenti. «Voglio qualcosa che gli uomini possano portare tutto il giorno, pur correndo. Il ferro non sarà troppo pesante?»

«No, Principe. Peserà ancor meno del bronzo, perché lo posso tirare più sottile. I tuoi soldati dovrebbero imparare presto a sopportarne il peso.»

«E sarai in grado per la prossima primavera di produrne abbastanza da equipaggiare un esercito?»

«Un esercito...? No, ma qualche compagnia certamente. Sarà sufficiente perché tu possa mettere alla prova questa tua nuova tattica, Principe.»

Sorrise di nuovo: probabilmente sapeva della guerra più di quanto avrei potuto imparare io in dieci campagne, ma se pensava che fossi un giovincello sciocco, tenne per sé la sua opinione.

«Allora, proviamo!»

Continuai dunque a far esercitare i miei soldati, costringendo i portatori di scudo a trasportare tronchi rispetto ai quali il peso di una lancia di ferro sarebbe parso leggero, e il lavoro proseguì indefessamente durante i mesi di Marcheswan e Kislef, finché il vento si fece freddo e le foglie cominciarono a ingiallire sugli alberi. Finalmente l'armaiolo reale ebbe pronte le nostre lance, e quando gli uomini afferrarono l'idea che queste potevano costituire una valida protezione contro i cavalieri elamiti, smisero di lamentarsi. A metà inverno, i soldati della mia compagnia, ricostituita grazie all'apporto delle leve del nord, erano in grado di combattere uniti come le dita di una mano.

Tutto questo si era svolto sotto gli occhi attenti del re, il quale numerose volte presenziò alle esercitazioni, e quando le lance furono pronte, ne volle una, che si portava con sé quando camminava avanti e indietro per ispezionare le linee difensive degli scudi.

«Ma come la mettiamo coi lanciatori di giavellotto, ragazzo? Eh? Non potranno far molto dietro una palizzata di cuoio.»

«Noi assumeremo questo assetto soltanto quando la cavalleria sarà giunta quasi fino a noi, Temibile Signore: il fattore sorpresa è importante se vogliamo che i cavalli si facciano prendere dal panico. E a distanza così ravvicinata il giavellotto non vale molto. Gli arcieri, come vedi, non avranno che da arretrare di qualche passo per riuscire ancora a raggiungere la fanteria nemica.»

«Credi che funzionerà? Sì? Che ne dici, fratello?»

Il *turtanu* Sinahiusur si carezzò la barba per un momento e alla fine annuì.

«Credo che potrebbe funzionare, Signore.»

«Sì, è così.» Il re scosse la lancia che teneva in mano come se volesse accertarsi che non sarebbe andata in pezzi e, quando vide che resisteva, volse a me lo sguardo e mostrò i denti in un sorriso feroce. «Sì, è così. Sei un ragazzo intelligente, Tiglath Assur, figlio di Sennacherib, Signore della Terra e Re dei Re. Vieni da me domani sera, quando sarò a cena, e mi dirai se hai altri progetti per conquistare il mondo col ferro e col fuoco. Ah! Ah! Ah!»

La sera dopo, quando fui introdotto negli appartamenti privati del re, fui sorpreso di trovarlo solo. Era seduto a una rozza tavola di legno, con le maniche della tunica arrotolate, e mangiava in piatti d'oro che brillavano alla luce delle torce. Piegai il ginocchio a terra, ma il re, come per evitare ogni minima formalità, mi fece segno di avvicinarmi.

«Vieni, siediti» disse, versandomi il vino con le sue mani. «Mi dispiace di non poterti offrire niente di più. Il vino è mio, ma il cibo è del dio. I sacerdoti lo pongono sotto i suoi occhi e poi me lo portano. Lo sapevi, eh? Perciò io mangio gli avanzi del dio dai suoi piatti d'oro, come un cane nutrito con gli avanzi.»

Mi sedetti, alquanto a disagio, gli occhi fissi sulla mia coppa di vino. Non sapevo che dire.

«Questo è il re, figlio mio, legato alla catena davanti alla porta per tener lontani gli estranei. Qualunque cosa io possa apparire agli occhi del mondo, non sono in realtà altro che questo. Su, bevi il tuo vino: vederti mi rallegra il cuore, e non ho molte altre gioie nella mia vecchiaia. Beviamo alla gloria del tuo nome, Tiglath Assur, figlio di Sennacherib!»

E così brindammo a questo, e alla gloria di Assur e alla sconfitta degli Elamiti. Bevemmo anche a Istar, cortigiana degli dei e Signora delle battaglie, e poi... Ma a questo punto, naturalmente, avevo dimenticato tutti i miei dubbi sul re, che era mio padre e mio amico e che io amavo.

«Il dio mi ha maledetto nei miei figli, tranne che in te, ragazzo.» Si allungò sul tavolo per mettermi un braccio intorno alle spalle. «Do la colpa a me stesso per la morte di Assurnadinshum. Non avrei mai dovuto inviarlo in quel tristo paese, Babilonia, che Assur la maledica! E in quanto ad Arad Ninlil... Be', tu l'hai visto.

«Ma che dici di mia figlia Shaditu?» Gli occhi gli brillarono. «Non è una bella creatura? Parla spesso di te e perciò sono contento che tu sia suo fratello, eh? Ah! Ah! Ah! È una personcina così carina, ed è un tale conforto che non potrei sopportare di separarmene. No, non si sposerà fin tanto che io sarò vivo, anche se è una cosa molto egoista da parte mia, vero, Tiglath?»

Non attese la mia risposta, del che gli fui grato, e si mise a parlare di altre cose, delle sue campagne, delle sue donne, della Signora Naq'ia, e della sua età.

«Che succederà quando sarò morto, eh, ragazzo? Che succederà, mi chiedo...

«Ma questa tua nuova tattica... dovremo provarla, nella prossima campagna. E se funziona... Sei un bravo ragazzo, e sei anche un buon soldato, e questo è ciò che conta, in fin dei conti. Ho detto una volta che ti avrei reso grande, ma in definitiva ci riuscirai da solo. Perciò a me non resta che farti ricco. C'è una tenuta reale a meno di due ore di distanza andando al galoppo, risalendo il fiume: è tua, figlio mio. E a suo tempo ci sarà di più, molto di più. C'è qualcos'altro che vorresti avere, ragazzo? Parla, e se è in mio potere dartelo, lo farò.»

Fin dalla mia infanzia avevo sognato questo momento. Perché altro avrei cercato di coprirmi di gloria se non per conquistarmi il favore del re a questo unico scopo? Il solo nome che si formava nella mia mente era quello di Esharhamat, e lei non potevo chiederla al re, se non volevo vedere i suoi occhi farsi cupi per la collera, essendo questa l'unica cosa che non era in suo potere concedermi.

Eppure il re mi amava, e aveva già bevuto molto, troppo... Forse, avrebbe potuto... Ma no, non riuscivo a chiedergli una cosa simile. Ero il servo del re, leale a lui in tutto, e non potevo estorcergli un favore che lo avrebbe costretto a tradire il volere del dio.

Perciò, mentre il mio cuore mormorava ''Esharhamat'', costrinsi le mie labbra a pronunciare un altro nome.

«Temibile Signore...»

«Sì, figlio mio, parla! Dimmi ciò che vuoi e io te lo darò.»

«Mia madre, Signore, vorrei che potesse tornare a vivere con me.»

Nel silenzio che seguì provai una grande vergogna, in primo luogo per aver fatto una simile richiesta alla maestà del re, e in secondo luogo perché, nei miei pensieri, nei miei segreti desideri, avevo sacrificato mia madre a Esharhamat, che mi era proibito amare, ma che avrei amato finché mi fosse rimasto un solo respiro.

Il re mi scrutò in volto, tenendomi ancora un braccio intorno alle spalle.

«Una cosa così piccola, ragazzo? Non vuoi altro? Soltanto tua madre? Allora, che così sia, eh, ragazzo? Ah! Ah! Ah!»

E il grande re mio padre, il quale forse non era così ubriaco come avevo pensato, fece onore alla sua parola, perché la sera dopo, quando tornai dalle esercitazioni, trovai un palanchino chiuso, condotto da quattro schiavi, che mi aspettava davanti all'ingresso dell'alloggio degli ufficiali. Ne discese mia madre, che teneva in mano una tavoletta con la quale mi si trasferiva la proprietà di una tenuta di un centinaio di *beru* di grandezza. Le scostai il velo per poterla guardare in viso e vidi i suoi occhi azzurri bagnati di lacrime.

«Figlio mio, figlio mio! Ma allora è proprio vero?»

«Sì, madre, è vero!»

Mantenni dunque la promessa che le avevo fatto da bambino, riuscendo, grazie al benvolere del re, a far uscire mia madre dalla casa delle donne.

VII

Per quella prima sera condussi mia madre ad alloggiare da Kephalos, vicino alla Porta di Adad. La mattina dopo, lasciato il mio *ekalli* Lushakin a esercitare la compagnia, noleggiai un cavallo e un carro adatto a far viaggiare una signora della corte reale, e insieme a Merope mi misi in viaggio per raggiungere la mia nuova proprietà del nord.

Era passato qualche anno da quando l'avevo vista, ma la donna tranquilla che sedeva accanto a me sul carro mentre avanzavamo a fatica lungo la strada stretta e difficoltosa era ancora la madre che ricordavo dalla mia infanzia. Fra i suoi capelli color del bronzo, si intravedevano striature grigie e le linee sottili agli angoli della bocca rivelavano una triste rassegnazione, ma, almeno ai miei occhi, era bella come una volta. Durante il viaggio parlò pochissimo, guardandomi ogni tanto furtivamente e distogliendo subito gli occhi se le capitava di incontrare il mio sguardo.

«Non so come sarà questo posto» dissi alla fine, cominciando a trovare il silenzio un po' opprimente. «Non credo tuttavia che il re mi abbia fatto dono di una topaia, ma se la casa della tenuta non ti soddisferà, potrai ricostruirla. Ho dato ordine a Kephalos di comprare qualche schiavo adatto ai lavori domestici e una donna addetta alla tua persona.»

«Come puoi permetterti tutto questo, *Lathikadas*?»

Era la prima volta che mi chiamava con l'appellativo della mia infanzia e io mi voltai a sorriderle, e per la prima volta non abbassò gli occhi come una sposa il giorno delle nozze

«Non devi preoccuparti, Merope. Il re non è il solo che vuole fare di me un uomo ricco... quel briccone del mio schiavo sembra che sia già il padrone di mezza Ninive e io figuro sui suoi libri contabili con tanto oro da mantenere te e me per il resto della nostra vita. È un briccone ma è anche un buon amico e mi deruba, credo, soltanto un poco. Niente paura. Ti costruirò una casa degna della moglie del re, dove tu, una volta tanto, sarai la padrona.»

«Io non sono la moglie del re, figlio mio, ma soltanto una delle sue donne, e lui non si è accostato al mio letto ormai da molti anni.»

Non sapevo cosa dire e quindi rimasi in silenzio, finché, quando le ombre cominciavano ad allungarsi per la strada, giungemmo a una pietra di confine contrassegnata dal disco alato di Assur a mostrare che stavamo entrando in un possedimento del re.

No, il re mio padre non mi aveva regalato un buco qualsiasi: mentre avanzavamo potevamo vedere i campi, ora spogli e coperti di stoppie gialle, che si stendevano a destra e a sinistra fin dove arrivava lo sguardo. E la casa non era di mattoni crudi, ma di pietre provenienti dalla montagna e costruita secondo lo stile ittita che permetteva alla luce del sole di illuminare le stanze tutto il giorno. Il cuore mi balzò di gioia nel petto, perché stavo conducendo mia madre in un vero palazzo.

Quando il carro si fermò, i contadini e gli schiavi domestici si erano già radunati davanti al grande portone di legno per accoglierci, e come ne discesi, s'inchinarono tutti insieme.

«Sono Tiglath Assur» dissi con il tono che usavo per rivolgermi ai soldati perché, non conoscendo le abitudini della gente di campagna e consapevole della mia giovane età, avevo paura di mostrarmi troppo immaturo o troppo debole. «E questa è la Signora Merope, mia madre.»

«Sì, Signore. Un messaggero è stato qui ieri ad annunziarci il tuo arrivo.» Un uomo alto, con la barba nera e il volto segnato di chi è vissuto tutta la vita in prossimità delle montagne, fece un passo avanti, tornando a inchinarsi. Nei suoi modi c'era qualcosa che mi fece pensare che non doveva essere avvezzo agli inchini. «Io sono Tahu Istar, sovrintendente di questa proprietà da dieci anni e servo del re come egli lo è del dio, e come ora lo sono di te. Abbiamo preparato la casa per riceverti e una donna provvederà che a tua madre non manchi niente. Se vuoi seguirmi, Signore.»

Quella sera cenammo con capretto arrosto e pane d'orzo e bevemmo birra, dato che in quei luoghi non avevano certamente mai assaggiato il vino. Quando mia madre e io ci sedemmo a scaldarci al fuoco di un braciere posto in mezzo alla stanza, provai un senso di piacere e di sicurezza quale non pensavo più di poter provare: l'odore del fumo della legna mi inebriava come la mirra.

«Sarai felice qui, Merope?» domandai. «Io posso restare soltanto per tutta la seconda metà del mese, ma verrò ogni volta che mi sarà possibile. Questa sarà la nostra casa da ora in poi. Sarai felice qui?»

«Sì! È come un sogno per me.»

Le lacrime le bagnavano le guance e luccicavano alla rossa luce del fuoco. Mi sedetti accanto a lei e le cinsi le spalle con il braccio, pensando dentro di me a quanto vuota doveva essere stata la sua vita nella casa delle donne per credere un sogno il trovarsi in una fattoria isolata, con la sola prospettiva di qualche visita occasionale di suo figlio.

«Devi sposarti, *Lathikadas*» disse improvvisamente, afferrandomi la tunica sul petto con una mano. «Devi portare qui una moglie, una ragazza che divida con te il letto, che ti dia dei figli e porti la felicità nella tua vita.»

«Sono ancora giovane, Merope. Ho tutto il tempo per pensare a prendere moglie, e per adesso mi basta che sia tu la padrona qui.»

Avevo pensato che stesse esprimendo più un timore che una speranza, ma mi sbagliavo. Potevo sentire la sua tensione crescere mentre le dita si stringevano con più forza sul collare della mia tunica: non si trattava di un attacco di meschina possessività femminile, ma qualcosa, un'idea, un ricordo, l'aveva spaventata.

«Temo che non saprò governare la tua casa come vorresti» continuò, con una punta di panico nella voce. «Figlio mio, sono stata una schiava fin da quando ero bambina e non s'imparano le arti domestiche nella casa delle donne del re. E poi non sarei mai gelosa, vorrei che tu trovassi l'amore in lei, che lei potesse...»

«Potesse che cosa, madre?»

Mi guardò in faccia e vidi qualcosa di molto simile al terrore nei suoi occhi.

«Che potesse strappare il ricordo di Esharhamat dal tuo cuore, mio *Lathikadas*.»

Non cercherò di descrivere quel che provai in quel momento. Ero troppo stupito per capire, per spiegarmi come avesse potuto la notizia dei miei incontri innocenti con Esharhamat giungere alle orecchie di Merope. Forse questa vicenda era sulla bocca di tutti al palazzo? Era forse già arrivata alle orecchie del re?

No, questo non era possibile: io ero ancora vivo e godevo anzi del suo favore, ma il favore dei potenti è cosa fragile e tutto d'un tratto sentii che il terreno sotto i miei piedi non era più solido di una crosta di pane indurito, e che avrebbe potuto sprofondare sotto il mio peso da un istante all'altro, facendomi precipitare verso una morte ignominiosa. Sarebbe bastata solo una parola.

«Ma, madre, come hai fatto...?»

«Come? Tu mi chiedi come?» Fece un tentativo di ridere, ma il suono era amaro. «Come ho fatto io, rinchiusa com'ero nella casa delle donne, ad aver sentito qualcosa di Esharhamat e di mio figlio? Tu dimentichi chi ho avuto là per compagna e c'è forse una rana da qui al Fiume Amaro che possa tuffarsi nell'acqua senza che Naq'ia la senta?»

Naq'ia! Sì, naturalmente. Chissà Naq'ia come aveva goduto nel tormentare mia madre con tali pettegolezzi! Riuscivo a capire la paura di Merope: la provavo anch'io.

Le presi il volto fra le mani e le baciai la fronte come avrei fatto con una bambina.

«È una cosa innocente, madre, la vedo di tanto in tanto, e non c'è altro. Non può venirne niente di male...

«E ora credo che sarebbe bene per tutti e due andare a dormire» continuai, come se avessi risposto a ogni suo dubbio e potessi cambiare il corso dei suoi pensieri con la stessa facilità con la quale avrei guidato il carro su una vasta pianura. «Le tue donne ti aspettano dietro la porta e domani mi voglio alzare presto per visitare la mia proprietà. Vorrei che questa gente imparasse che il loro nuovo padrone è un soldato che non dorme fino a mezzogiorno come una meretrice da taverna.»

Merope sorrise di un sorriso che avevo già visto sulle labbra di altre donne, un sorriso che rivelava come anche lei sapesse ciò che tutte le donne sanno, e cioè che gli uomini non sono che bambini.

«Sarebbe bene, figlio mio, che tu fossi saggio così in tutte le cose.»

Il mattino successivo, il sole non si era ancora levato sulle montagne a oriente che io avevo già aperto la porta della mia nuova casa e avevo fatto qualche passo all'aperto, nella luce fredda dell'alba. Tahu Istar, il mio sovrintendente, mi stava già aspettando. Stringendosi con una mano il lembo della rozza tunica marrone sulla spalla, mentre con l'altra teneva un bastone, simbolo del suo ufficio così come il giavellotto lo era del mio, s'inchinò rigidamente quando mi vide. Accanto a lui stava in piedi un ragazzino magro, che non poteva avere più di dodici anni. A un'occhiata del sovrintendente anche lui s'inchinò così profondamente da farmi vedere la parte posteriore del collo.

«Mio figlio Qurdi» disse Tahu Istar «il quale, se il mio Signore lo vorrà, succederà al posto di suo padre quando io sarò chiamato dalla Signora Ereshkigal.»

Il ragazzo sorrise timidamente e abbassò lo sguardo al suolo.

«Il mio Signore vuole visitare ora la sua proprietà?»

Io indossavo l'uniforme di *rab kisir* del *quradu* ed ero figlio del re, ma quest'uomo, pur senza ombra d'insolenza, mi aveva fatto chiaramente capire che finora non aveva visto niente che lo avesse fatto tremare di paura. Nelle campagne, dove non hanno ancora imparato a farsi corrompere dagli usi forestieri e dal potere della ricchezza, gli uomini di Assur sono esattamente così: esseri liberi.

«Ne sarò molto contento» dissi sorridendo al ragazzo; il sovrintendente si limitò a inchinarsi nuovamente.

Passammo la prima metà della mattina a visitare gli edifici, le aie, i granai, i fienili, le stalle e le cantine, e fui molto contento di scoprire che con ogni probabilità ero diventato un ricco agricoltore. Possedevo pecore, bestiame e cavalli. Avevo orzo e miglio, le oche ispezionavano il terreno alla ricerca del grano che era stato sparso per loro, e in grandi orci di argilla, conservati nelle fresche cantine, avevo birra e sidro sufficienti a spegnere la sete di intere compagnie di soldati. La terra aveva dato frutti abbondanti per me e proprio questo Tahu Istar mi mostrò, spiegandomi tutto con voce calma e distaccata, come se quegli argomenti non lo riguardassero affatto: era un uomo orgoglioso e non gli piaceva vantarsi.

Io parlai poco, limitandomi a fare qualche domanda ogni tanto e ad ascoltare le sue spiegazioni in silenzio. Il mio sovrintendente non cercava il mio favore e nemmeno io volevo cercare il suo, perché non ero più un ragazzo e gli uomini devono rispettarsi a vicenda. Qurdi ci seguiva dappertutto, tenendosi vicino a suo padre senza però togliermi gli occhi di dosso.

«Presto ci sarà la neve, Signore. Non c'è molto da fare, adesso, perciò la gente rimane in casa e si prepara per l'inverno. Vedrai i loro villaggi quando ispezionerai i campi, ma per questo avremo bisogno di prendere i cavalli.»

Tornammo alle stalle e io mi scelsi una bestia nera e grande. Gli misi le briglie e gli gettai una coperta sul dorso, e una volta che fummo montati tutti e due e Qurdi si fu arrampicato dietro al padre, ci avviammo.

Il giro della proprietà richiese più di tre ore, attraverso frutteti e vigneti e campi di terra nuda e rivoltata, ben irrigata da canali abbastanza ampi da poter essere navigati da chiatte, e la cui acqua ricca di limo scintillava come ferro lucido nel freddo sole invernale. Tahu Istar mi spiegò come ogni campo sarebbe stato seminato per il raccolto di primavera, come si manovravano le chiuse dei canali e dove lavoravano i miei contadini durante le diverse stagioni dell'anno.

«Vivrai fra noi, Signore?» mi chiese alla fine, prestando attenzione a non guardarmi mentre parlava.

«Quando potrò, sì.» Non riuscii a capire se questa era la risposta che voleva sentire. «Sono un soldato e siamo in guerra, ma lascerò qui mia madre e tornerò ogni volta che mi sarà possibile.»

Annuì, sempre senza guardarmi.

«Va bene. È meglio per la terra se il padrone ci vive, e il re, naturalmente, veniva qui molto di rado. Non ho visto il suo volto in dieci anni, anche se scrivevo ai suoi scribi a Ninive, quando c'era bisogno di qualche parere. Suppongo che adesso non sarà più necessario.»

Fermammo i cavalli davanti a uno della dozzina di stretti ponticelli di legno gettati sui canali, e finalmente Tahu Istar si voltò a guardarmi in faccia: sembrava avesse deciso che io ero qualcuno di cui poteva sopportare la vista, dal momento che non intendevo rifugiarmi in qualche grande casa di Ninive, vivendo del reddito di terre che non avevo mai visto.

«No, non sarà necessario. Preferisco sbagliare di persona.»

Di colpo, come fa il tuono a primavera, Tahu Istar spalancò la bocca in una risata simile a quella di un soldato, spontanea e libera: qualcosa era cambiato adesso fra noi, avevamo condiviso uno scherzo.

Alzò il braccio a indicare un filo di fumo che si stagliava contro le montagne.

«Vieni, allora. Laggiù c'è il villaggio dove ti aspetta la tua gente. Non stupirti se sarai oggetto di curiosità, dato che molti fra loro non hanno mai visto la faccia di un padrone.»

Entrare in un villaggio delle pianure fecondate dalle piene del Tigri significa avventurarsi nel tempo per tornare all'epoca degli antichi, poiché così vivevano i padri della nostra stirpe, prima che venissero i re e fossero costruite le città, quando c'era soltanto la terra e il dio. Ne avevo visti molti, semplici circoli di capanne di mattoni crudi, troppo piccoli per avere un nome, ma fino a quel momento ero stato soltanto un soldato che li attraversava diretto altrove. Non sapevo niente della vita che si svolgeva intorno ai loro fuochi, né avevo mai assaggiato l'acqua estratta dai loro pozzi. Tutti quelli che vivono alla potente ombra del re si assomigliano, stranieri come sono nel loro stesso paese, poiché nei villaggi la nostra storia è cominciata e a essi dobbiamo ritornare se vogliamo ritrovare le radici della nostra grandezza. Siamo una razza di contadini perché la nostra terra è ricca, e in ogni caserma circola un proverbio secondo il quale i soldati migliori sono quelli che nascono con il fango tra le dita dei piedi. I gran signori di Ninive preferivano forse dimenticarsene, ma questa era tuttavia la pura verità.

Mentre cavalcavamo verso il villaggio, vidi che una folla andava radunandosi per accoglierci, proprio come aveva detto il nostro sovrintendente, ma il gridare di molte voci che si udiva già a distanza non era invece per noi. Erano grida, pianti e lamenti, e la gente si era radunata non per dare il benvenuto al suo nuovo padrone, ma per piangere qualche sciagura accaduta al villaggio. Tahu Istar si era sbagliato e i miei contadini ignoravano perfino la mia esistenza.

Le donne, con le bianche tuniche di lana e gli scialli colorati sul capo, perché si trattava per lo più di donne, con i figlioletti raccolti intorno a loro e a qualche vecchio, alzavano le braccia al cielo singhiozzando e gemendo, come fanno gli spiriti dei morti che non hanno avuto sepoltura. Alcune cadevano in ginocchio e prendendo un pugno di terra se la gettavano sul capo e sulle spalle. I fuochi delle cucine erano spenti e dappertutto venivano sparse caraffe d'acqua, il cui contenuto era assorbito dal terreno.

«Che c'è?» domandai. «Che succede? Che cosa li angoscia tanto?»

Tahu Istar smontò da cavallo e la gente gli si raccolse intorno, gridando tutta insieme, tanto che non riuscivo a capire nemmeno una parola. Alla fine, quando Tahu Istar si avvicinò per tenermi le redini mentre smontavo, l'espressione del suo volto era dura e gelida come il ghiaccio.

«I leoni sono tornati.» La sua voce era inespressiva, quasi avesse perduto in quel momento la capacità di capire il significato delle sue stesse parole. «Con il primo freddo la fame li spinge a scendere dalle montagne. Finora avevano preso soltanto qualche capra, ma oggi si sono portati via un bambino.»

«Figlio mio! Figlio mio! Il mio bambino!» Mentre la donna affondava la faccia nella polvere, le sue mani supplichevoli mi afferravano le caviglie. Non riusciva neanche più a parlare tanto era grande il suo dolore.

«Gli uomini sono tutti andati a cercare i leoni» disse Tahu Istar a voce bassa. «Non hanno cavalli, ma comunque è già troppo tardi.»

«Eppure bisogna fare qualcosa.»

Mi inginocchiai, strinsi le mani della donna nelle mie, ed essa alzò gli occhi a guardarmi. Non avrei nemmeno saputo dire se era giovane o vecchia, tanto era stravolta dal dolore, e le parole che mi si erano presentate alla mente mi parvero all'improvviso inadeguate. Che cosa avrei dovuto dirle? Che le avrei restituito il suo bambino?

«Dobbiamo fare qualcosa» mi trovai a ripetere, questa volta alla donna.

Mi alzai e montai a cavallo. Tahu Istar sollevò suo figlio e lo pose fra le braccia di un vecchio, scambiò con lui alcune parole, dopodiché ci allontanammo tutti e due al galoppo dal circolo di capanne di fango. Dopo pochi minuti avevamo superato il gruppetto di uomini che correva sul terreno aspro come una muta di cani da caccia.

Trovammo il bambino morto, o meglio ciò che restava di lui, subito dopo le prime alture che indicavano l'inizio della zona montuosa.

«Devono aver sentito di essere inseguiti e hanno abbandonato il loro pasto» disse Tahu Istar. Il petto del bambino era stato squarciato e una gamba sbranata fino all'osso. Il terreno era intriso di sangue. Tahu Istar smontò da cavallo, avvolse il corpo nel suo mantello e me lo porse. «Almeno, adesso la madre potrà seppellirlo.»

Tornammo in silenzio alla fattoria e non so cosa pensasse il mio sovrintendente, ma nella mia mente risuonavano le grida della madre sul corpo straziato del figlio. Continuavo a ripetermi che adesso avevo io la responsabilità di quella gente e che, secondo la tradizione antica, i contadini avevano il diritto di rivolgersi al loro padrone se avevano bisogno di protezione. Io non ero stato in possesso delle mie terre neanche per un giorno, ma avevo già mancato ai miei doveri, a quanto pareva.

«Da quanto tempo si ripete una cosa del genere?» domandai alla fine. Tahu Istar aspettò un po' prima di rispondere, come se anch'egli fosse stato immerso nei suoi pensieri.

«Dall'inverno passato. Gli abitanti del villaggio mantengono i fuochi accesi di notte per tener lontani gli animali, ma dal mese scorso questi si sono fatti più audaci. Una settimana fa hanno azzannato una capra che era stata legata dietro una capanna, e oggi...»

«Avremo bisogno di un carro» dissi improvvisamente: l'idea mi si era presentata di colpo alla mente e non riuscivo a capire come non ci avessi pensato prima. «Abbiamo un carro? Se no, lo manderò a prendere a Ninive.»

«Signore, sono tre grossi maschi, cacciano insieme e sono estremamente furbi.»

«Abbiamo un carro, sì o no, Tahu Istar?»

Il figlioletto, che si teneva stretto alla vita del padre mentre cavalcavamo, mi osservava con i suoi occhioni neri spalancati come se non riuscisse a capacitarsi che io osassi contraddire il sovrintendente.

«Sì, Signore.» Tahu Istar si accarezzò l'estremità della sua grande barba, domandandosi senza dubbio perché i grandi dei avessero ritenuto opportuno dargli un giovane tanto sciocco come padrone. «Non è mai stato usato da dieci anni. Le ruote sono state tolte e non posso rispondere delle condizioni dei finimenti, ma a questo si può provvedere.»

«Va bene, allora: fa' che tutto sia pronto per domani mattina e dì ai contadini di prepararsi a fare i battitori. Andremo a caccia!»

Descrissi un ampio cerchio intorno al cortile della fattoria sul carro che nel periodo intercorso fra l'ultima visita del re, dieci anni prima, e il pomeriggio precedente, era rimasto appoggiato alla parete di uno dei granai, come un viandante storpio che aspettasse la fine di un temporale. Tahu Istar e i suoi uomini avevano lavorato tutta la notte alla luce delle torce, e avevano lavorato bene. Le ruote giravano con facilità e senza rumore: la mia sola preoccupazione riguardava i cavalli, la pariglia migliore che ero riuscito a mettere insieme scegliendo fra gli animali delle mie stalle, non abituati a correre insieme. Non mi restava che sperare che non si sarebbero fatti prendere dal panico non appena in vista della nostra preda, ma a caccia come in guerra è necessario affidarsi alla sorte.

Mia madre stava in piedi sulla soglia di casa, circondata dagli schiavi domestici, a guardarmi mentre facevo fermare il carro di colpo per provare la stabilità della piattaforma sotto i miei piedi. Schioccai la frusta e le rivolsi un gran sorriso, agitando la mano, e lei mi rispose con la sua: non aveva cercato di dissuadermi da questa avventura, ma mi bastava guardarla per capire che aveva paura di quel ''passatempo'' nel quale indulgevo.

«È solo una battuta di caccia, Merope. Sono andato migliaia di volte a caccia e il re uccide i leoni con la spada come divertimento pomeridiano.»

Ciò che non le dissi, naturalmente, fu che nemmeno il re andava a caccia di leoni senza una scorta di uomini armati, ma forse non ce n'era bisogno. La mia scorta era fatta di semplici contadini senza altre armi che le falci e i bastoni, e io stesso non avevo mai cacciato niente di più pericoloso dei maiali selvatici che scorrazzavano liberamente nella pianura a est di Ninive. Ero però un guerriero esperto nel lancio del giavellotto e nel tiro con l'arco, nell'esercito reale ero bravo non meno degli altri a guidare un carro, e nella presunzione della mia giovinezza mi figuravo che questo sarebbe bastato.

Salutai nuovamente mia madre con la mano e frustai i cavalli spingendoli al galoppo.

Nel villaggio, Tahu Istar e tutti i miei contadini erano riuniti ad aspettarmi mentre mi avvicinavo e facevo fermare i cavalli; stavano in piedi silenziosi come un'armata prima della battaglia, sapendo che tutto avrebbe seguito il suo corso e che il momento della decisione era passato. Non desideravano altro che credere di non aver affidato la loro vita a un pazzo.

«Sovrintendente, le capre sono state preparate?»

Tahu Istar fece un passo avanti e appoggiò la mano sulla stanga del carro. Avevamo stabilito tutto quanto fra noi il giorno prima, ma anche lui sapeva di che cosa avesse bisogno quella gente, ed era perciò soddisfatto di recitare la parte che gli avevo assegnato nel mio piccolo spettacolo.

«Sì, Signore. È tutto pronto.»

Lo guardai appena. Tenevo gli occhi fissi sui contadini, trattenendo lo sguardo di ognuno, un trucco questo che chiunque abbia comandato delle truppe conosce benissimo e che aiuta a rendere il rapporto fra ufficiali e soldati una faccenda in certo modo personale.

«Allora non vi resta che aspettare» dissi, parlando adesso a tutti quanti insieme. «Ce ne sono tre di questi grossi gattoni, e non hanno mangiato molto ultimamente, perciò scenderanno di nuovo dalle loro montagne in cerca di preda. Lasciamo che la trovino, lasciamo che s'ingozzino finché la pancia non gli stia per scoppiare e che non desiderino altro che starsene tranquilli all'ombra, vicino a una pozza d'acqua, a dormire. Il pasto lo abbiamo fornito noi, perciò sapremo dove cercarli quando si avvicinerà il momento di far scattare la trappola. Tahu Istar, assicurati che i bambini e i vecchi rimangano chiusi in casa quest'oggi. Tu sai dove trovarmi.»

Stavo per allontanarmi, quando uno degli uomini si fece largo fra gli altri e afferrò un cavallo per la briglia, impedendomi di muovermi. Era un uomo piccolo, non più giovane, e aveva l'aria di non aver chiuso occhio tutta la notte. Alzai la frusta ed egli lasciò andare immediatamente la briglia, alzando le mani in gesto di supplica.

«Signore!» gridò. «Signore, permettimi di venire con te! Ne ho il diritto, sono il padre.»

«Allora... ieri, era tuo figlio?» Guardai prima l'uomo, poi Tahu Istar, il quale fece cenno di sì.

«Sì, Signore... Mio figlio!» Le lacrime sgorgarono dai suoi occhi iniettati di sangue e per un attimo la voce lo abbandonò. «Il mio unico figlio, nato quando mia moglie e io eravamo già avanti con gli anni: non ce ne sarà mai un altro per noi. Prendimi con te, perché possa veder morire chi l'ha strappato alla vita!»

«No, non verrai, e possa il dio perdonarti per averlo chiesto!» Lasciai che nella mia voce risuonasse una collera che in realtà non sentivo, perché il mio cuore si era commosso. «Tu sei un contadino, non un uomo avvezzo a portare le armi. Che cosa vorresti fare, dare a tua moglie un altro cadavere su cui piangere? E inoltre ciò che mi chiedi è un sacrilegio. Oggi il nostro dovere è di liberare questa terra da un pericolo, non di vendicarci di un animale irragionevole, che segue semplicemente gli istinti con i quali è nato e che pertanto non ha colpa. Tahu Istar, falli allineare: io aspetterò il richiamo dei battitori.»

Non indugiai oltre, ma voltai il carro in direzione della pianura per cercare un terreno di caccia di mia scelta.

Un carro ha bisogno di spazio. È un mezzo poco agile, difficile da manovrare e che può essere arrestato da un qualsiasi ostacolo posto sulla sua strada; una ruota può urtare in un sasso e di conseguenza il guidatore può essere sbalzato via, o rompersi lasciandolo appiedato. I soli vantaggi che offre sono la velocità e il fatto che riempie di terrore chiunque si trovi sulla sua strada, come fa un masso che rotoli da una montagna.

La pianura era in quella zona cosparsa di alberelli, poco più che cespugli, sufficienti però a trattenere i cavalli. Ci misi molto tempo a trovare un luogo abbastanza sgombro da non permettere alla mia preda di precipitarsi al riparo, al primo rimbombo della mia carica sul terreno. C'era anche un ammasso di rocce sulle quali mi sarei potuto arrampicare per dare uno sguardo tutto intorno, con la vista libera fino alle montagne. Sarei stato in grado di vedere la linea dei battitori, forse anche prima di sentirli, e probabilmente avrei perfino intravisto i leoni. Legai i cavalli, raccolsi le armi e mi arrampicai sulle rocce per dare un'occhiata in giro. Sapevo che sarebbero passate molte ore prima di poter vedere qualcosa.

I leoni non erano riusciti a saziarsi con il ragazzo del villaggio perché erano stati messi in fuga e, se erano tanto affamati da cercare la preda così vicino alle abitazioni degli uomini, voleva dire che non mangiavano da molti giorni. Tahu Istar aveva provveduto a che cinque delle capre più grasse fossero legate in prossimità di una pozza d'acqua, dove era certo che le fiere si sarebbero avventurate in cerca di cibo e dove si sarebbero satollate fino a non desiderare altro che sdraiarsi placidamente al sole. Senza dubbio sarebbe stata per loro una sorpresa sgradevole sentire all'improvviso il rumore di un centinaio di uomini e donne, disposti in fila, che battevano il terreno con le mazze, e avvertire l'odore del fumo dei numerosi falò che gli abitanti del villaggio avrebbero acceso man mano che avanzavano. Se Tahu Istar avesse eseguito le mie istruzioni alla lettera, e Tahu Istar era un uomo sul quale si poteva contare, allora i tre grossi maschi, appesantiti e frastornati, presi dal panico, si sarebbero gettati dritti contro il mio carro e, non potendo fuggire da nessun'altra parte, si sarebbero fermati a combattere. Io pensavo che tutto si sarebbe svolto secondo le mie previsioni.

Avevo in me stesso una grandissima fiducia e non provavo alcuna paura, solo una piacevole eccitazione. Dopo tutto, quelli non erano che animali, non Elamiti armati di spade e giavellotti, non uomini come me. Anche il più grosso leone del mondo non ha che denti e artigli, e non avevo alcuna intenzione di lasciarmi avvicinare tanto da dover temere alcun pericolo. Ero quindi di ottimo umore mentre sedevo nella pallida luce del sole invernale, aspettando qualche segnale dal quale potessi capire che la caccia era cominciata.

Il sole si era abbassato quasi di un'ora dopo mezzogiorno, quando all'orizzonte apparvero le prime tracce di fumo. Discesi dal mio osservatorio, slegai i cavalli e incordai l'arco. Il carro stava già avanzando sul terreno arido, quando la prima delle grosse fiere sbucò all'aperto.

I leoni dell'est non sono grandi come quelli dell'Egitto, che il re importa per le sue cacce private, ma questo non era certo più piccolo di quelli che mi era capitato di vedere fino a quel momento, anche nelle riserve reali. Quando vide il carro, s'immobilizzò, piegò la testa da un lato, quasi sorpreso e disturbato da quella intrusione, e poi si rannicchiò in attesa di vedere ciò che sarebbe accaduto in seguito. Misi i cavalli al galoppo trattenuto, puntando dritto sull'animale, e il leone, quando capì di essere sfidato apertamente, emise un potente ruggito che squassò l'aria: riuscii con sforzo a impedire che i cavalli s'imbizzarrissero presi dal terrore.

In battaglia, su ogni carro stanno due uomini dei quali uno guida per lasciare l'altro libero di usare l'arco o il giavellotto, e lo stesso avviene quando il re dichiara guerra ai leoni delle sue riserve, ma io non avevo nessuno che guidasse ed ero quindi costretto a fermare il carro prima di attaccare.

Mi avvicinai a circa settanta passi dalla mia preda che si rannicchiò, pronta a balzare, lanciando il suo ruggito di battaglia. Non osavo scendere dal carro per paura che i cavalli fuggissero al galoppo abbandonandomi, e in piedi sulla piattaforma traballante del carro scelsi la freccia e presi la mira. Il leone mi era di fronte e mi guardava con occhi feroci e pieni di odio. Come se intuisse il pericolo, si mosse cautamente, facendo un passo a sinistra, poi un altro, e mentre esitava io scoccai la freccia che lo raggiunse al petto un attimo prima che balzasse in avanti per assalirmi.

L'impeto durò qualche passo, poi l'animale rallentò, rimase immobile a guardarmi con gli occhi già appannati dal dolore, e infine crollò. Giacque a terra sul fianco, respirando pesantemente, mentre un sottile rivolo di sangue gli colava fra le grandi mascelle. Tenendo il giavellotto in mano, scesi dal carro per dargli il colpo di grazia.

Era l'errore che avevo promesso a me stesso di non fare. In piedi davanti a lui, pronto ad affondargli il giavellotto nel petto, sentii i cavalli nitrire di terrore. Mi girai di scatto, lasciandomi cadere su un ginocchio, proprio nel momento in cui il secondo maschio stava per saltare. La mia arma era solidamente piantata a terra e il leone, volendo balzare su di me, si gettò invece sul giavellotto la cui punta di rame lo sventrò prima di spezzarsi.

Ma negli ultimi istanti di agonia, il leone riuscì ad affondarmi i denti nella spalla sinistra, strappandomi la carne, prima di ricadere al suolo senza vita. Mi aveva inferto una ferita profonda fino all'osso, e in un attimo mi ritrovai immerso nel mio stesso sangue e in preda a un lancinante dolore. I cavalli naturalmente erano fuggiti, senza lasciarmi quindi la possibilità di ritirarmi, e mentre mi rialzavo a fatica in piedi, con la sola spada alla cintola, sentii l'ultimo grande maschio ruggire nella boscaglia.

Si muoveva senza fretta: questo leone non avrebbe commesso errori. Forse sapeva che stavo perdendo sangue e contava di aspettare finché non mi fossi indebolito al punto da non potermi difendere in alcun modo. Aveva la precisa intenzione di farmi sapere che era là, poiché nessuna creatura selvatica fa tanto rumore senza un motivo: io avevo ucciso i suoi fratelli e lui mi stava dicendo che li avrebbe vendicati.

Ma se io perdevo sangue, il leone aveva i contadini del villaggio che premevano alle sue spalle, e il fuoco andava facendosi sempre più vicino. Adesso riuscivo a sentirli, a sentire il chiasso delle loro grida e dei bastoni battuti l'uno contro l'altro. E mi arrivava l'odore del fuoco.

«Fatti avanti! Fatti avanti e che tu sia dannato dagli dei!» gridai, scostandomi dai corpi dei due leoni che avevo ucciso, per avere più spazio.

Non so quanto dovetti aspettare perché si mostrasse, ma non passò molto tempo.

All'improvviso, era davanti a me: non lo avevo visto arrivare, né lo avevo sentito, era semplicemente apparso. Si rannicchiò tutto e cominciò a muoversi guardingo verso di me, ogni muscolo del suo corpo fulvo teso e pronto a scattare. Non aveva paura e potevo vedere dai suoi occhi che aveva intenzione di uccidermi.

Mandò un brontolìo sordo e insinuante, simile quasi a quello di un gatto quando fa le fusa, come se si facesse beffe di me venendomi vicino.

Io stavo in piedi con la spada in pugno, sentendo che le forze mi abbandonavano e sapendo che dovevo costringerlo a balzare prima di essere troppo indebolito per avere qualche possibilità di difendermi.

Sollevare il braccio sinistro fu un'agonia, ma riuscii a portare la mano all'altezza della vita e a muovere le dita per invitarlo ad attaccare: mi sentivo le ginocchia che quasi si piegavano sotto di me.

«Avanti, maledetto! Vieni, senti dunque che sapore ha la morte!»

Ma non era ancora pronto. Ringhiò soltanto con disprezzo, abbassando ancor di più la sua testa arruffata al suolo: avrebbe aspettato.

Ora o mai più, ne ero certo.

Urlai il mio grido di guerra e mi lanciai contro di lui, tenendo bassa la spada così da poterlo colpire se avesse tentato di scattare, ed ebbi il vantaggio solo di qualche passo prima che il suo corpo enorme balzasse contro di me attraverso lo spazio: ci scontrammo con un urto di tale violenza che l'aria sembrò scuotersi.

Non ricordo altro. Quando rinvenni ero sdraiato sul mio letto e Tahu Istar stava cercando di cauterizzare la ferita sulla mia spalla: mi parve di sentire nella stanza qualcuno che gemeva di dolore, ma se fossi stato io o un altro non avrei saputo dirlo. Ricordo il volto di mia madre bagnato di lacrime e poi il buio si richiuse su di me.

Avevo preso un periodo di licenza dalla casa della guerra di due sole settimane, e non mi ci volle meno tempo perché fossi abbastanza in forze da lasciare il letto. Per attutire il dolore bevevo vino fin quasi a ubriacarmi e mia madre mi nutriva con zuppe sostanziose per farmi recuperare il sangue perduto: avevo l'impressione che fosse contenta, una volta sicura che sarei sopravvissuto, e certamente in quel periodo si dimostrò una padrona di casa migliore di quanto mi avesse fatto supporre lei stessa.

Alla fine della prima settimana, Tahu Istar mi fece visita, portando qualcosa di voluminoso arrotolato sotto il braccio. Lo srotolò sul pavimento e per un istante il cuore quasi mi mancò: era una pelle di leone.

«I contadini stanno conciando anche le altre due perché tu possa tenerle come trofeo. Questa è la prima.»

Si sedette su uno sgabello accanto al letto, aggiustandosi la tunica con aria di grande dignità e dandomi l'impressione che questa fosse una visita di carattere quasi ufficiale.

«Vogliono anche che io ti dica, affinché il tuo animo si tranquillizzi, che hanno versato libagioni sulla testa degli animali morti perché i loro spiriti non cerchino vendetta contro di te.»

«Che cosa è successo?» gli chiesi, alzandomi un po' sui cuscini che mi sostenevano la schiena. «Come hanno...?»

Tahu Istar mi scrutò in volto, alzando le sopracciglia con aria sorpresa.

«Vuoi dire che non lo sai? Allora non lo sa nessuno!»

Rise, scuotendo il capo. «Abbiamo trovato i leoni morti e te che giacevi poco distante. Questo qui aveva l'elsa della tua spada che gli usciva dalla bocca: la punta gli aveva trapassato il cervello. La gente, sai, crede che tu sia il grande Gilgamesh redivivo. Ti sono riconoscenti per quello che hai fatto.»

«E io sono riconoscente di essere ancora vivo.»

Poi parlammo un po' dei problemi dei campi e dei contadini, finché Tahu Istar, accorgendosi che cominciavo a stancarmi, si accomiatò. In seguito venne spesso a trovarmi, qualche volta con il figlio Qurdi, che rimaneva seduto sulla pelle di leone, piegata in un angolo, a fissarmi a bocca aperta. A poco a poco, con la cautela deliberata di un uomo di campagna quando non è uno sciocco, Tahu Istar divenne mio amico.

In quel mese di convalescenza ricevetti molte visite. Kephalos praticamente si trasferì da noi e mi inondò dei suoi medicamenti.

«Non devi dar retta a questi medici assiri, Signore, perché tutte le loro terapie sono fondate sulla stupida teoria che le malattie siano causate dalla collera degli dei, e perciò si limiteranno a bruciare incensi e a pregare su di te. Tu hai bisogno invece di un po' di sano scetticismo greco.»

Si consultava senza fine con Merope circa la mia dieta, più assillante in questo di qualsiasi madre, e alla fine, quando non ne potei più di tutto il suo affannarsi, lo rispedii a Ninive dai suoi pazienti. Credo che fosse abbastanza contento di andarsene, perché la vita in campagna non era esattamente di suo gradimento.

Alla fine della seconda settimana, quando ero ormai abbastanza forte per fare qualche passo senza stancarmi, uno dei garzoni della fattoria venne di corsa ad avvertirmi di aver visto la polvere sollevata da una truppa di cavalleria che sembrava si dirigesse verso di noi; infatti, entro due ore, il Signore Sinahiusur in persona smontò da cavallo alla mia porta, scortato da venti uomini.

Era una giornata umida e fredda, e perciò, dopo aver mandato i soldati a rifocillarsi nelle cucine, scortai il *turtanu* nella stanza più bella della mia casa. Sedemmo uno di fronte all'altro su due sgabelli, scaldandoci al fuoco di un braciere, con un boccale di vino del Libano che aveva il sapore del miele e pizzicava piacevolmente la lingua.

«Mi ha mandato il re. Ha saputo solo recentemente delle tue disavventure e ha voluto esprimerti la sua preoccupazione. Ti stai rimettendo, vedo.»

«Sì, Signore.» Sorrisi, scrollando le spalle, mentre mi chiedevo che cosa lo avesse in realtà condotto. Il *turtanu* Sinahiusur non avrebbe certamente fatto tutta quella strada, non si sarebbe allontanato dalla capitale solo per far visita a un malato. «Fra una settimana o poco più, quando le forze mi saranno tornate, non avrò da mostrare di questa avventura che qualche cicatrice.»

Si sporse verso di me e mi appoggiò una mano sul braccio come se avesse voluto accertarsi direttamente della mia forza, poi annuì col capo.

«Bene allora, e dal momento che la prendi così alla leggera, approfitterò del mio privilegio di zio e ti dirò in faccia che credo tu sia troppo propenso alle avventure. Sei stato uno sciocco a rischiare la vita con un pretesto tanto futile: di villaggi la Terra di Assur è piena, ma non di principi di sangue reale. Non aver tanta fretta di farti un nome glorioso, perché ti arriverà da solo e abbastanza presto. Tra non molto sarai *rab shaqe*, lo so per certo, e dovresti riflettere a quel che potrai fare con un tale potere.»

Assaggiò un altro sorso di vino, come se non avesse altro pensiero in mente, posando poi la coppa sul tavolino rotondo che ci separava.

«Eccellente» disse. «Dove lo prendi?»

«È un regalo, Signore. Ricordi lo schiavo Kephalos?»

«Oh, quel farabutto ionio! Sì, ho sentito dire che ha lavorato molto bene per te e ne sono contento. Forse avrei dovuto farlo io, buttarlo fuori di casa perché si arrangiasse da solo. È diventato ricco, no?»

«E ha fatto diventare ricco anche me, Signore. Il mio debito verso di te è ancora maggiore per questo tuo regalo.»

Il Signore *turtanu* rise e poi, di colpo, i suoi occhi si fecero seri.

«Tiglath Assur, devi sapere che il re è convinto che Arad Ninlil non gli succederà mai.»

Fece una pausa, come se si aspettasse che dicessi qualcosa: mi frugò il volto con gli occhi e non so se ci vide qualcosa, ma dopo un po' continuò:

«È un giovane debole, sciocco, viziato dalla madre, quando lo aveva con sé, ed è una grande delusione per suo padre. Tutti i presagi sono contro di lui e c'è un veggente, di nome Kalbi, figlio di Nergal Etir, il quale parla di un regno di tenebra che sovrasta il paese. Al re non piacciono i sacerdoti, fin da quando gli dissero che il nostro potente genitore, il Grande Sargon, morì a causa della sua empietà, perché il re amava molto suo padre. Ma questi avvertimenti contro Arad Ninlil lo spaventano.»

«Per questo ha rinviato il matrimonio del *marsarru* con la Signora Esharhamat?»

«Sì, è per questo.»

Per un istante il Signore Sinahiusur mi osservò, strizzando le palpebre, come se volesse dirmi qualcosa, ma non parlò. Era un uomo saggio che conservava molti segreti nella sua testa e non potevo certo sperare che il mio sentimento per Esharhamat fosse sfuggito alla sua attenzione, ma forse riteneva che il momento di parlarne non fosse ancora giunto.

«Per conto mio, sono favorevole a una successione regolare» riprese. «Dopo Arad Ninlil viene Asarhaddon, quale figlio della seconda moglie legale del re. Sei d'accordo con me su questo punto?»

«Sì... naturalmente.» Non riuscivo a cancellare la sorpresa della mia voce: perché mai il Signore Sinahiusur discuteva con me di queste cose?

«Allora sappi che la speranza del re è che sia tu a succedergli sul trono di Assur!»

Fu come se qualcuno mi avesse dato una mazzata sulla nuca. Ero completamente ammutolito. Il *turtanu* rimase tranquillamente seduto, in attesa di una risposta a quanto pareva, ma io non ne avevo alcuna.

«Bevi un sorso, Tiglath» mi disse alla fine, portando con le sue mani la coppa alle mie labbra. «Vorrei sapere che cosa intenderai fare.»

«Fare, Signore?»

«Sì, fare. Combatterai contro tuo fratello per la successione, ragazzo?»

«Signore, voglio bene a mio fratello e se il dio lo farà re lo servirò con tutto me stesso.»

«Tu sai che chiunque succeda al trono, sposerà la Signora Esharhamat, non è vero?»

«Non mi opporrei mai al volere del dio, Signore... nemmeno per la Signora Esharhamat.»

«Sei un buon ragazzo, Tiglath Assur» disse posandomi ancora una volta la mano sul braccio. «Non credo che mi deluderai.»

«Mio Signore, come ho ripetuto molte volte, sono debitore verso di te.»

«Sì. Ma è bene ricordare che né tu né io regoleremo questa faccenda, e nemmeno il re. Questa è una cosa affidata alla volontà del dio.»

Quella notte il Signore Sinahiusur fu ospite in casa mia, e la mattina dopo ripartì per Ninive, lasciandomi con un nuovo peso sul cuore. Non avevo alcun desiderio di essere re e volevo bene a mio fratello, eppure amavo Esharhamat più della mia vita. Sembrava che fossi segnato da un destino d'infelicità, e tutto questo il Signore Sinahiusur lo aveva capito perché era un uomo saggio.

«Ricordati» disse mentre ci scambiavamo i saluti «il re può vivere ancora molti anni e Arad Ninlil non ha perso del tutto la probabilità di succedergli. Oppure, Asarhaddon potrebbe morire o il dio dimostrarglisi avverso. Non sappiamo ciò che il tempo trascinerà con sé nella sua scia, ma per il momento la Signora Esharhamat è una vedova, libera di disporre di se stessa. Il re aspetterà finché potrà, prima di porre al dio la questione, e tu hai tempo fino a quel momento per essere felice: questa deve essere la tua ricompensa, Tiglath, e ti prometto che finché il dio non parlerà nessuno oserà interferire. Bisogna che questo ti basti. Sei d'accordo?»

«Come tu dici, Signore. Deve essere così.»

«Sì, così deve essere.»

«Signore?»

«Sì, Tiglath Assur?»

«Se mio fratello Asarhaddon dovrà salire al trono, allora bisognerà richiamarlo dall'ovest, perché il re dovrebbe conoscere suo figlio e, in ogni caso, questo farebbe piacere a mio fratello.»

Il *turtanu* si guardò intorno per un momento, come se la mia casa e il cortile della fattoria gli ricordassero qualcosa, poi il suo sguardo si posò su di me e annuì.

«Devi dare un nome a questa tua proprietà» disse. «Un nome degno della dimora di un principe. Vorrei suggerirti di chiamarla ''I Tre Leoni'' affinché la tua impresa sia ricordata per sempre.»

«Farò come tu credi meglio, Signore» dissi, incerto se mi stesse canzonando o se parlasse sul serio.

«No, farai come credi meglio tu, Tiglath. Asarhaddon sarà richiamato, sebbene io possa già immaginare che non farà una grande differenza. Addio, nipote. Ti auguro di riacquistare presto le tue forze.»

Rimasi a guardarlo mentre si allontanava a cavallo e il freddo vento invernale mi fece riempire gli occhi di lacrime. Ma era il vento? Non ne ero certo.

VIII

Dopo il mio ritorno dai Tre Leoni, non ero stato a trovare Esharhamat, perché durante i giorni della mia convalescenza non avevo fatto altro che pensare alla nostra situazione. Se a un uomo è dato il tempo di pensare, il dovere si presenta chiaro alla sua mente, mentre è indotto a tradirlo cedendo alla debolezza e al peccato quando le circostanze premono su di lui. Considerata con distacco, la mia morbosa infatuazione appariva alquanto ridicola: avevo permesso a un affetto infantile di crescere eccessivamente nella mia memoria, e avvertito dei disturbi a causa di una sciocca astinenza dalla frequentazione di altre donne. Decisi di essere un uomo ragionevole, oltre che un leale suddito di mio padre, e di riprendere le mie visite al tempio di Istar. Avrei rinunciato a Esharhamat.

Perciò non tornai a farle visita nel suo giardino, dove, nella mia fantasia, essa aspettava seduta sul bordo della fontana, facendo scorrere le dita sulla superficie dell'acqua, mentre pensava a me. La vanità della gioventù non conosce limiti, perciò, nella mia pena, trovavo una specie di tronfio piacere nella nobiltà del mio sacrificio e nella convinzione che Esharhamat stesse soffrendo più di me. Riempii le mie giornate con esercitazioni e difficili allenamenti, e dopo qualche tempo cominciai a dormire meglio. L'avrei presto dimenticata, mi dicevo, e avevo perfino cominciato a crederlo.

Questa illusione fu rafforzata dal ritorno di mio fratello. Asarhaddon rientrò dall'ovest con la barba nera, lunga fino al petto, accompagnato da una donna della tribù degli Ammoniti, che aveva un anello al naso. Entrambi si recarono nella mia stanza nell'alloggio degli ufficiali, e qui Asarhaddon rimase ad aspettarmi mentre un messaggero mi recava la notizia del suo arrivo. Sentii un nodo alla gola quando lo vidi, e anche dopo che ci sciogliemmo dall'abbraccio, per un po' non riuscimmo a parlare. Non mi ero reso conto di quanto mi fosse mancato.

«E lei chi è?» chiesi alla fine, indicando la donna, vestita di un tessuto bianco e porpora, che era seduta sul mio letto come se ci avesse dormito ogni notte, e faceva tintinnare i monili d'oro che portava alle braccia, mentre si faceva passare le dita fra i capelli. Non avevo mai visto capelli di quel colore: erano neri, ma sembravano brillare di riflessi rossastri. Mi sorrise, dandomi l'impressione che non le sarebbe dispiaciuto rompere la sua astinenza con me.

«Di chi parli?» Asarhaddon si voltò a guardare, quasi non riuscisse a immaginare a chi mi riferivo. «Ah, quella! Quella, fratello, è Leah che ho vinto giocando a dadi con il padrone di una taverna nella città di Salecah, e personalmente ritengo che non gli sia dispiaciuto perderla in considerazione del tormento che gli dava la moglie per causa sua. La vuoi in prestito? È una creatura assolutamente inutile in questo vasto mondo, ma è capace di spremerti il seme dai lombi come succo dal grappolo. Provala per una notte. Per i sessanta grandi dei! Le cose che quella donna sa fare a un uomo! È come avere il tempio di Istar tutto per te. Hai del vino qui, fratello? O dobbiamo andare in città per ubriacarci insieme?»

E ci ubriacammo, infatti, una sbornia colossale, indimenticabile e senza freni. Facemmo baldoria per le strade di Ninive, rovesciando anfore di birra e prostitute delle taverne, come se noi due soli fossimo un esercito invasore che avesse preso d'assalto la città. Portammo con noi Leah; Asarhaddon se la tirava dietro tenendola con una catenella d'argento fissata all'anello al naso della donna. L'uomo che glielo aveva messo era stato saggio perché, sebbene capissi soltanto una parola su tre del suo aramaico fortemente accentato, era tuttavia chiaro che, almeno quando si esprimeva nella sua lingua, era una delle creature più petulanti e litigiose che mai abbiano respirato su questa terra. Alla fine, per pura curiosità e già abbastanza ubriaco, accettai l'offerta più volte ripetuta di Asarhaddon, la presi da parte in una stanza sul retro di una taverna e giacqui con lei: non ho mai conosciuto una donna più insaziabile. Non si accontentava mai, e quando giacevo ormai inerte, faceva scivolare le labbra sul mio membro e mi stringeva finché, prima di quanto avrei creduto possibile, non mi aveva riportato al mio pieno vigore. Quando la lasciai, l'inguine mi doleva come una vecchia ferita quando fa freddo.

Non mancava più di un'ora all'alba quando riprendemmo la strada per la casa della guerra e ci dirigemmo verso il bagno a vapore per eliminare col sudore ogni resto di ubriachezza. Sedemmo sui banchi di legno di cedro, sfregandoci le membra con un panno, mentre Leah, le belle vesti legate alla vita come fossero stracci, teneva acceso il fuoco per noi, versando ogni tanto l'acqua sulle pietre roventi. Solo a guardarla mi veniva il mal di testa.

«Come fa ad avere i capelli di quel colore?» domandai vedendoli sciolti sulla schiena nuda e quasi pronti a prender fuoco da soli, nella luce fioca della lanterna.

Asarhaddon, che non aveva ancora finito con le baldorie e stava rompendo il sigillo sul tappo di un'ultima anfora di birra babilonese, alzò gli occhi per vedere di che cosa stessi parlando e fece un largo sorriso, ammiccando.

«Li immerge nel vino sei volte al mese e li asciuga al sole, facendoli uscire dal bordo di un cappello di paglia senza fondo. Credevi che fosse nata così? Fratello, certe donne sanno fare di tutto con i loro trucchi. L'occidente è una terra piena di cose portentose. Sono stato in Giudea, dove ci sono santi uomini i quali riescono a fare tali prodigi che sono più potenti dei re. E dovresti vedere le prostitute egiziane a Damasco! Un giorno o l'altro voglio conquistare quella terra così da togliermene il gusto. Ma, per i sessanta grandi dei, Tiglath Assur, figlio di Sennacherib, in quale parte del mondo hai collezionato tutte quelle cicatrici spettacolose?»

«Ti racconterò tutto per un sorso di quella birra; ho la lingua spessa e asciutta come una tavoletta di argilla!»

Gli raccontai dunque le mie avventure, tutto quanto era successo dopo la sua partenza per l'ovest, inclusa la mia conversazione con il Signore Sinahiusur.

«Tu gli hai creduto, Tiglath?» domandò; per essere un uomo cui era stato appena detto che era prossimo a ereditare il dominio del mondo, non sembrava troppo compiaciuto. «Voglio dire, credi veramente che sia possibile? Uno di noi due, re?»

«Sì, immagino che sia possibile. Dopo tutto, il dio potrebbe far salire un contadino qualunque sul trono di Assur, se questo assecondasse i suoi disegni. Tu e io siamo figli del re, tu poi di una moglie legale. Se gli oracoli sono sfavorevoli ad Arad Ninlil, o se dovesse morire... perché no?

Mi scoprii a guardare Leah con un certo nervosismo, perché, sebbene niente di quanto avevo detto fosse effettivamente da considerarsi un tradimento, non era saggio parlare così apertamente di cose riguardanti la successione.

«Calmati, fratello. Non capisce di accadico nemmeno una parola su cinque, e poi non le interessa. È come una gatta: se può occuparsi della sua bellezza, starsene stesa al sole con la pancia piena e trovare un maschio vigoroso che la soddisfi, è più che contenta. La sua mente non ha altri pensieri. Non è certo Naq'ia!»

Nel pronunciare il nome di sua madre il volto di Asarhaddon si fece scuro.

«Ciò che hai detto esaudirebbe tutte le sue preghiere, non è vero?» continuò con voce fattasi tagliente. «Allora avrebbe quel potere che ha sognato per tutta la vita.»

«Saresti tu il re della Terra di Assur, non lei, fratello. Potresti fare di lei ciò che vuoi, mandarla lontano in qualche confortevole oblìo, dove si dovrebbe contentare di governare sulle sue donne. Non devi più stare attaccato alla sua gonna ora.»

«No? Tu credi?» Rise, gettando il capo all'indietro, ma era una risata amara. «Non la vedo da anni, Tiglath, ma mi sento ancora le sue dita intorno al collo. No, nemmeno se fossi re sarei abbastanza forte da sfidarla.

«Inoltre, non ho nessuna voglia di essere re.» Si alzò in piedi scrollandosi di dosso il sudore come pioggia. «Puoi essere tu il re con la mia benedizione. Tu sei l'intelligente fra noi, saresti un ottimo re. In quanto a me, sono un soldato, non un intrigante.»

«Ma avresti Naq'ia, e lei saprebbe tessere intrighi per tutti e due.»

«Per il tuono di Adad, tu dici il vero, Tiglath Assur, ma vorresti forse quella iena pettoruta a guidare i destini del mondo? No, certo, e nemmeno io.»

Scoppiò di nuovo a ridere e parve rasserenarsi; finimmo la birra, rompendo il boccale vuoto contro le pareti del bagno, allegri e spensierati come prima.

«Ho trovato, fratello!» Rise fragorosamente, mettendomi un braccio sulle spalle, mentre c'incamminavamo nudi verso l'alloggio degli ufficiali, preceduti da Leah che ci portava i vestiti e ci faceva luce con una lampada perché non era ancora spuntata l'alba. «Se io sarò re, tu sarai il mio *turtanu*, e se tu sarai re, potrai consumare tutte le tue forze con la Signora Esharhamat, mentre io sarò padrone della tua casa delle donne. Ah! Ah! Ah!»

Il tempio di Istar mi vide spesso in quei giorni. Per tener fede alla mia risoluzione, consumavo le mie energie con le sacerdotesse e, nelle sere in cui non rendevo il culto alla dea, seguivo Asarhaddon nelle sue scorribande per le vie della città, bevendo fino a farmi scoppiare la testa e accompagnandomi alle prostitute delle taverne. Dovunque andassimo, Asarhaddon portava Leah con sé, tenendola per la catenella d'argento fissata all'anello al naso; se la portava dietro perfino quando visitava il letto di altre donne, perché all'ovest aveva imparato a trovare il suo piacere in questo modo. Una volta mi disse che la sua ambizione era di comprarsi un paio di gemelle assolutamente identiche per tenersele come concubine. «Due donne identiche come due mani» diceva. «Da non saperle distinguere l'una dall'altra, come se fossero una sola donna con due corpi. Potrei anche dar loro lo stesso nome. Sarebbe fantastico!» E mentre parlava così, seduto sulla panca del bagno a vapore, con un panno inzuppato d'acqua fredda e un boccale di birra in mano, Leah, silenziosa ed esperta come una mungitrice, gli si inginocchiava fra le gambe e lo spremeva completamente.

Così, mentre la luna si assottigliava fino a sparire, per poi tornare a ingrandirsi, io passavo le giornate preparandomi alla guerra e le notti nelle gozzoviglie. Ma se pensavo di essere sfuggito a Esharhamat, occupandomi di esercitazioni militari ed esaurendomi con le prostitute, mi sbagliavo di grosso. Potevo ritornare traballante al mio alloggio, due ore prima dell'alba, il cervello ottenebrato e i miei genitali strizzati e avvizziti come un casco di datteri dopo la spremitura, ma bastava che mi sdraiassi sul giaciglio e chiudessi gli occhi, perché il suo ricordo mi riempisse la mente senza che lo volessi. Avevo imparato quanto poco questo tormento d'amore avesse a che vedere con i sensi; ma non avevo imparato niente altro, niente che mi permettesse di trovare un istante di pace.

Un giorno, tornando dal terreno di parata, trovai un palanchino chiuso che mi aspettava davanti all'alloggio degli ufficiali; capii immediatamente che all'interno avrei trovato un messaggio di Esharhamat. Mi bastò scostare di lato la tenda perché una mano sottile ne sporgesse, premendo nella mia una tavoletta di legno, non più grande del palmo di una mano di donna, rivestita di cera da un lato. Nella cera era inciso il messaggio di Esharhamat: «Perché non vieni più a trovarmi? Come posso sopportare la vita senza vedere mai il tuo volto? Vieni! O morirò di dolore e il mio spirito ti perseguiterà nel buio. Vieni, o saprò che non mi ami».

Stavo ancora fissando le parole sulla tavoletta, quando si udì un leggero colpetto all'interno del palanchino e i portatori si alzarono in piedi: non c'era bisogno di una risposta perché Esharhamat sapeva certamente di avere già vinto. Entrai nella mia camera e gettai la tavoletta di legno sul braciere, e mentre ascoltavo il sibilo della cera a contatto della fiamma, mi accorsi che il sentimento che mi dominava in quel momento era di sollievo: l'avrei rivista. Avrei potuto arrendermi a ciò che avevo sempre saputo essere il mio destino. Dovevo amare Esharhamat fino alla fine dei miei giorni.

La mattina dopo mandai i miei soldati in libera uscita per una giornata, indossai la mia uniforme migliore, e attraversai il cancello che divideva la casa della guerra dal palazzo dove viveva il re mio padre con tutti i membri della sua dimora. Fino a quel momento, niente altro mi aveva separato da lei se non qualche parete di mattoni.

Quando fui introdotto nel suo giardino, la vidi seduta accanto alla fontana, vestita come l'avevo vista la prima volta fuori dalla Grande Porta, nell'abito di lutto, con lo scialle rosso delle vedove che le copriva i capelli. Rimasi in piedi davanti a lei, e lei mi guardò con gli occhi neri e luccicanti bagnati di lacrime.

«Sembra che io debba sempre piangere per te, Tiglath» mi disse, abbassando lo sguardo. «O per i pericoli che corri, o per la tua freddezza. In fondo è la stessa cosa, perché pare che debba perderti per un motivo o per l'altro.»

«Per questo sei in lutto?» le dissi, non potendo fare a meno di sorridere, tanto l'artificio era trasparente.

«Non hai forse reso vedovo il mio cuore, Tiglath?»

Mi sedetti accanto a lei, ma nonostante le fossi vicino tanto da poterla sfiorare con un braccio, non alzò gli occhi a guardarmi. Le coprii una mano con la mia, ma Esharhamat la ritrasse: a quanto pareva ero caduto davvero in disgrazia.

E mentre lei se ne stava lì imbronciata e io cercavo qualcosa da dirle, guardandomi intorno vidi con mia grande sorpresa che eravamo completamente soli. Non era mai successo prima che Esharhamat mi ricevesse senza due o tre donne in attesa discreta al lato opposto del giardino, che chiacchieravano fra loro come scimmiette. Il significato era chiaro: la loro padrona le aveva allontanate di proposito.

«Ho sentito dire che passi tutte le sere con le prostitute del tempio di Istar» mi disse alla fine. «E che quando non sei con loro, ti trascini per le osterie e i bordelli con Asarhaddon, e ho sentito anche che voi due avete la vostra cortigiana personale che vi portate in giro con un guinzaglio.»

«E chi ti parla di tali cose, Esharhamat?»

«Nessuno... tutti. Non si parla d'altro a palazzo, e io ascolto come se la cosa mi fosse indifferente, come se si trattasse di un estraneo.»

«Allora sei diventata indifferente verso di me?»

Mi feci tanto audace da metterle un braccio intorno alla vita e per un istante, solo per un istante, sembrò volersi ritrarre, ma non ebbi difficoltà ad attirarla nel mio abbraccio. Ma era un gioco, niente di più. Credo che entrambi sapessimo molto chiaramente chi dei due si stava arrendendo all'altro.

«Oh, Tiglath» disse, nascondendo la faccia nel mio petto. «La compagnia di quelle donne ti è dunque più cara della mia? Ti danno un tale piacere da far sì che tu mi abbandoni completamente? Oh, Tiglath, come mi rendi infelice!»

E pianse disperatamente, singhiozzando fra le mie braccia: fu uno dei momenti più dolci della mia vita.

Alla fine, quando le lacrime si furono asciugate contro la mia tunica, sembrò acquietarsi, e strinse fra le sue la mano che avevo libera. Era calma adesso, e respirava profondamente come se dormisse. Le viscere mi si scioglievano dalla tenerezza: che cosa non avrei sopportato per amor suo in quel momento! Lo scialle le era scivolato dal capo e con le labbra le trovai la scriminatura fra i capelli lucenti, neri come le acque della morte.

«Non devi cercare il piacere con le altre donne» mormorò, quasi parlasse nel sogno. «Qualsiasi cosa tu trovi in loro, io te la darò. Non vedi, Tiglath? Sono diventata una donna e credo che tu possa trovarmi attraente.»

Con un movimento rapido, si slacciò un fermaglio della tunica, poi mi prese una mano e la fece scivolare sotto la veste, tenendola premuta contro un seno, sodo e turgido, sotto il quale potevo sentir battere il suo cuore. La pelle era liscia come l'alabastro e il capezzolo mi si premeva contro il palmo con un ardore tutto suo. Quando permisi alla mia mano di carezzarlo, essa gemette sommessamente e alzò la faccia a guardarmi. Le mie labbra trovarono le sue e la baciai avidamente, smarrito fin nel profondo dell'animo.

«Verserò per te il sangue della mia verginità, Tiglath. Anche adesso, se tu lo vuoi. Appartengo a te, il mio cuore e il mio corpo sono tuoi, ora e sempre.»

La sua piccola lingua si mosse rapida fra le mie labbra, cercando nervosamente la mia, e il respiro le si fece rapido e scottante. Aveva veramente l'intenzione di fare ciò che mi aveva detto, perché le sue mani mi trasmisero lo stesso messaggio, scivolando lungo le mie cosce e chiudendosi a coppa sul mio membro, duro come bronzo.

Il desiderio mi strozzò la voce in gola e mi appannò la vista. Dove aveva imparato simili arti, mi chiedevo, soffocato dalla passione. O forse queste cose le donne le conoscono fin dalla nascita. Nemmeno la più esperta delle prostitute era riuscita a suscitare in me un tale desiderio.

Si slacciò il secondo fermaglio della tunica che le scivolò di dosso, lungo le braccia, scoprendola dalle spalle all'ombelico. La pelle era di un rosato pallido e arrossiva della sua audacia fino ai seni che le coprii con le mani, come se volessi proteggere il suo pudore, e le baciai la gola, lasciando che le mie labbra scendessero più giù, più giù...

«No! Non può essere» dissi, avendo ritrovato voce sufficiente appena per questo. Le rialzai la tunica sulle spalle, desiderandola come non mai in quel momento. «Questa è follia, Esharhamat, amore mio!»

«Oh, che tu sia maledetto, Tiglath!» gridò, con le lacrime cocenti che le brillavano negli occhi. «Che tu sia maledetto! Vigliacco, come osi parlarmi del tuo amore?»

I suoi piedi calzati di sandali mi colpirono negli stinchi come se io fossi una porta che voleva abbattere, e poiché questo non fu sufficiente a calmare la sua furia, mi si avventò al viso, graffiandomi con le unghie; me le avrebbe ficcate negli occhi se non glielo avessi impedito. La presi fra le braccia e la tenni stretta a me, immobilizzandola, perché non potesse muoversi (cercò perfino di mordermi, tanta era la sua ira).

Ma, finalmente, si quietò. Quando ne fui sicuro, le sfiorai una guancia con le labbra e lei mi lasciò fare; non avevo ottenuto altro che di soggiogarla con la forza, mentre lei capiva benissimo che poteva ancora usare le sue armi nascoste.

«Avrei rischiato tutto per te» bisbigliò intensamente, tenendo la bocca quasi appoggiata al mio orecchio. «Tutto, solo per un momento del tuo amore. E tu, tu non hai coraggio! Lasciami andare, Tiglath, non ti farò del male.»

Niente, nemmeno la spada più affilata, è tagliente come il disprezzo di una donna. La lasciai andare, e mi parve che le viscere mi si strappassero; tutto avrei preferito, anche la morte più ignominiosa, al freddo disprezzo che leggevo nei suoi occhi.

«Pensa quello che vuoi» le dissi con la voce rauca «ma non che non ti amo!»

«Oh, lo so che mi ami, Tiglath... alla tua maniera.»

Visto che non riuscivo a dir niente che non mi facesse apparire un idiota ancora più grande, mi voltai per andarmene. Il giardino di Esharhamat si poteva attraversare tutto in venti passi, ma quella mattina mi parve un deserto sconfinato.

«Tiglath!»

Mi voltai, in tempo per vedere che si era fatta scivolare con noncuranza la tunica dalle spalle, rimanendo completamente nuda: il rosso lino era raccolto ai suoi piedi come una pozza di sangue. Sì, non aveva mentito. Era diventata una donna e io la trovavo attraente.

«Gli occhi almeno li hai? Usali, allora! E torna da me quando il tuo amore sarà abbastanza forte da permetterti di prendere ciò che desideri.»

Per un lungo momento restammo immobili come idoli di pietra. Non so che cosa Esharhamat avesse nel cuore, ma per quanto mi riguardava non riuscivo a non guardarla. Alla fine, quando trovai la forza di distogliere lo sguardo, mi voltai nuovamente per andarmene, perché non ero in grado di pronunciare una sola parola. ''Certamente'' pensai ''certamente adesso ci lasceremo per sempre.''

«Tiglath!»

Anche voltandole le spalle, potevo sentire il rapido rumore dei suoi sandali sul selciato. Mi voltai e lei mi si gettò fra le braccia, e mentre la sollevavo, mi si avvinghiò con le gambe nude intorno alla vita, aggrappandosi a me con tutte le sue forze, e la sua bocca avida mi coprì il viso di baci.

«Torna da me, Tiglath, mio amore, mio dio! Morirei se tu mi stessi lontano!»

Ero quasi pazzo per quel misto di tenerezza e di desiderio che riesce a far credere a un uomo che il mondo cominci e finisca nel corpo della donna amata. Mi inginocchiai lì, nel giardino di Esharhamat, le sue gambe ancora strette intorno alla mia vita, e il corpo che s'inarcava mentre le mie labbra le vagavano sui seni. Il piccolo triangolo scuro si premeva contro il mio ventre e sentivo che essa tratteneva il respiro a ogni movimento, mentre il dolce profumo della sua carne mi riempiva le narici. Sì, non aveva detto che la verità, nessun prezzo era troppo alto per quel momento di passione.

«No! Hai ragione tu. In questo modo, no!»

Mi spinse via, quasi lottando anche contro se stessa, oltre che con le mie braccia che non riuscivano a lasciarla andare, mentre eravamo inginocchiati lì, sotto l'ardente sole di Assur.

«Lasciami prendere la tunica» disse con voce pacata, quasi la violenza del desiderio l'avesse completamente abbandonata. «Comincio a sentirmi una sciocca così.»

Quando si fu rivestita, tornò da me e mi prese la mano. Niente nel suo aspetto e nei suoi modi faceva capire ciò che era successo fra noi.

«Torna da me fra qualche giorno. Allora avrò forse escogitato qualcosa.»

Mi sorrise, un sorriso che mi riempì di un senso di sgomento, quasi di presagio. Che il dio aiuti tutti gli uomini, perché non sono che pedine nelle mani delle donne!

«Che c'è da escogitare, Esharhamat? Ci amiamo, ma è una storia senza futuro.»

«Senza futuro?» I suoi occhi mandarono un lampo d'ira. «Lo avrà, deve averlo! Il dio ci ha dato l'uno all'altra, lo so, lo sento con tutta me stessa. Se ha permesso che ci amassimo, deve anche permetterci di poter essere felici. Non ti lascerò andare, mai. Io... fidati di me, Tiglath. Tu non conosci l'astuzia delle donne.»

L'astuzia delle donne... così la chiamava. Sì, quell'astuzia che non vede ciò che non desidera vedere. Come un vivace uccellino, consumato dalla cieca passione della primavera, con il cuore che gli martella nel piccolo petto mentre, trasportato dal vento tempestoso, si affretta a costruire il fragile nido sui rami nudi, rubando fili di paglia dappertutto, e non si accorge come l'albero sia già morto.

E questa è chiamata astuzia femminile.

IX

Il destino volle che non rivedessi Esharhamat per molti mesi. La mattina seguente, ancor prima che il sole si levasse, trovai un messaggero in piedi sulla soglia del mio alloggio. Mi porse una tavoletta, recante il sigillo personale del re, che mi convocava immediatamente alla presenza del sovrano. Ebbi appena il tempo di spruzzarmi un po' d'acqua sul viso e di indossare la mia uniforme, prima di avviarmi di corsa con il messaggero alla volta del palazzo. Ma tanta fretta non era necessaria, perché fui lasciato ad aspettare in un'anticamera, rimuginando nella mia mente su quanto il re sapesse della mia trasgressione e in che modo avesse quindi deciso di vendicarsi.

Quando la porta della camera dove il re dormiva si aprì, non ne uscì mio padre e nemmeno uno dei suoi paggi, ma la Signora Shaditu, con indosso soltanto una veste di lino leggero così trasparente che la luce alle sue spalle ne rivelava il corpo come se fosse stata nuda. L'espressione del mio viso la fece sorridere.

«Ho fatto solo il mio dovere, è contento se lo aiuto a fare il bagno» disse, senza nemmeno preoccuparsi di chiudere la tunica davanti, mentre scrollava le esili spalle. «È vecchio: che cosa può fare oltre guardare?

«Ora, se fossi in te, Tiglath, fratello...»

Mi si avvicinò, mi mise le braccia intorno al collo e mi baciò con ardore sulla bocca.

«In Elam» bisbigliò con voce roca «in Elam è un segno di grande favore, quando un principe reale giace con la propria sorella. Significa che vorrà...»

Ma ormai ne avevo avuto abbastanza di donne che mi si offrivano gettandomisi fra le braccia, perciò la spinsi via sgarbatamente, tanto da farla inciampare e cadere sul pavimento di mattoni.

«Non siamo in Elam, Signora.»

Lei si abbandonò all'indietro appoggiandosi sulle braccia bianche e rise come una prostituta ubriaca.

«Potrei farti impalare per questo» disse con noncuranza e senza fare alcun tentativo per rialzarsi. «Sembra che tu ti diverta a mettere in pericolo la tua vita, fratello. O è così oppure sei più intelligente di quel che sembri e sai che alle donne piace una certa brutalità. Vieni, aiutami ad alzarmi e ti permetterò di baciarmi un'altra volta.»

Vedendo che non mi muovevo, si rimise in piedi da sola.

«Sarà per un'altra volta.»

«Vieni, Tiglath, ragazzo mio... state facendo conoscenza, eh?»

Era il re che, affacciato alla porta, con la testa avvolta in un panno, mi faceva un cenno con la mano.

«Entra, entra, ragazzo, e tu, piccola mia, corri via perché noi due dobbiamo parlare di cose da uomini.»

Sorrise a Shaditu proprio come se fosse stata una bambina. E lei, con uno sguardo beffardo diretto a tutti gli uomini in generale, lasciò la stanza camminando a piedi nudi. Non appena il re sembrò dimenticarsi della sua esistenza; mi mise un braccio intorno alle spalle, mi fece entrare nei suoi appartamenti privati.

«Ho una notizia che ti farà piacere, Tiglath Assur, figlio di Sennacherib, Re dei Re. Vedi, c'è qualche piccola difficoltà al nord...»

Avrei dovuto comandare una spedizione punitiva contro una tribù di barbari che erano discesi dalle montagne a oriente e avevano avuto l'impudenza di piantare le tende in vista delle pianure settentrionali del Tigri. I contadini della zona avevano inviato un messaggero a Ninive per far sapere che i loro villaggi erano stati razziati, le donne e gli animali portati via. Era questa una buona occasione per mettere alla prova la mia nuova tattica di fanteria. Dovevo partire subito. Con tre ore di preavviso gli uomini furono pronti a marciare e non mi restò neanche il tempo di inviare un messaggio.

Sebbene mi sentissi quasi male all'idea di andarmene lontano da Esharhamat, non potevo nascondere a me stesso che insieme al dolore provavo una specie di sollievo, come se fossi sfuggito, almeno per il momento, a più di un pericolo.

Inoltre, ero al mio primo comando indipendente, un ufficiale ai cui ordini stavano tre compagnie di soldati a piedi e un distaccamento di cavalleria. Non ero davvero ansioso di affrontare un altro incontro con la mia troppo affettuosa sorella, mentre l'amore di Esharhamat era una trappola sempre pronta a scattare per me, e sapevo che avrei potuto rovinare entrambe le nostre vite, una volta o l'altra.

Dopo il primo giorno di marcia, ci accampammo in vista dei Tre Leoni, ma non mi spinsi fino alla fattoria per vedere mia madre. Non avrei fatto una buona impressione sui soldati andandoci, ma non posso onestamente attribuire la mia decisione di restarmene lontano soltanto al senso del dovere. Avevo francamente paura di guardare Merope in faccia perché certamente mi avrebbe chiesto di Esharhamat e non avevo alcuna fiducia nella mia capacità di mentire.

Impiegammo sei giorni a raggiungere il luogo dove il fiume piegava verso la catena del Taurus, come la corda di un arco teso. C'era meno di un dito di neve sul terreno, ma non ebbi difficoltà a trovare le tracce dei miei avversari nomadi. Non avevo che da guardarmi intorno e vedere i villaggi incendiati e sentire l'odore dei cadaveri non ancora putrefatti di uomini e di animali, per capire che non dovevano essere lontani.

''Quale inutile macello'' pensavo fra me e me. ''Come se fossero ragazzi che si divertono a strappare le ali alle mosche in mancanza di altro divertimento. Questa non è gente che si ferma a combattere come veri soldati, appena daranno un'occhiata a un'armata schierata in campo, se ne fuggiranno verso le montagne come lepri. Sono arrivato fin qui per niente.'' E in cuor mio ero infuriato.

Ma non avrei dovuto preoccuparmi, perché gli Uqukadi — era questo il nome che si davano — erano selvaggi, ma certamente non vigliacchi.

Avevo appena fatto montare l'accampamento, che una loro delegazione si presentò alla mia tenda per parlamentare, in termini così offensivi da costituire una sfida aperta a combattere.

Erano in tre, tutti di mezza età, con qualche striatura grigia nella barba, e pareva che la loro importanza dipendesse dall'età. Erano vestiti con tuniche azzurre e mantelli neri, in quello che sembrava essere il costume degli uomini di un certo rango. Ma la somiglianza fra loro finiva qui. La varietà della natura umana è la stessa in tutte le razze, e il loro capo, un uomo pesante, lento nei movimenti, con un eterno sorriso sulle labbra, lo avrei potuto incontrare a Babilonia o in Etiopia, dove i capi delle tribù si legano piccole ossa ai capelli e vivono in capanne d'erba.

Il secondo per importanza era evidentemente il più sveglio fra loro, un uomo alto, con un viso dall'espressione decisa (sul quale notai una cicatrice che gli correva sul lato sinistro dall'attaccatura dei capelli fin quasi al mento) e occhi scuri e feroci che sembravano sporgere leggermente dalle orbite. Decisi seduta stante che lo avrei ingaggiato in un combattimento e avrei infilzato la sua testa su una picca prima di sera, perché egli era il tipo d'uomo che cerca il potere per istinto e quando lo raggiunge opprime senza fine tutti quelli che lo circondano.

L'ultimo dei tre, e mi sono spesso chiesto quale rivolgimento nell'ordine sociale avesse potuto innalzarlo a quel grado dandogli il potere di decidere sulla pace e sulla guerra perfino in una tribù di banditi delle montagne, era basso, con le spalle strette, e da quel che potevo giudicare, anche un po' idiota. Non parlava mai, ma assentiva vigorosamente col capo ogni volta che uno degli altri lo faceva e qualche volta anche quando lo facevo io. O forse non era del tutto deficiente, dal momento che era l'unico ad avere tanto buon senso da essere spaventato. Durante la nostra breve conversazione, sembrò sempre sul punto di scappar via, come un daino che ha appena visto un serpente.

Li ricevetti stando seduto a un tavolo nella mia tenda. Non mi alzai quando entrarono, né aprii bocca per parlare. Pensavo che sarebbe stato meglio che capissero come un ufficiale comandante dei soldati di Assur non si preoccupa delle forme di cortesia quando tratta con razziatori straccioni, che misurano le loro ricchezze in capre. Per circa due minuti restammo tutti e quattro in un silenzio pieno di tensione.

«Mi domando che cosa abbia in mente il re che sta a Ninive, per mandare un ragazzo a comandare le sue truppe» disse infine il più anziano dei tre, in un aramaico abbastanza fluente. La testa dell'idiota andò su e giù parecchie volte in segno di assenso, mentre mi guardava fisso con occhi imploranti come quelli di un cane sotto la frusta.

«Forse il re sapeva che un ragazzo, come tu hai voluto definirmi, era più che sufficiente.»

Mi sforzai di sorridere nel modo più sgradevole possibile. Capivo benissimo che stavano soltanto saggiando la debolezza dell'avversario e che se non fossi riuscito a riportare le loro teste al re, essi avrebbero trovato il modo di farmi tagliare la gola da qualche schiavo mentre dormivo. Non c'era altra soluzione: bisognava finire la questione nel sangue.

«Il re che sta a Ninive è clemente» continuai, sempre mostrando loro i denti nel sorriso. «Se ve ne andate ora, lasciando le armi, le donne e il bestiame, vi permetterò di arrampicarvi sulle vostre montagne per morirvi di fame quando sarà il momento. Se invece non lo fate, vi prenderò tutto e voi morirete qui.»

«Tu, un ragazzo...?» L'unico dei tre che mostrasse una certa fierezza nello sguardo fece un mezzo passo in avanti, come se fosse pronto a scagliarsi su di me per punirmi della mia insolenza. Ma non l'avrebbe mai fatto, come tutti noi sapevamo bene, perciò non dovetti muovermi.

«Sì, io, Tiglath Assur, che ho combattuto contro gli Elamiti a Khalule e ho ucciso uomini più valorosi di te o di altri della tua tribù, anche se chiunque fra i soldati di Assur saprebbe schiacciare simili larve sotto il tallone. Siete venuti a chiedere il perdono del re? Siete pronti a far fagotto?»

«La terra qui è fertile» disse l'uomo più grasso sorridendo, ma non voleva dir niente perché il sorriso il lui era involontario come il sudore. «Potremmo decidere di fermarci, a certe condizioni. Siamo un popolo potente e Ninive potrebbe trovare utile averci come alleati...»

«Il sovrano, che è re qui come a Ninive, vi trova utili soltanto come cibo per i corvi. Non venite a parlare a me di condizioni: le condizioni del re le avete già sentite. La Terra di Assur per voi non sarà mai altro se non un luogo dove deporre le ossa, perciò pagate il vostro tributo e andatevene.»

Permisi alla mia collera di montare senza che il tono della voce la tradisse, perché non dovevo comportarmi come un ragazzo, adesso. Non dovevo disonorare il paese e il re perdendo la calma di fronte a ladri vagabondi che non riconoscevano alcun sovrano e consideravano la terra solo come qualcosa da sollevare con gli zoccoli dei cavalli. Ma ero irritato. Ero irritato perché avevo paura e avevo paura perché avevo visto i loro fuochi accesi sulla pianura, numerosi come i fiori dopo le piogge di primavera. Ero arrivato fin lì con meno di quattrocento soldati e, a giudicare dalle dimensioni del loro accampamento, essi avrebbero potuto schierare in campo quasi un migliaio di uomini. Non sbagliavo nell'avere paura, ma adesso dovevo parlare con la voce di mio padre.

«E se decidessimo di non andarcene? Che cosa farà allora il tuo re, o potente guerriero?»

Il loro potente guerriero mi fece un sorriso che era quasi una smorfia e la cicatrice sulla sua faccia si raggrinzì come cuoio vecchio.

«Allora per voi ci sarà o la morte o le pene della schiavitù, tali da far desiderare di morire a quanti sopravviveranno.»

«Tu minacci con grande eloquenza, eroe!»

«Dì piuttosto che le mie minacce non sono vane.»

Improvvisamente sembrò che non avessimo niente altro da dirci. Dopo un silenzio cupo, durato forse un quarto di minuto, chiamai le guardie in attesa all'entrata della tenda.

«Sì, Principe?»

I miei due principali interlocutori si scambiarono un'occhiata e il più grosso dei due alzò le sopracciglia con aria di sorpresa; ma questo non era il momento per una presentazione formale, perciò non prestai loro alcuna attenzione.

«Assicuratevi che i nostri ospiti arrivino sani e salvi fino alle loro linee: avranno certamente il desiderio di abbracciare un'ultima volta le mogli e i bambini.»

Rimasi in piedi al limite del campo con il mio *ekalli*, che aveva combattuto con me a Khalule, a guardare i tre emissari tornarsene al galoppo sulla pianura deserta, finché non scomparve anche la polvere sollevata dagli zoccoli dei loro cavalli; continuavo a pensare che l'indomani alla stessa ora quella pianura sarebbe stata coperta di morti e di moribondi. Ci voltammo a guardarci in faccia e Lushakin scrollò le spalle, come per dire *be', almeno questa è fatta*.

«Sono molti» disse indicando con un largo gesto del braccio l'orizzonte, quasi gli Ukuqadi fossero numerosi come uno sciame di locuste. «E da quel che ho sentito non sono neanche dei vigliacchi. Domani troveremo pane per i nostri denti, Principe.»

«Lascia pure che siano numerosi da non poterli contare e tutti coraggiosi come leoni, ma al momento giusto ognuno combatterà solo per se stesso. La canaglia non potrà mai stare alla pari di un esercito disciplinato, Lushakin, non aver paura, siamo venuti qui per vincere, non per morire.»

Tornai alla mia tenda: il giorno era sul finire e volevo restare solo.

Nella mia prima grande battaglia avevo combattuto come un soldato, mentre nella seconda mi trovavo a essere l'unico comandante, e devo dire che la mia seconda notte di vigilia di una giornata di morte e di sofferenza fu ancor peggiore della prima, se ciò fosse stato possibile. Sapevo che se l'indomani avessimo perso, il mio cadavere sarebbe stato sicuramente fra quelli lasciati a marcire al sole, ma il pensiero che più mi tormentava era quello degli altri che sarebbero caduti accanto a me, che io avrei condotto alla distruzione. Morire è una cosa terribile, ma essere sconfitti... Se avessi dovuto essere sconfitto, sarebbe stata per me una benedizione incontrare il mio *simtu* qui, nella terra che mi aveva generato.

Non cercai nemmeno di dormire quella notte. Non c'era accanto a me un Nargi Adad a versarmi in gola la forte birra di Babilonia, perciò ero completamente in balìa dei miei pensieri e non mi presi nemmeno la briga di sdraiarmi. Tutta la notte combattei più e più volte la battaglia nella mia mente, cercando di vedere tutto dal punto di vista del nemico, così da poter individuare il punto debole della mia strategia. E intorno a me dormivano uomini che non avrebbero più dormito se non nelle braccia della morte. Furono ore difficili per me, e temevo e speravo allo stesso tempo che l'alba non giungesse mai.

Giunse, però: il sole, il grande disco ardente di Assur, irruppe dalla cima delle montagne a oriente, spazzando via la nebbia dal terreno gelato cosparso di chiazze di neve, e tutto all'intorno l'accampamento si svegliò. Mi giunse il suono del metallo che batteva contro altro metallo e il brusìo soffocato di molte voci ancor prima che uscissi dalla tenda. Gli uomini si radunavano intorno ai fuochi mentre finivano di consumare il pasto del mattino, e come bravi operai preparavano gli attrezzi per il lavoro della giornata. Ho sentito generali disprezzare le loro truppe, ma non ho mai capito questo atteggiamento perché i soldati sono per lo più esseri coraggiosi e modesti, ricchi di tutte le semplici e oneste virtù della gente più umile, che deve faticare e lottare per vivere. Quella mattina io provavo affetto per i miei uomini e anche se molti o forse la maggior parte di loro erano più vecchi di me, sentivo per loro l'amore di un padre e il mio cuore soffriva per tutto quello che avrebbero dovuto patire nelle prossime ore.

Il mio piano era molto semplice: due compagnie di fanteria, in formazioni a rombo così da potersi difendere dagli attacchi da ogni lato, avrebbero marciato verso l'accampamento nemico. Gli Uqukadi li avrebbero assaliti in forze, o almeno così speravo, perché se non ci avessero fermato sul terreno aperto, lontano dalle loro tende, dal bestiame, dalle famiglie, avrebbero perso tutto. Quando la battaglia fosse stata completamente ingaggiata, avrei impegnato i rimanenti corpi di fanteria e anche il mio unico contingente di cavalleria dai due lati opposti, da destra e da sinistra, perché potessero attaccare il nemico ai fianchi, assalendolo da più parti contemporaneamente. Questo piano non rivelava un genio strategico particolare, ma non facevo affidamento sul genio. Le mie speranze stavano piuttosto nelle lance di ferro e nella loro capacità di fermare i cavalieri uqukadi; contavo che quanto aveva funzionato sul terreno di parata di Ninive avrebbe funzionato anche qui, oltre che sulla disciplina e sul coraggio dei miei uomini.

Li avevo fatti esercitare finché avevano maledetto le loro mogli e i loro figli, e adesso potevo soltanto sperare che l'addestramento fosse stato sufficiente. Avevamo tutti già combattuto insieme e conoscendoli come soldati avevo fiducia in loro. La colpa di una sconfitta sarebbe ricaduta sul comandante, non su di loro: sarei stato io il solo responsabile.

Rientrai nella tenda a prendere il giavellotto. Non avrei combattuto accanto a loro questa volta, perciò non ne avevo bisogno, mi sentivo però meglio tenendolo stretto in mano.

Man mano che il sole saliva, mutando in bianco il colore rosato del cielo, le compagnie si radunavano nei ranghi di battaglia e i miei ufficiali mi si avvicinavano per ricevere gli ultimi comandi. Parlammo fra noi a voce bassa, e alla fine salii su un carro, che serviva per il trasporto dei vettovagliamenti, per indirizzare un discorso ai soldati. Mi sentivo il cuore in gola come se avessi inghiottito una mela intera.

«Conoscete tutti ciò che ci si aspetta da voi» gridai, e sembrava che il vento si portasse via la mia voce. «Non vi chiederò di combattere con coraggio, perché lo farete senza bisogno che io ve lo ordini. Vi dirò invece di combattere con attenzione. I nemici sono molti e noi siamo pochi, ma essi si batteranno come una massa disordinata mentre noi combatteremo come ciò che siamo: l'esercito di Assur, disciplinato, che sa muoversi e pensare come un sol uomo. L'esito di questa battaglia non dipende da nessuno di noi, ma da tutti noi. Perciò, stringetevi nei ranghi e stanotte non saranno i *nostri* corpi a essere sparsi sul campo come foglie cadute. Buona caccia!»

Non so se queste erano le parole che avrebbero voluto sentire da me, ma mi acclamarono ugualmente, secondo il costume dei soldati. So soltanto che non dissi ciò che sentivo nel profondo del cuore. Non sarei riuscito a trovare le parole.

È strano osservare a distanza lo svolgersi della battaglia che noi stessi abbiamo messo in moto, strano e sgradevole. Uomini di cui conoscevo il nome, i cui figli avevo visto giocare per le strade, erano così piccoli e lontani che non riuscivo a distinguerli l'uno dall'altro. Era tutto così astratto, come un gioco eseguito su una scacchiera con soldatini di legno, eppure da questo gioco dipendevano tante cose: la mia vita, la vita dei miei uomini, e forse, un giorno, perfino il destino dell'Impero di Assur. Mi sedetti su uno sgabello su un'altura sovrastante il campo, circondato da qualche ufficiale e da una dozzina di staffette che avrebbero dovuto portare i miei ordini agli uomini che combattevano là in basso, e maledissi la vita che avevo scelto, mentre imparavo ciò che ogni comandante impara molto presto, e cioè che il peso del potere di vita e di morte non si addice alle spalle dei miseri mortali.

Le due formazioni a rombo avanzavano attraverso la pianura coperta di erba ingiallita e calpestata. Potevo vedere la polvere sollevata dai sandali dei soldati, anche se a tutta prima sembravano immobili. Le lance di ferro non riuscivo a vederle. Li osservavo come avrebbe potuto fare il nemico e cercavo di immaginare quale impressione dovesse riceverne. Quando i miei soldati furono giunti a metà campo, i primi cavalieri uqukadi si mostrarono. Le loro spade scintillavano nel sole.

I miei uomini si comportarono bene. Molti cavalli scivolarono sul ghiaccio, e i miei arcieri non sprecarono le frecce, ma aspettarono finché non furono sicuri che i cavalieri erano sopravvissuti alla caduta. La cavalleria degli Uqukadi sembrava sterminata, ma dubito che più di una metà dei cavalieri vivesse abbastanza da potersi avvicinare alle nostre linee, e quanti lo fecero trovarono una brutta sorpresa ad aspettarli: le irte aste di ferro che si conficcarono in terra davanti a loro. I cavalli indietreggiarono in preda al panico a quella vista, travolgendo i cavalieri o lasciandoseli dietro a morire con un giavellotto infilzato fra le scapole.

Aveva funzionato.

Una, due, tre volte la fanteria alzò le lance, correndo in avanti, senza mai rompere la formazione, tornando ad abbassarle affinché gli arcieri e i lanciatori di giavellotto potessero far cadere la loro pioggia di morte sul nemico. Vidi a terra qualche cadavere vestito dell'uniforme, ma non molti, mentre gli Uqukadi, quelli che erano sopravvissuti, erano completamente disorientati. La cavalleria era praticamente inutilizzabile e serviva soltanto ad aumentare il crescente numero dei morti: il piano stava funzionando.

«Avanti la terza compagnia!»

«E la cavalleria, Principe?»

«No, aspettate. Al momento giusto sferreremo l'attacco finale. Non c'è bisogno di loro adesso.»

Improvvisamente, non mi rimase altro da fare che osservare la carneficina che seguí.

A mezzogiorno era tutto finito. I cavalieri nemici che riuscirono a farlo, fuggirono, e quelli che non ci riuscirono e non vollero arrendersi, furono uccisi. Non era ancora un'ora dopo mezzogiorno quando, montato a cavallo, mi diressi verso l'accampamento degli Uqukadi.

Oltre all'abbaiare di qualche cane, non si sentiva altro rumore, e non si vedeva nessuno, ma questo non voleva dire che l'accampamento fosse deserto. Donne, bambini e uomini, che erano stati pieni di coraggio tutta la loro vita, stavano rintanati nelle loro tende a osservarmi, mentre guardavo intorno a me il caos che regnava, con i fuochi delle cucine devastati e le armi abbandonate tutt'intorno. Sapevano bene quale sorte aspettasse il nemico sconfitto, eppure nessuno osò alzare la mano su di me o su qualcuno dei miei soldati.

«Circondateli!» dissi, piegandomi sul collo del mio cavallo per parlare con Lushakin, che si guardava intorno sbalordito: gli sembrava tutto troppo facile. «Radunateli insieme come si fa col bestiame. Uccidete quelli che fanno resistenza. Sorvegliateli, ma senza eccessivo impegno: non dobbiamo dare l'impressione di aver paura di uomini sconfitti. Lasciateli aspettare un po', che abbiano il tempo di domandarsi quali siano le nostre intenzioni nei loro confronti. Prendete i loro cavalli, poi provvedete a far mangiare e riposare i soldati: se lo sono meritato. Ma che la disciplina sia rigidamente rispettata, non deve esserci saccheggio. Mi occuperò dei prigionieri dopo che avrò mangiato.»

Alla dodicesima ora del giorno, quando il sole cominciava a diventare color sangue, cavalcai verso lo spazio deserto dove era radunato ciò che restava della tribù degli Uqukadi, ammucchiati dentro un grande cerchio, stretti come datteri in un vaso. Come mi avvicinai, l'intera moltitudine cadde in ginocchio, premendo la faccia a terra: sapevano che l'ora del giudizio era giunta ed erano pieni di paura. Li lasciai aspettare, senza smontare dal cavallo, che sbuffava e grattava la terra con gli zoccoli, come se perfino un animale incapace di parlare capisse ciò che stava per succedere.

Potevano esserci circa duemila persone là, in attesa di una parola di vita o di morte, e la maggioranza sembrava costituita da donne, gli uomini essendo morti o fuggiti. Da un mio calcolo, circa settecento guerrieri uqukadi erano caduti quella mattina, lasciando le loro donne, i bambini e i vecchi a pagare per il loro coraggio insensato.

«Alzatevi! Ascoltate la mia sentenza!»

Si alzarono in piedi, le facce grigie e spaventate, gli occhi bassi. Le donne radunarono i bambini dietro le loro gonne così che non potessi vederli, gli uomini avevano l'aspetto di chi si sente già la spada sul collo.

«Voglio i vostri capi, i vostri grandi uomini, li voglio tutti qui, ai miei piedi, entro la decima parte di un'ora, o darò i vostri corpi alle fiamme e i vostri figli moriranno in catene. Me li consegnerete voi stessi e badate che il tempo sta già passando.»

Non mi fecero aspettare a lungo. Entro pochi minuti, venti uomini dalle tuniche azzurre e dai mantelli neri, segno distintivo del loro rango, furono trascinati davanti a me, spinti fuori dal cerchio dai loro stessi seguaci, i quali volevano a tutti i costi evitare tutto il peso della vendetta di Assur. Si lasciarono cadere davanti a me con la faccia a terra, anche se probabilmente sapevano che niente avrebbe potuto salvarli. In un istante i miei soldati li circondarono con le spade sguainate.

«Tu e tu!» gridai indirizzandomi a due uomini della mia vecchia compagnia. «Correte in quella tana che questa gente chiama accampamento e trovate un'ascia e qualcosa che possa servire da ceppo. Fate presto, non è cortese far aspettare persone di tale rango.»

I miei uomini risero, ma i prigionieri probabilmente non trovarono la situazione altrettanto divertente. Alla fine, quando capirono che potevano considerarsi già morti, i capi uqukadi si alzarono in piedi. Fra di loro non riconobbi nessuno, tranne la specie di idiota che era venuto alla mia tenda a parlamentare e che non aveva mai aperto bocca. Puntai il dito contro di lui e lo chiamai.

«Dove sono gli altri due?» domandai. Per un momento sembrò restare confuso, come se non mi capisse, poi abbassò nuovamente lo sguardo.

«Andati, Potente Principe» disse: aveva dunque ritrovato la voce. «Uno di loro è fuggito e l'altro è laggiù.»

Indicò con un gesto il campo di battaglia dove i corvi erano già al lavoro. Non avevo bisogno di chiedermi chi dei due fosse là, mi domandavo soltanto fin dove potesse essere arrivato l'uomo grasso con il sorriso sciocco sempre sulla bocca.

«Bene. Per questa informazione che mi hai dato avrai salva la vita. Va' a raggiungere la tua gente.»

Le ginocchia quasi gli cedettero e avrebbe finito per baciarmi i piedi, se non avessi fatto arretrare il cavallo di un passo o due. Non avevo avuto intenzione di essere generoso, non più di quando avevo permesso agli Uqukadi di consegnarmi i loro capi perché fossero giustiziati: quest'uomo probabilmente era un vile ma non uno sciocco come sembrava a prima vista e preferivo che fosse lui a guidare la sua tribù, affinché non si trovassero un uomo più forte. Dopo i tradimenti di quella mattina, nessun capo si sarebbe mai più fidato di quella gente ed essi lo avrebbero saputo, e un popolo senza illusioni su se stesso non avrebbe potuto essere forte una seconda volta.

I soldati, con l'aria molto soddisfatta, ritornarono con un'ascia affilata e un ceppo di legno squadrato che probabilmente era servito da sgabello a qualcuno.

«Fate venire un aiuto cuoco, questo è un lavoro da macellaio» dissi.

Per un quarto d'ora l'aria fu impregnata dell'odore del sangue, mentre uno a uno gli Uqukadi mettevano la testa sul ceppo, posando la guancia nella pozza insanguinata da quelli che lo avevano preceduto, e l'aiuto cuoco, un omaccione peloso che lavorava nudo fino alla cintola per non schizzarsi le vesti, tagliava loro la testa con la stessa precisione e facilità che se avesse tagliato le rape per lo stufato, e poi, prima che la testa rotolasse a terra, spostava con un calcio il corpo che ancora si contraeva, per far posto alla vittima successiva. Io rimasi in sella, sebbene l'odore del sangue rendesse nervoso il mio cavallo, mentre gli Uqukadi guardavano la scena in un silenzio inorridito: mi rendevo perfettamente conto di ciò che dovevano provare.

Quando tutto fu finito, l'aiuto cuoco raccolse le teste tagliate e le mise in un gran sacco di cuoio: le avremmo inviate al re che ne sarebbe stato felice.

«Non piangete per loro» dissi agli Uqukadi, indicando con un gesto i tronchi senza testa che giacevano ai miei piedi, qualcuno ancora scosso da fremiti come una marionetta di legno. «Vi hanno condotto alla rovina e io vi ho fatto una cortesia a liberarvi di loro. Adesso ascoltate le condizioni alle quali il grande re di queste terre vi permette di conservare le vostre miserabili vite: no, non morirete qui ora, sebbene lo abbiate meritato. Che gli uomini siano separati dalle donne, ma che i bambini rimangano con le madri! Avanti!»

Fecero come era stato loro detto, troppo impauriti per fare diversamente. In un attimo furono divisi in due gruppi, gli uomini a destra e le donne a sinistra. Chiamai Lushakin.

«Prendi con te trenta soldati» dissi. «Va' dalle donne e trova quelle che parlano l'accadico: saranno le donne dei contadini dei dintorni e le restituiremo. In quanto alle altre, prendete le giovani fra i dieci e i vent'anni, purché non abbiano figli, e sceglietene una ogni cinque.»

Lushakin non si fece pregare perché l'incarico gli era gradito, e il lavoro fu presto fatto; la gente non si lamentò né pianse, avendo ormai superato lo stadio di queste manifestazioni del dolore.

«Vi ho preso il fiore delle vostre donne» dissi loro. «Le vergini e le giovani spose: non separerò le madri dai loro bambini, ma prenderò le altre. Saranno schiave nella Terra di Assur e moriranno là, con i capelli ormai grigi, nelle case dei padroni. Le avete perdute per sempre. Vi prenderò anche i cavalli e metà delle vostre capre e del bestiame. Guardatevi intorno, possenti Uqukadi, guardate i vostri guerrieri caduti. Pensate alle pene che vi aspettano quando dovrete lottare per sopravvivere fra le vostre montagne deserte. Imprimetevi nella memoria il volto delle vostre donne che non rivedrete mai più, e rallegratevi nella vostra miseria di avere ancora fiato per respirare. Il Potente Re di Assur vi ha concesso la vita per questa volta, e questa volta sola: ricordatelo bene e non sfidate la sua collera una seconda.

«Andate adesso, e se la terza alba vi troverà ancora su questo sacro suolo, io vi massacrerò tutti, anche i bambini che succhiano il latte. Il Re ha avuto misericordia di voi, perché siete soltanto selvaggi ignoranti e non conoscete gli usi delle grandi nazioni, ma non ci sarà pietà per voi se ritornerete. Adesso, via, andate!»

Finché la luce era ancora sufficiente, mandai gli uomini a raccogliere i nostri morti perché potessimo seppellirli con offerte di cibo e di vino. Quella notte potemmo vedere la luce dei fuochi dell'accampamento degli Uqukadi che stavano radunando le loro masserizie e si preparavano al lungo cammino fino alle montagne. Gli uomini migliori erano morti in battaglia e avevano perso le loro giovani donne, i loro beni e la fiducia in se stessi. Non potevano sopravvivere come nazione, ma sarebbero scomparsi, assorbiti da altre tribù. Mai più avrebbero minacciato la Terra di Assur.

«Perché non li hai passati tutti a fil di spada?» Dalla voce di Lushakin capii che trovava una certa debolezza nella mia condotta. «Tuo padre il re non ne sarà contento.»

«Non ritorneranno. Lasciamo che diffondano fra le tribù la notizia della sorte di dolore e di morte che attende chi si avventura nelle pianure di Assur. Il re sarà soddisfatto.»

Scrissi una lettera a Ninive quella stessa sera.

«Al Re mio Signore dal suo servo Tiglath Assur. Possa il Re mio Signore godere di buona salute e possano Assur e Shamash essere favorevoli al Re mio Signore. Il mio Signore ha riportato una vittoria oggi e gli Uqukadi sono come ombre che percorrono la prateria e scompaiono per sempre. Invio le teste dei loro capi; la pianura è cosparsa dei cadaveri dei loro guerrieri. Ho fatto prigioniere le donne e ho preso i cavalli, il bestiame e le capre. Ho mostrato clemenza nel tuo nome cosicché nessuno possa dire che i soldati di Assur sono crudeli per paura...»

Feci partire il messaggero alle prime luci dell'alba: adesso non mi restava che aspettare il verdetto del re sulla mia condotta. Aspettammo parecchi giorni e nell'attesa mandai pattuglie di esploratori ad accertarsi che i barbari avessero veramente lasciato il paese. Gli uomini riposavano, contenti di quella facile vittoria, perché non avevamo perduto più di un uomo su venti. Per tenerli occupati ordinai che fosse costruito un recinto per rinchiudervi le donne prigioniere, legate con una corda intorno al collo. Non furono molestate, poiché le armate di Assur non violentano né saccheggiano, essendo queste cose proibite perché corrompono la disciplina; ma le donne accadiche che avevamo liberato non furono così ansiose di tornare dai loro mariti e si presero volentieri qualche svago. Ogni notte perciò l'accampamento risuonava di risate e di canti e ogni notte io dormivo solo, ricordando il dolce corpo di Esharhamat.

Restammo al nord per tre settimane. Per tutte le campagne si sparse la voce di una grande vittoria sugli Uqukadi e gli uomini arrivarono al nostro accampamento per cercare ciò che i razziatori avevano loro preso. Feci distribuire le capre e il bestiame come mi parve più giusto, mentre tenni i cavalli che sarebbero stati utili per la campagna che avrebbe dovuto iniziare ben presto al sud. I mariti si portarono via le mogli e le figlie, e ogni giorno il chiasso nell'accampamento diminuì. Alla fine, rimasero dieci o dodici donne, che nessuno voleva o che avevano visto morire i loro mariti quando erano state fatte prigioniere. A ognuna di esse detti una dote di bestiame e di denaro che pagai di tasca mia, e alcune di esse sposarono soldati che avevano incontrato i loro gusti: ci avrebbero seguito al sud, perché donne di quel genere erano molto utili in un esercito. Le altre semplicemente sparirono per tentare altrove la loro fortuna. Le donne degli Uqukadi, invece, furono riservate al piacere del re.

Finalmente giunse un corriere che portava messaggi e nuovi ordini da Ninive. Presi la tavoletta che il messaggero mi porgeva, recante il sigillo personale del re, e mi ritirai nella mia tenda domandandomi se sarei tornato a casa in disgrazia. Ma non era il caso che mi preoccupassi.

«Al Signore Tiglath Assur. Potente Principe e amato figlio di tuo padre il re, possa tu godere di buona salute. Le teste dei tuoi nemici ho ordinato che fossero poste sulle picche fuori dalla Grande Porta, affinché il popolo possa conoscere la tua gloria e la forza delle tue armi. Ti sei condotto bene e possano gli occhi della gente delle montagne uscire dalle orbite per il terrore, allorquando sentiranno pronunciare il tuo nome, perché un nemico nobile è temuto più di uno crudele.

«Quando questo mio messaggio ti raggiungerà, l'esercito di Assur sarà già diretto a sud. Procedi in fretta, a marce forzate, perché tu possa raggiungerci nel luogo dove ci saremo accampati, sul Piccolo Zab. Non dar riposo agli uomini, poiché tuo padre avrà bisogno della tua forza e del tuo saggio consiglio, e i suoi occhi stanchi bramano di rivederti. Quest'anno combatterai come *rab abru*, e questo è il minimo che ti è dovuto. Tieni il bottino della tua vittoria per tuo uso e impara a trovare piacere nelle arti delle donne barbare. Raggiungici rapidamente.»

Ero salvo, e perfino promosso di due gradi perché a quanto pareva avevo saltato il rango di *mu' irru*. Adesso avrei avuto al mio comando non un centinaio di uomini, ma un'intera ala dell'esercito reale. Ma cosa dovevo fare e come potevo procedere a marce forzate, con più di cento schiave che avevano le caviglie legate?

Per ogni problema c'è una soluzione e alla fine ebbi l'idea di scrivere a Kephalos perché venisse con una scorta e si portasse via le schiave per venderle sul mercato di Ninive: era un affare che certamente gli sarebbe piaciuto. Detti dunque gli ordini, e alle prime luci del giorno i miei uomini erano pronti a muoversi. Affinché le donne non ci facessero rallentare troppo la marcia, al primo villaggio che incontrammo comprai dei carri agricoli sui quali ne feci salire una metà, perché potessero tutte camminare e riposarsi a turno. Erano nomadi e quindi buone camminatrici, e per tre settimane erano rimaste chiuse nel recinto che avevamo costruito per loro. Sembrarono perciò felici di muoversi e cominciarono a civettare con i soldati comandati a sorvegliarle, in modo così sfacciato che fui obbligato a farne frustare qualcuna per mantenere la disciplina.

Il quinto giorno incontrammo Kephalos sulla strada, dieci *beru* a nord di Ninive, e i suoi occhi brillarono quando lo portai a esaminare il mio bottino che riposava all'ombra dei carri. Le donne cominciarono a starnazzare come oche, squittendo e mostrando il ventre per dileggiarlo, ma il mio coraggioso servo non si scompose.

«Padrone, hai fatto un lavoro eccellente!» esclamò, affondando le dita nella folta barba scura, in un'estasi di ingordigia. «Guarda! Sono quasi bambine e selvagge come animaletti! Le donne delle montagne sono notoriamente molto calde e saranno ottime come prostitute. Conosco alcuni tenutari di bordelli che offriranno...»

«Non le venderai come prostitute, Dotto Medico, le venderai a privati che vogliono delle concubine o serve domestiche o mogli poco costose per i loro figli. Dopo tutto ciò che queste donne hanno passato, la più modesta abitazione di Ninive sembrerà loro un paradiso di lusso, ma non saranno vendute nei bordelli per essere gettate fuori a calci, a morire di fame, non appena i loro seni cominceranno ad avvizzire. Non diventerò ricco in questo modo.»

Kephalos s'infuriò e si strappò le vesti e disse che avrei ridotto entrambi alla mendicità con quelle idee assurde: non era stato egli stesso un prigioniero di guerra e non sapeva meglio di me ciò che era giusto e appropriato fare in simili circostanze? Forse che il mercato delle schiave non era depresso proprio ora, a causa della guerra nel sud? Dove avrebbe trovato tante buone famiglie disposte a far sposare i loro figli con donne che parlavano un dialetto incomprensibile e ignoranti perfino di come si orina per la strada in modo da non dar fastidio a nessuno?

«Guardale, Signore, mature come meloni! Potrei anche tenere le migliori per mio uso. E tu vorresti sciuparle per questi vasai e pescivendoli, uomini che non hanno i soldi neanche per una vergine di trent'anni con i denti guasti? Padrone, temo che tu non abbia seguito le mie prescrizioni e ti sia fatto cuocere il cervello al sole, visto che ti passano per la mente idee così bislacche. Ma, almeno, i cavalli! Signore! Il re tuo padre ti ha donato *tutto* il bottino, perciò lasciami vedere che cosa si potrà fare...»

«I cavalli sono per l'esercito, Kephalos: ne avremo bisogno al sud.»

Questo sembrò farlo impazzire: pestò i piedi per terra, imprecò, e la faccia, solitamente pallida, gli si fece rossa come olio di melograno.

«Per tutti gli dei di Nasso e delle terre occidentali! Io ho una maledizione su di me» gridò. «È una maledizione che io debba vivere i miei giorni come schiavo di un ragazzo sciocco... Perdonami, padrone, ma questa è la pura verità. Sono maledetto fra tutti gli uomini!»

Ma, alla fine, quando vide che ero irremovibile, si accontentò di brontolare per tutta la durata della cena, profetizzando che certamente sarei morto in miseria, tanto era folle il mio comportamento.

«E naturalmente la mia commissione non ammonterà a niente» continuò, osservandomi di sottecchi mentre intingeva le dita inanellate in una bacinella d'acqua, un nuovo vezzo che aveva adottato. «Non ci rifarò nemmeno le spese del viaggio...»

«Un viaggio di dieci *beru*, Kephalos...?»

«Sì, ma bisogna pur viaggiare con un certo decoro, e poi c'è il prezzo della scorta da calcolare. Ma queste sono le cose che faccio per amore del mio sciocco, sciocco giovane padrone!»

Sospirò profondamente e bevve un sorso per consolarsi, ma sembrò che il vino avesse soltanto l'effetto di rendere più profonda la sua malinconia.

«Non so come la nazione potrà prosperare, Signore, se continuerai così anche quando sarai re. Il ricco e il potente sono fatti di...»

Allungai un braccio sulla tavola e lo afferrai per la barba tirandolo verso di me, perché il mio animo si era di colpo riempito di un cupo presagio.

«Che significa, quando sarò re? Parla, schiavo!»

«Padrone, non lo sapevi?» Sgranò gli occhi, pieno di stupore, posando gentilmente le dita sulla mano che pareva volesse strappargli tutti i peli dal mento. «Avevo pensato che il re tuo padre avesse... Vuoi dire che non hai sentito *niente*?»

«Non una parola. Avanti, parla!»

«Gentile Padrone, per favore...» Quando lo lasciai andare, prese l'acqua dalla bacinella e se la versò sulla barba. Ero in agonia per l'attesa, ma egli sembrava non accorgersene.

«Adesso non c'è nessuno sulla tua strada... tranne, naturalmente, il Signore Asarhaddon, del quale si dice che sia un bravo soldato ma niente di più.» Kephalos proseguì studiandomi come se non mi avesse mai visto prima. «E lui stesso... era a casa mia solo due giorni fa, e ha parlato della tua elezione a *marsarru* come di una cosa già fatta. Spera che tu possa procurargli il comando di un reparto di cavalleria.»

«E il *marsarru* attuale? Che dici di Arad Ninlil? Che ne è di lui?»

Il mio astuto schiavo scrollò le spalle robuste come se si trovasse di fronte a una cosa triste ma inevitabile.

«Morto, mio Signore, morto di apoplessia, quando tutti pensavano che sarebbero stati i disturbi di stomaco a mettere in pericolo la sua vita. Morto da una settimana.»

X

Alla sera, non c'era nessuno al campo che non avesse saputo la notizia della morte di Arad Ninlil, e la mattina dopo, mentre mi accomiatavo da Kephalos, lasciandolo con le donne da consegnare al mercato degli schiavi, fui accolto da acclamazioni, come se fossi già stato proclamato erede e il trono fosse vacante. Tutti i soldati di Assur hanno grande riverenza per il re e questi avevano combattuto con me in due campagne. Ai loro occhi, io ero il *marsarru*, senza tener conto che nessun *baru* aveva esaminato le viscere di una capra consacrata per conoscere la volontà del dio.

Quel giorno indossai una tunica rossa, in segno di lutto per la morte di mio fratello, ma questo non impedì ai fanti della mia vecchia compagnia di lanciare un'acclamazione quando uscii dalla tenda alla luce del giorno. «Assur è Re! Assur è Re!» gridarono, come se mi stessero seguendo dal tempio con la corona sul capo. Questo non poteva essere permesso. Montai a cavallo e mostrai il pugno chiuso per intimare il silenzio.

«Non c'è che un re in questo paese!» gridai, fingendo una collera che non sentivo, perché la loro dimostrazione mi aveva in realtà commosso. «Il suo nome è Sennacherib e ci sta aspettando sulle rive del Piccolo Zab. Non siete pronti a marciare in suo aiuto? Pensate forse che gli Elamiti stiano dormendo e che il Sovrano di Assur non sappia come utilizzare il suo esercito? Io parto per stare al suo fianco... che voi mi seguiate o no!»

Voltai il cavallo e galoppai verso il sud, senza affrettarmi, tuttavia, perché trecento uomini non possono levare le tende e prepararsi a marciare in un istante. Una volta fuori vista, lasciai che il cavallo procedesse al passo; i cavalli, secondo la mia esperienza, si mettono a oziare se non sentono lo sprone, e non era passata un'ora dopo mezzogiorno, e io non avevo percorso più di un solo *beru*, quando sentii i miei soldati gridare dietro di me che li aspettassi. Alla fine mi voltai e lasciai cadere le redini.

Non potei fare a meno di ridere quando, dopo circa un quarto d'ora, vidi le loro facce sudate. Lushakin avanzò e a nome di tutti gli uomini mi pregò di perdonarli, dicendo che tuttavia era stato uno scherzo di pessimo gusto lasciarli con i bagagli da preparare e con dodici grosse anfore di eccellente birra aperte, e non ancora bevute, che avevano dovuto abbandonare con gran gioia delle mosche. Risi ancora più forte e lo perdonai anche di questa sua impertinenza. Quel giorno non perdemmo altro tempo e per tutta la durata della campagna non dovetti più sentirmi acclamare come prescelto dal dio.

Eppure, sebbene un uomo possa far tacere altri uomini, non sempre riesce a far tacere la voce del suo cuore. Essere *marsarru*: questo avrebbe esaudito ogni desiderio più ambizioso, nascosto in me in tutti questi anni. Se veramente il re lo voleva, allora mi avrebbe dato Esharhamat in moglie e io sarei vissuto nella gloria e nella felicità. Non sarebbe stata certamente una brutta vita quella che avrei fatto nella casa della successione!

Passarono cinque giorni prima che raggiungessimo l'accampamento del re sul Piccolo Zab, perché le piogge di primavera cominciavano solo allora a diminuire, e ogni piccolo corso d'acqua era uscito dall'alveo lasciando il terreno coperto da uno strato di fango. Potevo soltanto sperare che gli Elamiti avessero avuto tanto buon senso da restarsene tranquilli a casa finché il sole di Assur non avesse reso il suolo così asciutto da permettere a dei gentiluomini di combattere.

Il giorno del nostro arrivo trovai il re che si stava preparando a punire un nobile locale, che aveva cercato di indurre la sua città a ribellarsi contro il suo legittimo sovrano.

«Ah, sei tu, Tiglath? *Rab abru*, conquistatore del nord? Sì? Vieni ad abbracciarmi, figlio mio. Sono felicissimo che tu non abbia perso il divertimento della giornata. Vieni, assaggia una coppa di questo orrendo vino di datteri e raccontami tutte le tue avventure, vuoi?»

Ci sedemmo insieme davanti alla sua tenda, circondata dai soldati che rimasero a guardarci a debita distanza, quasi fossimo animali pericolosi, e il mio reale padre mi versò con le sue mani il vino da un'anfora posata su un piccolo tavolino rotondo accanto a lui. Non era veramente ubriaco, ma il vino, che in verità aveva lo stesso sapore della pece dei barcaioli, gli aveva reso gli occhi lucidi come il marmo. Gli descrissi tutto quanto era accaduto al nord ed egli sorrise, annuendo col capo ed emettendo qualche grugnito d'assenso di quando in quando, ma non sembrava ascoltare con molta attenzione. Non me ne resi conto finché non indicò col dito la mia coppa ancora piena, aggrottando la fronte.

«Non t'interessa il vino, ragazzo? Non è di tuo gusto, eh? Bevilo comunque, perché è forte e ottenebra la mente. Hai mai visto scorticare un uomo prima d'ora?»

«No, Signore, mai.»

«Oggi lo vedrai e anche questa sarà una cosa che non incontrerà il tuo gusto. È meglio bere un po' di vino forte. Coraggio, ragazzo!»

Bevemmo in silenzio, finché un ufficiale nell'uniforme del *quradu* si avvicinò e, mettendosi la mano sul cuore, s'inchinò davanti al re suo Signore.

«Sembra che sia giunto per me il momento di amministrare la giustizia, eh?» Il Signore Sennacherib mi guardò e sorrise, incerto. «Vieni, Tiglath Assur, figlio mio, non dobbiamo trascurare una parte tanto importante della tua educazione reale. Ah! Ah! Ah!»

Ci alzammo e con il braccio intorno alle mie spalle il Signore dei Quattro Angoli della Terra, ormai veramente ubriaco, barcollò verso il suo carro.

«Conduci tu, ragazzo» disse. «Dicono che tu sia bravissimo nel guidare i cavalli e oggi non mi fido troppo di me stesso. Non sarebbe consono alla mia dignità reale andare a finire in un fosso, eh? Ah!»

La città di Ushnur, o ciò che di essa sopravviveva, era a meno di dieci *ashlu* dall'accampamento del re e avremmo potuto facilmente percorrere a piedi una tale distanza impiegandoci lo stesso tempo, se non fosse stato per il fatto che i re non amano camminare quando vogliono essere visti in tutta la loro maestà. Mi ero chiesto come mai gli ufficiali in capo dell'esercito non fossero stati acquartierati entro le mura, finché non vidi che le mura non esistevano più e che le strade della città, quasi totalmente distrutta, erano ingombre di cadaveri.

Tre giorni erano passati da quando i capi si erano gettati

ai piedi di Sennacherib, implorando affinché fosse loro permesso di arrendersi, e ancora si potevano vedere le colonne di fumo levarsi dagli incendi che per ordine del re dovevano continuare a bruciare. Perfino i granai erano stati dati alle fiamme, perché il popolo dovesse soffrire la fame fino al raccolto estivo, ammesso che a quell'epoca ci fossero dei sopravvissuti.

Avevo visto le donne che chiedevano l'elemosina all'ingresso dell'accampamento, e alcune di loro, a giudicare dagli abiti, dovevano essere le mogli di uomini ricchi, ridotte ormai a vendere il proprio corpo per un pugno di miglio.

In un assedio durato meno di un giorno, le armate di Assur avevano ridotto il luogo a un mucchio di cenere e di rovine desolate, schiacciando la città con la stessa facilità con cui si sarebbe schiacciata una mosca. Non riuscivo a capire quale follia avesse spinto alla resistenza i cittadini.

«Ho cacciato con la frusta alcuni dei sopravvissuti perché possano vagare per il paese e raccontare in altre città ciò che è accaduto qui» disse mio padre, sorridendomi soddisfatto, mentre passavamo per quelle che un tempo erano le porte della città. «Voglio che questa sia l'ultima campagna che dovrò combattere nel sud, perciò lascerò queste terre nella più completa desolazione. Le genti dalla testa nera sapranno che il loro padrone è a Ninive, non a Susa. Vedi come si curvano davanti a noi, figlio mio? Non dimenticheranno tanto presto il nome di Sennacherib!»

Scendemmo dal carro e ci portarono due sgabelli perché potessimo sederci al centro di una folla di infelici che i soldati avevano radunato per assistere all'esecuzione del loro ultimo Signore. Uomini e donne senza differenza ci guardavano con quel timore e quell'abbattimento, quell'abbietta infelicità che supera ogni paura, perfino quella della morte. Non credo che fosse rimasta in loro nemmeno la forza per odiarci.

«Portatelo qui!» gridò il re con voce forte e vigorosa, come si conveniva a un conquistatore, voce nella quale aveva messo anche un tocco d'impazienza, come se quella fosse una questione di scarsa importanza, quasi non degna della sua attenzione, comportamento questo tanto necessario in un re. «Portatelo qui! E che il popolo veda ciò che l'insensata follia di questo spergiuro gli ha procurato.»

Una fila di soldati si aprì e l'uomo fu spinto in avanti, nudo e sparuto, meno per la fame che per le sofferenze; gli uomini che hanno sopportato torture prolungate hanno tutti quell'aspetto sfinito. I polsi e le caviglie erano incatenati e sembrava reggersi in piedi a malapena. Me ne stupii, finché non vidi che le sue impronte nella polvere erano rosse di sangue: la pelle della pianta dei piedi gli era stata strappata a colpi di staffile. Non poteva nemmeno parlare, a quel che pareva, e neppure riusciva a guardare in faccia il re mio padre. Chiaramente era un uomo finito.

«Dov'è Kudur-Nahhunte adesso, o Marduknasir?» gli domandò il re, aspettando una risposta che non venne. «A Susa, ecco dov'è, che si nasconde la faccia fra le gonne di sua madre! Dove sono i tuoi padroni elamiti ai quali hai abbracciato le caviglie? Non qui Signore, non qui. Qui ci sei solo tu... tu e io. E fra mezz'ora sarai un cadavere spellato e la tua pelle sarà inchiodata a quella tana che tu chiami palazzo, o meglio ciò che resta di esso. Sì, così sarà.»

I carnefici attendevano con le braccia conserte sul petto massiccio. In ogni esercito ci sono uomini addetti soltanto a questo compito, sempre evitati dai soldati loro compagni e sempre simili fra loro: grandi masse di muscoli, dagli occhi piccoli e dal sorriso idiota. Quel giorno ce n'erano due, e uno di essi afferrò la catena che legava Marduknasir, costringendolo a inginocchiarsi, mentre l'altro piantava a colpi di martello paletti di ferro nel terreno, ai quattro angoli di un quadrato di circa tre passi di lato. Quando ebbe finito, la vittima fu trascinata al centro e incatenata per le braccia e le gambe ai quattro paletti, le catene così tirate da rendergli quasi impossibile ogni movimento. Era tempo di dare inizio all'opera.

Cominciarono dalla mano sinistra di Marduknasir. Il carnefice si sfilò dalla cintura un coltello di rame dalla lama intaccata in alcuni punti, ma abbastanza affilata. Iniziò a tagliare dalla punta del dito medio, scendendo poi lungo il palmo, mentre il secondo carnefice versava un rivolo d'acqua sulla ferita che andava sempre allungandosi, in parte per lavar via il sangue, ma soprattutto per accrescere le sofferenze dello sciagurato. Fu fatta poi una seconda accurata incisione dalla punta del pollice al polso, dopodiché il boia cominciò a staccare la pelle rovesciandola, finché non l'ebbe sfilata completamente dalla mano in un solo pezzo, comprese le unghie. Poi, dopo aver tolto per un momento l'anello che stringeva la catena, continuò con il braccio.

Non ho mai sentito nessuno urlare come fece Marduknasir. Forse non aveva mai veramente creduto che gli sarebbe stato inflitto questo supplizio perché, nelle strida animalesche che lanciava, c'era una certa nota d'incredulità piena di panico, come se stesse sperimentando, oltre al dolore fisico, anche il terrore dell'imprevisto, il colpo mortale inferto nel buio.

Ma ben presto anche questo passò, quasi che con la pelle fosse strappato via ogni resto di umanità di Marduknasir, ridotto a una cosa capace di soffrire e niente altro.

La folla osservava in un cupo silenzio. Se qualcuno della famiglia di Marduknasir era lì ad assistere, non si fece riconoscere, probabilmente preso dalla paura; questo era appunto lo scopo di quella tortura: terrorizzare il nemico. Il re e io sedevamo abbastanza vicino da poter avvertire l'odore del sangue che scorreva sui muscoli frementi, esposti alla vista, ma il nostro volto non rivelava niente.

Fu una faccenda lunga quella esecuzione, i carnefici non avevano fretta. Marduknasir, se ancora si poteva dare un nome a quella massa di carne sanguinolenta, resistette almeno fin tanto che la pelle non gli fu tolta dal petto e dalle cosce, perché si lamentava gemendo sommessamente e inconsapevolmente. Quanto vivesse dopo solo il dio lo sa: non era rimasta che la contrazione delle sue membra. Finalmente i carnefici si rialzarono: uno di loro, coperto di sangue e sorridente — ricordo bene il suo sorriso — reggeva in mano, come un abito che volesse offrire in vendita, l'intera pelle, perfino la faccia con i capelli e la barba.

«Inchiodatela alle mura della sua casa» disse il re, alzandosi dallo sgabello. Adesso era sobrio e non sorrideva più. «Mettete una guardia affinché nessuno possa darle sepoltura. Date i resti in pasto ai cani.»

L'esecuzione di Marduknasir fu come un presagio di ciò che sarebbe stata la campagna di quell'anno, perché il re non mostrò pietà a nessuno di quanti gli resistevano. Bruciammo i villaggi e saccheggiammo le città, mandando in esilio i superstiti dopo aver impalato i loro capi.

Gli Elamiti attraversarono la riva occidentale del Tigri soltanto una volta in difesa dei loro alleati, scontrandosi con noi in un luogo chiamato Lagas: ricordo che c'era un lago nelle vicinanze dove andai con Asarhaddon a nuotare il giorno prima della battaglia, che fu terribile, anche se non come a Khalule. Dopo questa incursione, che gli annali non mentono nel definire una vittoria del Grande Sennacherib, Kudur-Nahhunte si ritirò nelle montagne delle sue terre dove morì poco dopo per mano dei suoi sudditi. Sarebbero passati molti anni prima che l'Elam, indebolito e demoralizzato, si avventurasse nuovamente a fomentare la ribellione fra i suoi vicini.

Ma il seme della rivolta si era profondamente radicato fra i popoli dalla testa nera e la guerra che ingaggiammo contro di loro per distruggerlo fu dura e brutale. Non si trattò di una guerra fatta di battaglie campali, ma di assedi contro città fortificate, un tipo di guerra per la quale i soldati di Assur sono più dotati di quelli di ogni altra nazione, ma era pur sempre un modo crudele per costringere il paese a sottomettersi, e noi trovammo la sola giustificazione nella speranza che questa fosse l'ultima volta che avremmo avuto bisogno di essere crudeli.

Eppure non pensavamo a giustificazioni di sorta, ma soltanto alla vittoria e al ritorno a casa. Una campagna lunga inaridisce ogni sentimento di pietà nel cuore degli uomini, ma noi giungemmo a odiare veramente i popoli del sud, odiarli per ciò che ci avevano fatto soffrire e per ciò che ci costringevano a far soffrire a loro. Il carnefice impara a odiare le sue vittime e la guerra ci aveva trasformato in carnefici.

Questa fu la spedizione in cui Asarhaddon imparò l'arte della guerra. Era un bravo comandante di cavalleria, coraggioso, creativo e tenace, tanto ostinato in battaglia che i suoi uomini lo soprannominarono "il Mulo", ma credo purtroppo che non avesse mai imparato a distinguere i limiti di ciò che poteva ottenere con la forza. Non capì mai che i popoli conquistati devono poter venire a patti con la propria sconfitta, altrimenti la vittoria è inutile. Non imparò a essere altro che un soldato, e per questo la Terra di Assur dovette a suo tempo pagare molto duramente.

Il Signore Sennacherib vedeva queste cose e nel suo animo si faceva avverso a mio fratello che non riuscì mai ad amare, proprio come Sinahiusur aveva detto, e Sinahiusur era un uomo saggio.

Eppure, essendo re, conosceva i doveri di un sovrano e sapeva che i diritti del suo reale figlio non potevano essere semplicemente ignorati. Mentre quindi mi onorava chiamandomi a far parte del suo consiglio di guerra e in seguito di quel circolo di consiglieri più intimi che lo aiutavano a governare il mondo da una tenda da campo nelle paludi del basso corso dell'Eufrate, onorava anche Asarhaddon, ma sempre su un gradino più basso del mio. Divenni consigliere del re e suo emissario, e rappresentai il mio Signore trattando con principi sovrani da loro pari, e Asarhaddon divenne... che cosa divenne? Che cosa anzi gli fu permesso di divenire, se non un soldato la cui voce non è ascoltata da nessuno tranne che dalle sue truppe? «Quando andrai a parlamentare con i capi di Umma» disse il re «prendi con te ''il Mulo''.» Il soprannome lo faceva sorridere e non credo che lo interpretasse come un complimento. «Forse, se gli faremo vedere come si comportano i gentiluomini, riusciremo a farne qualcosa di più di un bravo stalliere.»

Io ascoltavo in silenzio: non era mio compito dire al re che si stava sbagliando sul conto di suo figlio, e me ne andai alla ricerca di Asarhaddon.

Mio fratello si dispiaceva di essere così mal giudicato? Sembrava che nemmeno se ne accorgesse, non diceva niente, ma non credo che fosse tanto ottuso da non risentirsi della trascuratezza disdegnosa del re.

Non era contento? Non eravamo forse diventati ciò che avevamo sognato da ragazzi, due braccia armate pronte a stritolare i nemici di Assur? Sì, questo eravamo, e ci volevamo bene come un tempo, con la perfetta fiducia dei bambini, ma Asarhaddon non sarebbe stato un essere umano se non si fosse risentito della preferenza usata verso di me, anche se non c'era molto che potessi fare per rimettere a posto le cose.

Andai dunque a cercarlo affinché noi due insieme facessimo sentire ai nobili di Umma la gloria di Assur. Asarhaddon era effettivamente bravo in questa sorta di diplomazia, perché, grazie al semplice espediente di non aprire bocca, riempiva di paura l'animo degli uomini comuni, e io avevo imparato già da tempo che questi nobili del sud non erano altro che caprai vestiti a festa. Perciò, mentre io intessevo il mio discorso con minacce e promesse, descrivendo loro la misericordia del mio re e il terrore della sua ira, Asarhaddon se ne rimaneva silenzioso alle mie spalle, solido e impenetrabile come una muraglia, e i capi di Umma ascoltavano lui quanto me.

«Sei un serpente» diceva Asarhaddon. «Tu sibili come una vipera e loro se la fanno addosso dalla paura.»

«Sì, ma soltanto perché vedono te e s'immaginano le tue dita massicce strette intorno al loro collo. Non si è mai conquistata una città solo con qualche trucco, fratello.»

«Forse no, ma se mai lo sarà, tu ci riuscirai certamente.»

I capi chiesero mezz'ora di tempo per considerare le nostre richieste: noi aspettammo fuori dalle mura e, trascorsa la mezz'ora, le porte si aprirono e il principe ne uscì, il Signore sovrano la cui casa aveva regnato a Umma per quattrocento anni, vestito di stracci e con la corda già annodata al collo.

Quella campagna vide la distruzione di molte città, mura abbattute, palazzi rasi al suolo, mogli e figlie di re bruciate negli incendi. Sulla nostra scia lasciavamo morte e carestia, perché il Signore Sennacherib voleva che tutte le genti di quelle terre imparassero chi era il sovrano nei territori fra i due fiumi. Questa era la sua volontà, e poiché con la sua voce parlava lo stesso dio, tutti dovevano ubbidire.

Ciò nonostante risparmiò Umma. Perdonò il principe, il quale si prosternò a baciare i piedi reali, e lo restituì alla vita e agli onori, e non era per semplice capriccio, perché il re sapeva che gli uomini non devono essere spinti alla disperazione.

«Avrebbe dovuto impiccarlo» brontolò Asarhaddon mentre sedevamo insieme al banchetto offerto al conquistatore di Umma dal suo principe. «Avrebbe dovuto lasciarlo penzolare dalle mura della città finché la corda non fosse marcita. Per i sessanta grandi dei! È veramente una porcheria il vino che ci serve questo traditore.»

«Sei di cattivo umore perché non hai avuto una donna da due mesi, ma non temere, ho fatto in modo che tu abbia la tua parte di bottino. Il principe ha avuto una tale paura per essere andato tanto vicino alla morte, che ha pensato bene di riempirci di ricchi doni. Io ho scambiato qualche parola con il suo ciambellano e tu avrai due sorelle del suo harem. Donne egiziane, molto esperte.»

«No, non è per questo che sono di cattivo umore... due sorelle, dici? Non saranno gemelle per caso?»

«No, non sono gemelle. C'è un anno di differenza. Allora, che cosa ti preoccupa, fratello? Io credo che perfino il Mulo sia stanco di stare a osservare le città ardere come i fuochi delle cucine.»

«Sì... no. Come posso sapere cosa mi stanca e cosa no? La Signora Tashmetum-sharrat è morta, morta di dolore per suo figlio, una perdita che a quanto pare nessuno ha sentito tranne lei. Lo sapevi? L'ho letto meno di un'ora fa in una lettera di mia madre.»

«No, non lo sapevo.»

Gettai uno sguardo a capotavola dove il re sedeva, intento a raccontare una storiella, e tutti intorno a lui ridevano fragorosamente ancor prima che la storia fosse finita, e il re con loro, interrompendosi per poter condividere il divertimento: non aveva l'aspetto di un uomo che abbia da poco perduto la moglie, ma forse la notizia non gli era ancora arrivata.

Eppure, come era possibile che non avesse saputo niente? Io ricordavo una signora dallo sguardo assente, sdraiata su un divano mentre le sue donne le facevano vento, sorda a ogni richiamo della vita. Sì, certo, perché non avrebbe dovuto morire di dolore, povera creatura negletta? E perché il re avrebbe dovuto turbarsi per la sua scomparsa?

«Che cosa non sapevi? Che la Signora Tashmetum-sharrat fosse morta o che mia madre sapesse scrivere?» Asarhaddon mostrò i denti in un largo sorriso, dandomi una gomitata per sottolineare la sua battuta spiritosa. «Ha uno scriba che le scrive le lettere. Adesso può permetterselo.»

«Sì, certo, perché adesso è...»

«Sì, è la Signora del Palazzo. E tu ti domandi perché il mio animo sia amareggiato. Il re avrebbe dovuto far impiccare quel traditore e invece guarda quanti sorrisetti gli fa! Sorelle, hai detto, ma non gemelle?»

«No, non gemelle.»

«Ma sono almeno un po' streghe? Conoscono le arti della negromanzia? Sanno fare qualche magia?»

«Forse non quelle che vorresti tu.»

«Se sono egiziane conoscono le arti magiche, tutte le egiziane le conoscono: le imparano dalle loro madri.»

«Allora, forse, una di loro, o anche tutte e due, sono streghe.»

«Assur è buono con gli umili!»

Ritornai a Ninive soltanto nel mese di Ab, quando il sole del Signore Assur fa ardere la terra finché la sua superficie diventa dura come se fosse fatta di mattoni. Il re di Babilonia non era sceso in campo contro di noi quella stagione, ma aveva tenuto il suo esercito chiuso entro le mura della sua città e questo aveva irritato terribilmente Sennacherib. Nessuno poteva dirsi padrone di Sumer se i suoi soldati non controllavano le vie di Babilonia, e il mio reale padre sapeva che tutte le sue vittorie, tutti i tributi versati nelle casse dello Stato, tutti gli atti di sottomissione ricevuti da parte di re minori, non significavano niente se non avesse potuto tornare in patria lasciando uno dei suoi fedeli sul trono di Babilonia. Attendeva quindi con impazienza che le nuove compagnie in addestramento al nord arrivassero a grande velocità per l'attacco finale. Mi inviò dunque a Ninive affinché provvedessi a far eseguire il suo ordine.

Viaggiai con una scorta di dodici uomini, cavalcando senza riposo durante le ore di luce, e sul finire dell'ottavo giorno giungemmo in vista delle grandi mura. Quella sera entrai in città indossando l'uniforme di soldato semplice affinché il mio ritorno non desse adito a falsi rumori: una grande città è come una donna e presta fede alla minima voce di disgrazia che arriva alle sue orecchie.

Ma se avevo pensato di tener segreto il mio arrivo allo schiavo Kephalos, mi ero sbagliato. Era lì, sulla porta dell'alloggio degli ufficiali quando uscii alla luce del mattino e fu così rapido nell'inginocchiarsi ai miei piedi che quasi inciampai su di lui.

«Padrone! Possano gli dei assicurarti mille vite!» esclamò mentre lo aiutavo a rialzarsi. Sembrava più grasso ogni volta che ci vedevamo e quella mattina il suo peso era quasi superiore alle mie forze. «Devi perdonarmi, ho avuto notizia del tuo arrivo soltanto un'ora fa.»

«Non riesco per la verità a capire come tu l'abbia avuta, considerando che ho fatto di tutto per tenerlo nascosto. Se il sistema d'informazioni del re fosse buono come il tuo, il suo governo si estenderebbe ben oltre il Fiume Amaro.»

Mentre camminavamo per le vie della città, notai che la gente faceva largo intorno a noi e s'inchinava davanti a me.

Era un'esperienza nuova: quasi tutti sembravano sapere chi fossi, perché certamente la semplice uniforme di *rab abru* non avrebbe suscitato tanto rispetto. Kephalos faceva finta di niente, ma notai che camminava tutto impettito, avanzando fra la folla con la dignità di un grande principe.

«Vedi, Signore» disse alla fine, a mezza bocca, perché riconoscere la cosa apertamente sarebbe stato in contrasto con la gravità del suo portamento. «Non c'è un cane in tutta Ninive che non conosca il futuro re.»

«E, lasciando perdere la questione della tua impudenza nel definirmi tale, come mai i cani di Ninive riconoscono in questo umile soldato il loro *marsarru*?»

«Perché è un fatto ben noto che il medico Kephalos è lo schiavo del grande Tiglath Assur, che Istar, la Signora delle battaglie, ama come un figlio.»

«E naturalmente ogni cane di Ninive conosce il medico Kephalos di vista.»

«Naturalmente.»

Naturalmente, mi dissi: era probabile che ormai la maggior parte di loro gli dovesse del denaro.

Era stato un bene che non avessi rotto il digiuno quella mattina, perché Kephalos aveva peparato un vero banchetto nella sua casa vicino alla Porta di Adad. C'era pane, vino, birra, formaggi e frutta di varietà mai viste prima, e a servire, notai, erano tutte donne e molto giovani anche, le quali parlavano fra loro una lingua che non riuscivo a riconoscere.

«Uqukadi» bisbigliò Kephalos guardandosi attorno. «Il mercato degli schiavi non è molto favorevole per quanto riguarda le bambine, perciò me ne sono tenute una quindicina per me, a scopo di speculazione. Naturalmente ho scontato un po' il loro valore sui miei libri contabili, dato che avrò io il carico del loro mantenimento, ma vedrai, Signore, che non ti ho derubato oltre i limiti della decenza. Fra pochi anni, quando le loro grazie saranno un po' più appariscenti, otterremo un buon prezzo vendendole.»

Sorrise compiaciuto, come se si aspettasse le mie congratulazioni per la sua sagacia.

«E dove hai nascosto la bella Philinna, dolce come un fico?»

«Oh, non mi parlare di lei, Signore. Anche in questo momento se ne sta sul mio letto a russare come un bufalo. Quest'anno non ho ottenuto da lei un solo giorno di onesto lavoro, si è messa in testa che io non possa vivere senza le sue carezze: ma io posso, padrone, e in effetti ho vissuto e vivo benissimo senza di lei, e anche per questo motivo ho voluto riempirmi la casa di queste bambine e delle loro risatine, sperando che avrebbe raccolto la sfida, ma invano. Tu sei stato fortunato, padrone, hai imboccato la strada giusta: vivere la vita del soldato, restando sempre in compagnia di uomini, è questo il solo mezzo per godere un po' di pace.»

Mi misi a ridere, molto divertito all'idea di Kephalos che si godeva un po' di pace nel mezzo di un affollato e maleodorante accampamento militare e nell'immaginarlo vittima delle donne, poiché Kephalos, lo sapevo benissimo, non sarebbe mai stato vittima di nessuno a lungo.

«Nonostante tutto, abbiamo fatto buoni affari col tuo bottino, Signore, e se tu non fossi già un principe, oggi potresti sentirti autorizzato a vivere come tale. In quanto a me, certamente, niente mi obbliga a lavorare se non la preoccupazione per il tuo benessere e, naturalmente, quell'ingordigia senza fondo che è la gioia e il dolore di ogni vero greco. Tu sei diverso perché la discendenza materna è meno importante.

«Ho lasciato trapelare la notizia che tu ti eri portato a letto tutte quelle donne uqukadi, notizia che le schiave si sono ben guardate dallo smentire tanto l'idea le lusingava, e tale è la credulità degli Assiri che la storia è stata creduta. Più di cento donne, immagina! Che stolti! L'asta di conseguenza è stata molto combattuta perché a qualsiasi briccone piace credere di poter mangiare gli avanzi di un principe. Tu sei molto popolare in città, Signore, e dal momento che eri assente e che nessun sospetto sulla morte di Arad Ninlil si è potuto attaccare alla tua persona...»

Questa fu la prima volta che io sentii parlare di ciò di cui in città si discuteva liberamente, e cioè che il *marsarru* era stato avvelenato. Sembrava che quando i medici avevano cercato di muovere il corpo, dal naso e dalla bocca fosse uscito un liquido denso e nerastro, liquido che aveva causato in poche ore la morte di un cane al quale ne erano state cacciate in gola alcune gocce.

Naturalmente non c'erano state altre indagini: l'assassinio di un principe è un affare privato del re e non si deve nemmeno prendere in considerazione la possibilità di un simile evento; quindi nessuno è mai portato davanti ai giudici. Se il Signore

Sennacherib aveva i suoi sospetti, se li teneva per sé, pronto però a colpire come e quando avrebbe voluto. Mi era sembrato strano che durante tutto il tempo che avevamo passato insieme dopo il mio ritorno dal nord, il mio reale padre non avesse mai menzionato, nemmeno di sfuggita, la morte di suo figlio, come se Arad Ninlil, sfavorito dagli dei, non fosse mai esistito

Tornai alla casa della guerra con l'animo cupo e con l'impressione di essere avvolto in una ragnatela, invisibile ma resistentissima.

Per chi si stava aprendo la via del trono? Per me o per Asarhaddon? La morte aveva già falciato fra i principi reali e adesso sembrava addirittura che qualcuno stesse aiutando la Signora Ereshkigal a fare il suo lavoro.

Per parecchi giorni fui occupato con il nuovo esercito del re. E fu un bene, perché m'impedì di trovare il tempo per pensare. Soltanto una volta mi concessi il lusso di un giorno e una notte ai Tre Leoni per fare visita a mia madre, la quale, naturalmente, non aveva sentito né saputo niente ed era perciò felice di rivedermi come una qualsiasi madre il cui unico figlio stia combattendo in guerra. Passai un giorno e una notte con la sola donna di mia conoscenza il cui cuore non fosse pieno di trame e di intrighi, e quando montai a cavallo per rientrare a Ninive mi sentii come se stessi per tornare a commettere qualche azione impura.

E naturalmente mi recai da Esharhamat, anche se una sola volta, Esharhamat che teneva il mio cuore nei suoi lacci così saldamente che mai avrei potuto liberarmi.

Ma quel giorno non ero il suo solo visitatore. Quando entrai nel giardino la trovai seduta vicino alla fontana; con lei c'era un'altra donna, vestita di una tunica nera trapuntata d'argento che brillava come un cielo notturno. Anche lo scialle che portava sul capo era orlato d'argento. La donna si voltò a guardare chi stesse arrivando e sorrise, come se si fosse aspettata di vedermi. Riconobbi la Signora Naq'ia.

Erano passati molti anni da quando l'avevo vista da bambino, quando mi faceva paura come uno scorpione. Adesso non era più giovane, ma ai miei occhi di adulto era più giovane della donna pericolosamente bella che aveva governato per anni la casa delle donne, simile alla Semiramide di un tempo; mi pareva anche più piccola, ma questo era un effetto della memoria. Esharhamat e lei sedevano l'una accanto all'altra, apparentemente intime come madre e figlia. Poteva continuare a sorridere all'infinito, ma io sapevo che eravamo destinati a essere nemici fino alla morte. Mi misi la mano sul cuore e m'inchinai.

«Sei cresciuto, Tiglath: posso ancora chiamarti con questo nome, Temibile Principe?» Le scintillarono gli occhi di malizia per un istante, poi continuò, senza aspettare la risposta. «Eppure, sebbene la tua fama riempia la terra, credo che ti avrei riconosciuto ovunque. Tua madre sta bene?»

«Sì, Signora. È felice e spero che lo siate anche voi.»

«Sì... anch'io lo sono.»

Il tempo era stato benigno con la Signora Naq'ia, la cui bellezza, non più celata nella casa delle donne, aveva colpito tutta la città come una rivelazione.

Era però la sua una bellezza che dava una sensazione di pericolo ed era impossibile non intuire come quella donna fosse priva di scrupoli e incapace di affetti, avendo conosciuto soltanto passioni senza sentimenti. Non mi era difficile capire come mai mio padre, come mi aveva lui stesso raccontato, avesse pagato ben cinque talenti d'argento per possedere questa bellezza selvaggia dagli occhi neri, ma se mai l'aveva amata, non potevo che compiangerlo.

«Forse, Tiglath, mi porti qualche messaggio da parte di mio figlio?» Sorrise nuovamente, quasi trovasse il chiedermelo una debolezza ridicola. «Gli ho scritto qualche settimana fa, ma naturalmente non ho avuto una risposta. Tu certo capirai che una madre è sempre pronta ad aspettarsi il peggio.»

«La cosa più terribile di cui soffre è la noia, Signora. In questa campagna si combatte una guerra di assedi, e questo significa che Asarhaddon, come comandante di cavalleria, non ha molto da fare, anche se lui morde il freno e vorrebbe stupirci tutti con qualche impresa eroica.»

Le rivolsi un sorriso: non mi costava niente e non la odiavo al punto da farla soffrire al pensiero di suo figlio, il mio migliore e più intimo amico.

«Tu mi hai dato il dono più bello che si possa dare, la pace dell'animo.» Si alzò dal sedile e mi porse la mano che presi automaticamente. «E la mia ricompensa sarà di lasciarti solo con questa signora: so che lo desideri più della gloria e delle ricchezze. Addio, Tiglath Assur, favorito dai grandi dei!»

Un istante dopo, quando quell'ombra nera passando fra di noi se ne fu andata, mi volsi a Esharhamat, la quale mi guardava con occhi neri e profondi come la morte stessa.

«Ora che è la Signora del Palazzo viene qui spesso: sembra che mi consideri già come sua nuora.»

Quegli occhi, avrei potuto guardarli per sempre. Avrei potuto perdermi in essi fino a svuotarmi di ogni pensiero, fino a non avere altro desiderio che diventare io stesso una parte di lei. Quegli occhi mi parlavano nel linguaggio segreto del cuore, eppure non dicevano niente, niente il loro silenzio lasciava trapelare se non la certezza che nascondevano segreti che mai avrei potuto indovinare.

Che hai fatto? Sentivo nel silenzio del mio animo formarsi la domanda che le rivolgevo pur senza parlare. *Esharhamat, che amo più della mia vita, nella tua passione che ti rende cara anche alla voce sommessa del dio, che cosa hai fatto, o forse soltanto che cosa hai accettato?*

«Ti avevo chiesto che cosa facesse qui la Signora Naq'ia, Esharhamat? Non lo ricordo.»

Un istante dopo fu tra le mie braccia e le nostre labbra si cercarono con una tenerezza appassionata che fugò ogni mio dubbio: forse nella mia mente si era agitato qualche timore? Lo dimenticai sentendo il suo corpo premersi contro il mio. Dimenticai, o cessai di preoccuparmene, sapendo soltanto che dovevo accettare il suo amore a qualunque condizione me l'avesse offerto.

Se ci fu peccato, allora in quel momento presi su di me la colpa, facendolo mio insieme a Esharhamat.

«Mi ami ancora?» mormorò, attirandomi a sé così che potevo sentire il suo alito caldo contro il mio orecchio. «Ti ho forse perduto per sempre, Tiglath Assur, favorito dai grandi dei, o c'è ancora una piccola parte di te che ricorda il nome di Esharhamat?»

Non aveva bisogno di udire la mia risposta, l'aveva già. Mentre sedevamo vicino sul bordo della fontana e le mie mani accarezzavano il suo corpo, il sangue mi batteva nelle tempie come i tamburi di guerra degli Elamiti, ed ero perduto a ogni senso dell'onore e della ragione. Non m'importava di niente se non di lei, del profumo dei suoi capelli, delle curve dei suoi seni sotto le mie dita, della sua piccola lingua che si muoveva fra le mie labbra come un insetto sul calice di un fiore. M'importava soltanto di questo momento e l'anima e il corpo erano in me diventati una cosa sola.

Poi, all'improvviso mi respinse.

«Ho pensato» disse «non ho fatto altro che pensarci...»

«Sì, anch'io... di notte... il tuo dolce corpo...»

Ero quasi soffocato dal desiderio: cercai di baciarle la gola, ma improvvisamente non mi apparteneva più, apparteneva soltanto a se stessa.

«Andrò al tempio di Istar. Tu mi aspetterai là con la sacra moneta d'argento.»

Passarono parecchi secondi prima che riuscissi ad afferrare ciò che intendeva dire. Guardandola in viso, così deciso e duro, come fuso nel bronzo, non ero più in grado di capire chi fosse. Chi era questa donna che amavo di quell'amore ingovernabile? Era veramente Esharhamat? Non lo sapevo più.

«È un dovere per ogni donna, dalla più umile alla più altolocata. Perché non potresti essere tu a rompere il sigillo della mia verginità, Tiglath Assur, che amo come amano gli dei, come ama il re? Tu, che salirai sul trono dopo di lui, perché non potresti essere tu?»

«Perché è proibito. La Signora Istar vuole che solo un estraneo possa...»

«La Signora Istar è Regina delle battaglie e ti ha eletto a suo favorito: che cosa non perdonerebbe...?»

«Questo. Questo non lo perdonerebbe mai.»

Non indugiai a Ninive, non osavo. Non appena i soldati delle nuove armate reali si furono tolti dalla faccia la polvere del terreno di parata, impartii l'ordine di tenersi pronti a marciare all'alba. Mi lasciai alle spalle l'amore e la passione per andare incontro a fatiche e pericoli, ma preferii fuggire da Ninive come dalla morte.

Dopo tre giorni di marcia un messaggero mi raggiunse con

l'ordine di riunirmi al grosso dell'esercito sotto le mura di Babilonia.

Babilonia! Ci eravamo arrivati, dunque: la più grande città del mondo, e le nostre armate erano accampate davanti alle sue porte!

«Resteremo qui a vederli morire di fame» mi disse il re. «Taglieremo i rifornimenti di cibo e non le faremo arrivare che acqua fangosa da bere. Questa, Tiglath, è la città che ha venduto mio figlio agli Elamiti e non m'importa quanto dovrò aspettare. Babilonia ha un grosso debito con me e, per i grandi dei, glielo farò pagare!»

Babilonia: la città di Marduk, dalle mura alte settanta cubiti e rivestite di mattoni cotti, dalle porte più belle del mondo. E noi l'avremmo umiliata, le avremmo tolto la vita! Il tempo non aveva importanza, i mesi si sarebbero trascinati uno dopo l'altro, le stagioni delle piene sarebbero arrivate e passate. Il Re nostro Signore aveva deciso nel suo animo di conquistarla, vendicando così il figlio primogenito.

E così l'armata che avevo condotto da Ninive si accampò, aspettando il piacere degli dei.

XI

Per quindici mesi l'esercito del Signore Sennacherib strinse Babilonia in una morsa come un otre di vino nuovo. Ci accampammo sulla pianuta intorno alle sue mura che sembrava non avessero fine; scavammo canali affinché il possente Eufrate che attraversava la città fosse ridotto a un rigagnolo fangoso, mietemmo i raccolti e macellammo gli animali. Un vanto della città era che perfino un cane fosse libero a Babilonia, ma che restava della sua famosa libertà ora che era essa stessa circondata così strettamente da non poter nemmeno respirare? Gli abitanti mangiarono i cani e perfino l'erba che cresceva fra il selciato e le vie, e mentre la città agonizzava, noi aspettavamo: come avvoltoi, l'accerchiavamo aspettando.

E per quindici mesi Asarhaddon e io non lasciammo mai l'accampamento, mentre il re tornò a Ninive per l'inverno. Nemmeno i soldati semplici avevano modo di dimostrare il loro valore, tranne quando sferravamo occasionalmente un attacco contro qualche città insorta in aiuto di Babilonia. Ma per la maggior parte del tempo, e per mesi interi, i Caldei rimanevano nelle loro paludi, gli Elamiti sulle loro montagne e i grandi di Sumer restavano tranquillamente chiusi nei loro palazzi, in attesa di vedere se la regina delle città sarebbe effettivamente caduta. Aspettavamo tutti: l'esercito e il mondo intero, e in questo frattempo Asarhaddon e io restavamo al sud.

Non eravamo però in ozio. L'assedio di una grande città richiede pazienza, è vero, ma non ci si limita a piantare le tende e ad aspettare. I soldati di Assur, che erano maestri in questa specie di guerra, si toglievano le tuniche e, nudi fino alla cintola e bagnati di sudore, scavavano nella terra come volpi.

Babilonia è una città ancor più grande di Ninive e occorrono gambe molto buone per fare il giro delle sue mura nel tempo che intercorre fra mezzogiorno e il tramonto del sole, quelle mura torreggianti sulla pianura come pareti di una montagna e circondate da un fossato ampio come un fiume. Il fossato non costituì un grosso problema, per prosciugarlo bastò deviare il corso dell'Eufrate in un canale, ma le mura imparammo a odiarle. Io ci sono salito sulle mura di Babilonia e so che i viaggiatori dicono il vero quando affermano che due carri potrebbero procedere affiancati sul camminamento che corre lungo la sommità. E le sue porte costituivano vere trappole perché gli attaccanti rischiavano di essere risucchiati all'interno per mezzo di un ponte levatoio, per essere poi uccisi dagli arcieri appostati più in alto.

Ma un muro non è altro, in fondo, che una serie di mattoni posti l'uno sopra l'altro e non è più solido del terreno sul quale è edificato. Scavammo perciò gallerie sotterranee cominciando in punti tanto lontani che i Babilonesi non potevano colpirci con le loro frecce, e attaccammo le mura dal di sotto, finché improvvisamente un lungo tratto non crollava tutto insieme. Questo, naturalmente, richiese un lavoro di molti mesi.

Ma Babilonia cominciò a morire assai prima che avessimo abbattuto le sue mura. Alla fine dell'inverno perfino il sistema di razionamento più severo non riuscì a impedire l'insorgere della carestia e della fame. I morti erano trascinati via dall'Eufrate e noi non avevamo che da fermarci sulla sponda sottostante la città e contare i cadaveri per conoscere la situazione all'interno, e quando il corso del grande fiume fu deviato, sì che al di sotto delle mura non passò che un rigagnolo fangoso, in città scoppiò la pestilenza. Molti morirono di fame e di malattia, più di quelli che uccidemmo nel nostro assedio finale.

E tutto questo per l'arroganza vile di un uomo, perché il Signore Sennacherib avrebbe accettato la resa della città, ma il suo re Mushezib Marduk, che doveva il trono agli Elamiti, sapeva che l'intero peso della collera del nostro re sarebbe ricaduto su di lui e volle perciò resistere finché poté, incurante delle sofferenze dei Babilonesi. Egli provvide a che le sue truppe non mancassero mai di pane e di birra e aspettò invano che i soldati di Assur se ne andassero. Alla fine non riuscì a salvare né se stesso né i suoi soldati né la sua gente, e nemmeno le case di Babilonia: tutto fu distrutto sotto lo sguardo degli dei.

Noi uomini di Assur aspettavamo il giorno in cui tutto sarebbe finito, lavorando con pazienza come formiche, e per quindici mesi montammo la guardia funebre.

Quel periodo fu più duro per Asarhaddon che per me, perché la monotonia dell'assedio lo costrinse a rinchiudersi in se stesso. Asarhaddon capiva e conosceva il mestiere del soldato, ma la sua vita era fatta per l'azione e l'inattività lo snervava. Lentamente, così lentamente che soltanto chi lo conosceva fin da bambino avrebbe potuto accorgersene, egli perse la fiducia in se stesso. Obbligato a starsene seduto a pensare, non sapeva più a che cosa pensare. Si rodeva dentro di sé e la sua mente, sempre occupata a fantasticare sui segni e presagi e sulle potenti forze dell'invisibile, era ossessionata da cupi pensieri.

«Marduk è un dio potente» borbottava, in genere solo quando era ubriaco, ma era ubriaco molto spesso in quei giorni. «Si vendicherà su di noi se distruggeremo la sua città.»

«Forse ha abbandonato Babilonia, visto che tutto accade per volere degli dei.»

«No. Babilonia è un luogo sacro. Dammi retta fratello, questo ci ricadrà sul capo un giorno o l'altro.»

«Noi facciamo la volontà di Assur, siamo il suo popolo. Non dobbiamo temere niente da parte di Marduk, che è onorato soltanto a Babilonia.»

Vidi che mi guardava di sottecchi, alzando ansiosamente le pesanti sopracciglia, quasi temesse di essere stato insultato.

«Marduk è il re degli dei, tutti lo sanno.»

«Soltanto qui, fratello.»

«Tutti conoscono la grandezza e il potere di Marduk. Non ti hanno mai raccontato la sua storia quando eri bambino? Ma, già, dimenticavo, tua madre è ionia.»

E sua madre, naturalmente, era Naq'ia, una donna del sud, comprata dal re suo marito a Borsippa, anche se dove fosse nata esattamente solo gli dei lo sapevano. Con quali fole aveva riempito la testa di suo figlio? Forse neppure lui lo sapeva.

Per giorni interi se ne stava nella sua tenda e non parlava che con le sue concubine egiziane, le quali, approfittando del suo lato debole, erano riuscite a convincerlo di saper evocare gli spettri dei morti, allontanare gli spiriti maligni, leggere il futuro di un uomo nei suoi escrementi, e non so quali altre sciocchezze. Asarhaddon le teneva in gran conto, le batteva solo raramente e non voleva che nessuno dei suoi amici se le portasse a letto. Più di una volta mi era venuta voglia di tagliar loro la gola, perché influivano molto negativamente su mio fratello, riempiendogli la testa di quelle fandonie.

Ma pensando che la superstiziosa malinconia di Asarhaddon fosse dovuta anche alla mancanza di esercizio, quando lo vedevo in preda a un accesso, mi recavo dal *rab shaqe* e facevo in modo che gli venisse affidata una spedizione punitiva contro qualche città che aveva dimenticato la potenza della mano di Assur, spedizione dalla quale tornava quattro o cinque giorni più tardi, con un sacco pieno di teste sanguinolente, asini carichi di tesori e buoi sufficienti a sfamare l'esercito per un mese, tutto allegro e sorridente, pieno di racconti delle sue imprese alle quali non credeva nemmeno lui stesso. E, almeno per un po' di tempo, tornava a essere l'Asarhaddon di sempre.

Anche il mio animo era cupo, e pur non vivendo nella paura delle ombre, quell'attesa gravava sui miei nervi. Tutto quanto riuscivamo a vedere oltre le mura di Babilonia era la cima della sua ziggurat, che di notte, e tutte le notti, s'illuminava per la luce delle torce, mentre i sacerdoti offrivano sacrifici al divino patrono della loro città. La gente moriva di fame, prigioniera di Mushezib Marduk oltre che nostra, e la devozione era proporzionata alla disperazione di chi non vede altra via di salvezza se non quella offerta dall'intervento del grande dio.

Da Ninive mi arrivavano le lettere di Kephalos, nelle quali, poiché le scriveva in una lingua che non molti nelle terre fra i due fiumi riuscivano a leggere, il mio schiavo si sentiva tanto coraggioso da raccontarmi dell'insoddisfazione che serpeggiava in patria. A proposito della guerra che il re stava conducendo contro Babilonia, i pareri erano contrastanti, e molti sentivano, con Asarhaddon, che la città doveva essere rispettata per diversi motivi: il timore della vendetta di Marduk, un attaccamento sentimentale a Babilonia come madre della nostra cultura e del sapere, e c'era anche chi sosteneva che Sennacherib aveva perduto il senno per la morte del figlio e che versava a fiumi sangue e oro in una furia cieca e insensata. Era un segnale pericoloso che si dicessero tali cose del sovrano di Assur e Kephalos, che non era certo uno sciocco, prendeva la precauzione di scrivere le sue lettere su fogli di pelle sottilissimi che trovavo piegati accuratamente in fondo alle cassette di medicinali e di provviste che mi mandava, e dal canto mio avevo cura di bruciare sempre le sue missive.

Mi scriveva anche di mia madre, alla quale faceva visita

regolarmente seguendo le mie istruzioni, e mi faceva pervenire anche i suoi messaggi. Di Esharhamat non mi scriveva mai.

Esharhamat. Fino a che punto quel nome si era impresso a fuoco nella mia mente! Esharhamat mi visitava nei sogni durante la notte e, sebbene a volte mi sentissi quasi impazzire dal desiderio, mantenni il giuramento fattole e non cercai il mio piacere con altre donne.

Forse diventerò veramente *marsarru*, pensavo: in realtà non desideravo veramente seguire mio padre sul trono, ma come suo erede avrei potuto sposare Esharhamat. Altrimenti, l'avrebbe sposata Asarhaddon che non s'interessava affatto a lei e che l'avrebbe posseduta come una prostituta da taverna, non conoscendo alcun altro modo di avvicinarsi a una donna o alcun altro sentimento. Avrebbe fatto il suo dovere coniugale e sarebbe stato il padre dei suoi figli, e per questo io sarei arrivato a odiarlo.

Era una cosa che io non volevo, io volevo soltanto possedere Esharhamat come mia moglie. Sarebbe stato quindi meglio se Assur avesse voluto che io fossi il futuro re. Con queste idee mi trastullavo, mentre un esercito di ottantacinquemila uomini aspettava di veder crollare le mura di Babilonia.

E quando non sognavo il trono o il bel corpo di Esharhamat, mi impratichivo nel curare gli approvvigionamenti, perché mio padre nella sua saggezza aveva stabilito che dovessimo pagare ai contadini del luogo il frumento e il bestiame e non prenderlo semplicemente.

«Perché dovremmo farci rivoltare contro tutto il paese di Sumer?» ragionava il re. «I contadini hanno già perso le loro maggiori possibilità di guadagno perché Babilonia è alla fame, stretta dal nostro assedio, e un esercito consuma meno di una città. L'oro che servirà a pagare il nostro pane si trova nei forzieri di Mushezib Marduk, così sicuro come se fosse già nei miei. La città pagherà quello che noi mangeremo, e il popolo che lavora la terra ci benedirà.»

Era una politica saggia, e per garantire che tutto fosse fatto onestamente il re aveva incaricato suo figlio Tiglath Assur di trattare con i capi dei villaggi il prezzo di orzo, capre, birra, pane, formaggio, miele, burro, uova... un elenco interminabile. Io non ero affatto contento di questo incarico, perché gli uomini di Assur disprezzano i mercanti.

Il compito affidatomi, tale che io e molti altri non lo ritenevamo adatto a un ufficiale della mia posizione e del mio rango, mi rendeva oggetto di canzonatura alla mensa degli ufficiali.

«Il re è stato saggio a scegliere lui» diceva Arad Malik, mio reale fratello, ormai uomo fatto e appena giunto da un giro d'ispezione nel Libano. «Gli Ioni sono molto adatti al commercio, io so tutto su di loro: pensano soltanto al denaro.»

«Non fargli caso» diceva Sinqi Adad, un *rab kisir* della mia età che sedeva accanto a lui e non sembrava apprezzarne troppo la compagnia. «Diventa uno sciocco quando è pieno di vino.»

Sorrisi, desiderando in cuor mio che quella scena ridicola finisse presto.

«Grazie, amico mio: è una cosa che salta agli occhi.»

Ma Arad Malik scosse il capo, ridendo.

«No» continuò, respingendo ogni obiezione con un languido gesto della mano. «No, ve lo ripeto, il re ha scelto saggiamente. Tiglath sa stare accovacciato per terra come i suoi antenati, con una borsa piena di sicli di rame fra le ginocchia, a contrattare il prezzo del miglio.»

«Come tua madre contrattava il prezzo del suo fondoschiena?» Non ero stato io a parlare, ma Asarhaddon, il quale si divertiva sempre a resuscitare una vecchia disputa.

«Non è forse vero che il re di Hamath la trovò accanto alla porta di una taverna che cercava clienti per le sue parti basse? E d'altronde non so quale altra parte gli uomini potessero apprezzare in una donna con i seni giallastri che le arrivano alla cintola. Che famiglia! Almeno, il nonno di Tiglath vendeva soltanto scarpe!»

Non ho mai conosciuto nessuno che cadesse nelle trappole tanto facilmente quanto Arad Malik, il quale fu così sciocco da saltare in piedi estraendo il pugnale; credo che avrebbe scavalcato di un balzo la tavola per gettarsi su Asarhaddon, se Sinqi Adad e qualcun altro non lo avessero trattenuto, obbligandolo a rimettersi a sedere. Asarhaddon, al quale l'idea di potergli ficcare la spada nel ventre aveva evidentemente sorriso, ne fu comprensibilmente deluso.

Fummo buttati tutti e tre fuori dalla mensa per regolare fra noi la questione, visto che agli altri interessava soltanto finire il pranzo in pace, ma Arad Malik a quel punto ci aveva ripensato e, declinando il mio cortesissimo invito a batterci all'ultimo sangue, se ne tornò alla sua tenda con una scrollata di spalle e un'invettiva al mio indirizzo.

«Non avresti dovuto chiedergli il permesso» mi disse Asarhaddon mentre ci avvicinavamo al suo alloggio, dove almeno avremmo trovato pane e vino. «Nessuno ti avrebbe biasimato e il mondo intero sa che Arad Malik migliorerebbe moltissimo se qualcuno gli strappasse le budella. E poi i duelli sono troppo rischiosi.»

«Forse, allora, potremmo mandargli Leah a fargli compagnia: Leah potrebbe farci il favore di mangiarselo vivo!»

«Ah! Ah! Ah! Sì, davvero!» Assarhaddon mi allungò una pacca sulla chiena tanto forte che quasi mi si ruppe una costola. «Per i sessanta grandi dei! Lo lascerebbe rinsecchito come una mummia egiziana. Ah! Ah! Ah! Quando sarai re, però, dovresti provvedere a fargli tagliare la gola, a quel cane impudente. Un uomo sensato prende le sue precauzioni.»

«Forse, quando sarò re ti darò sua madre per la tua collezione e Arad Malik ci farà il piacere di morire per la vergogna.»

«Ah! Ah! Ah!» Nonostante tutto, comunque, fui lasciato a sedere con una borsa di sicli di rame fra le ginocchia, ma non mormorai contro questo incarico perché alla fine avevo capito ciò che ancora sfuggiva agli altri, e cioè che il Signore Sennacherib aveva già deciso di nominarmi suo erede e mi stava preparando per quel giorno. Un re deve sapere tutto su come si conduce una guerra, non soltanto il comando degli uomini, ma anche dettagli come il prezzo dell'orzo e la pesantezza delle coperte da cavallo d'inverno.

A intervalli di pochi giorni, quindi, io prendevo una dozzina di carri e una scorta di dodici uomini e me ne partivo verso un villaggio senza nome, a commerciare in nome del re con agricoltori che probabilmente non avevano mai sentito parlare di Sennacherib, Signore di Assur. Durante uno di questi viaggi, rinnovai la mia conoscenza con una persona che sembrava conoscermi meglio di quanto mi conoscessi io stesso.

Cavalcavo sulla vasta pianura senza sentieri, piatta e uniforme, che l'Eufrate in secoli di inondazioni aveva generosamente disteso lungo il suo corso imponente. A circa due *beru* di distanza, scorgevo distintamente un palmizio, che la mia scorta non avrebbe comunque raggiunto prima di un'ora abbondante, poiché tale è la natura delle terre meridionali, e un palmizio generalmente vuol dire un villaggio vicino. Mi diressi dunque a quella volta, con una decisione che credevo di aver preso io stesso, anche se oggi non ne sono più tanto sicuro.

Era seduto sul tronco di un albero, probabilmente sradicato durante l'ultima inondazione, e indossava la veste gialla del sacerdote, consunta e quasi ridotta in stracci, il viso ossuto e ascetico rivolto al sole e un accenno di sorriso sulle labbra, sebbene i suoi occhi velati e ciechi non potessero certamente vedere niente di cui compiacersi.

Feci un cenno ai miei uomini di fermarsi e proseguii da solo, facendo fermare il cavallo davanti a lui, e rimanendo in attesa senza parlare.

«Il dio ti avvolge ancora nella sua santa luce, Principe» disse alla fine. «Hai fatto molta strada.»

«Non più di te, *maxxu*.» Sorrisi scrollando le spalle, senza pensare se potesse vedermi o accorgersene in qualche modo; che mi avesse riconosciuto non lo trovavo affatto sorprendente.

«Sì, più di me. Io sto sempre fermo allo stesso posto e il mondo si muove intorno a me. E così ti stai preparando a umiliare la grande città di Marduk.»

«È male ciò che faccio, santo padre?»

«Ciò che fai? *Tu* non fai assolutamente niente, Tiglath Assur.»

«È il mio *sedu* allora?»

Non avevo avuto l'intenzione di essere ironico, ma doveva esserci nella mia voce una nota d'incredulità, perché il *maxxu* mi fissò con i suoi occhi spenti e il suo volto assunse un'espressione di compatimento.

«Tu sei vivo quando tanti sono morti, e credi davvero di essere sopravvissuto soltanto grazie alle tue risorse? Ma no, non sarà il *sedu* a far crollare la potente Babilonia, tutto avviene secondo il disegno del dio.»

Mi piegai in avanti e il cavallo si agitò innervosito sotto di me: improvvisamente ebbi paura.

«Ed è nel disegno del dio che io sia re, *maxxu*? Sarò io il favorito?»

Ma il vecchio scosse il capo.

«Queste sono altre domande, Principe. E a entrambe ho già dato risposta.» Tornò a guardare verso il sole, bianco e accecante a quell'ora del mattino, e il sorriso gli riapparve sulle labbra. «Va' adesso, Principe, devi compiere le opere del mondo... e del dio.»

«Ci rivedremo?»
«Va' adesso, Principe.»
Quando tornai dai miei uomini, il mio *ekalli* Lushakin mi gettò uno sguardo strano.
«Chi era quel vecchio mendicante, *rab abru*? Un tuo amico?»
«Lo conosco appena.»
Qualche minuto più tardi, quando mi voltai indietro a guardare il palmizio, il *maxxu* era scomparso.

Il mese di Tisri era quasi passato e le notti andavano facendosi già più fredde, quando il re tornò da Ninive con il suo esercito: l'assalto decisivo a Babilonia stava per cominciare.
«Si sono attirati tutto questo sul loro capo» ci disse il re. «Ormai è chiaro che non ci potrà essere pace in Sumer finché questa città resterà legata ai suoi sogni di grandezza, e noi la sveglieremo da questi sogni. La metteremo a sacco, porteremo il ferro e il fuoco nei suoi luoghi sacri, i suoi templi li distruggeremo, i suoi dei li condurremo in schiavitù. E ci sarà un tale massacro che le genti ne parleranno con orrore fino alla fine dei tempi. Quando lasceremo questo posto, non rimarrà in piedi una sola casa. Devieremo il corso del grande fiume affinché perfino le sue fondamenta siano spazzate via. Babilonia sarà cancellata dalla memoria degli uomini.»
Restammo in piedi intorno a lui, seduto dentro la sua tenda, con una pianta della città distesa davanti a sé, tracciata col carbone su una pelle di pecora.
«Abbiamo aperto una breccia nelle mura in tre punti: qui, qui e qui. Da questi tre punti i nostri soldati sferreranno l'attacco.»
«C'è una cerchia interna di mura, Temibile Signore, nella quale non è stata aperta alcuna breccia. Senza dubbio sarà difesa.»
Il Signore Sennacherib guardò suo figlio Asarhaddon con un'espressione di ironico disprezzo.
«E allora? I difensori sono così indeboliti per la fame che non possono nemmeno reggere le armi. Quel che stiamo or-

ganizzando qui oggi, Principe reale, non è una battaglia ma un massacro.»

«Tuttavia sarebbe cosa saggia mandare rinforzi attraverso il letto del fiume: qui e qui.» Chinandosi, Asarhaddon indicò i punti, a nord e a sud, dove l'Eufrate entrava e usciva sotto le mura della città. «Il letto è quasi completamente asciutto, adesso.»

«Ma anche questi, senza dubbio, saranno difesi.»

Gli uomini intorno alla tavola annuirono decisamente mentre il re li guardava l'uno dopo l'altro: erano ufficiali che avevano servito tutta la vita all'ombra possente del sovrano e sapevano che cosa ci si aspettava da loro.

«Sì, però non avranno da difendere un tratto di mura, ma soltanto il letto di un fiume, un banco di fango non più alto di otto o dieci cubiti. E come tu dici, Temibile Signore, essi sono deboli ormai.»

«E che faresti, ammesso che tu riesca a sopravvivere?»

«Seminerei il terrore.»

Bastava guardare gli occhi di Asarhaddon per capire che cosa volesse dire, e naturalmente aveva ragione: quell'attacco diversivo era precisamente quello che ci voleva.

«E tu che ne dici, Tiglath Assur?»

«Con un po' di fortuna, Grande Re, potremmo raggiungere il complesso dei templi e tenerlo almeno per un po' di tempo. Questo distoglierebbe molti uomini dal muro interno perché correrebbero certamente a salvare i luoghi sacri.»

«In altre parole, tu sei d'accordo con questa assurdità?»

«Credo che il mio reale fratello abbia parlato saggiamente.»

«E così sia, allora.» Il re si alzò dal suo seggio e tutti noi, con un gesto istintivo, facemmo un mezzo passo indietro. «Tu guiderai una punta di questo attacco diversivo e Asarhaddon guiderà l'altra. E vi auguro di divertirvi.»

Un'ora dopo trovai Asarhaddon seduto per terra di fronte alla sua tenda, che beveva imbronciato un boccale di birra. Quando mi vide, fece una smorfia come se la mia faccia gli riportasse alla mentre qualcosa di sgradevole.

«Non mi avrebbe mai ascoltato se tu non fossi stato d'accordo. Mi parla come a un idiota. Sono un bravo soldato, ma lui non mi ascolta nemmeno.»

Mi sedetti accanto a lui e, presogli il boccale dalle mani, assaggiai un sorso di birra e glielo restituii.

«Comunque ha acconsentito, ci ha dato il comando. Se non avesse visto che tu avevi ragione, non avrebbe mai ceduto.»

«Ha ceduto soltanto perché tu eri d'accordo con me. Tu sei il suo cocco, il suo favorito, mentre io...»

«Tu non hai mai combattuto insieme a lui in una grande battaglia. Sarà diverso dopo che avremo preso Babilonia.»

«Potrei anche essere morto a quel punto.»

«Allora la cosa non avrà più importanza.»

Corrugò le sopracciglia un istante e poi sorrise, avendo afferrato lo scherzo, ma io capivo che soffriva, e ingiustamente, perché voleva soltando dimostrare di avere un cuore di soldato nel petto.

«Abbiamo tre giorni per organizzarci» disse, dopo che a turno ci fummo scolati la birra. «Quanti uomini credi che ci darà?»

«Un centinaio ciascuno andrebbe bene: meno di così vorrebbe dire rischiare il disastro, di più ci intralcerebbero soltanto la strada.»

«Allora ti cedo il piacere di chiederglieli. Una compagnia a testa, armati di spade e con buone armature. Niente arcieri. Combatteremo corpo a corpo, per lo più.»

«E penetreremo in città un'ora prima dell'alba!»

«Va bene, è la cosa migliore.»

Poi, sebbene la giornata fosse fredda, Asarhaddon e io ce ne andammo a nuotare in uno dei canali, scherzando fra noi come ragazzi, come se avessimo scordato la guerra.

Tre giorni dopo, un'ora prima che il sole di Assur si fosse levato dietro le montagne a oriente, mi trovai rannicchiato fra le canne, sprofondato fino alle caviglie in una fanghiglia appiccicosa, con un centinaio di uomini in attesa dietro di me: dovevo solo alzare il braccio perché l'agonia di Babilonia avesse inizio.

La cinta esterna delle mura correva solo intorno alla parte orientale della città, circondando un fossato, i canali principali derivati dal fiume e un muro interno. La parte occidentale era invece difesa dal fossato e dal muro interno, e il fiume, attraversato da un solo ponte, la divideva dalla metà orientale, dove Mushezib Marduk aveva concentrato le sue forze in previsione del nostro attacco. In tempi normali il fiume sarebbe stato una barriera resistente almeno quanto un'opera dell'uomo: perfino al buio riuscivo a vedere l'interruzione nel muro interno che permetteva il passaggio delle acque del fiume, il cui letto era però quasi asciutto poiché noi ne avevamo deviato il corso.

Sulle armature indossavamo le tuniche per non fare alcun rumore, ma non riuscivo a scorgere un solo fuoco, niente che indicasse che il fiume era in qualche modo sorvegliato. Che cosa ci aspettava di là dal muro interno? Si erano forse lasciati morire tutti di fame? No, non potevano aver resistito per quindici mesi per accoglierci con gli occhi spalancati e indifferenti dei cadaveri, sarebbe stato in un certo senso troppo facile.

Poi, tutto d'un tratto il vento cambiò e io compresi. Sì, era davvero così che ci avrebbero accolto: l'aria era impregnata del lezzo dei corpi in putrefazione, avevano usato il letto del fiume come fossa per gettarvi i cadaveri.

Sentivo dietro di me i soldati tossire e vomitare perché niente poteva coprire quel puzzo atroce e non si provava alcun sollievo nel tapparsi il naso e la bocca. Capii che era più di quanto gli uomini potessero sopportare e detti l'ordine di accendere le torce, preferendo rinunciare alla sorpresa per bruciare l'aria e renderla respirabile: o così, o rinunciare all'impresa e tornare indietro.

Di tuttti gli orrori di quella squallida guerra, niente è paragonabile a ciò che trovammo quando ci infilammo nell'apertura del muro interno. Potevano esserci diecimila cadaveri ammucchiati nel letto fangoso del fiume a formare una muraglia lunga circa duecento passi appoggiata contro la riva orientale, gli arti putrefatti aggrovigliati fra loro come rami contorti trascinati dalla corrente dopo la stagione delle piene. Uomini, donne, bambini di tutte le età, di ogni condizione, col ventre gonfio e le membra ridotte a stecchi. Quelli più prossimi alla base della catasta, schiacciati e decomposti, avevano da lungo cessato di essere riconoscibili come esseri umani. Ratti colossali, ingrassati sulle carogne e resi audaci dalla prosperità, fissavano la luce delle nostre torce per tornare poi subito al loro festino una volta esaurita la curiosità. Il lezzo di morte era così acuto che rendeva doloroso il respiro, e parecchi soldati voltarono le spalle a quello spettacolo orrendo e, abbassato il capo fra le ginocchia, vomitarono rumorosamente. Sentivo altri recitare preghiere.

Ma non c'erano guardie, un errore che trovavo difficile condannare in loro: quale autorità avrebbe potuto obbligare qualcuno, perfino un soldato, ad avventurarsi in un luogo come quello? Non ci fu quindi nessuna interferenza, neanche quando raggiungemmo il ponte.

Il ponte di Babilonia era famoso per i suoi piloni di pietra in un paese dove la pietra non si trova, snelli e rastremati, che si calavano nell'Eufrate simili alle zampe delle cicogne. Il ponte invece era di legno e con le nostre corde armate di uncini non avemmo alcuna difficoltà a raggiungerlo. La grande ziggurat torreggiava su di noi come una montagna.

«Che cosa vi ha trattenuto?»

La voce di Asarhaddon era un mormorìo: eravamo seminascosti dal ponte ed egli guardò oltre le mie spalle affascinato e terrorizzato insieme.

«No, non dirmelo, lo vedo da me. Ma, per amore della nostra anima, ordina agli uomini di spegnere le torce!»

Ci arrampicammo sul ponte e avanzammo verso la parte orientale della città. Ci eravamo accordati in precedenza che io avrei preso la ziggurat, mentre Asarhaddon avrebbe assalito il tabernacolo di Marduk, perché nel calore della battaglia dimenticava le sue paure degli dei, ma non eravamo nemmeno arrivati al recinto del tempio che ci trovammo di fronte a una barricata e dovemmo lottare per difendere le nostre vite: i Babilonesi ci avevano teso un'imboscata e noi ci eravamo caduti dentro.

Eravamo intrappolati in strette viuzze e gli arcieri ci scagliavano contro le loro frecce dalle finestre delle case senza che potessimo reagire in nessun modo. Non riuscivamo nemmeno a scorgere i nostri assalitori, e se qualcuno alzava la testa per cercare di vedere qualcosa, correva il rischio di finire con una freccia fra gli occhi. Intorno a noi era una vera e propria pioggia di dardi che sibilavano come vespe impazzite, rimbalzando sui muri di mattoni crudi degli edifici.

A ogni incrocio eravamo attaccati dai due lati, dappertutto regnavano confusione e morte. Spesso ci piovevano sul capo pietre e mattoni che sfracellavano il cervello dei soldati. Molti morirono nel buio e nel caos. Ma non ci restava che spingerci in avanti.

Non credo che più di tre uomini su cinque fossero ancora vivi e in grado di combattere quando raggiungemmo la grande spianata della ziggurat. La prima luce del sole stava colorando l'aria di un pallido grigio e potei vedere che finalmente avevamo spazio sufficiente per riorganizzarci: i Babilonesi non sembravano ansiosi di prendere l'iniziativa. Alla base della ziggurat, un gruppo di sacerdoti emerse da uno dei templi più piccoli ai lati, e quello che pareva essere il capo alzò una mano, come se potesse arrestarci con il semplice prestigio della sua funzione sacerdotale, ma, a un cenno di Asarhaddon, i soldati piombarono loro addosso e li fecero a pezzi, lasciandoli a terra immersi nel sangue: la ziggurat era nostra.

Al secondo livello di quell'immensa struttura ci sedemmo per riposarci e guardarci intorno. Dappertutto si avvertiva quella disperazione, quella confusione, quel senso d'inutilità che contraddistinguono le ultime ore di una città condannata. L'assalto era cominciato, ormai lo sapevano tutti, e gli abitanti di Babilonia si rendevano conto che il loro ultimo giorno era giunto.

Si vedevano già i fuochi degli incendi appiccati qua e là dentro la città, le strade erano piene di gente, e molti uomini erano abbigliati riccamente, mentre probabilmente la maggior parte degli altri aveva oro e gioielli cuciti nei loro stracci, perché chi sopravvive in una città ridotta alla fame deve necessariamente essere ricco.

Più di una volta mi è capitato di vedere alcuni monelli divertirsi ad acchiappare dei topi e a gettarli in uno stagno dentro un cestino di vimini: i topi si agitano squittendo terrorizzati, cercando di arrampicarsi sempre più su lungo le pareti del cesto che pian piano si riempie d'acqua e affonda. La gente che stavo osservando dall'alto della ziggurat si stava comportando esattamente così. Si affollavano, intasando ogni strada, senza meta, confusi, calpestandosi l'un l'altro in preda al panico. Dovevano sapere di essere ormai condannati, ma questo pensiero non pareva arrestarli, e senza un luogo dove poter fuggire, senza speranza, correvano avanti e indietro, facendosi strada con le unghie e coi denti attraverso la folla, guidati soltanto dal cieco istinto del terrore. E anzi, rendevano ancor più inevitabile la loro fine, impedendo alla truppa, che avrebbe potuto difenderli, di spostarsi da un'area all'altra. Soltanto la grande via processionale a nord era relativamente sgombra: ma da quella parte le armate di mio padre stavano sferrando l'attacco, e nessuno voleva quindi fuggire in quella direzione.

«Il re aveva ragione. È stato inutile... guardali!» Asarhaddon sedeva accanto a me, le mani abbandonate sconsolatamente fra le ginocchia, lo sguardo fisso alla folla lungo la strada. «Non si curano più di difendere i loro dei: gli dei li hanno abbandonati ed essi lo sanno. Ce ne dovremo stare seduti qui come due stupidi finché l'esercito non farà una breccia nelle mura e macellerà questa mandria di bestiame.»

Era di umore nero, e non potevo biasimarlo: non avevamo che da guardare in basso, nel cortile del tempio, per vedere i corpi dei nostri soldati giacere là dove erano caduti, vittime del nostro colossale errore.

«Le mura!» Improvvisamente l'idea mi colpì, come se il dio mi avesse toccato la mente.

«Non sarà stato inutile se riusciremo a prendere le mura!» dissi, quasi parlando a me stesso. Mio fratello si voltò a guardarmi e dalla sua espressione vidi che aveva capito.

«Per i sessanta grandi dei!»

Bastava risalire con lo sguardo lungo la grande via processionale verso nord per vedere la famosa Porta di Istar. Se avessimo potuto conquistarla, la città sarebbe stata nostra prima di mezzogiorno.

«Ma come faremo? Ci vedranno arrivare!»

«Un trucco, fratello!» Sorrisi, mostrando i denti come un coccodrillo. «Tutti i soldati sembrano uguali, visti dall'alto e in un momento di panico generale.»

«Se non funziona, siamo spacciati.»

Ma Asarhaddon balzò in piedi, avendo già preso la sua decisione: i soldati, dopotutto, sono fatti per morire.

Il piano era semplicissimo. Io avrei guidato un piccolo manipolo, circa trenta uomini, per tentare di aprirmi la strada oltre il muro, e se avessi potuto sorprendere i Babilonesi e attestarmi, resistendo anche solo per un quarto d'ora, allora Asarhaddon avrebbe avuto la possibilità di venire a darmi man forte e di prendere d'assalto la porta stessa; e se fossimo riusciti a tenere aperta la porta, il grosso dell'esercito non avrebbe dovuto aprirsi una breccia in un altro tratto delle mura.

Mi mossi con gli uomini della mia vecchia compagnia, molti dei quali erano con me fin dai tempi di Khalule, e nella fredda e grigia luce del mattino ci avviammo correndo lungo la via processionale. Indossavamo ancora le tuniche, nascondendo le uniformi che ci avrebbero tradito in un istante, e in meno di quattro minuti raggiungemmo la Porta.

Sul parapetto stavano tre soldati, in piedi proprio sulla grande arcata d'ingresso. Si sporsero a guardarci: se fossero allarmati o spinti da mera curiosità, era impossibile dirlo, ma i loro volti resteranno per sempre impressi nella mia memoria.

Avevo visto una volta uno schizzo della porta, perché tutti gli eserciti hanno simili disegni, sebbene nessuno avesse probabilmente pensato che ne avremmo avuto bisogno, e cercai quindi di ricordarmi dove fosse localizzata la scala che conduceva alle torri. Un'occhiata mi bastò per capire che non si trovava all'esterno. Ma dov'era? Dove?

Trassi la spada e l'alzai in segno di saluto, guardando i soldati sulle mura, senza smettere di correre.

«Siamo i soccorsi!» gridai in aramaico, e il cuore mi batteva come il martello di un fabbro. «Apriteci!»

E continuai ad avanzare di corsa dritto sotto l'arcata, come se lo avessi fatto migliaia di volte. A un tratto, in una nicchia posta in uno dei punti dove il passaggio si allargava improvvisamente a formare un vano di circa venti passi di larghezza, un quadrato di luce venne a colpire le piastrelle del pavimento con un impatto così subitaneo che quasi ci fece sobbalzare. Sì, era proprio qui nel disegno, adesso lo ricordavo. Sì! Ci avevano aperto la trappola... ed erano caduti nella nostra.

Avanzai per primo su per la scala. All'ingresso c'era un soldato che teneva aperto il portone di legno. Sorrideva e mi tese perfino la mano che aveva libera, ma io gli affondai la spada che avevo stretta in pugno nel ventre, sbudellandolo come un otre di vino. Morì quasi senza un gemito. Mi gettai sulla porta mentre il soldato cadeva e la spinsi all'indietro così che il suo stesso peso la tenesse aperta. Gli altri due soldati mi erano già addosso.

Ne uccisi uno, ma l'altro mi avrebbe spaccato la testa, se Lushakin con un fendente non gli avesse troncato il braccio all'altezza del gomito. I miei soldati stavano adesso salendo i gradini a due a due, silenziosi, con gli occhi che brillavano per l'eccitazione. In pochi secondi ci impadronimmo del parapetto inferiore. C'erano altre due scale che salivano dalla porta alla torre superiore, ma questa volta i portoni erano già spalancati. Sentivo gridare gli uomini sopra di me: sapevano di essere perduti.

«Assur è Re!» gridai, urlando fino a spaccarmi i polmoni. Era il segnale che Asarhaddon aspettava per intervenire, e non c'era tempo da perdere adesso. Improvvisamente il mio grido risuonò ripetuto da un centinaio di voci: «Assur è Re! Assur è Re!». Non pensavo più alla morte adesso e il pensiero di una sconfitta non mi sfiorava più; ero trasportato in un'estasi gloriosa. «Assur è Re!»

Ci scontrammo sulle scale. Il primo mi affrontò con la spada, balzando da destra a sinistra nello spazio ridotto e questo fu il suo più grande e ultimo errore. Parai la botta e colpii dal basso all'alto, tagliandogli la corazza di cuoio come se fosse stata paglia intrecciata. Sentivo i miei uomini che si accalcavano dietro di me. Ero invincibile. Avvertivo il calore del *melammu* del dio irradiarsi intorno a me come una nube luminosa di una potenza incalcolabile. Altri soldati mi si pararono davanti, ma io scavalcai il corpo dell'uomo che avevo ucciso, aprendomi la strada fra di loro, come attraverso una ragnatela. «Assur è Re!» gridavo. «Assur è Re!»

Sbucai alla luce del sole e l'uomo che mi trovai di fronte fece effettivamente un balzo all'indietro, quasi avesse visto un demonio. Lo colpii alla tempia di piatto con la spada ed egli cadde come un pezzo di legno. Ormai non uccidevo più, liberavo semplicemente il passaggio abbattendo gli uomini come canne di fiume, perché dovevo assolutamente aprire la strada ai miei soldati. Fu un momento glorioso.

Ho saputo dopo quanti ne uccidèmmo, quanti ne *uccisi io*, ma tutto fu rapidissimo e finì nella decima parte di un'ora. Eravamo imbrattati di sangue e con i polmoni in fiamme per lo sforzo di gridare. Presto, molto presto, i Babilonesi avrebbero contrattaccato, ma non c'importava, la porta era nostra, la città era nostra, il mondo intero era nostro. Che differenza poteva fare se fossi morto un istante dopo? Avevamo vinto!

Dalla torre più alta della porta, che era una delle grandi meraviglie del mondo, guardammo in giù per vedere i soldati di Assur, i nostri fratelli, sciamare oltre la breccia delle mura esterne. Dovevano sapere, dovevano assolutamente sapere! Lì, dove eravamo noi, la strada era libera. Avevamo aperto ai nostri le porte della città.

«Assur è Re!» gridammo, e vedemmo le facce dei soldati alzarsi quando ci udirono, levando le spade in segno di saluto. Ma non potevamo smettere, dovevamo continuare a gridare il nome del dio finché la voce non si fosse soffocata nelle nostre gole. «Assur è Re! Assur è Re! Assur è Re!»

Quando il sole tramontò quella sera, non c'era più un solo soldato babilonese ancora in armi. Per la maggior parte erano morti, fatti a pezzi da un nemico folle dal desiderio di vendetta, che li scovava per ucciderli con efficienza spietata. Qualcuno forse riuscì a nascondersi, vestendosi di stracci e gettando via le armi, ma se avevano pensato di trovare scampo nascondendosi fra gli abitanti avevano commesso un errore fatale, perché non c'era misericordia per loro.

La morte batteva le vie della città, colpendo tutti coloro che osavano mostrarsi. Il re mantenne la sua parola e Babilonia fu devastata per cinque giorni col ferro e col fuoco, la distruzione e il saccheggio, mentre l'armata di Assur vagava per le strade, ebbra di vittoria e del sangue delle sue vittime. Erano come un branco di cani feroci, quei soldati del dio, uccidevano per il piacere del saccheggio, per vendetta, per divertimento. Intere famiglie erano massacrate entro le pareti domestiche, le strade erano inondate di sangue e c'erano cadaveri dovunque. Le donne venivano stuprate sotto gli occhi dei mariti e dei figli, e non da un uomo solo, ma da dieci, venti, finché, spinti da pietà o per un istinto crudele, i soldati tagliavano loro la gola. Dappertutto spuntavano gli incendi senza che nessuno li spegnesse, non c'era acqua pulita se non nell'accampamento dei vincitori e non c'era cibo, perciò le malattie e la fame infuriavano, dato che nemmeno un grano di miglio poteva entrare in città e a nessun babilonese era permesso uscire vivo. Furono giorni di follia.

Non cercai di arrestare il saccheggio e il massacro obbedendo all'ordine del re, il quale aveva comandato che nessun ufficiale interferisse, dimenticando nella sua ira che gli uomini completamente sfrenati sono più difficili da ricondurre all'ordine. Quella gente, comunque, non mi piaceva e non sentivo alcuna pietà: se tutti i Babilonesi fossero scomparsi e con essi la loro città, non lo avrei rimpianto. Ecco ciò che la guerra opera nel cuore degli uomini. Ma non passò molto tempo prima che il mio cuore si turbasse per ciò che i miei occhi erano costretti a vedere.

All'inizio pensavo soltanto dentro di me che fosse dannoso per la disciplina e disapprovavo l'operato del re, poi, pian piano, mentre camminavo per le vie e vedevo ciò che volesse dire mettere a sacco una città, cessai di essere soltanto il soldato di mestiere, che si preoccupa della disciplina delle truppe, e fui disgustato dalla crudeltà inutile di tutto quanto stava accadendo. I cadaveri di giovanette giacevano sulla soglia delle case con le viscere strappate dalla spada, la testa gettata all'indietro e la bocca spalancata in un urlo senza voce. I piccoli corpi dei bambini erano ficcati dentro le fogne. La guerra avrebbe dovuto riguardare i re e i soldati, i quali se perdevano morivano, come era giusto, ma qui si trattava di innocenti. Nessuno di loro aveva partecipato all'assassinio del *marsarru* Assurnadinshum, né aveva preso le armi a fianco degli Elamiti. Eppure, anche costoro cadevano vittime della vendetta del re. Dopo alcuni giorni non lasciai più l'accampamento dove, perfino dalla mia tenda, potevo vedere le colonne di fumo alzarsi al cielo mentre Babilonia bruciava, ma ormai non tornavo più volentieri fra le sue mura.

Vidi Asarhaddon soltanto una volta in quei giorni. Mio fratello non soffriva di alcun rimorso perché la conquista della città e le crudeli conseguenze che ne derivarono avevano scacciato in lui ogni dubbio, rendendolo completamente felice. Lo vidi una notte, dopo il secondo giorno di saccheggio, quando si fermò alla mia tenda per mostrarmi il suo bottino.

«Hai visto? Gemelle!»

Stavano lì in piedi, con una corda passata intorno al collo, nude, poco più che bambine, spaventate ma contente di essere vive. Avevano gli occhi neri ed erano rotondette e graziose, e simili l'una all'altra come petali di uno stesso fiore. Asarhaddon rideva, molto soddisfatto.

«Adesso vado nella mia tenda a provarle. Vedi, fratello, come ogni bene è concesso all'uomo timorato degli dei! Ah! Ah! Ah!»

Era già scomparso, inghiottito dall'oscurità, e ancora mi giungeva l'eco della sua risata.

E forse aveva ragione di credere che quella fortuna gli fosse dovuta, perché una volta di più mio fratello era stato privato di quanto gli sarebbe spettato di diritto. Asarhaddon e i suoi uomini avevano combattuto duramente per assicurarsi la conquista della porta, e solo grazie a lui fummo in grado di tenere quel tratto delle mura; ma ero io che tutti avevano visto sulla torre a gridare la gloria del dio, il nome sulla bocca di tutti era il mio, ed ero io a essere onorato dal re per la mia audacia, dal re che mi amava per questo ancora di più.

Forse, era un segno che il dio voleva eleggermi a successore di mio padre, perché mi stava innalzando al di là dei miei meriti. Sembrava che mi avesse scelto per brillare sopra gli altri uomini, e che la Porta di Istar fosse stata messa là per far conoscere a tutti la sua preferenza.

Sembrava davvero che fosse così, ed era mia la gloria che avrei dovuto dividere con Asarhaddon, il quale da nessuno era chiamato grande, potente e coraggioso.

Non lo avrei biasimato se fosse giunto a giudicarmi un ladro, sebbene non fossi io a volerlo derubare della sua parte di gloria. Ma non lo fece, o se lo fece, fu solo nei recessi più nascosti del suo cuore, perché non ne parlò mai con nessuno. Fra noi due, poi, non toccavamo mai questi argomenti e c'era sempre un vero affetto fraterno.

Per cinque giorni continuò il massacro e il saccheggio, e infine perfino il re, che pure odiava il suolo stesso dove Babilonia sorgeva, ne ebbe abbastanza e ordinò che il sacco della città avesse fine. Non è facile richiamare all'ordine i soldati, una volta allentate le briglie, e noi dovemmo impiccarne alcuni e frustarne molti altri perché, alla fine, tutto l'esercito fosse riportato nei ranghi. Brontolarono, gli uomini di Assur, ma obbedirono.

Le spoglie conquistate dopo questo lungo assedio furono molto abbondanti. Babilonia era una città di incredibili ricchezze, e quelle ricchezze adesso erano tutte nostre. Saccheggiammo i luoghi sacri, l'idolo del grande Marduk lo trascinammo in schiavitù a Ninive e nel suo tempio trovammo le immagini di Adad e di Shala che erano state rubate nei santuari di Assur circa quattrocento anni prima. Catturammo anche Mushezib Marduk, che si faceva chiamare re; aveva cercato di scappare, ma fu catturato e legato con pesanti catene.

E quando i grandi palazzi furono svuotati e depredati di tutto, distruggemmo il sistema di dighe che tratteneva l'Eufrate, cosicché, quando la stagione delle inondazioni fosse sopraggiunta con conseguente crescita del livello del fiume, le acque avrebbero spazzato via la città fin dalle fondamenta. La vendetta di Sennacherib sarebbe stata completa.

L'ultima notte prima di volgere i nostri passi verso il nord, per ritrovare la strada di casa, il re dette un banchetto. Il luogo scelto fu il palazzo reale, danneggiato dal fuoco e in parte abbattuto per ordine del re, perciò dovemmo banchettare fra le rovine. Erano presenti tutti gli ufficiali di alto grado e tutti i suoi figli.

Su quel desolato mucchio di rovine, circondati da una città morta, partecipammo a uno strano festino. Il nostro Signore, il Re di Assur, era fuori di sé dalla gioia per il suo trionfo; ordinò perfino che Mushezib Marduk fosse portato alla nostra presenza, nudo e disperato, facendolo incatenare a un pilastro spezzato della casa dove una volta era stato il padrone e dove ora assisteva alla festa dei suoi conquistatori. Questa larva di re sarebbe stata portata a Ninive, per soffrirvi una morte quale è inflitta soltanto ai monarchi sconfitti. Per quella notte rimase accovacciato in un angolo come un cane.

E noi, i conquistatori, bevemmo, mangiammo e ridemmo, cercando di non pensare né di guardarci troppo intorno. Il re mio padre mi lodò sopra tutti gli altri.

«Guardatelo!» sbraitò col volto raggiante. «Non ha ancora vent'anni e ha già sul corpo tre grandi cicatrici e tutte sul petto! Che uomo, che guerriero è già... che sovrano sarebbe! Non è forse un figlio di cui chiunque andrebbe orgoglioso? Non è così?»

Mi fece alzare in piedi perché tutti potessero ammirare il frutto glorioso dei suoi lombi. E tutti mi acclamarono, i grandi del regno, perché sapevano bene qual era il desiderio del loro padrone. Mi acclamarono, gridando il mio nome.

E io dovetti restare in piedi ad ascoltare, mentre il cuore mi moriva nel petto.

«È male ciò che faccio, padre santo?» avevo chiesto al *maxxu*, ed egli aveva alzato gli occhi spenti su di me, sorridendo come se un bambino gli avesse rivolto quella domanda.

«Ciò che fai? *Tu* non fai niente, Tiglath Assur.»

XII

Dopo la caduta di Babilonia, il re mi innalzò al rango di *rab shaqe*, mentre Asarhaddon fu nominato *rab abru*: sempre un passo dietro di me. Non c'era molto da fare, e una volta esaurite le cerimonie delle nomine, dopo pochi giorni l'esercito levò le tende e iniziò la lunga marcia verso Ninive. In Sumer, ogni resistenza al potere di Assur era finita. La città che ci lasciammo alle spalle quando ci dirigemmo al nord era una rovina, nella quale nemmeno le volpi avrebbero potuto farsi una tana.

Ma nella Terra di Assur non si provava alcuna pietà . La distruzione di Babilonia voleva dire soltanto che questa lunga guerra era finalmente terminata. La gente ricordava le sofferenze passate, e pensando alla sicurezza presente si rallegrava di essere governata da un re che non temeva di mostrarsi crudele con i suoi nemici. Nelle città di frontiera, dove l'odio per gli Elamiti e i loro alleati era stato più intenso, la gente si radunava per le strade per acclamare il loro glorioso Signore e urlare invettive all'indirizzo di Mushezib Marduk, trascinato dietro il carro del conquistatore. Per quanti non avevano visto la nostra opera a Babilonia, eravamo degli eroi.

In quanto a me, cercavo di chiudere le orecchie alle acclamazioni, cercavo di non sentire e di non vedere, perché mi giungevano ancora le grida dei morenti e le immagini dei cadaveri dei morti: temevo quasi d'impazzire, la mia anima era tormentata e durante la notte non riuscivo nemmeno a chiudere gli occhi.

Perché mi accadeva tutto questo? Mi sentivo oppresso dal peccato, eppure non avevo fatto altro che seguire quello che io, che tutti noi, compresi i nemici, avevamo sempre ritenuto fosse il sentiero della virtù e dell'onore. Chi era più nobile, chi più rispettato del guerriero, in tutte le nazioni? E che altro ero io, se non un guerriero? Un assassino forse? Un ladro? Perché allora quel senso di vergogna?

Ma tenevo chiuse nel mio cuore quelle domande, che forse erano nel cuore di molti nell'esercito vittorioso in marcia verso casa, anche se non potevo saperlo perché i soldati non parlano mai dei loro dubbi.

Dubitava Asarhaddon? Non credo. Era troppo occupato a sollazzarsi con le sue donne e a contemplare le ricchezze conquistate: il re ci aveva inondati d'oro, di palazzi e di proprietà, perché, pur continuando a favorirmi su tutti gli altri, era arrivato a capire che Asarhaddon non doveva essere disprezzato.

«Ma non puoi almeno farlo *rab shaqe*?» gli chiesi. «Se io l'ho meritato, lo ha meritato anche lui. È il primo dei tuoi figli ed è un combattente coraggioso e pieno di risorse.»

«Sei tu il primo dei miei figli.»

«Dagli allora un comando degno di lui, lascia che dimostri ciò di cui è capace.»

«Conosco già abbastanza bene ciò di cui è capace.»

Il re scosse il capo. «Mi propone continuamente qualche nuovo piano per conquistare la Frigia o l'Egitto, e perfino l'Arabia: illuminami, figlio mio, che c'è da conquistare in Arabia, oltre la sabbia? E naturalmente sarebbe lui a guidare l'esercito come comandante in capo in tutte queste spedizioni, esercito che esiterei ad affidare perfino ai miei ufficiali più stagionati. È ancora un ragazzo e pensa solo alla sua gloria. Ama la guerra e dimentica che questa non è che lo strumento per raggiungere il potere, gli uomini come lui sono un pericolo vicino al trono. No, non gli darò la sua guerra da combattere, nemmeno per farti piacere. Il pensiero di tuo fratello mi fa venire il mal di testa.

«Ma non aver paura, dopo che io sarò morto, tu potrai ricompensarlo come ti parrà giusto.»

E, abbastanza stranamente, mio fratello Asarhaddon non era del tutto in disaccordo con queste idee.

«Devi metterti in testa che io sarò il migliore dei tuoi generali» disse scrollando le spalle. «Nostro padre vuole che tu sia re dopo di lui, e perché non dovresti esserlo? Tu sei più adatto di me, tutti sono d'accordo su questo punto, tranne forse mia madre, ma se dovrò aspettare sempre alla tua ombra che nostro padre sia al sicuro nella tomba, allora dovrai rassegnarti ad avere un regno pieno di guerre, perché intendo ripagarmi di ogni torto ricevuto, conquistando tutte le terre a occidente. Farò erigere monumenti alla mia gloria a Tebe e a Menfi, in tutte le grandi città del Nilo, e di qui a mille anni, quando il nome di Tiglath Assur il Re sarà stato dimenticato, la potenza di Asarhaddon il soldato farà ancora tremare gli uomini dalla paura. Tu me lo devi, fratello, perché io sono trascurato affinché tu possa risplendere.»

Ci eravamo fermati per la notte in un villaggio a meno di due giorni di marcia da Ninive e Asarhaddon, dicendo che voleva dormire sotto un vero tetto, aveva cacciato un contadino e la sua famiglia dalla loro casa, installandovisi.

Se ne stava sdraiato sulla stuoia di canne mentre le gemelle gli massaggiavano le gambe con olio caldo, abbastanza soddisfatto della vita per quella sera.

«Lo so bene, fratello. Ho parlato col re e...»

«Oh, lascia perdere il re.» Asarhaddon sorrise, pizzicando una delle gemelle sul seno per sentirla strillare. Non era necessario essere un *baru* per leggere l'infelicità che si nascondeva nel suo sguardo. «Quando tu sei con lui, il re non capisce più niente per la gioia e non riesce nemmeno a sentirlo il nome di Asarhaddon. Tu e metà dell'esercito potreste urlare le mie lodi per una settimana e non se ne accorgerebbe neppure... Non che una cosa del genere possa accadere, perché l'esercito prende l'imbeccata dal re e quindi di lodi tesse soltanto le tue. No, dovrò aspettare finché tu sarai sul trono. Allora, mentre te ne starai nella capitale con la tua consorte e i tuoi scrivani eunuchi, a chiederti quale dei tuoi figli stia complottando per avvelenarti, io combatterò le tue guerre e diventerò più splendente del sole!»

«Che devo dirti, fratello? Solamente che prego affinché tu non nutra mai rancore verso di me, perché certamente ti si fa torto senza che io lo voglia.»

Tuttavia, gli si faceva torto. Asarhaddon, sotto il peso della sua ambizione di gloria — e perché d'altronde non avrebbe dovuto sognarla la gloria, dal momento che eravamo stati tutti educati a pensare che la nostra vita non dovesse avere altro scopo se non di conquistare nuove terre in nome del nostro re e del suo dio — perché non doveva soffrire? Era forse un pezzo di legno senza alcun sentimento? No, certamente. Perciò soffriva e si amareggiava: e non avrebbe dovuto finire per odiarmi, io che ero la causa delle sue sofferenze?

Eppure, invece di accusarmi, allungò una mano e strinse con forza la mia fra le sue dita forti.

«Questo lo so, fratello, lo so.»

Sembrava dunque che tutti fossimo d'accordo sul futuro che andava aprendosi davanti a noi, come la strada che ora percorrevamo diretti a Ninive. Perché non avrei dovuto essere io il re, quando perfino il mio più diretto rivale lo desiderava? Il dio, naturalmente, avrebbe dovuto dare il suo assenso, ma non mi aveva fatto già oggetto del suo favore? Chi non lo desiderava, tranne Naq'ia... e forse, in certa misura, io stesso? Pareva che mi bastasse liberare il mio animo dalla cupa nebbia che lo gravava, perché fossi benedetto sopra ogni altro uomo.

Viaggiammo perciò verso Ninive, un esercito di conquistatori che aveva sistemato bene ogni cosa nelle terre dove Assur era Signore. E anche a Ninive la nostra opera fu lodata.

«Ci sei riuscito» mi disse Esharhamat con voce tenera, con le labbra vicino al mio orecchio. Il re ti ama e tu hai conquistato la fama e la gloria. Hai agito bene, Tiglath Assur, e io ti adoro con tutta me stessa.»

Ma io ascoltavo appena. Non volevo ricordare la mia gloria o l'affetto del re o il modo in cui li avevo ottenuti. Volevo soltanto annegarmi nel dolce profumo del corpo di Esharhamat, fino a dimenticare ogni cosa al di fuori di lei. Non amavo me stesso in quei giorni e dunque desideravo più che mai amare lei.

Mentre Esharhamat mormorava quelle parole, io le feci scivolare le mani lungo il corpo, fino a trovare le maniche ampie della sua tunica e toccarle il seno. Premevo le labbra sul suo collo, affamato di lei: che cosa rappresentavano le sue ambizioni e le mie speranze, o la signoria sul mondo intero, a confronto della passione che sentivo crescere dentro di me?

Esharhamat non era meno appassionata. Il suo respiro si era fatto caldo ed essa ansimava affondandomi le unghie nelle braccia. Eravamo seduti uno accanto all'altra, su una panchina di marmo del suo giardino, dove si sentiva soltanto il gorgogliare argentino della fontana, soli: come sempre ormai, Esharhamat aveva provveduto a questo, e mi sarebbe bastato sollevarle l'orlo della veste per versare il suo sangue verginale sulla fredda pietra. Potevo sentire il mio membro, indurito, pulsare e battere come un tamburo di guerra, e credevo di soffocare dal desiderio, mentre Esharhamat sembrava fondersi fra le mie braccia, come se avesse voluto farsi inghiottire dal mio corpo.

«No...!» Fu solo un debole suono soffocato, quasi un singhiozzo. «No, non qui, ci sono troppe spie qui, troppi nemici.»

«Dannazione ai nemici! Non me ne importa... non posso...» Le mani mi tremavano. Cercai di slacciare il fermaglio della sua tunica, ma sembrava che le dita non volessero obbedirmi. L'avrei strappata, allora...

«No, non qui, Tiglath! Ascoltami!»

Con una fermezza calma ed efficiente mi respinse e quando cercai nuovamente di abbracciarla mi strinse le dita in una morsa.

«Perché fai così? Perché?» Ero così infuriato che mi alzai in piedi, stringendo i pugni. Mi sembrava di odiarla in quel momento... avrei fatto, detto, qualunque cosa. «Se non vuoi che ti tocchi, allora me ne andrò al tempio di Istar! Andrò...»

«Bene, allora. Vacci! Stanotte. Trova una donna che ti piaccia e gettale la tua moneta d'argento!»

La guardai negli occhi e vi scorsi, una volta di più, la cieca, avida avventatezza del suo amore, come se da questo dipendesse tutta la sua vita, e vidi il pericolo che essa non voleva vedere. Avrebbe dovuto piangere di paura e di vergogna, e invece rideva.

«Se vai stasera, all'ultimo istante di luce, mettiti accanto alla porta. La donna che verrà verso di te, con un velo da vedova sul capo, sarò io!»

Le restanti ore di quel giorno furono le più lunghe che io abbia mai vissuto. Il prigioniero nella sua gabbia, che aspetta il sorgere del sole all'alba della sua esecuzione, non soffre più dell'amante la cui coscienza non è tranquilla, e ciò che Esharhamat proponeva era un'offesa blasfema alla dea.

Istar concede la sua benedizione alla fanciulla pura che offre la sua verginità non per passione a qualcuno che ama, ma a uno sconosciuto, un uomo col quale giacerà una volta e che non rivedrà mai più. A queste fanciulle la Signora Vestita di Bellezza dà la fertilità e un marito dai lombi robusti, ma il suo tempio non deve essere usato come un luogo di appuntamenti. I riti della prostituzione sacra non erano fatti per Esharhamat e per me, e questo lo sapevamo entrambi. Ero quindi pieno di cupi presentimenti. Sarei andato all'appuntamento perché Esharhamat lo voleva e perché mi sentivo ormai troppo immerso nel peccato per resistere, ma sapevo che mi stavo dannando.

Esharhamat, a quanto pareva, non era affatto turbata, ma le donne sono più coraggiose degli uomini, i quali sanno affrontare senza tremare soltanto la morte. Sembrava che potesse sfidare tranquillamente l'ira degli dei, o forse aveva portato a perfezione l'arte di mentire a se stessa.

Presi un cavallo e mi diressi al galoppo fuori città, seguendo il corso del fiume finché non riuscii a scorgere anima viva intorno a me. Allora smontai da cavallo, lo legai e mi misi a sedere sulla riva del Tigri vorticoso e risonante, aspettando che la sua voce trascinasse via con sé ogni funesto presagio e sperando di riuscire a capire che cosa volevo veramente.

Avevo forse creduto che il *maxxu* sarebbe tornato da me per rivelarmi il volere del dio e mettere la pace nel mio animo? Non credo. Lo speravo, sì, speravo di rivedere i suoi occhi ciechi fissare il mio viso, ma non lo credevo seriamente. E infatti non venne, ma le sue parole mi ossessionavano, accrescendo il mio tormento. Aveva parlato di Ninive come di una città distrutta: non avrei trovato niente qui, né gloria né felicità né amicizia né amore, così mi aveva detto. Eppure vi avevo già trovato tutte queste cose. «Ascolta ciò che ti suggerisce il cuore... il peccato non sarà tuo.» Eppure, mi sentivo oppresso dalla colpa, e il mio cuore mi portava ora in una direzione ora in un'altra, come se avesse voluto spaccarmi in due. Le lodi di Tiglath Assur erano sulle labbra di tutti tranne che sulle mie ed ero diviso dentro di me.

No, non c'era pace nelle acque limacciose della madre dei fiumi che scorreva allontanandosi da me, indifferente: era stata là fin dai tempi in cui la razza degli uomini era ancora polvere, e dava nutrimento a tutti, ma noncurante, come se le sue ricchezze non avessero nessun valore, così come non ne avevamo noi del resto.

Rimasi seduto sulla riva del fiume per molto tempo. Il cavallo mi toccò la spalla col muso, come per ricordarmi che c'era una scuderia che lo aspettava alla casa della guerra. Sì, l'argomento era convincente. Mi alzai e montai in sella, dirigendomi verso la città alla quale, secondo la profezia, sarei sopravvissuto, perché non vedevo altra via d'uscita. Perfino il mio cavallo lo sapeva ed era quindi più saggio di me.

Il tempio di Istar è un vasto complesso di edifici e di giardini interni, quasi una città in se stesso e, in effetti, non poteva essere altrimenti perché vi abitavano circa duecento prostitute sacre e circa quattrocento fra servi e addetti, per lo più eunuchi.

Le donne che vivono in quel recinto non hanno nulla in comune con le prostitute che esercitano il loro commercio nelle taverne e nelle strade di ogni città del mondo, perché non c'è niente di degradante nel servizio di Istar, dea dell'Amore e della Fecondità. Le prostitute del tempio sono donne di grande bellezza e fascino, e qualche volta anche di notevole intelligenza, e onorate dovunque vadano, circondate come sono da un'aura di inesplicabile castità, come se avessero conservato la loro verginità alla porta del tempio, invece di perderla come le altre donne. Non è raro sentir dire che hanno ammassato grandi ricchezze e che si ritirano per sposare uomini spesso importanti; e chi le sposa non deve temere che qualcuno possa deriderlo dietro le spalle, perché anzi egli è oggetto di invidia più che di scherzi volgari.

La maggior parte delle donne che vengono al tempio non hanno tuttavia l'intenzione di rimanervi. Compiono il rituale e tornano a casa loro soltanto con l'unica moneta d'argento, moneta che sarà cucita nei ricami della tunica di nozze. Forse tornano alle loro case anche con un ricordo, piacevole o spiacevole che sia, o nemmeno con quello.

Il tempio stesso è dissimile da un bordello quanto è più possibile, poiché non vi è né ubriachezza né vergogna, tutto è piacevole e ordinato, e non vi si trova quel particolare cinismo che le prostitute spesso mettono nel loro lavoro, né esiste la finzione della passione o la sensazione che tutti gli uomini siano sciocchi da prendere in giro per toglier loro i soldi e poi mandarli via. Le vergini che entrano qui una sola volta sono troppo innocenti e troppo emozionate per questo, e le prostitute sacre sono abbastanza esperte da saper soddisfare se stesse oltre ai loro clienti.

Mentre il sole andava morendo, io rimasi in piedi fuori dal tempio, sulla grande scalinata d'ingresso di mattonelle colorate di azzurro e di giallo a strisce alternate a partire dal livello della strada. I gradini erano affollati di donne. Qualcuna si guardava nervosamente intorno, chiedendosi: sarà questo l'uomo che verrà per me? O quello? O quell'altro? Alcune erano semplicemente annoiate per l'attesa e altre, le più brutte, che erano rimaste lì più a lungo, avevano gli occhi stanchi e senza speranza, quasi potessero vedere il vuoto futuro che le aspettava.

Esharhamat non era ancora arrivata e, mentre me ne stavo là, uomini e donne mi guardavano, come se fossi un individuo troppo timido o una specie di idiota che non sapeva decidersi a fare una scelta. Ma il mio disagio aveva un'origine più profonda di quella provocata dagli sguardi dei curiosi, perché mi sentivo sotto gli occhi degli dei stessi.

Esharhamat non arrivava. La mia ombra si allungava sui gradini di mattoni, coprendo prima una figura seduta, poi un'altra, ed Esharhamat non si vedeva ancora. Aveva riflettuto e ci avrebbe salvati entrambi da questo terribile peccato? Cercavo di sperare che fosse così e i miei occhi vagavano ansiosi su e giù lungo la larga e diritta via di Istar. Sì, era così, non sarebbe venuta. E io, sciocco che ero, agognavo di vederla anche solo per un attimo, solo per sapere se il suo amore era più forte della sua prudenza.

Nell'oscurità che andava crescendo, le donne in attesa accendevano piccole lanterne di terracotta perché gli uomini potessero ancora vederle in faccia. Si radunavano a gruppetti intorno a un braciere, o dormivano abbracciandosi le ginocchia, là dove si trovavano sedute. Echi di risate mi raggiungevano nell'aria immobile: nella città immersa nel sonno, il tempio sarebbe stato ancora pieno di animazione.

Esharhamat non verrà, dicevo a me stesso. Adesso capivo che lo aveva fatto per punirmi, che a quell'ora era al sicuro nelle sue stanze, circondata dalle sue donne, sorridendo segretamente al pensiero della mia vana attesa.

O forse, non tanto segretamente. Forse era uno scherzo divertentissimo del quale metteva a parte le sue donne, come si fosse vendicata del potente e famoso Tiglath Assur, dai muscoli forti come il ferro, ma che era pur sempre un uomo non diverso dagli altri, e che si lasciava gabbare perciò da qualche parolina dolce. Inesperto come uno scolaro. Un povero idiota.

Ma avrei saputo renderle pan per focaccia ed Esharhamat non avrebbe riso più quando avesse saputo, e lo avrebbe certamente saputo perché sembrava che niente le sfuggisse, che Tiglath Assur, il potente, l'ardimentoso dai muscoli di ferro e dal cuore di bronzo, il suo glorioso amante, in questa che avrebbe dovuto essere la notte della sua vergogna, non aveva aspettato inutilmente, ma aveva condotto un'altra donna nel tempio di Istar. Anzi più di una, molte, scegliendole fra quelle che altrimenti avrebbero passato le notti al freddo, povere creature bruttine, gettando loro le monete d'argento e facendole sognare per tutta la vita...

Ma fui pieno di vergogna non appena l'idea prese forma nella mia mente, perché alla fine Esharhamat era venuta all'appuntamento.

Una portantina chiusa, di quelle che solo le grandi dame usano, si era fermata ai piedi della scalinata. Lo sportello si aprì e ne discese una donna, avvolta nel rosso velo delle vedove. Sì, era venuta. Mi vergognai del mio progettato tradimento, mi vergognai di aver dubitato di lei. Ero felice che fosse venuta e nello stesso tempo ne provavo vergogna. Eppure ero davvero felice: Esharhamat, la più bella delle donne, oh, come il desiderio di lei mi faceva avvampare, quasi fossi consumato da un fuoco!

Le guardai i piedini delicati che si affacciavano a ogni passo all'orlo della tunica mentre saliva la grande scalinata di mattoni fino alla porta del tempio. La guardai e vidi che uomini e donne si facevano da parte per lasciarle il passo, turbati e intimiditi da tale radiosa bellezza. Anche se nessuno poteva vederle il volto, non si poteva dubitare della sua bellezza, testimoniata da ogni piccolo movimento aggraziato, dalla delicatezza delle manine ingioiellate, dagli occhi, grandi e scuri, luminosi come la luna. Era venuta per me, in quel luogo, fra le mie braccia.

Non ebbi che da stendere la mano perché mi sfiorasse il palmo con la punta delle dita. Eravamo nati entrambi per questo momento, quella notte, quel luogo ci appartenevano: Esharhamat si appoggiò al mio braccio ed entrammo nel tempio.

La stanza nella quale Esharhamat e io ci unimmo in una sola carne era minuscola. L'addetto, un eunuco, al quale regalai una moneta d'oro che gli avrebbe consentito di mangiare finché l'inverno non fosse stato consumato dalle fiamme dell'estate, ci portò un braciere per scaldarci e chiuse lui stesso la tenda di cuoio all'ingresso della stanzetta. Stesi il mio mantello sul pavimento: non avevamo bisogno di un altro letto. Esharhamat si sciolse il velo e lo lasciò cadere scoprendosi il viso. Ci inginocchiammo insieme, i nostri corpi si toccavano e le mie mani le carezzavano le spalle mentre mi chinavo per baciarla. Sembrava un istante al di là della passione, sembrava che ci trovassimo in presenza di un mistero. Le nostre labbra si sfiorarono delicatamente, quasi per caso, e poi, quando sentii la punta della sua lingua cercare la mia, la baciai con tutto l'ardore dei lunghi mesi di attesa. Tutta la mia brama di lei era in quel bacio. In quel momento sarei stato felice di morire con lei.

Ma non ci fu morte per me, non ero anzi mai stato tanto vivo e forse non lo sarei stato mai più. Niente m'importava, niente tranne il gusto delle sue labbra e il caldo profumo dei suoi capelli e il tocco della sua mano sul mio braccio. Vivevo soltanto dei miei sensi e del mio amore.

Esharhamat si slacciò la tunica e la lasciò scivolare ai suoi piedi. La luce rossastra del braciere giocava sul suo ventre e sulle gambe, mentre la parte superiore del corpo era immersa nell'ombra. Le misi le mani sulle spalle ed essa le coprì con le sue guidandole finché non raggiunsero i seni che si alzavano e abbassavano rapidi col suo respiro breve e ansimante, mentre le baciavo la gola, la piccola cavità dietro l'orecchio, la punta del mento.

«Entra in me» mormorò, il suo alito umido e caldo contro la mia guancia. «Entra in me, fammi male, non m'importa se mi farai male.»

«No, non ancora, ancora un momento.»

Ero duro come ferro da poco forgiato, ma volevo darle qualche piacere prima di infrangere la sua verginità. La costrinsi col mio peso a sdraiarsi, così che avesse la schiena appoggiata al mantello che avevo steso sul pavimento di mattoni; la punta del mio membro le sfiorò la tenera apertura e ben presto essa cominciò a gemere, piano dapprima poi sempre più forte come se volesse singhiozzare in una disperata agonia, ma non era un'agonia, era il suo desiderio appassionato.

Infine, spinsi con forza e sentii la sua verginità cedere sotto di me. Esharhamat gridò, ma solo una volta, perché quasi nello stesso istante il suo dolore fu sommerso dal piacere dell'estasi mentre penetravo dentro di lei. Io stesso credetti di non poter resistere... non c'erano parole, no, non c'erano parole.

Dopo, e per molto tempo, restammo a giacere insieme, stretti in un silenzioso abbraccio. La presi ancora e questa volta ci fu un godimento dei sensi ancora maggiore, ma non lo stesso rapimento divino, che forse due persone possono avere soltanto una volta nella vita. Io non lo so, perché il mio tempo con Esharhamat è stato troppo breve e non ho mai conosciuto una tale felicità fra le braccia di un'altra donna.

«Forse non torneremo più in questo luogo» dissi alla fine, quando riuscii a rompere il silenzio del nostro accordo perfetto. «E non dovremo tornarci mai più. Ne troverò un altro... troverò...»

Mi fece tacere con i baci. Non aveva bisogno di sentire quelle che in fondo non erano che parole. Sapeva ormai che io non avrei più potuto fare a meno di lei, che aveva vinto, che l'avrei amata per sempre, anche a costo della mia vita. Sì, certamente lo sapeva.

«Troverò una casa, qualche luogo tranquillo dove...»

«Tu hai una casa» mormorò come una madre che bisbiglia al suo bambino nel buio. «O per lo meno, il tuo schiavo ne ha una.»

«Sì, ma il rischio... non solo per noi, ma per...»

«Kephalos? Non m'importa di Kephalos, il rischio è lo stesso per noi come per lui, e poi Kephalos è soltanto uno schiavo!»

Non le dissi ciò che avevo nel cuore e cioè che Kephalos era più un amico che uno schiavo, che sarebbe stata una viltà coinvolgerlo nella mia rovina, e che lei era senza pietà. Non dissi queste cose, non parlai perché sapevo che ciò che aveva fatto l'aveva fatto per amor mio, e sapevo che anch'io avrei fatto tutto, che non m'importava di alcun legame sulla terra, di nessun debito di onore o di amicizia, ma soltanto del corpo di Esharhamat. Sì, quellò che avrei fatto lo sapevo.

Per parecchi giorni non ebbi tempo a disposizione, perché il re, fin dal nostro ritorno dal sud, era irrequieto, pieno di energia, come se la conquista di Babilonia l'avesse risvegliato da uno stato ipnotico, e in quanto a me ero diventato re di fatto se non di diritto, uno dei compagni più intimi del re, obbligato a seguirlo nei suoi giri di dovere e di piacere. Ero sempre presente alle sedute del consiglio e ai banchetti. Restavo in piedi alle sue spalle quando pregava il suo dio, come Gran Sacerdote di Assur. Lo ascoltavo quando raccontava le sue storielle e ridevo quando a lui faceva piacere, e quando andava a caccia, e andava a caccia quasi ogni giorno adesso come se non riuscisse a rinunciare completamente ai piaceri della guerra, io ero al suo fianco. Guidavo il suo carro quando inseguiva i leoni nelle riserve private e quando percorrevamo insieme la vasta pianura intorno a Ninive per inseguire le piste delle mandrie di onagri. Quando i battitori e le mute dei cani spingevano il cervo nella trappola dove il re poteva ucciderlo a piacere con una lunga lancia, mentre con le corna impigliate e gli occhi che roteavano dal terrore si dibatteva nella rete, io portavo le sue armi e gli pulivo la faccia e le mani dal sangue.

Il Padrone dei Quattro Angoli della Terra era ormai vecchio. Aveva molte debolezze, il carattere era diventato capriccioso e la mente piena di mille ansie e paure. E sebbene volesse restare attaccato ai giorni gloriosi della sua trionfante giovinezza, con le cacce e le baldorie, e a tutto lo splendore del suo potere, io sospetto che non fosse cieco ai cambiamenti sopravvenuti in lui. Si fidava soltanto di pochi e su questi si appoggiava sempre di più: il *turtanu* Sinahiusur suo fratello e forse il suo unico vero amico, la Signora Naq'ia, me stesso e sua figlia, la Signora Shaditu.

In quei giorni vedevo Shaditu molto spesso. Se io sedevo alla sinistra del re, Shaditu sedeva alla sua destra. Quando tornavamo dalla quasi quotidiana carneficina, essa era là ad aspettarci alla porta del palazzo, con una bacinella d'acqua con la quale lavava la polvere dalla faccia del re. Più di una volta, mentre sedevamo uno di fronte all'altra alla tavola del banchetto, il suo piede nudo scivolava sotto l'orlo della mia tunica ad accarezzarmi le gambe, ed essa mi sorrideva come la più sfacciata delle prostitute.

E se io non divenni il suo amante, molti furono i giovani che calmarono l'ardore di Shaditu sul suo giaciglio, e tutti, tranne forse il re, lo sapevano. O forse il re non voleva sapere, o sapeva e non gl'importava più.

E naturalmente c'era sempre la Signora Naq'ia, che divideva il letto del re quasi ogni notte, perché, se il re visitava qualche volta le altre sue donne, lo faceva semplicemente per salvare le apparenze. Sennacherib aveva generato molti figli, ma nell'inverno della sua vita gli era rimasta solo questa passione divorante per Naq'ia della quale sembrava non poter fare a meno, come dell'aria per respirare. La Signora Naq'ia rimaneva silenziosamente nell'ombra e si faceva vedere raramente, ma tutti sapevano che nel palazzo del re la sua parola era legge. Io facevo di tutto per non ricordarmi nemmeno della sua esistenza, ma essa era parte dell'atmosfera di quei giorni, come olezzo di morte nel vento.

E così, tutto preso dalla mia vita di corte, con i suoi doveri di presenza e la pressione costante delle sue trame e delle rivalità non dichiarate e insidiose, da quel mondo permeato di vaghe minacce che era diventata la ristretta cerchia degli intimi del re, avevo molte scuse per rimandare la mia visita alla casa di Kephalos alla Porta di Adad. E rimandare non mi dispiaceva del tutto, perché l'incombenza non era di mio gradimento.

Alla fine, però, non mi fu possibile procrastinare oltre.

Non avvertii Kephalos che desideravo vederlo, perché avevo paura che potesse indovinare lo scopo della mia visita. Kephalos era certamente al corrente di ciò che tutta la città sapeva e molti dovevano aver riconosciuto il volto dell'uomo che aveva incontrato una grande dama sulla gradinata del tempio di Istar, e non volevo dargli tempo di escogitare una scusa per dirmi di no. Era una vigliaccheria da parte mia, perché Kephalos non avrebbe avuto bisogno di scuse oltre a quella dettata dalla più elementare prudenza, ma anche colto di sorpresa il mio schiavo sarebbe stato comunque molto pronto nel tutelare i suoi interessi, e io non ero affatto convinto di essere nei miei diritti a questo proposito.

Una mattina, dunque, mi presentai semplicemente alla sua

porta, in un'ora in cui presumevo che lo avrei trovato libero dai suoi impegni.

Il ragazzo Ernos, alquanto cresciuto ormai, mi accolse e mi prese il mantello, inchinandosi profondamente e continuando a guardarmi un po' in cagnesco, come se sospettasse qualche pasticcio, e quando gli feci capire che desideravo vedere il suo padrone senza indugio, mi condusse al piano superiore della casa dove, dietro una tenda, trovai Kephalos adagiato comodamente in un'immensa vasca di bronzo, abbastanza grande da poter servire da sarcofago a un re, immerso fino alla barba in acqua calda e profumata.

Philinna, nuda come l'aurora, era accovacciata sul pavimento dietro di lui e gli sfregava la schiena rotonda con un panno. Entrambi alzarono lo sguardo con espressione seccata, quasi li avessi sorpresi in un atto che avrebbero preferito tenere nascosto.

«Non provare ad alzarti, Degno Medico, o scivolerai e ti romperai la testa. Vedi come sono educato? Non ti ho nemmeno chiesto che cosa stai facendo in quella cosa... a proposito, che cos'è?»

«Mi meraviglio dell'ignoranza del mio giovane padrone» cominciò con tono d'importanza, prendendo il panno dalle mani di Philinna per bagnarlo e strizzandoselo poi sul capo. «Non fu l'esercito del re tuo padre a portarlo qui con il bottino di Babilonia? È una vera raffinatezza, quale ci si aspetta dai Babilonesi: in questo modo ci si lava più efficacemente e assai più gradevolmente che nei bagni pubblici, dove si è costretti, oltretutto, a sopportare la presenza di tutta la gentaglia che di solito frequenta quei locali.»

Come se volesse chiarire il concetto con l'esempio pratico, sollevò un piede dall'acqua perché Philinna lo potesse sfregare con grande vigore, quasi si trattasse di una pentola di rame. Mentre Philinna si dava così da fare, i suoi grossi seni sobbalzavano come otri d'acqua in una barca sul mare agitato.

«Sì» gli risposi in accadico. «Anche Asarhaddon trova divertente portarsi le sue donne al bagno. Mi sorprende che non sia con te nella vasca, Kephalos: non lo troveresti più comodo?»

«Il Signore Tiglath Assur ha la lingua pungente come quella di una vespa già a quest'ora del mattino. Forse pensa di avere un motivo per essere scontento del suo servo?»

Mi osservò per un momento strizzando gli occhi come se

fossi un paziente da trattare con unguenti o tisane, poi la sua espressione si schiarì.

«No» continuò alla fine. «Vedo che non ce l'ha con Kephalos, ma con se stesso. Philinna, allungami un panno asciutto e poi va' a preparare qualcosa da mangiare per il principe. In ogni caso, lasciaci soli.»

Quando la tenda si fu abbassata alle spalle di Philinna, Kephalos, il quale si era già avvolto in un drappo di lino ampio come una vela, attese per qualche momento, il capo piegato da un lato come se stesse in ascolto di qualcosa, poi avanzò a piedi nudi fino all'ingresso e si affacciò a guardare. Sul pavimento di piastrelle rimanevano le enormi impronte dei suoi piedi bagnati e io restavo a fissarle attonito, quasi non riuscendo a capire che cosa stessi facendo lì.

«È andata. Non c'è nessuno là fuori» disse sorridendo con un cenno del capo. Poi, dopo essersi aggiustato il telo di lino intorno al corpo, ormai bagnato e aderente come una seconda pelle, alzò le mani in un gesto di scettica rassegnazione.

«È uno sciocco chiunque riponga la sua fiducia nei servi, Signore.»

«Allora non devo fidarmi di te, Kephalos?»

Le mani si abbassarono e la faccia del mio schiavo sembrò sciogliersi come cera, mentre gli angoli della bocca si abbassavano e la fronte si corrugava e si torceva sotto il peso del suo dispiacere.

«Oh, non dir così, padrone» disse mentre si sedeva sul bordo della grande vasca di bronzo. «Ti prego, dimmi invece subito che non sei venuto a trovarmi a causa della Signora Esharhamat, perché anche se si mormora che un giorno sarai re, tu non sei ancora installato nella casa della successione, e portarti quella donna nel tuo letto vuol dire far la corte al coltello del carnefice.»

Come sapesse ciò che volevo da lui non stetti a domandarmelo, non ne avevo bisogno, perché avevo proclamato al mondo intero le mie intenzioni quando avevo incontrato la donna velata al tempio di Istar. E sebbene sentissi la disfatta e la rovina farmisi sempre più vicine, simile a un agricoltore quando guarda un'inondazione d'estate spazzar via il suo raccolto, mi limitai a scrollare le spalle, come se la cosa mi fosse del tutto indifferente. Ma non ingannavo nessuno.

«È una vedova, Kephalos, e può fare quello che vuole, almeno fino a quando non si sarà sposata un'altra volta. Inoltre, il *turtanu* Sinahiusur mi ha fatto capire che si sarebbe chiuso un occhio...»

«Gli occhi chiusi saranno i tuoi, padrone, anzi te li caveranno con un pugnale se il Signore Asarhaddon diventerà re e scoprirà che ti sei sollazzato con la sua sposa.»

«Per Asarhaddon tutte le donne sono uguali, non guarda tanto per il sottile in queste faccende. E poi mi vuol bene.»

«Sì, mio giovane e sciocco padrone, ma non vuole bene certo a *me*!»

Kephalos balzò in piedi con tale violenza che l'acqua del bagno per poco non si rovesciò sul pavimento. Cominciò a camminare avanti e indietro fuori di sé, tenendo gli occhi sempre fissi sul mio viso con aria implorante.

«Signore, non pensare di poter contare sull'umore pacifico di tuo fratello fino a *questo* punto: se scopre che hai usato la mia casa come... Oh per i buoni dei dell'occidente, non riesco nemmeno a pensarci!»

«Significa che non posso contare su di te, Kephalos?»

«No, padrone, dal momento che non ho speranza di dissuaderti da una tale follia... no, non significa niente del genere.»

Il mio schiavo, l'intelligente e abile medico Kephalos, mi guardò con un'espressione che in un altro uomo sarebbe stata di offesa e di dolore insieme, come se io fossi il figlio che aveva deluso le più care aspettative del padre, ma io sapevo che quello sguardo significava soltanto che la sua mente era al lavoro.

«Ti hanno visto tutti sulla scalinata del tempio, padrone, è stato davvero poco saggio incontrare lì quella Signora.»

«Ma forse non tutti saranno riusciti a indovinare il nome della Signora.»

«Non occorre essere dei geni per quello, padrone.» Scoppiò in una risata breve e secca, forse colpito solo in quel momento dal lato ironico della cosa. «Questo è il prezzo della gloria, che tutti conoscono la tua faccia e si interessano a tutto ciò che ti riguarda. Se si parla della Signora Esharhamat fuori dal palazzo di tuo padre, è soltanto perché è amata dal potente principe, il Signore Tiglath Assur, il cui nome incute timore ai Quattro Angoli della Terra.»

«Non prendermi in giro, Kephalos. Non è prudente.»

«Non ti prendo in giro, Signore, sebbene tu ti sia comportato da vero sciocco e meriti di esserlo. Voglio semplicemente farti notare ciò che salta agli occhi di tutti, tranne che ai tuoi.»

Mi appoggiò una mano sulla spalla e avvicinò la sua faccia alla mia perché potessi constatare che non stava scherzando. Poi sorrise.

«Coraggio, mio sciocco e giovane padrone, lascia che mi rivesta perché possiamo tutti e due conservare la nostra dignità, e poi berremo più vino di quanto dovremmo e discuteremo su come tu possa godere delle carezze della Signora Esharhamat senza pericoli.»

XIII

L'anno che seguì, mentre io mi crogiolavo nell'amore, nella gloria e nella speranza, fu sicuramente il più felice della mia gioventù.

Kephalos, il quale in tutte le questioni pratiche era assai più avveduto di me, capì immediatamente che non avevo speranza di nascondere la mia tresca con Esharhamat alle orecchie del palazzo. Nello stesso tempo, però, giudicava che proprio da lì avremmo avuto meno da temere, perché Esharhamat avrebbe dovuto sposare chiunque fosse salito al trono e godeva perciò di una certa immunità. Nessuno avrebbe osato fare una mossa contro di lei finché la sua condotta non avesse costituito uno scandalo pubblico, e a questo obiettivo il mio schiavo dedicò tutte le risorse della sua astuzia.

«A qualunque costo, padrone» disse scuotendo vigorosamente il capo, ormai decisamente brillo, il che rendeva tutti i suoi movimenti più teatrali senza però intaccare la prontezza della sua mente. «A qualunque costo bisogna evitare che questa storia diventi di dominio pubblico in città. La Signora Esharhamat è un premio che tutti si contendono perché a lei è legato il trono di Assiria, e perciò, se qualcun altro dovesse diventare re al posto tuo, non potrebbe vendicarsi su di te per aver giaciuto con lei, o almeno, non pubblicamente, a meno che non temesse di dover mettere in discussione la legittimità dei suoi figli. Questo non succederà finché il popolo sarà convinto che la Signora è una donna virtuosa e questo la gente lo penserà se tu sarai discreto. Si tratta di una vedova e non commette perciò alcuna colpa trovando con te il suo piacere, ma se tuo fratello, il Signore Asarhaddon, dovesse salire al trono, non vorrà in alcun modo che si sospetti della paternità dei suoi figli. Come tu dici, non è molto difficile in fatto di donne e non gliene importerà per se stesso, ma è meglio che tutta la faccenda rimanga segreta.

«E perciò, Signore, per nessun motivo tu dovrai portarla qui, perché tutti sanno chi è il padrone del medico Kephalos, e perfino la brava gente di Ninive non è tanto cieca da non vedere quello che ha sotto gli occhi. Inoltre, c'è il piccolo problema della mia sicurezza: Asarhaddon non avrà scrupoli nel far ricadere su di me la sua collera se mi adopererò troppo apertamente per aiutarti a godere della sua futura Signora del Palazzo. No, dovrò prendere altri provvedimenti.»

In ogni città ci sono quartieri dove la gente sa che è cosa più saggia badare ai fatti propri, lasciando in pace i vicini. Nessuno viene notato nei suoi andirivieni, e se nel mezzo della notte la strada è svegliata da rumori violenti, gli abitanti aspettano tranquillamente che tutto si calmi. Poi, forse, qualcuno si vorrà accertare che la persona immersa nel canale di scolo sia davvero morta, dopodiché tutti se ne tornano tranquillamente all'onesto riposo. In tali quartieri si sa bene che ognuno ha i suoi segreti e che meno se ne parla e meglio è. In un ambiente di questo genere, Kephalos acquistò due case, in strade diverse ma con una parete in comune sul retro.

«Questa è la via di Nergal, padrone.» Kephalos fece un gesto con la mano come se volesse allontanare un importuno. «Qui, per cinque sicli d'argento, un giovanotto che avesse fretta di ereditare potrebbe ingaggiare un sicario per tagliare la gola al padre... a meno che, naturalmente, il giovanotto non si chiami Tiglath Assur. L'assassinio di un re è un delitto un po' troppo ambizioso per quanti si sentono a casa loro in questo posto. Ma tutto il resto, dalle pentole di rame rubate, ai favori di qualche ragazzino imberbe, qui lo si può trovare in vendita. Basta sapere dove cercare.»

Mi guardai in giro e non ebbi difficoltà a capire come il luogo si fosse meritato il suo nome, perché il dio delle pestilenze, il grande patrono della malavita, si sarebbe sentito a casa fra quelle mura dall'aspetto cadente, quegli edifici pencolanti dai piani superiori che parevano sempre in procinto di crollare. A differenza della maggior parte degli abitanti di Ninive, tutti presi dai loro affari e occupazioni e che affollano le strade tanto che a fatica si riesce a passare, qui si vedevano personaggi silenziosi e un po' furtivi, donne velate e uomini che si voltavano dall'altra parte non appena si sentivano gli occhi addosso, e se ne stavano là, stropicciando i piedi per terra, forse in attesa di qualcuno che avrebbero preferito non vedere. In effetti, quel luogo sembrava maledetto.

Kephalos mi scrutava con evidente divertimento mentre camminavamo nel mezzo della strada deserta, come se ne stessimo misurando la lunghezza.

«Posso indovinare quel che stai pensando, padrone, ma posso anche assicurarti che nessuno ti disturberà. Non avrai nemmeno da temere di essere riconosciuto perché la gente qui non s'interessa degli affari di Stato e probabilmente non ha mai nemmeno sentito parlare di Tiglath Assur. Inoltre, sono molto cauti e la loro avidità non si spinge fino a ricattare un principe di sangue reale con tutti i rischi che ne conseguirebbero. Tu e la signora sarete al sicuro in questo posto. Vieni, diamo un'occhiata alla casa.»

Il luogo non era decisamente un gran che. Al piano terreno non c'era altro che uno sgabello a tre gambe, un fornello e qualche vaso di terracotta il cui orifizio era chiuso dalle ragnatele. Al piano superiore, nella più grande delle due stanze, c'era una coperta, una stuoia arrotolata contro la parete e un catino di rame per lavarsi.

«Entra, Signore, e guarda cosa sono riuscito a trovare.»

C'era un'apertura ricavata nella parete posteriore, nascosta da una tenda di cuoio. Kephalos la scostò, aprì una pesante porta di legno, sbarrata dalla nostra parte, ed entrammo in una stanza più grande, che occupava l'intero piano superiore di un'altra casa. Le finestre chiuse davano su una strada che non avevo mai visto prima.

«La Signora Esharhamat entrerà da questa parte, arrivando in una portantina chiusa» disse, mentre guardavamo le teste dei passanti più in basso. «Tu l'aspetterai nell'altra casa: perché si dovrebbe fare un collegamento fra le tue visite e le sue? L'individuo dal quale ho comprato le due case sostiene che vi si sono svolti molti intrighi del genere, nessuno dei quali è mai stato scoperto. Noterai che dall'altro lato della strada c'è una taverna: sembra un posto abbastanza misero, il rifugio di uomini che non hanno niente da vendere tranne il loro sudore, ma vi si svolge un grosso traffico di stanze affittate a ore, ed è conosciuto da molte signore i cui gusti propendono per i facchini muscolosi e i barcaioli che puzzano di pece. Perciò, la vista di una portantina chiusa non è tanto insolita in questa strada e non desterà un interesse particolare.»

«È semplicemente sordido» risposi calmo. «Mi chiedo come la Signora Esharhamat potrà giudicare questa tua ''sistemazione''.»

Kephalos scrollò le spalle per indicare che la cosa gli era indifferente. «Probabilmente sarà meno schifiltosa di te, mio sciocco giovane padrone. Le donne, perfino quelle come la Signora Esharhamat che sono poco più che bambine, vivono con gli occhi ben aperti e si fanno meno illusioni degli uomini. Gli intrighi sono il loro elemento naturale. Vedrai, Signore, tutto andrà bene.»

«Tutto andrà bene.» Kephalos, il quale non riusciva a immaginare altri ostacoli oltre quelli di tempo e di luogo, non poteva capire. O forse ero io che non capivo, e in realtà non lo so, so soltanto che tutto era molto confuso in me e che tale è rimasto.

Ma il mio schiavo aveva ragione nel dire che non sarei riuscito a nascondere niente alla corte del re mio padre. Entro un mese, quando andai a salutare mio fratello Asarhaddon prima del suo trasferimento a Borsippa, poiché il re lo aveva nominato *shaknu* di tutta Sumer con poteri assoluti, me ne dovetti rendere conto per forza.

«Ho sentito che ti sei comprato una casa nella via di Nergal» mi disse, e quasi furono le sue prime parole. «Suppongo che sia per la bella Esharhamat. Vieni, andiamo in giardino e raccontami tutto perché sappia se la potrò rimproverare quando diventerà la mia Signora del Palazzo. Fa sempre comodo a un marito conoscere qualche piccolo segreto per chiudere la bocca alla moglie quando comincia a brontolare a proposito delle altre donne. Vieni, perché anch'io ho qualche segreto da confidarti.»

Mi mise un braccio intorno alle spalle mentre parlava, guidandomi per le stanze sommariamente arredate della sua nuova residenza: ad Asarhaddon, come a tutti i soldati, non piaceva la confusione e la sua idea di lusso non includeva alcuno sfarzo quale è facile vedere nelle case dei ricchi mercanti.

Ma, nonostante tutta la confidenza e la fiducia che fra noi erano abituali, qualcosa era cambiato nei suoi modi verso di me. Era difficile esserne sicuri, e forse a quel tempo io non mi rendevo ancora esattamente conto di un cambiamento, ma in qualche modo mio fratello aveva imparato a essere geloso. Poteva scherzare sul fatto che avrebbe sposato lui Esharhamat al posto mio, e perché avrebbe dovuto risentirsi del fatto che io e quella signora ci incontrassimo segretamente, dal momento che per lui le donne erano solo oggetti utili a soddisfare i suoi desideri? Ma nonostante il tono scherzoso, c'era nella sua voce quasi un accenno di minaccia, come se volesse avvertirmi che, alla fine, avrebbe avuto lui l'ultima parola.

«E come hai fatto» domandai «a venirlo a sapere?»

Volse il capo per guardarmi in faccia, alzando le sopracciglia in segno di sorpresa.

«Perché? Forse si tratta di un segreto così importante? Me l'ha detto mia madre: chi altri se no?»

Sì, certo, avrei dovuto immaginarmelo. Perché Naq'ia adesso era tornata a vivere con suo figlio e stava anche per accompagnarlo a Sumer: come avesse fatto a persuadere il re ad acconsentire, non riuscivo a indovinarlo, ma tuttavia c'era riuscita. Già, perché Naq'ia non avrebbe dovuto sapere ciò che facevo nella via di Nergal?

Il giardino di Asarhaddon era semplicemente un nudo spiazzo di mattonelle a cielo aperto. Era un luogo dove, dopo una serata passata nelle taverne, poteva sedere in solitudine, avvolto in un mantello ricavato da una pelle di leone, respirando a pieni polmoni l'aria fresca della notte, finché si sentiva abbastanza sobrio da sopportare il suono delle voci femminili.

Sua madre, io lo sapevo, lo stava spingendo sempre più a ottenebrarsi la mente in pericolose baldorie, mentre lentamente prendeva in mano tutto l'andamento della casa, governando anche la vita del figlio che cercava di avvolgere fatalmente nella sua trama, con la sottile astuzia del ragno. E Asarhaddon, in guerra terribile e impetuoso e pieno di coraggio, simile alla cieca furia del vento durante una tempesta, era intimorito dalla madre, e anzi il suo timore era cresciuto con lui, come se la sua infanzia non fosse mai finita.

Ci sedemmo su una panca di legno di cedro e, dopo che una giovane schiava, una delle gemelle babilonesi, e quale fosse delle due non potevo assolutamente capirlo perché erano davvero uguali come due gocce d'acqua, ci ebbe portato il vino e un piatto di datteri al miele, Asarhaddon la licenziò con un gesto della mano, aspettando che si fosse ritirata in casa. Poi si volse a guardarmi con un'espressione preoccupata.

«Dobbiamo stare attenti, capisci» disse, e la sua voce era un semplice bisbiglio nel mio orecchio. «Se ne starà lì ad ascoltare sulla porta e poi andrà da mia madre a riferirle tutto quello che ha sentito. Non è colpa sua, poveretta, non potrebbe fare altrimenti. Capisci, tutti i miei schiavi e perfino le mie donne, tutti vivono in un terrore mortale di Naq'ia. Non si può biasimarli, ma si deve imparare a usare una grande discrezione: non che serva a un gran che, alla fine mia madre riesce sempre a sapere tutto.»

Guardò la coppa che teneva in mano come se sospettasse che il vino fosse avvelenato, e poi bevve una lunga sorsata. «Naturalmente usa la magia: non lo sapevi? Il suo potere è ancor più grande di quello del re, per quanto lui mi mandi a sollazzarmi nel fango di Sumer. Sumer! Gli ho chiesto di mandarmi nella guarnigione di Amat per poter combattere contro le tribù delle montagne, e lui mi dà Sumer!»

«Il re pensa di onorarti, fratello.» Gli misi una mano sulla spalla e lo scossi, come per svegliarlo da uno stordimento. «Tu governerai sulle province più ricche...»

«Governerò, ma non regnerò. Sarò *shaknu* di Babilonia, ma Assurnadinshum lo aveva fatto re!»

«Adesso il re si è accorto del tuo valore, fratello, e desidera farti grande. Inoltre Assurnadinshum ha trovato la morte come re di Babilonia.»

«Desidera che io me ne stia lontano mentre ti nomina *marsarru* al posto mio.»

Asarhaddon sorrise, guardandomi con ferocia, come se mi odiasse. «Al posto mio. Ti sorprende, vero?» continuò. «Perché sarò io a regnare dopo la morte di mio padre, tutti gli oracoli lo dicono. Il volo degli uccelli indica il mio nome. Non mi credi? Domandalo a mia madre che ha tutta una corte di maghi e di fattucchiere e che ha lei stessa il potere di evocare gli spiriti dei morti. Io sono stato testimone di tutte queste cose, perciò so che sono vere. L'ho vista con i miei occhi mentre conversava con il nostro antenato Assurnasirpal, un grande re, come so bene anch'io. Le ha detto che io sarò re e padre di re. Te lo volevo confidare, Tiglath, fratello mio. È il destino questo e né io né te possiamo farci niente.»

Non riuscivo a capire dalla sua espressione se fosse compiaciuto o no. Sorrideva trionfante, ma negli occhi leggevo la paura.

«Spero che ci sia una ribellione a sud» dissi improvvisamente. Mandai giù un sorso di vino e feci una smorfia perché Asarhaddon non si curava di ciò che beveva purché gli annebbiasse la mente. «Spero che i Caldei saltino fuori dalle loro paludi, numerosi come ranocchi d'estate, e che tu e le tue armate non abbiate un momento di riposo. Sarebbe la cosa migliore per te, fratello. In tempo di pace tu passi troppo tempo a bere vino di pessima qualità e ad ascoltare le chiacchiere delle femmine, specialmente di Naq'ia. Dovresti star lontano dalle donne perché sei un credulone e dai retta a tutto quello che ti raccontano.»

«Forse hai ragione. Sì, con ogni probabilità hai ragione.» Asarhaddon mi allungò una gran pacca sul ginocchio per aggiungere enfasi alle sue parole, col risultato che quasi mi spezzò la gamba. «Un uomo, però, ha bisogno delle donne ogni tanto, se ci tiene alla salute!»

«La tua salute non è migliorata da quando vivi sotto lo stesso tetto di tua madre. E in quanto alle altre, dovresti tenerti soltanto le straniere, donne elamite e nere etiopi, dato che non sei molto dotato per le lingue.»

«E le mie gemelle? E le sorelle egiziane?»

«Fa' tagliar loro la lingua con un coltello arroventato e non potranno più tormentarti.»

«Questa sì che è saggezza!»

Ormai ridevamo tutti e due, aggrappandoci l'uno all'altro per sostenerci, incapaci di parlare. Uno di noi cercava di dire qualcosa, ma prima che riuscisse a farlo i nostri sguardi s'incontravano e scoppiavamo di nuovo a ridere come matti. Sembrava che Asarhaddon si fosse completamente dimenticato delle sue ambizioni reali.

«Allora tu non credi alle profezie di mia madre?» domandò alla fine, stando attento a non guardarmi per paura di un nuovo accesso di risa.

«Io credo che tua madre voglia che ci creda tu. L'idea di diventare re ti attira?»

«No.» Scosse la testa con enfasi e bevve un'altra lunga sorsata dalla sua coppa. Cominciava a essere un po' brillo probabilmente, e in quello stato mio fratello vedeva sempre le cose con maggiore chiarezza. «No. *Io* non ho nessuna voglia di dovermi tagliare la barba ogniqualvolta i preti dicono che il dio vuole riparazione e ammenda. *Io* non ho nessuna voglia di vestirmi per le cerimonie e di digiunare come un *maxxu* tutti i giorni funesti. Un re non ha per sé nemmeno un giorno della sua vita. Chi vorrebbe mai essere re potendo evitarlo? Tu, forse: ma io non do tanto valore alle grazie della Signora Esharhamat.

«Eppure, le profezie di mia madre...»

«Asarhaddon, a te devono aver fatto la testa con un blocco di granito!»

Mi alzai per sgranchirmi le gambe e camminare un po', perché in quel cortiletto nudo cominciava a far freddo. Mio fratello si unì a me e insieme passeggiammo fino al muro più lontano che dava sulla via di Enlil, e lì Asarhaddon si sollevò la tunica e orinò rumorosamente prima di riprendere la coppa di vino dalle mie mani e rimettersi a bere.

«E così tu credi che io sia stupido, eh?» domandò, niente affatto offeso, ma semplicemente come se la trovasse un'idea interessante.

«Sì. Hai un'idea di quante notizie mi arrivino ogni mattina di qualche bambino nato a Calah con la prima lettera del mio nome impressa sulla pancia? O di qualche stella di sangue, come quella che ho sul palmo della mano destra, trovata nelle viscere di una capra sacrificata nella città santa di Assur? Accade sempre così con le persone importanti, la gente vuole conquistarsene i favori e mette in giro storie di miracoli, prodigi e segni mandati dalla dea Istar. Solo uno sciocco crede a certa roba.»

«Sono della tua opinione.» Fece con la destra un gesto vivace come per scacciare ogni pensiero di disaccordo fra noi. «Ma che mi dici dello spettro di Assurnasirpal? Certo, fratello, non vorrai mettere in dubbio una cosa che ho visto con i miei occhi! Non dirmi che sei tanto indurito nella tua incredulità da non prestare più alcuna fede alla negromanzia!»

Il povero Asarhaddon, ormai ubriaco per davvero, mi guardava atterrito per la mostruosità della sua stessa affermazione e mi affrettai perciò a rassicurarlo che nelle questioni di fede religiosa io la pensavo come gli altri ed ero altrettanto rispettabile.

«Ma dimmi, tanto per curiosità, che cosa hai visto esattamente?»

Asarhaddon rimase per un po' cogitabondo, con le mani a penzoloni fra le ginocchia, seduto sull'orlo di un pozzo addossato al muro del giardino, probabilmente scavato e abbandonato un centinaio di anni prima. Il suo sguardo si sperdeva, seguendone le pareti curve di mattoni, in un'impenetrabile oscurità. Alla fine mi gettò un'occhiata, corrugando la fronte nello sforzo di concentrarsi.

«Che cosa ho visto? Molto poco: solo una specie di fumo bianco: uno non *vede* niente. Però ho sentito la sua voce molto chiaramente. Mia madre gli ha chiesto se io sarei stato re dopo il Signore Sennacherib e lui ha detto di sì.»

«Solo sì? Niente altro?»

«Certo. Che cosa pretendi dallo spettro di un re? Una dissertazione? Tiglath, ci sono dei momenti...»

«Tua madre ti sta infinocchiando, fratello.»

Tanto per provare, presi la coppa di vino, ormai vuota, e la lascia cadere nel pozzo, contando lentamente mentre scompariva nell'oscurità: non riuscii a sentirla toccare il fondo.

«Una voluta di fumo bianco, una voce che pronuncia una sola parola: posso trovarti una cinquantina di maghi nella sola Ninive che per due sicli d'argento ti faranno apparire lo spettro di qualsiasi re tu voglia. Re che sono morti, re che non sono mai esistiti. Devi soltanto dar loro un nome, anche un nome inventato. Tanto *loro* non si accorgeranno della differenza, e se tu sei tanto babbeo da credere a questi trucchetti, allora potrai divertirti a parlare con chi vorrai. Andiamo in città, e ti farò vedere.»

«Andiamo invece dalle sorelle egiziane» replicò Asarhaddon con un sogghigno. «Potrai prenderti la più grande. Le piaci e quando un uomo le piace... No? Ahimé, fratello, non sei una compagnia molto divertente da quando ti sei istupidito con la Signora Esharhamat. Ma ti do ancora due mesi nella casa della via di Nergal e poi ritornerai in te e sarai pronto per un cambiamento di dieta: è la cosa più sana, dopotutto. Ti accorgerai presto che una donna vale l'altra.»

Quando cercai di punirlo per la sua impudenza, fingendo di spingerlo nel pozzo, rise scansandosi e rovesciandomi nello stesso tempo. Anche da sobrio, non riuscivo a tenergli testa nella lotta, ma posso affermare a mio onore che gli ci volle un buon quarto d'ora prima che mi inchiodasse a terra, con la faccia nella polvere, a gridare «pietà!». Alla fine rientrammo, ci lavammo con l'acqua calda e ci cambiammo la tunica prima di andare a cena.

«Mi hai davvero sollevato» annunciò Asarhaddon mentre mi aiutava a lavarmi la schiena. «Non mi è mai andata molto a genio l'idea di diventare re. Mi accontenterò di avere potere, ricchezza, piacere e fama imperitura.»

«Sì, ma non essere troppo sollevato. Per quanto tua madre inventi menzogne a questo proposito, tu potresti davvero essere re. È ovvio che quando il dio vorrà farci conoscere la sua volontà, saprà parlare con chiarezza.»

Entro la settimana mio fratello lasciò Ninive, diretto a sud, e non fu perciò presente alla festa di Akitu che cadde nel mese di Sebat, dopo le prime nevicate sulla città.

In tutti i paesi compresi fra i due fiumi non c'è periodo più sacro. Dura undici giorni e segna il rinnovarsi del patto fra Assur e il suo popolo, oltre all'inizio del nuovo anno che, in effetti, comincia nel mese di Nisan, con le piene di primavera. Ma perché queste feste cadano in una certa data un anno e in un'altra l'anno dopo, è una sciarada che è meglio lasciare all'ingenuità dei preti.

Durante la festa il settimo giorno non è un giorno infausto, come è in altri mesi, e tutto sembra promettere felicità e benessere. Se avessi avuto gli occhi per vedere, mi sarei accorto già allora che la fortuna mi aveva abbandonato e che i miei giorni erano immersi in un'oscurità foriera di sciagure: ma io non vedevo. Non vedevo niente oltre alla mia gloria e alla mia felicità. Pensavo che il dio volesse concludere un patto con me solo, e che io sarei stato innalzato su tutti gli altri uomini e che questa fosse la volontà di Assur. Mi sbagliavo. Avrei dovuto accorgermi dei suoi avvertimenti, ma non fu così, e chi altri devo biasimare se non me stesso, quando quegli avvertimenti erano chiari per tutti gli altri?

Il primo giorno di Akitu il re non può prendere cibo finché non sorge la luna nuova, e quel giorno, dopo aver assistito al levarsi del pallido spicchio di Sin nel cielo a oriente, il Signore Sennacherib ruppe il digiuno con un banchetto nella mia casa, dove sedette fra i dignitari del regno. Io sedevo alla sua destra come se già fossi stato dichiarato suo erede. Avevo fatto venire Merope dai Tre Leoni perché fosse accanto a me in questa grande occasione, e il re ci onorò entrambi quella notte, prendendo il suo piacere nel letto di mia madre, o almeno quella era l'intenzione, e se mia madre la interpretasse in questo senso o no, non pensai di chiederglielo.

Durante il giorno, con lo stomaco ancora pieno, mio padre mi portò con sé quando andò al tempio di Shamash, Signore del giudizio, per chiedere al dio se ci si poteva fidare di Kabtia, re dei Shupri, nella questione del trattato sulla difesa delle vie commerciali verso il Mare Settentrionale. Era una procedura di routine, ma la trovai interessante perché non avevo mai visto il *baru* nell'esercizio delle sue funzioni, e sapevo che presto il dio avrebbe dovuto decidere sulla ben più grave questione della successione sul trono di Assur.

Il re presentò la sua richiesta scritta su una tavoletta di argilla che fu posta davanti all'immagine di Shamash, risplendente d'oro come il suo stesso sole. Aspettammo in silenzio mentre il *kalu* compiva il suo rito cantando preghiere di supplica e il *ginu*, la capra sacrificale, legata all'altare con una catena d'argento, ci guardava con occhi grandi e indifferenti. Il *baru*, Rimani Assur, un individuo magro e dall'aria severa, di mezza età, del quale ricordo la barba, nera e luccicante d'olio, era un personaggio importante per la divinazione e l'interpretazione della volontà del dio, e studiava il *ginu* osservandone ogni mossa, dal suo ingresso nel recinto sacro del tempio fino agli ultimi spasimi dell'agonia.

Alla fine, quando il *kalu* ebbe finito di salmodiare, tutti volgemmo gli sguardi all'immagine del dio, vaga e maestosa dietro la cortina d'incenso. Shamash, cioè l'occhio di Assur, poiché come sa bene ogni persona colta gli dei minori non sono altro che aspetti diversi di un unico vero dio, Assur, il quale riunisce nella sua divina essenza ogni potere, gloria ed esistenza, Shamash era dunque pronto a far conoscere il suo giudizio sulla questione? Il *ginu* guardò prima la pietra sacrificale sulla quale stava per morire, poi guardò me e infine il re. Subito dopo sbuffò, come se un filo di paglia gli si fosse infilato in una narice, e il *baru*, interpretando questa come un'intenzione del dio, prese il sacro coltello di selce dal suo posto sull'altare e, dopo che un paio di novizi ebbero liberato il *ginu* dalla catena d'argento, afferratolo saldamente per le gambe, gli tagliò la gola con un unico colpo magistrale: l'animale morì subito senza un gemito.

Allora tutti, tranne il *baru* e un solo assistente, dovemmo lasciare il recinto del dio, perché nessuno oltre i due sacerdoti poteva essere presente quando le viscere del *ginu* sarebbero state esaminate. Era un'antica usanza che non si potesse mettere in discussione il giudizio del *baru*, che era un uomo santo, così tutti credevano, la cui consacrazione a Shamash non poteva essere corrotta da cose terrene.

«Temibile Signore, gli organi sono normali» disse Rimani Assur quando uscì dal sacro recinto, inchinandosi davanti al re mio padre. Le sue braccia erano rosse di sangue fino al gomito. «Il fegato non ha macchie e le interiora sono arrotolate secondo il disegno ordinario. Non c'è segno di malattia o di deformità. Il dio ti dà la sua benedizione nella questione che ti interessa.»

Ormai il *ginu*, già ridotto a una misera carcassa di capra macellata, giaceva mezzo consumato sul sacro fuoco che bruciava giorno e notte davanti all'idolo di Shamash. Nessuno avrebbe mangiato quella carne e le sue ceneri sarebbero state disperse nel Tigri. Qualsiasi cosa il *baru* avesse visto, sarebbe rimasta soltanto nelle sue parole e nell'iscrizione che ne avrebbe fatto negli archivi del tempio.

«Va bene, o sacerdote» rispose il re, seguendo il rituale di accettazione, mentre alzava le mani in segno di ringraziamento al dio. «Sarà come il Signore del giudizio ha decretato.»

Il complesso del tempio formava un'ala del palazzo, perciò il mio reale padre e io tornammo a piedi ai suoi appartamenti dove il re avrebbe passato le restanti ore del digiuno; era la prima volta che mi trovavo solo con lui da molte settimane. Rallentò il passo quasi volesse godersi quei pochi momenti di libertà in una giornata fitta di cerimonie.

«Fra sei mesi si ripeterà la scena, quando chiederò al dio la benedizione sulla scelta del mio successore. Tu sarai re alla mia morte, eh? E sarai un buon re.»

Il Signore Sennacherib mi mise la mano sulla spalla alzando il braccio, essendo io più alto di quasi tutta la testa. Molte volte mi aveva detto che amava me più di tutti i suoi figli, vivi o morti, ed egli era il mio Signore e re.

«Dovrai sottoporre al dio il nome di Asarhaddon» risposi, poco sicuro in cuor mio se stessi parlando per dovere verso il padre e il fratello o solo perché mi faceva piacere sentirmi il preferito. «È lui il figlio della tua legittima moglie.»

«Il dio non darà la sua approvazione. Asarhaddon ha un secchio di fango al posto della testa. Farà bene, ma soltanto se ci sarai tu sul trono a tenerlo fuori dai guai. È un buon soldato, tuo fratello, al quale tu sei tanto affezionato, ma è uno sciocco.»

Mentre camminavamo il re prese ad appoggiarsi sempre più su di me, forse indebolito dal digiuno.

«Asarhaddon sarebbe un cattivo re» continuò. «Il dio non darà la sua approvazione: forse che il Potente Assur non ti ha già dimostrato il suo favore? Non ti ha forse dato un grande *sedu?* Eh? Asarhaddon... puah!»

Giungemmo alla fine di un lungo colonnato, nel sole di un cortile aperto, e qui il re tolse la mano dalla mia spalla e si stirò come se si fosse appena svegliato da un sogno.

«Riconosci questo luogo? No?» Rise, piegandosi in due e battendosi una mano sul ginocchio, divertito all'eccesso. «Guardati in giro, Tiglath Assur, figlio di Sennacherib, Signore della Terra, Re dei Re! Non ti ricordi?»

Sì, ora ricordavo e al ricordo mi sentii un nodo alla gola. Il blocco di granito, simile a un altare sacrificale, sorgeva ancora al centro del pavimento di pietra: sì, ricordavo bene di averlo visto macchiato di sangue.

Questi pensieri dovettero leggermisi in viso, perché il re annuì, senza più sorridere.

«Qui il vecchio Bag Teshub ti ha portato per farti castrare, come era stato castrato lui stesso... per gli dei! Mi domando se sia ancora vivo. Qui ti ha portato e i sacerdoti aspettavano col coltello in mano. Ma vedo che non hai dimenticato.»

«No, non ho dimenticato. Nemmeno che tu mi hai salvato.»

«Io e il Signore *turtanu*, mio fratello Sinahiusur. Più lui di me; e aveva ragione. Aveva ragione, perché tu mi hai reso orgoglioso di te molte volte da quel giorno. Ma i sacerdoti...

«Sapevi che anche il *baru* Rimani Assur è mio fratello? Lo sapevi, eh?»

«No, Signore.»

«Sì, lo è. I sacerdoti, quasi tutti, sono dalla parte di Asarhaddon, ma non Rimani Assur, lui non favorisce nessuno. Io ho fiducia in lui, per quanto sia un sacerdote, e poi l'esercito ti ama e in questo paese l'esercito conta più dei sacerdoti, che preferiscono tuo fratello soltanto perché si sa che crede a ogni specie di indovini e maghi: sperano di governare tramite lui. Qualcuno gli è contrario: Kalbi, per esempio, che conosce il volere del dio, ma gli altri, per la maggior parte... Ma io ho fiducia in Rimani Assur. Il volere del dio non farà di Asarhaddon un re: mai! E in quanto al fatto che è figlio della moglie legittima...»

Il Signore Sennacherib allargò le braccia in un gesto d'impotenza.

«Metterei il velo sul capo di tua madre anche domani, se non fosse...»

«Se non fosse che la Signora Naq'ia non sarebbe d'accordo, nel modo più assoluto.»

Entrambi ci mettemmo a ridere, come se avessimo un segreto in comune.

«Sì, che strazio riuscirebbe a fare della nostra vita!» Il re mi prese sottobraccio e riprendemmo a camminare. «Per gli dei, sono quasi felice che se ne sia andata a Sumer. A letto ne sento la mancanza, ma ha la lingua velenosa come la coda di uno scorpione. Le donne, ragazzo mio, sono la maledizione della vita...»

Quella sera pranzò a casa mia e divise il letto con mia madre per far sapere a tutti che Tiglath Assur, figlio di Sennacherib, era grandemente onorato dal padre, più di ogni altro vivo o morto che fosse.

Il giorno dopo, il secondo della festa di Akitu, si svolse la grande processione durante la quale il Signore Assur era trasportato attraverso la città fino alla sua casa del Nuovo Anno, dove avrebbe ancora una volta combattuto contro Tiamat, il Mostro del Caos, per ricreare la terra e il cielo luminoso.

Le cerimonie che hanno luogo durante la festa di Akitu sono di grande antichità e sono più o meno le stesse in tutti i paesi fra i due fiumi. A Sumer, dove grazie al prestigio di Babilonia Marduk è il re degli dei, si celebra la sua vittoria, la potenza creatrice che gli uomini onorano e ricordano, ma che si tratti della gloria di Marduk o di Assur, il mito che si celebra è esattamente lo stesso, poiché non è sul nome degli dei che poggia la loro sovranità vivificatrice, ma sulle loro opere, essendo gli uomini a dare agli dei i loro nomi.

La festa di Akitu di quell'anno doveva essere del tutto eccezionale perché era la prima dopo la fine della lunga guerra nel sud, e tutti nella terra di Assur desideravano ringraziarlo per la sua potenza preservatrice. La festa celebrava perciò sia la nostra rinascita, sia la nostra liberazione, e il cuore della gente era lieto.

Gli ultimi minuti prima che l'alba del gran giorno spuntasse, il re, i nobili e tutta la famiglia reale si ritrovarono nel tempio del dio, risvegliato dal rullare dei tamburi, potente come il tuono, che rimbombava per le vie della città come un richiamo di guerra. «Che il dio si svegli!» cantavamo in coro. «Che il Potente Assur, Signore del Cielo, Re degli Dei, nel cui nome sono fatte tutte le cose, si desti dal suo sonno! Che brilli come il suo sole sulla razza dei suoi servi!»

E il grande idolo d'oro del dio, non Assur il Santo ma solo la sua immagine, un dono che il dio ha fatto agli uomini perché potessero avvicinare la sua gloria, il suo idolo, dunque, ci guardava con gli occhi vuoti. Che cosa erano mai gli uomini perché egli se ne occupasse? Che era mai la loro voce perché dovesse ascoltarla? Eppure, nella sua misericordia egli ci ascoltava e il suo sole luminoso si levava sopra le montagne a oriente per donarci la luce di un nuovo giorno. E suo era questo giorno, del dio che era la nostra forza e la nostra salvezza.

Poi, in un solo istante, ogni rumore tacque e l'eco delle nostre voci si dileguò nel silenzio. L'aria non vibrava più e la folla parve immobilizzarsi, non osando nemmeno respirare mentre guardava il suo re, Sennacherib, primo sacerdote e servo di Assur.

Il re si avvicinò al dio tenendo fra le mani un piatto d'oro, pieno di carne ancora calda e fumante nell'aria fredda del mattino. Anche il re era un essere aureo, con le pieghe della tunica che scintillavano per la luce riflessa, splendente come splendente era il suo dio.

«Ti invito a mangiare, Signore Assur» gridò. «Ti invito, Signore del Cielo e della Terra, ad accettare questa offerta dalle mani del tuo servo!»

Il piatto fu tenuto davanti agli occhi del dio e poi fu passato nelle mani di un sacerdote in vesti gialle, il quale lo portò via. Il rito era compiuto.

«Ti invito a mangiare, Signora Ninlil!»

Questa volta, però, la voce era quella di una donna. Come tutti quanti, mi voltai per vedere a chi era toccato il privilegio quell'anno e vidi mia sorella Shaditu, nuda, il corpo luccicante di unguenti. Fra la folla si sentì un mormorìo, poiché quasi nessuno se l'aspettava.

«Ti invito, Consorte del Signore Assur, Regina del Cielo, ad accettare quest'offerta dalle mani della tua serva!»

Il silenzio era tale che potei sentire il tenue scalpiccìo dei suoi piccoli piedi nudi sulla pietra del pavimento. Era bellissima. Il suo corpo meraviglioso suscitò in me un'emozione, come in tutti quelli che la vedevano. Io ero in piedi di fronte al *baru* Rimani Assur e potei vedere lo scintillìo dei suoi occhi, come se lo splendore delle forme di Shaditu lo accecasse. Forse avrei dovuto fin d'allora capire la verità.

Shaditu tenne la sua offerta davanti all'immagine della dea, più piccola e posta alla sinistra del suo sposo, e quando le fu tolto di mano il piatto votivo scivolò al fianco di suo padre che l'attirò a sé in un abbraccio affettuoso; perché il re l'amava ed essa non poteva commettere alcuna follia o azione disonorevole ai suoi occhi.

Merope, per la quale questi riti erano nuovi e strani, era vicina a me e vide ciò che vidi anch'io. Mentre sfilavamo fuori dal tempio alla sfolgorante luce del sole, essa mi tirò una manica.

«Figlio mio, è questa l'usanza? Che sia tutta nuda, come una prostituta, senza nemmeno un velo per coprirsi i capelli? Non mi sembra una cosa decente!»

«È un'usanza venerabile» dissi. Poi sorrisi e le strinsi un braccio: che cosa poteva aver imparato di queste cose nella casa delle donne? «I Sumeri, tutti quanti, uomini e donne, si accostavano ai loro dei in una nudità rituale e i sacerdoti dell'Elam lo fanno tuttora. Ma nella terra di Assur non si era più vista una cosa simile da almeno cento anni. Forse la Signora ha voluto onorare questo giorno con un gesto di antica devozione, sebbene non mi risulta che Shaditu abbia una natura tanto profondamente religiosa!»

«Io credo che non sia migliore di una prostituta da taverna e che voglia soltanto che tutti gli uomini la desiderino.»

Non riuscii a trattenermi dal ridere all'idea che mia madre fosse tanto scandalizzata.

«Sì» dissi. «Da ciò che so di quella Signora, il tuo giudizio è molto probabilmente azzeccato.»

Ma, non sapevo perché, l'immagine che non riuscivo a togliermi dalla mente non era quella di mia sorella Shaditu, che si gloriava nella sua splendida nudità, ma quella del *baru*, il fratello del re, Rimani Assur, con gli occhi accesi di bramosìa.

Alla fine, il dio, rivestito di vesti meravigliosamente ricamate e intessute d'oro e d'argento, con le labbra bagnate dall'acqua proveniente dalle nevi del monte Epih, fu trasportato fuori dal tempio su un palanchino retto dai sacerdoti. Seguivano il re e i sacerdoti, i musici, i nobili e l'intera assemblea, che intonava canti di lode, affinché la gloria di Assur risonasse in tutta la città, riecheggiando dalle montagne a oriente. Mai lo avevo sentito come in quel momento: noi eravamo il popolo del dio, benedetti fra tutti gli uomini, servi del Signore assoluto del cielo.

Seguimmo la processione per tutte le strade di Ninive e attraverso la grande porta fino alla casa di Akitu, che era stata costruita fuori dalle mura come dimora del dio durante gli undici giorni della festa. Era una piccola struttura aperta su quattro lati, con il tetto sostenuto da pilastri di legno di cedro. In questo modo tutti potevano vedere l'immagine del dio mentre assisteva alle cerimonie tenute in suo onore all'aperto. Le cerimonie erano molte e quel giorno si celebrava il trionfo del dio sui suoi nemici mortali e divini, ed era anche il giorno in cui Mushezib Marduk e tutta la sua famiglia dovevano incontrare il loro *simtu*.

Nei periodi di fortuna, un re vive nello splendore, ma quando cade la sua morte è più amara del morso dell'aspide. Mushezib Marduk era stato vile e, in ultima analisi, sciocco. A causa sua l'assedio di Babilonia era stato prolungato all'eccesso, finché il re mio padre e tutti i suoi soldati non ebbero perso fino il ricordo della pietà. A causa sua migliaia di persone erano morte di fame o erano state uccise dalla spada dei loro nemici. E alla fine, invece di chiedere a uno dei suoi servi di colpirlo al cuore con un pugnale, aveva cercato di scappare, travestito da mendicante orbo. Avrebbe fatto meglio a darsi una morte più facile mentre ne aveva la possibilità.

E dov'era Mushezib Marduk il secondo giorno di Akitu? Aveva avuto fortuna perché avrebbe potuto assistere a tutta la festa (almeno fin quando sarebbe sopravvissuto) dal portico stesso della casa del dio, dove era stato incatenato a uno dei pilastri di legno. Della catena non c'era comunque un gran bisogno, poiché il Signore di Babilonia non avrebbe potuto andarsene dato che la sua testa sbucava dall'imboccatura di una giara di bronzo che a malapena lo conteneva. Da molti gironi Mushezib Marduk non poteva nemmeno vedersi le gambe.

Questo sistema di costrizione, ultima raffinatezza della tortura, era semplicissimo. Il grande vaso di bronzo, che avrebbe potuto contenere otto o nove *sutu* d'olio, era stato segato a una certa altezza in modo da infilarci un uomo come se fosse stato un sacco di datteri. La parte superiore era stata poi riavvitata al suo posto. Questa sarebbe stata l'ultima dimora che Mushezib Marduk avrebbe conosciuto. Il modo esatto in cui sarebbe morto era un segreto anche per lui, ma non avrebbe mai lasciato quel vaso se non come un rifiuto da gettare via. Perciò aspettava, con il collo della giara che gli saliva fino alle orecchie, maledicendo gli dei a voce alta, incrinata di quando in quando da un accesso di furia. La gente rideva di lui, e il re rideva insieme al suo popolo. Merope e io stavamo in piedi, silenziosi, fra gli altri membri della famiglia reale, e mia madre ogni tanto mi stringeva con forza una mano.

Ma prima che gli fosse concesso di morire, il Signore di Babilonia avrebbe perduto tutto quanto rende dolce la vita, poiché la regina e cinque dei suoi figli, solo due maschi essendo gli altri morti combattendo da soldati, erano stati catturati con lui. Mio padre desiderava che la sua vendetta fosse completa.

I figli furono condotti per primi: il più grande aveva già una peluria sul mento e la più piccola non poteva avere più di sette anni. Avevano le mani legate dietro la schiena e, uno dopo l'altro, davanti agli occhi del padre che urlava, furono obbligati a inginocchiarsi, affinché il boia potesse tagliar loro la gola, tirandoli per i capelli. Mentre Mushezib Marduk impazziva dal dolore, poiché il Signore Sennacherib aveva voluto riservargli questa sorpresa, il frutto dei suoi lombi moriva senza un lamento. Quando l'ultimo cadde, i cadaveri furono ammucchiati in cima a una pira di sterpi e pezzi di legna preparata lì vicino, e lasciati là per essere bruciati in un secondo momento.

E mentre Mushezib Marduk singhiozzava fino a soffocare e gli addetti spargevano la paglia sul terreno inzuppato di sangue, noi aspettavamo il nuovo spettacolo, il momento culminante della festa: la battaglia fra il Signore Assur e il Mostro Femminile del Caos.

Così nacque il mondo: all'inizio erano Apsu e Tiamat, dei degli oceani, dolce e amaro. Da essi nacquero Lahmu e Lahamu, fratello e sorella, marito e moglie, e Anshar e Kishar, che sorpassarono i loro genitori in forza, bellezza e abilità. Anshar e Kishar, oltre a molti altri dei, generarono Anu, dio del cielo, il quale generò Ea, dio della sapienza e della magia, assai più grande del padre.

Ma i giovani dei erano chiassosi e disturbavano il riposo del vecchio Apsu, il quale andò da sua moglie e le disse: «Li distruggerò, così potrò dormire». Tiamat ne fu sconvolta e gridò in preda all'ira: «Non distruggiamo ciò che noi stessi abbiamo creato!». Ma Apsu volle fare a modo suo e partì per vendicarsi dei figli e dei nipoti. Ea tuttavia, il più grande fra gli dei, lo avvolse nella sua magia e lo uccise, trasformandolo in una montagna dove Ea risiedette maestoso con sua moglie Damkina. Lì nacque a loro Assur, il più glorioso degli dei.

Nel frattempo Tiamat aveva meditato sul destino dello sposo Apsu e il suo cuore era colmo d'ira. Decise perciò di attaccare gli dei e distruggerli, e perfino Ea fu preso da terrore. Alla fine, soltanto Assur osò affrontare Tiamat in combattimento e, con l'aiuto di un forte vento che soffiava nella bocca della dea così da impedirle di chiuderla, Assur scoccò una freccia che le si infilò in gola e la raggiunse al cuore. Quando Tiamat fu morta, Assur tagliò in due il suo corpo, creando con una metà il cielo e con l'altra la terra. Per questi grandi fatti di coraggio e di saggezza egli fu esaltato, perfino più di suo padre, come re degli dei.

È la battaglia che ogni anno gli uomini di Assur fanno rivivere davanti agli occhi del dio. Colui che interpreta il ruolo di Assur è chiamato il *limmu*, e in tutte le cronache l'anno prende il nome da lui. Nel primo anno del regno, è il re a essere *limmu*, e successivamente i dignitari di corte seguono in rigido ordine di precedenza. Quell'anno toccò a Enlilbani, un tipo di soldato gioviale e di buon cuore, interpretare la parte di Assur; era cerimoniere alla tavola del re ed era anche stato *rab shaqe* dell'esercito che aveva preso Babilonia, una coincidenza questa considerata particolarmente di buon augurio.

Il ruolo di Tiamat doveva essere svolto nientemeno che dalla Signora Ahushina, già regina di Babilonia e moglie di Mushezib Marduk, il quale avrebbe visto tutto dalla sua posizione privilegiata nel grande vaso di bronzo, poiché quell'anno l'uccisione del Mostro del Caos non sarebbe stata una semplice pantomima.

La Signora fu fatta avanzare, nuda, con la faccia e il corpo dipinti di giallo e di nero, i colori del sale e del fango, incatenata per i polsi e le caviglie. Perfino sotto lo strato di pittura si vedeva come fosse sfinita, più morta che viva. Fu legata fra due pali e, mentre guardava i cadaveri dei figli con uno sguardo vuoto e assente, Enlilbani, negli abiti del dio, uscì dalla casa di Akitu, armò l'arco e scoccò una freccia che le trapassò il cuore. La donna mandò un grido e morì.

Uno dei sacerdoti vestiti di giallo porse a Enlilbani una pesante ascia di rame con la quale egli si dispose a tagliare in due il corpo della regina, spaccandolo dal collo al pube con parecchi colpi violenti, che fecero schizzare una pioggia di sangue dappertutto. La folla urlò, estasiata di fronte a quello spettacolo.

Che dire di me e di mia madre, greca, per cui la cosa aveva tutto l'impatto della novità? Mia madre pianse: si girò, affondando il viso nel mio petto, e pianse come una bambina. In quanto a me, avevo visto molte cose peggiori e provai soltanto un leggero disgusto. Non me l'aspettavo: il re non mi aveva parlato di questo progetto, ma sebbene io, in quanto suo figlio e membro della corte più ristretta, dovessi necessariamente essere presente, se lo avessi saputo avrei certamente risparmiato a mia madre un simile spettacolo.

Finalmente, quando i cadaveri della regina e dei suoi figli furono ammucchiati insieme sulla pira, quando tutta la vita oltre la sua povera carne gli fu strappata, toccò a Mushezib Marduk incontrare la morte.

Vennero i soldati e presero il grande vaso di bronzo dal portico della casa di Akitu. Misero un collare di ferro intorno al collo di Mushezib Marduk, piegando il vaso su un fianco e trascinandolo per il collare, cosicché sobbalzò rotolando sul terreno, come un tronco nella corrente del fiume. Sollevarono infine il vaso al centro della pira e versarono acqua nell'imboccatura, spingendo da una parte la testa di Mushezib Marduk. Doveva essere bollito vivo! Mentre la sua famiglia veniva ridotta in cenere sotto di lui, egli sarebbe stato cucinato come un coniglio nella pentola del cacciatore. Quando questa idea si fece strada nella sua mente, egli cominciò a urlare. All'inizio erano parole: No! No! Questo no! Pietà! No!... poi, al culmine del terrore, lanciò soltanto delle grida acute, come le strida selvagge di un rapace.

La pira fu accesa in parecchi punti, ma il legno era verde e cosparso di pece così da bruciare lentamente e con pochissimo fumo. Mushezib Marduk non avrebbe avuto la grazia di morire soffocato prima che il fuoco lo raggiungesse. Si sentiva soltanto lo scoppiettìo della fiamma e il lamento di terrore che non cessava mai, non cessava mai, e si provava il desiderio irresistibile di tapparsi le orecchie. Il Signore di Babilonia non morì finché l'acqua nel vaso non cominciò a bollire fuoruscendo dall'imboccatura, chiara dapprima, poi rossa per la schiuma sanguigna. Dopo un certo tempo, quando l'urna diventò incandescente, la testa, staccatasi spontaneamente dal corpo, rotolò giù, cadendo nel fuoco. Questa fu la sua fine.

Una volta spento il fuoco, le ceneri del re sarebbero state raccolte e gettate nel Tigri. Non ci sarebbe stato alcun funerale per Mushezib Marduk e per la sua discendenza, nessuna offerta di cibo e di vino. Non avrebbero avuto un'altra vita nell'oltretomba e sarebbero stati completamente dimenticati.

Condussi via mia madre. Non parlammo, non c'erano parole. No, non c'erano parole.

XIV

Ricordo il sapore dei suoi seni. Ricordo il modo in cui si muoveva sotto di me, l'abitudine che aveva di contorcere leggermente i fianchi quando stava per raggiungere l'orgasmo. Ricordo come le piacesse mordermi il lobo dell'orecchio. Ricordo l'amore accecante che avevo per lei e lo stesso ricordo è anch'esso amore, poiché il fuoco è ancora acceso sotto la cenere. Esharhamat. Oh, la passione di quel nome! Esharhamat.

Una, due volte la settimana, non appena ci era possibile, c'incontravamo nella casa della via di Nergal. Io aspettavo, tormentato dall'ansia, sicuro che non sarebbe mai arrivata, finché sentivo la sua manina bussare lievemente alla porta di legno che separava un edificio dall'altro, e poi, quando l'avevo fra le braccia, la portavo fino al nostro letto, perché avevamo un vero letto, con un materasso riempito di lana grezza: per la mia Signora Esharhamat non ci doveva essere alcun soldatesco disprezzo per le comodità. Per lungo tempo non parlavamo quasi, non riuscendo a staccare le nostre labbra. Comc amavo il suo dolce corpo! Come bruciavo dal desiderio di conoscerlo tutto, ogni pezzetto di pelle, con gli occhi, le mani, le labbra!

Non ci vedemmo durante gli undici giorni di Akitu. Le ore erano riempite dalle cerimonie, dai banchetti e dai grandi eventi pubblici che sembravano richiedere tutti la mia presenza; ma ora eravamo insieme di nuovo e io potevo coprire la sua bocca con la mia. Volevo penetrare tutto in lei, divenire parte di lei, morire e tornare di nuovo in vita. Non avevamo più occhi per vedere, fiato per respirare, c'era soltanto il bisogno cieco di essere una cosa sola e di sentire le nostre membra, i nostri stessi sensi dissolversi l'uno nell'altro come miele nel vino.

Alla fine, mentre giacevamo sul letto, spenta la passione

immediata così da poter nuovamente sentire il riposante piacere dell'amore, avvertii il rumore della grandine sul tetto, tac, tac, tac, come se gli uccelli stessero beccando i semi caduti fra i mattoni. Tutta la notte aveva tuonato, perciò non ne fui sorpreso, e in certo modo era un rumore gradevole, che ci faceva sentire in una nicchia sicura.

Esharhamat fece scorrere la mano sul mio petto mentre il suo seno sfiorava il mio braccio. Sentivo... non so mettere in parole ciò che provavo. Mi pareva che ogni felicità dovesse svanire nel nulla, che tutto il resto della mia vita lo avrei passato nel dolore per la fine di quest'unico momento; e tuttavia non mi sarei lamentato, poiché questo momento era stato mio.

«Hai sentito la mia mancanza?» domandò, posando la mano sul mio ventre e piegando le dita, così da farmi sentire la lieve traccia delle sue unghie.

«Quando?»

«Tutti questi ultimi giorni, quando eri col re e con tua madre.»

«Sei gelosa di mia madre?» Volsi la testa a guardarla, sorridendo. «È così?»

«No... non di lei. Del re, qualche volta.»

«Perché? Perché dovresti essere gelosa del re?»

«Perché tu daresti la vita per lui.»

Mi misi a ridere, attirandola a me, perché era una cosa davvero sciocca, e glielo dissi.

«Tu credi che sia sciocca perché sei un uomo» rispose. Fingeva di essere irritata, ma non distolse la faccia quando mi chinai per baciarla.

«Su, perché devi essere gelosa del re? Lo sei davvero?»

«Sì.»

«E perché? Darei certo la vita anche per te con la stessa prontezza.»

«Allora perché tu saresti capace di lasciarmi per amor suo?»

«Se me lo ordinasse, come potrei rifiutare?»

«Non se lo ordinasse, ma se lo chiedesse.»

«È il re: come potrei disubbidire? Per me sarebbe un dovere.»

«E l'amore? Che cos'è l'amore?»

«L'amore è ciò che voglio, ciò di cui ho bisogno per vivere. Il dovere è la vita, anzi, più della vita. È così per ogni soldato e se tu fossi un uomo capiresti.»

Ma non sono un uomo» disse, sfiorandomi il volto con le labbra, facendomi sentire il suo respiro ardente, stuzzicandomi con la punta della lingua, mentre cercavo un'altra volta di baciarla. «Non sono un uomo, non lo sapevi? Dimostrami che hai sempre saputo che non sono un uomo!»

Ridendo, un riso che ricordava il tintinnìo di una campanella di bronzo, allungò le mani sotto la coperta, stringendomi il membro, già duro come ferro, e guidandolo dentro di lei. Mentre si scioglieva contro di me, mentre tremava di desiderio e un piccolo singhiozzo le si rompeva in gola, sentivo che niente m'importava, né re, né dei, né dovere: solo di lei m'importava.

Più tardi, quando Esharhamat si fu addormentata, scivolai giù dal letto e andai alla finestra, aprendo le imposte per vedere la strada sottostante, ancora luccicante per la grandine caduta.

Che cosa aveva voluto dirmi? Era stato uno scherzo, un semplice vezzo femminile? Che cosa voleva?

Come già mi era successo molte volte negli ultimi giorni, alla mia memoria si presentò con prepotenza l'espressione sul volto di mia madre mentre assisteva al macello davanti alla casa di Akitu. Il re aveva forse voluto ispirare la paura? In questo caso, aveva solo rivelato la sua, e tutto lo spettacolo era stato grottesco e stupido.

Se fossi diventato re, avrei impedito simili cose. E avrei potuto avere Esharhamat non in segreto, ma apertamente come mia moglie.

E come mia moglie sarebbe stata per sempre al sicuro. Sapevo che era stata cieca e sorda: che sarebbe stato di lei se non avessi potuto sposarla? Rifiutava di capire che le cose potevano cambiare per lei e si immaginava, mentre il vento era favorevole, che fosse la sua propria forza a spingerla così in alto. Avrebbe potuto distruggersi a causa della sua totale incoscienza se il mondo non si fosse adattato ai suoi desideri. E perciò, poiché l'amavo, avevo paura per lei.

Era ancora addormentata quando richiusi le imposte. Mi sedetti sul letto accanto a lei, pensando: ''Tu sei tutto ciò che conta per me. Tu, questo luogo, questo momento''. Sbagliavo ad amarla così? Sì, lo sapevo ma non me ne curavo.

Come se mi avesse sentito, sbatté le palpebre e mi sorrise.

«Vorrei essere re per amor tuo» dissi improvvisamente,

mentre avevo deciso di non parlare. «Per amor tuo, e per cambiare il mondo.»

«Davvero, amor mio? Ma il mondo non si lascerà cambiare da te.»

Il percorso verso casa mi portava ad attraversare alcune delle zone più povere della città, dove le strade erano rese viscide dal ghiaccio, dal fango e dal sudiciume e dove gli uomini puzzavano di sudore e di birra rancida. Erano le case dei lavoratori a giornata, che affittavano ogni sera lo spazio per mettere la loro stuoia, che non avrebbero mai avuto i soldi necessari a comprarsi una moglie e i cui corpi, dopo morti, sarebbero stati gettati in tombe sconosciute; le cui anime non avrebbero avuto le offerte necessarie ad acquietare la loro fame e la loro sete. Uomini così, se ne avessero avuto il fegato, avrebbero potuto diventare soldati o ladri e rischiare qualcosa per migliorare un po' la loro vita; ma forse il corso della loro squallida esistenza era già stato stabilito fin dal loro primo vagito.

Passai davanti a una taverna, perfino qui infatti c'erano le taverne, perché ogni creatura umana deve potersi concedere il suo piccolo lusso, e notai che dall'altro lato della strada c'era una portantina di ricca fattura, con i fianchi rivestiti di cuoio nero. Accovacciati intorno a essa stavano quattro schiavi dall'aria scontenta, che si guardavano in giro come se si stessero chiedendo in che modo avrebbero potuto evitare il contagio di un luogo simile. Erano schiavi, sì, sembravano dire, ma sempre migliori di ogni uomo libero costretto a vivere lì. Con un certo stupore mi accorsi che indossavano l'abito degli schiavi della casa reale.

All'improvviso, dalla taverna mi giunse il rumore di una risata travolgente. Incuriosito, non seppi trattenermi ed entrai.

Era una stanzetta affollata e fetida, con le pareti di mattoni di fango senza traccia di intonaco. Uomini in tuniche rozze e sudice sedevano ai tavoli e perfino per terra, giocando ai dadi o semplicemente guardando le diverse specie di divertimenti che si stavano svolgendo nel locale. Il mio ingresso suscitò una certa agitazione perché questa non era gente abituata a trovarsi fianco a fianco con ufficiali di grado elevato dell'esercito del re, ma non costituivo certamente l'attrazione principale del posto. Sopra una tavola dall'altro lato della stanza, un bestione nudo e peloso stava montando una donna, le cui gambe bianche sporgevano sotto di lui come due esili antenne di un insetto strano. Tutti guardavano, alcuni incitando e applaudendo il bestione, mentre altri, due o tre mi parve, raccoglievano le scommesse, lasciando cadere piccoli involti di monete, legati in pezzetti di stoffa bisunta, in grembo a una vecchia megera che sedeva su di un alto sgabello e aveva l'aria di essere la padrona del locale.

Della donna che era la fonte di tutto quel divertimento, potevo dire poco, se non che sembrava giovane. Dovevo tuttavia fare qualche cosa: molto probabilmente era lì contro la sua volontà, perché chi mai...?

Ma a un tratto, come per respirare una boccata d'aria uscendo da sotto quella massa disgustosa e viscida di sudore, la donna girò la testa abbastanza perché potessi vederla in volto. Sì, certamente, che idiota che ero. La portantina! Era Shaditu.

La figlia stessa del re: era intollerabile! In pochi passi attraversai la stanza e afferrai il bestione per la caviglia, facendolo ribaltare completamente, così che lasciò libera mia sorella e andò a sbattere la schiena per terra con un colpo violento.

Per un attimo rimase stordito; poi si arrabbiò. Ma non si era ancora alzato in piedi che la punta del mio giavellotto era già puntata contro la sua gola.

«Fuori!» gridai. «Fuori, tutti quanti, se ci tenete alla pelle, fuori di qui!»

Solo un istante passò prima che il mio avversario si accorgesse che ero veramente pronto a ucciderlo, che indossavo l'uniforme di *rab shaqe* e che avrebbe fatto meglio a eseguire i miei ordini. Raccolse da terra la sua tunica e cominciò a battere in ritirata.

«La vuoi tutta per te, eh, mio giovane Signore?» mi cinguettò dietro la megera. Ci fu una risata generale, seguita da un silenzio imbarazzato.

«Ho detto tutti! Fuori!»

Mi bastò fare un gesto in aria con il giavellotto perché tutti corressero verso la porta come conigli. In un istante Shaditu e io rimanemmo soli.

Shaditu all'inizio non capì. Si alzò su un gomito, tirando

verso di sé le ginocchia, e si guardò in giro, sbattendo le palpebre.

«Che cosa... Ah, sei tu, Tiglath... fratello. Vuoi la tua parte anche tu?»

Con una risata da ubriaca, poiché dava segno di esserlo e molto, spalancò le gambe.

«Ci so fare, che cosa credi?»

«Sei disgustosa» dissi voltando la faccia mentre mi toglievo il mantello per darlo a lei. «Avanti, copriti.»

«Oh, Tiglath, non essere infuriato! Su, dammi un bacio, mio dolce fratello. Sembra che noi c'incontriamo soltanto quando io non sono esattamente nei miei momenti migliori.»

Si avvolse il mantello intorno alle spalle e si piegò in avanti, reggendosi la testa fra le mani. Per un momento pensai che si sentisse male, ma cambiai presto parere quando mi prese il braccio, appoggiandovisi con la fronte.

«Oh, Tiglath, mio bel fratello, se soltanto tu potessi amarmi!» mormorò. «Sono ridotta a questo perché tu mi respingi.»

«Immagino che tu debba per forza dire le tue solite sciocchezze.»

Tirai via il braccio, chiedendomi perché poi le avessi permesso di prenderlo. Shaditu sapeva turbare gli uomini e io ero un uomo. Raccolsi la sua tunica dal pavimento, un indumento leggerissimo del lino più sottile, che qualcuno aveva ridotto a brandelli, e non era difficile capire in quali circostanze. No, non l'avrebbe più indossata. I suoi sandali non riuscivo a trovarli da nessuna parte.

«Coraggio, avvolgiti nel mio mantello. Fuori fa freddo e ora te ne torni alla tua lettiga e poi a casa.»

«Non ancora, credo» rispose, appoggiandosi all'indietro sul tavolo e lasciando cadere il mantello. «Restiamo ancora un momento qui... noi due soli.»

«Shaditu, se non te ne andrai alla lettiga con le tue gambe, ti ci trascinerò, foss'anche per i capelli.»

«Non credo che lo faresti, fratello.»

«E perché no, sorella?»

«Perché sai bene quanto mi piacerebbe.» Mi sorrise, come una gatta. «Ora dammi un sorso di vino e cerca di essere un po' carino con me, Tiglath, perché lo so che non ti dispiace troppo guardarmi.»

Aveva ragione: non potevo farne a meno perché Shaditu

era bella. La sua bocca era fatta per essere baciata e i suoi occhi erano pieni di malizia sfacciata, ma invitanti e sorridenti come se la mia vista la consumasse di piacere. La sua pelle era liscia come la seta, il suo corpo pareva cercarmi: vieni, assaggiami, prendimi il seno nelle tue mani, penetrami e conoscerai il piacere. Non ero che un uomo e lo sentivo. E Shaditu non era cieca.

Giaceva nuda sul mio mantello, con le braccia gettate all'indietro, il ventre che si alzava e abbassava con il respiro. Andai a prenderle una tazza di vino e mi sedetti aspettando che bevesse e finisse di tormentarmi.

Si alzò a sedere e prese la tazza dalle mie mani, sorridendo fra sé come per qualcosa che lei sola conosceva.

«Tu non mi ami, tu ami un'altra: lo sanno tutti.» Scrollò le spalle. «Non me ne importa. Se mi desideri, questo mi basta; non interferirei fra te ed Esharhamat, che deve dare un piacere ben misero a un uomo.

«Ma vedo che ti ho scandalizzato di nuovo. Sì, è così.» Il sorriso le sparì pian piano dalle labbra. «Tu credi che io sia insensibile e perversa, perfino peggiore delle prostitute delle taverne, che almeno si vendono per il denaro col quale devono sopravvivere. Forse hai ragione: o forse questa non era la vita che avrei scelto per me, se avessi potuto scegliere. Ma vedi, non potevo. Ho un padre vecchio e sciocco che crede di potermi tenere tutta per sé.»

«Tu parli poco saggiamente, sorella: io farei...»

«Che cosa faresti, fratello? Non pensare di potermi minacciare come hai fatto con quella plebaglia.» Fece un gesto vago come se i clienti della taverna non fossero che fantasmi da scacciare. «Io dirò tutto ciò che vorrò.»

«Se tu fossi un uomo, perfino mio fratello di sangue, ti ucciderei per la tua impertinenza.»

«Ma non sono un uomo e tu sei mio fratello, o potente Tiglath Assur: credo di essere abbastanza protetta dalla tua ira.»

Scoppiò a ridere, gettando la testa all'indietro e io cominciai a desiderare di essere un altro per poterla prendere a schiaffi abbastanza forti da farle sanguinare quelle labbra insolenti. La desideravo, non potevo mentire a me stesso, ma nello stesso tempo avevo voglia di spezzare in due quel suo corpo come un ramoscello fradicio. Esistono alcune donne che suscitano in noi desiderio e odio insieme e Shaditu era una di quelle.

«Non è forse vero?» continuò, sempre ridendo, ma amaramente. «Shaditu è la prediletta del re e non può avere un marito che la possa comandare finché suo padre vive. Se avessi potuto avere un uomo mio, e mi fosse stato concesso di vivere come le altre donne, avrei potuto accontentarmi e non ritrovarmi mai nel letto dei soldatacci o nelle taverne dei poveri e dei disprezzati. Ma forse, chi può dirlo? Forse l'avrei fatto lo stesso perché la mia natura potrebbe essere corrotta.

«Prendimi ora, Tiglath. Un giorno lo farai, come sappiamo bene tutti e due. Godiamo insieme adesso.» Mi gettò uno sguardo canzonatorio. «No? Oggi no? Forse ti sei già esaurito fra le braccia di un'altra?»

«Alzati, Shaditu. È ora che tu lasci questo posto. Alzati o ti trascinerò con la forza e vedremo se ti piacerà.»

Quando vide che non era più il momento di scherzare, scese dalla tavola come una regina dal trono, avvolgendosi nel mio mantello in modo da coprirsi fino alla punta delle orecchie. Quando ci videro, i suoi schiavi si alzarono in piedi.

Rimasi a guardare la sua portantina che spariva in fondo alla strada, con gli schiavi che trottavano come cani, per la fretta.

Ma per me questo non era soltanto il momento dei sospiri di donne innamorate. Non avevo bisogno di trastullarmi in passioni proibite per sentirmi amato, perché ero il favorito di tutti.

Il re, avendo deciso in cuor suo che dovevo godere del favore degli dei e degli uomini, mi mandò alla città santa di Assur perché potessi pregare a suo nome in tutti gli antichi luoghi di culto e, già che ne avevo la possibilità, perché ispezionassi la guarnigione, affinché i sacerdoti potessero constatare in quale stima mi tenesse l'esercito.

Nell'agire così dimostrava astuzia, perché sotto la superficie le classi dominanti erano in lotta fra loro, divise a proposito della recente guerra nel sud e del sacco di Babilonia. I sacerdoti e coloro i quali guardavano a Sumer e alla sua antica cultura come a una madre, pensavano che fosse stato commesso un sacrilegio e che i grandi dei si sarebbero vendicati su di noi per la distruzione della città di Marduk. I soldati e quanti, come i mercanti e i trafficanti, vedevano le carovaniere dell'ovest come una fonte di prosperità, giudicavano che il re avesse fatto bene a schiacciare Babilonia e a spezzare per sempre la sua alleanza con l'Elam prima che i due paesi uniti ci sopraffacessero. Costoro, poiché il re mi aveva favorito e poiché era sembrato che mi fossi così distinto in quell'azione — tale è dunque la capacità di non voler vedere la verità, perché in che cosa la gloria di Asarhaddon era stata inferiore alla mia? — costoro, dunque, volevano vedermi esaltato come *marsarru*. Il partito babilonese vedeva in Asarhaddon il salvatore che avrebbe allontanato l'ira di Marduk e ricostruito la sua città. Io dovevo perciò andare ad Assur per ingraziarmi gli dei e conquistare i loro sacerdoti. Tali stratagemmi, mi fece capire mio padre, costituiscono l'arte dei re.

Ma, dal momento che non si fidava completamente della mia capacità di politico, mi fece accompagnare dal Signore Sinahiusur affinché, per mancanza di saggezza, io non mi rovinassi completamente.

Non avevo mai visto la città di Assur se non come soldato, marciando sotto le sue mura: Assur, la città sacra agli dei e sede dei nostri antichi regni. Assur era già una citta quando Ninive e Calah erano prive perfino del nome. Prima dei re, prima delle città, prima che i mattoni crudi fossero posti uno sull'altro, i progenitori della nostra razza erano giunti fin qui dalle pianure deserte dell'occidente, liberati da un'esistenza di vagabondaggi dalla misericordia del Grande Assur, il quale aveva detto: «Questa sarà la vostra terra, dove il seme della nazione crescerà e si spanderà per tutto il vasto mondo. Io vi darò il mio nome, affinché tutti sappiano che siete servi del dio». Nessun uomo che sia nato fra i due fiumi può vedere la città dei suoi padri senza che il cuore gli si sollevi nel petto.

Sinahiusur e io cavalcammo insieme, portando con noi una scorta di cinquanta uomini. Era un viaggio di meno di due giorni per via d'acqua, ma il nostro scopo, almeno in parte, era di fare una certa impressione, ed è difficile riuscirci in una zattera di canne dalla quale si discende malandati, fradici e malfermi sulle gambe. Non avevo una gran voglia di farmi ridere dietro e ce ne andammo quindi per via di terra, come si conviene a un soldato, arrivando alle porte di Assur dopo quattro giorni.

Se avessi avuto qualche dubbio sulla volontà del dio di elevarmi alla gloria del trono, si sarebbe dissolto come un'ombra quando ci avvicinammo alla città. Non so come, ma la guarnigione era stata avvertita del nostro arrivo. Quattromila soldati erano allineati ai lati della strada, e dietro di loro la gente comune, i negozianti e i fornai, i conciatori di pelli e i fabbri, i contadini e i fabbricanti di mattoni, con le mogli e i figli, tanti da non poterli contare. E non avevano che una voce e un canto: «Assur è Re!» gridavano. «Assur è Re! Assur è Re! Assur è Re!».

Io cavalcavo da solo in testa alla scorta, perfino il *turtanu* si era ritirato perché il trionfo fosse soltanto mio, e mentre il mio cavallo, un po' innervosito, avanzava sulla strada pavimentata di mattoni, la gente gettava fiori sul mio cammino, e monete perché gli zoccoli del mio cavallo potessero benedirle, come se io fossi già il sovrano prescelto. «Assur è Re! Assur è Re!» gridavano, prima i soldati e poi in coro tutti gli altri. «Tig-LATH! Tig-LATH! Tig-LATH! Tig-LATH!»

Fino a quando un uomo può udire il suo nome sulle labbra della folla senza sentirsi esaltato, favorito dagli dei, prezioso agli occhi del cielo? Fino a quando, prima di diventare uno stolto in fondo al suo animo?

Quella sera fummo festeggiati dal governatore della città, un vecchio soldato i cui occhi brillavano come pozze d'olio mentre parlavamo delle campagne passate e della gloria della guerra. Era il secondo figlio del vecchio *turtanu*, che era il fratello del Grande Sargon, e chiamava Sinahiusur ''cugino'', pur non riuscendo a chiamare me in altro modo se non *gugallu*, una parola che significa ''eroe'' e anche ''comandante'': all'inizio pensai che avesse l'intenzione di canzonarmi, ma poco a poco mi fu chiaro che era sincero e che voleva soltanto mostrarmi rispetto. Era imbarazzante da parte di un uomo della sua posizione ed età e, così mi pareva, quasi un insulto a chi avevo sempre considerato come il mio protettore, ma il Signore Sinahiusur, il quale si limitava a sorridere, a raccontare aneddoti e a bere vino, non dava segno di prenderla in questo senso, come se trovasse giusto e naturale che io fossi innalzato sopra di lui.

Ma a quel punto, naturalmente, avevo afferrato qualcosa, che soltanto poche ore prima, accecato com'ero da un falso splendore, mi era sfuggita. Quello spettacolo era stato organizzato.

L'arte dei re! Ben presto a Ninive sarebbe giunta la notizia che avevo avuto un'accoglienza trionfale: che io fossi popolare fra i soldati era noto, ma adesso mi avrebbero attribuito anche il favore della folla cittadina, un fatto non così trascurabile che i grandi uomini possano permettersi di ignorarlo. I sacerdoti sarebbero stati messi a tacere.

E, d'altronde, non avevo cominciato a crederci io stesso? E non era anche questo un obiettivo? Quella vecchia volpe di mio padre avrebbe abbindolato anche me insieme agli altri, e tutto questo il Signore Sinahiusur lo aveva certamente capito fin dall'inizio.

Perciò, il giorno seguente, restando nel ruolo che mi era stato assegnato, io mi prostrai davanti ai tabernacoli di Assur, Istar, Adad, Ea, Nergal, Shamash, Sin, Nabu e, per pura precauzione, Marduk. Feci l'offerta di vino e di frutta, bruciai qualche ciuffo della mia barba in espiazione dei peccati commessi e donai oro, argento e pietre preziose per adornare gli dei. Ascoltai, umile e silenzioso, gli ammonimenti dei sacerdoti. Assistetti alla lettura del mio *simtu* in acqua alla quale era stato aggiunto dell'olio, consultai i *baru*. La sorte mi era propizia, mi dissero: sarei stato grande nella Terra di Assur.

La sera andai a cena nella caserma, dove si trovavano molti veterani delle guerre nel sud e dove fui accolto come un vecchio camerata. Fra i soldati semplici molti cercavano perfino di toccarmi la mano, poiché tale è il potere del mito; non avevano infatti molti di loro sofferto più di me e messo la loro vita a rischi ben maggiori dei miei? Si creano eroi e re perché riflettano ciò che vi è di più nobile in noi, e che cos'ero io se non l'immagine di tutto ciò che avevano fatto essi stessi? Mi sentivo umiliato mentre sedevo alla mensa degli ufficiali, bevendo vino con uomini più coraggiosi di me, i quali per il resto della loro vita avrebbero parlato della volta in cui avevano brindato con Tiglath Assur.

La mattina ci mettemmo in marcia per Ninive. Di nuovo i soldati e il popolo si affollarono lungo i bordi della strada, e di nuovo mi acclamarono, come se gridando il mio nome stessero invocando il potere dei grandi dei, ma adesso il vino non mi aveva fatto girare la testa e fui in grado di salutare con la mano, e sorridere, pur sapendo che era tutta una vanità e un'illusione, come l'acqua azzurra che si vede nel deserto rovente.

E il Signore Sinahiusur, che cavalcava accanto a me, tornò a essere il *turtanu* del re, davanti al quale tutti nel paese, tranne uno, dovevano inchinarsi.

«Ti sei comportato bene» disse, mentre scrutava automaticamente l'orizzonte, un'abitudine abbastanza comune nei vecchi soldati. «Ci saranno altri viaggi, e credo che questi il re potrà lasciarteli fare da solo. La nazione è come una sposa e deve abituarsi alla vista del compagno che tuo padre ha scelto per lei.»

«Ma Assur non ha ancora scelto, non è vero?»

«No, ma ha scelto il re.»

«Credevo che tu favorissi Asarhaddon e la successione regolare.»

«Io favorisco la volontà del re, Tiglath.» Si voltò verso di me e scoprì i denti in un sorriso stanco; le rughe intorno agli occhi e alla bocca erano simili a cicatrici. «E, riflettendoci, credo anch'io che tu saresti un sovrano migliore di tuo fratello. Ma il dio farà come vorrà, per quanto il re e io possiamo almanaccare, e come tu dici, il dio non ha scelto. Non ancora.»

Si guardò indietro, ma i soldati della scorta cavalcavano a circa venti passi di distanza, perciò era come se fossimo soli.

«Il re dà ascolto alle donne» continuò. «Le donne, quando vogliono una cosa, qualche volta riescono a far credere a un uomo di essere lui a decidere.»

«Ma la donna in questo caso... io credo che tu parli della Signora Naq'ia; essa desidera con tutte le sue forze che io non succeda a mio padre.»

«Sì, ciò che dici è vero. Ma l'effetto tuttavia è lo stesso perché essa rafforza in lui l'idea che la cosa si risolverà in un modo o nell'altro per una sua decisione. Il pericolo è questo. E naturalmente ci sono altre voci oltre a quella della Signora Naq'ia. La Signora Shaditu, come avrai senza dubbio osservato, sta cercando con tutte le sue forze d'ingraziarsi i suoi consanguinei.»

Dal tono della sua voce e dallo sguardo volutamente assente, non mi restarono dubbi su ciò che intendesse dire. Che cosa aveva sentito? Quale diceria era arrivata alle sue orecchie? Ma il *turtanu* vedeva tutto, perciò come poteva pensare Shaditu di nascondergli la sua condotta? Eppure, il mio coinvolgimento...

«Signore, non c'è mai stato niente fra me e mia sorella.»

Si voltò a guardarmi, girandosi sulla sua cavalcatura, e la sua espressione era di assoluta sorpresa.

«No, Tiglath» disse. «Non era di te che io... Forse è meglio che dimentichi ciò che ho detto.»

«Come vuoi, Signore.»

Cavalcammo in silenzio per parecchi minuti. Non si sentiva altro rumore tranne quello degli zoccoli dei cavalli sul nudo terreno. Poi, tutto d'un tratto, come se annunciasse la conclusione di qualche dialogo interiore, il Signore Sinahiusur si schiarì la gola.

«Tuttavia» disse sporgendosi per mettermi una mano sul braccio, gli occhi scuri e seri, come quelli di un uomo che ha perduto le sue illusioni una a una. «Tuttavia, sarebbe bene che nel prossimo regno la Signora Shaditu fosse messa a morte.»

Il Signore Sinahiusur aveva ragione quando diceva che ci sarebbero stati altri viaggi. Andai a Calah, ad Arbela, a Erbil, ad Arrapha e a Balawat. Mi prostrai ad adorare nei loro templi e mangiai alla tavola dei loro uomini importanti. Visitai le guarnigioni a Zakho, Aqra e Hajiya. Ascoltai le storie dei soldati e raccontai io stesso bugie. E dappertutto ero trattato come l'erede e il favorito del re e gli uomini mi amavano, perché capivano che questa era la volontà di mio padre.

E da me venivano gli inviati dei re stranieri e io dicevo loro le parole che essi desideravano sentire, che li avrei protetti dai loro nemici, che avrei avuto cari i loro padroni come miei fratelli. Questo, naturalmente, essi non lo credevano, perciò li comprai con oro e argento ed essi mandarono in patria lettere nelle quali si parlava di me come di qualcuno che doveva essere tenuto in grande onore.

Né dimenticai Ninive, la grande capitale del Signore Sennacherib, dove avevo vissuto fin dalla mia infanzia, sebbene fosse diventata quasi un luogo dove mi fermavo soltanto qualche volta per rinfrescarmi. A Ninive c'era il denaro, una potenza che avevo imparato a non disprezzare, perciò io corteggiai i mercanti, che vivevano come gran signori, i trafficanti e gli usurai, anche se non direttamente perché non sarebbe stato conveniente per un principe.

Mandai perciò a chiamare il mio schiavo Kephalos e gli tenni questo discorso: «Gli uomini di sostanza in tutta la Terra di Assur, quelli di altri paesi che vivono qui e trafficano in metalli, legno e tutti i beni preziosi, tutti ti conoscono. Parla loro per me. Dì che io desidero il loro bene, perché essi fanno prosperare il paese, e che intendo portare la pace e l'ordine quando salirò sul trono».

Ma Kephalos si tirava la barba, aggrottando la fronte.

«Padrone, che succederà se, dopotutto, non salirai al trono? Non si ricorderà allora il Signore Asarhaddon che la mia voce ha parlato in tuo favore nei bazar? Lui ti vuole bene, come dici tu, ma non vuol bene a me!»

«Non sarà dunque meglio che tu mi aiuti a diventare re?»

Alla fine acconsentì, e non si limitò a qualche parola mormorata negli orecchi dei ricchi mercanti, ma mandò in giro cantastorie, assoldati col suo denaro, per narrare le meraviglie delle mie imprese alla gente comune. Kephalos conosceva infatti i suoi interessi e fu sempre mio amico.

Io lavoravo, dunque, e sognavo di diventare *marsarru*: non perché desiderassi essere re, ma perché amavo Esharhamat, che avrebbe dovuto diventare la futura moglie del re. E anche perché mi ero convinto che così volesse il dio.

Vidi molto poco Esharhamat in quei giorni, ma essa non se ne lamentò perché capiva il motivo delle mie azioni. Ci amavamo e cercavamo di aspettare con pazienza, credendo che ci bastasse saper aspettare per ottenere la felicità. Molte volte mi venne in mente il pensiero che se avessi chiesto la mano di Esharhamat al re, questi probabilmente non me l'avrebbe rifiutata. Probabilmente l'avrebbe considerato un gesto abile politicamente, perché la mia scelta sarebbe sembrata ancor più inevitabile. Ormai il re non era un ostacolo per noi.

Eppure non riuscii a chiedere niente. Non potevo dimenticare le parole del Signore Sinahiusur: *Ma il dio farà come vorrà, per quanto il re e io possiamo almanaccare*. Da uomo devoto, o da codardo, io esitavo a forzare la mano della divinità, non chiedevo niente, e continuavo a vedere Esharhamat furtivamente, ogni volta che ci era possible, nella casa della via di Nergal, come se ci vergognassimo, come se lei fosse già la moglie di un altro e noi due amanti colpevoli timorosi di essere colti in flagrante adulterio.

Durante tutto questo tempo il dio teneva per sé i suoi disegni, o parlava per enigmi. Lo appresi dal sacerdote Kalbi, un onesto folle, che non avendo mai appreso a conformare le sue parole allo spirito del tempo era degno di fiducia. Naturalmente il suo destino fu che nessuno di quanti avrebbero potuto sventare le sue funeste profezie gli dette mai ascolto. Così gli dei scherzano con noi, mascherando la verità da follia.

Kalbi venne a trovarmi soltanto una volta: non lo rividi mai più, ma l'impressione che mi lasciò è durata tutta la vita. Era un individuo mingherlino e un po' strano, basso e dai movimenti bruschi, con gli occhi che gli sporgevano dalle orbite come se qualcuno glieli spingesse da dietro. Suo padre era stato Nergal-etir, primo *baru* al tempo del Grande Sargon, e discendeva da una stirpe di autentici veggenti e profeti.

Accadde nel mese di Siwan, quando le piene del fiume cominciavano a decrescere e la terra riprendeva a vivere sotto i raggi del caldo sole. Si presentò nel mio palazzo di Ninive e i servi mi avvertirono del suo arrivo mentre stavo tornando da una battuta di caccia con il re. Ero stanco e poco disposto ad ascoltare le chiacchiere dei preti, ma non sarebbe stato gentile rifiutarsi di ricevere un uomo la cui famiglia gli dei avevano onorato per più di mille anni; perciò lo feci avvertire che l'avrei ricevuto non appena mi fossi ripulito, ed egli fu introdotto alla mia presenza durante il pasto della sera.

«Mi scuso di averti fatto aspettare, Nobile Sacerdote. Prego, siediti, fammi la cortesia di cenare con me.»

Ma Kalbi non si mosse dal centro della stanza dove era in piedi, leggermente piegato in avanti, con la mano destra che stringeva con forza una piega della tunica e le palpebre socchiuse sugli occhi sporgenti con un'intensità dolorosa, come se stesse cercando di parare qualche colpo.

«Io... io non sono venuto per cenare, Signore. Ti ringrazio, no.»

«Allora siediti, almeno. Accetta una coppa di vino. No? Non vuoi niente?»

Non si mosse nemmeno, sembrava inchiodato al suo posto. O forse voleva essere scortese di proposito. Non avrei saputo dirlo.

«Non sono abituato alle usanze dei principi, Signore.»

Rimase ad aspettare in silenzio, quasi calmo, come se quella fosse una risposta esauriente. Ma anche i miei servi aspettavano e i piatti che mi erano stati posti davanti si stavano senza dubbio raffreddando, perciò decisi che non sarei morto di fame per una semplice questione di etichetta e cominciai a mangiare.

«Mi chiedo allora che cosa abbia potuto indurti a farmi visita» dissi alla fine, con un sorriso non eccessivamente gentile, perché quell'individuo mi stava mettendo a disagio.

«Sono venuto a portarti dei messaggi» rispose con aria sollevata per il fatto che l'argomento era stato toccato. «Messaggi strani e contraddittori, enigmi, in effetti. Non riesco a decifrarli e mi chiedevo, Signore, se tu potessi sapere...»

«Io?» Mi permisi di scoppiare a ridere, sebbene non fossi molto in vena di scherzare. «Non ho nessuna abilità per certe cose. Perché sei venuto proprio da me?»

«Forse perché tu sei il principale interessato, Signore. Molta gente dice che tu sarai il futuro re.»

«Molta gente, ma non il dio, a quel che capisco.»

«No, Signore.» Scosse il capo. Sbatteva le palpebre con una regolarità quasi meccanica, adesso, e ogni volta scuoteva la testa come se sentisse un rumore che lo faceva sobbalzare. «L'ho chiesto al dio molte volte. L'ho pregato perché mi facesse conoscere la sua volontà, ma egli tiene nascosto il tuo *simtu*.»

«Ma ti parla di altre cose?»

«Sì: due. Il regno di tenebre che sta per arrivare e l'uccello nero che vola in cerchio sul campo del Signore Asarhaddon.»

Spinsi via il piatto perché improvvisamente non avevo più fame.

«Fa' attenzione, prete. Il Signore Asarhaddon è un bravo soldato e non deve essere insultato, ed è anche un fratello al quale voglio bene, perciò bada a come parli di lui.»

«Non conta nulla ciò che dico io, Signore, ma ciò che dice il dio, e il dio non lo favorisce, lo pone sotto una cattiva stella. Il Signore Asarhaddon non regnerà mai con l'approvazione del dio.»

«Allora non regnerà.» Bevvi un sorso di vino, fingendo una calma che non sentivo.

«Allora, perché, Signore, il dio mi mostra una valle di tenebre che deve venire? Ci saranno tempi calamitosi per la Terra di Assur, questo lo so.»

E Kalbi mi parlò di presagi, di bambini nati con organi maschili e femminili insieme, di tremori della terra, di nuvole nere che nascondevano la cima di montagne sacre, di stelle cadenti, della luna che grondava sangue nel cielo a occidente.

«C'è una donna, Signore, nel tempio di Istar, che cade in un sonno ipnotico quando la Venerata Signora vuole parlare per mezzo di lei. È una donna vecchia, che ha trascorso tutta la vita nei sacri recinti fin dall'infanzia, e la dea ha parlato con la sua voce soltanto quattro volte prima d'ora. La scorsa notte è stata la quinta.

«Ma la dea nasconde la verità: non ti ho parlato di enigmi, Signore? Essa rivolge questa domanda: ''Perché la stella di sangue deve tramontare oltre le acque a occidente, per risorgere e scomparire per sempre, affinché la terra possa essere illuminata dal sole?''. Ho pensato che tu avresti potuto conoscere la risposta, Tiglath Assur, perché il dio ha segnato il tuo corpo con la stella di sangue.»

«Non conosco nessuna risposta. Lasciami ora, prete, lasciami, perché tu mi hai turbato la mente.»

«Ancora una domanda, Signore, e poi me ne andrò. Conosci qualcuno che è cieco eppure ci vede?»

«Che cosa...» Balzai in piedi con un tale scatto che la tavola davanti a me traballò e la mia coppa di vino andò a fracassarsi sul pavimento. «Che cosa sai di lui? Io...»

«Niente, Signore, io non so niente. Si dice che ci sia un *maxxu* cieco che viene a vederti. Che cosa ti dice, Signore? Ti parla di tempi oscuri?»

Restammo in piedi uno di fronte all'altro. Il vino era sparso al suolo come sangue e mi sembrava di non riuscire a staccarvi gli occhi.

«Allora, buona notte a te, Signore.»

Se ne era andato, alzai lo sguardo per parlargli, ma se ne era già andato.

Avevo dunque molti pensieri per la mente mentre viaggiavo come inviato del re e aspettavo insieme a tutta la nazione che il dio facesse conoscere la sua volontà.

Il responso degli oracoli doveva essere conosciuto nel mese di Ab, e mentre il giorno andava avvicinandosi, ricevetti una lettera di Asarhaddon che annunciava il suo ritorno in città per l'occasione, insieme alla madre: credo che si trattasse piuttosto del contrario, perché niente avrebbe potuto trattenere Naq'ia lontano da Ninive in un momento simile.

Il giorno in cui arrivò fu la giornata più calda di tutta l'estate, perfino i mattoni delle mura friggevano al sole come grasso sul fuoco. Non invidiavo a mio fratello il viaggio che aveva dovuto affrontare, perché in Sumer il caldo doveva essere ancora maggiore, ma quando andai a trovarlo nel suo palazzo mi avvidi che non erano i disagi della strada a occupargli la mente.

Lo trovai seduto in giardino, alla poca ombra offerta da un olivo rinsecchito, intimorito all'idea di entrare in casa e già alla una del pomeriggio tanto ubriaco da dimenticarsi di tenere coperta la testa.

«Andiamo nelle tue stanze» gli dissi restando in piedi accanto a lui, ed egli mi guardò con gli occhi spalancati e pieni di ansia, come se non si ricordasse chi ero. «Andiamo, fratello! Con questo caldo e tutto quel vino nello stomaco, potrebbe venirti un colpo.»

Scosse il capo e abbassò gli occhi a contemplarsi i piedi.

«Per i grandi dei, Tiglath, forse dovrei considerarla una fortuna morire tranquillamente nel mio giardino. È terribile, terribile, la peggiore delle disgrazie che mi potessero capitare. Ho paura che la mia vita sarà rovinata se non riuscirò in qualche modo ad allontanare questo *alu*.»

Presi l'anfora del vino dalle sue mani e mi sedetti accanto a lui.

«Quale disgrazia?»

«Disgrazia? Ah, vuoi dire l'*alu*. È successo durante il viaggio, quasi davanti alla porta della città: una mangusta si è infilata sotto il mio carro ed è stata schiacciata dalle ruote.»

«Ah sì? Tutto qui?»

«*Tutto qui?*» Mi afferrò la tunica sulle spalle come se volesse scuotermi per riportarmi alla ragione. «Non sai che una mangusta che ti passa fra le gambe è la magia più tremenda? Gli *ashipu* di mia madre stanno studiando anche in questo momento per sapere se l'*alu* viene soltanto a chi sta con i piedi per terra, perché io ero sul mio carro, sollevato dal suolo. Oppure, per cercare se c'è qualche rituale...»

«Non devi preoccuparti del sole di questo pomeriggio, fratello, perché ormai il cervello ti si è già spappolato completamente. Non ho mai sentito una sciocchezza come questa della mangusta.»

Asarhaddon si drizzò a sedere come per affermare la propria dignità.

«Tu non hai letto tanto quanto me sull'argomento, fratello. Se lo avessi fatto...»

«Da quando sei diventato così erudito?» chiesi alquanto stupito. «A quanto mi risulta, tu sai a malapena leggere.»

«Mi sono fatto leggere i testi.»

«Dove? In Sumer?»

«Sì, certamente.» Asarhaddon sbatté le palpebre, meravigliato. «È là che questa scienza è stata portata alla massima perfezione.»

«Allora forse l'*alu* viene soltanto se la mangusta è di Sumer.»

«Credi che potrebbe...»

«Per i grandi dei, fratello! Rientriamo immediatamente, o al tuo *alu* resterà ben poco da fare!»

Gli misi un braccio intorno alle spalle e lo spinsi in casa dove le sue donne gli bagnarono la testa con acqua fredda, e finalmente poté addormentarsi e dimenticare i malefici delle manguste morte, almeno per un po'.

A questo l'aveva ridotto sua madre in soli sei mesi.

La sera del sedicesimo giorno di Ab il dio avrebbe finalmente parlato. Passai la mattina di quel giorno fra le braccia di Esharhamat, nella casa della via di Nergal. Avevamo dovuto lasciare aperte le finestre perché la stanza era una fornace, ma Esharhamat riusciva sempre a essere fresca.

«Può darsi che questa sia per noi l'ultima volta» dissi, e mentre parlavo così il cuore mi moriva nel petto.

«E se non lo fosse, che succederebbe? Chiederesti al re il permesso di sposarmi, una volta diventato *marsarru*?»

«È la prima cosa che gli chiederei, lo sai bene.»

«Sì. Lo so.»

«Ma se non sarò *marsarru*?»

«Lo sarai.»

«Ma se non lo sarò?»

«Allora promettimi una cosa, una cosa sola.»

«Se posso, lo farò.»

«Che tornerai qui domani.» Si mosse fra le mie braccia,

appoggiandomi la guancia sul petto. «Un'ora dopo mezzogiorno tornerai qui. Non potrei più vivere se non dovessi rivederti un'altra volta.»

«Ci sarò» dissi. «Lo prometto. Dovesse costarmi la vita.»

Passammo così le ultime ore di quel giorno decisivo.

XV

Per due giorni, dopo che gli oracoli decretarono che Asarhaddon avrebbe dovuto succedergli, il re esitò. Non ci fu nessun proclama al popolo, sebbene la gente di Ninive sapesse già tutto: dopo poche ore da quando il *baru* aveva annunciato che le viscere del *ginu* erano state trovate senza macchia, una folla si recò al palazzo di mio fratello e gli sporcò il portone con le immondizie. Per due giorni Asarhaddon non fu nominato *marsarru* e non si installò nella casa della successione. La nazione intera aspettava impaziente mentre il re lottava contro se stesso.

Corse la voce di una ribellione nell'esercito ispirata da alcuni dei figli più giovani del re, sebbene non succedesse niente del genere, ed era cosa risaputa che un certo scriba senza barba andava dicendo in giro come i sacerdoti avessero falsato gli oracoli per mettere un falso successore vicino al trono.

E di tutto questo, temo, ero io il colpevole. Non era colpa di mio fratello se tante voci si levavano contro di lui, ma ero io il responsabile perché avevo lavorato troppo bene per farmi accettare come erede del Signore Sennacherib. Il popolo era stato indotto a ritenerla una cosa certa, una decisione del re e del dio, e quindi anche sua. Era naturale che si sentissero imbrogliati e che ne dessero la colpa a mio fratello. Questo era certamente il risultato della mia presunzione, e il fallimento era mio, non suo.

Ma finalmente il re comparve in pubblico con Asarhaddon alla sua destra, e dichiarò che per volere del dio il figlio della Signora Naq'ia, la sua sola moglie vivente, sarebbe stato il suo erede. Non ci fu grande gioia ma il popolo accettò la parola del re e la pace fu mantenuta. La gente ricordò tuttavia che il giorno seguente, il diciannovesimo del mese di Ab e il primo nel quale il sole sorse su mio fratello, dopo che era stato eletto *marsarru*, era un giorno infausto, nel quale gli uomini si vestivano di stracci e non mangiavano cibo cotto, né giacevano con le proprie mogli. Questo fu il modo in cui Asarhaddon entrò in possesso della sua eredità e in cui si compirono per me le parole del *maxxu*: «Non credere che la felicità e la gloria ti aspettino fra le sua mura, Principe, perché il dio ti ha tracciato un'altra strada. Qui tutto ti sarà amaro: l'amore, il potere, l'amicizia».

Non ero in città quando il re ruppe il silenzio. Avevo già chiesto e ottenuto un comando come *shaknu* di Amat e delle province settentrionali, dove una guerra di frontiera con le popolazioni delle montagne orientali ribolliva continuamente come una pentola sul fuoco. Sarei tornato a fare il soldato, mi ero detto, e forse sarei morto, se non di una morte gloriosa, per lo meno utile, perché sentivo che la vita aveva ormai scritto la sua ultima parola sulla mia tavoletta: e tutto questo quando non avevo ancora compiuto vent'anni.

Ma prima che il re acconsentisse a lasciarmi andare, dovette essere dissuaso dall'ordinare l'arresto di Asarhaddon, per poterlo assassinare nascostamente in qualche cella oscura.

«Sono ancora io il re!» gridava infuriato, passeggiando avanti e indietro per i suoi appartamenti privati, dove mi aveva fatto andare nel mezzo della notte e dove lui, io e il Signore Sinahiusur eravamo rimasti soli dietro la porta chiusa. «Nonostante quello che Rimani Assur possa avere o non avere visto nelle viscere di una capra morta, io sono sempre il re! È chiaro? Avresti dovuto vedere la sua faccia, Tiglath! Con questo caldo batteva i denti e aveva la faccia grigia, sembrava di granito. Quel dannato prete mi stava mentendo, lui e quel mulo di tuo fratello hanno cospirato contro di me, ma per i sessanta grandi dei, li farò impiccare per i piedi prima dell'alba! Eh? Che cosa diranno allora? Traditori! Traditori!»

Avanti e indietro misurava il pavimento con i sandali che sbattevano sulle piastrelle. Avevo ricevuto l'ordine di recarmi da lui aspettandomi che ciò significasse la mia elezione a *marsarru*, e adesso ero lì a osservare l'esplosione della sua collera furibonda con gli occhi stanchi e la mente annebbiata. No, non sarei stato io il *marsarru*, e non avrei mai potuto sposare Esharhamat: sembrava che nel mio cervello non ci fosse spazio nemmeno per comprendere questi due semplici fatti.

«Non ci sono traditori, Temibile Signore» dissi alla fine, e la mia voce suonò distante, come se fosse appartenuta a qualcun altro. «Tu stesso hai definito Rimani Assur un uomo onesto...»

«Sì, ma è pur sempre un prete! I sacerdoti...!» Mio padre pronunciò quella parola come se gli avesse lasciato un cattivo sapore in bocca.

«Un sacerdote, ma un uomo onesto. E mio fratello Asarhaddon sarebbe l'ultima persona a osare di manomettere qualcosa nei misteri della divinità. Noi, *tu*, devi accettare il verdetto come espressione del volere di Assur.»

«Ucciderò Asarhaddon. Lo sventrerò io stesso con un coltello e gli spargerò le budella.»

«Se lo farai, padre mio, dovrai trovarti un altro figlio che regni dopo di te, perché non sarò certo io.»

Girò di scatto la testa e mi guardò con occhi scintillanti di collera, ma non mi fece paura, sentivo che non avrei avuto più paura di niente nella vita.

«Se ucciderai Asarhaddon, se compirai questa malvagità, quest'azione blasfema, se gli negherai la vita e i diritti alla successione, allora lascerò questo paese e non vi farò mai più ritorno. Temibile Signore, tu non vedrai più la mia faccia.»

«Eh? Che cosa dice questo ragazzo...?»

«Questo ragazzo è più saggio di te, fratello» intervenne il Signore Sinahiusur con voce calma e triste. «Vorresti suscitare una guerra civile?»

«Ci sarà in ogni caso, no? Ci sarà in ogni caso quando sarò morto, oppure tu credi veramente che l'esercito accetterà Asarhaddon, il quale ricostruirebbe Babilonia anche domani se potesse? Credi che l'accetterebbe? Lo credi davvero? Eh?»

Il re si abbatté su una sedia e rimase seduto a contemplarsi i piedi corrucciato, come se pensasse che anche questi l'avevano in qualche modo tradito.

«Lo accetterà, se l'accetterai tu. Lo accetterà se Tiglath lo accetterà.» Il *turtanu* alzò gli occhi su di me. «Che cosa pensi, Tiglath? Accetterai il volere del dio, o dividerai la nazione muovendo guerra al fratello che dici di amare?»

«Tu conosci già la mia risposta, Signore. L'hai già sentita un'altra volta.»

Annuì: aveva capito.

«Provo pietà per te, nipote» disse alla fine. «Questo è ciò

che accade agli uomini che pensano di poter governare il dio, il quale ha invece sempre l'ultima parola. Ma è duro da accettare e tu soffri amaramente di questa punizione, sebbene non sia tua la colpa.»

«*Il peccato non sarà tuo*» aveva detto il *maxxu*. Sobbalzai nel sentire quelle parole e il Signore Sinahiusur e io ci scambiammo un'occhiata: mi chiesi che cosa sapesse il Signore Sinahiusur di quella storia.

Eppure, bastava che pensassi ad Arad Ninlil per dubitare di essere davvero senza peccato. Non avevo acconsentito anch'io, insieme a Esharhamat? Se era così, allora il dio aveva trovato il mezzo di punirci entrambi.

«Ucciderò Asarhaddon, sì, voglio la sua vita.»

Il re mi fissava con occhi vuoti, non credendo più lui stesso alle sue parole, e alla sua collera ormai esaurita era succeduto il dolore. Mi avvicinai a lui, mi inginocchiai accanto alla sua sedia ed egli mi abbracciò e pianse.

«E tu?» chiese alla fine, quando le lacrime si furono asciugate e fu più calmo. «Che farai tu, figlio mio? Asarhaddon non sarà mai sicuro sul trono finché tu sarai vivo. Questo lo sai, non è vero?»

«Non ho niente da temere da Asarhaddon, né lui da me.»

«Sì, l'affetto tra fratelli è una bella cosa.»

Lo disse con una certa amarezza, come se vi riconoscesse una forma di debolezza pericolosa, e rimase seduto in silenzio, guardando nel vuoto, apparentemente occupato a meditare sui misfatti dell'amore.

«Ma che farai nell'immediato futuro?»

«Dovrò lasciare la città per qualche tempo» risposi. «Forse per molto tempo, credo. Non dovrò dare alcun motivo di ribellione al volere del dio. Dai ad Asarhaddon modo di dimostrare ciò che sa fare e vedrai che saprà mettersi in luce.»

«Dove andrai, figlio mio?»

«Temibile Signore, se hai dell'affetto per me, mandami dove ci sarà spargimento di sangue, vorrei combattere una guerra, lunga, dura e terribile. Vorrei strappar via dal mio cuore ogni traccia di debolezza.»

Il re mio padre guardò il Signore Sinahiusur il quale fece un cenno di assenso.

«Non so ancora che cosa farò» mormorò muovendo nervosamente gli occhi, come se non riuscisse a sopportare di fissare un oggetto per più di un istante. «Niente è stabilito, ti farò sapere qualcosa.»

Mi inchinai e uscii. Il re e il suo *turtanu*, suo fratello, come Asarhaddon era il mio, avrebbero continuato a parlare fino all'alba, ma la decisione non poteva essere che una sola. Il re avrebbe nominato Asarhaddon suo erede, e io avrei dovuto trovare il modo di andare avanti. Avrei potuto essere felice anche senza il trono, ma non vederla mai più...!

Uscii all'aperto in uno dei molti giardini del palazzo reale, dove il buio cielo notturno mi riparava dalla vista degli altri, e rimasi appoggiato a una colonna nell'oscurità, cercando di capire perché mi sembrasse di non provare alcuna emozione. Mi sentivo stretto in una morsa che mi impediva di respirare, ma il mio cuore era intorpidito.

''Ecco che cosa si prova a essere morti'' pensai. ''A essere un'anima che fluttua nel vento notturno, senza passioni, senza legami con la vita.''

Spirava una brezza lieve, calda e carica di umidità, che mi avvolgeva come se io fossi un'ombra.

«Esharhamat» mormorai, e in quel preciso momento sentii bruciarmi gli occhi per le lacrime e capii che ero ancora un uomo capace di soffrire per la perdita della donna amata. «Esharhamat...»

E là, nell'oscurità, dove nessuno poteva vedermi, diedi sfogo al mio dolore.

La prima ora dopo l'alba, un messaggero fu introdotto alla mia presenza con gli ordini del re: ero stato destinato alla guarnigione di Amat. Avrei lasciato Ninive quella notte stessa, senza chiasso, con una scorta di soli venti uomini. Avrei viaggiato in fretta. Al nord erano già stati inviati messaggeri per annunciare il mio arrivo. Avevo un solo giorno di tempo prima di lasciare tutto ciò che aveva costituito fino a quel momento la mia vita.

Amat! Come si sarebbe infuriato Asarhaddon nel sentire qual era la mia destinazione! E il re certamente l'aveva fatto di proposito.

Aspettai un'ora, poi un'altra. Nessuno si presentava ad annunciarmi che Asarhaddon era stato proclamato *marsarru*, e poteva darsi che ancora nemmeno lui lo sapesse. Avrei dovuto vederlo prima di partire, avrei dovuto fare atto di sottomissione, affinché non ci fossero dubbi sulla mia lealtà verso di lui.

Il palazzo di Asarhaddon sorgeva dalla parte opposta della casa della guerra, e mentre camminavo attraverso i cortili delle caserme vedevo i soldati che mi guardavano come se fossi un prodigio della natura. Ero in disgrazia e destinato a morire, oppure sarei stato io il futuro re? Non riuscivano a indovinarlo e non sapevano perciò se dovevano alzare la mano in un gesto di saluto o restarsene immobili. La maggior parte si limitò a fissarmi.

Andai direttamente nelle stanze di mio fratello. Nessuno dei suoi servi cercò di fermarmi, anzi indietreggiavano tutti davanti a me come se mi sospettassero di avere un pugnale nascosto sotto il mantello.

Asarhaddon aveva l'abitudine di far colazione tardi e lo trovai perciò ancora a tavola, vestito di una semplice tunica di lino, i piedi scalzi, e circondato dalle sue donne. Mi appoggiai il pugno chiuso sul cuore e m'inchinai.

Una delle gemelle babilonesi cominciò a ridacchiare.

«Il mio Signore Tiglath è molto formale questa mattina» cinguettò, e la sua frase spiritosa fu accolta da uno scoppio di risa da parte delle altre donne.

«Uscite!»

Asarhaddon le fulminò con lo sguardo e le risa cessarono immediatamente.

«Uscite! Lasciateci soli. Subito!»

Come una covata di quaglie impaurite, le ragazze si sparpagliarono immediatamente in tutte le direzioni, e io rimasi solo con Asarhaddon.

«Gli oracoli di mia madre erano dunque esatti» disse finalmente.

«Sì, Signore, erano esatti.»

«*Signore*.» Vidi l'espressione sul volto di mio fratello cambiare quando udì che lo chiamavo così, come se la parola avesse un suono sgradevole alle sue orecchie.

«Il re... ti ha mandato lui a dirmelo?»

Scossi il capo, lottando con me stesso per sembrare un semplice ambasciatore, indifferente, mentre c'erano tante cose che ormai non avrei più potuto dire ad Asarhaddon, al quale volevo bene, ma che non avrebbe più potuto essermi amico come una volta.

«Il re dovrà accettare la decisione del dio» dissi senza guardare mio fratello dritto negli occhi. «Ti manderà a chiamare e ti condurrà lui stesso nella casa della successione ma — e cerca di lasciarti consigliare in questo — dovrai dargli tempo. Restatene in casa, senza vedere nessuno, finché non riceverai la sua chiamata.»

Mi osservò stringendo le palpebre, quasi sospettasse qualche tradimento, ma alla fine annuì.

«È saggio quello che dici, Tiglath, e farò come mi consigli. E adesso, siediti accanto a me e beviamo una coppa di vino, da veri fratelli. O hai già imparato a non volermi più bene?»

Il tono della sua voce mi fece capire che si sarebbe offeso a un mio rifiuto, perciò accettai e gli permisi di riempirmi la coppa, sebbene avessi l'impressione che quel vino mi dovesse soffocare.

«Non potrà più essere come una volta fra noi» dissi alla fine. «Tu sarai re nella Terra di Assur e io sarò il tuo suddito. Sarà bene che lo capiamo entrambi, Asarhaddon. E ci sono anche altre ragioni.»

«Parli naturalmente della Signora Esharhamat.»

«Non la rivedrò mai più. Sarà tua moglie e ti darà dei figli che ti succederanno.»

«Tiglath, fratello mio, per quel che me ne importa potresti averla anche subito. Per i sessanta grandi dei, io te la darò!» Mi mise la mano sul braccio, stringendomelo con le sue dita robuste, come se si trattasse di una cosa che potevamo sistemare fra noi.

«Magari fosse così facile, fratello!»

«Allora ti compenserò, vedrai se non lo faccio. Ti darò in cambio il doppio, il triplo; potrai avere Leah, le sorelle egiziane, le più belle fra le mie donne. Lasciami soltanto le sorelle babilonesi, ti prego. Un uomo deve pur trovare qualche piacere nella sua esistenza!»

E la cosa commovente era che credeva veramente a ciò che diceva, a ogni singola parola. Capii che non avrebbe mai potuto comprendere, e mi limitai a scuotere il capo.

«Partirò da Ninive stanotte» dissi. «Andrò al nord, a combattere contro le tribù delle montagne. È meglio così.»

Asarhaddon ritirò la mano dal mio braccio.

«Ho paura che tu sia geloso, Tiglath, geloso e invidioso. È esattamente il comando che io avevo chiesto. Io, che non ho mai desiderato niente di più. Ciò che toglie a me, lo dà a te col massimo piacere!»

«Tu hai avuto il Sumer.»

«Il Sumer!» Fece una smorfia di disgusto. «Facevo il guardiano di pecore in Sumer, si potrebbe morire per mancanza di esercizio in Sumer. Il re ti ha dato questo comando soltanto per dimostrare il suo disprezzo verso di me.»

«Mi ha dato questo comando perché l'ho chiesto io.»

«Allora sei tu che mi disprezzi!»

«Sai che non è vero.»

Per un attimo sembrò che volesse saltarmi addosso e io pensai che la nostra amicizia fosse davvero finita, ma dopo aver lottato con se stesso, Asarhaddon si calmò.

«Sì, lo so.»

«Le cose non sono andate come avremmo desiderato, ecco tutto.»

«Sì, è proprio così.» Si mise a scrutare la sua coppa di vino come se vi cercasse qualcosa. «Pensi che possa essere l'*alu* della mangusta che sta facendo effetto?»

Non seppi che cosa rispondere e perciò tacqui.

Per lungo tempo restammo in silenzio.

«Quando partirai? Stanotte?» Asarhaddon domandò alla fine, come se la cosa gli fosse sfuggita di mente.

«Sì, stanotte.»

«Allora non sarai presente alla cerimonia della mia nomina: mi dispiace. Ma forse non ti farebbe un gran piacere.»

«Vi assisterei, fratello, con cuore leggero e con gioia. Ma non potrei essere presente al tuo matrimonio.»

«Le donne... sono una maledizione!» Scosse il capo, con aria afflitta, così sembrava, all'idea di questo ostacolo insormontabile. «Sei sicuro che non vorresti prenderti qualcuna delle mie? Nemmeno Leah?»

Non potevo rispondergli: in certe cose la testa di mio fratello era più dura della pietra. Mi alzai da tavola. Asarhaddon si alzò con me e, quando cercai nuovamente d'inchinarmi, mi fece rialzare e mi abbracciò. Sapeva bene anche lui che, probabilmente, ci stavamo lasciando per sempre.

Nel corridoio che conduceva alla porta d'ingresso, quella

porta contro la quale meno di un'ora dopo la gente di Ninive avrebbe sfogato la sua rabbia, e dove adesso era già radunata una piccola folla di ambiziosi cortigiani, incontrai Naq'ia.

«Allora non sei venuto ad assassinare mio figlio, Tiglath Assur?» domandò, sorridendo ironicamente: Naq'ia era raggiante. Non potei fare a meno di pensare che assomigliava a un gatto che giocava con un topo già mezzo morto.

«No, Signora. Egli è mio fratello e mio Signore.»

«Ma adesso, da quel che capisco, non più tuo amico?»

«Può un re avere amici, Signora? Se lo può, allora io sono ancora suo amico.»

«Il tuo comportamento, Tiglath, è inappuntabile» disse, porgendomi la mano. «Come sempre, d'altronde. Mi congratulo con te per la ferma nobiltà del tuo carattere.»

Sapevo che si stava prendendo gioco di me, ma le presi lo stesso la mano e la portai alla fronte, perché essa era adesso la madre del futuro re e meritava un segno di rispetto. Ma in cuor mio l'odiavo.

Detti un'occhiata in giro agli individui che ci stavano osservando in piedi lungo le pareti, non osando avvicinarsi troppo: sì, certamente, tutti sapevano. Tutta la città aveva appreso la notizia ormai, ma Naq'ia aveva sempre saputo, glielo potevo leggere in faccia.

«Il volere del dio si è compiuto» disse, quasi rispondendo alla domanda che si era appena affacciata alla mia mente.

Certo, era così. Aveva sempre saputo esattamente come sarebbero finite le cose e non potei fare a meno di chiedermi come avesse fatto, ma era una risposta, questa, che non desideravo veramente conoscere: avevo la sensazione, già allora, che sarebbe stata una benedizione non sapere mai niente.

Sulla strada di casa, mentre attraversavo la casa della guerra, mi fermai all'alloggio del *quradu*, a trovare Lushakin, il mio vecchio *ekalli*.

«Te la senti di affrontare un'altra campagna?»

Mi guardò per un attimo, grattandosi la barba, con aria assente. Anche lui, come gli altri, aveva sentito la notizia.

«Contro chi combatteremo?» domandò, e non era una domanda tanto impertinente. «Se non si tratterà del re, sarò con te, Principe, anche fino in bocca alla morte.»

«No, Lushakin, vecchio camerata, non ti sto invitando alla guerra civile. Mio fratello Asarhaddon non perderà la sua occasione di regnare per causa mia.»

«Allora è vero, Principe, che non sarai *marsarru*?»

«Il dio ha deciso altrimenti.»

Lushakin non era uno sciocco, perciò non disse niente, ma dalla smorfia che fece si capiva chiaramente che avrebbe preferito un'altra spiegazione.

«Quali sono i tuoi ordini?»

«Solo questi. Raduna venti uomini che siano stanchi di stare in ozio e dì loro di tenersi pronti a partire stanotte. Ma non parlare di me. La città è già abbastanza a rumore, io voglio filar via senza che nessuno lo sappia. Dì loro che faremo una campagna contro le tribù delle montagne del nord, ma niente di più.»

«Sarà come tu dici, Principe.»

Non mi restava che una cosa da fare, dopodiché sarei stato libero da ogni impegno: libero come un morto.

Non avevo più dormito dopo il mio incontro col re, ma non potevo certo attribuire alla mancanza di una notte di sonno lo stato d'animo di quella giornata. Ogni cosa aveva assunto un'aria d'irrealtà, come se non fosse più la mia vita quella che stavo vivendo. Era come se tutto stesse accadendo a qualcun altro e io non fossi che un testimone impotente. O forse, più precisamente, come se mi trovassi in uno di quegli incubi nei quali, pur continuando a sognare, si sa che si tratta dopo tutto soltanto di un incubo.

''Adesso mi sveglierò'' continuavo a pensare. ''Mi sveglierò e mi ritroverò nel mio letto. Avrò ancora sei anni e sarò al sicuro nella casa delle donne. La mia vita non può essere arrivata a questo punto.''

La casa nella via di Nergal sembrava morta, come una tomba da gran tempo abbandonata. Era davvero passato soltanto un guirno da che avevo veduto lì Esharhamat, da che l'avevo stretta fra le mie braccia, pieno di speranza? Sembrava impossibile, nessuno era certo entrato in quel luogo da secoli. La stanza che conteneva il nostro letto era simile alla scena di una disgrazia terribile, la cui memoria aleggia nell'aria come una maledizione, così che la gente evita il luogo, lasciandolo nell'abbandono.

«*Ci sarò*» le avevo detto. «*Dovesse costarmi la vita.*» «*Non la rivedrò mai più*» avevo detto ad Asarhaddon. Tutte e due le affermazioni sembravano contenere un imperativo morale as-

assoluto: non avrei potuto non fare entrambe le promesse, eppure l'una sembrava escludere l'altra. Mi sedetti sul bordo del letto, sopraffatto, con la testa in fiamme, il petto che sembrava mi dovesse esplodere. Per non so quale motivo avevo lasciato a casa il mio giavellotto, ed era stato meglio così, perché in quel momento, all'estremo del dolore, avrei potuto usarlo per trapassarmi il cuore.

Debolmente, come se arrivassero da una grande distanza, sentivo i rumori provenienti dalla strada sotto la mia finestra, dal quartiere, da tutta la città. La vita di Ninive continuava, proprio come se io non esistessi, come se non avesse importanza che Tiglath Assur avesse perduto ogni gioia dell'esistenza, come se la sua vita non fosse mai stata vissuta.

Non ho idea di quanto io sia rimasto lì seduto: avevo perso la nozione del tempo. Poi, improvvisamente, mi giunse il debole rumore di una piccola mano che bussava alla porta della parete fra le due case. Toc, toc, toc. Una pausa. Toc, toc, toc.

«Tiglath, sei qui?» Era la sua voce.

Cercai di parlare. Aprii la bocca e poi la richiusi, incapace di pronunciare parola. Non riuscii nemmeno ad alzarmi dal letto, come se le forze mi avessero completamente abbandonato.

«Tiglath, fammi entrare, so che sei qui. Fammi entrare.»

Silenzio. Poi, il rumore del suo pugno che batteva contro la porta, questa volta più forte.

«Tiglath, fammi entrare! Tiglath!»

Aspettai. Quasi non respiravo. ''Che accadrà se andrà via?'' continuavo a pensare. Non avrei mai più sentito la sua voce, l'avrei perduta per sempre. Eppure non riuscivo a rispondere.

Adesso, come presa da furia, Esharhamat batteva violentemente i pugni sulla porta, come se volesse abbatterla. Si vedeva il rivestimento di cuoio scuotersi per i calci che essa tirava alla base della porta.

«Tiglath, Tiglath! So che sei lì. Non puoi non essere venuto, me l'hai promesso! Non vedi che siamo stati ingannati tutti e due? Lasciami entrare, lasciami entrare! Ti prego, ti prego, ti prego...»

Le parole si accavallarono finché non furono più nemmeno parole. Ormai singhiozzava soltanto, e capivo dal rumore che doveva essere inginocchiata davanti alla porta. Singhiozzava e singhiozzava, continuando a picchiare sul legno duro tanto da farsi sanguinare le mani. Finalmente aveva scoperto la sua impotenza. Come un uccellino imprigionato che sbatte le ali contro le sbarre della sua gabbia, finché gli si spezzano e il cuore scoppia...

A un tratto smise, e il solo suono che potevo sentire era il suo pianto, lungo, come quello di un bambino esausto. E poi, più niente: il vuoto, il silenzio.

In una vita lunga si fanno molte cose il cui ricordo affligge con il rimorso. Le azioni motivate da odio, crudeltà, vigliaccheria si insinuano nell'anima come quelle piccole fessure che si vedono sulla superficie di un'antica terracotta. Ho commesso molti atti malvagi durante la mia vita su questa terra, ma nessuno mi riempie di maggiore vergogna del mio silenzio mentre Esharhamat m'implorava di potermi abbracciare ancora una volta. Ma avevo paura, una paura più terribile di quella del dolore e perfino della morte. Non avrei potuto sopportare la mia vita un istante di più se l'avessi rivista, non quando sapevo che era per l'ultima volta: e non avrei mai avuto il coraggio di dirglielo. Il rumore del suo pianto di là dalla porta fu l'ultimo ricordo che ebbi del nostro amore. Potevo soltanto ascoltare, impotente, e pregare che non mi lasciasse troppo presto solo nel buio.

Alla fine, sentii che si stava rialzando, avvertii il suono ovattato delle sue mani che si appoggiavano alla porta per sostenersi. Se ne sarebbe andata? Potevo ancora fermarla? Mi era rimasto il coraggio sufficiente per provare?

La sua voce, quando parlò, era calma, un po' incrinata dalle lacrime, ma calma. E fredda, come acqua di sorgente d'inverno, piena di frammenti di ghiaccio.

«Tiglath, so che puoi sentirmi» disse, e sembrava che misurasse ogni parola. «So che oggi mi hai voltato le spalle e non te lo perdono. So che mi ami e sarei morta volentieri pur di sentirtelo dire un'ultima volta, ma adesso spero che il tuo amore sia una maledizione per te. Spero che ti perseguiti fino alla morte, come perseguiterà me. Spero che ti conduca alla follia.»

''Cerca di capire'' pensavo. ''Cerca di capire, amor mio, che non ho scelta né volontà. Cerca, cerca di capire!'' Ma non avrebbe voluto capire. Perché avrebbe dovuto, poi? Aveva ragione di odiarmi per questo tradimento.

«Sposerò Asarhaddon» continuò. «Darò a lui il figlio che un re deve avere e cercherò di trovare piacere nel suo letto, non amore, perché tutto l'amore che avevo è morto dentro di me; ma piacere sì, se potrò. Ricorda, per tutta la tua vita, che ogni notte io sarò nel letto di Asarhaddon, nella casa della successione. Saranno le sue braccia a stringermi, non le tue, le tue no. Sarà...»

Poi non sentii più niente, tranne il rumore dei suoi passi mentre si allontanava di corsa. Quando capii che se n'era andata, allora, e solo allora, affondai la faccia fra le mani e piansi.

Era già buio quando cominciai a incamminarmi verso casa. Era passato molto tempo prima che la paralisi della volontà, se posso usare questa espressione per mascherare la mia debolezza, mi lasciasse, per essere sostituita lentamente, goccia a goccia, da una furia cieca, terribile, senza obiettivo. Esharhamat se n'era andata e per sempre. Ciò che odiavo era la vita, il pensiero delle ore, dei giorni, degli anni che si stendevano davanti a me, vuoti della sua presenza. Volevo uccidere, far provare questo dolore agli altri, per non essere ridotto in quello stato.

Che cosa avrebbe potuto pensare di me la gente mentre mi lanciavo per la strada, non lo sapevo. Era buio e io ero avvolto in un mantello da soldato: nessuno avrebbe potuto capire chi fossi. Ma sentivo, dentro di me, che stavo diventando pazzo. Una, due volte, ricordo, qualcuno mi gettò un'occhiata e si allontanò in fretta.

«Sei solo, Potente Signore? Vuoi raccontarmi i tuoi guai e trovare un po' di conforto?»

Chi aveva parlato? Non lo sapevo; sembrava che le parole fossero uscite dal niente. Voltai la testa e vidi una prostituta, giovanissima, quasi una bambina. Mi sorrise incerta, forse divisa fra la paura e il bisogno.

La vista di lei mi colmò d'ira: quella faccia sorridente, canzonatoria, avrei voluto sfracellarla. La odiavo, quella prostituta da strada. Non l'avevo mai vista prima eppure mi sembrava di non aver mai odiato tanto qualcuno.

''Sarebbe facile ucciderla'' pensai. ''Cosa di un istante. Perché no?'' Ed effettivamente le misi le mani intorno alla gola e la scossi, sollevandola, tanto che i suoi piedi scalzi si alzarono da terra. La stretta si fece più forte...

E poi, di colpo, persi ogni interesse e la lasciai cadere. Non ne avevo più voglia.

Era spaventata, ma incolume. Presi una manciata di monete d'argento da una tasca del mantello, più denaro, credo, di quanto ne avesse mai visto in vita sua, e glielo gettai in grembo. Lo raccattò e, rimessasi in piedi a fatica, scappò via come una lepre, senza dubbio pensando di essere stata immensamente fortunata. Ed era vero, ero stato a un pelo dall'ucciderla.

«I grandi dei mi salvino dalla follia» mormorai. «*Spero che ti conduca alla follia*» aveva detto: Esharhamat aveva detto quelle parole, aveva pronunciato quella maledizione.

Quasi l'avrei accettata volentieri.

Come Asarhaddon, anch'io possedevo un palazzo in città, ma non ci abitavo. Il re aveva stabilito che io vivessi entro il complesso di edifici che formavano la residenza reale; mi aveva voluto vicino, come se, restando dentro il cerchio luminoso del suo *melammu*, quell'aura di luce divina che si dice circondi coloro che Assur ha eletto al potere, in qualche modo ne potessi partecipare anch'io.

Ma se questo era stato il suo piano, era fallito. Mentre mi introducevo in casa passando da una porticina laterale che dava su un giardino, non potei fare a meno di chiedermi chi avrebbe occupato quelle stanze l'indomani, quando io sarei stato in viaggio sulla strada polverosa per il nord forse per non tornare mai più.

Non c'era nessuno a prendermi il mantello, così lo lasciai sulla panca dove mi sedetti, senza risolvermi a fare di più.

In meno di due ore avrei indossato la mia armatura, preso la spada e il giavellotto, e percorso i pochi passi fino alla casa della guerra. Là avrei trovato un cavallo e Lushakin con i suoi venti uomini, e insieme ci saremmo allontanati dalla città come ombre. Ma fra quel momento e il minuto presente il tempo era vuoto.

Avevo sete: avrei bevuto un bicchiere di vino. Andai nel grande salone d'ingresso, riluttante, a chiamare ad alta voce uno schiavo, ma anche lì vidi che ero solo.

Allora chiamai, ma non ci fu nessuna risposta. Tutti i miei servi, a quanto pareva, se n'erano andati.

Perfino nella sua casa un principe non è mai lasciato solo.

Dal tempo in cui ero un ragazzo e vivevo in una stanza con Asarhaddon, nella casa della guerra, ero sempre stato accudito dagli schiavi del palazzo reale, i quali erano sempre dattorno, a tal punto onnipresenti che avevo imparato a non notarli più, come facevo con i mobili o con il colore delle pareti. Ma adesso se ne erano andati. Che cosa poteva significare?

Un'idea si presentò alla mia mente: qualcuno, forse il re, forse il Signore Sinahiusur, forse qualcun altro, aveva deciso che fosse giunto il momento di farmi morire. Se la mia casa era vuota era semplicemente perché non vi fossero testimoni quando gli assassini mi avrebbero falciato come grano maturo.

Che fosse pure così. L'idea di morire non mi faceva paura, anzi l'avrei accettata con piacere, ma avrei fatto pagar cara la mia vita. Non sarei rimasto inerte a farmi tagliare la gola; non sarebbe stato dignitoso morire così, e io volevo almeno morire con dignità. Avrebbero dovuto pagare per il piacere di uccidermi.

Sulla parete, dietro la sedia dove mi sedevo a prendere i miei pasti, erano incrociati due giavellotti, il mio modo di far sapere al mondo che ero un soldato. Ne tirai giù uno, provandone la punta di rame contro il pollice. Sarei andato io alla ricerca di quelli che stavano cercando me, e Tiglath Assur non sarebbe certamente morto da solo. L'idea mi colmò di un piacere crudele.

Mi tolsi i sandali per non far rumore coi piedi sul pavimento di piastrelle. Afferrai il giavellotto con due mani e andai in cerca della mia preda.

Dove potevano essere nascosti ad aspettarmi? Pensavano forse che io sapessi? Cercai di vedere il problema dal loro punto di vista. Non mi avevano ucciso nel giardino quando ero rientrato, e la ragione poteva essere soltanto che non volevano rischiare di essere visti da qualche testimone di passaggio. Forse le uscite erano sorvegliate, ma avrebbero certamente fatto un tentativo quando mi fossi inoltrato nell'ala del palazzo, volendo sicuramente che morissi senza far rumore.

Sarei andato nella mia camera da letto: li avrei trovati lì, se non prima.

Quando sa che i suoi nemici sono a portata di mano, i sensi di un individuo diventano affilati come la lama di un coltello, e io riuscivo a sentire ogni flebile eco di rumore in quella notte calda, quando l'aria era troppo pesante per trasportare perfino un alito di vento attraverso una finestra aperta. Mi pareva di sentire il rumore della polvere che cadeva nel vuoto, il sommesso sibilo di una lampada a olio che ardeva non so dove, il rumore dell'oscurità stessa. Se ci fosse stato un assassino in agguato con la spada sguainata, avrei sentito il battito del suo cuore; ma non c'era niente. Avanzai cautamente, in silenzio, finché raggiunsi il breve corridoio che portava alla mia camera da letto.

S'intravedeva un lieve baluginare di luce sotto la porta, che era stata lasciata socchiusa con una fessura non più grande del mio pollice. C'era qualcuno dentro: come lo sapevo non avrei potuto dirlo, ma ne ero certo, come se chi era nella stanza avesse gridato il suo nome.

Saggiai la resistenza della porta, prima con le dita, poi con tutto il palmo della mano: infine spinsi e la porta si spalancò.

Una lampada bruciava sul pavimento nel punto dove ero solito dormire, e gettava strane luci sul soffitto, come se l'aria fosse piena delle ali nere e frementi di spiriti maligni. Potevo vedere quasi tutta la camera, ma nessuno era in agguato in un angolo, pronto a uccidermi. La stanza era vuota.

A un tratto la coperta sulla mia stuoia si mosse. Un braccio si sporse, respingendo la coperta, e una donna si mise a sedere e mi sorrise. Per un attimo, un istante, il battito di un secondo, sentii rinascere in me una selvaggia speranza, e poi vidi che la donna era Shaditu.

«Ho mandato via i tuoi servi» disse, lasciando cadere la coperta e scoprendo i seni. «Sono davvero leali al loro padrone, perciò ho dovuto mescolare qualche minaccia all'oro che ho versato nelle loro mani tese. Volevo che fossimo soli.»

Almeno per qualche frazione di secondo, credo di essere impazzito. Un grido selvaggio eruppe dalle mie labbra e dopo aver bilanciato il giavellotto nella mano lo scagliai con tutte le mie forze. L'arma affondò la punta nel muro, a meno di tre dita dalla testa di Shaditu. Avevo avuto l'intenzione di mancarla? Non lo so; non credo.

Sul momento i suoi occhi si fecero grandi dalla paura, ma non durò a lungo. Il petto le si sollevò ed essa cominciò a tremare, ma non di paura.

«Oh, Tiglath» mormorò, la voce resa opaca dall'eccitazione, «tu sai davvero come farti desiderare da una donna!»

Poi, in un impeto irresistibile, gettò indietro la testa e cominciò a ridere. Il suono argentino della sua risata riempiva la stanza, scacciandone le ombre, così come l'abbaiare di un cane fa disperdere uno stormo di passerotti: non c'era spazio per nient'altro se non per la risata di Shaditu, che riempiva la mia testa al punto che desideravo afferrarmela e stringerla per impedirle di scoppiare.

«È così che hai corteggiato la Signora Esharhamat?» domandò ancora quasi incapace di parlare. «È così che l'hai indotta ad amarti, Tiglath, facendole vedere con quanta facilità tu avresti potuto trafiggere la sua carne con la lancia? Su, puoi usare l'altra, puoi affondarla fin che ti pare.»

E per mostrarmi ciò che intendeva, tirò via la coperta e allargò le gambe più che poté.

«Vieni, Tiglath, caro, forte, affettuoso fratello. È un bersaglio abbastanza facile per te? Ah! Ah! Ah!» I seni e il ventre si scuotevano dalle risa.

E poi, di colpo, si fermò e mi sorrise, di un sorriso malizioso, penetrante, come se riuscisse a vedermi fino in fondo al cuore.

«Non l'avrai mai più, Tiglath» disse. «Ci saranno altre donne, molte donne, se non mi sbaglio, ma mai più la Signora Esharhamat, che sarà occupata a partorire re, schiacciata sotto il corpo di Asarhaddon come una qualsiasi donna da taverna. Lascia che se la goda lui, Tiglath Assur, eroe, potente guerriero. Vieni e lascia che ti faccia vedere quanto poco hai perduto.»

C'è un punto oltre il quale gli uomini non possono andare se vogliono restare uomini. È vaga questa demarcazione che impone un limite alla rabbia, al dolore, al desiderio, alla follia della paura. È il limite di ciò che si può sopportare prima di lasciarsi sopraffare, e nessuno attraversa questa linea di sua volontà. Io l'attraversai ascoltando mia sorella Shaditu burlarsi di me. La odiavo. Credetti che fosse tutto ciò che sentivo, quell'odio amaro mentre essa godeva nel ridere delle mie morte speranze; credetti che fosse tutto e invece mi sbagliavo.

Se avesse detto un'altra parola...

Mossi un passo verso di lei, poi un altro, appena consapevole di quel che facevo, quasi senza sapere perché.

«Pensavi davvero che sarebbe potuta finire in un altro modo? Pensavi che avrei permesso a quella sgualdrinella insulsa di averti...?»

Perfino mentre i suoi occhi mi seguivano, perfino mentre la mia ombra copriva il suo corpo nudo, essa mi parlava con quella sua voce rauca, sensuale, il cui suono sembrava che mi trafiggesse il petto come un pugnale dalla punta spezzata.

«*Tu* non sei mai stato destinato a lei, Tiglath Assur, caro, stupido fratello. Che cosa può offrirti che io...»

Ero sopra di lei ed essa allungò la mano a toccarmi; io le presi il braccio all'altezza del polso e la tirai verso di me. Potevo vedere un'eccitazione nei suoi occhi, che mi riempì di ciò che credevo fosse l'odio più puro e che invece puro non era. Alzai la mano e la colpii con forza sul viso, tanto che la testa andò a sbattere all'indietro con una violenza tale che pensai si fosse rotta il collo. Gli occhi le luccicavano per il dolore quando li alzò a guardarmi e un sottile rivolo di sangue le usciva dalla bocca. Eppure, continuava a sorridere. Non riuscivo a sopportarlo e la colpii di nuovo duramente facendola gridare.

''Avanti'' pensai. ''Continua, dammi un motivo per ucciderti. Non ne ho quasi bisogno.''

«Oh, fratello!» essa mormorò fra le labbra ferite. «Come ti amo! Vieni, lascia che ti lecchi il sangue dalle dita!»

Mi afferrò il braccio con la mano libera e cercò di rialzarsi, e nonostante tentassi di scuoterla via, vi restò aggrappata come se avesse paura di morire.

«Lascia che ti baci queste mani crudeli» disse con una voce spessa e tremante. «Lascia...»

Non riuscii a trattenermi. Lacrime di angoscia mi scendevano lungo le guance e le ginocchia erano sul punto di cedere sotto di me. Mi inginocchiai accanto a lei, prendendo il suo piccolo collo fra le mani. Volevo stringerlo fino a soffocarla. L'avrei uccisa, sì, l'avrei fatto. Ma perché non scorgevo la paura nei suoi occhi? Perché le sue dita mi accarezzavano il braccio? L'avrei spezzata...

Ma non lo feci. Improvvisamente, le coprii la faccia di baci duri, pieni di odio. Essa gemette piano e con la lingua mi accarezzò le labbra.

«Maledetta!» mormorai. «Maledetta!»

«Sì, sì... maledicimi, sì!»

La sua mano scivolò sotto la mia tunica e mi afferrò il membro che con mia sorpresa era turgido e duro. Le sue dita lo accarezzarono per tutta la sua lunghezza: non riuscivo quasi a respirare.

«Fammi male, fratello... sì. Vendicati sul mio corpo, Tiglath Assur, favorito degli dei, vero re! Uccidimi se ti fa piacere. Chi ne ha più diritto? E perché dovrebbe importarmi di morire?»

Ma non la uccisi. Le coprii i seni con le mani, lasciando che le mie dita li stringessero finché si mise a gridare dal dolore... Eppure, insieme al dolore c'era una nota di desiderio selvaggio, come se sperasse che non mi sarei mai fermato. Perfino mentre le facevo male, cominciò a togliermi la tunica dalle spalle.

Tiglath Assur, favorito dagli dei. Di recente gli dei mi avevano mostrato il loro favore in uno strano modo. Ma non pensai a chiederle che cosa volesse dire: ormai non pensavo più, né a questo, né a niente altro. Se non avessi posseduto quella donna, non Shaditu, non mia sorella, ma soltanto quel corpo che si contorceva sotto di me, mi pareva che il petto mi si sarebbe squarciato dalla rabbia.

Penetrai in lei. Essa si gettò all'indietro inarcando il corpo e cominciò a gemere, un suono basso, vuoto, come se il suo corpo fosse abitato da un qualche demone che cercasse di uscire. I suoi fianchi si muovevano a ritmo con me, dapprima lentamente, poi più in fretta. Le affondai i denti nella spalla ed essa gridò. Anche quando raggiunsi l'orgasmo, essa gridava ancora.

Non la guardai mentre mi rimettevo la tunica. Non provavo vergogna per ciò che avevo fatto. L'odiavo soltanto e non volevo vedere mai più la sua faccia.

«Tornerai da me?» mi domandò con una vocetta da bambina.

«No. Stanotte parto per il nord. Subito.»

Si alzò improvvisamente a sedere, coprendosi con la coperta. Perfino alla luce intermittente della lucerna, potevo vedere che era rossa in volto e infuriata.

«Non puoi partire! Non te lo permetterò! Dirò al re quello che hai fatto!»

«Diglielo!» Mi voltai a guardarla, freddo e indifferente, e davvero non provavo più niente. «Diglielo. Ma non provare mai più a cercarmi, Shaditu, perché la prossima volta ti ucciderò e non troverai alcun piacere nel modo in cui ti farò morire.»

«Cane! Ti odio! Gli dei ti maledicano, Tiglath...!»

Mentre uscivo da quella dimora per l'ultima volta, sentivo le sue invettive vibrare nell'aria dietro di me.

XVI

«*Tiglath Assur, favorito degli dei, vero re.*» «*Pensavi che avrei permesso a quella sgualdrinella insulsa di averti?*» Mentre cavalcavo nella notte e le luci di Ninive si spegnevano alle mie spalle, queste parole di Shaditu mi martellavano nella mente come una ferita che qualcuno avesse toccato per errore. Che cosa aveva voluto dire? E lo sapeva lei stessa?

«*Non vedi che siamo stati ingannati tutti e due?*» Che cosa aveva voluto dirmi Esharhamat mentre la stavo abbandonando? Qual era questo segreto che tutti sembravano conoscere tranne me?

«*Tiglath Assur, favorito degli dei...*» Parole tremanti di desiderio.

Avevo violentato mia sorella (ammesso che di violenza si fosse trattato, con una vittima tanto consenziente). Essa lo aveva voluto, e in quel modo; ma anche se non lo avesse voluto, l'avrei presa ugualmente, uccidendola se mi avesse resistito. Ma non aveva pensato affatto a resistermi, pareva piuttosto che fosse stata tanto occupata a sedurmi quanto io a violentarla.

E, non so come, questo crimine, per il quale non ho mai sentito alcun rimorso, né allora, né mai, portò la pace nel mio animo, se pace può essere chiamata la calma gelida, insensibile, cadaverica, che era scesa dentro di me. Mi dava però il modo di riflettere su molte cose: la follia delle mie speranze, il vuoto della mia vita futura, e le strane parole di mia sorella. E di Esharhamat.

In qualche modo, non sapevo come, essa mi aveva sottratto ogni speranza di vita, ma non avrei appreso la verità se non dopo molti anni.

Ma almeno non cercò di farmi morire e non credo che abbia attuato la minaccia di riferire al re del nostro incontro. O almeno non mi arrivò nessun ordine di ritornare a Ninive, né giunsero mai soldati con l'ordine di tagliarmi la testa. E, dopo qualche tempo, quando rividi mio padre, egli non me ne parlò e nemmeno agì come se gli avessi rubato il gioiello del suo cuore.

E che cosa avrebbe potuto dirgli Shaditu, dopotutto? La verità, forse, essendo abbastanza imprudente da fare una cosa simile. E poteva anche darsi che il re avesse deciso di non far nulla. Ma queste sono cose che non saprò mai.

Ciò che venni a sapere, la notizia avendomi raggiunto con un dispaccio poche settimane dopo l'evento, fu che il giorno dopo la proclamazione di mio fratello a *marsarru*, ancor prima che egli avesse trascorso l'intera notte nella casa della successione, il *baru* Rimani Assur fu trovato impiccato nel santuario del dio Shamash.

Non sembravano esservi dubbi che si fosse dato volontariamente la morte. Non aveva lasciato alcun messaggio per spiegare il suo gesto, ma era chiaro che aveva voluto suicidarsi. Aveva fissato un'estremità di una cintura di cuoio allo stipite della porta, fatto un cappio, infilato la testa dentro di esso e spinto via con un calcio lo sgabello sul quale era salito. E tutto questo davanti agli occhi del dio, il Signore del giudizio.

Fu un fatto strano e lasciò una strana impressione fra la gente. Rimani Assur avrebbe potuto voler morire per molti motivi — oggi credo di sapere la ragione, ma allora non potevo conoscerla — eppure la città, mettendo in relazione i due eventi, interpretò il suo suicidio come un atto di rimorso per aver indicato in Asarhaddon il *marsarru*. Per tutta la vita, e senza alcuna colpa, mio fratello avrebbe vissuto con questa macchia su di lui, maledetto fin dall'inizio.

Mentre cavalcavo nell'oscurità però, alla luce delle torce, diretto a nord, niente potevo capire di queste cose, cose del passato e del futuro, che entrambi non esistevano più per me.

Non era ancora giunta l'alba quando arrivammo ai Tre Leoni, ma già a quell'ora s'incontravano i contadini, diretti ai campi; essi ci guardarono pieni di stupore e di sgomento, non essendo abituati alla vista di uomini armati, e non avendo riconosciuto il loro padrone nell'oscurità. Posso immaginare quale terribile apprensione dovesse nascere nel loro animo.

Mentre mi avvicinavo a casa, una delle donne addette alla

cucina uscì per vedere la ragione di tutto quel trambusto. Era una donna grassissima e corpulenta che reggeva una lampada a olio e procedeva con una ridicola circospezione.

«Be', Shulmunaid» dissi, salutandola con un largo sorriso, mentre smontavo da cavallo. «Sono tanto cambiato da non riconoscermi?»

Essa gettò un'occhiata al mio viso e lanciò uno strillo acuto, lasciando cadere la lampada nella polvere, mentre si voltava per rientrare di corsa in casa. Dopo pochi secondi, fui circondato da una quindicina di persone. Venne anche mia madre, solo un attimo dopo gli altri: molto probabilmente stava ancora dormendo al mio arrivo. Si gettò fra le mie braccia, affondandomi il capo nel petto.

«Oh, *Lathikadas!*» disse piangendo «sei proprio tu? Pensavo... avevo paura che...»

«No, Merope, tuo figlio non è stato ucciso.» Le accarezzai i capelli color del bronzo. «Il re non mi ha fatto pagare con la vita il fatto di non avergli potuto succedere.»

Ordinai che i miei uomini fossero rifocillati e che si preparassero per loro dei giacigli, perché saremmo rimasti un giorno e una notte, il tempo necessario a sistemare i miei affari. Non pensavo di essere di ritorno per molto tempo.

Mi prepararono la colazione e io mangiai mentre si accendevano i fuochi nel bagno. Volevo lavarmi, dormire e poi avrei parlato con il mio sovrintendente Tahu Istar; ma queste faccende potevano aspettare. Per prima cosa dovevo raccontare a mia madre tutto ciò che era successo e il modo in cui si configurava il nostro futuro. E questo lo feci durante la colazione: essa mi ascoltava, senza interloquire. Il silenzio, l'immobilità di quel quieto dolore, rivelavano come essa avesse sempre saputo che le cose sarebbero andate a finire così.

«Non so ciò che troverò ad Amat» dissi. «Ti manderò a chiamare non appena potrò farlo senza pericolo, ma le città di frontiera non sono posti tranquilli e potrebbe quindi passare molto tempo.»

«Posso partire da qui con un preavviso di un'ora» mi disse calma e non mi fu difficile crederle. «Preferirei seguirti in capo al mondo, piuttosto che restare qui da sola.»

«Amat *è* la fine del mondo» dissi sorridendo, comprendendo ciò che voleva dire. «Al di là c'è soltanto il regno di Urartu e le tribù delle montagne orientali: è con la punta della lancia che il regno di Assur tiene a bada quelle popolazioni. Temo che non ci troveremo in una società molto raffinata.»

«E cosa vuoi che mi importi?»

Cosa vuoi che mi importi. Per Merope era tutto semplice: suo figlio si era fatto male giocando con i ragazzi più grandi a Ninive e adesso lei e io ce ne andavamo in esilio fra le montagne. Il tempo e il suo affetto avrebbero rimesso a posto ogni cosa. Per questo Merope viveva.

Entrai nel bagno e col vapore mi tolsi di dosso sudando i veleni che si raccolgono nel fegato quando si è tormentati nell'animo: poi dormii un sonno filato, fin quasi alla sera, troppo stanco per sognare, e questa fu una benedizione.

Quando mi svegliai, Tahu Istar mi stava aspettando sotto il pergolato del giardino. Al mio arrivo, si alzò e s'inchinò profondamente.

«Tuo figlio Qurdi sta bene?» gli chiesi, ed egli fece un segno di assenso.

«È un uomo, ormai, Signore, e credo che sarà un buon sovrintendente quando il mio *sedu* mi abbandonerà.»

«Voglia il dio che non sia troppo presto, Tahu Istar!»

S'inchinò nuovamente, con tutta la dignità di un gran principe davanti al suo re, poiché Tahu era uomo da conoscere gli usi del potere.

«Sento che sei diretto al nord, Signore» disse, come se si trattasse della questione più indifferente del mondo: solo il dio sapeva quanto capissero qui di come stessero le cose a Ninive, ma il mio sovrintendente non era né cieco, né sciocco, e doveva aver indovinato molto.

«Sì. Starò via molto tempo. Forse per anni.»

«Sono luoghi selvaggi, quelli a nord.»

«È così, Tahu Istar, e i legami con il mondo esterno sono assai tenui. Credo che sia meglio affidare i Tre Leoni interamente a te.»

«Non dovrò scrivere, Signore?» Alzò le sopracciglia con un'espressione di lieve sorpresa, ma non fece altro commento. Non potei fare a meno di sorridere.

«Certamente, scrivi, scrivi. Dimmi come vanno i raccolti e se la piena del fiume è stata maggiore o minore di quella dell'anno passato. Fa piacere ricevere notizie su queste cose. Ma non aspettare mie istruzioni prima di prendere tutte le misure necessarie. Potrebbero non arrivare in tempo.»

«Sarà come comanda il padrone dei Tre Leoni.»

Così sistemai i miei affari prima della mia partenza.

Il viaggio per Amat durò dodici giorni. Lungo il percorso non s'incontravano città di una certa consistenza, e i villaggi erano pochi, perciò piantavamo le tende dovunque l'oscurità ci sorprendesse e dormivamo per terra. All'inizio, non fu molto duro, perché durante il mese di Ab molti preferiscono dormire all'aperto, sui tetti, avvolti in una coperta, per sfuggire al calore delle case, man mano però che andavamo salendo sulle montagne le notti si facevano più fredde, e quando arrivammo a destinazione credo che tutti desiderassimo un letto in una stanza calda.

Amat. In piedi sulla cresta di una collina, guardammo giù verso la città, annidata nella valle come un oggetto tenuto nel cavo di una mano. Dietro di essa s'innalzavano le montagne della catena dell'Hakkari, frastagliate come ghiaccio frantumato. Si riteneva che gli dei dimorassero su montagne come quelle, in quei sacri silenzi, e da lì guardassero in basso alle minuscole cose degli uomini, sorridendo con indifferenza. Che cosa sarebbe sembrata Ninive, vista da quell'altezza? E cosa Tiglath Assur e le sue piccole pene per ciò che era nato alla fondazione del mondo e che sarebbe durato per sempre? Quando un uomo è afflitto dal dolore, è bene che ricordi quanto è insignificante, che il suo cuore può spezzarsi senza che la terra ne sia sconvolta. Se avevo voluto un luogo dove perdere me stesso, ebbene lo avevo trovato.

Ma un uomo non è un dio e non può vivere sulla cima delle montagne, perciò volgemmo lo sguardo alla vallata.

La città era una misera cosa anche rispetto ad altre città di frontiera che avevo visto. C'era la fortezza e, all'esterno delle mura, raggruppati intorno alla piazza del mercato, venti o trenta edifici, bassi e piccoli, di nudi mattoni, per lo più osterie e bordelli oltre alle abitazioni dei vari piccoli commercianti che vivevano grazie alla presenza della guarnigione. C'era una atmosfera di generale trasandatezza: dappertutto i piccoli ma significativi sintomi di rilassatezza della disciplina e di abbandono, come se gli uomini lì comandati avessero da gran tempo dimenticato di far parte dell'esercito di Assur.

Io ero *shaknu* di un vasto territorio, ma, come la maggior parte dei luoghi di frontiera, scarsamente abitato e la mia capitale, all'apparenza, non era certo Ninive. Meglio così, pensai. Avrei avuto molto lavoro e il lavoro sarebbe stato la mia salvezza, non ero venuto sin qui per dilettarmi nei luoghi di piacere di una grande città.

Quando mi avvicinai alla porta della fortezza, le guardie, occupate a giocare ai dadi, non si preoccuparono di dare l'allarme, e in effetti non sembrarono nemmeno notare la mia presenza. Mi diressi verso un uomo che indossava l'uniforme di *ekalli* e, quando si rialzò da terra dove stava accovacciato e si girò per vedere chi fossi, lo colpii sulla testa con il manico della frusta, facendolo ruzzolare.

«Tu e tu!» Indicai a caso due uomini della sua compagnia. «Arrestate quest'uomo e mettetelo in una gabbia appesa alla palizzata. Non dovrà avere né cibo né bevanda per tre notti. Trascorso questo termine, se sarà ancora vivo, portatelo da me. Adesso qualcuno vada a stanare l'ufficiale comandante e gli riferisca che il *rab shaqe* Tiglath Assur è arrivato e gli sarà grato se si degnerà di riceverlo. Su, muovetevi adesso, canaglie!»

Partirono di corsa, ma dubito che andassero a cercare qualcosa oltre a un posto dove nascondersi.

L'insieme della fortezza costituiva uno spettacolo deprimente. I terreni di esercitazione erano fangosi e pieni di erbacce, bambini sudici giocavano sui tavolati, posti fuori degli uffici del quartier generale, che avevano l'aria di non essere mai stati rinfrescati da una mano di pittura dai tempi del Grande Sargon, e sulle mura non c'era traccia di una vera e propria guardia. La noia gravava sull'aria come una cappa di morte. Molti mesi dovevano passare prima che questi soldati fossero pronti ad affrontare i nemici in battaglia. In quel posto non avrei avuto tempo per i ricordi tristi. Il re mio padre aveva fatto una scelta giusta inviandomi in esilio ad Amat.

Mentre la mia scorta smontava da cavallo e i soldati si guardavano intorno con lo stesso sgomento che sentivo nel mio animo, ordinai con un gesto a Lushakin di venire da me.

«Fa' in modo che gli uomini siano rifocillati e che sia loro assegnato un alloggio» gli dissi. «Poi da' un'occhiata a questo porcile, senza attirare l'attenzione su di te, e torna a riferirmi.»

«Sì, mio Principe. Siamo molto lontani da casa, vero?»

Più lontani, come risultò poi, di quanto ci saremmo immaginati. Mentre camminavo nel fango fino all'alloggio del comandante della guarnigione, avevo la sensazione di essere uscito dal mondo civilizzato: perfino gli Elamiti si sarebbero vergognati di un posto simile.

«Non avevamo idea che sareste arrivati così presto» fui informato mentre giungevo sotto il portico. Il giovane ufficiale che venne ad accogliermi (''giovane'' è un termine del tutto relativo perché io ero maggiore di lui di un anno o poco più) dava l'impressione di essere diviso fra il suo dovere di ufficiale, che prevedeva di accogliere cortesemente il nuovo *shaknu*, e un forte desiderio di sbarrarmi la strada. «Il nostro *rab abru* è via da un giorno per affari nella provincia... non so di preciso dove poterlo rintracciare. Tornerà questa sera, perciò, se voleste permettermi...»

«Ho il sospetto che tu sappia benissimo dove trovare il *rab abru*» dissi fissando lo sguardo sul pennone di un giallo vivo che pendeva insieme allo stendardo, con lo stemma alato dell'esercito, sulla porta della fortezza e proclamava il rango del suo comandante. Il mio era nel bagaglio e sarebbe stato innalzato prima di notte. Non andavo in nessun luogo senza di esso, così come faceva ogni comandante.

Sorrisi poco cordialmente a questo aiutante, il quale, dopotutto, stava semplicemente facendo ciò che l'onore gli imponeva, cercando di proteggere il suo superiore.

«Trovalo! Conducilo da me fra mezz'ora o manderò ad arrestarvi tutti e due. Chiaro?»

«Sì, *rab shaqe*, chiarissimo!»

Nel salutare, il poveretto si batté il petto con tale energia che probabilmente ne portò il segno per quasi un mese, e corse via in direzione della città con tutta la velocità che le sue gambe gli permettevano.

La frontiera del nord non era un comando ambito. Qui venivano mandati coloro che si erano fatti nemici potenti, o chi era caduto per qualche ragione in disgrazia, o ancora, e più spesso, perché nessun bravo comandante voleva venirci, e quanti vi erano inviati ci si sistemavano come una pietra si adagia sul fondo fangoso di un abbeveratoio per cavalli. Senza dubbio i soldati, che non avevano avuto notizie dalla capitale da molti mesi, stavano già pensando che cosa avesse fatto il *rab shaqe* Tiglath Assur per essere stato bandito ad Amat. Avrei lasciato che pensassero ciò che volevano, ma avrebbero imparato molto presto, e con loro dispiacere, che le mie colpe non comprendevano la rilassatezza nella disciplina.

Entrai nell'edificio dove si trovava il quartier generale: non avevo niente da guadagnare nel restare in piedi là fuori, e il mio colloquio con il comandante della guarnigione, quando avrebbe finalmente avuto luogo, si sarebbe svolto meglio in privato.

Le stanze comuni offrivano uno spettacolo abbastanza squallido. I pavimenti erano sporchi, polvere e coppe di vino non del tutto vuote erano sparse dappertutto, e gran parte della mobilia aveva l'aria di cadere a pezzi a un'occhiata troppo insistente. Che cosa dovessero essere i quartieri di abitazione della truppa, non cercai nemmeno d'immaginarlo.

Senza gran difficoltà ero arrivato alla conclusione che sarebbe stato necessario dare qualche esempio fra gli ufficiali: non ci si può aspettare, d'altronde, che i soldati siano migliori di coloro che devono guidarli, e mi fu ancora più facile decidere da dove cominciare. Per il comandante della guarnigione si preparava una giornata piuttosto dura. Mi scoprii a sperare che meritasse la sorte in serbo per lui.

E quando finalmente arrivò, un po' trasportato, un po' sostenuto dal suo aiutante, come un cieco o uno storpio, non rimasi deluso. Non era ancora a metà della stanza che già mi arrivava il suo lezzo. L'uniforme era sgualcita e coperta di macchie bisunte e la barba era un intrico di grasso. E meno di due ore dopo mezzogiorno era già ubriaco, tanto ubriaco che quando cercò di parlare emise suoni non più intellegibili del grugnito di una scrofa. Non c'era niente da guadagnare nel rimproverare un tale uomo. Probabilmente non avrebbe capito una parola su cinque.

«Ripulite questo straccione» dissi al suo aiutante, mantenendo un tono uniforme, quasi indifferente. «Chiudetelo nel bagno finché non si ricordi come si fa a pensare, ma che sia presentabile e sobrio entro due ore. E ordinate un'adunata generale.»

«E la guarnigione, quando si dovrà presentare, *rab shaqe*?»

«Fra due ore. Tutto avverrà fra due ore, *rab kisir*.»

L'uomo mi guardò come se avessi appena pronunciato una sentenza di morte contro di lui.

Aspettai all'interno del quartier generale, non intendendo farmi vedere prima che l'intera guarnigione fosse radunata per l'ispezione; non sarebbe stato male per gli uomini fare la conoscenza del loro nuovo comandante durante una parata. Nessuno degli ufficiali ritenne opportuno venirmi a disturbare: senza dubbio erano occupati in altre faccende. Il mio solo visitatore fu Lushakin.

«Per i grandi dei, Principe, questo posto non è una fortezza, è un bordello!» disse mettendosi a sedere e rompendo il sigillo di un'anfora che aveva portato con sé. Mi offrì il primo sorso. Eravamo stati insieme per lungo tempo e questo, secondo il suo modo di vedere, era il massimo della cortesia alla quale il mio rango mi dava diritto. Poi rovesciò il capo all'indietro per sciacquarsi la gola con la birra. «Sembra che qui ci siano più prostitute che cimici. Almeno cinque donne diverse mi hanno offerto il posteriore, e non siamo stati insieme nella caserma nemmeno un'ora. Se sono sporche come tutto il resto qui in giro, però, avrei paura anche a toccarle. Il cibo, a proposito, almeno quello che mangiano i soldati semplici, è adatto soltanto a stuccare i buchi nelle pareti.»

«Neanche la birra è decente» dissi, facendo una smorfia mentre Lushakin mi offriva un'altra sorsata.

«Ah, Principe, noi siamo stati tutti viziati dalla birra di Sumer! L'acqua dell'Eufrate fa la birra migliore del mondo: non ci si può aspettare niente di simile quassù.»

E Lushakin, per il quale la birra era soltanto la birra, finì la sua in una sola lunga sorsata.

«Ti dirò qualcos'altro, tuttavia» riprese, abbassando la voce. «Non puoi aspettarti di dar battaglia con queste truppe e uscire vivo. Sono completamente rammolliti. Odiano l'idea della guerra, tanto quanto odiano i loro ufficiali. Ricordati le mie parole, Principe, al primo luccichìo di una lancia nemica, questi scapperanno come conigli, tutti, nessuno escluso.»

«Allora dovremo insegnar loro che esiste qualcosa di più terribile del nemico.»

«Oh, credo che lo stiano già imparando» rispose Lushakin, scoprendo i denti in un sogghigno. «Come tutti i soldati, sono molto curiosi di sapere qualcosa sul nuovo comandante, e i nostri ragazzi stanno raccontando loro qualche storiella.»

«Bene, pensino pure che mangio bambini a colazione!» Non potei fare a meno di ridere. «Lushakin, sono contento che tu sia mio amico e non mio nemico, perché hai meno scrupoli di un serpente.»

Il mio *ekalli* si limitò a scrollare le spalle, come se avessi detto una cosa ovvia anche per un bambino.

«E che cosa c'entrano gli scrupoli con la vita militare, Principe?»

Un'ora più tardi uscii all'aperto, nella fredda e bianca luce del sole, per ispezionare il mio nuovo esercito. Il comandante, che aveva l'aria di desiderare d'esser morto, sobrio e con l'uniforme pulita, stava in piedi davanti ai ranghi guardandomi con un'espressione di cupa malevolenza.

Anche a una certa distanza questi uomini di Assur facevano una misera impressione. Vidi armi arrugginite e corde di archi sfrangiate da sembrare spighe di grano. Vidi sudiciume e abulìa. Erano soldati, ma avevano l'atteggiamento di prigionieri ai lavori forzati e davvero per molti di loro l'esercito era una specie di schiavitù. Avevano perduto l'orgoglio o forse, cosa più probabile, non l'avevano mai avuto.

«Sono venuto qui per assumere il comando» gridai, stando in piedi nel portico del quartier generale. «Lasciate che vi mostri cosa vuol dire.»

A un mio cenno, Lushakin e cinque uomini del mio *quradu* uscirono dai ranghi e afferrarono il *rab abru*, tenendolo per le braccia e trasportandolo in questo modo di fronte al terreno di parata. Egli fu così sorpreso che all'inizio non cercò nemmeno di protestare, ma si fece sentire e molto quando gli infilarono i piedi in un cappio e lo appesero a testa in giù alla ringhiera di tronchi, davanti alla posta dei cavalli.

Urlò e gridò maledicendo con una voce acuta e spezzata, ma era difficile sentirlo al di sopra delle risate della sua truppa, un'indicazione di come la morale dei soldati fosse caduta in basso, questa di divertirsi tanto nel vedere il loro comandante così umiliato. E, in effetti, era uno spettacolo comico vederlo giacere con le spalle nel fango, le gambe in su così che la tunica gli era scivolata fino alla cintola; ma bisogna che i soldati detestino gli ufficiali per ridere della loro disgrazia, e un ufficiale odiato dai suoi uomini è generalmente un cattivo ufficiale.

Quando il *rab abru* fu ben legato e gli furono tolti i sandali,

Lushakin si volse verso di me, salutò impeccabilmente e restò in attesa di ordini. Sapeva molto bene quali sarebbero stati, perché avevamo già discusso tutta la faccenda e il tipo di punizione era stato suggerito proprio da lui: l'aveva visto una volta a Naharina, applicato a un arabo colto a barare al gioco. Ma per i soldati l'apparenza è tutto, e quindi Lushakin restò in attesa.

«Dieci su ognuno, *ekalli*. E non risparmiare i muscoli.»

Lushakin aveva trovato una frusta, lunga forse quanto il braccio di un uomo, fatta di pelle di ippopotamo. Mentre un uomo della nostra truppa afferrava il piede del *rab abru* per le dita, obbligandolo a tenerlo piatto come una tavola, Lushakin posava gentilmente la frusta sulla pianta, come per valutare la forza del colpo.

Non dimenticherò presto le urla del *rab abru*, simili a quelle di una donna durante le doglie. La frusta sottile, fischiando nell'aria, colpiva la pianta dei piedi, e a ogni colpo egli gridava in un misto di terrore, dolore e anche qualcosa che assomigliava all'indignazione. Lushakin obbedì agli ordini e ogni volta che la frusta fischiava si levava uno spruzzo di sangue e la pelle era tagliata nettamente, come con un coltello. Dieci colpi su ogni piede, accuratamente distanziati perché lo spettacolo non finisse troppo presto: il sibilare della frusta, il colpo sordo, l'urlo ferale del *rab abru*, il tutto accompagnato dalle risate dei soldati, i quali parevano trovare lo spettacolo molto divertente, forse il più divertente che avessero visto da mesi.

Quando Lushakin ebbe terminato il suo lavoro, versò acqua fredda sulla carne viva della pianta dei piedi e slegò il *rab abru* che fu cacciato dalla fortezza, dove fino a quel giorno la sua parola era stata legge, a colpi di frusta, e a ogni suo passo sul terreno rimaneva un'impronta di sangue. Se in città si era fatto degli amici, forse avrebbe potuto essere soccorso da loro e scampare alla fame e alla morte, ma per gli uomini della guarnigione egli non era ormai che un'ombra e lo aspettava una sentenza di morte se si fosse ripresentato nella fortezza. Il suo destino era ormai una questione di nessun interesse.

Aspettai che i soldati smettessero di ridere, e rimasi in silenzio, guardandoli sdegnosamente.

«Fra un mese scenderemo in campo contro i nomadi delle montagne. Sarà la nostra ultima occasione prima che sopraggiunga l'inverno e non ho alcuna intenzione di aspettare i vostri comodi. Avete un solo mese per trasformarvi in un vero esercito: altrimenti, la vostra sola speranza di restare vivi è che i barbari s'impietosiscano dei soldati di Assur e mandino a combattere contro di voi solo le donne e i bambini, perché certamente una marmaglia come quella che vedo davanti a me non ha alcuna possibilità di vincere contro uomini veri.»

Non ridevano più adesso. Alcuni di loro senza dubbio avevano combattuto con il Signore Sennacherib contro queste tribù delle montagne e sentivano la verità delle mie parole, comprendendo forse per la prima volta fino a che punto si fossero abbrutiti, e avevano la decenza di vergognarsene.

«Con il vostro comandante, il vostro ex comandante il cui nome non sarà più pronunciato qui, ho agito con moderazione perché non volevo turbare il giorno del mio arrivo con una condanna a morte. Sicuramente egli non era il solo a essere corrotto, perché nessun ufficiale manca ai suoi doveri quando sa che i suoi uomini non lo tollererebbero, ma pagherà per voi tutti. Non indagherò sulle colpe del passato, non chiederò chi tra voi ha agito in modo falso o vile, né chi ha derubato un compagno di cibo e bevande: lascerò che tutto questo cada nell'oblìo. Ma se simili cose si ripeteranno, la prossima volta che sarete chiamati ad assistere a una punizione, si tratterà di una condanna a morte. Vedrete le mura della fortezza coperte con la pelle dei traditori. Ricordatevelo e non tentate ancora una volta la mia collera.

«Stanotte nessun uomo vedrà il suo letto, nemmeno io e certamente nessuno di voi. Questa tana di sporcizia dovrà essere ripulita, anche se sarete obbligati a lavorare alla luce delle torce.

«E domani, un'ora dopo l'alba, ci ritroveremo qui e vedremo se avrete dimenticato completamente ciò che separa gli uomini dalle bestie. Se l'avrete scordato, vi prometto una giornata che non dimenticherete facilmente. I vostri ufficiali vi assegneranno i compiti. Vi affido a loro.»

Passai il resto della giornata a riguardare le tavolette della contabilità, e fu una fortuna per il mio predecessore che non le avessi esaminate prima, altrimenti gli avrei fatto levare la pelle anche in altre parti del corpo, oltre che dalla pianta dei piedi. L'individuo era stato ladro oltre che ubriacone e solo i grandi dei sapevano cos'altro.

Già mentre stavo cenando, vedevo la luce delle torce e sentivo l'odore della pece bruciata. Il pasto fu buono: agnello condito con spezie, pane, formaggio e solo la deplorevole birra locale mi ricordava che non stavo mangiando a casa mia, ai Tre Leoni. Davanti a un pranzo così ci si poteva dimenticare che il cibo dei soldati era al contrario buono soltanto per stuccare le pareti; nessuno può combattere con la pancia piena di paglia, perciò decisi che la mattina seguente avrei ordinato che il vitto di soldati e ufficiali fosse lo stesso.

Avendo comandato all'intera guarnigione di lavorare tutta la notte, non potevo certo andare a dormire, ma non ebbi difficoltà a restare sveglio, perché il chiasso delle squadre al lavoro, gli ordini e le maledizioni che s'incrociavano, il danzare delle torce fuori dalle mie finestre, avrebbero impedito di dormire anche a un cadavere. A questo doveva aggiungersi il freddo di questa stagione dell'anno al quale nessuno mi aveva preparato. A Ninive, senza dubbio, metà della popolazione stava dormendo sui tetti, sperando invano in un alito di vento, ma ad Amat io sedevo davanti a un braciere, avvolto in un vecchio mantello, con i denti che mi battevano senza che riuscissi a controllarli. Quasi invidiavo i soldati, i quali almeno avevano la compagnia gli uni degli altri e il loro lavoro per tenersi occupati e caldi. Io non avevo niente tranne la solitudine e lo sconforto e un ozio che rendeva la mia mente preda di dolorosi ricordi: poiché perfino qui, come scoprii, non riuscivo a scacciare il pensiero di Esharhamat.

«*Ricorda, per tutta la tua vita, che ogni notte io sarò nel letto di Asarhaddon...*» A quell'epoca dovevano essere già sposati, e lei era probabilmente addormentata accanto a mio fratello, col ventre pieno del suo seme. Avrebbe partorito i suoi figli... e dimenticato col tempo perfino l'esistenza di un uomo chiamato Tiglath Assur. Così si sarebbe vendicata del suo codardo amante, scordandosi che esisteva.

Ma io non dimenticavo. Avevo le orecchie piene del dolce suono della sua voce, gli occhi della sua vista. La nostalgia e il rimorso mi straziavano il petto con i loro artigli, sapevo che aveva ragione di odiarmi e credevo che non avrei potuto sopravvivere un'altra notte senza il suo perdono, il suo amore e il fresco tocco delle sue piccole mani. Soffrivo come sapevo che avrei sofferto ogni volta che il suo nome avesse risuonato nella mia mente: ogni ora della mia vita. Esharhamat. Esharhamat. Fammi impazzire, ma non abbandonarmi. Esharhamat!

Le prime luci dell'alba furono una benedizione degli dei e mi trovarono in una disposizione d'animo incline al perdono. Uscii all'aperto; il terreno di parata era un luogo completamente diverso: sparite le erbacce, le foglie secche raccolte, perfino i muri delle baracche erano stati ripitturati. E gli uomini? Vidi molte facce stravolte, ma almeno le uniformi erano pulite e l'equipaggiamento in ordine. La notte aveva operato una specie di miracolo.

Composi tuttavia il mio volto in un'espressione di indifferenza: un primo sforzo infatti non può mai bastare.

«Questo, almeno, è un principio» dissi. «Vi concedo tre ore di riposo prima di cominciare le esercitazioni militari. Vedremo se ricordate qualcosa dell'arte della guerra.»

La porta non si era ancora chiusa alle mie spalle che già sentivo il brusìo di un migliaio di voci. La notizia non era suonata gradita alle loro orecchie.

Un attendente, uno del mio *quradu*, mi prese il mantello mentre mi dirigevo verso il letto. Era stato l'uomo più fortunato di Amat la scorsa notte, perché niente gli aveva impedito di dormire fino al mattino.

«Svegliami fra due ore» gli dissi. «Ricordati, due ore.»

Mi avvolsi in una coperta e chiusi gli occhi, senza nemmeno avere la forza di togliermi i sandali.

Fu un bene che le tribù delle montagne non potessero assistere alle esercitazioni di quel pomeriggio, perché ci sarebbero subito piombate addosso come locuste. I soldati barcollavano durante gli esercizi di routine come sonnambuli, in parte per pura e semplice fatica, perché erano tutti completamente esausti; ma la vera colpa doveva attribuirsi alla negligenza: sembrava che gli uomini fossero stati arruolati soltanto quella mattina. Soldati pieni di esperienza cadevano da cavallo o restavano impalati sulle proprie armi, con il risultato che subimmo perdite paragonabili a quelle di uno scontro armato, mentre non avevamo altro nemico se non noi stessi.

Questa straziante esibizione durò tutto il pomeriggio. Il mio *quradu* formò un quadrato e affrontò gli altri soldati con spade di legno e giavellotti dalla punta ricoperta. Le esercitazioni ai carri le guidai io stesso, non volendo che gli uomini pensassero che il loro nuovo comandante era un inetto. Ogni soldato si impegnò fino allo stremo.

E finalmente, quando la luce del giorno morì, ci trascinammo in caserma per un pasto caldo, una specie di pastone dall'odore poco gradevole, ma almeno uguale per tutti, e per una notte di riposo.

Ma avevamo fatto progressi. Il giorno successivo e quello dopo ancora la qualità delle esercitazioni migliorò, e il terzo giorno perfino l'ufficiale addetto agli approvvigionamenti venne a chiedermi di tornare in linea; sembrava che i suoi colleghi lo avessero minacciato di morte. Acconsentii alla richiesta, nominai Lushakin *rab kisir*, e gli ordinai di provvedere lui stesso a tali mansioni. Egli non ne fu contento, e andò in giro dicendo che gli dei non lo avevano destinato a stare in cucina, ma da quel momento la qualità del rancio migliorò, perfino la birra.

Sempre il terzo giorno, l'*ekalli* che avevo fatto mettere in gabbia alla porta della fortezza fu liberato e condotto da me mentre finivo la mia cena. Era un uomo basso, con le spalle spioventi e le braccia lunghe e possenti: davvero, c'era qualcosa di scimmiesco in lui. La faccia era stravolta e grigiastra ma, mentre aspettava che io parlassi, senza dubbio attendendosi il peggio, che lo facessi frustare a morte o buttar fuori dal campo nudo e sanguinante come il *rab abru* o degradare a schiavo della guarnigione, i suoi occhi indicavano che era troppo orgoglioso per supplicare. Aveva sofferto il freddo e la fame e il terrore di una sorte incerta, ma non si sarebbe abbassato a mostrarmi la sua debolezza. Mi guardò con un'espressione quasi di sfida. ''Fa' di me ciò che vuoi'' pareva dirmi. ''Ti accorgerai che so sopportare tutto.'' Decisi che non era il caso di sprecare un individuo del genere.

«La prossima volta che devi fare la guardia, falla. Avrei potuto ficcarti un giavellotto fra le scapole, e allora non saresti qui a guardare con ingordigia il miserabile pasto del tuo comandante. Qua, siediti e mangia. Ce n'è abbastanza per due, anche se non mi piace che ci si distragga quando parlo.»

Si sedette e mangiò, con le mani, avido e animalesco. E quando ebbe finito, si lasciò andare all'indietro sulla sedia, con un sospiro di sollievo.

«Ti è piaciuto?» gli chiesi, tanto per soddisfare la mia curiosità.

«No, non era migliore della sbobba che mangiano gli altri. Credevo che gli ufficiali si trattassero meglio.»

«Non più.»

Il tono della mia risposta dovette ricordargli che questa non era una conversazione da salotto e perciò si alzò in piedi, in una posizione di attenti piuttosto approssimativa.

«Torna al tuo alloggio, *ekalli*, prenditi una notte di sonno e poi tieni pronti i tuoi uomini per l'esercitazione, la prima ora dopo l'alba. Non c'è altro.»

«Allora conserverò il mio grado, *rab shaqe*?» La sua voce non rifletteva tanto il sollievo quanto la sorpresa.

«Sì. Ma nei mesi a venire dimostrerai che non mi sono sbagliato. E fammi sapere se avrai altre lamentele sul vitto.»

«Sì, *rab shaqe*.»

Perfino mentre si allontanava nell'oscurità, lo sentivo ridere fra sé. Si chiamava Girittu e da quella volta si rivelò un bravo soldato e non ebbi mai a pentirmi di quell'atto di clemenza.

Non ci furono più lamentele sul rancio, il che forse contò più di tutto il resto. Il cibo migliore portò inevitabilmente a un morale più sollevato, che a sua volta condusse a un migliore rendimento nelle esercitazioni. Tutti, fino all'ultimo portatore di scudo, erano più allegri, come se avessero scoperto lo scopo della loro vita. Perfino le prostitute della città parvero meno abbrutite e in dieci giorni la guarnigione di Amat ricominciò effettivamente ad assomigliare a un esercito. Decisi che alla fine della seconda settimana di lavoro avrei potuto arrischiarmi a portare alcune compagnie sulle montagne per un'esercitazione sul campo.

La sera prima della partenza, ricevetti un segno rivelatore di come a Ninive qualcuno ancora pensasse a me.

Ero andato presto a dormire e, sapendo che per quindici giorni almeno non avrei avuto un letto, ma una coperta stesa sul suolo freddo, avevo ordinato un bel braciere, tanto ricolmo di brace che la mia camera sembrava un bagno di vapore.

Generalmente si è puniti per questi piccoli lussi e io passai una notte agitata, visitata da incubi.

Zaqar, il dio che presiede alle ore del sonno, ci invia i sogni come messaggi, come sguardi gettati sul futuro e dentro il nostro cuore. Egli punisce il malvagio con visioni di terrore, ma perfino in questo è un dio buono e gentile, perché attraverso i sogni noi siamo indotti a cercare il perdono, e con il perdono viene la pace e il riposo. Quella notte Zaqar mi punì per il braciere, come punisce l'ubriacone e l'ingordo, perché i miei sogni furono pieni di violenza e di morte.

Mi trovavo di nuovo a Babilonia, e le rive del fiume prosciugato erano ricolme di cadaveri. Io barcollavo cadendo dentro quella massa in putrefazione e cercavo di liberarmi, aggrappandomi a braccia e gambe viscide che si staccavano, restandomi in mano. E in qualche punto di questo ammasso mi stava aspettando un uomo con la spada in pugno per tagliarmi la gola e lasciarmi fra i cadaveri in putrefazione. Se non mi fossi potuto liberare mi avrebbe ucciso o sarei morto soffocato dalla massa di corpi. Sentivo la sua voce che mi chiamava, distante, come lo squittire di un topo. E affondavo, affondavo...

Tutto a un tratto mi svegliai e capii che c'era qualcuno nella stanza che voleva farmi del male, e che il dio aveva voluto mandarmi un avvertimento.

Non esitai. Mi gettai giù dal materasso, rotolando come un pezzo di legno. Ci fu uno schianto quando un'ascia di rame andò a piantarsi in un asse del pavimento, proprio dove poco prima avevo appoggiato la testa: nella fioca luce rossastra del braciere, vidi il profilo delle gambe del mio assalitore, inginocchiato per cercare di estrarre l'arma e compiere un altro tentativo, e mi ci gettai contro.

L'uomo cadde in avanti ruzzolando sopra di me ed entrambi cercammo di rimetterci in piedi. Il mio giavellotto era appoggiato contro la parete, accanto alla mia stuoia, ma non potevo avvicinarmi per prenderlo perché mi sarei trovato a portata della sua ascia. Eravamo tutti e due in piedi, l'uomo con l'ascia in pugno sogghignava adesso, vedendo che ero disarmato. La stanza era piccola, non avevo via d'uscita. Doveva soltanto fare un passo in avanti e scagliare...

Indietreggiai e la mia caviglia nuda incontrò il braciere dietro di me; sentii il calore e poi un improvviso, acuto dolore, come una lama di coltello contro la gamba.

Il braciere, con i carboni ancora incandescenti! La mia unica possibilità di salvezza.

Con un veloce scatto all'indietro, mi girai e lo afferrai tenendolo con le due mani. Sembrava pesantissimo e la mia pelle fredda sibilava a contatto dell'ardente metallo nero. Mi avrebbe consumato... non potevo reggere questo peso terribile, le mani mi si sarebbero bruciate come erba secca.

Piegando la schiena, lo gettai in avanti, lontano da me, verso l'uomo con l'ascia in mano e lo colpii al petto, facendolo cadere. Urlò mentre i rossi carboni gli piovevano addosso e in quell'attimo dimenticò tutto, tranne il fatto che era coperto di fuoco. Lasciò cadere l'ascia: non gli serviva adesso. Non ricordava nemmeno che io ero lì.

Fu questione di un attimo. Pochi passi e il giavellotto fu nelle mie mani; l'assassino giaceva per terra, urlando di terrore, sbattendo da tutte le parti come un indemoniato per cercare di liberarsi dal fuoco. Sollevai il giavellotto sul capo e glielo conficcai nel petto. L'urlo si spense con lui, come se fosse stato tagliato di netto con un coltello.

«Per gli dei, che cosa...?»

Mi girai e vidi il mio attendente in piedi sulla soglia. Lo spinsi da un lato e uscii, con le mani doloranti e la mente vuota. Non avevo niente da dirgli.

Aspettai nel portico mentre spegnevano il fuoco, seduto su uno sgabello, istupidito come un idiota. Qualcuno mi portò un catino di acqua fredda e vi immersi le mani gonfie, ma non troppo bruciate. Questo mi sorprese: non provavo niente oltre a questo senso di sorpresa e di distacco. Non avrei avuto conseguenze, a quanto pareva, anche se al momento mi era sembrato che il fuoco mi avesse bruciato fino alle ossa, perciò forse il mio *sedu* mi aveva protetto un'altra volta.

Alla fine, mentre il rumore e la confusione andavano scemando, cominciai a riprendermi e le domande senza risposta mi si affollarono alla mente.

«È tutto a posto, *rab shaqe*. L'incendio è domato.»

Mi alzai ed entrai nella mia stanza, ridotta in uno stato terribile, piena di fumo e con le pareti gocciolanti d'acqua. L'uomo che avrebbe voluto uccidermi era morto e giaceva rannicchiato sul pavimento come un bambino addormentato, con il giavellotto ancora conficcato nel petto quasi a segnare il bersaglio. La punta lo aveva attraversato da parte a parte e non fu facile estrarlo.

«Portatelo fuori alla luce» dissi affidando l'arma a un soldato, e la mia voce era spessa e rauca. «Voglio vederlo bene in faccia.»

Due soldati, senza dubbio per non sporcare il pavimento, avvolsero il cadavere nella mia stuoia, strappata e chiazzata di sangue, e lo portarono nella stanza dove ero solito consumare i pasti. Parecchi ufficiali si erano radunati là, alcuni ancora con le tuniche da notte addosso, e insieme esaminammo il corpo dell'assassino.

Indossava l'uniforme del soldato semplice e poteva avere fra i venti e i trent'anni. Era un tipo assolutamente comune, avrebbe potuto essere chiunque e io non lo avevo mai visto prima.

«Qualcuno di voi lo conosce?» chiesi. Ci fu un generale brusìo di diniego e uno scuotere di teste. Nessuno lo conosceva... o voleva ammettere di conoscerlo. Presi la mano del morto e la girai per guardargli il palmo.

«Fate venire tutti i *rab kisir*, che gli diano un'occhiata, tanto per essere sicuri che non è della guarnigione, ma scommetterei che quest'uomo non ha mai fatto il soldato. Guardate: non un callo, ha le mani morbide come quelle di un bambino.»

Chiesi una coppa di vino e la versai sul capo del morto quale offerta per placare il suo spirito, poi detti ordine che fosse fatto l'appello in ogni camerata per vedere se per caso mancava qualcuno.

«Controllate in città. Cercate di sapere se si è visto qualche forestiero in giro: non può essere saltato fuori dal nulla.»

«Che dobbiamo fare del cadavere, *rab shaqe*?»

Non era una domanda oziosa. Cosa si deve fare in questo caso, quando la posta è la signoria sul mondo intero e i giocatori sono del nostro stesso sangue? Non volevo che si sapesse chi aveva mandato quell'uomo, ma volevo essere sicuro che non ne sarebbe stato inviato un altro al suo posto.

«Tagliategli la testa e cospargetela di sale» risposi, rialzandomi in piedi e cercando di sembrare indifferente, anche se mi sentivo le viscere strette in un nodo. «Deve tornare a Ninive da dove, probabilmente, è venuta. C'è qualcuno là al quale la voglio mandare in regalo.»

XVII

La mattina dopo, in città, un soldato fu trovato morto in un vicolo dietro un bordello, la corda di canapa che era stata usata per strangolarlo era ancora stretta intorno al suo collo. Non indossava l'uniforme e quando fu mostrata alla donna che lo serviva come moglie quella indossata dall'assassino, essa la riconobbe da uno strappo che aveva accomodato nel mantello. Un mistero era così risolto. Detti ordine che da quel momento per entrare nella fortezza bisognasse usare una parola d'ordine, da cambiarsi ogni giorno, e lasciai cadere l'argomento. Il mio avvertimento a Ninive sarebbe stato sufficiente a salvaguardarmi dagli uomini armati nella notte, ma c'è un limite oltre il quale un comandante non può andare per proteggere la sua vita.

Avevo poi altre faccende che tenevano occupata la mia mente e per un po', forse una settimana, mi sarei allontanato dalla guarnigione, insieme a soldati dei quali potevo essere sicuro che non mi avrebbero tagliato la gola mentre dormivo. La stessa regolarità delle abitudini militari costituiva una specie di salvaguardia.

E così, un giorno dopo che il cadavere dell'assassino era stato mostrato alla truppa durante l'adunata del mattino, montai a cavallo, impresa non da poco, dato che le mie mani erano ancora coperte di unguento e avvolte in bende di lino, e guidai la terza, la quarta e la sesta compagnia sulle montagne per eseguire le manovre sul campo.

Nella mia vita di soldato ho sempre amato queste esercitazioni. È tutto così semplice e diretto: si lavora, si mangia, si dorme. Un compito può essere eseguito solo in un modo e non in un altro, non c'è ambiguità, non c'è posto per le interpretazioni. C'è l'arte del guerriero, che ha la grazia della semplicità, e c'è la compagnia di altri uomini, i quali condividono il nostro modo di vedere le cose. Io eccellevo nel giavellotto e nell'arco, ero bravo come auriga, buon cavaliere, niente di eccezionale con la spada: questo ero io come soldato. I miei uomini erano disposti a credere alle mie capacità di comandante e inoltre, a parte il mio rango, avevano deciso che ero uno di loro. Non c'è gioia maggiore di questo essere accettati, o almeno, per me era così allora.

Le manovre andarono bene. Il dio aveva voluto che il vecchio comandante fosse stato inviato ad Amat soltanto l'anno precedente e non avesse quindi avuto il tempo di modificare troppo le abitudini di disciplina. Gli uomini ricordarono abbastanza in fretta come si faceva a combattere, ma per il momento eravamo un esercito senza nemico. Non sarebbe stato per sempre, comunque. Quasi ogni notte, dopo che eravamo usciti dai nostri confini, per addentrarci fra le grigie, nude montagne dove non esisteva la legge degli uomini, potevo sentire su di noi, sopra i fuochi del nostro accampamento, sopra le sentinelle appostate, gli occhi degli stranieri, degli uomini selvaggi, che vivevano in tende fatte di pelli e non chiamavano nessuno ''re'', che sapevano di doversi scontrare con noi un giorno o l'altro e stavano valutando le nostre forze. Non potevo che domandarmi a quali conclusioni fossero giunti.

Quando tornammo ad Amat, trovai ad aspettarmi un inviato del re di Urartu, ansioso di vedermi. L'argomento di cui mi voleva parlare era la guerra.

Urartu era stata una nazione gloriosa e potente, ridimensionata dalla potenza del Signore Sargon. A memoria d'uomo, essa aveva sempre governato su di una lega di stati che si estendevano fino al Mare Settentrionale, ma il grande re, nel quinto anno del suo regno, aveva conquistato Carchemish, bloccando così il passaggio oltre l'Eufrate e dividendo la lega in due. Poi, l'anno seguente, dopo aver portato le terre occidentali sotto il suo giogo, il Signore Sargon era penetrato nel cuore della patria del re Rusas, il quale era sfuggito alla morte nascondendosi fra le mura di Tushpah, la sua inespugnabile capitale, circondata da tre lati da ripidi dirupi e dall'altro dal Mare Mosso. Ma il Signore di Assur mise a sacco il paese, conquistando il tesoro reale e massacrando i sudditi di Rusas a migliaia. Rusas, sopraffatto dal dolore, si dette la morte e con il regno di suo figlio Urartu diventò un umile stato vassallo: inviava tributi a Ninive e innalzava immagini di Assur in tutti i maggiori templi accanto a quelle di Khaldi, il loro dio più importante.

Ma il tempo aveva trasformato questa grande vittoria in qualcosa di molto simile a una sconfitta, perché Urartu aveva fatto da bastione contro le popolazioni nomadi del nord, che ora, indebolita, non riusciva più a contenere da sola. Perciò, solo la guarnigione ora sotto il mio comando impediva ai Cimmeri, agli Sciti e alle altre grandi confederazioni tribali di riversarsi in massa oltre le montagne, nelle verdi vallate del Tigri. Il Grande Sargon, per liberarci di un nemico, aveva spalancato la porta a un altro.

L'inviato era un individuo magro, di circa trentacinque anni, più basso di me di forse tre dita, ma comunque alto rispetto alla media degli uomini di Assur. Era scuro come un sumero, con occhi neri e scintillanti, il naso grosso e carnoso e il mento sfuggente, tipico della sua razza. Tranne per la pelliccia che orlava la sua tunica, un'aggiunta molto pratica a quell'altezza, era vestito secondo la foggia di Ninive come tutti gli uomini di Urartu che ho incontrato, perché, sebbene la loro lingua sia differente, il debito che hanno con noi per quanto riguarda gli usi e la cultura è pari a quello che noi abbiamo con Babilonia.

Invitai il mio ospite a pranzo perché assaggiasse il mio semplice vitto di soldato e si rendesse conto che le cose ad Amat erano cambiate, e gli chiesi di attendere fino a che non mi fossi ripulito dalla polvere che avevo addosso da venti giorni e non avessi puzzato più come una mandria di cavalli. Mentre aspettava, e mentre io mi facevo delle spugnature con acqua calda, i miei ufficiali si radunarono intorno a me nel bagno per rassettarsi la barba e raccontarmi tutto ciò che avevano saputo, o avevano potuto indovinare, sul motivo che aveva indotto il re Argistis a inviare un ambasciatore fin da Tushpah per ridividere la carne di montone e il pane con il nuovo *shaknu* del nord.

«Forse non è stato inviato da Argistis, ma cerca il nostro

appoggio per rovesciarlo dal trono: dicono che il re abbia ereditato la vena di follia del padre.»

«Forse la gente di Urartu spera di poter ridurre il tributo che le abbiamo imposto.»

«Non m'interessa ciò che vuole. Spero soltanto che sia venuto preparato a corromperci con generosità.»

Ma, con loro grande delusione, i soli regali che l'inviato recò con sé furono circa cento anfore di vino di Nairia, dei vigneti coltivati sulle sponde del Mare Mosso, sorprendentemente dolce e forte. Io e Lutipri, questo era infatti il suo nome, rompemmo il sigillo a molte di quelle anfore quella sera, ubriacandoci gradevolmente insieme e di conseguenza diventando amici per la pelle.

Ma l'amicizia dei diplomatici, come la loro sincerità in stato di ubriachezza, ha i suoi limiti. La mente di Lutipri non si offuscò mai completamente e mai dimenticò il motivo della sua visita. Eravamo seduti insieme sotto il portico, arrostendoci le ginocchia al calore di un braciere e respirando a pieni polmoni la fredda aria della notte stellata per snebbiarci il cervello e poter così bere ancora un po', prima che i servi ci trasportassero fino ai nostri rispettivi giacigli, quando udii finalmente la voce del servo di Argistis.

«Il Signore re mio padrone,» mi disse appoggiando la spalla contro il mio braccio, come se stesse per rivelarmi chissà quale segreto, «il possente sovrano, che è considerato come un dio a Tushpah e la cui parola è legge sul fiume Bothan, desidera far sapere al suo reale e beneamato fratello Sennacherib come gli Sciti stiano diventando insolenti nella terra di Shupria. Hanno stabilito insediamenti, hanno perfino legato i loro cavalli sulle rive occidentali del Mare Mosso.»

«Non devono trarne grande piacere, comunque, perché ho sentito dire che le sue acque sono melmose e imbevibili.»

«Tuttavia sono arrivati fin lì. E il re mio padrone vanta diritti su tutte le terre lambite da quelle acque. Non può permettere che le tribù delle montagne si accampino a soli due giorni di navigazione dalla sua capitale.»

Considerai la questione per qualche momento, fissando i carboni ardenti nel braciere, un braciere al quale mi ero molto affezionato poiché mi aveva salvato la vita, e desiderando che la testa smettesse di ronzarmi come un nido di vespe permettendomi di pensare. Di colpo, provai un gran desiderio di andare a dormire.

«Presumo, quindi, che il potente Argistis, del quale tutta la terra conosce il valore, abbia inviato una spedizione contro questi barbari impudenti, e che già ora essi siano nuovamente dispersi come pula.»

Seguì una pausa di silenzio e io riempii la coppa del mio ospite da una delle anfore che mi aveva regalato, rallegrandomi con me stesso per essere stato abbastanza in me da trovare una risposta così poco compromettente, visto che il Signore Lutipri, che si agitava sul suo sedile e guardava il vino nella coppa con evidente disgusto, ne era visibilmente insoddisfatto.

«Questo si è rivelato poco conveniente» disse alla fine. «Come certamente saprete, abbiamo i Cimmeri, i Medi e perfino i Mennei che premono alle nostre frontiere dell'est. Naturalmente, anche tutti insieme non rappresentano una sfida per la gloria delle nostre armi, ma sono insistenti, ci minacciano, noi e voi, più direttamente degli Sciti. Per questi pochi selvaggi basterebbe soltanto una piccola spedizione punitiva.»

«Eppure non vedo come la cosa ci riguardi. Senza dubbio il vostro re saprà occuparsi di loro al momento giusto, e finché non attraverseranno a sud del fiume Bothan...»

«Ah, ma vedi, è appunto ciò che hanno fatto.»

In trappola. Sì, mi ero messo in trappola da solo. Mi sarebbe servito di lezione, poiché non ero saggio né vecchio abbastanza da saper trattare con i serpenti.

«Il mese di Elul è già quasi passato» dissi forse un tantino troppo in fretta. «Fra un mese la neve comincerà a cadere sulle montagne, non c'è tempo per una campagna, nemmeno per una piccola spedizione punitiva, come tu la chiami.»

«La terra è più bassa sulla riva occidentale. Costeggiando le montagne, un esercito potrebbe addentrarsi, diciamo per dieci giorni. Un colpo folgorante e poi di nuovo in marcia verso sud, seguendo il fiume fino a casa. Tutti conoscono la tua audacia, Signore Tiglath, e come hai sconfitto gli Uqukadi, come hai aperto le porte di Babilonia con l'inganno e hai preso la città. Per te questa sarebbe una vera sciocchezza.»

«Signore Lutipri, tua madre ti ha nutrito con il veleno dello scorpione!»

Il giorno dopo parlammo ancora, a lungo, e questa volta eravamo entrambi sobri. Io mi lamentai molto dei rischi di quella missione e alla fine estorsi la promessa che il re a Tushpah avrebbe pagato il Signore Sennacherib venti *mine* d'oro per far fronte al costo di respingere gli Sciti al di là del fiume Bothan: non mi impegnai a far più di questo, poiché la stagione delle campagne militari era già quasi finita. Il Signore Lutipri fu subito d'accordo, dal momento che mi ero accontentato di lasciare i termini di pagamento nel vago. Il giorno successivo egli riprese il viaggio verso casa e io feci il possibile per dare l'impressione di sentirmi imbrogliato e sfruttato.

In realtà ero piuttosto soddisfatto. L'intero piano attirava la mia immaginazione ed era precisamente ciò di cui la guarnigione aveva bisogno per scuotersi dal suo letargo: era quello che avevo promesso ai miei soldati. Già la mattina successiva alla conversazione da ubriachi con il furbo emissario del re Argistis impartii l'ordine di mobilitazione generale.

La marcia nel territorio di Shupria non sarebbe stata uno scherzo. Avremmo evitato le montagne dove potevamo, seguendo il corso superiore del Tigri, fino a raggiungere la fine della catena dello Judi Dagh: da lì ci saremmo diretti a nord, in un territorio del tutto selvaggio e aspro. Le carte in mio possesso davano scarsi dettagli, perciò avrei dovuto domandare ai miei uomini che provenivano da quelle terre. Due cose sapevo comunque per certo: i carri che intendevo portare avrebbero dovuto essere smontati e trasportati sui cavalli, e la velocità era essenziale. Lutipri aveva detto che avrei potuto raggiungere la mia destinazione in dieci giorni, il che probabilmente significava che saremmo stati fortunati ad arrivarci in dodici, ma era mia intenzione avvistare le sponde meridionali del fiume Bothan in otto giorni.

«Prenderai la terza, la quarta e la sesta compagnia, *rab shaqe*?»

«Sì, naturalmente. Per il momento sono le sole truppe addestrate.»

«Ma avranno bisogno di riposo dopo le manovre, *rab shaqe*, e tu stesso ne hai bisogno.»

«Siamo stati sulle montagne per quindici giorni. Quale campagna dura così poco? Non partiremo finché quel briccone di Urartu non si sarà allontanato abbastanza, perciò ci sarà tempo sufficiente per riposare. Fa' i tuoi preparativi.»

I miei ufficiali smisero di sollevare obiezioni quando capirono che non le avrei ascoltate e che ero deciso a dare battaglia prima che cadesse la neve. Sapevo quel che facevo: una guarnigione nella morsa dell'inverno era un posto desolante per uomini che avevano dimenticato perfino la possibilità di una guerra. I soldati devono constatare che tutto è fatto per un motivo, che se si addestrano alla guerra è perché la guerra è la loro ragione di vita. Questo i miei guerrieri da burla lo avrebbero capito quando avessero visto le spade nemiche scintillare nel sole. Non avevo nessuna intenzione di permettere alla fortezza di Amat di incancrenirsi come una piaga prodottta dall'immobilità.

Avrei lasciato un terzo della guarnigione a casa perché una grossa armata, come un serpente ferito, non copre rapidamente molta strada. Avrei preso il *quradu* e sette compagnie. Se non avessi potuto vincere con loro, un maggior numero di soldati sarebbe servito soltanto a ingrassare ancor di più i corvi. Lasciai dunque Amat la mattina del sedicesimo giorno di Elul, al comando di uomini che per la maggior parte avevo addestrato per meno di un mese.

Un soldato durante una campagna vive più duramente di uno schiavo, e quella marcia, attraverso circa quaranta *beru* di terre desolate cosparse di rocce, fu una prova terribile come una battaglia. Il primo giorno, mentre gli uomini erano ancora freschi, coprimmo sette *beru* e la sera, quando feci il giro dell'accampamento, i soldati accovacciati intorno ai fuochi non avevano nemmeno la forza di maledirmi. Il secondo giorno giungemmo in vista del fiume Tigri, un nastro luminoso che scintillava pigramente in lontananza, e quel giorno avevamo marciato per sei *beru*. Il terzo e quarto giorno ci mantenemmo sui cinque *beru*, ma sentii molti brontolii, specialmente il quarto, un giorno infausto, nel quale gli uomini perbene avrebbero dovuto rimanere sotto le tende.

Per la verità non ero molto tranquillo a questo proposito, ma avevo più paura del sopraggiungere dell'inverno, perché se ci avesse sorpresi ancora in marcia avrebbe sicuramente significato morire, che degli spiriti maligni, i quali in fondo costituiscono una minaccia vaga e inconsistente. Dissi perciò agli uomini che eravamo tutti sotto la protezione del dio Assur il quale può perdonare ogni peccato e del mio *sedu*, che aveva un grande potere. Visto che non fummo attaccati dai razziatori o afflitti da epidemie, molti cominciarono a credermi: non che cessassero di lamentarsi perché questo è un diritto del soldato, ma non sentii più parlare di giorni infausti.

Ogni mattina dovevano alzarzi al buio perché avevo dato ordine che le marce dovessero cominciare all'alba, sia che gli uomini avessero avuto il rancio o no. A mezzogiorno concedevo un'ora di riposo e la marcia riprendeva poi quasi fino a notte. Perché non vi fossero malumori, andavo io stesso a piedi, lasciando il cavallo per il trasporto dei carichi, e ordinai che tutti gli ufficiali facessero lo stesso.

A mezzodì dell'ottavo giorno, mentre gli uomini riposavano, gli esploratori ritornarono per riferire che avevano visto il fiume Bothan oltre la più vicina linea di colline, e che c'erano accampamenti con carri e molto bestiame nei prati sulle due rive. Il Signore Lutipri non aveva dunque mentito: sapevano tutti che solo gli Sciti tra le popolazioni nomadi viaggiavano sui carri.

Ordinai di piantare le tende nel punto in cui ci trovavamo. Gli uomini erano esausti e non sarebbero stati in condizioni di combattere per almeno due giorni. Non volevo che il nemico si accorgesse della nostra presenza prima di allora, quindi non ci dovevano essere fuochi accesi e nessuno tranne le vedette doveva avvicinarsi alla cresta della collina. Avremmo aspettato riposando, in silenzio.

Non feci fatica a trattenere gli uomini, la maggior parte dei quali era più che soddisfatta di restar ferma in un posto, ma non riuscii a contenere me stesso. Avrei visto questo nuovo avversario del quale tanto si parlava, e che si conosceva così poco perché gli Sciti erano arrivati di recente, in ondate successive tutte dirette a ovest, fra queste montagne così a lungo tormentate dalle tribù nomadi. Da dove venissero queste tribù, e quale fosse il piano delle loro migrazioni, nessuno lo sapeva, nemmeno loro stesse.

Legato il cavallo, camminai fino alla cresta dell'ultima collina per il resto del pomeriggio; seduto all'ombra di una grande roccia, li osservai mentre pascolavano il loro bestiame nella grassa erba dei prati e si occupavano delle faccende quotidiane della loro curiosa esistenza.

Gli Sciti, come i Cimmeri, i Mennei, i Medi, gli Uqukadi, i Sapardai, e tutti gli altri, sono una nazione di pastori e la loro vita è legata a una ricerca incessante di nuovi pascoli per gli armenti, le greggi e i cavalli. Per il resto, sono banditi e fanno razzie fra le popolazioni stanziali. Non praticano l'agricoltura e disprezzano i popoli sedentari. Qualsiasi genere di vita che li obblighi a restare fermi in un luogo, essi l'aborriscono più della morte, sostenendo che rende molli come donnicciole e che solo fra i nomadi si trovano veri uomini. Naturalmente, dato che essi cercano soltanto di fare scorrerie in altre nazioni, difendendo continuamente le loro praterie da altre tribù, essi attribuiscono il massimo valore alle virtù marziali, ancor più di quanto fanno gli uomini di Assur, dato che fra gli Sciti ogni uomo deve essere un guerriero. Sono ottimi cavalieri e combattono soltanto a cavallo. Le loro armi sono l'arco, nel quale eccellono, e la lancia. Non portano spade, solo un lungo pugnale che tengono infilato nella cintura. Davanti a un avversario troppo forte preferiscono ritirarsi, ma in battaglia sono coraggiosi fin quasi alla follia, disdegnando perfino d'indossare l'armatura. Cadere loro prigioniero è la peggiore delle disgrazie, perché la crudeltà degli Sciti è leggendaria.

Tutto questo lo avevo appreso qua e là, e dal mio appostamento c'era effettivamente poco che potessi imparare di nuovo, tranne due cose. La prima era la foggia veramente curiosa del loro abbigliamento: indossavano sugli abiti una giacca pesante che arrivava quasi alle ginocchia, al di sotto della quale si coprivano con uno strano indumento quale non ho mai visto in nessun altro popolo. Era diviso all'altezza dell'inguine e ogni gamba aveva un suo tubo di stoffa che la copriva come una seconda pelle fino al piede. Sembrava molto pratico per andare a cavallo, ma non so immaginare come si potesse star comodi in una simile tenuta.

L'altra cosa che eccitava la mia curiosità era il fatto che non sembravano esservi donne in giro. Uomini e ragazzi badavano da soli agli animali, ma perfino nell'accampamento, quello più vicino a me, non riuscii a scorgere traccia di figure femminili. Sembrava che preparassero i pasti nei carri, che erano grandi e coperti con una specie di tenda aperta in cima per lasciar uscire il fumo, così forse, conclusi, le donne restavano sempre sui carri.

Da un calcolo approssimativo, potevano esserci quasi quattromila uomini negli accampamenti sui due lati del fiume, e presumendo che metà di essi fosse in grado di combattere, questo dava loro un vantaggio su di noi di tre a uno.

Avevo già fatto i miei piani, e quando la luce cominciò a scemare tornai al campo per consumare un pasto freddo e per tenere una riunione con i miei ufficiali.

«Non si sono nemmeno preoccupati di mandar fuori le pattuglie» dissi. «Non si aspettano alcun attacco. Possiamo attendere fino alla mattina di dopodomani, quando i nostri uomini saranno riposati. Marceremo oltre la cresta in quattro quadrati di battaglia. La cavalleria e i carri li terremo di riserva. Aspetteremo per dar loro un segno della nostra presenza, così che abbiano già disperso le mandrie sulla pianura in modo che sia loro difficile radunarle rapidamente. Così saranno obbligati a fermarsi e a combattere. Che i tamburi aspettino finché non siamo quasi impegnati in combattimento, non credo che ci sia la possibilità di spaventare gli uomini, ma può darsi che i cavalli non siano abituati al rumore.»

Quella notte dormii come un masso.

Per tutto il giorno seguente gli uomini montarono i carri e si prepararono alla battaglia. Io non mi occupavo di questi dettagli, avevo dato i miei ordini e questo doveva bastare. Bisognava che i soldati capissero che io non avevo dubbi sulla loro buona volontà o capacità. Tornai perciò al mio appostamento a studiare il terreno sul quale doveva svolgersi lo scontro.

La collina scendeva troppo rapidamente verso la pianura per permettere ai carri di essere guidati, ma c'era un sentiero, forse largo abbastanza, che seguiva il pendìo con una certa angolazione. Avrebbero dovuto procedere in fila per uno e le ruote avrebbero dovuto essere coperte, ma avevamo solo dieci carri e questo non era quindi un problema. Li avrei inviati dopo che la fanteria e la cavalleria avessero raggiunto il piano.

Sembrava che gli Sciti procedessero per gradi nel trasferirsi da una riva all'altra del fiume, e il Bothan, pur trasportando una minore quantità d'acqua di ogni altro periodo dell'anno, costituiva sempre un ostacolo formidabile. Per quanto tempo le loro forze sarebbero rimaste così divise, non lo sapevo, probabilmente si trattava di un vantaggio momentaneo, ma quegli uomini non avrebbero avuto altra scelta che combattere. Non ci sarebbe stata per loro possibilità di ritirarsi.

Questa era infatti la mia paura, che in qualche modo sgusciassero via. Altri dubbi non ne avevo e la battaglia si presentava chiara alla mia mente, come se già l'avessimo combattuta. Avrei potuto morire su quella pingue pianura (era il rischio comune a tutti i soldati), ma vivo o morto sarei stato io il vincitore.

Il pensiero della morte, inoltre, non mi faceva alcuna paura. Se fossi caduto in battaglia il mio corpo sarebbe stato trasportato a Ninive, avvolto nel miele, e là sarei stato pianto da quanti mi amavano, libero da rimorsi e sofferenze, essendo morto come si conviene a un soldato, e in trionfo. E i morti non sentono le ferite dell'amore perduto. Se fossi caduto lì l'indomani... L'idea mi attirava più di quanto riuscissi a esprimere.

In un attimo, decisi che avrei condotto io stesso uno dei carri. Gli uomini, sapendolo, si sarebbero sentiti incoraggiati e dopo un giorno non avrebbero più avuto bisogno di me.

Non avevo alcuna voglia di assistere alla battaglia a distanza di sicurezza, sarei corso nelle fauci stesse della morte e avrei costretto la sua lingua a cantare la mia gloria fino alla fine dei tempi.

Quella notte non dormii, ma il mio animo era calmo. Perché avrei dovuto conoscere la paura, quali terrori poteva avere in serbo per me l'indomani, dato che mi ero già consacrato alla morte? Mi bastava chiudere gli occhi perché Esharhamat fosse con me: una volta liberatomi dai lacci del corpo, sarebbe stato così per sempre. Non ci eravamo mai veramente lasciati e la mia infelicità era stata causata dalla confusione delle cose viste e sentite: la prossimità stessa della vita mi aveva reso cieco. La morte non era niente, significava soltanto la perdita delle ultime illusioni, questo lo capivo ormai con estrema chiarezza.

La mattina seguente, il ventiseiesimo giorno di Elul, feci allineare le sette compagnie di fanteria proprio sotto la cresta della collina, dove non si sarebbero viste fino all'ultimo momento. L'alba era bella e luminosa, e soffiava verso di noi una leggera brezza che avrebbe impedito ai rumori dei nostri preparativi di arrivare al nemico, o ai suoi cavalli di avvertire il nostro odore. Rimasi a osservare gli Sciti che portavano gli animali al pascolo nei prati e aspettai finché la rugiada non si fu completamente asciugata sull'erba ai miei piedi, allora alzai il braccio per segnalare che l'avanzata poteva aver inizio.

«Non è una bella giornata, *rab shaqe*?»

Era il mio auriga, Gadi, con lo sguardo scintillante di gioia.

Era ancora un bambino, e la barba sul suo mento solo una lieve peluria. Questa sarebbe stata la sua prima battaglia.

«Sì, è una bella giornata» risposi, sforzandomi di sorridergli.

Le schiere dei soldati si riversarono giù per i fianchi della collina, una dopo l'altra, avanzando lentamente per mantenere la formazione. L'unico rumore era quello dei sandali sul terreno roccioso. Lo spettacolo mi gonfiò il cuore nel petto.

Dalla cresta al fiume correvano forse millecinquecento *gar*, distanza che un uomo può percorrere in un'ora, di buon passo. In un quarto di quel tempo la mia fanteria sarebbe stata sulla pianura, perché la collina non era molto alta, e a meno che non si lasciasse spingere fino alla riva del fiume, il nemico non avrebbe avuto molto più di un'ora per darci battaglia, e ogni minuto gli sarebbe stato prezioso per riorganizzarsi dopo la sorpresa iniziale. A quel punto, con un po' di fortuna, la nostra cavalleria e i carri sarebbero stati al livello del terreno; il mio carro sarebbe stato l'ultimo.

Osservai, con una certa ammirazione, come gli Sciti reagirono quando, alla fine, si accorsero di ciò che era stato preparato per loro. Non ci fu segno di panico. Cavalieri corsero avanti e indietro a dare l'allarme e circa un centinaio di uomini cominciò a radunare gli armenti per ricondurne il maggior numero al sicuro, di là dal fiume. Quando noi fummo pronti, erano pronti anche loro, la cavalleria schierata e in attesa. Erano più di quanti mi fossi aspettato, circa duemilacinquecento uomini a cavallo, disposti su quattro file, che avrebbero attaccato a ondate successive.

Salii sul mio carro, circondato da sei portaordini, e dissi all'auriga di iniziare la discesa verso la pianura. Non avevamo ancora raggiunto il livello del terreno, che i tamburi di guerra rullarono tutti insieme: la battaglia era cominciata.

Le prime ondate degli Sciti si lanciarono all'attacco, gridando come falchi e scagliando le frecce con una precisione maggiore di quella che mi sarei aspettata da uomini a cavallo. All'ultimo istante, le nostre linee si fermarono di scatto e le lunghe lance di ferro si piantarono intorno a tutti e quattro i lati della formazione. Questo i nemici non se l'erano aspettato, che soldati sul campo di battaglia potessero trasformare i loro ranghi in una fortezza impenetrabile, e quanti non furono infilzati come conigli, o non caddero travolti dai cavalli impazziti dal terrore, si ritirarono nella più grande confusione.

A terra vidi i corpi di pochi dei nostri e, pertanto, la prima schermaglia era stata vinta.

Che cosa avrebbero fatto a questo punto? Che cosa potevano fare? Il problema era loro e io non avrei certo lasciato che avessero il tempo di studiarlo a fondo.

«Continuate ad avanzare!» gridai, e un portaordini girò il cavallo e partì al galoppo in direzione delle nostre formazioni. Raggiunse la linea frontale del primo quadrato, si chinò per dire una parola all'uomo nell'angolo; quando si rialzò una freccia scita lo raggiunse al collo ed egli cadde morto. Se l'era meritato. Soltanto uno sciocco poteva cavalcare fino alla linea frontale, esponendosi al nemico, tanto più che i soldati delle ultime file ci sentono altrettanto bene.

La seconda ondata di cavalleria non tentò nemmeno un attacco diretto alle nostre formazioni, avendone imparato tutta la follia. Invece, si divisero in due ali e tempestarono le nostre linee di frecce. Era quanto avrei dovuto aspettarmi.

Gli Sciti non indossavano un'armatura, ma erano bersagli mobili, difficili da colpire tranne che da un massiccio lancio di frecce e di giavellotti. Noi, naturalmente, eravamo fermi, ma meglio protetti, anche se li uccidevamo solo un poco più in fretta di quanto essi non uccidessero noi. E loro erano molto più numerosi. Chiaramente, avevano deciso di sopraffarci grazie al numero e non sembravano affatto preoccupati delle loro perdite. No, bisognava intervenire.

Ordinai ai cavalli di avanzare, l'ultimo ordine in questa battaglia, il momento degli ordini essendo finito, e afferrai un giavellotto da uno dei canestri di vimini posti lungo i fianchi del carro. Da questo momento ero soltanto un soldato, non diverso dagli altri. Provai un senso di liberazione: mentre i cavalli acquistavano velocità potevo sentire il sangue che mi martellava nelle vene.

Un carro è un'arma terribile, specialmente quando i cavalli sono protetti da un'armatura di scaglie di rame fissate al cuoio. Piomba sul nemico come la mano degli dei, seminando il terrore nel cuore degli uomini, e alle ruote sono attaccate lame un po' più lunghe del braccio di un uomo, che girano insieme all'asse e possono tagliare a pezzi un uomo o un animale al minimo tocco. Non c'è soldato, a piedi o a cavallo, che non tema il carro più di ogni altra arma di guerra rivolta contro di lui.

Ma ci sono dei pericoli. L'uomo sul carro non è meno esposto che se fosse in sella a una cavalcatura; basta un colpo ben diretto per abbatterlo e può essere sicuro che molte frecce saranno scagliate contro di lui. Se poi il cavallo si azzoppa, o l'auriga incontra una pietra e rompe la ruota, o cade dal carro, a frenare l'impeto travolgente si è del tutto impotenti, e diventare impotenti significa morire.

Oppure, l'auriga può essere ucciso: fu ciò che accadde a me.

Era poco più che un ragazzo, il piccolo Gadi, così ansioso di conquistare la gloria, e una freccia gli penetrò nel fianco, proprio sotto il braccio, e si affondò fino al cuore. Prima di morire, si voltò verso di me e non credo che potrò mai dimenticare l'espressione sul suo volto, il suo sguardo pieno di dolore e anche di rimorso, come se pensasse di aver mancato al suo dovere verso di me. Ebbe appena il tempo di mettermi le redini in mano, prima di precipitare a terra, già morto.

Ma non ebbi nemmeno il tempo di pensare a Gadi. Ero solo adesso e il fondo del carro sobbalzava sotto i miei piedi mentre governavo la furia di due cavalli, quasi impazziti per la frenesia della battaglia. Riuscivo a capire cosa dovevano provare, lo provavo io stessso, non sentivo anzi niente altro se non quel miscuglio di paura e di esultanza che è la passione del guerriero e che tutto consuma. Ero il dio stesso, Adad, il tuonante, e avrei piegato la morte, strappando agli uomini la vita.

«Assur è Re!» urlai. Il grido mi uscì dalle labbra spontaneamente. «Assur è Re! Assur è Re!». Il rumore degli zoccoli dei cavalli era realmente simile al tuono: sentivo che avrei potuto uccidere il mondo intero. «Assur è Re!»

Un arciere scita rallentò il galoppo per prendere la mira, ma attese un istante di troppo. Voltai il carro nella sua direzione e mi precipitai su di lui; lo trascinai con le lame delle ruote e lo lasciai sul terreno, ridotto a una massa di carne maciullata, insieme al suo cavallo. Un altro, che lo seguiva da presso, si spostò di lato e cominciò a dirigersi su di me, la freccia già incoccata nell'arco, ma era già un uomo morto. Presi le redini con una mano, mi sentivo abbastanza forte per fare una cosa del genere, abbastanza forte per qualsiasi cosa; sollevai il giavellotto e lanciai. La mia mira era sicura e l'uomo scivolò dalla sella, cercando con le due mani, senza riuscirci (era ormai quasi morto), di estrarre il giavellotto che gli si era conficcato nel petto.

Avanti e indietro percorsi il campo di battaglia, sollevando una nube di polvere ardente. Gli Sciti non potevano mantenere una formazione e ben presto sciamarono qua e là, raggruppandosi come fanno le api, e mentre il lancio massiccio di frecce dai nostri ranghi serrati a quadrato cominciava a fare effetto, i prati d'erba si tramutavano in campi di sterminio.

Ma non cedevano terreno. Gli Sciti, con il fiume alle spalle, lottando per i loro armenti e per la sicurezza delle loro famiglie, continuarono a caricarci, ancora e ancora, cercando invano di respingerci. Erano sciocchi nel loro ostinato valore, quali possibilità avevano infatti? Ma quel valore era sempre uno spettacolo a vedersi. Il terreno si coprì di cadaveri dei loro uomini, ma essi non si fermarono. Da vicino i nostri giavellotti li massacravano, a distanza la pioggia di frecce sembrava oscurare il sole. Ancora e ancora caricavano i nostri quadrati di battaglia e ancora e ancora cadevano, come fanno le scintille dalla pietra focaia, la luce che si affievolisce man mano. Come cercavano di radunarsi, i nostri carri li disperdevano, o li sospingevano in una massa confusa, intricata come fieno tagliato.

Ma non cedevano. Sembrava che disdegnassero l'idea di arrendersi e questo loro sdegnoso rifiuto provocò una grande carneficina.

Mentre si avvicinava il mezzogiorno, la battaglia, che era ormai a due tiri di freccia dall'accampamento scita, mutò il suo andamento. Come un uomo perde l'esaltazione inebriante della gioventù per entrare nella calma sobria dell'età matura, così la nostra lotta, non più un combattimento fra uguali, si trasformò nel cupo, grave e pericoloso affare di amministrare la morte. Restar vivi e uccidere il nemico, erano questi i soli pensieri nella mente di ognuno. E fu un'aspra, dura fatica. I fianchi del mio cavallo erano madidi di sudore e le braccia mi dolevano. "Che finisca" dicevo a me stesso. "Che finisca questa follia." Mi avventavo sul nemico, uccidendo senz'ombra di pietà, affinché si fermasse finalmente, si ritraesse, permettendomi di mostrare un po' di misericordia.

Infine, quando eravamo già a portata dei loro carri e dei fuochi dell'accampamento, una parte degli Sciti arretrò un po' per poter cominciare a organizzare la ritirata di là dal fiume, salvando il salvabile. Gli altri si avventarono su di noi con rinnovato impeto e il fragore della battaglia si fece più acuto ai nostri orecchi. Ma era la fine, era la fine davvero.

Mentre eseguivo un cerchio sul terreno per prepararmi a un'altra carica, mi capitò di gettare un'occhiata al suolo, e vidi, giacente sul dorso fra l'erba alta, il cadavere del mio auriga. Gadi, che sua madre non avrebbe mai più rivisto, mi fissava con occhi appannati e spenti. Mi ero quasi dimenticato della sua esistenza.

Mi fermai un attimo per lasciar riposare i cavalli, i cui fianchi si alzavano e si abbassavano come un mantice, e mi sembrò che gli occhi di Gadi trattenessero i miei. ''*Non t'importa affatto?*'' sembravano dirmi. ''*Non te ne sei nemmeno accorto. Sono morto. Sono polvere, e tu mi hai già dimenticato.*'' Provai un rimorso terribile, come se l'avessi ucciso io stesso, e poi una tremenda selvaggia insensata rabbia. Avrebbero pagato per questo, quei barbari. Ne avrei uccisi ancora altri perché facessero compagnia a quel ragazzo in Arallu. Frustai i cavalli e il carro si slanciò in avanti, acquistando velocità mentre le ruote gemevano come cani che guaiscono.

In quell'istante, una freccia mi colpì alla schiena.

La battaglia durò ancora per poco. Quando vidi che gli Sciti erano in piena ritirata, detti ordine che il nostro inseguimento cessasse. Restammo sul campo, che era ora nelle nostre mani, a guardarli mentre si affrettavano a trasportare carri e animali di là del fiume Bothan. Non c'era ragione d'inseguirli: avevano perso uomini e cavalli in quantità incredibile e non avevo alcuna intenzione di presiedere a un massacro.

Finché il nemico fu in vista, nessuno si accorse che ero ferito. Non appena capii di essere stato colpito (non avevo avvertito alcun dolore all'inizio, soltanto una botta, come se un amico mi avesse dato una pacca sulla schiena), mi girai e spezzai la freccia, gettandola via senza nemmeno guardarla. Il pezzetto di legno lungo un dito, che sporgeva fra le mie scapole, adesso era nascosto dal mantello. Circondato dai miei ufficiali, dopo aver fermato il carro, rimasi ad assistere al compimento di quella mia vittoria. Quasi non parlai e restai immobile, perché sentivo la punta del dardo grattarmi le ossa quasi a ogni respiro.

Fu un'agonia aspettare così, con la freccia che mi bruciava nella carne e sudando per il dolore. Sentivo il sangue scorrermi sotto il corsetto, ma irrigidii le ginocchia e tenni una mano sulla ruota del carro per sostenermi, osservando l'ultimo cavaliere scita lasciare il campo. Il ferimento di un comandante può essere causa di panico fra i soldati, e rappresenta come minimo una distrazione pericolosa. Avrei aspettato. Che i soldati di Assur si godessero il loro trionfo, che provassero almeno un po' di gioia, prima di sapere.

«*Rab shaqe*, hai la gamba insanguinata! *Rab shaqe*, che c'è...?»

«Non sono... non è...»

Penso di essere svenuto, perché ricordo soltanto che ero sdraiato su una barella, e venivo trasportato al campo. Non apprezzai molto quel viaggio: a ogni passo ciò che restava della punta della freccia sembrava affondare sempre più profondamente nella mia schiena.

A metà pomeriggio giacevo nella mia tenda cercando di ubriacarmi, mentre il cuoco, che si presumeva fosse più esperto degli altri nell'affettare carni, stava arroventando il coltello sul braciere, preparandosi a estrarre la freccia conficcata, a quanto pareva, sotto la scapola. Io non vedevo con gioia l'inizio di questa operazione, e credo nemmeno lui.

«Cerca soltanto di far presto» gli dissi; aveva l'aria di aver bisogno di un goccetto anche lui, ma era più opportuno aspettare che l'operazione fosse finita. «Incidi profondamente, tira fuori la punta con il forcipe e ricuci strettamente la ferita. Non devi aver paura, nessuno ti darà la colpa di niente, non importa quel che accadrà. Ma per favore, una volta che hai cominciato, non esitare.»

«Sì, *rab shaqe*, va bene... Sì, *rab shaqe*.»

Aspettammo in silenzio, lui e io, osservando la lama di ferro affondata nei carboni che si andava arroventando.

«Guarda cosa ti abbiamo portato, *rab shaqe*, che ne dici di questo grazioso uccellino?»

Il lembo della tenda si sollevò e dall'apertura volò, e uso la parola appositamente perché non credo che i suoi piedi toccassero il suolo fino a che non andò a sbattere con la faccia per terra, un oggetto che dapprima presi per un cadavere. La cosa mi seccò molto, non apprezzavo quel genere di scherzi. Poi vidi che era un uomo, con le mani legate dietro il dorso, che stava lottando per alzarsi in piedi.

Fuori dalla tenda c'erano tre soldati. Riconobbi in uno di loro l'*ekalli* Girittu, con il volto rigato di polvere e la bocca spalancata in un sorriso pieno di soddisfazione.

«L'abbiamo trovato fra i morti. Deve essere caduto da cavallo e deve aver battuto la testa contro un sasso, perché è rinvenuto proprio mentre gli eravamo sopra, occupati a cercare il bottino, come tu certamente capirai, *rab shaqe*. Bisogna pur avere qualcosa da mostrare dopo una giornata di lavoro. Guarda quanto oro aveva addosso! Noi pensiamo che debba essere una specie di re.»

Come per illustrare la sua affermazione, Girittu fece un passo dentro la tenda e tirò su l'individuo, che rimase inginocchiato; potei vedere allora la parte anteriore del pesante soprabito letteralmente coperta di placche d'oro rotonde, ognuna cucita nella stoffa e grande all'incirca come il pugno di un bambino. Chiaramente si trattava di un personaggio di una certa importanza.

«Guarda che squarcio ha nella gamba, *rab shaqe*! L'abbiamo fatto camminare fin qui e non ha nemmeno inciampato. Bisogna riconoscerlo, questi Sciti non si comportano certo come femminucce!»

Sì, la sua gamba aveva uno squarcio, proprio sopra il ginocchio, che pareva inferto da un giavellotto. Fortunatamente per lui, o sfortunatamente, a seconda di ciò che avrei deciso di fare, non aveva perduto troppo sangue, ma la ferita doveva essere dolorosa, e io, che aspettavo che il coltello del cuoco si scaldasse, riuscivo a simpatizzare con lui.

Era il primo fra i nemici che vedessi da presso o, almeno, che avessi agio di esaminare, poiché ne avevo avvicinati molti quel giorno, ed ero davvero incuriosito. La faccia era di quel colore rossastro che si nota nei volti bruciati dal vento, ma più scura. La cosa straordinaria di quella faccia, però, non era il colore, erano gli zigomi, alti e pronunciati, e gli occhi a mandorla, ridotti quasi a due fessure. Mi colpì subito il fatto che assomigliava moltissimo a un gatto, un'impressione accresciuta dalla barba rada, solo qualche ciuffo di peli lunghi sulle labbra e sul mento, che ricordavano appunto i baffi del gatto. Mi chiedevo da quale luogo venissero esseri con simili caratteristiche.

Questo poteva avere fra i trenta e i quarant'anni, ma non è facile indovinare l'età di un uomo appartenente a un'altra razza.

«Avete fatto bene a portarlo qui» dissi. «E vedrò che non abbiate a rimetterci.»

Gli uomini fecero un cenno di assenso e partirono.

«Liberatelo» dissi dando un'occhiata a uno dei miei ufficiali, in piedi accanto al prigioniero.

«Ma, *rab shaqe*...»

«Ho detto, liberatelo: non preoccuparti, non permetterò che ti morda.»

Dopo un momento di esitazione, il *rab kisir*, un individuo basso, con gli occhi vicini nella faccia larga che gli conferivano sempre un'espressione preoccupata, si sfilò il pugnale dalla cintura. Lo scita, solo per un istante, mostrò negli occhi da gatto qualcosa di simile al sospetto: forse si era immaginato che avessi ordinato di tagliargli la gola, ma non mostrò niente di più. Non appena fu libero dalle corde degli archi che gli erano state legate intorno ai polsi si portò le mani davanti agli occhi come se volesse constatare il danno subìto.

«*Rab shaqe*, il coltello è pronto.»

Il cuoco non sembrava contento di dover fare questo annuncio, ma l'operazione non poteva essere più rimandata. L'effetto del vino stava già svanendo e io sperai di non dovermi vergognare di me stesso davanti a quel barbaro.

«Allora fa' quello che devi fare» dissi. «Fingi di dover disossare una bistecca per cena, ma fa' presto.»

Non gli ci volle più di quindici secondi per estrarre la punta della freccia dalla mia schiena, ma io non mi accorsi che il tempo fosse passato tanto in fretta. Mi afferrai alle gambe della branda e strinsi i denti, ma non urlai, perché è abbastanza facile essere coraggiosi davanti agli estranei e, inoltre, non avrei osato tirare il fiato per gridare, non con un coltello rovente nella schiena. Perciò riuscii a cavarmela abbastanza bene; per lo meno lo scita, che osservava tutto con un interesse quasi morboso, non mi schernì.

Quando ebbe finito, e il foro sotto la mia spalla fu fasciato, il cuoco lasciò cadere la punta della freccia nella mia mano.

«Questa qui è stata fabbricata a Ninive» dissi in aramaico. «Avrei dovuto saperlo che nessuna freccia scita poteva colpirmi.»

La luce sembrò mutare negli occhi a fessura del nostro prigioniero e capii immediatamente che mi aveva compreso.

Mi misi a sedère. Non fu una cosa facile e mi sentivo anche debole per il dolore e la perdita di sangue, ma un principe di Assur non tratta certo con gli stranieri stando sdraiato sulla pancia.

«Qual è il tuo nome?»

«Sono Tabiti, figlio di Argimpasa» disse finalmente, dopo aver riflettuto e deciso che rispondermi non avrebbe comportato un disonore per lui. «Sono capo della tribù Sacan degli Scoloti.»

«Scoloti.» Era un nome abbastanza simile a quello accadico, ''Ishkuzai'', quindi capii a chi si riferiva.

«Allora, Tabiti, figlio di Argimpasa, dal momento che sei un uomo di rango, non stare in ginocchio e siediti.»

Feci un gesto a un attendente, che portò uno sgabello e fu abbastanza impudente da voler aiutare il capo della tribù Sacan a rimettersi in piedi. Tabiti lo allontanò con disprezzo, ma comunque accettò di sedersi.

«Perché hai attaccato il mio popolo?» Non c'era accusa nella sua domanda, soltanto curiosità.

«Perché il fiume laggiù segna il territorio dove regna il dio Assur: il nostro re non è stato contento della vostra intrusione.»

Tabiti, figlio di Argimpasa, assentì col capo.

«I confini non c'interessano.»

«Fareste bene a interessarvene.»

Non rispose, quasi sembrò non aver udito. Poi notai che stava fissando il mio petto.

«Hai molte cicatrici per essere così giovane. È brutto essere tanto sfortunati.»

Sorrise, sempre più simile a un gatto, ma adesso avevo la risposta.

«Ho combattuto in molte battaglie» dissi. «E perciò ho molte ferite. Non si può dire che un uomo sia sfortunato in battaglia a meno che non sia ucciso... o sconfitto. Nessuna di queste cose è toccata a me, perciò non sono io a essere sfortunato.»

Non ci fu nessuna reazione, ma era naturale che fosse così, senza dubbio quest'uomo si era già trovato in situazioni tali da dover scambiare insulti.

«Ho due scelte» continuai, sorridendo leggermente e sperando che quell'uomo orgoglioso non si sentisse insultato o deriso. «Posso ucciderti e poi inseguire un popolo senza condottiero oltre il fiume Bothan fino allo sterminio totale: questo, come ben sai, è in mio potere farlo; oppure tu e io potremmo arrivare a un accordo che salverebbe molte vite umane.»

«Non temo la morte che tu puoi darmi.»

«Ho forse detto il contrario?»

La risposta sembrò sconcertarlo. Rimase seduto in silenzio per un momento, e quasi pareva che non respirasse, come se stesse rimuginando qualcosa nel suo animo.

«Naturalmente, non è detto che tu possa parlare per il tuo popolo, e non è neanche certo che ci si possa fidare di uno della tua nazione.»

«La mia parola è legge fra i Sacan» disse, con una specie di fredda ira, quasi sputandomi le parole in faccia. «E la parola di un Sacan è un giuramento di sangue!»

«Sono felice che questa questione sia risolta.»

Restammo seduti a guardarci in faccia, divisi, così sembrava, non solo da qualche cubito d'aria, ma da una ostilità irriducibile, estranei l'uno all'altro come se non fossimo entrambi esseri umani. Era naturale che fosse così... o forse no? Mi scoprii a pensare che mi trovavo di fronte a qualcuno che avrei potuto capire e di cui mi sarei potuto, entro certi limiti, fidare.

«Ti renderai conto, spero, che se noi inseguiamo il tuo popolo come un nemico, la tua gente non avrà scampo. Questo non ha niente a che vedere col coraggio: da oggi nessun guerriero della tribù Sacan avrà bisogno di dimostrarmi di essere un uomo. Sto parlando di fatti concreti, di guerra e contro un popolo in fuga, di come gli animali saranno distrutti e le donne e i bambini moriranno di fame, dopo che mariti e padri saranno morti. Tu sei il loro capo e devi pensare al loro futuro. Mi sono spiegato chiaramente?»

Non rispose. Per un lungo momento non si mosse neanche e poi, finalmente, fece cenno di sì col capo.

«Tabiti, figlio di Argimpasa, capo della tribù Sacan degli Scoloti, vorrà allora prestare il suo giuramento di sangue che riconosce la signoria del Re Sennacherib, Signore dei Quattro Angoli della Terra, Re dei Re? Vorrà impegnarsi ad aiutare il Signore Sennacherib contro i suoi nemici? Vorrà cessare ogni guerra contro la Terra di Assur e onorare quei confini che il re sceglie di far rispettare? Darà la sua parola d'onore?»

Rimase seduto quietamente, ascoltando dentro di sé una voce che lui solo poteva sentire, e poi i suoi occhi a mandorla si volsero a guardarmi.

«Sennacherib non è niente per noi» disse. «Non abbiamo visto la sua potenza o il suo valore in guerra, e i Sacan non s'inchineranno davanti a un nome vuoto. Tu, come ti chiami?»

«Io sono Tiglath Assur, figlio del Signore Sennacherib, un principe in questo paese.»

«Allora darò la mia parola a Tiglath Assur, che è figlio di un re e ha superato i Sacan in un combattimento onorevole: a lui e a nessun altro. Questo ti basterà?»

«Sembra che debba bastarmi.»

XVIII

Il giorno seguente, entrambi gli eserciti raccolsero i loro caduti. Detti ordine di cessare ogni saccheggio e di non tagliare mani o teste come trofeo. Le nostre perdite erano inferiori alle cento unità, ma fra gli Sciti la falce di Ereshkigal aveva lavorato abbondantemente, i loro cadaveri coprivano la pianura come spighe di orzo mietute. Stranamente, non sembrava che ci portassero rancore per questo. La sconfitta pareva avere per loro il carattere di un disastro naturale, impersonale, una cosa che bisognava sopportare ma che non era colpa di nessuno.

Fu stabilito fra me e Tabiti che le nostre forze dovessero seguire le sue durante la ritirata fino alle rive occidentali del Mare Mosso. Questo viaggio doveva durare tre giorni circa, ed era mia intenzione proseguire poi verso est per Tushpah, prima di precedere le nevi tornando ad Amat. Il Signore Lutipri non lo sapeva, ma avevo tutte le intenzioni di raccogliere le mie venti *mine* d'oro: sebbene avessi proibito di spogliare il nemico, sia vivo sia morto, i miei uomini non dovevano essere privati del loro bottino, e la parte del re avrebbe provveduto al mantenimento della guarnigione per almeno due o tre anni. Questo, avevo deciso, sarebbe stato un bel tiro da giocare agli Urartiani e avrebbe insegnato loro, in un modo che non avrebbero dimenticato tanto presto, a non scherzare con lo *shaknu* del nord.

Ma prima bisognava pensare a seppellire i morti. Scavammo una lunga trincea sulle rive del fiume Bothan, perché i nostri compagni avessero la soddisfazione di giacere sul terreno che avevano conquistato col sangue, e vi seppellimmo anche le offerte di cibo e bevande per placare le loro anime. Fu un lavoro semplice, terminato in un pomeriggio, perché le genti che vivono lungo il Tigri dai veloci flutti non si fanno grandi illusioni sull'aldilà. I doveri verso i morti assicurano soltanto che possano giacere in pace senza disturbare i viventi.

Non sembrava essere questa, tuttavia, l'opinione corrente fra gli Sciti.

La prima cosa che mi colpì, mentre li osservavo raccogliere i cadaveri dei loro guerrieri morti, fu che non avevano scavato nessuna tomba, né su questo lato del fiume, né sull'altro. I corpi, invece, erano cuciti in lunghi sacchi di pelle, che essi sembravano avere già pronti: forse ogni uomo se ne portava con sé uno in tutti i suoi spostamenti, per il caso che morisse. I sacchi venivano poi caricati a bordo dei carri.

Quella notte i sopravvissuti tennero una selvaggia cerimonia di lutto, durante la quale danzarono intorno ai falò, visibili a grande distanza, rompendo l'aria fredda e immobile con urla che facevano rabbrividire uomini induriti contro la paura. Io mandai spie a sorvegliare in segreto ed esse mi riferirono che molti degli Sciti, in preda a ciò che sembrava essere un'ebrezza di dolore, si erano infilati una freccia nella mano sinistra; in effetti, nei giorni seguenti vidi parecchi uomini con una ferita simile. Queste lugubri cerimonie durarono parecchie ore, esaurendosi soltanto quando il cielo notturno cominciò a rischiararsi alle luci dell'alba.

E all'alba iniziò il viaggio della carovana scita verso nord, fino alle rive del Mare Mosso.

Appena l'ultimo dei loro carri ebbe lasciato il campo, noi attraversammo in forze il fiume Bothan: che ci sentissero alle costole, che ricordassero di far ritorno alle montagne come un popolo vinto. Volevo essere infatti sicuro che Tabiti capisse di non essere completamente sfuggito alle nostre mani.

Era passato il mezzogiorno da pochi minuti, quando un cavaliere si avvicinò; recava l'invito di Tabiti, figlio di Argimpasa, a Tiglath Assur, figlio di Sennacherib, a dividere un pasto con lui quella sera, in mezzo al suo popolo. Proponeva di accamparsi per la notte ai piedi di un luogo elevato che egli chiamava ''Surti''. Accettai, nonostante la strenua opposizione dei miei ufficiali, i quali temevano che sarei andato a farmi tagliare la gola. Il cavaliere scita sorrise alla mia risposta, come se rappresentasse un suo successo personale, e se ne andò al galoppo sfrenato.

Era anche possibile che i miei ufficiali avessero ragione,

questa gente sembrava capace di tutto, ma il mio rifiuto sarebbe stato considerato un insulto tale da compromettere tutti i miei piani. Inoltre, non avevo voglia di rifiutare, francamente ero troppo curioso di vedere cosa mi aspettava per non accettare l'invito.

Verso sera, misi il cavallo al trotto e cominciai a farmi strada con precauzione fra la carovana Sacan, alla ricerca di Tabiti, il quale, naturalmente, viaggiava all'avanguardia. Durante quel percorso vidi molte cose curiose e quelle poche ore furono fra le più interessanti della mia vita.

Per la prima volta scorsi le donne degli Sciti, che seguivano i carri a piedi, abbigliate con larghe gonne pesanti, lunghe fino a terra e tinte dei colori più accesi, camicie di lino con le maniche lunghe, che esse portavano arrotolate quasi fino al gomito, e vesti ricamate con dischetti d'oro e d'argento cuciti nel tessuto. Si coprivano la testa con scialli, ma non avevano il velo come è costume delle donne sposate nel mio paese e non ebbi quindi alcuna difficoltà a vedere i loro volti.

Arrivai alla conclusione che gli Sciti prendessero le loro mogli da molti paesi, sia acquistandole sia per diritto di conquista, perché, insieme alla pelle rossastra, ai capelli neri, e agli occhi da gatto così comuni negli uomini e, in effetti, anche nella maggioranza delle donne, vidi giovinette dai capelli chiari e dalla pelle bianca come il latte, donne di Urartu dal naso grosso e il mento sfuggente, una o due negre e parecchie altre che avevano tutta l'aria di provenire da Sumer.

Ma la cosa che tutte avevano in comune, e che mi colpì maggiormente, fu l'amarezza del loro pianto. Tutte, senza eccezioni, si lamentavano come se dovesse scoppiare loro il fegato, con le lacrime che rotolavano lungo le guance, i capelli che coprivano la faccia. Senza dubbio erano le vedove recenti (ma perché non c'era traccia delle donne dei sopravvissuti?). Dapprima pensai che gli Sciti dovessero essere mariti eccezionali per ispirare tanto dolore. Poi mi venne in mente che queste lacrime, questi singhiozzi, non fossero l'espressione del dolore, ma della paura, una paura mortale. Che cosa s'immaginavano che le aspettasse? Non riuscivo a intuirlo.

Notai che i carri erano tutti guidati da ragazzi, per lo più fra gli otto e i dieci anni, e molti di essi rivelavano il loro sangue misto. Non vidi altri bambini, né maschi né femmine, e nemmeno altre donne eccettuate le vedove. In quanto agli uomini, o camminavano accanto ai loro carri, reggendo le briglie dei cavalli, o cavalcavano.

Quella dei Sacan doveva essere una ricca tribù. I loro cavalli, sebbene leggermente più piccoli dei nostri, erano belli e numerosi, e dal rapporto fra cavalli e carri giudicai che ogni famiglia dovesse averne sei o sette e molte anche di più. Gli uomini mostravano come le donne un grande amore per gli ornamenti: molti decoravano le tuniche con i dischi d'oro e d'argento che avevo già notato, e anche i più poveri portavano braccialetti di rame. Vidi un gran numero di uomini, in generale abbigliati più riccamente delle donne, con camicie e tuniche di un tessuto che rifletteva la luce come metallo lucido, tinto in colori accesi, rosso, azzurro e verde. Imparai in seguito che il tessuto si chiamava ''serik'', dal nome del popolo che lo fabbricava, e che proveniva da una terra lontana molti mesi di cammino, verso oriente. Mi dissero anche che il filo era prodotto da bachi che facevano il nido sugli alberi, ma non fui tanto sciocco da credere a una storia simile.

La gente mi guardava mentre cavalcavo, ma soltanto perché costituivo uno spettacolo curioso in mezzo a loro.

Nessuno cercò di molestarmi o di farmi qualche sgarberia, né vi fu il minimo segno di ostilità verso il comandante di un esercito che soltanto due giorni prima aveva seminato fra loro la morte. Allo stesso tempo non ebbi l'impressione che mi temessero o che si sentissero abbattuti per la loro sconfitta: in verità, erano un popolo notevole.

«Ah, il Signore Tiglath Assur, figlio di Sennacherib! Date l'ordine: ci accamperemo qui per la notte.»

Tabiti girò il cavallo per guardarmi in faccia e lo fermò. Il suo comando, dato quasi casualmente, con una voce piatta e priva di espressione, fece scattare i portaordini, che corsero via al galoppo in direzione della carovana, come se dovessero annunciare un attacco immediato.

Mi sorrise, mostrando i denti, bianchi e regolari: era impossibile indovinare il significato di quel sorriso.

«Abbiamo tenuto un buon tempo di marcia» disse allegramente, e dal tono poteva sembrare che fossimo due intimi amici che avevano viaggiato insieme per mesi. Però non mi porse la mano. «Il giorno dopo il prossimo, riposeremo sulle rive del Mare Mosso, all'inizio del pomeriggio, direi. L'erba e l'acqua sono molto buone laggiù, anche se il mare è un mare morto. È un bel posto... magari non lo avessimo mai lasciato.»

«Perché lo avete fatto?»

Il capo dei Sacan si strinse nelle spalle e sorrise nuovamente di quel suo sorriso enigmatico, da gatto.

«Non è bene per noi restare troppo a lungo nello stesso luogo. Guarda gli uomini di Urartu: Tushpah è una bella città, antica di molti secoli, l'ho vista da lontano. Eppure i suoi governanti devono dipendere dal re che sta a Ninive perché faccia la guerra per loro.»

«Sono venuto al fiume Bothan per difendere la Terra di Assur, non quella di Urartu.»

«Davvero?» Tabiti, figlio di Argimpasa, alzò le sopracciglia con aria scettica. «Mi chiedo allora perché essi abbiano mandato il loro ambasciatore ad Amat.»

«Lo sapevi?»

«Sì, anche se non ne ho tratto gran profitto. Non avrei mai pensato che... Hai spostato il tuo esercito con grande rapidità, Signore Tiglath. C'è da sperare che ti abbiano pagato molto bene per un così grande disturbo.»

«Venti *mine* d'oro.»

Come se vi fosse stato indotto dalla sorpresa, il capo dei Sacan smontò da cavallo porgendo le redini al ragazzo che aveva guidato il suo carro e che ritenni dovesse essere uno dei suoi figli. Seguii il suo esempio e insieme tornammo indietro ripercorrendo la strada tracciata dalle ruote della carovana. Per molto tempo non disse niente, sembrava immerso nei suoi pensieri, appena consapevole di non essere solo.

«Mi domando allora» riprese alla fine. «Mi domando come mai tu abbia permesso questo nostro ritorno. A Tushpah non ne saranno contenti. Potrebbero perfino trattenersi le venti *mine* d'oro, se non sei stato tanto saggio da fartele dare in anticipo.»

«In anticipo non avrebbero pagato una somma così, ma la pagheranno adesso: non darò loro altra possibilità. Inoltre, non m'interessa se saranno dispiaciuti. Se desiderano ricacciarvi indietro, lo facciano essi stessi. Io credo che il mio Signore a Ninive sarà più che soddisfatto se rimarrete per sempre sulle rive del Mare Mosso, lasciando che il Re Argistis si arrovelli il capo con pensieri ansiosi.»

«Ah, ma se questo re verrà per scacciarci...»

«Non credo che lo farà. Dubito che ne abbia la forza, altrimenti perché avrebbe mandato da me il suo ambasciatore? Credo che tu possa morire di vecchiaia prima di avere qualche noia da quella parte.»

«E ora, dove prima non ne aveva che uno, il Signore Sennacherib ha due alleati, che non si amano fra loro. Non sei meno astuto di un serpente, mio Signore Tiglath Assur: avresti avuto molto successo fra gli Scoloti.»

Gettò indietro il capo e scoppiò in una risata, godendo del suo scherzo e afferrandosi le mani dietro la schiena. Pur barbaro com'era, capii di colpo che quell'uomo avrebbe potuto facilmente governare un impero, e non era ancora escluso, se i grandi di questa terra non fossero stati in guardia. Scoprii che mi piaceva immensamente e speravo quindi di non dovermi mai trovare nella necessità di ucciderlo.

«E ora, vieni» disse, prendendomi il braccio all'altezza del gomito. «Parliamo, mangiamo e ubriachiamoci un po' insieme. Mi dicono che i tuoi ufficiali non sono contenti di averti così lontano dalla protezione delle loro spade: temono forse che ti avveleni? Pensano davvero che io sia tanto sciocco...?»

Gli Sciti non hanno un'idea molto complicata delle comodità e del lusso. Tabiti e io condividemmo il festino accovacciati accanto al fuoco dell'accampamento, mangiando pezzi di carne di manzo mescolati a miglio selvatico, in una ciotola di terracotta. Come bevanda c'era latte di cavalla fermentato, il cosiddetto *safid atesh*, che significa qualcosa come ''fuoco bianco'', dal sapore cattivo, ma molto forte, che essi apprezzavano assai più del vino, considerato un lusso da effemminati.

Il capo dei Sacan servì entrambi, attingendo a un'unica pentola di ferro, per mezzo di un mestolo di rame. Il *safid atesh* era tenuto fresco in una borraccia bagnata di pelle di capra. L'unico lusso era rappresentato dalle nostre coppe, piccoli bacili d'argento massiccio inseriti in teschi umani, la mascella tenuta chiusa da fili d'argento: Tabiti usava la sua infilando il pollice e l'indice nelle orbite vuote. Mi spiegò che erano i resti di uomini che aveva ucciso in combattimento corpo a corpo e che era costume degli Sciti onorare in tal modo un avversario degno.

«Questo» disse reggendo la sua coppa perché potessi ammirare la faccia ghignante e priva di carne «era il figlio maggiore del capo di una delle tribù minori degli Ariani. Avevo solo sedici anni a quel tempo, e gli ho strappato la vita con un pugnale, dopo che mi aveva ucciso il cavallo e spezzato una caviglia. Era smontato dalla sua cavalcatura, sentendosi sicuro di potermi ammazzare con comodo, ma si fermò ad ammirare la sua opera un momento di troppo, e io gli aprii la pancia, facendo uscire le budella come pesci da una rete. L'altro era un uomo senza importanza il quale una volta osò contestare la mia posizione di capo: ho fatto questa coppa soltanto per dar fastidio alla famiglia, perché si ricordassero di stare al loro posto. Dappertutto c'è gente invidiosa.»

Mi scoprii a pensare, se le sorti della battaglia fossero andate altrimenti, quale aspetto avrei avuto io, con la cima del cranio segata e bordata d'argento.

«Perché le donne si lamentano così?» domandai, incuriosito ma anche desiderando cambiare argomento.

«Ah, ti senti rimordere la coscienza?» Rise, battendomi la mano sulla spalla, ormai già piuttosto alticcio. «Ma non è cosa che ti riguardi. Piangono all'idea di dover seguire i loro padroni all'altro mondo, tutto qui.»

«Come?»

L'aveva detto in tono tanto tranquillo che dubitai parlasse seriamente, ma era serissimo, invece.

«Non c'è fra voi questa usanza?» chiese, e i suoi occhi a fessura si allargarono per la sorpresa diventando quasi di dimensioni normali. «Sì, mi sono chiesto come mai i tuoi uomini abbiano seppellito i vostri morti con così poche cerimonie, ma in queste pratiche le usanze sono molto diverse. Noi crediamo che un uomo possa portarsi dietro i suoi piaceri nella vita oltre la morte, perciò un bravo guerriero è seppellito con il suo carro e i suoi beni, inclusi i cavalli e le donne. Ai cavalli si taglia la gola, ma le donne vengono strangolate: non so perché ci sia questa differenza, ma il nostro è un costume molto antico. Le mandrie e le greggi costituiscono l'eredità dei suoi figli, perché non sarebbe giusto che essi fossero impoveriti, ma le mogli lo seguono nella tomba così come seguono il carro che trasporta il suo cadavere.»

Riuscii a tornare a cavallo al nostro accampamento quella notte, ma con difficoltà: il *safid atesh*, che dopo qualche tazza mi era sembrato meno repellente, era più forte di quanto mi sarei immaginato. Tabiti, vedendo le mie deplorevoli condizioni, mi offrì un letto accanto al suo fuoco, ma sapevo che non avrei potuto rispondere delle azioni dei miei soldati se non avessi fatto ritorno, e perciò rifiutai. Credo di essere stato ormai quasi sobrio quando arrivai alla mia tenda, ma quella notte il mio sonno fu molto pesante.

La mattina dopo, ancor prima dell'alba, la carovana scita aveva ripreso il cammino verso settentrione, e noi la seguimmo da presso. Per qualche ora mi sentii la testa come se fosse stata piena di cenere, ma una colazione decente e l'aria fresca mi rimisero in sesto rapidamente. Durante le campagne non ci si sente mai veramente male, lontani dalle complicazioni perniciose della vita quotidiana: tutto è più semplice e ci si sente liberi e felici.

Se questo era vero per me, lo era anche per i soldati, i quali, dopo aver superato il trauma terribile della battaglia, erano uomini diversi, o meglio, uomini forse per la prima volta. Avevano ritrovato la fiducia in se stessi, imparando i limiti della paura, e questo lo si vedeva in ogni loro atto, nel modo in cui preparavano le loro cose e si prendevano cura delle armi, nel comportamento fra loro e con gli ufficiali. Avevano imparato che c'era uno scopo nella loro vita e questa scoperta li aveva liberati dall'abulìa e dal disprezzo di sé. Non sarebbero stati mai più gli stessi: quella sul fiume Bothan non era stata una semplice vittoria.

Ero perciò piuttosto contento mentre viaggiavamo attraverso quel selvaggio ambiente naturale, sicuramente uno dei luoghi più suggestivi e belli della terra. Ebbi l'agio e la tranquillità di spirito per ammirare i pini giganteschi che ci imprigionavano nella loro ombra, di ascoltare con un piacere quasi infantile lo scrosciare degli innumerevoli e vorticosi fiumiciattoli che ci attraversavano la strada, delle acque gelide, tanto che immergendovi la mano la ritiravamo gelata e insensibile, di contemplare ammirato quando, di colpo, la foresta si apriva per rivelare una montagna di granito che sembrava prendersi gioco di noi come una divinità indifferente. Riuscivo a capire perché gli Sciti fossero tanto amanti della loro vita di vagabondaggi, poiché, mentre ci spostavamo con loro, ci era impossibile non sentirci felici.

Subito dopo mezzogiorno inviai un corriere a cercare il capo Tabiti per invitarlo a pranzare con me, non soltanto per un semplice scambio di cortesie, ma perché ero veramente ansioso di riprendere la nostra conversazione, essendo egli un individuo davvero singolare.

Un esercito in marcia non prevede lussi e comodità, perciò mandai il cuoco nell'accampamento scita per comprare quanta più carne di montone poteva per trenta sicli d'argento, pensando di arricchire il festino della sera e provvedere la truppa di almeno cinque o sei giorni di carne fresca; ma gli Sciti davano evidentemente poco valore alla moneta, oppure il mio uomo non era un buon commerciante, perché tornò con non più di dodici pecore, sufficienti ad assicurare a circa seicento soldati a malapena il pasto di una sera. Avemmo comunque il nostro banchetto e Tabiti, seduto su uno sgabello ricoperto di pelli, un vero re in mezzo alla sua corte, si riempì la pancia di buon grado, come avevo sperato.

Quella sera bevemmo meno e parlammo di più, anche quando le ultime braci si erano spente nei fuochi del mio accampamento. Imparai molte cose sulle tribù scite, sul loro modo di vivere e sui loro rapporti con gli altri popoli nomadi. Seppi perché, oltre alle vedove, non avevo visto nessuna delle loro donne, che sembravano trascorrere tutta la vita chiuse nei carri dei loro padri o mariti. Tabiti si faceva più espansivo man mano che la notte si consumava, e mi raccontò tutta la storia della sua vita e delle migrazioni dei Sacan, o almeno ciò che lui ne conosceva. Descrisse terre molto più a oriente e città potenti che anche suo nonno aveva soltanto sentito nominare, facendomi capire come il mio mondo fosse più piccolo del suo e che i Quattro Angoli, di cui mio padre Sennacherib si vantava di essere Re dei Re, dovevano essere soltanto un piccolo lembo di terra: anche un toro, solo in mezzo a un campo, avrebbe potuto ritenersi il re del creato.

«E tu, Signore Tiglath Assur, perché sei più alto degli uomini della tua razza? E perché la tua barba ha un colore diverso, come quello della sabbia bagnata, invece che nero? Forse perché sei figlio di un re?»

«No, è perché mia madre è ionia, portata nell'harem di mio padre dalle isole oltre il Mare Settentrionale.»

«Ah, una ionia! Questo spiega molte cose: qualcuno della mia nazione ha commerciato con gli Ioni in gioielli e armi, cose di questo genere. Sono un popolo astuto, pieno di artifici e di inganni. Le loro menti sono sempre occupate in qualche nuovo progetto, sono stati dappertutto e hanno visto tutto ciò che il mondo contiene. Certamente è per questo che tu sei un tale serpente!»

«Allora un individuo eredita dalla sua razza?»

«Oh, sì!» Mi guardò come se avessi fatto una domanda infantile. «Dove noi siamo nati è un puro caso, quel che conta è ciò che siamo sotto la pelle. Ma forse, dato che soltanto tua madre è ionia, tu sei cresciuto proprio come un abitante del fiume, che è felice solo quando si sente il fango soffice fra le dita dei piedi. La madre conta molto poco; la mia era una donna di campagna che mio padre rubò dal suo villaggio sulle rive del Ponto Eusino, ma guardami, non sembra che mi abbia fatto gran danno.»

Mi guardò di sottecchi, probabilmente preoccupato di avermi offeso con le sue parole, ma io mi limitai a sorridere.

«Ah, questo è vino di Urartu» continuò. «L'ho già assaggiato una volta, quando abbiamo fatto una scorreria dalle parti di Tushpah. Non è male, e poi, se ci si sciacqua la gola a sufficienza, ci si può ubriacare con tutto.»

«Hai ragione, il vino è di Urartu» risposi. «Faceva parte del regalo inviatomi dal re Argistis, erano cento anfore in tutto.»

«Solo cento anfore? È quasi un insulto!»

«Mi riprometto di averne di più a suo tempo.»

Gli occhi a mandorla di Tabiti si chiusero quasi mentre sogghignava ferocemente all'idea delle mie venti *mine*. Allungò il braccio e strinse il mio fra le sue dita di ferro, strizzandolo come se volesse spezzarmi le ossa.

«Sì, fai bene a prenderti il tuo oro, ammesso che tu ci riesca. Ma non fidarti molto né del re né di altri della sua nazione: un uomo saggio non costruisce il suo carro con legno fradicio.»

Dovetti assumere un'espressione perplessa, perché mi lasciò andare il braccio e bevve una lunga sorsata di vino, continuando a esaminare la mia faccia.

«Hai in mente di fermarti a Tushpah tornando a casa, Signore Tiglath? Allora capirai molto presto.»

Il giorno seguente, soltanto un'ora o due dopo mezzogiorno, come aveva previsto il capo dei Sacan, raggiungemmo le acque melmose del Mare Mosso. E là, in modo del tutto inaspettato, ebbe luogo una curiosa e toccante cerimonia davanti ai guerrieri di due grandi nazioni. Non eravamo ancora smontati da cavallo che Tabiti ordinò di portargli una delle sue coppe ricavate in un teschio. Fece scivolare il pollice e l'indice nelle orbite e la tenne sollevata perché tutti la potessero vedere.

«Dichiaro che da questo giorno il Signore Tiglath Assur, un uomo prode e un principe nella sua terra, è mio fratello!» gridò «E in pegno di ciò lo invito a partecipare al patto di sangue degli Scoloti.»

Fece riempire di vino la coppa, poi si sfilò il pugnale dalla cintura e chiuse la mano stretta a pugno intorno alla lama, tagliandosi il palmo in tutta la sua larghezza. Il sangue sgorgò dalla ferita, ma Tabiti non fece alcun tentativo di arrestarlo, al contrario, lo lasciò colare liberamente nella coppa.

Poi, con grande solennità, mi porse il coltello.

È un genere di cose che bisogna fare in fretta senza pensarci su per non perdere il coraggio, perché non c'è niente di più tremendo del dolore inflitto a se stessi. Strinsi la lama nel pugno con un movimento deciso, con il cuore che mi batteva forte nel petto. Quando riaprii la mano, fui sollevato nel vedere che la ferita, che partiva dalla base del pollice, non era profonda fino all'osso. Anch'io lasciai gocciolare il sangue nella coppa, prima di fasciarmi la mano. A quel punto ero tutto bagnato di sudore, con un dolore lancinante fino al gomito, ma almeno ce l'avevo fatta.

Tabiti, figlio di Argimpasa, sollevò la coppa alle labbra e bevve una lunga sorsata. Io feci lo stesso e tutti gli Sciti, battendosi la lama dei pugnali contro il petto, urlarono la loro approvazione con strida di falchi. Al che i miei soldati, per non essere da meno, alzarono in alto le loro armi gridando: «Assur è Re!»; alla fine eravamo tutti molto compiaciuti gli uni degli altri.

«Tutti i veri uomini sono fratelli, e questo mondo è uno strano luogo» disse il capo dei Sacan. «Ricordati questo giuramento quando avrai bisogno di un fratello.»

Mi prese la mano e, mentre lo guardavo in faccia, mi si velarono gli occhi: pensavo ad Asarhaddon, ora *marsarru*, un giorno mio re e signore. Mio fratello Asarhaddon, il mio amico, che dormiva nel letto della mia amata.

Tutti i veri uomini sono fratelli. Quest'uomo strano e selvaggio sapeva quel che diceva e le sue parole erano vere. Il mondo era davvero un luogo bizzarro.

Come descriverò il Mare Mosso? Fino a quel giorno non avevo mai visto una così grande quantità d'acqua: mi sembrava di aver raggiunto i più lontani limiti della terra, e di trovarmi ora sulle rive dell'immenso fiume che circonda il mondo in un abbraccio senza fine. Al di là non poteva esserci niente: aguzzai lo sguardo, ma non riuscii a vedere una sponda oltre quelle acque vaste, azzurre e vuote.

«Mi hai imbrogliato» dissi a Tabiti, scherzando solo a metà. «Facendo vela da questo posto, sparirò per sempre al di là dell'ultima sponda.»

«No. Due giorni di barca, stando attento a tenere sempre la riva sulla tua destra, ti porteranno a Tushpah. Non so cosa darei per vedere la faccia di re Argistis quando arriverai.»

«Non arriverò. Morirò su questo deserto d'acqua. A proposito, perché si chiama Mare Mosso?»

«Abbiamo molti terremoti fra queste montagne, e quando arrivano, il mare balla. Ma a quel punto si è già morti anche stando a terra.»

«Mi riempi di fiducia. Noi uomini di Assur, come ben sai, non siamo marinai.»

«Qua, lascia che ti mostri qualcosa che alleverà i tuoi terrori.»

Si mise una mano in tasca e ne estrasse una punta di freccia di rame.

«Guarda.»

Mise la punta nell'acqua: eravamo in piedi a pochi passi dalla riva, ed essa ruppe la superficie con un piccolo schiocco scomparendo alla vista.

«Continua a guardare.» Tabiti sogghignò chiudendo quasi

completamente i suoi occhi da gatto. Non avrei creduto che una cosa simile fosse possibile, se non l'avessi vista con i miei occhi. Dopo pochi secondi la punta della freccia tornò alla superficie, per galleggiare come un pezzo di legno.

«Com'è possibile?» esclamai. «È una magia? Hai gettato qualche incantesimo?»

«Se è una magia, non è mia. Qualsiasi pezzo di metallo, o il corpo di un uomo, può galleggiare su queste acque... Il perché non lo so.»

Entrai in acqua finché mi arrivò alle caviglie e raccolsi la punta della freccia. Un po' d'acqua gocciolò nella ferita che avevo sulla mano, facendola bruciare come se mi avesse punto un'ape, e io bestemmiai ad alta voce.

«Forse è perché è tanto amara che gli oggetti galleggiano» continuò, come se gli avessi ricordato io la cosa. «Ma non ho idea del motivo; il grande mare a ovest è anch'esso salato, ma qualsiasi pezzo di metallo vi si getti, va a fondo subito come una pietra.»

«Stai suggerendo che io vada sull'acqua fino a Tushpah? Con seicento uomini, più i cavalli, le attrezzature e tutto il resto, galleggiando su e giù come pezzi di sughero?»

«No. Manda la cavalleria e i cavalli con l'equipaggiamento per via di terra. Arriveranno prima senza la truppa di soldati a piedi al seguito. Poi noleggia qualche dozzina di barche dai cavatori di sale che vivono a circa due ore di distanza da qui. Trasporteranno te e qualche centinaio dei tuoi uomini a Tushpah in meno di due giorni. Quando starai convincendo il re a darti le tue venti *mine* d'oro, il resto del tuo esercito arriverà alle porte della città per rafforzare la tua eloquenza.»

«Sì, potrebbe essere una buona idea» risposi. La mano mi bruciava ancora, ma la cosa non mi sembrava più uno scherzo. «Un'idea buona davvero. Tabiti, tu sei un ladro e un farabutto, ma non sei uno sciocco.»

Scoppiò a ridere, battendosi la mano sulla coscia, molto soddisfatto di entrambi noi.

«Il Signore Tiglath Assur imparerà un giorno che soltanto essendo ladri e farabutti i governanti di questa terra diventano grandi. Qual è la differenza fra un ladro e un potente re? Che il ladro ruba soltanto sciocchezze.»

Quello stesso pomeriggio Tabiti e io cavalcammo fino al villaggio dei cavatori di sale e ci sedemmo nella capanna del capo, a bere una cosa terribile che sapeva d'interiora di pesce, per trattare le condizioni del mio passaggio a Tushpah. Fu un procedimento noioso: Tabiti, il quale parlava la lingua, mercanteggiò come un venditore di tappeti, mentre l'anziano del villaggio si tirava la barbetta bianca lagnandosi della sua povertà con parole che non richiedevano una traduzione. Non mi restava che ascoltare, aggrottare la fronte con impazienza di tanto in tanto e cercare di sostenere il ruolo di conquistatore potente e senza scrupoli che poteva anche decidere di massacrare l'intero villaggio se avessi incontrato maggiore resistenza di quanta ne avrei potuta tollerare.

Alla fine il vecchio bandito accettò le nostre condizioni, mostrandomi i mozziconi neri dei denti e sorridendo in segno di approvazione. Dovevo solo pagare a lui e ai suoi barcaioli venti sicli d'argento per quattro giorni di lavoro, probabilmente una somma maggiore di quella che avrebbe guadagnato vendendo sale per un anno. Sarei dunque partito la mattina seguente con due compagnie di fanteria.

La nostra ultima sera con i Sacan fu una sera di festaggiamenti moderati. I miei soldati avevano imparato a mescolarsi liberamente con questi nomadi barbari, ma stavano in guardia, bevevano poco e si tenevano alla larga dai loro carri e dalle loro donne, perché avevo fatto sapere molto chiaramente che avrei messo a morte chiunque desse pretesto per uno spargimento di sangue. Non era facile capire fino a che punto arrivasse l'ospitalità di quella gente, e dal momento che erano adesso nostri alleati e che avrebbero potuto esserci utili in futuro, non volevo guai con loro. Ho il sospetto che Tabiti trattenesse i suoi uomini allo stesso modo e per le stesse ragioni.

Per quanto grande fosse l'amicizia e il rispetto reciproco che si erano stabiliti fra noi, avevo la netta impressione che non gli sarebbe dispiaciuto veder partire me e l'esercito che io comandavo.

La mattina, quando i cavatori di sale ebbero radunato le loro imbarcazioni e i miei soldati, alcuni già pallidi per l'apprensione, furono a bordo, facemmo vela per Tushpah.

XIX

Si dice che nessun vero uomo di Assur si senta a suo agio quando deve affidare la vita ad acque più vaste di quelle della Madre Tigri, e che l'ampio mare sia una regione di demoni innumerevoli, e in effetti i miei soldati maledissero la sorte che aveva dato loro un comandante tanto sciocco da credere che il mare potesse restar fuori dai fianchi di legno di una barca, ma in quanto a me, godetti ogni momento di questo mio primo viaggio. E le acque furono sempre calme, non ci fu quindi pericolo di sorta. In due giorni e mezzo non perdemmo mai di vista la costa e ogni sera tiravamo in secco le barche per dormire sulla terraferma.

Eppure, fu un'avventura. Forse perché sono mezzo greco, non ebbi mai problemi con lo stomaco e non provai in nessun momento quella specie di vertigine che rende il più gentile movimento delle onde una vera agonia per tanta gente e che nessun incanto o bellezza naturale può allontanare. Per me tutto era nuovo e interessante e il viaggio fino a Tushpah ebbe il grande fascino della novità.

Imparai, fra le altre cose, che il Mare Mosso non è quel deserto senza vita che appare: ogni sera, dopo che avevamo tirato in secco le imbarcazioni, i cavatori di sale gettavano le reti rotonde nelle onde che venivano a lambire la spiaggia e dopo meno di un'ora tiravano su pesce a sufficienza (pesci lunghi non più di una mano) per sfamare almeno loro stessi. I miei soldati si rifiutarono senza eccezione perfino di guardarli, accontentandosi di mangiare pane e carne secca di capra e in questo furono più accorti del loro comandante, perché, quando il capo della nostra piccola flotta mi portò, presentandolo come una prelibatezza, un esemplare ben cotto e disteso su aghi di pino profumati, fui tanto sciocco da mangiarlo: aveva un gusto melmoso come l'acqua dal quale proveniva. Sorrisi e mi leccai le labbra per far vedere quanto mi fosse piaciuto, ma non appena la decenza me lo permise, feci qualche passo nella foresta circostante, mi ficcai due dita in gola e mi liberai lo stomaco da quel peso sgradevole.

I cavatori di sale sembrava che vivessero quasi esclusivamente di questo e perfino il loro vino, come scoprii inorridito, era fatto con interiora di pesce fermentate. In quanto alla verdura, sembrava che mangiassero unicamente un tipo di grosso aglio selvatico che essi estraevano dalla terra umida della foresta. Ciò che guadagnavano vendendo il sale serviva per comprare la carne fresca, ma il loro prodotto non era di tale qualità da poter essere venduto a un prezzo elevato e perciò, senza le reti, avrebbero probabilmente sofferto la fame.

Era gente fra la più primitiva che abbia mai visto sulla terra. Tutta la loro prosperità derivava dal Mare Mosso, e in effetti il più grande dei loro dei era il mare stesso; ma l'esistenza che conducevano era desolata come quell'acre distesa d'acqua. Le arti della lavorazione dei metalli, della carpenteria e dell'edilizia erano loro sconosciute; nonostante vivessero in una terra dove abbondavano pietre e legname, le loro case non erano che capanne di canne intrecciate intorno a una struttura di pali arrotondati. La loro sopravvivenza era garantita dalla stessa povertà, perché, nonostante non sapessero niente di guerra e fossero circondati da tribù di razziatori, non possedevano nulla che potesse attirare, tranne le donne che essi tenevano nascoste agli sguardi avidi, così come facevano gli Sciti.

Ciò nonostante, a dispetto della miseria della loro condizione, si facevano notare per la serenità e la generosità cordiale. Guardavano noi, una folla di soldati in armi, senza dar segno di paura, e sembravano pronti a condividere il poco che avevano. Questo viaggio fino a Tushpah lo consideravano come un premio, una vacanza, un dono della generosità dei loro dei. Trovavo difficile disprezzarli.

Esattamente un'ora prima di mezzogiorno del terzo giorno di navigazione incontrammo le prime galere da guerra di Urartu: ne avevano mandate quattro a intercettarci, sebbene il motivo per cui ne avessero inviate tante incontro a dodici o tredici piccole imbarcazioni da pesca fosse un mistero che sul momento non riuscii a risolvere.

Tabiti aveva assicurato ai cavatori di sale che io ero un potente principe che poteva spazzar via tutto davanti a sé e che viveva sotto la protezione di un dio potente, e questa assicurazione li aveva resi baldanzosi, tanto da avventurarsi fuori dalle loro acque, fin là dove i vascelli del re Argistis vegliavano sui confini di Tushpah. Mi avvicinai alla prua della nostra barca che era alla guida della flottiglia per far vedere la mia uniforme, unica nostra difesa, sperando che gli Urartiani sarebbero stati altrettanto impressionati.

Era una mattina senza vento e le grandi navi avevano ammainato la vela, avanzando soltanto grazie ai rematori nascosti dalle fiancate di legno nero, che torreggiavano sulle onde come scogli galleggianti. Ero appena arrivato alla conclusione che gli Urartiani stessero dirigendosi su di noi per affondare le nostre barchette, quando, all'ultimo istante, tutti i remi si alzarono all'unisono restando sospesi a mezz'aria. Un ufficiale, o almeno uno che mi parve tale dal contegno, si sporse dalla battagliola e mi scrutò come se fossi il cadavere di qualche ripugnante creatura del mare rimasta impigliata nella corda dell'ancora. Era un uomo dalla faccia larga, con sopracciglia pesanti e una grande barba nera, e immediatamente lo trovai antipatico.

«State sconfinando» disse con aria di noncuranza, dapprima nella sua lingua e poi, quando vide che non rispondevo, in aramaico.

«Le armate di Assur non sconfinano» risposi in accadico. «Esse sono a casa loro dovunque nel vasto mondo. Io sono qui invitato dal Signore Lutipri, il quale è venuto ad Amat a implorare il mio aiuto contro gli Sciti questo stesso mese. Gli Sciti sono stati sconfitti e se non mi mostrerai maggiore cortesia, ordinerò a uno dei miei soldati di salire a bordo della tua nave a tagliarti la lingua.»

Rimase alquanto sconcertato, come avevo voluto, e per molto tempo non aprì bocca, senza dubbio non sapendo che cosa rispondere. Un momento prima si era creduto onnipotente, ma adesso non ne era più tanto sicuro. Non doveva essere molto intelligente, riuscivo quasi a vedere le idee ronzargli faticosamente nella testa.

Alla fine decisi di risparmiargli il tormento dell'indecisione.

«Questa brava gente vuole tornarsene a casa» dissi. «È meglio che saliamo a bordo delle tue navi e che voi ci trasportiate da qui fino a Tushpah.»

Quando il suggerimento parve non incontrare la sua immediata approvazione, io attesi un tempo pari a circa dieci battiti del cuore, che mi sentivo martellare nel collo, e poi mi concessi il lusso di perdere la pazienza.

«Ho detto di far scendere le scalette, idiota! Forse che gli uomini di Tushpah sono tali femminucce da aver paura di essere sopraffatti da meno di duecento soldati? Se mi farai aspettare ancora dieci secondi, ti farò tagliare anche la testa oltre alla lingua!»

Finalmente nel suo cervello imbottito di fango si fece strada l'idea che io parlavo sul serio: che cosa avrei avuto da guadagnarci se non il ceppo del boia? E quindi le scalette furono infine abbassate. La mia pace interiore era finita ed ero tornato a essere un guerriero e un diplomatico. Salutai con la mano i cavatori di sale, con i quali non avevo scambiato una parola in nessuna lingua, e volsi lo sguardo verso Tushpah.

A metà pomeriggio giungemmo in vista della città che poteva senza dubbio essere considerata la più bella del mondo. Mai avevo visto grandi edifici costruiti interamente di pietra e mai ne avrei più visti di tanto splendidi. I templi e i palazzi dell'Egitto sono immensi, ben fatti e maestosi, ma alla fine ci si stanca di file interminabili di colonne color sabbia. Tebe e Menfi sono luoghi dove si impara rapidamente a vivere senza far più caso alle bellezze del luogo, ma Tushpah è una delizia continua, uno scrigno prezioso di colori, un sito di meraviglie. Questo riuscivo a vederlo fin dal molo, alle spalle del quale sorgeva una muraglia di pietra nera e bianca a strisce alternate, delicata e maestosa come una dama di rango.

Il comandante della flotta di Urartu, tale infatti si rivelò, aveva diviso i miei uomini fra le altre tre navi, trattenendo me a bordo della sua, indubbiamente seguendo la teoria che perfino una vipera è innocua quando è priva della testa. Non avrebbe dovuto preoccuparsi, poiché io ero ben contento di starmene seduto nella sua cabina a bere vino anche dopo che fummo arrivati in porto e che egli ebbe mandato in fretta e furia un messaggero a riferire del mio arrivo e a chiedere istruzioni.

L'attesa, comunque, non fu lunga. Un'ora dopo la porta della cabina si aprì e il Signore Lutipri in persona entrò, non meno stupefatto del mio poco convinto ospite, che egli licenziò con un gesto secco. Poi si sedette e rimase a fissarmi, sbattendo le palpebre nella penombra come una civetta.

«Mio Signore Tiglath Assur» cominciò finalmente. «Non sono nemmeno venti giorni che...»

«Che abbiamo cenato insieme ad Amat: sì, mio Signore. Vengo a darti la notizia di una grande vittoria. Gli Sciti sono stati scacciati dalle rive del Bothan, ancora bagnate del loro sangue.»

Quell'uomo astuto socchiuse gli occhi, guardandomi in silenzio. Io gli feci un sorriso, come un ragazzo che abbia appena compiuto una bravata, ma sapevo che cosa stesse pensando. Alla fine scrollò le spalle come se la cosa gli fosse indifferente.

«Naturalmente, mio Principe, a me, che ti conosco così bene, non verrebbe neanche in mente di dubitare della tua parola, ma, tu devi capire, il mio re... esito a parlare di prove...»

«Quali prove potreste volere oltre al fatto che sono qui, e vivo?»

Il mio sorriso si fece per un attimo più ampio e poi tornai serio di colpo. «Se vi occorrono altre prove, andate a vedere le fosse scavate di fresco lungo le rive del Bothan. Mandate emissari presso gli Sciti, che ora sono accampati sulla riva occidentale del Mare Mosso. Non parlarmi più di prove, mio Signore.»

«Sulla riva occidentale!?» Il Signore Lutipri si sollevò materialmente di una spanna o due dalla sedia. «Ma quella è terra di Urartu!»

«L'ho ceduta agli Sciti: devono pur andare da qualche parte, Mio Signore. O forse pensavi che li avrei massacrati tutti quanti quando mi sono impegnato solamente a respingerli oltre il fiume Bothan...?»

«Non avevi il diritto!»

«Avevo il diritto della necessità. E inoltre così mi è piaciuto.»

Il servitore del re Argistis aveva a quel punto già riguadagnato la sua compostezza e si era rimesso a sedere, limitandosi a scrollare le spalle, troppo saggio per protestare contro il fatto compiuto.

«E ora, Mio Signore» continuai «c'è la questione delle venti *mine* d'oro.»

Quella sera dimenticammo ogni problema. I miei soldati furono alloggiati all'interno del palazzo e provvisti di cibo, vino e donne, e io fui ospite del re a un banchetto dato in mio onore. Questo significava soltanto che gli Urartiani desideravano muoversi con cautela e che avevano bisogno di guadagnare tempo per poter studiare la mutata situazione e cercare un modo per evitare di pagare il loro debito.

Ne fui comunque soddisfatto, perché questo mi dava la possibilità di studiare Argistis e la sua corte da vicino. Ero seduto accanto a lui, alla destra di quest'uomo, il cui padre mio nonno aveva indotto a uccidersi, e che mi chiamava suo amico, suo compagno di gloria; ma la vista di lui mi faceva correre un brivido lungo la schiena come per un oscuro timore.

Era, come la maggior parte degli uomini della sua razza, alto e slanciato quasi come una donna. Non aveva molti più anni di me, ma già la sua barba era screziata d'argento e i suoi occhi avevano uno sguardo ansioso, come se il peso della sua posizione gravasse pesantemente sul suo spirito.

Che cosa lo aspettava negli anni a venire? mi chiedevo. Il suo paese era circondato da nemici e i nobili, almeno così si diceva, complottavano contro di lui. Forse la sua mente avrebbe ceduto alla tensione davanti a qualche grande calamità, ed egli avrebbe seguito l'esempio del padre trapassandosi il petto con la spada, o qualcuno della sua corte gli avrebbe risparmiato quel fastidio. In ogni caso, c'era intorno a lui una specie di aura che ne faceva presagire una morte violenta.

Ma finché viveva, sembrava deciso a vivere nello splendore. Perfino il Signore Sennacherib avrebbe potuto invidiare l'opulenza del banchetto, al quale anche l'ultimo dei cortigiani era abbigliato con tuniche dai ricami più ricchi e costosi, e molti, incluso il re, indossavano vesti sovraccariche d'oro e d'argento. La sala nella quale cenammo era rivestita di una pietra verde e liscia quasi come il vetro e le tavole erano di legno di cedro profumato. Fummo intrattenuti da musici provenienti dalla Lidia e dall'Egitto, e da cortigiane dalla pelle chiara, che danzavano con grande abilità, facendo roteare i seni e il ventre a ritmo con la musica dei flauti; molte fra le più belle sedevano alla tavola del re, conversando in molte lingue e tentando gli ospiti con datteri ricoperti di miele, con il vino e il fascino della loro persona. Il suono stesso delle loro risate era una specie di musica. La mia aveva i capelli colore del cuoio lucido e gli occhi verdi come fichi maturi. Il suo corpo profumava di miele e d'olio, e continuava a insinuare furtivamente la mano sotto la mia tunica per accarezzarmi il membro, che, devo ammettere, era duro come una lama di pugnale.

Il re Argistis sembrò trovare la cosa divertente. Alla fine, appoggiandomi la mano sul braccio, mormorò piegandosi verso di me: «È una bellezza rara, non è vero? Mio padre la comprò per il mio harem quando era ancora una bambina in fasce, e da allora è vissuta soltanto per il mio piacere. La manderò nella tua stanza più tardi: un piccolo segno dell'affetto che ti porto, Principe».

Sorrisi, facendo un cenno d'assenso col capo: che altro potevo fare, dato che non si rifiutano i doni di un re? Ma non potei fare a meno di meravigliarmi: quello sciocco pensava davvero che una notte fra le braccia di una prostituta valeva venti *mine* d'oro?

«Ti sono grato della tua gentilezza, Signore, verso di me e verso i miei soldati. Tranne che quella del re nostro padrone, non riconosciamo altra volontà che la tua.»

Fu allora la volta di Argistis di sorridere e assentire col capo: non era poi tanto sciocco da non afferrare il preciso significato delle mie parole.

«Tuttavia, gli Sciti sono ancora entro i miei confini, Principe. Come spieghi questo?»

«È per la tua stessa sicurezza, Signore» replicai, forse un po' troppo in fretta, come se fosse una risposta che mi ero preparato. «A meno che tu non guarnisca la tua sponda occidentale, e forse anche se lo farai, perché essi non combattono certamente come donnicciole, avrai sempre una o l'altra di queste tribù sulle tue terre. Meglio che tu abbia gli Sciti come vicini invece di altri, perché essi hanno assaggiato la potenza delle armate di Assur e il loro capo, Tabiti, figlio di Argimpasa, mi ha chiamato fratello e ha fatto un giuramento di sangue impegnandosi a essermi leale. Finché il re di Ninive e quello di Tushpah saranno amici, non avrai da lamentarti degli Sciti.»

La minaccia poteva sembrare mascherata dalla cortesia, ma il re seppe leggere tra le righe e tornò quindi a sorridere, portando il discorso su altri argomenti.

Anche per un re, tuttavia, il livello della conversazione era molto basso e i discorsi vuoti, insipidi e pieni di vanterie. Parlò delle imprese dei suoi generali come se fossero le sue, cosa questa che fanno tutti i re, ma Argistis si distingueva particolarmente per l'incapacità di separare se stesso dai suoi servi, che egli sembrava considerare semplicemente come un'estensione della sua volontà. Non era nemmeno tanto intelligente da essere geloso e pareva sentirsi solo nel suo regno, circondato da semplici pezzi di legno e non da uomini.

«Ho agito saggiamente a trattare con te» disse con noncuranza «anche se non mi aspettavo una vittoria così rapida. I barbari Sciti avranno imparato adesso a temere la potenza di Urartu.»

Si era dimenticato dell'esistenza del Signore Lutipri? O della mia? E si poteva ben immaginare a quali differenti conclusioni sarebbe giunto sugli Sciti.

Il re mio padre, lo sapevo, non desiderava altre conquiste, ma il re mio fratello, quando fosse giunto il suo turno, avrebbe potuto rivolgere uno sguardo interessato a nord. Quale facile vittoria, pensai, che scherzo sarebbe stato per Asarhaddon strappare le penne dalla coda di questo pavone.

Avendo appreso molto tempo prima a non far baldoria insieme agli sciocchi e ai farabutti, quella notte non assaggiai quasi il forte vino di Urartu, ma non furono pochi quelli che, avendo trovato il coraggio di gettarsi sulle cortigiane, si ritrovarono poi incapaci di portare a compimento l'opera perché troppo ubriachi; perciò quando alla fine il re si ritirò, lasciandoci liberi di andare o restare, non furono in molti a trascinarsi senza aiuto nelle loro stanze. Ma io di aiuto non ebbi bisogno. Quando mi alzai da tavola, mi diressi da solo fino a un balcone dove respirai la fresca, chiara aria della notte, che lasciava presagire come le prime nevi non fossero lontane, finché la testa non fu sgombra e non mi sentii arzillo come un giovane capretto.

Ma non sempre è un bene essere sobri. Non che mi sentissi solo o abbattuto, tuttavia... non sapevo esattamente cosa mi stesse succedendo, ma il mio animo era vuoto.

Che cos'ero io adesso che i nemici del mio re erano sconfitti e i miei soldati al sicuro nei loro letti? Che mi restava di mio? C'era ancora vita nel mio corpo?

Ma questi erano soltanto pensieri di un uomo che è rimasto sveglio troppo a lungo e ha ancora il gusto di vino inacidito in bocca. Sarei andato a letto e l'indomani il mondo mi sarebbe sembrato un luogo più amichevole.

Il re Argistis mi aveva ospitato in un alloggio non lontano dai suoi appartamenti, probabilmente per sorvegliarmi meglio, a portata dei suoi occhi attenti e ansiosi. Quando entrai nella stanza fui contento di trovare il braciere ancora acceso. Mi ero già svestito e mi stavo lavando la faccia in un bacile di acqua fredda, quando vidi la ragazza che mi osservava, sdraiata sul mio giaciglio. Per la verità, mi ero completamente dimenticato di lei.

La mezza luce e l'ombra rendono affascinanti tutte le cose, ed essa mi parve ancora più bella mentre giaceva lì, la testa appoggiata sulle braccia piegate all'indietro, i seni che si alzavano e abbassavano col respiro e sembravano trattenere il mio sguardo. Mi sorrise, come se conoscesse tutto di me, come se le avessi spalancato il mio cuore. Il suo sorriso mi fece pensare a un gatto che abbia costretto il topo in un cantone: *sarai una preda facile*, sembrava dirmi.

«Il mio Signore è stanco» mormorò con una voce morbida come il lino. «Vieni. Lascia che carezzi la fronte del mio Signore con le mani fresche.»

Sì, diceva quel sorriso. *Io conosco le debolezze degli uomini*. Non mi ci volle più di un istante per capire che non desideravo affatto il tocco di quelle mani fresche.

«Ho bevuto troppo» dissi. «Temo che perderemmo tutti e due il nostro tempo.»

Si strinse leggermente nelle spalle: per cos'era fatto il suo tempo, se non per sprecarlo con gli uomini come me?

Mi sedetti su di un piccolo sgabello di legno, e rimasi a osservarla in silenzio. Quando, alla fine, le fu chiaro che stavo soltanto aspettando che se ne andasse, si alzò dal letto e mi venne vicino. Si accoccolò accanto a me, toccandomi il braccio e accarezzandomi come per caso la pelle con le labbra.

Non ero un uomo forse? Forse non sentivo più niente, nemmeno il desiderio? Sì, lo sentivo. La presi per le spalle e la guardai nella luce fioca, come avrei fatto con la mappa di un paese sconosciuto. Poi la respinsi, tanto sgarbatamente che andò a sbattere contro il pavimento. Così feci, e poi mi nascosi la faccia fra le mani.

«Lasciami» dissi, con una voce soffocata. «Non voglio farti male, ma... Lasciami!»

Udii il rumore dei piedi nudi sul pavimento, poi lo sbattere di una porta e infine il silenzio.

«... *Spero che l'amore sia una maledizione per te*» mi aveva detto «*Spero che ti perseguiti fino alla morte...*»

Era già l'alba quando chiusi gli occhi.

La mattina seguente non ricevetti nessun invito da parte del re. Senza dubbio era chiuso con i suoi ministri e servi per ascoltare attentamente mentre essi stabilivano fra loro ciò che egli avrebbe deciso di fare. Perciò, dopo aver visitato le caserme dove i miei soldati erano alloggiati, mi sentii libero di andarmene in giro per Tushpah, a vedere questo miracolo di bellezza con gli occhi di uno straniero qualunque.

Per tutto il giorno vagabondai per le strade, pieno di meraviglia. Il tempio del dio Khaldi, patrono degli Urartiani, era costruito di pietre massicce, a strati alterni neri e gialli, con le porte incorniciate di granito rosso. All'interno, le pareti erano dipinte nei colori più vivaci per raffigurare il rituale del suo culto e con figure demoniache tali da far gelare il sangue, oltre che con scene di caccia e di coltivazione dei campi. Questa gente era maestra nell'arte d'incidere la pietra, e i loro fregi, eseguiti alla maniera di Ninive, erano veramente impressionanti; ma essi avevano anche scoperto il vero modo di realizzare figure a tutto tondo. L'idolo di quella terribile divinità era così verosimile che quasi mi aspettai di vederlo muovere, strizzare gli occhi nel fumo delle offerte che bruciavano davanti a lui, o scoprire i suoi denti feroci. I templi degli dei minori, i palazzi del re e della nobilità, le armerie e le guarnigioni, perfino le botteghe e le case più modeste, erano squisiti capolavori di decorazione e di linea. Se i potenti dei avessero dovuto decidere di costruirsi una città dove abitare sulla terra, non avrebbero potuto sperare di superare quella meraviglia che era Tushpah.

Tornai al palazzo di Argistis in uno stato di esaltazione, quella sensazione curiosa di felicità che si prova quando si è trasportati fuori di noi stessi per qualche ora, quasi dimentichi della nostra esistenza. È la sensazione che prova il padre mentre gioca con i suoi figli e, così mi hanno detto, l'artista mentre crea la sua opera, o il protettore di quell'artista, o l'agricoltore quando guarda il tramonto... Questo Tushpah mi dette, ignara di aver qualcosa da donare, e non per un solo momento, ma per tutta la giornata. Da quel giorno ho sempre amato la città di Tushpah e ho sempre ritenuto una grande disgrazia che fosse governata da un povero sciocco.

Il Signore Lutipri mi stava aspettando nelle mie stanze.

«Hai scacciato la donna ieri sera» disse, dopo che ci fummo seduti e dopo aver riempito i nostri calici di vino. «Il re ne è stato sorpreso e, devo dire, anche offeso.»

«Il re si è offeso perché non ero dell'umore di accoppiarmi o perché deve pagarmi le venti *mine* d'oro sia che vada a letto con le sue femmine o no?»

Lutipri trovò tanto divertente questa risposta che fu obbligato a nascondere un sorriso dietro la mano, un modo diplomatico per dirmi, credo, che non dovevo parlare in modo tanto scortese del suo padrone.

«Il mio Signore e Principe deve rendersi conto che non esiste una somma simile nell'intera città di Tushpah. Che cosa vuoi che facciamo? Dobbiamo fondere gli idoli dei nostri dei?»

«Tushpah è ricca, il tuo re è ricco. Non ne ho forse avuto le prove?» Mi strinsi nelle spalle. «Tuttavia, il resto del mio esercito arriverà domani, o forse il giorno dopo, e le prime nevi dell'inverno sono vicine. Se il Signore Argistis non avrà niente in contrario ad alloggiare un esercito straniero di circa settecento uomini fino al disgelo della primavera, io sarò contento di fermarmi a Tushpah. Non potrei in coscienza andarmene senza aver adempiuto all'accordo che entrambi abbiamo stipulato nel nome dei nostri reali padroni. Come potrei? Come riuscirei a dare una spiegazione al potente re di Assur?»

«Hai detto *settecento* uomini?»

«Sì. Con cavalli ed equipaggiamenti. Pensavi che avessi sconfitto gli Sciti da solo?»

Il Signore Lutipri posò la sua coppa sul tavolo e si asciugò leggermente la bocca, come se il sapore del vino non fosse più di suo gradimento.

«Come riconoscimento» cominciò, senza guardarmi direttamente in faccia «e quale pegno della sua amicizia, il mio re è pronto a offrire dieci *mine* d'oro».

«E come suo diritto, in pagamento di un debito, il mio re è pronto ad accettarne venti.»

«Credo che non sia prudente continuare a parlare di questo argomento oggi, mio Signore.»

«Può essere.»

«Perciò ti lascerò adesso.» Si alzò in piedi, offrendomi la mano come a un amico. «Speriamo che domani si sia tutti più saggi.»

Quella sera pranzai da solo, domandandomi quanto sarei riuscito a estorcere a quell'astuto servo del re e al suo sciocco padrone. Decisi che avrei accettato quindici *mine*, che costituivano dopotutto una grossa somma: non volevo passare tutto l'inverno fra quelle montagne. Ero *shaknu* del nord, non il governatore di Tushpah, avevo affari da sbrigare nel mio paese, e quindici *mine* erano una somma più che sufficiente. Avrei quindi accettato.

E sarei stato anche contento, pensai, se il re avesse fatto tornare da me la sua sgualdrina quella notte. Ero stato abbastanza intelligente nel trattare con il suo padrone, ma la scorsa notte mi ero comportato da sciocco.

Non avevo avuto rapporti con nessuna donna, da quando ero partito da Ninive. Perché? Che cosa volevo provare a me stesso? Esharhamat era ormai perduta, dovevo trovare un modo per continuare a vivere, e un uomo che non conosce donna è vivo solo per metà. Perciò, se la donna fosse ritornata, avrei fatto più che il mio dovere.

Ma la donna non ritornò, e la notte la trascorsi in solitudine, non molto soddisfatto della compagnia di me stesso.

Dalla terraferma, l'unico modo di avvicinarsi a Tushpah è da un ripido dirupo roccioso. I sentieri sono stretti e tortuosi, disseminati di insidie, e in cima le mura della città sono alte e ricavate nella roccia stessa, perciò, mentre un'armata nemica può devastare il paese, la città è inespugnabile, come il Signore Sargon aveva imparato dieci anni prima che io nascessi.

Ma il Signore Sargon non aveva centocinquanta uomini già dentro le mura.

Al fine di ricordare questo fatto alla gente di Urartu, quando ricevetti la notizia che il resto del mio esercito era stato avvisato, detti ordine di far schierare in parata le due compagnie che erano venute con me. Le avrei fatte sfilare nella grande piazza della città in vista delle mura, che naturalmente non erano state costruite per essere difese dall'interno, e là avremmo aspettato l'arrivo dei nostri compagni. Eravamo ospiti di re Argistis; se egli ci avesse attaccato, si sarebbe certamente attirato l'ira del Signore Sennacherib e io ero più che disposto a dargli il modo di valutare la situazione.

Il Signore Lutipri, che era in piedi sulle mura per assistere all'avvicinarsi di quei potenziali invasori, mi invitò a raggiungerlo. I miei ufficiali avevano i loro ordini: dovevano stare all'erta nella piazza, e se avessi alzato un braccio quegli ordini sarebbero stati eseguiti. Ma Lutipri lo sapeva quanto me. Quando mi porse la mano, sentii come un vento freddo passare fra noi.

«In ogni caso, non è un grande esercito» disse, indicando con un gesto la linea dei cavalli e degli uomini che avanzava sul fondo della vallata, ancora tanto lontana da noi.

«No, non è un grande esercito, è soltanto una parte delle armate che il Temibile Signore Sennacherib ha ai suoi comandi. Una piccola parte.»

Restammo a osservare in silenzio per circa cinque minuti, e i soldati di Urartu guardavano anch'essi dall'alto delle mura, senza tuttavia che nessuno interferisse con gli uomini che stavano avanzando faticosamente sui sentieri tracciati secoli prima sulla rupe. Alla fine, il Signore Lutipri mi appoggiò la mano sul braccio.

«Il mio re è generoso» disse. «Tu hai conquistato il suo cuore ed egli ha deciso di darti quattordici *mine* d'oro.»

Mi voltai verso di lui, cercando di assumere un'espressione di assoluta indifferenza.

«Diciassette.»

«D'accordo.»

Ci stringemmo la mano, di nuovo amici.

«Ma potrete partire domani stesso?» mi domandò, socchiudendo gli occhi contro il vento. «Non desidero affatto sembrarti inospitale, ma...»

Non potei trattenermi dal ridere.

«Né io, mio Signore, ho voglia di morire nella neve sulla via del ritorno! Sì, sì, domani, senz'altro.»

Mantenni la parola. Le compagnie, che erano appena arrivate dall'ovest e che speravano in qualche giorno di riposo, non furono molto soddisfatte, ma era il quinto giorno del mese di Tisri e l'aria era gelida. L'inverno cominciava presto fra quelle montagne. La marcia verso casa durò dodici giorni: all'inizio ci dirigemmo verso occidente, attraversando la catena del Toprah fino a che raggiungemmo la sorgente del Grande Zab, di cui seguimmo poi il corso fino a casa. Allungammo un po' la stada, ma in questo modo ci allontanavamo più in fretta dalle montagne. La neve era già nell'aria, quando, a un giorno di marcia da Amat, incontrammo la prima vedetta della guarnigione. Restò con noi per un'ora, poi lo spedii in fretta a casa per annunciare il nostro arrivo.

Quella sera ci accampammo a meno di due *beru* dalle nostre porte: avremmo potuto dormire nei nostri letti proseguendo il cammino, ma non volevo che l'armata arrivasse sfinita nel mezzo della notte come una massa di vagabondi. Questi uomini erano vittoriosi e io volevo che lo sentissero, come volevo che Amat lo sentisse. I soldati hanno bisogno di sapere che sono soldati e non un branco di animali: avremmo perciò dormito una notte di più sul freddo terreno.

La mattina dopo dunque, accompagnati dal rullare dei tamburi e con la popolazione di Amat che acclamava ai lati della strada, entrammo in città. Questi non erano gli stessi uomini che erano partiti un po' più di un mese fa, e anch'io non ero lo stesso. Eravamo soldati del nostro re e servi del dio e avevamo riportato una grande vittoria. Mentre cavalcavo attraverso la porta della fortezza, fra le acclamazioni e le grida di «Assur è Re!», con quello che era ormai un vero esercito alle mie spalle, ero un uomo felice e pieno d'orgoglio.

E stanco, anche. Non vedevo l'ora di arrivare nelle mie stanze, di mangiare qualcosa di caldo, di fare un buon bagno di vapore e di dormire per dodici ore di fila.

Ma ciò che trovai là mi tolse di botto ogni traccia di stanchezza. Era Kephalos.

Il mio vecchio servo non era cambiato, era forse solo un po' più grasso. La tunica era ricamata splendidamente e la sua barba bruna odorava di mirra, eppure si lasciò cadere con la faccia a terra davanti al suo maleodorante e sudicio proprietario, abbracciandomi le caviglie.

«Padrone! Gli dei siano lodati...»

«Degno Medico! Che cosa fai qui, in nome di Adad?»

Lo aiutai a rialzarsi e, mentre si asciugava le lacrime di riconoscenza, poiché nessuno era tanto pronto alle lacrime quanto il mio schiavo Kephalos, accettò dalle mie mani una coppa di vino.

«Ah, Signore! Il tuo venerato fratello, il *marsarru*, sembra che non abbia gradito il piccolo dono che gli hai mandato. Me l'ha agitata sotto il naso, quella testa, Signore... una delle cose più orrende che abbia mai visto: la scuoteva reggendola per i capelli mentre mi diceva: ''Puoi riferire al Signore Tiglath Assur quando lo vedi che non ha niente da temere da me!''. Be', mio giovane padrone, non ho avuto bisogno di altri avvertimenti: Ninive non era più un luogo sicuro per me, perciò ho fatto i miei bagagli e sono venuto a raggiungerti in questo luogo selvaggio.»

Si guardò intorno, senza eccessivo entusiasmo.

La testa! Già, me l'ero quasi dimenticata. Ma non aveva importanza, adesso. Mi alzai e misi le braccia intorno alle spalle di Kephalos, perché la sua vista mi rallegrava il cuore.

«E ti sei portato dietro tutta la tua numerosa famiglia?» domandai. «E dove troverai posto per tutti quanti in questa cittaducola?»

«Non tutti, Signore, Philinna e il ragazzo Ernos, no.» Scrollò le spalle ed emise una specie di grugnito, come se ricordasse qualcosa di penoso.

«Alla fine, padrone, quando mi stancai delle sue carezze e dei continui brontolii, le permisi di dedicarsi alla sua antica professione di prostituta da taverna, cosa che, devo dire, ha fatto con grande successo, ammucchiando tanta ricchezza da potersi riscattare, era questo il mio piano fin dall'inizio, e da costituirsi una dote che io stesso avrei trovato molto attraente se avessi conosciuto meno la proprietaria. Suo marito lavora le pelle nella via di Istar, povero diavolo. In quanto al ragazzo, temo che non sia riuscito troppo bene. Probabilmente si sta dando da fare a tagliar gole, da qualche parte.»

Mi misi a ridere e lo abbracciai.

«Kephalos, vecchio sciagurato, come mi sei mancato!»

XX

«Il tuo reale fratello Asarhaddon si fa vedere molto raramente a Ninive in questi giorni» mi raccontò Kephalos, fra una portata e l'altra di una cena preparata dal suo cuoco, che egli preferiva, con qualche ragione, al mio. «Ha stabilito la sua corte a Calah e regna là come se fosse già sul trono. Si dice che il Signore Sennacherib non sopporti nemmeno di vederlo.»

Il degno medico ruttò rumorosamente, perché aveva mangiato di gusto ed era alquanto alticcio. Durante la settimana trascorsa dal suo arrivo ad Amat, si era perfettamente ambientato, rivelando una vera passione per il mio vino di Nairia: da una mia indagine risultò che parecchie anfore erano sparite.

«Quasi non so come dirtelo, Signore: si diceva, quando sono partito, che la Signora Esharhamat aspettasse un bambino.»

«La cosa non mi sorprende.» Cercai, nel dir così, di mantenere controllata e senza espressione la mia voce, non so con quanto successo. «Far figli è in genere lo scopo dei matrimoni reali, non è vero? E so per certo che Asarhaddon ne ha già generati molti con le sue concubine.»

«Qualcuno pensa, molti pensano, Signore, che sia tu il vero padre del bambino.»

«Soltanto la Signora Esharhmat potrebbe saperlo con certezza, e forse nemmeno lei.»

«Sì, Signore. Questo è vero.»

Per un lungo istante rimase seduto quietamente, con la testa piegata da un lato, apparentemente immerso nello studio del mio viso, ma non ero tanto sciocco da non capire.

«Credo» continuò alla fine «credo che questa opinione sia nata dalla speranza che possa essere vero, perché il Signore Asarhaddon non è molto popolare...»

Alzai la mano con un gesto d'irritazione: non erano cose queste che io desiderassi ascoltare, né era conveniente ascoltarle, e Kephalos fece silenzio, un silenzio penoso, durato fino a quando lo interruppi io stesso.

«Hai visto mia madre?» domandai. La faccia del mio schiavo s'illuminò di sollievo.

«Sì, Signore. Mi sono fermato ai Tre Leoni nel mio viaggio verso settentrione. Sta bene e vive aspettando il giorno in cui potrà raggiungerti, anche se gli dei sanno come ci sia ben poco ad Amat, tranne la tua radiosa persona, che possa attirare qualcuno.»

Scoppiai a ridere e gli riempii il bicchiere io stesso, perché Kephalos diceva la pura verità.

«E per questa ragione, amico mio, e anche per molte altre, sono contento che tu sia venuto, perché ho un'idea in mente. Dimmi, sono ancora ricco?»

«Sì, Signore, ricco come sempre.» Annuì con aria soddisfatta e si asciugò le mani passandosele sulla tunica, come se nominare la ricchezza l'avesse fatto sudare. «Ricco come tutti nella Terra di Assur, tranne il re, tuo fratello Asarhaddon e il signore *turtanu*, anche se ho trovato utile...»

«Che cosa, sciagurato! Parla!» Sorrisi per mostrargli che stavo solo scherzando. «Che cosa hai fatto per rovinarmi?»

«Ho trovato utile, Signore, mettere una piccola parte delle tue ricchezze, oltre che delle mie, Signore, perché di questi tempi inquieti è bene essere prudenti, nelle mani di mercanti di Tiro e di Sidone, perfino dell'Egitto. E ho fatto questi investimenti in modo che nessuno possa sapere che tali e tanti talenti d'oro e d'argento sono proprietà del Signore Tiglath Assur, figlio di Sennacherib.»

Dalla mia espressione dovette accorgersi che non avevo ben capito, perché prese a tirarsi i peli della barba, aggrottando le sopracciglia.

«Credo che possa spuntare il giorno in cui, Signore, saremo entrambi obbligati a fuggire da questo paese, se saremo in grado di farlo. E tuo fratello Asarhaddon, quando sarà re, avrà un braccio molto lungo.»

«Non ho niente da temere da Asarhaddon, schiavo, né lui da me.»

«Padrone, tu hai molte virtù alle quali non posso certo aspirare, ma in queste faccende sei come un bambino e devi lasciarti guidare da uno schiavo, la cui natura è meno ammirevole della tua, ma che è per questo più saggio ed esperto nelle opere di un mondo che non è affatto ammirevole.»

E Kephalos, il quale aveva naturalmente ragione e mi servì sempre meglio di quanto io abbia mai servito me stesso, si mise a fissare la sua coppa di vino come se si vergognasse di incontrare il mio sguardo. Ma ero io, non lui, che aveva motivo di vergognarsi.

«Mi dispiace, amico mio» dissi, mettendogli la mano sul braccio. «Ho parlato senza riflettere e ingiustamente. Non essere offeso per le sciocchezze di un bambino.»

«Non sono offeso, Signore. Ciò che hai detto è vero... per ora. Il Signore Asarhaddon è tuo fratello e ti vuole bene. Ma quel che è vero oggi può non esserlo domani, e le cose possono cambiare molto quando un individuo con una testa un po' debole si ritrova a essere padrone del mondo.»

Mi guardò sorridendo, e capii di esser stato perdonato. Sì, certamente, era stato saggio a prepararsi per quel giorno, anche se avrebbe potuto non giungere mai, e se io non m'interessavo di tali cose, non ero per questo più nobile.

Era tempo, tuttavia, di cambiare argomento.

«Sono dunque ancora ricco?» chiesi. «Non avrai mandato fino all'ultimo siclo di rame a Tiro e a Sidone?»

«No, Signore, sei sempre ricco, come si conviene a un principe.»

«Bene. Allora manda qualcuno a Ninive a prendere un po' della mia ricchezza. Ne ho bisogno qui, perché intendo costruire un palazzo degno di ospitare mia madre. E ricostruirò la fortezza e anche la città: è mia intenzione trasformare la piccola e povera Amat in una grande città. E non di mattoni, ma di pietra.

«E per far ciò, se non voglio essere derubato e spogliato da ogni mascalzone che ha qualcosa da vendere, non fosse che i propri muscoli, avrò bisogno di quel farabutto del mio schiavo, del grande medico Kephalos, il cui cervello ha più spire di un serpente.»

Quella notte, il mio fedele servo barcollò fino al suo letto, molto ubriaco e molto felice. Gli avevo dato un incarico prestigioso, un dono di un valore incredibile. Avrebbe avuto il compito di costruire una grande città, e con un simile progetto, anche soltanto con i regali sottobanco, si sarebbe potuto mantenere nel lusso fino a un'età avanzatissima.

Ma, naturalmente, come si conviene a un ospite cortese, era venuto portando doni lui stesso.

«Tua madre, la Signora Merope, mi descrisse il tuo stato d'animo così come lo interpretò lei stessa: disse che tu eri simile a un uomo che corre incontro alla morte. Io ho fatto una piccola indagine qui, e che cosa ho scoperto? Tutti mi dicono la stessa cosa, che tu passi il tuo tempo soltanto in faccende militari. I tenutari di bordelli si lamentano di non aver fatto più affari da quando c'è il nuovo comandante della guarnigione, e non trovo nemmeno una donna degna di questo nome fra le schiave della tua casa. Ti avverto, Signore, che non conserverai mai il tuo buon nome continuando così. Non è normale, né razionale, né equilibrato per un giovane nel pieno delle forze costringersi a usare il suo membro virile soltanto per orinare. Devi aver cura della tua salute e curarti anche un po' delle apparenze, o, ricordati bene, finirà che il tuo comportamento darà origine a chiacchiere poco simpatiche.»

«E, come mio medico e amico, Kephalos, che cosa raccomanderesti?»

Kephalos annuì, toccandosi il naso, probabilmente in segno di omaggio alla mia saggezza per essermi rivolto a lui per aiuto.

«Ho già preso qualche misura, Signore» rispose.

Misura? Quale misura? Un'ora dopo, quando andai a dormire e la trovai sul mio giaciglio, non riuscii a nascondere la sorpresa. La camera era riscaldata da un braciere, ormai quasi spento, e la sua, oltre a quella della lucerna che reggevo in mano, era la sola fonte di luce della stanza. Ma avevo forse bisogno del sole luminoso per vedere quanto fosse bella?

«Mi chiamo Naiba» mormorò, mentre mi sedevo accanto a lei per guardarle gli occhi, grandi e neri, che mi ricordavano tanto la mia perduta Esharhamat. Scostò la coperta perché potessi vedere il suo corpo nudo: il gesto significava che era solo una schiava e che voleva cercare il favore del suo nuovo padrone. «Mi chiamo Naiba, Temibile Signore.»

«Sì, lo vedo» dissi.

Questo la fece sorridere, perché il suo nome significava

''bella'' nella lingua delle tribù nomadi. Aveva un sorriso degno di quel nome, e fui felice di aver tenuto aperte le orecchie fra i Sacan.

«Ti piaccio, Temibile Signore?»

«Sì, mi piaci.»

«Allora prendimi, e trova riposo.»

Era poco più di una bambina: il suo seno infantile non riempiva nemmeno la mia mano, eppure, quando la mia bocca cercò la sua, la sua piccola lingua si insinuò fra le mie labbra con una foga che indicava un'esperienza abbastanza vasta dell'amore. Misi la mano intorno al collo della lucerna e soffiai.

Al buio, ero libero di credere ciò che volevo, e nell'oscurità quella fanciulla divenne per me un'altra Esharhamat: ero di nuovo nella stanzetta del tempio di Istar, e l'antica forza del mio amore m'inondò come un afflusso di sangue giovane. Mentre entravo in lei, ed essa fremeva sotto di me, il suo nome era sulle mie labbra come un grido di disperazione, senza che riuscissi a pronunciarlo. La delizia, la gioia di lei divennero la sola lingua che conoscevo. Se avessi ritrovato la voce, sarebbe stato soltanto per soffocare nei singhiozzi: per un attimo tornava a essere fra le mie braccia e non ero più solo.

Tre volte fui con lei quella notte prima che cadessimo entrambi addormentati l'uno fra le braccia dell'altra, e credo di averle dato qualche piacere, sebbene in queste cose un uomo non possa mai fidarsi veramente di se stesso. Essa non era Esharhamat, e io lo sapevo, naturalmente. Anche la prima illusione scomparve, ma non credo che la fanciulla abbia mai potuto intuire quanto significasse per me quella notte. Forse, però, intuì almeno un poco che le avevo dato da custodire qualcosa di me stesso, e se lo capì, e anche se non lo capì, perché quale diritto avevo di chiedere comprensione, le fui profondamente grato e la mia gratitudine durò per sempre.

«È una delle prigioniere che hai preso agli Uqukadi» mi spiegò Kephalos a colazione. «L'ho tenuta come schiava nella mia casa e non ho forzato la sua verginità fino all'anno scorso, perciò è appena iniziata ai piaceri della carne senza aver perso la sua freschezza. Spero che non mi abbia fatto fare una brutta figura, Signore, e che ti sia piaciuta.»

Tutto questo me lo disse mentre Naiba, in una tunica di lino sottile che le aderiva al seno come un velo, era inginocchiata accanto a me, sorridendo e servendomi birra e pasta d'orzo col miele: avrebbe potuto essere un pezzo di legno, o non trovarsi neanche nella stanza.

«Come potrebbe non essermi piaciuta?» Le misi la mano sui capelli, profumati d'olio di cedro, ed essa girò il capo leggermente e mi baciò sul polso. «Quanti anni avevi, bambina, quando ti ho strappato ai tuoi genitori?»

«Avevo compiuto undici anni quell'inverno» rispose. «Ma i miei genitori non hanno sentito la mia mancanza perché mia madre era già morta e mio padre era fra quelli ai quali avevi fatto tagliare la testa.»

Sorrideva nel dire così, come se si fosse trattato di cose normalissime, ma io mi sentii un nodo alla gola.

«Allora tu devi odiarmi, perché ti ho fatto ingiuria.»

«E perché, Temibile Signore?» Scrollò le spalle, senza capire.

«Ho fatto uccidere tuo padre davanti ai tuoi occhi.»

«Oh! Ma io nascosi la faccia, perciò non vidi niente. E poi tu eri il vincitore: hai ucciso soltanto i capi e quindi hai mostrato pietà. Se avesse vinto mio padre...»

Si coprì il volto con le mani e rise all'idea.

«E da allora sono stata schiava in una casa di Ninive, dove qualsiasi cane randagio vive meglio degli Uqukadi, le cui donne sono costrette a camminare nella neve dietro ai cavalli degli uomini. E oggi sono schiava di letto di un potente principe.»

«Vedi, mio sciocco e giovane padrone?» Kephalos sorrise e incrociò le mani sull'ampio ventre, molto divertito. «Nonostante gli scrupoli della tua delicata coscienza, il mondo è quel che è, cosa che perfino questo scricciolo di ragazza sa meglio di te. Non devi aver paura: *lei* non ti pianterà un coltello da cucina fra le costole mentre dormi per vendicare un padre, che probilmente trattava i suoi cani da caccia con maggiore gentilezza. Per lei tu sei Tiglath Assur, Temibile Signore, potente principe e guerriero, la cui virilità ogni donna sarebbe onorata di accogliere nel suo ventre. Questa ragazza ha fatto un buon affare ed è abbastanza saggia da riconoscerlo.»

«E tu hai fatto un buon affare per me, amico mio.»

«Così spero, Signore» rispose, allungandosi sulla tavola per mettermi una mano sulla spalla. «Avrai senza dubbio notato la sua rassomiglianza con una certa Signora il cui nome non c'è bisogno di menzionare. Io l'ho notata fin da quando era una bimbetta secca come un chiodo, e l'ho tenuta per te, sapendo che un giorno avresti avuto bisogno di questa consolazione, perché solo uno sciocco non avrebbe capito subito come sarebbero andate a finire le cose. Usala come vuoi, credi ciò che ti fa piacere credere, finché non ti sembrerà vero, perché non è sano per un uomo trattenere in sé il suo seme come un avaro, a imputridirsi e ad avvelenargli il corpo e la mente. Qualsiasi donna è meglio di nessuna donna e questa qui è meglio di molte altre.»

Kephalos diceva la pura verità perché, nei mesi e negli anni che seguirono, la fanciulla Naiba divenne preziosa per me. Non poteva avere più di quindici anni quella prima notte sul mio giaciglio, eppure da quella volta essa prese il posto di una vera donna nella mia casa. Mi teneva in ordine gli abiti, sgridava i miei servi e stava attenta al denaro. E badava a me, anche. Quando ero via per qualche campagna pregava per la mia salvezza il dio Assur e i suoi propri dei, quando tornavo mi conduceva al bagno, dove si denudava e mi massaggiava con olio caldo i muscoli stanchi e indolenziti. Non presi mai un pasto sotto quel tetto che non mi avesse servito lei con le sue mani, sorridendomi con la sua dolcezza infantile. Versava il vino a me e ai miei ospiti e mi aiutava ad andare a letto quando avevo bevuto un po' troppo. E ogni notte, sobrio o ubriaco che fossi, dormivo col suo braccio intorno alla vita e i suoi piccoli seni sodi premuti contro la mia schiena.

E fra noi c'era anche affetto e considerazione, perfino, credo, passione: ma amore no. O almeno non un amore capace di allontanare da me il pensiero di Esharhamat. Naiba, sono certo, sebbene non ne parlasse mai, conosceva quella storia, ma era troppo saggia per permettere ai suoi sentimenti verso di me di andare oltre un certo limite. Io ero il suo padrone ed essa trovava piacere nel mio corpo, niente di più, e dal canto mio ero soddisfatto così.

A quel tempo, infatti, mi occupavo molto della vita domestica, pur non dimenticando, né avrei potuto farlo, di essere *shaknu* del nord e comandante della guarnigione di Amat, e che dai nemici di Assur mi separava solo uno stretto confine montuoso.

Non avevo che da dare un'occhiata alle tavolette che avevo trovato al mio ritorno da Urartu.

Fra queste c'era una lettera del re: «Perché non mi hai fatto sapere niente?» cominciava. «Forse i banditi ti hanno tagliato la gola e ti hanno abbandonato in qualche burrone fra le rocce, oppure ti sei dimenticato di quelli che ti amano? Io sono un vecchio, afflitto da molti dispiaceri, e i miei occhi anelano a rivederti. Mandami qualche messaggio affinché sappia che stai bene e che non hai scordato il nome di tuo padre.»

Non era ancora trascorsa la prima mattina dal mio ritorno ad Amat che avevo già stilato la mia risposta.

«Al re mio Signore, dal suo servo Tiglath Assur. Che tu possa godere di buona salute, re mio Signore. Che Assur e Shamash siano favorevoli al re mio Signore. Ho condotto una campagna a nord del fiume Bothan e ti invio notizia di un grande trionfo...»

Gli descrissi la battaglia, il coraggio degli Sciti, i miei incontri con il loro capo Tabiti e l'alleanza che avevo fatto con loro in suo nome. Gli scrissi anche delle diciassette *mine* d'oro che avevo estorto al re di Urartu e delle mie impressioni di quel luogo.

«Non è questa un'amicizia utile, perché il loro re è uno sciocco e la potenza del suo esercito soltanto una pietra nella corrente, intorno alla quale, quando sarà il momento, le tribù delle montagne passeranno molto facilmente, basti a questo l'esempio degli Sciti. Credo che le nevi che bloccano le vallate e i passi sulle montagne per sette mesi all'anno siano una barriera più resistente contro i nomadi di tutta la loro potenza. Ritengo pertanto necessario che badiamo noi stessi alla nostra sicurezza.»

Pregavo poi il Signore Sennacherib di inviare rinforzi perché potessi sferrare una serie di campagne contro le tribù a oriente; chiedevo anche di poter trattenere l'oro di Urartu e usarlo per rafforzare e migliorare la guarnigione.

La risposta del re, quando arrivò, non conteneva quasi alcun riferimento al mio rapporto. I confini settentrionali, così pareva, erano troppo lontani per interessarlo e le sue preoccupazioni, di carattere più personale, lo inducevano a un tono lamentoso.

«Tuo fratello, il Signore Mulo, mi tormenta quotidianamente con Babilonia. Potrai credermi se ti dico che vorrebbe ricostruire la città che abbiamo tanto faticato a distruggere? Sostiene di temere l'ira di Marduk.

«Risiede a Calah, fuori dalla mia portata, o almeno così

sembra credere, circondato da preti e da maghi, e si dà già un tono da re. Pensa di essere tanto favorito dal cielo che, se si sveglia col mal di capo dopo una notte di bagordi o se le sue sgualdrine preferite si prendono i pidocchi, deve consultare immediatamente i testi sacri per spiegare un evento tanto innaturale e strano. Almeno, questo è ciò che mi raccontano. Tutti dovrebbero venerare gli dei come si conviene, ma perfino un re deve osare di vuotarsi le budella senza prima consultare gli oracoli. Scorgo la mano affaccendata di sua madre in tutte queste sciocchezze...

«Sì, molto bene. Usa l'oro come credi meglio, e io ti manderò sette nuove compagnie di fanteria e cinque di cavalleria, dopo le piene primaverili. Vorrei, figlio mio, che venissi tu stesso a Ninive a prenderle, e che tu potessi essere ancora qui con me, perché, se il tuo esilio ti è amaro, lo è anche per me.»

Quando si ha un padre re e un fratello erede al trono, è prudente non indulgere in pettegolezzi di famiglia, perciò nella mia risposta non feci cenno a queste lamentele su Asarhaddon. Invece, mi informai sulla salute del Signore Sennacherib, suggerendogli di stare attento al mangiare, se si sentiva giù di spirito, e di fare più esercizio fisico, raccomandando la caccia come particolarmente utile per il fegato. Inoltre, gli descrissi i miglioramenti che intendevo apportare alla guarnigione e indicai chiaramente come questi miglioramenti dovessero includere un palazzo per me all'interno della fortezza. Volevo fargli capire che mi consideravo stabile ad Amat per qualche tempo a venire e che non avevo intenzione di ritornare a Ninive. Avrebbe dovuto risolvere i suoi problemi col *marsarru* senza il mio aiuto.

Forse il re capì le mie intenzioni, tuttavia non ne dette alcun segno e per tutti gli anni che vissi nel nord continuò a tenermi regolarmente informato sul ''Signore Mulo'': non ricordo che abbia mai chiamato Asarhaddon in altro modo.

Il re mio padre, il quale sosteneva di aver avuto solo due ambizioni per il suo regno, distruggere per sempre il potere di Babilonia e consegnare la Terra di Assur a un successore degno, e che con Asarhaddon dovette assistere alla frustrazione di entrambe, il Signore Sennacherib, dunque, Padrone dei Quattro Angoli della Terra, andava decadendo di ora in ora con il sopraggiungere della vecchiaia.

Tutte le sue lettere me le scriveva di suo pugno, perché non si fidava di nessuno scriba, e mi scriveva con una franchezza poco regale, per cui il suo animo mi si rivelava a pieno e non avevo difficoltà a scorgervi tutta l'amarezza di colui che è stanco della vita.

Ma dicevo a me stesso che tutto ciò non mi riguardava più, che ero un comandante di guarnigione e *shaknu* del nord e niente altro, e che la mia parte per quanto riguardava le cose dello Stato doveva limitarsi a una striscia di terra montagnosa e desolata. Ero adesso un principe solo nel nome e nel linguaggio, ed era mio compito essere un soldato del re. Chi fosse quel re non mi riguardava più.

Kephalos, ancor prima del mio ritorno, si era comprato la casa più grande che Amat avesse da offrire, poco migliore di una gabbia per conigli rispetto al palazzo che aveva abitato a Ninive, ma abbastanza grande per assicurare comodità ragionevoli. Ma l'idea che il mio servo si faceva delle comodità era tutto fuorché ragionevole e questo creava qualche difficoltà.

«Ti prego, Signore, di scusare la povertà della mia mensa» annunciò la prima volta che andai a trovarlo «ma la cucina in questo postaccio è un buco pieno di fumo. La mia cuoca non riesce quasi a vederci e, come puoi ben capire, non ci si può aspettare un gran che in queste condizioni.»

Guardai i piatti d'argento davanti a me e la quantità e la varietà di vivande quali perfino il re di Tushpah avrebbe ritenuto più che sufficienti a placare l'ingordigia dei suoi ospiti stranieri. Anatra preparata secondo la ricetta ittita, agnello arrostito con le spezie, locuste al miele, pesce secco, orzo, zucche, lenticchie, diverse qualità di formaggi e un'abbondanza di frutta da superare ogni immaginazione. Il vino, naturalmente, proveniva dalle mie cantine.

«In posti tanto selvaggi bisogna abituarsi alle privazioni» continuò, sospirando rumorosamente, prima di lavarsi le dita in un piccolo bacile di bronzo e di asciugarsele in un panno offertogli da una delle quattro o cinque ragazze che servivano a tavola; erano una più graziosa dell'altra, e fluttuavano per la stanza silenziose come fantasmi.

«Forse, con un po' di sforzo e un po' di fortuna, riusciremo a fare di questo posto qualcosa di degno di te» dissi seccamente, perché la sua autocommiserazione era piuttosto ridicola.

«Sì, Signore: la ricchezza segue sempre a ruota il potere e ho sempre saputo che al tuo servizio sarei riuscito a morire ricco.» Mi guardò con gli occhi che brillavano avidi, o forse erano pieni di ironia. «Permettimi, dopo che avremo mangiato, di sottoporre alla tua attenzione alcuni piani che ho elaborato secondo le tue istruzioni. Oso sperare che non ne sarai deluso.»

I miei progetti erano semplicemente grandiosi. Volevo ampliare le mura esterne della fortezza fino a una grandezza circa cinque volte maggiore di quella attuale, e questo ampliamento avrebbe dovuto esser realizzato in pietra, fortunatamente abbondante nelle montagne distanti un solo giorno di marcia. Minacciava di non essere un lavoro semplice, ma quello spazio mi abbisognava, perché faceva parte del mio piano aumentare la forza della guarnigione di Amat, portandola da trenta a cento compagnie, e questo entro cinque anni.

E proprio da questa necessità di fare in fretta derivava, per quanto paradossale potesse sembrare, la decisione di usare la pietra. Per fabbricare i mattoni, infatti, è necessario il calore del sole estivo, invece la pietra poteva essere scavata e tagliata anche d'inverno. Inoltre, avevo tremila soldati da tenere occupati fino alla prossima campagna.

Altri lavori sarebbero necessariamente seguiti: caserme da costruire, cucine, uffici, laboratori e stalle da allargare. Un esercito come quello a cui pensavo avrebbe avuto bisogno di un terreno di parata sul quale esercitarsi, e di una quantità di artigiani del cuoio e del metallo per poterlo equipaggiare. E, dal momento che soldati, artigiani e scribi devono tutti essere pagati e devono poter spendere il denaro guadagnato, si sarebbero dovute incrementare le possibilità di svago offerte dalla città; ma questo, sospettavo, sarebbe venuto da sé.

Era un lavoro di molti anni, ma grazie a Kephalos quell'inverno cominciammo subito bene. Le cave furono perlustrate ed entro un mese i primi grandi blocchi di pietra avevano cominciato il cammino su tronchi di legno fino ad Amat.

Gli uomini di Assar sono grandi costruttori e questo è il segreto del loro successo come conquistatori: capiscono così a fondo l'arte delle fortificazioni che quasi ogni città che essi stringono d'assedio è condannata, perché coloro i quali vogliono far crollare un muro, devono prima sapere come questo è costruito. Perciò, nelle armate del dio un uomo non è soltanto soldato, ma sa anche fare il falegname, il muratore, e forse anche l'architetto. Io avevo quindi a mia disposizione tutti gli operai qualificati che mi erano necessari.

Ma l'arte non è tutto: la terra non può essere scavata per magia, e i blocchi di pietra, per quanto perfettamente i loro angoli siano stati smussati, non si muovono da soli. Per fare queste cose è necessario un gran numero di uomini senza particolari attitudini, tranne muscoli forti e mani volenterose.

Una difficoltà, questa, che tuttavia non era senza soluzione, perché il mio incarico di *shaknu* mi permetteva di arruolare forzatamente gli uomini necessari, e inoltre trovammo che i contadini della regione, con poco da fare durante i mesi invernali, erano più che disposti a lavorare per una paga di mezzo siclo di rame al giorno, una somma che, per quanto piccola, era sufficiente ad acquistare un casco di datteri, e per quella gente un casco di datteri rappresentava una ricchezza inimmaginabile.

Giunti al mese di Tebet, quando la neve era già alta un dito sul terreno, i cavatori di pietra spaccavano i blocchi versando acqua nelle fessure scavate con l'ascia e lasciando che durante la notte l'acqua gelasse. Le nuove grandi mura della fortezza arrivavano già alla vita di un uomo, facendomi sperare che fossero finite entro due anni. Il mio palazzo, che doveva essere anche il quartier generale e la sede del governo delle province settentrionali, stava procedendo anche più in fretta. Contavo di potermici trasferire per la stagione delle piene.

Gli uomini di Assur vivono di agricoltura e di guerra, occupazioni che richiedono entrambi i lunghi e caldi mesi estivi, quando il freddo ha allentato la morsa e le inondazioni sono venute e passate. D'inverno si affilano le spade, si riparano i granai e si aspetta. È la stagione durante la quale, per mancanza di meglio da fare, ci si chiude in noi stessi, ci si lascia prendere dai ricordi e dai sogni tormentosi: è la stagione della malinconia.

Ero quindi più che mai ansioso di tenermi occupato. Se il mio incarico mi avesse mandato al sud, sarei stato veramente infelice, ma ad Amat non c'era tempo di indulgere in cupe meditazioni. La mattina lavoravo a tavolino; vedevo i miei ufficiali, leggevo rapporti e mi occupavo delle mille piccole faccende che permettono di assicurare il buon ordine di una guarnigione di tremila uomini. Il pomeriggio montavo a cavallo e andavo a ispezionare i lavori. Soltanto la sera il mio animo subiva la tentazione della tristezza, e anche allora cercavo di occuparmi in qualche modo, e se non trovavo qualcosa da fare, banchettavo con i miei ufficiali o andavo a trovare Kephalos per scambiare quattro chiacchiere. E poi c'era Naiba.

Non è un piccolo piacere vedere le mura e i palazzi sorgere lentamente al proprio comando. Quando cominciammo ad avvertire i primi accenni della primavera, le mura della fortezza erano giunte ad altezza d'uomo, tre delle nuove caserme erano pronte a ricevere gli occupanti e il mio palazzo, salvo il tetto e l'interno delle stanze, era quasi completato, tanto che speravo di potermici trasferire entro pochi mesi. Tutto questo era per me fonte di grande gioia, una gioia che mi compensava di molte amarezze.

Perché ero ancora un uomo giovane e un giovane, quali che siano le sue afflizioni, non può restare addolorato per sempre. Io avevo un compito nella vita, qualcosa che rendeva importanti le mie giornate, e concedevo anche al mio corpo i suoi piaceri. Se avevo momenti neri da superare, particolarmente quando avevo spento la lucerna, esaurito il mio seme e dovevo aspettare che il sonno mi chiudesse gli occhi, questi erano soltanto momenti, a paragone delle lunghe ore di spensieratezza. Se non ero felice, per lo meno ero contento.

Quando la neve cominciò a sciogliersi e le acque dei torrenti ad aumentare, iniziai a sentirmi un po' irrequieto. I lavori procedevano bene e non dipendevano dalla mia supervisione quotidiana, e i rinforzi da Ninive non sarebbero arrivati prima della fine di Iyyar, lasciandomi così circa due mesi di tempo. Amat era troppo piccola per me, ero come un animale in gabbia che sfrega i fianchi contro le sbarre per cercare di allargare il più possibile la sua prigione. Decisi perciò di partire per un giro delle province.

I villaggi del nord sono piccoli e dispersi, perché la terra non è fertile come al sud. I miei nuovi sudditi sarebbero stati troppo poveri per provvedere senza eccessivi sacrifici al loro *shaknu* e a un gran numero di soldati, né d'altronde volevo essere visto semplicemente come un razziatore. Era anche parte del mio obiettivo far comprendere a questa gente che la guarnigione di Amat, alla quale pagavano le tasse e inviavano gli uomini per i lavori forzati, era lì per proteggerli. Che cosa avrebbero pensato se avessi dato l'impressione di non sentirmi sicuro nemmeno io stesso a viaggiare nei miei territori, senza un esercito alle spalle? Quanto sicura era dunque la vita di un uomo e la sua proprietà? Partii quindi con una scorta di soli dieci soldati.

Iniziammo il viaggio in una mattina freddissima, la più fredda da molti giorni. Il fiato dei cavalli formava parecchi pennacchi di fumo nell'aria e i campi di stoppie rimaste dopo il raccolto dell'autunno scintillavano per il ghiaccio. Naiba si fermò sotto il portico davanti alla mia casa, con una coperta avvolta intorno alle spalle, guardandomi con quello sguardo dubbioso delle donne quando vedono partire gli uomini per i loro incomprensibili affari. Le sorrisi e balzai a cavallo: mi sentivo contento di vivere.

Seguimmo il corso del Grande Zab verso sud cavalcando fin quasi a mezzogiorno, piegando poi a oriente per entrare in una serie di fertili vallate, nutrite da un fiume, indicato come un filo sottile sulle mappe che avevo visto, e ai lati del quale sorgevano catene di montagne il cui nome nessuno di noi poteva indovinare. Il fiume, gonfio per la neve sciolta, si era trasformato in un torrente, e si sentiva molto chiaramente il fragore dei sassi che rotolavano sul fondo, trascinati con violenza dalla corrente. Il terreno sulla riva opposta era più pianeggiante e aperto, ma soltanto verso il tramonto del secondo giorno riuscimmo a trovare un punto dove tentare il guado. Non ricordo di aver mai sentito acqua più gelida.

La mattina del terzo giorno, appena un'ora dopo aver tolto l'accampamento, incontrammo il primo villaggio da quando avevamo lasciato Amat. Circa sessanta o settanta famiglie, in un gruppetto di casupole di mattoni di fango, costituivano quella comunità, che esisteva probabilmente da almeno mille anni.

Seguendo l'etichetta che regola queste faccende, perché nemmeno lo *shaknu* del re deve pensare che la gente di Assur possa acconsentire a essere trattata come una razza sottomessa, fermai il cavallo a circa venti passi dal perimetro del villaggio e aspettai. A tempo debito, il capo, un vecchio canuto e scarno, dalla faccia di leone, uscì a incontrarmi, col bastone del suo stato nella mano destra. S'inchinò, abbastanza profondamente da indicare rispetto ma non servilismo, e restò in silenzio.

«Tu hai l'aspetto di un uomo d'autorità» dissi. «Ti porto i saluti del nostro Temibile Signore, il re che risiede a Ninive, il servo del dio, il Signore del mondo. Io sono il suo *shaknu*, e il mio nome è Tiglath Assur.»

«È un nome conosciuto perfino qui, mio Signore e Principe, e io ti do il benvenuto, potente figlio di un potente padre, come se tu fossi il re in persona.»

Quella sera il villaggio ci festeggiò uccidendo un agnello, e io fui ospite nella casa del capo, dove bevvi birra con lui e i suoi figli e i figli dei suoi figli. Dall'esterno mi giungevano le risate dei miei soldati, la maggior parte dei quali era nata probabilmente in un posto simile a quello e si sentiva perciò a suo agio. Anch'io, pur essendo cresciuto alla corte del Signore Sennacherib, avvertivo il calore di quelle pareti imbiancate fra le quali, in un certo senso, tutti gli uomini di Assur sono nati, perché il villaggio è la nostra radice comune.

Tutti insieme, il capo, i suoi figli e i nipoti e lo *shaknu* loro ospite, restammo seduti sulle stuoie di canne intrecciate, a bere da anfore di terracotta e a goderci il fuoco del braciere. E il vecchio mi raccontò dei tempi in cui era stato soldato nell'esercito del grande re Tiglath Pileser, nelle sue guerre contro gli Stati a occidente.

«Allora ero soltanto un ragazzo e non mi ero mai allontanato più di mezza giornata di cammino dalla casa di mio padre. Ebbi anche il privilegio di servire sotto il Signore Sargon, che divenne re anch'egli. Era un uomo possente, e, tranne per i tuoi capelli color del cuoio e gli occhi azzurri, tu potresti, Signore, essere quasi il suo spettro.»

«Non sono nemmeno degno di essere la sua ombra, vecchio padre, ma sono lusingato che tu veda in me qualcosa di mio nonno. Nacqui il giorno in cui lui morì e la sola eredità che mi ha lasciato temo sia questa.»

Aprii la mano per mostrare il segno che portavo sul palmo fin dalla nascita.

«Ricordo la stella di sangue che ha portato te nel mondo e il Signore Sargon fuori dal mondo» disse il vecchio gravemente, scuotendo il capo. «È terribile essere così segnati dal dio, e mi induce a ringraziare la potenza di Assur per avermi fatto nascere a un umile destino.»

«Essere principe e vivere in un palazzo dorato non dovrebbe essere un destino tanto terribile.»

A parlare così era uno dei nipoti, un giovane che aveva circa la mia età e che aveva già bevuto un po' troppo.

«Non mi dispiacerebbe essere figlio di un re: domanda al Signore Tiglath Assur se vorrebbe fare cambio con me.»

Nel silenzio che seguì, deglutì rumorosamente, abbassando lo sguardo al suolo.

«Questo sciocco, nato dai miei lombi, non voleva mancarti di rispetto, principe» disse il vecchio alla fine, e io mi limitai a sorridere, come a uno scherzo, toccando il suo boccale di birra col mio.

«Né io mi sono offeso, vecchio padre. Dite entrambi il vero, perché la vita di un uomo è come egli se la costruisce, e se si è infelici in un palazzo dorato non bisogna dar colpa ad altri che a se stessi.»

«No, principe... la vita di un uomo la costruisce il dio.»

In ogni villaggio fummo ricevuti con grande ospitalità, perché la gente di Assur rispetta il re e i suoi servi e non disprezza chi è straniero in mezzo a loro. Scoprii che il mio nome era noto anche in quei luoghi remoti, cosa che soddisfece il mio orgoglio, ma che non mi indusse a parlare più dei miei avi né a mostrare ad altri il segno sulla mia mano. Mi ero vantato, in un certo senso, perché ero orgoglioso di discendere da una stirpe di grandi re, e per questo ero stato punito, e non avevo alcun desiderio di sentirmi dire che altro non ero se non un giocattolo fra le mani del dio.

Proseguimmo lungo queste vallate finché trovammo un passo nelle montagne, superato il quale tornammo verso il corso superiore dello Zab, perché volevo riattraversarlo prima che le acque si fossero rialzate tanto da rendere i pontoni di legno inutilizzabili. Era il mese di Nisan, e il giorno in cui a Ninive finiva la festa del nuovo anno, e l'idolo del dio tornava nel suo tempio, penetrammo nella parte occidentale delle terre poste sotto la mia autorità.

Queste terre sono poco coltivate e non fu raro il caso in cui cavalcammo per giorni interi senza incontrare un villaggio o un campo coltivato. Ma il tempo era mite e la selvaggina abbondante, perciò non soffrimmo di alcun disagio. Dato che ero curioso, e che non avevo alcun desiderio di tornare ad Amat prima del tempo, condussi nuovamente la mia truppa fra le altitudini, dove solo le carovane viaggiano, dove nessuno si sente a casa sua se non gli spiriti. Ma io avrei voluto vagare lassù per sempre.

Alla fine, a metà di una giornata, dopo aver superato la cresta di una linea di colline, ci trovammo davanti a una grande montagna. Non faceva parte di una catena, ma stava là, solitaria, come un re orgoglioso che non tolleri paragoni. Sembrava sfidarci, la cima avvolta nella nebbia, appartata e sacra.

Avevamo viaggiato per lo più a caso, senza seguire un percorso stabilito e senza una meta prefissata, eppure, mentre contemplavo quei pendii rocciosi, possenti e grandiosi, non potevo fare a meno di sentire che in certo modo ero stato condotto fin lì, che, senza saperlo, avevo trovato l'oggetto della mia inconsapevole ricerca.

C'era fra i miei soldati uno che, essendo nato in un villaggio a meno di tre giorni di distanza, poteva affermare con qualche verità di conoscere il paese. Lo feci venire e gli indicai la montagna.

«Come si chiama?»

«Quello è il Monte Epih, *rab shaqe*» rispose sorridendo, come se lo spettacolo lo colmasse di gioia. «È la dimora del Potente Assur, antica come il mondo.»

«Allora ci sei già stato?»

«Oh, no, *rab shaqe*, perché è un luogo proibito. Ma non può essere che quella, vedi il segno del dio?»

Era vero. Perfino fra le nuvole si intravedeva una luce giallastra, che sembrava guizzare come quella di una lampada a olio lasciata alla finestra.

«La cima è sempre avvolta nel suo manto di nuvole» continuò «ma il dio manda i suoi segni. Dicono che quando la luce scomparirà vorrà dire che Assur avrà abbandonato il suo popolo, consegnandolo alla distruzione.»

«E la montagna è proibita?»

«Sì, *rab shaqe*. Nessuno può avventurarvisi tranne quelli che il dio chiama, o almeno, nessuno torna mai indietro. Lasciano le ossa a imbiancare al sole sulla pietra priva di vita e le loro anime vagano per sempre, senza le offerte di vino e di cibo. È un luogo al quale è meglio non avvicinarsi.»

«*Io vengo dal Monte Epih*» mi aveva detto il *maxxu* tanto tempo prima. «*Lo conosci?*» E io avevo risposto che non lo conoscevo, dicendo che pochi erano stati fin là. «*Pochi, sì. Ma un giorno tu ci salirai.*» Quel giorno sembrava essere arrivato.

«Ci accamperemo ai piedi della montagna» dissi, osservando gli occhi del soldato, sgranati per timore riverenziale. «E domani salirò sul monte. Non temere, credo di esser stato chiamato dal dio.» Gli sorrisi per rassicurarlo.

«Allora sapremo con certezza se potrò tornare indietro?»

«Sì, *rab shaqe*, allora lo sapremo.»

I soldati non furono entusiasti di quest'ultima trovata del loro comandante. I miei ordini furono accolti da un cupo silenzio e quando ci fummo avvicinati a circa un *beru* dalla montagna, fermarono tutti insieme i cavalli e aspettarono che mi voltassi a guardarli. Dall'espressione delle loro facce, capii che non sarebbero avanzati di un passo.

L'*ekalli*, che aveva combattuto presso il fiume Bothan ed era un uomo coraggioso che non si lasciava spaventare facilmente, fece un gesto con la mano in aria come per scusarsi.

«Ti seguiremmo anche nelle fauci della morte» disse, come se si vergognasse di ammetterlo. «Non c'è nemico che non affronteremmo per amor tuo, *rab shaqe*, e tu lo sai. Ma abbiamo paura di offendere il dio, e ora tu vorresti che profanassimo il suolo di questo sacro luogo con le nostre impronte. Ti preghiamo, *rab shaqe*...»

«Non temere, Sinduri» dissi, toccato da quella preghiera, che assomigliava però a un ammutinamento. Non riuscivo a biasimarli perché avevano ragione di aver paura di quanto stavo per fare, e non avevo il diritto di coinvolgerli nell'ira del dio. «Ci fermeremo qui, lontano dai luoghi del dio, e domani io andrò solo. Se sbaglio, nessuno pagherà tranne me.»

Questo li soddisfece e piantammo perciò le tende accanto alla sorgente che sgorgava dalla nuda roccia, un segno favorevole, questo. Accendemmo i fuochi, mangiammo e ognuno di noi si sentì tranquillo mentre si apprestava a chiudere gli occhi nel sonno.

Quella notte io rimasi sveglio. Non avevo paura, ma provavo una strana eccitazione, quale può sentire un uomo il giorno delle nozze. L'esistenza di ognuno è un mistero, e io non facevo eccezione alla regola. Mi sentivo però come se fossi giunto sul punto di fare quella scoperta alla quale tutti tendiamo, finché la vita scorre rapida dentro di noi, ed ero ancora troppo giovane per non provare paura.

L'ora prima dell'alba portò un temporale di tuoni, senza pioggia e senza lampi, soltanto un rombo pieno di collera, tanto forte da spaccare il cranio. Restammo seduti intorno ai fuochi ormai spenti, avvolti nei mantelli, pieni di paura, in attesa della luce del giorno.

«Non fare quello che hai in mente, *rab shaqe*» mi pregavano. «Il dio, che legge nei nostri pensieri come attraverso l'acqua, è adirato. Nessun *sedu*, nemmeno uno potente come il tuo, può proteggerti dall'ira di Assur.»

«Andrò» dissi, sebbene il coraggio in me fosse scosso come una canna nel vento. «È soltanto il dio che si annuncia: se ho paura di un po' di rumore, non sono degno di presentarmi a lui.»

Avevo paura, tuttavia. Anche quando la tempesta fu passata e il sole tornò a brillare, non riuscii a mettere niente nello stomaco. Ma sentivo che dovevo andare, anche se non avrei saputo dire perché.

Dopo aver compiuto i riti di purificazione e aver presentato le offerte di pane e sale e un ciuffo della mia barba, salutai i miei compagni, quasi come un condannato a morte, e deposi le armi, tranne la spada che è il simbolo speciale di Assur.

«Dopodomani è un giorno infausto» mi disse l'*ekalli* Sinduri, che aveva l'aria di uno che sta per seppellire il fratello. «Perciò dovrai scendere dalla montagna domani sera.»

«Se per quell'ora non sarò tornato, dovrai concludere che il dio ha preso la mia vita.»

«Aspetteremo e offriremo preghiere e sacrifici affinché il dio ti perdoni questa follia.»

Ci lasciammo così, mentre l'erba era ancora bagnata di rugiada.

Ai piedi della montagna mi tolsi i sandali di cuoio, mi inginocchiai e li deposi a lato del sentiero, perché il dio vedesse che non volevo profanare il suo luogo santo con altra carne se non la mia e che mi sottomettevo alla sua volontà. Cominciai quindi l'ascensione della quale non sapevo prevedere le conseguenze.

Ben presto perdetti di vista l'accampamento, poiché il sentiero che seguii per le prime sei ore, fino a mezzogiorno inoltrato, si snodava intorno alla montagna come le spire di un serpente. Ogni passo mi portava solo un poco più in alto, e la strada era stretta e cosparsa a tratti di pietrisco sul quale mi tagliai i piedi molte volte. Sembrava che il sentiero girasse all'infinito, salendo poco a poco, consumando lentamente le mie forze, come il vento che leviga un sasso. Era però un sentiero riconoscibile ed ero contento di poterlo seguire perché non sarebbe durato fino in cima.

Alla fine lo lasciai alle mie spalle e mi trovai ad arrampicarmi sul nudo granito, attaccandomi con le mani alle rocce o ai radi cespugli, che minacciavano di cedere sotto la mia presa, o a superfici di pietra liscia, riscaldata dal sole pallido fino a scottare come la parete di un forno per cuocere la terracotta. E continuavo ad arrampicarmi, cubito dopo cubito, senza mai arrivare; pareva che Assur volesse custodire gelosamente i suoi segreti.

Tre ore dopo mezzogiorno, mi buttai a terra per riposarmi all'ombra di una sporgenza, troppo stanco per poter continuare prima di aver ripreso fiato. Le braccia e le gambe, perfino il torace, mi dolevano per la fatica, e non ricordo di esser mai stato tanto sfinito. Rimasi così fermo molte ore, interrompendo la salita.

Non ci sarei mai riuscito, decisi. Stanco com'ero, avrei certamente fatto qualche passo falso, spaccandomi la testa sulle rocce sottostanti. E inoltre, sarebbe stato presto buio, e arrampicarmi al buio voleva dire morire.

Avrei potuto tornare indietro, fermandomi per la notte se la luce fosse venuta a mancare, proseguendo la discesa il mattino successivo, ma quest'idea non mi sfiorò nemmeno. Non avrebbe avuto senso, dato che ero arrivato fin lì, perché nessuno può sfuggire all'ira del dio. Non mi restava che salire e lassù vivere o morire secondo il volere di Assur, dato che mi ero messo nelle sue mani.

Dopo un po' decisi di riprendere il cammino e mi alzai in piedi. C'era una stretta sporgenza della roccia che sembrava perdersi nel nulla seguendo la curva del pendìo: non era una direzione molto incoraggiante, ma era la sola che mi fosse aperta. Appoggiai fortemente la schiena alla parete di granito, liscia e uniforme, e presi ad avanzare cautamente.

Non appena ebbi perso di vista il punto dove mi ero fermato a riposare, riuscii a vedere che la sporgenza si allargava in un sentiero che s'inerpicava bruscamente sulla parete della montagna. Sembrava proseguire senza interruzioni, portando dritto fino alla cima. Il dio mi aveva dopotutto liberato dalla morte.

Era un sentiero facile ed era stato evidentemente percorso da altri prima di me. Per mille anni i santi uomini della mia razza erano saliti quassù per essere ammessi alla presenza del dio e per cercare di penetrare i disegni che Assur aveva sul suo popolo.

Qua e là scorgevo graffiti sulla roccia, primi versi di qualche preghiera, a volte soltanto il nome del dio. In altri punti le parole erano quasi illeggibili.

Ero stato portato fin lì con uno scopo, portato, perché capivo adesso che non era stato per mia volontà, ma per il piacere di uno che in qualche modo gradiva fare di me un suo strumento. Colui che aveva fatto il cielo e la terra dal cadavere di Tiamat, che aveva fabbricato l'uomo con l'argilla del fiume, rivelandogli tutta la sua arte, la sua sapienza, la sua saggezza, questo stesso essere aveva guidato i miei passi fino a quel momento.

Già mentre seguivo il sentiero in salita, il dio mi dette un segno della sua presenza, anzi due, uno cattivo e uno buono. Nella polvere ai miei piedi vidi che l'acqua aveva tracciato il disegno di un serpente, indicando che avrei conosciuto il male nella mia vita. L'acqua sembrava essere stata appena versata sul terreno. Forse cento passi più avanti, spaventai una covata di quaglie che volò via alla mia sinistra. Come potesse essere stata versata l'acqua là dove anche le piogge sono rare, o perché gli uccelli dovessero fare il nido in un luogo simile, dove non si trova un filo d'erba per nutrirli, non lo so. Potevo soltanto interpretare queste cose come segni della volontà di Assur, il quale intendeva farmi capire che avrei gustato sia il male che il bene, prima l'uno e poi l'altro.

Il sole di Assur stava tingendosi di rosso a occidente quando il sentiero finì in uno spiazzo del terreno, liscio come se fosse stato livellato con una cazzuola. Ero giunto alla sommità, non c'era altro luogo dove andare. Mi sedetti, avvolgendomi nel mantello, e rimasi a osservare l'oscurità che montava.

Non so spiegare la luce nella quale si dice che il dio riveli la sua presenza. È chiaramente visibile dal basso e sembra che bagni tutta la cima della montagna nascosta fra le nuvole in un'aura divina, eppure, mentre sedevo là, proprio in vetta, ero solo nella notte nera e fredda. Nel suo santuario il Possente Assur si nasconde: questo rimane un mistero.

Soffiava un vento gelido, a sbalzi e a colpi improvvisi, come una donna che voglia provocare, ma non avevo più la forza nemmeno di rabbrividire. Ero sfinito e non avendo mangiato niente in tutto il giorno mi sentivo girare la testa dalla debolezza, ma non avevo che il mantello per ripararmi dal freddo, e superato un certo limite di sfinimento anche il sonno diventa impossibile. Avrei vegliato tutta la notte, pensai, e forse il dio mi si sarebbe rivelato.

Trassi la spada dal fodero e la piantai nel terreno soffice: sarebbe stato il mio altare in questo luogo desolato.

Aspettai. Il vento cadde, ma il freddo terribile insinuava il ghiaccio sotto il mio mantello, nella mia carne stessa, nelle ossa. Forse brillavano le stelle o la luna si era levata, ma tutto era nascosto alla mia vista. Allungando una mano davanti a me non sarei stato capace di vedermi le dita. Non c'era modo di distinguere un'ora dall'altra, e perfino la mia mente sembrava essersi fermata.

Probabilmente si trattò di un sogno, sebbene non mi sia reso conto di aver dormito, né di essermi svegliato: il sogno svanì semplicemente lasciandomi nel vuoto senza forma, finché il primo baluginare dell'alba non segnò il ritorno alla vita. Ma non poté essere che un sogno, perché le cose che accadono nelle visioni notturne non fanno mai un'impressione eccessiva e ciò che mi fu mostrato quella notte, se fossi stato sveglio per vederlo con gli occhi del corpo, mi avrebbe sconvolto la mente. Eppure quel sogno non fu meno vero per essere stato un sogno e ciò che vidi fu anche ciò che poi accadde.

Assur è la stessa luce della verità, è il sole che brilla ovunque e acceca gli uomini con il suo splendore, come aveva accecato il *maxxu* per potergli rivelare le cose future. Altri uomini li rende ciechi perché passino nel mondo senza vedere niente. Se quella notte io ebbi una visione, e morirò credendolo, allora fu una visione di luce e di fuoco.

Molte cose vidi quella notte e non ne compresi nessuna. Non ero il *maxxu*, cieco alle ombre delle cose per poter vedere soltanto la verità. Io sarei sceso dalla montagna ancora accecato dal mondo, credendo che la verità fosse il sogno e il sogno la verità.

Vidi il grande Tigri con i flutti in fiamme. Io ero in piedi sulla riva, di fronte a Ninive, e guardavo la città scomparire dietro una cortina di fiamme. Le acque ardenti la stavano forse consumando? Non lo sapevo. Sapevo soltanto che era perduta per sempre e che non sarei mai più entrato per le sue grandi porte.

Poi, d'un tratto, ero in città, e la città era una gabbia di ferro e mio fratello Asarhaddon era fuori, vestito con l'uniforme del soldato semplice, la faccia contorta dall'ira mentre batteva contro le sbarre con la spada. Poi la porta della gabbia si apriva e Asarhaddon, indicando con la spada la terra desolata, senza sentieri, diceva: «Va'!» E la gabbia scompariva e io mi ritrovavo solo al mondo.

E vidi mio padre, Sennacherib, il grande re, in adorazione davanti all'immagine del dio. Le sue vesti erano d'oro, ma era un vecchio, con i capelli tutti bianchi e privo di forze. La sua gloria era nulla e l'idolo del dio lo schiacciava sotto la sua mano di legno.

E la mano del dio divenne la mano di Asarhaddon che teneva stretta la mia: sentivo le sue dita allentarsi sotto la mia presa.

Poi tutto svanì in una luce chiara, bianca, che riempì tutta la terra, non lasciando posto per niente altro. Così finì il mio sogno, in una luce accecante.

Finì e mi lasciò ancora una volta nel buio. Non so quanto dovetti aspettare prima che l'alba giungesse. Il tempo sembrava essersi fermato per sempre.

Ma venne l'alba. Ben presto potei distinguere il contorno della mia spada, ancora infilata nel terreno; quando provai a estrarla, scoprii che non ci riuscivo. Tirai con tutte le mie forze, finché non mi sentii spezzare la schiena, ma la spada non cedette, quasi fosse ancorata alle fondamenta della terra. Alla fine, la lasciai lì.

Quasi non ricordo il percorso di ritorno giù dalla montagna. Ero troppo stanco perfino per mettere un piede davanti all'altro e la mente mi ronzava come un nido di calabroni; continuamente rivedevo quei sogni strani e inquietanti, come gli spettri di uomini assassinati che inseguono il loro assassino, ma il dio dovette proteggere ogni mio passo, perché alla fine, all'avvicinarsi della notte, raggiunsi il livello del terreno: si scorgevano già i fuochi dell'accampamento.

«*Rab shaqe*, sei tornato! Davvero il dio ti ha benedetto su tutti gli altri uomini!»

«Non la chiamerei una benedizione» dissi con voce inespressiva, sedendomi davanti al fuoco e fissando la fiamma, mentre l'*ekalli* Sinduri mi gettava una coperta intorno alle spalle, perché dovevo aver lasciato il mantello sulla montagna e stavo rabbrividendo dal freddo. Mi sentivo il cervello ottenebrato. Quando, finalmente, riuscii a capire ciò che voleva da me, accettai una tazza di vino dalle sue mani e la bevvi avidamente.

«Sei tornato vivo da un luogo sacro e pauroso, *rab shaqe*. Questa è già una benedizione.»

«Sì, ma il dio mi ha punito per la mia impertinenza, Sinduri, perché mi ha rivelato il futuro, nascondendomi la chiave per interpretarlo. Credo di essere condannato a riconoscerlo soltanto quando si realizzerà.»

XXI

In un modo che avrei trovato difficile spiegare, questo incontro con l'inesplicabile mi cambiò per sempre. O forse, sarebbe più onesto dire che cambiò non me, ma i termini nei quali io conoscevo me stesso. Ciò che avevo ottenuto sulla cima del Monte Epih non avrei saputo dirlo, non allora in ogni modo, ma ciò che avevo perduto mi era abbastanza chiaro. Il dio mi aveva tolto il senso del mio potere. Mi aveva fatto assistere a eventi sui quali non avevo alcun controllo, insegnandomi che io ero un niente, che non avevo una volontà, che ero semplicemente lo strumento di un futuro il cui corso egli solo avrebbe determinato. L'uomo, nonostante l'arroganza della sua misera forza, non ha alcun potere. Non c'è potere, infatti, sotto il cielo, se non è concesso da Assur il Possente.

Avevo imparato abbastanza in un solo viaggio, ero stanco della lezione e non avevo più alcun desiderio di strane avventure. Girammo i cavalli verso il sole e ci dirigemmo a casa, un viaggio che durò altri dieci giorni.

Finalmente giungemmo in vista della guarnigione, con la città dall'altro lato, più vicina al fiume, nascosta dietro di essa. Fui contento di vedere che le mura della fortezza erano cresciute di due cubiti dalla nostra partenza. Mentre ci avvicinavamo, i soldati, colti di sorpresa nel mezzo del lavoro, lasciarono cadere gli utensili e si precipitarono incontro a noi, per salutarci acclamando: «Assur è Re! Assur è Re!». Risuonava il grido da molte gole, e gli uomini allungavano la mano per toccarmi mentre passavo. Perfino Kephalos, grasso come una scrofa incinta, ci venne incontro correndo giù per la strada, agitando le braccia e gridando come un conducente di carovane.

«Allora» disse ansimando e battendo la mano sui garresi

del cavallo mentre camminava al mio fianco «non hai lasciato le ossa a seccare nelle solitudini, dopotutto. Hai visto come stanno crescendo le mura? Questi cani bastardi dei tuoi soldati lavoreranno anche di più ora che sei tornato, padrone, perché tu sei nei loro cuori.»

Abbassai lo sguardo alla sua faccia rubizza e splendente di gioia e sentii una vampa di felicità e di gratitudine verso gli dei che mi avevano dato la giovinezza e la vita, e l'affetto leale di questo ladro di uno straniero. Stavo quasi per dirlo, ma mi fermai, scoppiando a ridere.

«Sembra che tu abbia fatto una bella sudata, Degno Medico, sebbene tu non sia dimagrito affatto per questo.»

Ridemmo tutti e due. Ero a casa: Amat era la mia casa adesso a quanto pareva, e io ne ero contento.

«Cena da me stasera, Kephalos, mi racconterai tutte le novità.»

«No, Signore» rispose, scuotendo la testa. «Cenerai tu con me, perché il tuo cuoco è soltanto un soldato, che sa cucinare unicamente carne di capra condita con il suo grasso rancido. Ti permetterò, tuttavia, di bere il tuo vino che ho avuto la condiscendenza di rubare.»

Sulla tavola davanti a noi erano disposti piatti di frutta, locuste al miele, carne di agnello speziata, e strane focacce di miglio dolci e profumate. Il vino era servito in coppe d'oro da una graziosa giovane schiava di nome Sahish. La vita alle frontiere dell'impero non aveva modificato in niente i gusti aristocratici del mio servo.

«È andato bene il tuo giro, padrone?» domandò nel tono educato che indicava chiaramente, senza bisogno di parole, come mi ritenesse un emerito sciocco, che aveva sprecato il suo tempo in vagabondaggi inutili. «Spero tu abbia notato che durante la tua assenza ho fatto alzare le mura della guarnigione fino a due volte l'altezza di un uomo.»

Gonfiò il petto, e fece scorrere la mano intorno alle spalle della fanciulla finché il pollice non si fermò sul suo seno, e come se essa interpretasse questo come un segnale, gli riempì la coppa di vino fino all'orlo.

«Così alte, Kephalos?» dissi trovando una certa difficoltà a restare serio. «E tutto da solo, immagino, senza aiuto da parte di anima viva!»

Kephalos si limitò a scrollare le spalle, come se nessuna battuta scherzosa potesse intaccare la sua dignità.

«Ci ritroveremo presto in questa situazione, padrone, perché, come ben sai, gli operai dovranno tornare ai loro campi. I lavori procederanno molto lentamente da adesso fino alla fine della stagione calda.»

«E così sia. Una grande città non si costruisce in un inverno, e saremo entrambi qui ancora per molti anni a mandare avanti i lavori.»

Kephalos non sembrò troppo entusiasta di questa prospettiva, e rimase seduto a lungo in silenzio.

«Hai ricevuto delle lettere durante la tua assenza» mi disse alla fine appoggiandosi all'indietro sui cuscini che circondavano lo schienale della sua poltrona. «Da Ninive, con il sigillo reale, e un'altra... da Calah. I corrieri sono giunti cinque giorni fa, a qualche ora di distanza l'uno dall'altro.»

«E suppongo che tu abbia idea del contenuto» domandai, meravigliandomi del suo tono. «Che cosa c'è di strano nel fatto che io riceva lettere dal re?»

«Ah, padrone...» Kephalos si agitò sulla sua sedia. «Non mi azzarderei mai a posare il mio sguardo sulla tua corrispondenza privata. E inoltre, conosco soltanto qualche dozzina di segni della scrittura cuneiforme.»

«Kephalos...»

«Signore?» Sorrise pietosamente, dato che sapeva che gli avrei estorto la verità. Entrambi sapevamo benissimo che i miei scribi, che egli corrompeva, erano al suo servizio tanto quanto al mio.

«Parla, Kephalos. Quali sono le notizie da Calah?»

«Niente, padrone. Soltanto che il Signore Asarhaddon progetta di ispezionare la guarnigione quest'estate...»

«Ispezionare?» ripetei, incredulo. «Ispezionare? Usa questa parola con me?»

«Sì Signore. Usa questa parola.»

«E che altro?»

«Desidera annunciare la prossima nascita di un figlio. Dice che gli indovini sono certi che la Signora Esharhamat darà alla luce un maschio, non più tardi degli ultimi dieci giorni del mese di Iyyar.»

Pensavamo tutti e due, immagino, la stessa cosa. Io avevo visto per l'ultima volta Esharhamat il sedicesimo giorno di Ab, e Kephalos sapeva contare fino a nove come chiunque altro.

Con un'irritazione prodotta da quella consapevolezza, si mise a scrutare la sua coppa di vino, ormai vuota, aggrottando le ciglia.

«Sahish, sciocca fannullona» gridò in accadico. «Forse che il tuo padrone e il suo ospite devono morire di sete? Fa' il tuo dovere, ragazza, o ti ritroverai a spazzare le camere di un bordello!»

La lettera del re non conteneva alcun accenno a Esharhamat. Se suo figlio e successore stava per essere benedetto da un erede, mio padre non ritenne opportuno farne menzione: forse la prospettiva non era di suo gradimento, dal momento che il suo messaggio consisteva principalmente in una serie di critiche ad Asharhaddon.

«Il Mulo è stato a sud per adorare nei templi degli antichi dei sumeri e per raccattare indovini e maghi: evidentemente anche i grandi devono potersi divertire in qualche modo. Sono continuamente tormentato da richieste di ricostruire Babilonia prima che la pazienza del cielo si esaurisca, e forse un gesto in questo senso è necessario se non vogliamo che il disaccordo fra noi si faccia preoccupante. Il Mulo non è popolare, perciò sono obbligato a preparare per lui la strada del trono con grande cautela.

«Egli si propone di fare un giro nel nord e senza dubbio crede di sopraffarti con il suo nuovo splendore. Poiché tu lo ami più di me, ti auguro di trovare piacere nella sua visita. Certamente non gli farà male essere separato dalla madre per qualche mese. Dal momento che sono invecchiato e non provo più piacere nel suo bel corpo, riesco a vedere con chiarezza l'errore che ho commesso nel coprirla con il velo e chiamarla ''moglie'', ma gli dei puniscono i vecchi aprendo loro gli occhi alle follie che non possono essere riparate.

«Spettri aleggiano intorno al mio capo e sono oppresso nello spirito. Figlio mio, è stato tutto inutile...?»

Ma se mio padre riusciva soltanto a sentire il battito delle ali della morte, tutto il mondo intorno a lui si stava svegliando al nuovo anno. Ogni giorno il sole brillava un po' più a lungo e scioglieva le ultime nevi dell'inverno. Il livello del Grande Zab, con le acque appesantite dal peso del limo, era vicino al limite massimo. La vita aveva cessato di sembrare tanto greve.

Dato che le nuove caserme erano quasi finite, io inviai una decina di ufficiali a sud incontro ai rinforzi che avrebbero cominciato la loro marcia verso Amat non appena finite le inondazioni. Avevano l'ordine di fermarsi ai Tre Leoni sulla via del ritorno e di portare con loro mia madre e alcune delle sue donne. La prima fase della mia vita in quel luogo era finita, e adesso desideravo tutta la tranquillità che un'esistenza di soldato poteva garantirmi. Aspettavo con ansia l'arrivo di mia madre e il periodo delle campagne militari che sarebbe iniziato con la bella stagione.

La notte del mio arrivo fu l'ultima che passai nelle mie stanze del vecchio quartier generale della guarnigione, perché la mattina successiva si cominciò il trasloco nel nuovo palazzo. Gli uffici e le sale pubbliche erano ancora incomplete, ma la mia ala, dove avrei abitato, non come *shaknu* ma come uomo privato, era pronta per ricevermi.

La camera di mia madre odorava ancora di calce, ma ordinai ugualmente che il pavimento di legno fosse levigato con la sabbia e lucidato con la cera, così che tutto fosse pronto a riceverla. Naiba lavorò da mattina a sera per sistemare la nuova casa, sfinita per l'ansia che tutto fosse pronto per l'arrivo della Grande Signora Merope, come lei la chiamava. Naiba era, dopotutto, ancora una bambina e non riuscivo a convincerla che non aveva niente da temere, che la Grande Signora era una creatura mite e inoffensiva ed era stata essa stessa schiava nella casa di un padrone.

Naiba era una straniera qui, come mia madre, come lo ero io stesso: insieme costituivamo una coppia abbastanza curiosa e non potevo fare a meno di domandarmi che cosa ne avrebbe pensato mia madre quando fosse arrivata.

Ma la primavera avrebbe dato una risposta a quello come

ad altri interrogativi. Non c'era altro da fare se non aspettare che il fiume, dopo averci portato i suoi doni, tornasse nel suo letto e i contadini cominciassero ad aggiogare i buoi all'aratro. I soldati, innervositi dalla noia, parlavano di campagne e di bottino e ancora una volta i quadrati di battaglia dall'esercito di Assur si schierarono sul terreno di parata di Amat. Era il tempo di pensare a nuove imprese, perché tutto una volta di più sembrava possibile.

Il primo giorno di Iyyar, gli esploratori tornarono con la notizia che carri, cavalli e colonne di fanteria erano stati avvistati a meno di tre giorni di marcia dalla città, e detti perciò l'ordine di tenersi pronti a ricevere le dodici compagnie di rinforzi che il re aveva promesso.

Ma anche prima che arrivassero, quando cavalcai loro incontro per contare le linee a distanza, scoprii che erano soltanto otto, cinque a piedi e tre a cavallo. I dispacci che portavano non davano alcuna spiegazione, perciò non mi restava che accontentarmi.

Costituivano tuttavia un nobile spettacolo mentre marciavano fino alle porte della fortezza per presentare gli stendardi. E si sentirono già i tamburi di guerra rullare un'ora prima che la sentinella gridasse dall'alto delle mura di aver visto la polvere nel vento.

I cittadini si allinearono lungo le strade per acclamare mentre io, a cavallo, con quasi tutta la guarnigione riunita in parata, aspettavo di riceverli alla porta. I tamburi si fecero più forti e dovetti trattenere con forza il cavallo, innervosito dal rumore crescente. Mi sentii il cuore battere forte nel petto, gonfio dell'orgoglio del soldato, perché le armate del dio costituivano uno spettacolo bellissimo a vedersi.

Qualche minuto dopo mezzogiorno, il comandante dell'armata, un *rab abru*, a giudicare dall'uniforme, si staccò dalla testa della colonna e a un galoppo trattenuto venne verso di me per ottemperare al protocollo e presentarmi i suoi saluti, riferendo sul numero e le disposizioni delle compagnie. Montava un bel cavallo nero da battaglia e cavalcava come se fosse perfettamente consapevole della scena superba che insieme costituivano. Mi era ormai vicinissimo quando riconobbi in lui Arad Malik, il mio reale fratello che non avevo più visto dopo il nostro incontro sotto le mura di Babilonia.

Tirò le redini fermando di colpo il cavallo, salutò e mi porse il bastone del comando: non avrei potuto non notare il sorrisetto ambiguo quando io lo accettai e i nostri occhi s'incontrarono.

«Porto i saluti del re al Signore *shaknu*, il principe reale, il potente Tiglath Assur, Flagello di Assur» disse, facendo nuovamente il saluto. «E posso includere anche i miei?»

«Ti ringrazio, Principe» risposi, domandandomi chi potesse avergli insegnato quel discorsetto. «E tu sii il benvenuto qui, perché ho imparato a guardare il passato con occhi che non vedono.»

Sorrise, mostrando i denti, avendo afferrato il significato, e insieme cavalcammo incontro alle truppe.

«La Signora Merope e le sue donne sono in un carro subito dopo la prima colonna di fanteria, dove la polvere della strada si fa meno sentire.»

Assentii col capo, forse in un ringraziamento meno cordiale di quello che si sarebbe aspettato, ma non sapevo ancora perché Arad Malik fosse venuto e non desideravo sbilanciarmi troppo.

Le truppe sfilarono e io ricevetti e ricambiai il loro saluto. Per un attimo intravidi il volto di mia madre dietro le tende del suo carro: mi sorrise agitando una mano, forse un po' incerta sull'accoglienza che avrebbe ricevuto. Io non potevo salutarla allo stesso modo, ma sorrisi e questo sembrò bastarle.

«La maggior parte è ancora grezza» disse improvvisamente Arad Malik, e impiegai un istante a decidere che stava parlando delle truppe. «Ma c'è un buon numero di veterani. Intendi partire per una campagna questa stagione?»

«Sì, a meno che i Medi non mandino un loro inviato a baciarmi i piedi.»

Rise a questa battuta, solo un po' più forte del necessario, e restammo poi in silenzio mentre le colonne dei soldati sfilavano davanti a noi. Mi rendevo conto che per tutto il tempo egli mi guardava di sottecchi, secondo la sua abitudine, ma stetti attento a non incontrare mai il suo sguardo. Perché, visto che ci eravamo detestati l'un l'altro fin dall'infanzia, improvvisamente era tanto desideroso di entrare nelle mie grazie? E dove aveva imparato, lui che era rozzo più della media dei soldati, queste nuove arti di rendersi gradito? Potevo solo aspettare che il tempo e le circostanze mi illuminassero.

Quando l'ultima formalità fu adempiuta, e le otto nuove compagnie inviate alle loro caserme, aiutai mia madre a scendere dal suo carro e, con le sue donne che ci seguivano in silenzio, la condussi nel mio nuovo palazzo.

Erano passate tre stagioni dell'anno da quando l'avevo vista l'ultima volta e le trovai l'aspetto un po' sciupato, ma forse si trattava delle fatiche del viaggio. Durante il percorso si tenne saldamente attaccata al mio gomito come se avesse paura d'inciampare.

«Non credo che troverai questo posto troppo sgradevole» le dissi, cercando di sorridere mentre mi guardava con gli occhi umidi e ansiosi, occhi con i quali mi aveva spesso guardato anche quando ero bambino: era lo sguardo di chi non crede nella durata della felicità. «È più freddo durante l'inverno, ma d'estate è meno opprimente. Ho scoperto che questo clima mi si confà.»

Essa non rispose, ma sorrise e distolse lo sguardo, stringendo ancor più forte il mio braccio.

«Hai mangiato, Merope?»

Scosse il capo «No, da ieri mattina, figlio mio: non ci sono riuscita. So che è stato sciocco da parte mia, ma io...»

«Allora, pranzerai adesso. Festeggeremo insieme ora, perché stasera dovrò partecipare a un banchetto con i miei ufficiali e quel genere di cose tende a protrarsi oltre un orario decente. Ma abbiamo a disposizione qualche ora per noi.»

«Sei contento, *Lathikadas*? E sereno?»

«Chi lo è a questo mondo?» risposi, ridendo un po' a disagio. «Ho imparato a vivere con me stesso, e non è cosa da poco, e sono molto occupato col lavoro. Non sono infelice e starò ancora meglio adesso che tu sei qui.»

«E pensi sempre a lei?»

Non era una domanda alla quale gradivo rispondere direttamente. Mi strinsi nelle spalle e sorrisi di nuovo.

«Ho una donna... un regalo di Kephalos, il quale capisce come vanno queste cose. La incontrerai a pranzo, e spero che ti piacerà.»

«Se è gradita a mio figlio, piacerà anche a me.»

Salimmo i gradini, attraversammo la veranda di pietra e le guardie ci aprirono le porte: per un attimo, mentre si guardava intorno, mia madre rimase muta dalla meraviglia.

«Ma è un vero palazzo» disse finalmente. «Un palazzo da re.»

«Io sono un re qui, Merope, o almeno, rappresento il re e devo farlo in modo degno. Ma prometto di non rinchiuderti nella mia casa delle donne.»

Rise dolcemente e per la prima volta mi sembrò che potesse essere veramente felice. Era un buon inizio.

Le pareti della sala dei banchetti erano prive di fregi scolpiti che immortalassero le mie imprese in guerra e le mie prodezze nella caccia, una mancanza molto lamentata da Kephalos, il quale riteneva che deponesse a sfavore della maestà dello *shaknu*; ma per il resto i miei ufficiali vecchi e nuovi, intervenuti al festino di benvenuto, non trovarono niente da ridire in quanto a comodità e lusso. Il mio buon servitore, sempre attento alle apparenze, si era dedicato particolarmente alla preparazione del banchetto, sia per quanto riguardava il cibo, sia per gli intrattenimenti. Per tre giorni il suo cuoco con un vasto esercito di aiutanti aveva preparato piatti prelibati, tanto abbondanti da saziare un numero molto maggiore di ospiti, e mentre mi guardavo attorno entrando nella sala, mi resi conto di non aver mai saputo che ad Amat ci fossero tante donne graziose. Aveva trovato anche i musici. Dal mio arrivo non avevo mai sentito se non il suono di qualche piffero, ma Kephalos era riuscito a scovare anche i suonatori per far ballare le danzatrici.

«Ho dovuto comprare fino all'ultima goccia di vino decente che sono riuscito a trovare in questa topaia» mi disse nervosamente, afferrandomi la manica mentre mi apprestavo a sedermi. «Prego soltanto, Signore, perché sia sufficiente, ma dopo un'ora o due, quando tutti saranno abbastanza ubriachi, comincerò a far servire annate meno pregiate.»

«Per favore, non stare in ansia, amico mio: un soldato beve soltanto per far baldoria e stare allegro e l'unica cosa che gli interessa è che il vino sia forte.»

E, in effetti, a giudicare dal fragore degli applausi che mi accolsero quando presi posto a tavola, questi uomini di Assur erano già sufficientemente ubriachi per i nostri scopi.

Ero abbastanza avanti io stesso su questa strada, quando

mi accorsi che uno fra i miei ospiti non era un soldato, né avrebbe potuto esserlo. Seduto a un angolo del quadrato vuoto all'interno formato dalle tavole del banchetto, sobrio, ignorato dagli uomini che gli sedevano vicino, sedeva il mio reale fratello, lo scriba Nabusharusur, non molto diverso nell'aspetto dall'ultima volta che ci eravamo incontrati, alla vigilia della mia prima campagna, quando eravamo quasi ancora ragazzi.

Seduto dov'era, probabilmente non avrebbe mai attirato la mia attenzione se una delle prostitute, con il disprezzo che le donne hanno per chi rimane insensibile al loro fascino, non avesse cominciato a canzonarlo, invitando le sue amiche a osservare la faccia liscia da eunuco e tentando di sederglisi in grembo. Nabusharusur, come se fosse abituato a questo genere di canzonature, si limitò ad allontanarla, riprendendo poi a fissare cupamente davanti a sé.

Alzai la mano per chiamare una guardia.

«Cacciate fuori quella sgualdrina svestita» gli dissi. «E datele una buona sculacciata con il piatto della spada, prima di lasciarla andare, visto che ritiene opportuno disturbare i miei ospiti, e fate in modo che non possa sedersi sulle ginocchia di nessuno per almeno quindici giorni.»

«Ai tuoi ordini, *rab shaqe!*» disse sogghignando, piuttosto soddisfatto di quel comando.

«E chiedi al pricipe mio fratello, il dotto scriba, se acconsente a unirsi a me.»

Quando Nabusharusur si avvicinò alla mia tavola, mi alzai e gli porsi la mano, mentre gli ufficiali intorno a me gli facevano posto.

«Non ti ho visto fra le truppe che sfilavano, questo pomeriggio» dissi, tanto per intavolare un discorso, cosa non facile con questo individuo silenzioso e infelice.

«Non so andar bene a cavallo» rispose. «Ho viaggiato sul carro, insieme alle donne di tua madre.»

Fece un sorrisetto, come se stesse confessando un'infermità evidente. Era il suo modo di farmi capire che non mi era grato per la mia interferenza, che egli aveva accettato la sua sorte, anche se non perfettamente di buon grado, e che avrebbe preferito riservassi i miei impulsi generosi a beneficio di altri. In ogni caso, non so dire perché, questo suo atteggiamento mi ispirò un certo rispetto.

«Ti domandi il perché della mia presenza qui?» chiese sorridendo, con un sorrisetto un po' amaro. «E perché mai infatti avrei dovuto sottopormi a un viaggio tanto lungo?... Sono alle dipendenze di nostro fratello Arad Malik come scriba.»

«Sì, immagino che abbia bisogno di uno scriba» dissi, ricordando il discorsetto forbito del pomeriggio.

«Sì.» Il sorriso si fece leggermente più accentuato, come se riconoscesse la giustezza della mia osservazione. «È un ignorante, ma ha abbastanza spirito da riconoscerlo e da affidarsi a me. Io lo trovo utile.»

«A che cosa? A portare la spada per te?»

«A contrapporsi ad Asarhaddon.» Scrollò le spalle strette e femminee, consapevole di star correndo un rischio, ma apparentemente indifferente. «È un soldato, un principe, ma è umano. La gente lo rispetta per queste cose e quando io gli metto in bocca le parole, lo ascolta.»

«Giocare al tradimento è senza dubbio un gioco pericoloso, fratello. Asarhaddon ha molta memoria per certe offese, e un giorno sarà re.»

«Davvero? Lo sarà? Chi può dirlo? In queste facende conta solo il volere del dio.»

«Il dio ha fatto sapere chiaramente qualè il suo volere.»

Nabusharusur non disse nulla, limitandosi a rispondere con un'altra scrollata di spalle e lasciandomi con l'impressione che non fosse poi tanto preoccupato del volere del dio.

Non era un soggetto di conversazione che amassi molto e perciò rimasi anch'io in silenzio, rivolgendo lo sguardo allo spettacolo che si svolgeva all'interno del quadrato formato dalle tavole, dove una delle donne, nuda e luccicante d'olio, danzava in preda a una specie di follia, scuotendo i seni a tempo con il battere frenetico dei tamburi, e gemendo in un'estasi di godimento. I miei ufficiali l'applaudivano, battendo il tempo con le mani, come se nessuno di loro avesse mai visto una danza simile, sebbene fosse assolutamente identica a cento altre che avevo visto in simili occasioni. Cominciai a sospettare di non essere abbastanza ubriaco.

«Mi domando se un uomo che non abbia subìto il coltello del castratore possa trovare divertente questo genere di spettacolo» mormorò Nabusharusur, come parlando a se stesso. «Questa donna, che sarebbe felice di vendersi a chiunque per mezzo siclo d'argento, riesce a trattenere l'attenzione di tutti.

È una cosa strana il potere della carne, al di là della comprensione di un povero eunuco come me.»

«Ma io credo, fratello, che tu capisca altri generi di potere abbastanza bene, e anche questi vivono più nella mente che nei lombi.»

Forse avevo detto più di quanto volessi: i nostri sguardi s'incontrarono e Nabusharusur sorrise.

«Mi fa piacere sapere che non tutti i figli del Signore Sennacherib sono degli sciocchi. Dovremo parlare ancora, Tiglath Assur.»

E così facemmo, più di una volta nei dieci giorni che i miei reali fratelli rimasero ad Amat come ospiti della guarnigione. Nabusharusur, pur con le sue braccia sottili e la pelle liscia, era pronto e vivace di spirito come quando eravamo ragazzi insieme nella classe di Bag Teshub, e gli anni gli avevano regalato il freddo cinismo di chi non ha niente da aspettarsi dalla vita. Un pezzo di legno come Arad Malik poteva essere abbastanza coraggioso in battaglia, giudicato semplicemente come soldato andava abbastanza bene, ma il coraggio in uomini di questo tipo era in gran parte dovuto a mancanza d'immaginazione. Nabusharusur era un caso interamente diverso. Vedeva la verità con una lucidità fredda, senza temere niente perché niente lo interessava. Per gli intrighi un Nabusharusur valeva almeno cento Arad Malik. Il *marsarru* non lo sapeva, ma si era fatto un formidabile nemico.

Arad Malik passò il tempo a suscitare risentimenti contro Asarhaddon fra i miei ufficiali. Quando mi arrivarono all'orecchio queste voci, non mandai a chiamare il *rab abru*, ma il suo scriba.

Era una giornata calda. Sedemmo sotto il pergolato del mio giardino a bere vino; non desideravo parlare di certe cose davanti a terze persone.

«Questa storia deve cessare» gli dissi. «Aspetto la sua visita nei prossimi tre mesi e Asarhaddon sa come rendersi popolare fra i soldati. Arad Malik sta rischiando di avvicinarsi troppo alla scure del carnefice.»

«E perché? È abbastanza al sicuro finché è vivo il re, al quale non interessa che si parli male del suo successore, e credo che tu sopravvaluti la capacità di rendersi gradito del *marsarru*. Inoltre, nel prossimo regno, se Asarhaddon diventerà re, Arad Malik sa che la sua vita non varrà due soldi.»

«E come lo sa?»

«Da me... io gliel'ho detto, e lui conosce abbastanza bene l'irruenza del nostro buon fratello per crederci.»

«E tu?» domandai, già intuendo la risposta. «Perché ti sei cercato quest'allenza? Non può importare niente a te chi sia il futuro re.»

«Questo è vero... purché non sia Asarhaddon. Dimmi, fratello, non credi che il dispetto possa essere un motivo sufficiente?»

Nabusharusur mi guardò con un'espressione interrogativa e vagamente sprezzante, come se mi compatisse per la mia mancanza di finezza intellettuale.

«Tu sai, Tiglath Assur, qual è il pettegolezzo più comune a Ninive?» riprese alla fine. «Ti è forse sfuggita la voce che il *baru* Rimani Assur si sia impiccato per il rimorso di aver tradito Shamash, Signore del giudizio, nella questione della scelta di Asarhaddon? Credi davvero che il dio abbia potuto in qualche modo favorire quella specie di bue dalla testa dura come la pietra, buono a niente tranne che a sacrificare se stesso in battaglia, invece di te?»

C'era un albero in fondo al giardino sul quale parecchi merli stavano contendendosi il posto, e per giorni il cielo era stato solcato dai loro voli. Potevo vedere le ali battere pesantemente fra i rami ancora spogli, e le strida irritate e minacciose probabilmente si sentivano fin dentro le mura del palazzo. Non pensavo a un segno, a un presagio, ma la loro vista mi faceva desiderare di scagliare una pietra per farli volar via tutti.

«Perché Rimani Assur avrebbe fatto una cosa simile?» chiesi, quasi senza rendermi conto di ciò che intendevo dire, finché non udii il suono della mia voce. «Che cosa aveva da guadagnare? I sacerdoti, per quel che so, desideravano che Asarhaddon fosse eletto erede, ma che cosa poteva temere il *baru* da loro, se il re lo proteggeva?»

«C'erano alcune cose dalle quali nemmeno il re avrebbe potuto proteggerlo.» La risposta di Nabusharusur giunse quieta, come gocciolìo d'acqua. «Era proprio l'ira del re che doveva temere, o così, almeno, si dice. Perché Rimani Assur era soggetto a una debolezza, a un appetito, se preferisci, un appetito che ha saziato alla mensa stessa del re.»

«Un appetito? Quale appetito?»

«Uno che io non consento, e che tu, Tiglath Assur, se c'è da credere a quel che si racconta, hai già saziato.»

XXII

Non cercai di capire le parole di Nabusharusur, non volevo capirle, e d'altronde, anche se ciò che aveva detto era vero, non si poteva per questo rimediare al passato. Asarhaddon era stato accettato come *marsarru* ed Esharhamat era sua moglie. Nabusharusur poteva anche non indietreggiare davanti alla prospettiva di una guerra civile, ma io sì. Mettere in dubbio apertamente la legittimità della scelta di mio fratello avrebbe voluto dire sommergere la Terra di Assur in un bagno di sangue, e chi poteva sapere se, una volta finita, il vincitore non si sarebbe ritrovato tanto debole da divenire facile preda delle nazioni che si appostavano alle nostre frontiere come sciacalli intorno a un leone ferito?

Ma non riuscivo a cancellare i ricordi. Non riuscivo a dimenticare l'espressione sul volto di Rimani Assur mentre guardava rapito il corpo nudo di Shaditu durante il sacrificio, il giorno della cerimonia di Akitu. Non potevo dimenticare le parole di lei quell'ultima notte a Ninive: «*Tiglath Assur, favorito degli dei, vero re*». «*Pensavi che avrei permesso a quella sgualdrinella insulsa di averti?*» Non potevo far finta di essere sciocco fino a questo punto.

Shaditu aveva sedotto il *baru*, poi doveva averlo minacciato: «*Dirò tutto al re*» gli avrà detto. «*È vecchio e mi ama ciecamente. Gli dirò che mi hai sedotta e lui ti darà una morte da non augurare a nessuno.*» E Rimani Assur, spaventato all'idea della collera del re, aveva dichiarato che gli auspici erano favorevoli a mio fratello Asarhaddon.

L'empietà di una simile azione era incredibile, tale che non potevo indurmi a crederla possibile. In che modo avrebbe potuto un uomo come Rimani Assur tradire così il dio che aveva servito per tutta la vita? Perché? Semplicemente per sfuggire alla morte? Ma una tale azione era peggiore della morte e, in definitiva, egli si era poi ucciso. Non riuscivo a crederci, non volevo crederci. Eppure ci credevo.

Mi era meno difficile attribuire a mia sorella Shaditu un crimine così sacrilego, né dovevo cercare molto per scoprire il motivo: non me l'aveva forse rivelato lei stessa? *«Pensavi che avrei permesso a quella sgualdrinella insulta di averti?»* Se la donna che amavo era al sicuro nella casa delle donne di Asarhaddon, non mi sarei allora rivolto alla mia affettuosa sorella? E non era precisamente ciò che avevo fatto? Non mi sentivo nemmeno lusingato che avesse corso tanti rischi per amor mio, poiché per Shaditu probabilmente era stato tutto un gioco, quella specie di gioco nel quale si era dilettata fin da quando era stata abbastanza grande da accorgersi del suo potere. Gli uomini non sono che tenera argilla nelle mani delle donne astute.

Ma che cosa aveva visto Rimani Assur nelle viscere della capra, per indurlo a impiccarsi per il rimorso? Forse soltanto che Asarhaddon non era stato scelto dal dio, forse soltanto questo. Ma probabilmente non lo avrei mai saputo.

O forse il *baru* si era tolto la vita per qualche altra ragione, per qualcosa che nessuno conosceva, anche se non aveva ormai molta importanza, dato che la mia situazione non sarebbe potuta cambiare: Esharhamat era la moglie di mio fratello, destinata a essere madre di una discendenza di re che avrebbero regnato fino a che gli dei stessi non sarebbero stati polvere, mentre io non potevo salire al trono senza portare la rovina sul paese.

Il bambino che portava in grembo, era il mio? Era questo lo scherzo finale che il Temibile Assur aveva giocato a noi tutti, che io, pur non essendo re, sarei stato padre di una discendenza di re? Era tutto molto confuso e mi faceva male la testa a pensarci.

Non mi dispiacque, trascorsi i dieci giorni, di veder tornare i miei reali fratelli a Ninive. Rimasi in piedi sulle mura incomplete della fortezza a osservare la polvere sollevata dai cavalli della scorta disperdersi in lontananza, sperando che i due non sarebbero più tornati a turbare la mia pace. Ero stanco dei loro intrighi; quando fosse stato il momento, avrebbero dovuto ribellarsi senza di me.

«Li ricordo entrambi bambini» disse mia madre.

«Ormai non sono più bambini e quando il re morirà, ce ne accorgeremo tutti.»

«Che cosa volevano da te, figlio mio?»

«Che cosa volevano?» Non potei fare a meno di scuotere la testa e mettermi a ridere, anche se era un riso un po' amaro. «Che cosa possono volere gli esseri come Nabusharusur? Spargere veleno chiamandolo nettare, rendere il mondo vuoto come il loro cuore. Nabusharusur odia Asarhaddon perché una volta Asarhaddon ha riso di lui, e odia me perché da ragazzi eravamo amici, ma odia soprattutto se stesso per via di ciò che il coltello del castratore e il suo stesso disgusto di sé gli hanno fatto. Di Arad Malik non dico niente, perché non è altro se non il recipiente nel quale Nabusharusur versa la collera di un attimo: non riuscirebbe a contenere molto di più.»

Mia madre non replicò perché era saggia e sapeva come io parlassi della mia stessa collera.

Ma se il mio animo si faceva cupo quando consideravo i mali che ci attendevano nel futuro e la mia impotenza a evitarli, del presente ero abbastanza contento. Avevo l'amore di Merope, l'amicizia di Kephalos e le carezze di Naiba, e godevo quindi di una felicità domestica quale è concessa a pochi uomini, e di una felicità senza ombre, perché mia madre e la mia concubina vivevano d'amore e d'accordo.

Anzi, Merope, che conosceva bene cosa volesse dire essere schiava fra gli stranieri, aveva preso a voler bene a Naiba, tanto che divennero quasi come madre e figlia. Naiba si rivolgeva sempre a mia madre chiamandola "padrona", ma non ho mai potuto scoprire chi delle due dirigesse la casa, perché sembrava che prendessero insieme ogni decisione, fino a ciò che avrei gradito trovare sulla tavola della colazione, nel corso di lunghe consultazioni, e le scoprivo sempre sedute vicine da qualche parte, a parlare in tono sommesso e con aria di cospirazione, sul prezzo oltraggioso della carne d'agnello nella piazza del mercato. I miei servi, la maggior parte dei quali aveva una famiglia, capivano benissimo la situazione e per loro la parola di una valeva quella dell'altra. Se mia madre aveva qualche piccola lamentela da fare o un favore da chiedere, potevo esser certo che Naiba me ne avrebbe parlato per prima, non appena posato il capo sul guanciale. Merope, d'altronde, si comportava allo stesso modo nei riguardi di Naiba. Da allora ho imparato abbastanza dalla vita per sapere che così fanno le donne, alleandosi fra loro per ottenere il dominio sugli uomini.

La vita, dunque, scorreva abbastanza serenamente, e quasi

mi ero dimenticato che esistesse un altro mondo oltre Amat, finché si avvicinò il mese di Tammuz e io cominciai ad aspettare la visita di mio fratello Asarhaddon.

Una volta rientrata la piena del fiume, la primavera si annunciò insolitamente calda e asciutta. Il suolo, indurito dal sole spietato di Assur, si fendeva e si sgretolava, e i venti ardenti come fuoco sollevavano la polvere in grandi vortici, accecando uomini e animali e ricoprendo le fonti d'acqua, mentre i raccolti bruciavano e seccavano nei campi. Fu una stagione veramente crudele.

I nervi si tendono come corde di un arco in un tempo simile, quando è troppo caldo per lavorare e non resta che ubriacarsi o litigare, e non so quanti soldati dovetti far frustare per riuscire a mantenere almeno l'apparenza dell'ordine. E in questo clima il *marsarru* scelse di fare la sua ''ispezione''.

Seppi che si stava avvicinando molti giorni prima che arrivasse. Il Signore Asarhaddon viaggiava con una scorta di duecento soldati e quindi, per convenienza, seguì il corso del fiume. I soldati inviati in avanscoperta incontrarono i suoi araldi vicino al punto in cui il Grande Zab disegna un'ampia curva, simile al gomito di un uomo, e cambia il suo corso da est a ovest. Tornarono in fretta ad Amat per riferirmi della grande pompa con la quale mio fratello viaggiava. Detti ordine che venti uomini scelti si tenessero pronti a muoversi alle prime luci dell'alba e la mattina seguente partii con loro per andare incontro al potente ospite.

Un grande principe, il quale tiene alla dignità del suo rango, procede con lentezza, e noi dovemmo piantare e togliere tre volte le tende prima di superare le colline e vedere la lunga carovana dei viaggiatori che si trascinava pesantemente lungo il fiume, simile a un esercito di formiche che si arrampichi sulla pece fresca.

Asarhaddon non viaggiava più a cavallo come nei vecchi tempi, ma su un carro, più adatto alla sua dignità di *marsarru*. Se si fosse trattato di andare alla guerra, non dubito che molte cose sarebbero state diverse, ma in questo caso si trattava di una visita nelle province. Riuscivo a vederlo anche a distanza, o meglio vedevo il baldacchino alzato su di lui per proteggerlo dal sole. Cavalcai fino alla carovana, che non appena avvistata la nostra compagnia aveva ricevuto l'ordine di fermarsi, smontai da cavallo e mi diressi a piedi, dopo aver lasciato le armi, verso il carro di mio fratello; quando lo raggiunsi, posai la mano sulla ruota e mi inginocchiai nella polvere, abbassando il capo come avrei fatto davanti al re. Quando rialzai gli occhi, vidi che mi sorrideva.

Era una figura splendida, con il suo manto d'argento e oro, la barba unta d'olio e il turbante scintillante di gemme, ma era pur sempre Asarhaddon. Con una gran risata, allungò il braccio, e quando lo presi mi sollevò sul carro come se fossi un pezzo di legno, mandando poi con un calcio l'auriga a rotolare nella polvere.

«Avanti, guida tu!» mi disse, ficcandomi le redini in mano, ma trattenendo la frusta, tanto che di colpo i cavalli partirono al galoppo sfrenato, e cortigiani e soldati si scansarono andando a ruzzolare da tutte le parti per evitare di essere travolti, mentre Asarhaddon agitava la frusta ridendo.

Fu una corsa selvaggia, il carro che si precipitava giù per la strada con le ruote che sobbalzavano sulle pietre, a rischio di spezzare l'asse ogni volta uccidendoci entrambi, mentre i cavalli nitrivano come diavoli, quasi terrorizzati dalla folle velocità. Sollevammo una nuvola di polvere visibile a grandissima distanza.

«È un bel posto» gridò alla fine, e il rumore degli zoccoli dei cavalli unito a quello delle ruote quasi soffocava la sua voce. «Fermati qui!»

Quando finalmente riuscii ad arrestare i cavalli, Asarhaddon balzò dal carro e si mise a correre come un matto verso il fiume, spogliandosi dei suoi abiti lussuosi durante il percorso. Alla fine, completamente nudo, si tuffò nell'acqua, sparendo sotto la superficie limacciosa per un tempo assai lungo. Quando finalmente riemerse, galleggiò sul dorso con le mani intrecciate dietro la testa, e l'aria decisamente soddisfatta, mentre scalciava nell'acqua contro corrente.

Mi tuffai dopo di lui e ben presto ci ritrovammo a schizzarci l'acqua addosso, ridendo come ragazzini.

«Per i sessanta grandi dei!» disse, dopo che fummo usciti dall'acqua e, sdraiati sulla riva, ci asciugavamo la schiena al sole. «Ti dirò qual è lo svantaggio di essere innalzato alla gloria, Tiglath, fratello mio. Con tutto quell'oro e quell'argento che ti tessono nelle tuniche, tanto varrebbe vestirsi in un forno. Credevo di morire arrostito. Oh, la misericordia di Assur sia ringraziata, sono contento di essermene liberato per un po'!»

Si sdraiò sulla banchina rocciosa e chiuse gli occhi, con un sorriso soddisfatto sulle labbra.

«Benvenuto nel nord, o Temibile Principe» dissi in tono solenne, e in un istante ci piegammo in due dal ridere, senza riuscire a frenarci.

Quella sera, nella tenda di Asarhaddon, ci ubriacammo insieme, cacciando via scribi e funzionari, e, per allettare le cinque concubine preferite che mio fratello aveva portato con sé da Calah, cantammo tutte le canzoni oscene dei tempi della nostra giovinezza nella casa della guerra.

Passammo ore bellissime, ricordando soltanto quanto fosse meraviglioso essere di nuovo insieme, forse più ubriachi di quello che non di vino.

Doveva essere l'ultima occasione per molti anni, perché la mattina Asarhaddon, sobrio, stanco e forse anche spaventato, si ricordò di essere il *marsarru* e che un *marsarru* non può fidarsi di nessuno, meno di tutti di suo fratello. Mentre cavalcavo accanto al suo carro, lungo la strada per Amat, non dovetti indagare sul significato del suo silenzio.

«Forse non l'hai ancora saputo» disse alla fine. «Mia moglie, la Signora Esharhamat, mi ha regalato un figlio, e non sembra che abbia voglia di farmi sapere se è mio o tuo. Si chiama Siniddinapal, ma credo che abbiamo sprecato il fiato a volergli dare un nome, perché è una creaturina malaticcia e non vivrà a lungo.»

Non mi guardava dritto in faccia mentre mi diceva queste cose, ma osservava la mia reazione di sottecchi, con un sorrisetto di trionfo sulle labbra, come se sapesse perfettamente che il bambino era mio e godesse all'idea della sua morte.

«La giovane madre sta bene, tuttavia; e mi darà altri figli, molti altri, credo.»

Passarono cinque giorni prima che giungessimo alla guarnigione e a ogni giorno che passava l'umore di Asarhaddon si faceva più nero. Festeggiavamo insieme brindando e bevendo vino, ma senza la spensieratezza di un tempo. Dopo la terza coppa io mi fermavo, mentre Asarhaddon continuava a bere fino a ubriacarsi, con la cupa determinazione di chi cerca di dimenticare. Nel vino c'è la verità, e quando mio fratello aveva bevuto a sufficienza e cominciava a farsi irrequieto, si guardava intorno come se vedesse nemici dappertutto, parlando di spie e di usurpatori. Non mi accusava mai direttamente, ma non era difficile intuire il suo pensiero.

Mi volle continuamente con sé in quei giorni, quasi non riuscisse a separarsi da me, ma forse aveva paura di perdermi di vista; non eravamo però quasi mai soli.

Finalmente giungemmo in vista di Amat e per l'ultimo *beru* fino alle porte della fortezza smontai da cavallo e camminai accanto al carro di Asarhaddon, tenendo le briglie del cavallo di testa, come un semplice stalliere, e lasciando che i soldati e i cittadini acclamassero lui solo. Egli era il *marsarru* e questa esibizione di sottomissione e lealtà gli era semplicemente dovuta, ma gli piacque ugualmente.

Quella sera, al banchetto nella nuova mensa degli ufficiali, mi mise un braccio intorno alle spalle, come se niente fosse cambiato.

«Il re parla di nominarti suo *turtanu*» disse in tono confidenziale e riservato. «Non so se lo fa semplicemente per contrariarmi o se veramente pensa di attuare questo progetto, ma ne parla, tuttavia, e pensavo che tu avresti dovuto saperlo.»

«Ma, e il Signore Sinahiusur?» domandai, pensando al mio vecchio protettore. Asarhaddon scosse il capo.

«È stato malato nelle gambe tutto quest'anno e ora ha bisogno di essere sostenuto per potersi spostare. Alcune persone invecchiano molto rapidamente quando non sono più nel fiore degli anni, e nostro zio è una di queste, a quanto pare. Quanto potrà durare? Due anni? Tre? Credo che il re avrà bisogno di un nuovo *turtanu* molto presto.»

Provai un forte dispiacere nell'apprendere queste notizie. Che cosa non dovevo io al Signore Sinahiusur, che mi aveva salvato dal destino di Nabusharusur e aveva guidato ogni mio passo da allora? Ai miei occhi era stato sempre un vecchio, ma ciò che fino a quel momento era stato un pregiudizio infantile sembrava essere ormai la verità: quel grand'uomo, la seconda voce nella Terra di Assur, era entrato nel suo declino. Mi attraversò la mente il pensiero che avrei voluto rivederlo prima che morisse, per ringraziarlo della sua bontà verso di me e per chiedere la sua benedizione, ma sembrava un progetto difficile da attuare.

«Quando le sue ossa saranno in un'urna di pietra nella città santa, prenderai il suo posto, fratello? Torneresti a Ninive quale nuovo *turtanu* del re?»

«No.» Scossi la testa. Volevo che Asarhaddon cambiasse argomento, volevo restare solo, coprirmi il volto con le mani e pagare il tributo di qualche lacrima al mio parente e amico. Ma perfino questo sembrava impossibile. «No. Resterò qui come *shaknu* delle province settentrionali finché il dio me lo permetterà. Se non rivedrò più Ninive la considererò una fortuna.»

«Bene, mi fa piacere.»

Asarhaddon tolse la mano dalla mia spalla e prese uno spiedino di locuste al miele, tirandole via una a una e mangiandosele in un solo morso. Ad Asarhaddon erano sempre piaciute le locuste al miele.

«Ti ricordi, quando sono tornato dall'ovest?» continuò, leccandosi le dita. «Quella fu la prima volta che pensammo che uno di noi potesse essere re un giorno, e io dissi allora che, se la corona fosse toccata a me, ti avrei fatto mio *turtanu*. Ti ricordi?»

«Sì, sì, mi ricordo.»

«Non vorrei che tu fossi *turtanu* prima di allora, Tiglath, fratello mio, perché il *turtanu* è più importante anche del *marsarru* e non sarebbe conveniente che io, il futuro re, dovessi dipendere in tutto da mio fratello.»

Mi girai a guardarlo, cercando di mantenere assolutamente inespressivo il volto, sebbene sentissi dentro di me montare pericolosamente una fredda ira.

«Non sarò il *turtanu* del re, né lo sarò quando sarai tu sul trono. Nemmeno in questo caso sarebbe conveniente.»

Sebbene il sorriso non lasciasse le sue labbra, mio fratello non era contento della mia risposta, come si capiva chiaramente dalla luce che brillava nei suoi occhi. Ma la cosa non m'interessava, non essendo rimasto in me alcun desiderio di compiacerlo.

«Tu mi accusi di aver mandato quell'individuo a ucciderti, non è vero? Per questo mi hai spedito la sua testa, ma non sono stato io, fratello.»

«Lo so, e l'ho sempre saputo.»

«Allora, perché...?»

«Perché entrambi sappiamo bene chi l'aveva mandato, fratello. Dimmi, hai mostrato il mio piccolo regalo alla Signora Naq'ia?»

Asarhaddon sogghignò: no, constatai con un certo rammarico, non era offeso, non arrivava a capire che avrebbe anche potuto offendersi all'ipotesi di un traffico fra sua madre e un sicario prezzolato.

«È una donna saggia e di grandi qualità, Tiglath, e farai bene a non sottovalutarla.»

«Non credo che ci siano molte possibilità che io commetta questo errore.»

«Ma è vero che... be'...»

Scrollò le spalle, come se alludesse a qualche debolezza di poca importanza.

«Diciamo che, se mai ci fu latte nei suoi seni, è stato da molto tempo sostituito con veleno di vipera. Sì, le ho mostrato la testa e sai che cosa mi ha detto? No, non ti dirò che cosa ha detto, non lo troveresti divertente. Comunque, le sono state fatte capire alcune cose e non devi preoccuparti di nuove visite da Ninive.»

«Bene. Sono contento che questo disgraziato equivoco sia stato chiarito.»

Ma Asarhaddon, a quanto pareva, era refrattario all'ironia, e dall'espressione del volto era ovvio che stava già pensando a qualche altra cosa.

«Perché non vuoi ritornare a Ninive?» domandò alla fine, la fronte aggrottata per la preoccupazione o forse per la collera. «È per via di Esharhamat? Vive là, sai; il re la vuole vicino a sé, nonostante che sia mia moglie. Tre volte al mese devo spostarmi da Calah, una distanza di quasi quattro *beru*, soltanto per accoppiarmi con lei. È una grossa seccatura.»

«No, non sapevo che fosse a Ninive, ma sarebbe già un motivo sufficiente per starmene lontano.»

Di tutte le risposte possibili, fu quella che gli piacque meno. Si mise a tamburellare con le dita tozze sul tavolo, guardandosi attorno come per cercare un bersaglio su cui sfogare la sua collera.

«Non so perché tu dia tanta importanza ai suoi abbracci, fratello» disse, saettando in giro con gli occhi neri e pieni d'ira, che si fissarono alla fine su di me. «Di tutte le donne che ci sono al mondo, lei... Con me è fredda come l'acqua di uno stagno.»

Che cosa si era aspettato? Non lo so, so soltanto che gli afferrai il braccio proprio sotto il polso e glielo strinsi, piegandolo con tutta la forza delle dita, finché non pensai che, insistendo ancora un po', glielo avrei spezzato.

«Credo che sia meglio, fratello, se non parleremo mai più di questo argomento.» Le mie parole, più che un bisbiglio erano un sibilo. «Davvero, credo che sia meglio...»

«D'accordo, d'accordo!» Asarhaddon, con qualche difficoltà, liberò il braccio dalla mia morsa. «Come vuoi tu, non credevo che dopo tutto questo tempo...»

Di colpo si alzò da tavola, come se avesse appena visto un serpente. Gli occhi di tutti nella sala erano fissi su di lui e perfino la musica dei flauti si era spenta lentamente. Non lo avevo mai visto così prima di allora, come se lo avessi colpito nel profondo del cuore.

Poi si girò bruscamente e uscì.

Questo incidente fu indubbiamente il soggetto di molte chiacchiere all'interno della guarnigione e non è impossibile che facesse parte dei molti dispacci segreti che sapevo perfettamente essere arrivati sotto gli occhi avidi di più di un lettore a Ninive. Quale poi fosse stato il risultato là non avrei saputo dirlo.

Per due giorni non vidi Asarhaddon, il quale si rinchiudeva con qualche membro del suo seguito, col pretesto di questioni ''ufficiali'', consumava solo i suoi pasti e scompariva da qualche parte. Non ne fui sorpreso. In fondo era la cosa più saggia che stessimo per un po' lontani l'uno dall'altro. Non pensai nemmeno a preoccuparmi di ciò che poteva stare architettando.

«Non è un uomo felice, figlio mio» fu il verdetto di Merope sulla faccenda. «Gli dei, nella loro incomprensibile saggezza, hanno assegnato a ognuno di voi un destino diverso ed egli è scontento del suo come tu lo sei del tuo. Asarhaddon per temperamento è spensierato e noncurante. Da semplice soldato avrebbe trovato il mondo assai più gradevole, ma come *marsarru* è sbalestrato, non sapendo che fare né di chi fidarsi. Quel manto sarebbe stato meglio sulle tue spalle.»

Scrollai quelle spalle, così adatte al peso del potere, perché sapevo che mia madre aveva ragione.

«Allora, cosa devo fare?»

«Cerca di capirlo e sii suo amico, nonostante tutto.»

Non era però molto facile ormai essere amico di mio fratello.

Il terzo giorno, dopo che Asarhaddon si fu nuovamente avventurato alla luce del giorno, uno dei suoi ufficiali venne a trovarmi.

«Il Signore *marsarru* desidera che sia organizzata una battuta di caccia per lui» annunciò, esattamente come se si rivolgesse al mio coppiere.

«Caccia?» ripetei, stupito non tanto dalla sostanza della richiesta quanto dalla forma.

«Caccia, precisamente. Non c'è bisogno di niente di complicato, solo qualche battitore e cose del genere. Che selvaggina c'è da queste parti che valga la pena di cacciare?»

Sorrise debolmente. Era un uomo alto, magro, ben curato, di circa trent'anni, e guardava tutti quanti, incluso me, come se avessimo passato tutta la vita a sfregarci la polvere di Amat dagli occhi, con aria di grande compatimento. Non potei fare a meno di domandarmi dove mio fratello avesse pescato un simile esemplare, dal momento che era esattamente il tipo di funzionario di corte maggiormente detestato da Asarhaddon. Ma i suoi gusti, a quanto pareva, erano cambiati con le circostanze.

«Credo che riusciremo a scovare un porco selvatico o due» dissi seccamente. «Puoi riferire al Signore *marsarru* che sarà tutto pronto domattina.»

Avevo pensato a una spedizione di tre o quattro giorni, ritenendo che avrebbe fatto bene ad Asarhaddon passare qualche notte sotto le stelle, lontano dai cortigiani, di nuovo come un soldato. Ero ingenuo fino a quel punto.

Il mio primo errore fu di sottovalutare il desiderio di semplicità di mio fratello. All'alba, quando uscì dalle sue stanze e si guardò in giro per osservare i preparativi che avevo fatto, scosse il capo, con un largo sorriso.

«Il Signore Tiglath Assur si è preso troppo disturbo» disse, abbastanza ad alta voce perché tutti lo sentissero. «Che ne dici, fratello? E se legassimo un cavallo in più dietro al carro e ce ne andassimo per conto nostro? Potremmo dirigerci verso l'interno e scomparire per una giornata, come facevamo quando eravamo ragazzi.»

Gli risposi con un gran sorriso, perché ero molto contento, e gettai un sacco di provviste nel carro. Dopo cinque minuti Asarhaddon e io lasciammo la fortezza da soli.

Nelle pianure a est della città si trovava molta selvaggina scelta, gazzelle, antilopi e cinghiali vagavano là in grande quantità, e man mano che le pozze d'acqua si prosciugavano, i leoni e perfino qualche pantera scendeva dalle montagne per cercare di dissetarsi, avvicinandosi ai luoghi abitati dagli uomini. Se avessimo avvistato qualcuno di quei grossi animali, sarebbe stato soltanto a distanza, perché sono troppo sospettosi per poterli prendere senza l'aiuto dei battitori.

Quando attraversammo il pontone di barche sul fiume, la rugiada bagnava ancora l'erba. Asarhaddon montò sul cavallo. Secondo il piano che avevamo fatto, io avrei descritto un cerchio a sud mentre Asarhaddon si sarebbe diretto a nord, e avremmo cercato in questo modo di prendere in mezzo un branco.

«Dammi l'otre del vino, Tiglath» disse allungando la mano per prenderlo. «Perdona il mio egoismo, ma la vita di corte mi ha reso molle e soffrirò certo il caldo più di te.»

«Non preoccuparti, fratello. Conoscendo la tua sete fenomenale ne ho portati due.»

Scoppiò a ridere, afferrando l'otre, e partì al galoppo, e il cavallo sollevò una nuvola di polvere con gli zoccoli. Non lo rividi per parecchie ore.

Invidiavo Asarhaddon, perché non era un terreno molto adatto per cacciare dal carro. Per quanto i campi fossero bruciati dal sole, ci trovavamo su un terreno agricolo, attraversato in ogni senso da canali d'irrigazione tanto stretti da non rappresentare una difficoltà per un uomo a cavallo, ma che mi costringevano a cercare i ponticelli vacillanti che i contadini gettavano qua e là per far passare i loro carri. Riuscii a stanare un cinghiale che fu però abbastanza furbo da gettarsi nel fossato più vicino, sfuggendomi con facilità. Alla fine, mi diressi verso le colline, dove la selvaggina sarebbe stata più scarsa, ma dove almeno avrei potuto manovrare meglio. Fui tanto fortunato da incontrare un branco di antilopi, che fuggirono via spaventate nel vedermi, ma che riuscii a inseguire abbattendone con il mio giavellotto due fra le meno veloci. Fu una buona caccia: un cosciotto di antilope costituisce sempre una cena gradita. Quando il sole ebbe oltrepassato lo zenith di due ore, cominciai a pensare di andare alla ricerca di mio fratello.

«Hai avuto fortuna?» gridai, agitando il braccio. Di là dalla vasta piana riarsa, mio fratello aveva legato il cavallo e se stava seduto al riparo di una sporgenza di roccia: riuscivo appena a distinguere il suo profilo nell'ombra.

Mi salutò anche lui con la mano, come se si rendesse conto dell'impossibilità di farsi sentire a quella distanza, e io misi i cavalli al galoppo trattenuto.

Quando ebbi arrestato del tutto il carro, mi accorsi che Asarhaddon non doveva aver passato molto tempo cacciando. C'era un sacchetto di datteri per terra accanto a lui e l'otre di vino era posato sul suo grembo, assai più afflosciato di quando glielo avevo dato qualche ora prima. Non disse niente, ma non ce n'era bisogno: dagli occhi lucidi e dall'espressione del viso, intensa e concentrata, si capiva benissimo che aveva bevuto, e molto.

«Fai bene a stare all'ombra» gli dissi. «Ma se non volevi altro che stordirti col vino, saremmo potuti rimanere ad Amat.»

«No. Qui siamo più tranquilli. E poi, non sono ubriaco.»

Sembrava quasi triste, e decisi di non scherzare più. Presi l'otre dell'acqua dal carro e me ne versai un po' sulle mani per sciacquarmi la faccia. Non so quando mi resi conto precisamente che la sua spada era stata estratta dal fodero e giaceva a terra accanto a lui.

«Tiglath» disse improvvisamente «perché non vuoi essere il mio *turtanu* quando sarò re? È perché speri ancora di diventare tu il re?»

Quando mi girai a guardarlo, mi accorsi che non stava semplicemente cercando di stuzzicarmi, ma che era serio, piegato in avanti, le mani appoggiate sulle ginocchia, e mi fissava come se veramente gli interessasse la mia risposta.

«Non posso essere re finché tu sei vivo, Asarhaddon, e non è una questione di cui desidero parlare mentre hai il cervello annebbiato dal vino.»

«Forse hai ancora qualche speranza?» continuò, come se non mi avesse sentito. «Forse credi che uno o l'altro dei tuoi molti amici mi ficcherà un pugnale nella schiena e che, una volta che io sia mescolato alla polvere della terra, tu potrai avere tutto, il trono, Esharhamat, il favore del dio, tutto?»

«Taci, Asarhaddon, prima che mi dimentichi di volerti bene!»

«Ma se mi vuoi bene, Tiglath, fratello mio, allora perché

cospiri con i miei nemici?» Si era rialzato da terra adesso e teneva la spada in mano: dai suoi occhi capivo che il troppo vino lo aveva reso furioso. «Perché hai ospitato Arad Malik e Nabusharusur a casa tua quando sapevi che mi odiano? Perché, Tiglath! Arad Malik ti ha offerto il trono purché tu ti unissi a loro contro di me?»

Quasi mi faceva pietà. Arad Malik: era veramente caratteristico da parte di Asarhaddon aver interpretato la cosa in quel modo.

«Non sta a te, fratello, dirmi chi devo e chi non devo ricevere in casa mia, né io posso mandar via chi mi è stato inviato per ordine del re.»

«Lo sapevo, il re!» Era così infuriato che batté effettivamente i piedi per terra, una cosa che non gli avevo visto fare da quando eravamo bambini. «Sempre il re! Mi odia, e perché? Soltanto perché io non sono te!»

Nell'uso della spada Asarhaddon aveva pochi rivali. Era sempre riuscito a battermi in combattimento ravvicinato, e definiva il giavellotto ''l'arma dei codardi'', e forse aveva anche ragione, perché non feci fatica ad ammettere con me stesso che avevo paura.

«Vuoi negare di essere stato attirato nella loro cospirazione?» gridò, in piedi adesso, e con la spada bilanciata in mano. «Vuoi neghare di star cospirando con loro contro di me?»

Capii in quel momento quale era stato il suo progetto fin dall'inizio: portarmi fino a quel luogo isolato per uccidermi. La sua diffidenza e la sua gelosia erano giunte a questo punto. Tuttavia, in lui era rimasta l'abitudine all'antico affetto, tanto da non poter attuare la sua impresa a sangue freddo: aveva dovuto infiammarsi il fegato con il vino per avere la forza di affrontarmi con la spada.

Mio povero fratello: mi accorsi che non potevo fare a meno di provare pietà per lui, perfino in quel momento. Mia madre aveva ragione: «... È sbalestrato, non sapendo che fare né di chi fidarsi». Soltanto che adesso pareva deciso a togliermi la vita.

Avrei potuto finire la cosa rapidamente. Non avrei avuto che da sollevare il giavellotto e scagliarlo contro il suo petto, ma entrambi sapevamo che non l'avrei mai fatto. Asarhaddon voleva un duello, un combattimento fra uguali, non era un codardo o un malvagio e non era nel suo stile uccidere un uomo disarmato. Né lo era nel mio. Avrebbe dunque avuto ciò che voleva.

Ondeggiava leggermente sulle gambe, ubriaco, ma anche da ubriaco era un avversario formidabile. Potevo soltanto sperare che fosse più ubriaco di quel che sembrava.

«Non negherò che ti odiano» dissi, con un mezzo sorriso, lasciando che la mia ira sbollisse. «E non negherò che mi abbiano parlato di te, della tua impopolarità, della tua scarsa idoneità a sedere sul trono. E c'è del vero, puoi forse negarlo?»

«Sì, lo nego!» gridò e i muscoli della faccia erano tesi dalla collera. «Lo nego! Il dio ha scelto me, non te!»

«Davvero? O è stata una cosa arrangiata con *baru* Rimani Assur, che si è poi suicidato dalla vergogna? Mi hanno riferito voci a proposito di nostra sorella, voci che probabilmente sono arrivate anche alle tue orecchie, fratello.»

«Io sono stato scelto dal dio Marduk, il re degli dei! Sono stato scelto! Scelto! Scelto!»

Era così, dunque. Le insinuazioni di sua madre, per tutti quegli anni: non riuscivo quasi a crederci...

«E adesso vuoi mettere alla prova il favore del cielo, non è vero?» Sogghignai, un sorriso che era una smorfia d'ira, perché, perfino nel momento in cui estraevo la spada dal fodero, non riuscivo a cancellare l'affetto fraterno dal mio cuore. «Allora, avanti! Vediamo chi di noi è onorato dal dio. Vediamo chi deve morire e chi vivere!»

Il calore era terribile, sembrava che il sole bruciasse l'aria nei polmoni. Come uscì dall'ombra, Asarhaddon si sfregò gli occhi con la punta delle dita e prese ad avanzare lentamente, le gambe ben aperte. No, nemmeno lui voleva veramente questo duello, non più di me. Aspettai, lasciando che si facesse avanti.

Era ormai abbastanza vicino da potermi toccare con la punta della spada, e se era ubriaco, adesso non lo dava a vedere, solido e impenetrabile come appariva, mentre si bilanciava sui calcagni, cercando un varco nella mia difesa.

Ci girammo intorno, ognuno saggiando i punti deboli dell'altro, come avevamo fatto tante volte da ragazzi, mai immaginando che un giorno non sarebbe stato più per gioco. Al primo affondo, la lama di Asarhaddon fendette l'aria con un rumore lacerante, sebbene anche allora non stesse davvero cercando di colpirmi, ma soltanto di mettermi alla prova, per vedere come avrei reagito, sicuro di se stesso, simile a un gatto che abbia costretto il topo in un angolo.

Tentai un colpo, che lui parò con facilità, come avevo previsto, senza però approfittare del vantaggio: non era tanto sciocco da cadere nella trappola. Anzi, abbassò di qualche spanna la punta della spada, invitandomi a ritentare. Ma anch'io conoscevo quel trucco.

Alzò la mano sinistra e si strofinò di nuovo gli occhi: sudava abbondantemente e stringeva le palpebre nella luce forte. Sì, aveva bevuto troppo per battersi nel sole cocente del pomeriggio, che l'opprimeva come un sacco di pietre sulle spalle. Questo significava un lieve vantaggio per me, qualcosa per controbilanciare la sua bravura.

Alla fine, si lanciò in avanti con un fendente da sinistra a destra che mi avrebbe squarciato il torace come se fosse stato un fico sotto la ruota di un carro, se non fossi in qualche modo riuscito a schivarlo. Questa volta però sfruttò il vantaggio, attaccando una, due, tre volte, facendosi a ogni colpo più vicino finché l'ultimo non mi raggiunse alla spalla, inondandomi il braccio nel sangue, mentre cercavo a fatica di allontanarmi da lui. Non capivo nemmeno quanto fosse profonda la ferita infertami, troppo occupato a restare vivo per sentire il dolore.

E poi, di colpo, vacillò, non a lungo, ma a sufficienza perché riacquistassi l'equilibrio. Si fermò e scrutò la mia faccia, come se tutto a un tratto non ricordasse più chi io fossi o perché si trovasse lì. Durò un attimo quest'incertezza, poi si scagliò di nuovo su di me. Ma questa volta parai il colpo col filo della spada.

Si stava stancando, lo si capiva, ed era questa la mia unica possibilità, lasciare che si esaurisse da solo.

Il sudore gli copriva la faccia e gli colava lungo le braccia, ormai. Stava cominciando a disperare. Mi aveva ferito, ma sapeva di non avere molto tempo a disposizione per approfittare di questo vantaggio, e voleva finirmi prima che le forze gli venissero meno; continuava perciò a menare colpi contro la lama della mia spada, come un uomo che cerchi di aprirsi la strada fra le canne. Stava diventando sempre piú facile parare i suoi fendenti.

Alla fine, commise un errore. Si lasciò trasportare dal suo stesso impeto troppo in profondità, tanto che riuscii a ferirlo alla mano con la punta della spada.

Era poco più di un graffio, appena sufficiente a tagliare la pelle in superficie, e, sebbene dovesse procurargli un dolore acutissimo, l'effetto che produsse fu dovuto alla sorpresa: Asarhaddon lanciò un grido e la spada gli cadde di mano. Questo mi bastò.

Per qualche inspiegabile ragione, non mi venne in mente neppure per un attimo di ucciderlo all'istante, mi limitai a caricare urlando con quanto fiato avevo in gola, colpendolo allo stomaco con la spalla. Sentii il fiato che gli si mozzava nei polmoni e rotolammo a terra insieme. Asarhaddon non tentò nemmeno di lottare, troppo occupato com'era a cercar di respirare.

Quando si fermò, io ero seduto saldamente sul suo petto, con la lama della spada appoggiata alla sua gola il quale boccheggiava per riprendere fiato. Per un attimo non si accorse nemmeno che ero lì.

«Eri così sicuro?» mormorai fra i denti, incapace di pensare a nient'altro che alla mia ira, pronto a ucciderlo in quell'istante. Forse lo salvò il fatto che volevo sapesse come era riuscito a farsi odiare da me. «Possano dannarti gli dei, eri così sicuro! Ti sei rammollito, fratello. Sei diventato un molle, goffo ubriacone, altrimenti non sarei qui seduto sul tuo petto con la punta della spada sotto il tuo mento.»

«Allora, spicciati!» gracchiò. «Avanti, fa' quello che vuoi fare. Uccidimi!»

Sentii il suo corpo irrigidirsi nell'attesa del colpo. Alzai la spada: in quel momento era già morto, avevo preso la mia decisione e la sua testa poteva già dirsi spiccata dal collo.

Senonché, il braccio non mi obbedì. E allora capii che non potevo, che non mi era possibile togliere la vita ad Asarhaddon.

Premetti la lama contro la sua gola finché non sgorgò un rivolo di sangue.

«E chi ti vendicherebbe, fratello? Chi? L'esercito, forse? Lo credi davvero? O forse il re. No: il re riderebbe dalla gioia e implorerebbe il dio di mettere me al tuo posto. Quanto tempo credi che impiegherei, fratello, a entrare nella casa della successione? Allora, avrei tutto, perfino Esharhamat. E credi che lei ti piangerebbe? Credi che dovrei sorvegliare il mio sonno per paura della furia della tua vedova?»

Non rispose. Se volle farlo, se capì qualcosa, le parole non gli vennero, e mi guardò soltanto, con gli occhi spalancati, aspettandosi la morte a ogni secondo.

«O forse conti su tua madre, perché plachi il tuo spirito con il mio sangue. È così, Asarhaddon? Non credo. Credo invece che nostro padre, il quale è abbastanza intelligente da saper schiacciare uno scorpione quando lo vede, le farebbe tagliare la testa dopo appena un'ora dalla notizia della tua morte. Che cosa credi, dunque, che possa fermare la mia mano?»

Le sue labbra si aprirono e si mossero a formare una muta parola, mentre gli occhi erano sempre fissi nei miei. Alla fine, si passò la lingua sulle labbra aride e fece un altro tentativo.

«Non ti pregherò» disse con un filo di voce. «Uccidimi e che tu sia maledetto!»

Quasi piangevo dalla collera. Lo afferrai per la veste e lo sollevai di peso, poi lo allontanai da me con un calcio, sferrandogli nel contempo un tal colpo col piatto della spada che avrebbe fracassato le costole a chiunque altro.

Ma Asarhaddon si limitò a grugnire, quasi sorpreso. Infine, quando si fu rimesso a sedere, piegò la testa fra le ginocchia e vomitò, impregnando di vino il terreno. Tornai al carro e gli portai l'acqua perché potesse risciacquarsi la bocca.

«Perché non mi hai ucciso?» chiese alla fine. «Nemmeno io avrei potuto biasimarti.»

Non mi sentivo di rispondergli. Mi allontanai da lui e dentro di me tremavo ancora tutto per un'emozione mista a collera e a orrore. Non fui in grado di parlare per molto tempo.

«Perché non mi hai ucciso?» ripeté, stranamente calmo.

«Sei vivo. Questo non ti basta?»

Rimase lì seduto, con i gomiti appoggiati alle ginocchia, lo sguardo assente, l'aspetto sfinito, spento.

«Dovrà bastarmi, suppongo.»

Non risposi.

«Non ti chiederò di perdonarmi, Tiglath» disse, contemplandosi la mano ferita mentre apriva e chiudeva il pugno. «Non me lo meriterei, in ogni caso.»

Non c'era bisogno che me lo chiedesse, perché, sebbene non potessi indurmi a confessarlo, nel mio cuore lo avevo già perdonato, e tuttavia entrambi sapevamo che mai avremmo dimenticato quell'incidente, che si sarebbe frapposto tra noi per sempre. Questo, forse più di tutto, soffocò la mia voce, il pensiero che ci avesse spinti a questo addio definitivo.

«Come sta la tua spalla?» domandò.

Per la verità, me n'ero completamente dimenticato. Quando la esaminai, vidi che il taglio era netto e molto profondo. Mi faceva molto male, ma questo era un buon segno.

«Non mi ucciderà» risposi. «E la tua mano?»

«È solo un graffio, ma le costole mi fanno male.»

«Sono contento di sentirlo.»

I nostri sguardi s'incontrarono e Asarhaddon sogghignò. Era dispiaciuto davvero: feci un sorrisetto e fu il massimo che riuscii a tirar fuori. Mi sedetti accanto a lui e bevvi un sorso d'acqua.

«Ma stanno complottando contro di me, non è vero? Arad Malik e Nabusharusur, voglio dire.»

«Certamente. Non parlano d'altro.»

«Avresti almeno potuto avvertirmi.»

«Ti avrei forse potuto dire qualcosa che già non sapevi?»

Scosse il capo.

«Il re li incoraggia, o almeno fa finta di essere cieco e sordo. Favorisce chiunque pensi possa indebolire la mia posizione. Ucciderò Arad Malik il primo giorno che siederò sul trono.»

«Arad Malik è innocuo come un bambino in fasce. Uccidi Nabusharusur, invece.»

«Come, quell'eunuco?»

«Sì, quell'eunuco. Non durerai a lungo sul trono, fratello, se non imparerai a guardarti dagli uomini come Nabusharusur. Il fatto che il suo fodero sia vuoto, significa soltanto che tiene il pugnale dietro la schiena.»

Asarhaddon annuì, come se capisse.

«Faremmo meglio a fasciarci le ferite e a trovare qualche storia da raccontare al nostro ritorno. Potremmo dire che il carro si è ribaltato. Tiglath?»

«Sì, che c'è?»

«Non sospetterò mai più di te.»

Non potei fare a meno di ridere e perfino alle mie orecchie la risata suonò amara.

«Non ci credi, vero?»

Tornammo ad Amat dove Asarhaddon, fra la costernazione del suo seguito, dette ordine di partire la mattina seguente per Calah. Ci abbracciammo nel salutarci, perché eravamo in mezzo a molta gente, ma tutti e due sapevamo che il nostro prossimo incontro non sarebbe stato un incontro fra amici.

XXIII

Cinque giorni dopo la partenza di Asharaddon mi giunse notizia di un'incursione alla frontiera orientale, non una cosa molto seria in se stessa: una banda di razziatori Medi aveva sconfinato nella nostra provincia di Zamua, attaccando un gruppo di villaggi non lontani dalle sorgenti del fiume Turnat, quel genere di scorrerie che ci si deve aspettare ogni tanto, dopo anni in cui si è quasi dimenticato il suono delle armi. Era, comunque, il pretesto che avevo sperato.

Scrissi al re a Ninive, chiedendogli il permesso di assumere il comando delle guarnigioni orientali per una campagna sui monti Zagros, allo scopo di portare i nostri stendardi di battaglia fin sulla porta di casa dei barbari, ricordando loro, dal momento che pareva ne avessero bisogno, come le Terre di Assur non fossero banchi di mercato da saccheggiare a piacimento.

La risposta del re non si fece attendere: «Ho imparato, figlio mio, a essere indulgente con la tua irrequietezza, e forse è vero, per troppo tempo siamo vissuti in pace, e ora i barbari delle province orientali cominciano a credere che siamo diventati femminucce. Ti do pieni poteri in questa faccenda: disponi come meglio credi».

Non avevo aspettato il suo permesso e avevo già dato ordine che ogni guarnigione del nord inviasse una metà delle forze a unirsi alle mie in una zona nei pressi della città di Musasir. Io lasciai la fortezza di Amat con le compagnie scelte e con quanto restava del mio antico *quradu*, incluso Lushakin, il quale disse di averne abbastanza di stare in cucina e che sarebbe venuto anche se avesse dovuto seguirci insieme ai muli.

Cominciarono così i miei due anni di guerra contro i Medi.

Sono uno strano popolo, per certi aspetti diverso da ogni altro che ho incontrato nella mia vita piena di imprevisti. E, dai giorni della mia giovinezza, quando combattei contro di loro, si sono trasformati in una grande nazione. Già allora pensavano che il futuro appartenesse a loro ed è anche possibile che abbiano ragione, poiché non mancano né di virtù né di intelligenza. Forse un giorno si riverseranno in tutto il mondo come uno sciame di locuste, ma io spero di non vivere tanto da vedere quello che accadrà, perché sarebbero padroni crudeli nella terra dei miei avi.

Prima del regno di Sennacherib, avevamo già combattutto contro i Medi per quasi duecento anni, fin dai giorni di Raman Ninari, il terzo re con quel nome, il quale condusse gli eserciti nelle terre a oriente, dove incontrò una razza di cavalieri che portavano i capelli corti, combattevano con la lancia e chiamavano se stessi gli ''Ariani'', i ''Nobili''.

La terra là è buona, anche se non così ben irrigata come la pianura del Tigri, e a quel tempo la maggior parte delle tribù avevano cessato i loro vagabondaggi, stabilendosi in città e villaggi lungo i pendii corrugati dei Monti Zagros, dove era possibile coltivare la terra nelle vallate e pascolare i cavalli e le mandrie nelle steppe che digradavano dolcemente fino ai deserti di sale del nord. Da dove provenissero in origine, non lo so, né ho mai incontrato qualcuno che lo sapesse, benché i Medi parlino di una patria dove cresce l'erba alta. So, tuttavia, che giunsero fin lì come conquistatori e che ogni tribù teneva soggetti gli antichi abitanti, trattati con grande disprezzo, perché i Medi si ritenevano effettivamente i favoriti del cielo e questo li rendeva crudeli. La loro crudeltà era limitata dalla loro debolezza in quanto, pur riconoscendosi in un sol popolo, erano divisi in molte tribù che combattevano fra loro così ferocemente come con le altre nazioni. Ma già questo quadro cominciava a cambiare.

Circa dieci anni prima della mia nascita, durante il regno del Grande Sargon, una banda di razziatori attaccò la nostra guarnigione di Kharkhar, cogliendo di sorpresa le sentinelle e infliggendoci gravi perdite. Il loro capo, un certo Ukshatar, si autonominò re, o come lo chiamavano nella loro lingua, ''shah'' di tutti i Medi, e in effetti era riuscito a riunire una confederazione di tribù che dette molto da fare alle armate di Assur per parecchie stagioni. Alla fine Ukshatar fu catturato ed esiliato nell'ovest, dove morì, lasciando però un figlio, un giovane chiamato Daiaukka. Era un nome che avevo già sentito molte volte da quando ero arrivato al nord.

Le tribù si uniscono in alleanze assai poco solide o trovano un qualche fine comune grazie alla volontà di un capo dalla forte personalità, ma tali unioni durano soltanto fino alla vittoria o alla sconfitta. Se trionfano, se la loro forza combinata è sufficiente a sconfiggere un nemico più debole, allora i predoni cominciano inevitabilmente a litigarsi le spoglie, e se la loro forza si esaurisce in una dispendiosa battaglia dopo l'altra, ed era questo il fato che avevo deciso per i Medi, allora essi perdono la fede nei capi e i loro condottieri si ritrovano con la gola tagliata, mentre i soldati implorano la misericordia del nemico.

Daiaukka non lo temevo, né temevo alcun altro capo di qualche migliaio di soldati armati di lancia che si fregiasse del titolo di *shah* degli Ariani. Non era stato infatti un uomo a rendere improvvisamente i Medi pericolosi, ma un'idea, e Daiaukka era semplicemente il veicolo prescelto di una forza penetrata nell'immaginazione di semplici pastori e agricoltori, che li aveva spinti a ritenersi qualcosa di più grande: i Medi avevano infatti trovato una nuova religione e un nuovo dio.

Le genti dell'ovest credono in molti dei e questo li rende tolleranti gli uni con gli altri. Agli Egiziani non interessa che i Babilonesi rendano il culto a Marduk, né ai Babilonesi che Telepinu sia venerato fra gli Ittiti. L'ordine d'importanza è una questione che gli dei stessi devono stabilire fra loro, ed è considerata una cosa giusta rendere omaggio all'altare dei propri padri. Gli Ebrei di Giuda, è vero, adorano un solo dio, che essi ritengono signore di tutto l'universo, ma essi sono un piccolo popolo, rissoso e senza importanza. I Medi erano tutt'altra faccenda.

Da dove provenisse questa nuova religione, non lo so. I Medi parlano di un grande maestro, un profeta della loro razza chiamato Zaratustra, ma chi fosse, se fosse ancora vivo in quei giorni, o se non fosse in realtà mai esistito, non sono riuscito a scoprirlo. Ma la sua era la voce di una religione quale non si era mai vista prima, ed era una voce carica di minaccia, perché il suo messaggio parlava di ferro e di fuoco e di un mondo lavato nel sangue innocente.

In se stessa è abbastanza innocua: un dio deve essere onorato su tutti gli altri, Ahura Mazda, il Signore della sapienza, o semplicemente l'Ahura. L'Ahura è purezza perfetta, il suo corpo è il cielo e il suo occhio il sole, ed egli ha creato tutti gli altri nobili dei, gli Spenta Mainyu o i Generosi Immortali, dei quali ne esistono sei. Si contrappongono a questi tutti i demoni del mondo, fra i quali Ahriman è il più grande.

I Medi credono che la storia di tutto ciò che esiste si divida in tre periodi, ognuno della durata di tremila anni. Il primo di questi periodi fu un'epoca aurea, nella quale Ahura e Ahriman erano una cosa sola e insieme avevano creato il mondo. Allora, poiché la conoscenza di una cosa dipende dal suo opposto, non esisteva il male, ma alla fine le due essenze si separarono, l'una divenendo "Colui che è tutto Vita" e l'altra "Colui che è tutto Morte", e questa separazione dette inizio alla seconda era, un tempo di lotta e di guerra fra il bene e il male. La terza età ebbe inizio con la comparsa del maestro Zaratustra e terminerà, infine, con il trionfo del bene e la rifondazione del mondo, che durerà per sempre.

In questo non c'è niente di tanto diverso dalle credenze degli altri popoli, i quali adorano un dio come Signore di tutti gli altri e riconoscono, come dovrebbe fare ogni uomo prudente, l'esistenza degli spiriti maligni. La differenza sta nel modo in cui i fedeli si rivolgono a questi dei e spiriti maligni, perché mentre Babilonesi, Egiziani, uomini di Assur, perfino Greci, e insomma tutte le nazioni civili del mondo credono giusto offrire sacrifici e preghiere a tutti gli dei, buoni e cattivi, inclinandoli così alla pietà, i Medi, per contro, offrono ad Ahriman e a tutti i suoi seguaci soltanto maledizioni. La malvagità, financo quella degli dei, deve essere disprezzata, e lo scopo di ogni preghiera e sacrificio è di sostenere l'Ahura nella sua guerra contro Ahriman, affinché egli sia pieno di coraggio e capace di lottare contro la morte. Gli uomini, quindi, divengono soldati in questa guerra degli dei ed è in loro potere affrettare il trionfo finale della luce sulle tenebre. La fede nell'effetto delle loro preghiere, che essi chiamano "Mantra", è talmente forte, che le stesse parole acquistano un potere loro proprio, indipendente dagli dei, tanto da poter scacciare gli spiriti maligni anche se pronunciate da uno straniero, che niente capisce del loro significato. Come ho già detto, è una strana religione.

Così, dunque, tutto è semplice nella vita per i Medi, i quali vivono in un mondo diviso fra luce e tenebre, bene e male, perfezione e corruzione, la differenza fra l'una e l'altra assolutamente netta e precisa. O si è adoratori dell'Ahura o si è adoratori del maligno: non esiste una via di mezzo. I seguaci della via della verità saranno ricompensati in questa vita e in quella futura, e tutti gli altri saranno consegnati alla dannazione più terribile.

La semplicità stessa della loro fede ha contribuito grandemente a fare dei Medi un popolo virtuoso, data la grande insistenza sulla purezza che coinvolge tutta la loro esistenza. Sono bravi agricoltori perché il profeta insegna che coltivare la terra e rendere fertili le aree incolte è un atto gradito all'Ahura. Non mentono, nemmeno con gli infedeli, né violano il più piccolo particolare di un contratto, perché l'Ahura ha in orrore ogni falsità. Trattano bene gli animali, in particolare il cavallo, il cammello, il cane, il gallo e la vacca, che sono specialmente amati dall'Ahura. Non praticano nemmeno i sacrifici animali né leggono il futuro nelle viscere delle bestie perché anche questa è una cosa proibita dal loro dio.

In effetti, i Medi sono a tal punto preoccupati di evitare ogni genere di impurità, che essi identificano con Ahriman e le forze del male, che la morte è per loro un grosso problema. Dal momento che tutti e tre gli elementi, terra, fuoco e acqua, sono sacri all'Ahura, nessuno di essi può essere né bruciato, né seppellito, né gettato in mare. In che modo dispongono dunque dei loro morti?

I Medi hanno trovato una soluzione esponendo i cadaveri sui tetti di alte torri di pietra, dette molto appropriatamente "torri del silenzio", dove le ossa sono rapidamente spolpate dagli uccelli che si nutrono di carogne. Chi viene a contatto con un cadavere è ugualmente contaminato e deve purificarsi lavandosi nell'urina di una vacca.

Secondo una loro credenza popolare, la Terra dei Morti è presieduta da un dio chiamato Yama, il quale invia ogni giorno i suoi cani a individuare col fiuto coloro per i quali è giunta l'ora della morte, radunandoli poi come un gregge fino alla presenza del dio, dove saranno giudicati per l'eternità. Questi cani sono marroni, dal naso largo, e con quattro occhi, e per questa ragione un cane bianco con le orecchie gialle, ritenuto un efficace antidoto, è sempre posto a guardia di un cadavere contro gli spiriti maligni.

Ma l'insegnamento attribuito al profeta Zaratustra è un po' diverso. Alla sua morte, così è scritto, un individuo attraversa il Ponte della Raccolta e, se durante la vita ha seguito la via delle tenebre, il piede gli scivolerà ed egli cadrà nella Casa della Menzogna, ma se ha seguito il sentiero dell'Ahura, potrà entrare nella Casa della Lode, la Dimora dei Puri.

La purezza che conduce alla beatitudine eterna non è senza la sua ricompensa anche in questa vita, così essi credono, e questa ricompensa può essere trasmessa di generazione in generazione. L'Ahura protegge i suoi seguaci dando loro bestiame e cavalli, molti figli e una lunga vita. E i morti che in vita sono stati virtuosi divengono essi stessi quasi divini e ricevono le offerte dai loro discendenti, i quali possono invocare il loro aiuto contro il potere di Ahriman, procurandosi così ogni sorta di benedizioni.

In tal modo, dunque, quelle tribù montanare, solo da poco abituate alle città e alla vita sedentaria, si sono trasformate in una minaccia terribile agli occhi delle nazioni civili. Perché soltanto il dubbio e la paura della morte rendono possibile ai vari popoli convivere pacificamente, e da entrambi i Medi erano stati liberati grazie alla loro nuova religione. L'orgoglio della razza li aveva convinti di essere una nazione a parte, scelta su tutte le altre, e ora il profeta aveva loro insegnato la virtù e il disprezzo per quanti non seguivano la via dell'Ahura, che offre una ricompensa in questa vita e nell'altra. Combattere il male era diventato lo scopo della loro vita, e il male essi lo vedevano dovunque, al di fuori del cerchio magico della loro nazione. Per uomini così, la morte è una benedizione, la conquista un dovere, la pietà la più disprezzabile delle debolezze. E con tali uomini, forgiati in un esercito disciplinato, un re ambizioso poteva devastare la terra.

Non era quindi Daiaukka che temevo. Temevo la voce del suo profeta.

Il quinto giorno del mese di Tammuz volsi lo sguardo al sole nascente e mi misi in marcia verso la terra dei Medi, alla testa di un esercito di seimila uomini, ai quali se ne sarebbero aggiunti altrettanti a Musasir. Da lì ci saremmo diretti a sud e a est, seguendo la linea delle colline, che salivano poi fino a divenire i Monti Zagros, per raggiungere Zamua e la fortezza di Hamban.

Questa piccola e sonnacchiosa città di frontiera si era di colpo gonfiata, fin quasi a scoppiare, di gente proveniente dalle campagne, affamata e coperta di polvere, che affluiva dalle aperte pianure orientali, con tutto quanto aveva potuto portare con sé in qualche fagotto, per cercare la protezione entro le mura di fango della città dei soldati del dio e del re. Erano fuggiti davanti alla furia dei Medi, e la paura per ciò che avevano visto e sofferto era ancora sui loro volti. Adesso soffrivano la fame perché la guarnigione non aveva frumento sufficiente a sfamarli.

«Sono dei lupi, Signore, non conoscono la pietà.» Così mi disse un vecchio, steso sulla sua stuoia accanto alle mura della città in attesa di morire. «Arrivano, rubano le nostre bestie e bruciano i campi e le case. Uccidono tutti quelli che trovano. Io sono vecchio, a me non importa, ma tanti, tanti...» Gli occhi gli si bagnarono di lacrime mentre rivedeva ancora una volta ciò che non riusciva a descrivere. «Io morirò qui, non voglio più tornare a casa.»

«Andrò io per te» gli dissi. «E tutto tornerà come prima, perché la giustizia del dio non può essere evitata.»

Si voltò a guardarmi, fissandomi come se non avesse capito.

«Il dio» disse alla fine. «Sì, il dio...»

Sapevamo perciò che cosa ci aspettava quando marciammo verso oriente e penetrammo nella regione devastata di Dur Tuqe.

''Dur'' significa ''fortezza'', ma se mai i soldati di Assur avevano mantenuto qui una guarnigione, si erano da gran tempo ritirati nelle più comode e facilmente difendibili città lungo i fiumi, perché non si riusciva a scorgere né mura di mattoni, né torri di guardia o terreni di parata, né strade percorse dalle ruote dei carri. Era una terra dove cresceva il frumento e dove per secoli nessuno aveva preso in mano un'arma più pericolosa di una zappa. Ma ora i Medi vi avevano scavato solchi di morte.

Io ero un soldato, indurito agli spettacoli di crudeltà, ma la bile mi salì alla gola quando mi guardai intorno in quel panorama di orrore. Gli uccelli, a tal punto ingozzati di carogne da non poter quasi volare, erano appollaiati sulle rive dei canali d'irrigazione intasati dai cadaveri dei contadini che li avevano scavati, e la pianura era punteggiata degli scheletri anneriti e ormai freddi dei villaggi incendiati. Cavalcammo per ore senza udire un suono diverso da quello del vento. Non c'era più nessuno. Erano fuggiti tutti, o erano stati massacrati dai Medi. Questo i Medi avevano fatto, gli Ariani, i Nobili. Non lo sapevamo allora, ma ciò che stavo contemplando era la gloria del loro Ahura e la verità della sua parola. Tutto ciò che vedevo era morte.

''Riporterò questa devastazione là da dove è venuta'' pensai. ''Li ucciderò a migliaia, farò schiavi i loro figli e le loro mogli, brucerò le loro città e i loro campi. Ricorderanno il mio nome fino alla fine dei tempi, perché chiuderò il mio cuore alla pietà.''

Quella sera ci accampammo accanto a una rupe che recava incisa l'immagine del Grande Sargon, una figura alta due volte la statura di un uomo, lasciata là a ricordarne la gloria. Ai suoi piedi egli aveva voluto che fosse inciso un avvertimento e una maledizione: «Straniero, stai entrando nella Terra di Assur, Signore del Cielo, Datore delle Vittorie, Figlio della Sapienza e del Potere. Qui prevale la legge dei re, che sono potenti in guerra. Assur affogherà i suoi nemici nel loro stesso sangue». Dalla mano del re partivano i guinzagli ai quali erano attaccati quattro capi tribù dei Medi, i quali erano inginocchiati davanti a lui con le braccia alzate in gesto di supplica e le labbra forate da un anello per renderli docili come giovenche. Stava adesso al nipote rendere vere queste millanterie del re suo nonno.

Gli ufficiali di grado più elevato del nostro esercito, messo insieme in fretta, con alcuni dei quali avevo combattuto sul fiume Bothan e perfino a Babilonia, mentre altri mi erano quasi sconosciuti, fecero cerchio intorno al tavolo nella mia tenda, mentre spiegavo i piani che avevo ideato per la campagna. Davanti a noi, disegnata col carbone su una pelle di bue, stava una copia della mappa usata dal Signore Sargon al tempo della sua guerra contro i Medi, dieci anni prima della mia nascita. Non mostrava quasi niente oltre a una linea frastagliata di montagne, uno o due fiumi e i nomi di circa dieci o dodici insediamenti, che avrebbero potuto essere qualsiasi cosa, da villaggi di cinquanta famiglie a grandi città.

«Dovremo agire con cautela» dissi. «Dovremo inviare esploratori che ci precedano di due o tre giorni per tastare il terreno. Stiamo muovendo guerra a un popolo straniero nella sua stessa terra ed è meglio prendere molte precauzioni.»

«I Medi penseranno che abbiamo paura» disse un *rab abru* della guarnigione di Arzuhina, un uomo piccolo, tarchiato e robusto, che si chiamava Bel Itir e aveva la reputazione di un vero mangiafuoco. «Qual è lo scopo di mettere in campo questo grosso esercito se poi non deve fare altro che esitare timidamente, goffo come un bufalo con la pancia piena di ortiche?»

Mentre parlava gli occhi mandavano lampi nella luce oscillante delle lucerne, come se già gli arrivassero alle orecchie le risate dei nemici e mi ritenesse unico responsabile di quella intollerabile umiliazione.

«Lasciamo che i Medi pensino quello che vogliono. Se quest'anno taglieremo soltanto la punta di un dito, l'anno prossimo torneremo per spezzare loro tutto il braccio.» Sorrisi, comprendendo che a un uomo come Bel Itir sarebbe occorso un grosso sforzo per riuscire a capire.

«Intendo ridurre questi barbari al silenzio» continuai, parlando ora più in generale. «Quando avremo terminato qui, i Medi non si avventureranno giù dalle montagne per una generazione, e forse anche di più. Ma non sarà il risultato di una sola campagna. Lasciamo perciò che le tribù credano che siamo venuti soltanto a bruciare qualche villaggio e che poi, una volta soddisfatto il nostro onore, ce ne torniamo di corsa alle comodità delle nostre grandi città. Se pensano che siamo diventati molli, si accorgeranno ben presto del loro errore.

«Dunque, io propongo di seguire questa catena di montagne fin dentro Ellipi, all'incirca qui, dove ci divideremo in tre ali per convergere poi su questa località chiamata Ecbatana...»

Marciammo quindi verso oriente, addentrandoci nella terra dei Medi, un esercito di circa dodicimila uomini. E ogni ora ci sentivamo addosso lo sguardo dei nostri nemici che ci scrutava: non era niente più di una presenza, ma tanto opprimente da rendere faticoso il respiro. Dodici interi giorni trascorsero prima che riuscissimo a vedere le loro facce.

Non dimenticherò mai la prima volta che scorsi quella razza di guerrieri. Non era passata un'ora dopo l'alba e avevamo appena coperto un solo *beru* della nostra tappa quotidiana. Improvvisamente alzai gli occhi e li vidi. Un gruppo di circa venti cavalieri era apparso sulla cresta di una bassa collina, così, semplicemente, come se fosse scaturito dalla terra. In che modo fossero sfuggiti ai miei esploratori potevo a malapena indovinarlo, perché questo era il loro paese, dove io non ero che uno straniero.

Alzai il braccio e feci arrestare la marcia.

Avevamo finalmente raggiunto le steppe dei Monti Zagros, quelle immense praterie che sembrano ondeggiare all'infinito. Alla nostra sinistra, proprio al limite dell'orizzonte, visibile soltanto come un nastro sottile di pallida luce soffusa, era un vasto deserto di sale, dove si diceva che il sole potesse uccidere un uomo in una sola ora, fondendogli completamente il cervello. Alla nostra destra si ergevano le montagne, fredde, brulle, piene di luoghi nascosti, di piccole vallate incredibilmente rigogliose, dimore segrete, così avevo sentito dire, delle tribù dei Medi. E ora sembrava che volessero sapere quale cattivo vento ci avesse portati fin là, visto che un gruppo tanto piccolo non poteva sperare di attaccarci.

Alla fine, quando capirono che li stavamo aspettando, spronarono i cavalli e discesero il pendìo, otto o nove di pari passo, per parlamentare. Si trattava probabilmente di qualche capo locale con il suo seguito e perciò non dimostrava fretta alcuna.

Si arrestarono a circa settanta passi da noi, in quello che ritennero senza dubbio un sicuro terreno neutrale, e io mi recai loro incontro accompagnato dai miei ufficiali di grado più elevato.

Alcuni fra i Medi erano uomini carichi d'anni, con l'esperienza della vita nel volto, qualcuno abbastanza vecchio da aver potuto combattere nelle guerre contro mio nonno fin dalle sue prime campagne a oriente, e questi, come accade a chi ha passato lunghi anni a comandare i soldati stando a cavallo, erano personaggi d'immensa dignità: notai che due di loro, dai capelli bianchi come il ghiaccio, continuavano a lanciarmi occhiate, bisbigliando fra loro in tono eccitato. Altri erano più giovani, e altri ancora, come sempre succede, erano probabilmente degli sciocchi.

Uno, un bell'uomo di mezz'età e, come la maggior parte degli individui della sua razza, alto e slanciato, era fermo un po' più avanti degli altri, e aspettava in un silenzio pieno d'attesa, studiandomi con una calma sdegnosa, come se considerasse questo incontro una faccenda che riguardava solo noi due. I suoi capelli, appena venati di grigio, erano tagliati corti e raccolti sulla nuca da una reticella rossa, e la barba era accuratamente arricciata. Indossava stivali pesanti, pantaloni come gli Sciti e un soprabito di pelle di pecora bordato di lana all'interno. Niente, tranne il suo portamento, stava a indicare che fosse un capo in queste terre.

«Sono Uksatar, figlio di Ianzu, amato dall'Ahura, e *parsua* dei Miyaneh!» annunciò nel tono di chi crede conosciuto il suo nome.

«E io sono Tiglath Assur, figlio del Signore Sennacherib, che è re nella Terra di Assur!»

«Conosco il tuo nome, Signore. Desidero sapere il motivo che ti ha portato fin qui.»

«Conoscere l'uno è conoscere l'altro, Uksatar, figlio di Ianzu, poiché che cosa, se non l'invito del dio alla vendetta, indurrebbe un principe della stirpe che regna sulla terra a venire in questi luoghi?»

Indicai con la mano l'orizzonte all'intorno, come se volessi sottolineare la desolazione. Uksatar, *parsua* dei Miyaneh, non sembrò rilevare l'insulto.

«Vuoi vendicarti di qualche capanna di fango distrutta e di quattro bestie rubate?» domandò, alzando lo sguardo con aria stupita. «Se desideri soltanto punire una tribù di razziatori, hai con te un esercito troppo grosso, non li prenderai mai. Se sei venuto per conquistare la terra degli Ariani, il tuo esercito è troppo piccolo.»

«È grande abbastanza. Chi raduna le greggi non ha bisogno che di qualche bravo cane.»

«Vedo che il figlio di Sennacherib, re di Ninive, ha ancora la lingua pungente» disse una voce alle spalle di Uksatar. Entrambi guardammo per vedere chi avesse parlato. Un uomo a cavallo si spinse in avanti. Non indossava più la tunica azzurra e la veste nera degli Uqukadi, ma lo riconobbi ugualmente. Il sorriso sulla sua faccia pesante e carnosa era ancora là, come se niente fosse cambiato dal nostro ultimo incontro e, forse, per lui non era cambiato niente davvero. La sua gente era dispersa, morta o ridotta in schiavitù, ma a lui probabilmente non importava, perché era uno di quei capi che sono, in fondo, leali soltanto con se stessi.

«Sei sopravvisuto, dunque» osservai, ricambiando il suo

saluto con un lieve cenno del capo. «Anzi, hai prosperato.»

«Un uomo saggio, mio Signore Tiglath, riesce sempre a fuggire con una parte almeno della sua fortuna, e un uomo ricco non è mai senza potere.»

Il suo sorriso si accentuò, come se si aspettasse le mie congratulazioni.

«Ma noi abbiamo misurato le nostre forze tanto tempo fa» continuò alla fine, scrollando le spalle pesanti. «Non è così, Signore? Sembra che qualcuno fra questi degni uomini sospetti che tu sia un potente spirito venuto a punirli per qualche antico torto, ma io li ho assicurati che tu sei...»

«Basta così, Upash» interruppe seccamente il *parsua* dei Miyaneh, il quale non pareva troppo soddisfatto di vedere i conciliaboli del suo seguito esposti alla mia curiosità. «Tu chiacchieri come una femmina. Tutto ciò che serve è far sapere allo straniero che non temiamo la sua potenza e che, in ogni caso, quanti hanno saccheggiato le terre del suo immondo dio non hanno infranto alcuna legge da noi riconosciuta.»

Si voltò verso di me, strizzando le palpebre come se pensasse di potermi uccidere con uno sguardo.

«Tornatene a casa, Principe Tiglath Assur, figlio e nipote di re. Qui non troverai altro che rovina e morte.»

«È ciò che uno di noi due troverà, comunque» risposi sorridendo; era un gioco che conoscevo bene questo. «E per ora ti auguro una piacevole mattina, e voglio anche credere che tu sia così impavido come affermi.»

Alzai la mano in un gesto di saluto, ma il Signore Uksatar fece un balzo indietro, come se avessi voluto colpirlo. Né fu il solo, parecchi del suo seguito rincularono bruscamente e mi arrivò il mormorìo delle loro voci spaventate.

«*Dastesh*!» uno gridò, quasi colto di sorpresa. «*Dastesh*.. *setare-ye-kohn-e-Sargon!*»

Come un sol uomo, girarono il cavallo e sparirono al galoppo senza fermarsi, finché scomparverso alla vista.

«Per i sessanta grandi dei, *rab shaqe*!» Lushakin si grattò la barba meravigliatissimo, mentre tornavamo alle nostre colonne. «Che cosa li avrà spaventati in quel modo?»

Non potei rispondergli, e mi limitai a scuotere la testa, molto stupito io stesso.

«Posso dirtelo io.»

Era stato il *rab abru* Bel Itir a parlare. Cavalcava al nostro fianco, le spalle curve, lo sguardo fisso nel vuoto. Alla fine si lasciò andare a un sorrisetto crudele.

«Conosco un po' la loro lingua» disse. «Vivendo confinati in queste solitudini se ne impara qualche parola, quanto basta, comunque. È il segno che il *rab shaqe* ha sul palmo della mano che li ha spaventati, la stella di sangue, come l'hanno chiamata. È il segno del nostro re, il Potente Sargon. Essi temono che non riposi tranquillo nella sua tomba e sia venuto nella persona di suo nipote a vendicarsi. Hanno paura che sia uno spettro a condurci in battaglia.»

Quella notte feci un sogno. Sognai un'aquila che si librava senza sforzo nel cielo, descrivendo ampi cerchi mentre il vento la sollevava sempre più in alto. Alla fine si posò su una sporgenza di roccia nuda e guardò in basso, e attraverso i suoi occhi potevo vedere la terra, stesa sotto di me, come un tappeto sgualcito. La mattina seguente detti ordine di abbandonare le steppe per iniziare la salita sui Monti Zagros.

I miei ufficiali probabilmente pensarono che fossi diventato matto, perché non esisteva alcuna ragione che giustificasse dal punto di vista militare l'abbandono della pianura, dove almeno non avevamo tanto da temere dalle imboscate. Non sembrava esserci in effetti alcun motivo, nemmeno io lo conoscevo, seguivo una voce interiore e sapevo soltanto con certezza che avrei eseguito tutto ciò che mi dettava.

Per molti giorni non vedemmo i Medi, i quali senza dubbio osservavano la nostra avanzata: di questo non dubitavo, potevo quasi sentire i loro occhi su di noi, ma si tenevano celati alla vista. Non attaccarono, come mi sarei aspettato, ma stavano nascosti e aspettavano. Aspettavano tutti.

Il segno del Signore Sargon. La stella rossa che ho su di me fin dall'ora della mia nascita, l'ora della sua morte, da qualche parte su queste stesse montagne. Il suo *sedu* proteggeva i miei passi, questo mi avea detto il *maxxu* cieco, tanto tempo fa, e forse era perfino vero. Se mai fu con me, se mai mi protesse dal male guidandomi a vedere con i suoi stessi occhi, fu allora, nella terra dei Medi, mentre percorrevo il dorsale frastagliato dei Monti Zagros, in ascolto della parola del dio.

E finalmente, la udii. Non fu il suono di una voce interiore, ma l'improvvisa consapevolezza di essere già stato in quei luoghi, di aver già scalato quelle montagne e sentito quel vento sulla faccia, che niente di ciò che mi aspettava lì mi era sconosciuto, che sapevo il momento e il luogo in cui tutto sarebbe successo. E allora, finalmente, non ebbi più paura, perché mi sentivo cullato nella mano di Assur.

Il settimo giorno da che avevamo lasciato la sicurezza della pianura, trovammo una zona di scisti e calcare al di sotto dei quali l'acqua sgorgava liberamente come sangue fresco. C'era un pastore con il suo gregge e i suoi cani, solo. Ci guardò con occhi spalancati dal terrore, incerto se fuggire o restare. Tutto questo lo avevo già visto prima, nel sogno e nella veglia, con gli occhi dell'anima. Ordinai ai soldati di piantare l'accampamento perché ci saremmo fermati lì.

Feci venire da me Bel Itir perché era l'unico fra noi a parlare la lingua di quei luoghi.

«Hai interrogato il pastore?» gli chiesi.

«Sì, *rab shaqe*, mi è sembrata una precauzione ragionevole, sebbene sostenga di non sapere niente. Devo ordinare che gli sia tagliata la gola?»

«No... lascialo andare, come offerta al dio. Ha detto a quale tribù appartiene?»

«Ai Kullumiti, *rab shaqe*, grande un tempo, dice, ma oggi quasi scomparsa tra queste montagne.»

«E sa che posto è questo?»

«Lo ha chiamato il Posto delle Ossa, *rab shaqe*, ma non sa perché ha questo nome.»

Io lo sapevo, anche se non lo dissi, e sapevo perché il *sedu* di mio nonno, glorioso in battaglia, mi aveva condotto qui. Il Posto delle Ossa: sì, naturalmente. Il Grande Sargon avrebbe saputo dirci perché si chiamava così. Nargi Adad si sarebbe guardato in giro e avrebbe ricordato. E quale altro nome avrebbe potuto avere? I vecchi Miyaneh avevano avuto ragione a essere impauriti.

«Mettete delle vedette sulle alture» ordinai. «Fate scavare delle trappole per i cavalli dei nemici, nessuno si riposi finché tutto il lavoro non sia finito. Desidero che questo luogo sia fortificato come se dovesse sostenere un assedio. Stanotte dormiremo tutti con le armature addosso e così faremo ogni notte, se sarà necessario. Ogni soldato farà il suo turno di guardia per metà della notte, inclusi gli ufficiali.»

«Li aspetterai qui, dunque, *rab shaqe*» domandò Bel Itir con un sorrisetto, come se mi credesse pazzo.

«Verranno, e noi saremo pronti a riceverli. E non temere, tingeremo di rosso il terreno col loro sangue.»

«Sarà come tu vuoi, *rab shaqe*.»

No, sarebbe stato come avrebbe voluto il dio, il Potente Assur, Signore del Cielo, il cui potere non potrà mai essere abbattuto, la cui luce acceca come il sole, lui che ci aveva condotti fin qui attraverso lo strumento che si era scelto, Tiglath, figlio e nipote di re, un piccolo uomo che egli poteva guidare come un cane che conosce il suo padrone.

Mentre ci si vedeva ancora, inviai esploratori a esaminare ogni possibile via d'avvicinamento. Le sentinelle furono appostate sulla cima delle alture, dove perfino di notte avrebbero potuto udire l'avanzare delle forze nemiche, anche se gli zoccoli dei cavalli fossero stati avvolti nella stoffa. I nostri carri con le vettovaglie, quei pochi che erano sopravvissuti al viaggio, furono ribaltati sul fianco per servire da barricata contro una carica di cavalleria. I soldati prepararono le armi contro un nemico che non avevano ancora visto e alla cui stessa esistenza dovevano credere sulla mia parola. Nessuno si riposò: quando la luce del sole svanì, si lavorò alla fiamma delle torce.

E finalmente, tutto fu pronto. I cuochi prepararono il pasto, macellando un paio di cavalli perché i soldati potessero avere un po' di carne fresca, ma eravamo tutti troppo stanchi per mangiare, e, nell'attesa, non restavano che poche ore per riposare.

Per tutta la giornata gli esploratori erano tornati riferendo sempre di non aver avvistato niente, non un solo uomo armato, nemmeno un pastore di capre con un bastone per uccidere i serpenti. I nostri nemici ci sfuggivano, sebbene fossi certissimo che non avrebbero avuto che da allungare una mano per toccarci. Quelle montagne erano percorse da stretti canaloni dove cinquemila uomini avrebbero potuto nascondersi per giorni e giorni, anche per mesi, e i miei esploratori potevano passare venti volte davanti al burrone coperto dai cespugli che portava al loro nascondiglio, senza notarlo. I Medi erano a casa loro in questi luoghi, perché avremmo dovuto vederne anche solo le ombre prima che volessero mostrarsi?

Nella mia tenda si radunarono gli ufficiali e io spiegai loro i miei piani e le mie aspettative, assegnando a ognuno il suo ruolo durante la battaglia. Mi ascoltavano in un silenzio accigliato, senza commentare, perché mi credevano solo a metà. Alcuni penso fossero pronti a sollevarmi dal comando per riportarmi a Ninive legato a un palo, ma non era un fatto di poco conto alzare la mano sul figlio del re, perciò tacevano e, per il momento, accettavano i miei ordini senza protestare.

Quando uscii dalla tenda, i soldati erano là fuori in attesa. Anch'essi dubitavano, ma erano uomini semplici per i quali la parola del *rab shaqe* era legge, e quindi, dopo aver finito il loro lavoro, aspettavano con pazienza di sentire la parola del comandante, che li aiutasse a capire perché si trovassero in quel luogo. Questa parola l'avrebbero ascoltata dal Signore Tiglath Assur, *shaknu* delle province del nord, figlio e nipote di re. Era un loro diritto.

Salii su un carro e guardai quel mare di facce, una vasta folla che bisbigliava alla luce incerta dei fuochi dell'accampamento e delle torce. Che cosa potevo dire per farmi capire e credere? Non lo sapevo. Aprii la bocca e lasciai che le parole uscissero da sole.

«Uomini di Assur, voi siete i servi di un dio saggio. Come un'aquila, egli vola in ampi cerchi sopra di noi, ma torna sempre allo stesso nido. Non si fida di uomo alcuno, ma si tiene stretta la sua vendetta sul petto e aspetta, perché è un dio paziente. Ci ha portato qui perché possiamo compiere la sua opera e vedere con i nostri occhi l'invincibile potenza della sua volontà.

«Noi siamo in questo istante sul suolo che egli ha reso sacro per riceverci, poiché qui, su questo pianoro alto e cosparso di rocce, venti e più anni fa, Sargon il Grande, re nella Terra di Assur, che il dio amava su tutti gli altri uomini, morì per mano dei suoi nemici. Qui cadde. Questo terreno duro come selce bevve il suo sangue. E ora il Re del Cielo e della Terra ci ha riportato in questo luogo affinché la morte del nostro re possa essere finalmente vendicata!»

Le acclamazioni mi colpirono come un tuono, riecheggianti dalle pareti di roccia, e mi costrinsero al silenzio. Mi avrebbero creduto anche nella fredda luce dell'alba? Mi credevano davvero, in quel momento, o desideravano soltanto credermi? Non lo so.

«Assur è Re!» gridavano. «Assur è Re! Assur è Re! Assur è Re!» Le grida facevano tremare la notte.

Mi credevano? Non so. So soltanto che avevano unito la loro volontà alla mia e che sarebbero morti per la gloria del dio a una mia parola. Nei cuori degli uomini semplici sta l'unica verità.

Alzai il braccio e, finalmente, si fece silenzio.

«Tutti voi conoscete la storia della stella di sangue che brillò nel cielo a oriente la notte in cui morì il Potente Sargon, e qualcuno fra di voi forse l'avrà vista, perché illuminò il cielo come una torcia. E tutti conoscete il segno che porto sulla mano.»

Allargai il pugno perché potessero vedere e un mormorìo si levò fra loro, perché agli uomini fanno paura certe cose, e con ragione.

«Ho portato questo segno fin dall'ora in cui sono nato, la stessa ora in cui il re Sargon, il padre di mio padre, incontrò il suo *simtu* su questo stesso terreno. Io nacqui e lui morì, nello stesso istante, e quella notte la stella di sangue bruciò nel cielo come una ferita nella stessa carne del dio. Non è per nulla che il Santo Assur ha posto questo segno su di me!»

«Assur è Re!» gridarono, le voci simili a rulli di tamburo. «Assur è Re! Assur è Re!» «Il nemico verrà a incontrarci qui!» gridai, quando finalmente riuscii a farmi sentire. «Forse questa notte, forse la prossima, ma verrà, strisciando nel buio come uno sciacallo. Voi li conoscete, essi sono gli eredi di coloro che hanno ucciso il nostro re, strappandogli la vita e trattenendo il suo cadavere per ottenere un riscatto, cosicché il figlio, che è mio padre, fu costretto a ricomprarlo con oro e argento perché potesse riposare nella terra dei suoi progenitori. Essi torneranno qui, come noi siamo tornati, pensando di compiere ancora una volta un grande massacro fra gli uomini di Assur, ma saranno loro a morire!»

Il Potente Sargon, che il dio amava, l'orgoglio della sua nazione. Non c'era soldato nell'esercito reale che non venerasse il suo nome e la sua memoria. Sì, si sarebbero battuti, questi uomini semplici, sia che mi credessero o no, perché credevano in lui e nella grandezza che aveva dato alla nazione. Si sarebbero battuti per vendicare la sua morte di tanti anni fa, o, se non per quello, per l'onore di morire dove egli era morto.

Quella notte, ogni uomo andò alla sua postazione con il cuore gonfio di esaltazione. Nessuno dormì, non era possibile dormire, ma aspettammo tutti in silenzio, uniti come fratelli, figli dello stesso padre, le nostre menti, le nostre volontà, fuse a formarne una sola. Non si parlò, perché non c'era più bisogno di parlare, ci capivamo senza parole, e in questo io ero solo uno dei tanti.

Nelle ultime fredde ore che precedono l'alba, ricevetti dalle sentinelle il segnale bisbigliato che indicava l'avvicinarsi di numerosi cavalli.

Di tutti gli innumerevoli orrori della guerra, l'attesa è senza dubbio la cosa peggiore. Dovevamo assorbire tutto l'urto dell'attacco nemico, di cui non conoscevamo la portata, né il nome: era soltanto il Nemico, un'ombra vaga, scura, senza volto, che si stava ammassando su di noi. E l'assalto sarebbe avvenuto nel buio della notte, il che, in certo modo, lo rendeva più terribile. Morire alla luce del giorno era doloroso, ma di notte si immagina la propria anima che vaga, cieca e perduta, senza conoscere riposo, in un tormento senza fine, preda dei demoni. Io ero in questo non diverso dal più misero dei soldati e nel Posto delle Ossa ero oppresso dalla paura.

Fu quasi un sollievo quando finalmente sentimmo il loro grido di guerra e lo scalpitìo dei cavalli. Ci erano addosso, l'attesa era finita.

Detti un segnale silenzioso e in un istante centinaia di fuochi si accesero, allontanando le tenebre. Che i Medi sapessero ora quanti eravamo, che capissero di non averci colto di sorpresa.

Arrivarono, e i loro cavalli si precipitarono su di noi attraverso il pianoro roccioso, ma noi restammo fermi al nostro posto in attesa, osservando la loro carica, sapendo che non avevano visto le nostre trappole.

Lavorando fino ad avere le mani insanguinate, i miei uomini avevano scavato una lunga trincea davanti all'ingresso dell'accampamento. Avevano ammucchiato la terra a formare un bastione, che ai cavalieri nemici doveva essere apparso come un rozzo perimetro difensivo, di quelli eretti da soldati che non si aspettano veramente un attacco, e che possono essere scavalcati in un attimo. Non videro la fossa, ricoperta di canne intrecciate cosparse di terriccio, che non avrebbe ingannato nessuno di giorno, ma che di notte era praticamente invisibile. Il fondo, irto di lance, era nascosto alla loro vista e quando se ne fossero accorti sarebbe stato ormai troppo tardi.

I Medi galopparono verso di noi. Anche ora, mentre facevano tremare il terreno, non riuscivo quasi a vederli, se non come un'onda scura. Ma erano molti, dovevano essere otto o novemila cavalli: questa non era una tribù che difendeva il suo territorio, e noi non stavamo combattendo i Miyaneh o i Sagari, uomini fedeli al loro clan e al loro pezzo di pascolo, ma una potente confederazione, una vera nazione. Era ciò che avevo temuto fin dall'inizio. Lo si vedeva mentre i cavalli si lanciavano nella piana, bruciando la terra sotto di loro come una fiammata nell'erba secca.

Al mio comando, e come un sol uomo, gli arcieri lasciarono partire i loro dardi intinti nella pece e ardenti come torce. Illuminarono la notte, trasformandola in una bizzarra mezza luce, e creando una cappa di fumo e un livido bagliore rossastro nel cielo. I Medi non avrebbero dovuto morire nell'oscurità.

E tuttavia morivano, cadendo da cavallo, le nostre frecce che ancora bruciavano loro nel petto. I lanciatori di giavellotto, i bersagli essendo adesso ben distinguibili, scagliavano l'arma e la morte sibilava nell'aria come uno stormo d'uccelli. Quanti caddero prima di raggiungere la fossa, non so.

E una volta raggiuntala... come descrivere la scena? Non fu terribile, forse, quando la terra cedette sotto di loro e i cavalli nitrirono di dolore e di terrore, con la spina dorsale spezzata o il ventre e il collo trapassati dalle picche? Anche per noi, che pure avevamo ideato questa spaventosa trappola e saremmo stati risparmiati, fu una cosa atroce. Stavamo sul bastione ed essi morivano ai nostri piedi, precipitando in un groviglio di corpi vivi e morti. Quanti non morivano subito, noi li uccidevamo mentre cercavano di districarsi, li uccidevamo con le frecce e i giavellotti o spaccando loro il cranio con le pietre, e qualche volta usavamo la spada o il pugnale che portavamo alla cintura. Preparammo così un ricco banchetto per la Signora Ereshkigal e il cuore ci veniva meno nel petto.

Quando i Medi videro che avevamo fermato il loro primo assalto, ritirarono la cavalleria, avendo capito che questo non era un combattimento che poteva esser vinto da uomini a cavallo. Ma un fossato non ferma i soldati a piedi, e questi adesso avanzavano numerosi da non poterli contare, sciamando verso di noi come api infuriate.

Noi, però, eravamo pronti a riceverli. Anche i nostri soldati si riversarono di là dal bastione, superando la trincea ormai piena di cadaveri, e non come una massa disordinata, ma come un esercito disciplinato. E avevamo i carri.

Alle due estremità della fossa avevamo lasciato libero uno stretto passaggio, appena sufficiente per i nostri carri da guerra, che erano stati smontati per essere trasportati sulle montagne e poi rimontati in tutta fretta per poter affrontare la battaglia e compiere il loro triste lavoro.

Io stesso ero sul carro di testa e potei così vedere tutto ciò che accadde nella grigia luce dell'ultima terribile ora prima dell'alba. Non fu una battaglia, fu un massacro. I Medi, disorganizzati, terrorizzati, i loro piani distrutti, senza più alcuna speranza di vittoria, combattevano con inutile coraggio, cadendo come grano mietuto dalla falce del contadino. Il nostro esercito li macellava con spietata efficienza: non avevano più scampo, erano uomini condannati.

Quando il sole si affacciò dalle montagne, la battaglia era finita. I pochi che avevano potuto, o voluto, erano fuggiti dal luogo del massacro e sul campo non era rimasto quasi nessuno, oltre ai morti e agli agonizzanti. Un silenzio spettrale stava scendendo sul terreno.

Ordinai al mio auriga di fermarsi e scesi. Volevo osservare con più agio il campo di battaglia, volendo accertarmi da vicino degli effetti della mia opera, ma sentivo in me uno strano miscuglio di orgoglio e di disgusto. Forse non era tanto strano perché lo avevo già sperimentato in passato, forse era soltanto ciò che ogni comandante vittorioso prova, perché il fine di tutto il paziente lavoro del soldato non è altro che la morte.

«Guarda qui, *rab shaqe*, ne abbiamo trovato uno ancora vivo e vegeto» mi gridò un soldato. «Guarda, quasi non ha un graffio addosso!»

Mi avvicinai, facendomi strada con cautela fra il groviglio di cadaveri, e vidi che era vero. Un cavaliere medo, la fronte scalfita da una freccia, era rimasto probabilmente soltanto stordito dal colpo, e adesso era in sé e guardava con occhi selvaggi e spaventati i suoi catturatori, che lo circondavano con le spade sguainate, sogghignando, godendo all'idea di finirlo.

Ma la sorte avrebbe voluto che io avessi altri piani per lui.

Era un uomo attraente, e coraggioso di fronte alla morte quanto si era in diritto di aspettarsi da lui, un uomo giovane, non più vecchio di me, per il quale era duro morire. Senza dubbio aveva visto come erano trattati i prigioneri dal suo popolo e credeva di sapere che cosa lo stava aspettando.

«Capisci quello che dico?» gli chiesi in aramaico: aveva l'aspetto di una persona di classe elevata e c'era quindi la possibilità che avesse ricevuto una certa istruzione.

Annuì: sì, mi capiva.

«Allora guarda!»

Mi accovacciai accanto a lui per terra e gli mostrai il palmo della mano perché potesse vedere il marchio che portavo. Capì allora chi fossi, avendo riconosciuto la stella di sangue, il segno di Sargon. Lo si vedeva chiaramente dalla sua espressione.

«Quando sarai riuscito a ritrovare la strada di casa» dissi, «Va' dal tuo *shah* e chiedigli come mai ha pensato che sarei caduto due volte nella stessa trappola.»

Mai ho visto tanta paura negli occhi di un uomo: penso che credesse effettivamente di essersi trovato faccia a faccia con uno spettro vivente. Per lui non ero il Signore Tiglath Assur, ero la collera di un morto.

Mi alzai e mi guardai in giro, apparentemente incurante di trovarmi in un campo tappezzato di cadaveri.

«Lo uccidiamo, adesso, *rab shaqe*?» domandò il soldato. Mi sentivo quasi dispiaciuto per lui, lo aveva tanto desiderato.

«No. Trovagli un cavallo, se ne torna a casa.»

XXIV

Nacque così la leggenda del ritorno del Signore Sargon sui Monti Zagros. Spiegammo lo stendardo della stella di sangue che sventolò davanti a noi sulla bandiera dell'esercito reale, proprio sotto il disco alato di Assur, seminando la paura nel cuore dei nemici. Io ero l'antico eroe rinato. Io avrei compiuto la vendetta: i Medi lo credevano e, possa il dio perdonarmi, quasi lo credevo anch'io.

Durante il mese che seguì, la nostra marcia continuò lungo le pendici settentrionali delle montagne, e nell'avanzata accettammo l'atto di sottomissione di villaggi e città, prendendo ostaggi, cavalli, viveri, tutto ciò di cui avevamo bisogno. La gente dei piccoli paesi, generalmente la prima vittima della guerra, qualche volta ci veniva incontro recando offerte, gettando fiori nel mio carro, come se effettivamente fossi un demone irato la cui collera poteva essere così placata. Qualche volta i loro sacerdoti cercavano di allontanarmi con strani riti e *mantra*. Ero diventato una figura mitica e questo produsse nel mio animo una specie di vertigine, simile a quella provocata stando in piedi sulla riva del fiume durante la piena a fissare l'acqua scura che pare attirarci. Così io ero assalito da questa sensazione, quasi un malessere, come se avessi oltrepassato un limite lecito. Rivolsi preghiere ad Assur e al *sedu* di mio nonno, chiedendo perdono del mio stratagemma che forse aveva offeso la divinità di entrambi, ma non ne ricavavo alcun conforto.

Soltanto due volte in quel periodo i Medi scesero in campo contro di noi, e anche allora con modesti attacchi di sorpresa, facilmente respinti. Combattevano con coraggio, lasciandosi alle spalle molti morti, ma era come se ci mettessero alla prova, cercando di scoprire il nostro punto debole. E la grande, la decisiva battaglia non ebbe mai luogo.

Ma quei giorni non furono sprecati. I nostri esploratori si spingevano molto in profondità nel paese e con loro andavano gli scribi e i disegnatori di mappe, che registravano tutto quanto vedevano e sentivano. Le terre degli Ariani stavano diventando qualcosa di più di un grande spazio vuoto e quando fossi tornato con un altro esercito, come sapevo che avrei fatto, non avrei dovuto farmi strada nell'ignoto.

All'alba del primo giorno del mese di Elul, giugemmo a meno di dieci giorni di distanza dalla città di Ecbatana, il traguardo che mi ero prefissato, e ancora i Medi fuggivano davanti a noi per rifugiarsi fra le montagne. La facilità di quella conquista mi metteva a disagio.

Ma non si conquista una terra, soltanto una nazione può sentire su di sé il giogo del vincitore. La terra è sempre la stessa, non importa chi vi abiti, e se oggi avevo in mio potere questo o quel territorio, nel momento in cui l'avrei lasciato sarebbe tornato a essere di nuovo lo stesso. E lasciarlo dovevo, perché non avevo alcuna intenzione di stabilire guarnigioni dove non c'era niente da difendere se non erba e sassi e fiumiciattoli secchi per due terzi dell'anno. Non volevo possedere quei luoghi, volevo soltanto che i suoi abitanti non pensassero mai di lasciarli per le ricche pianure della Terra di Assur. E per raggiungere questo scopo dovevo far assaggiare loro la sconfitta con un gusto tanto amaro che mai più desiderassero riprovarci. E dovevo quindi costringerli a battersi, perché la vittoria è sempre una collaborazione fra vincitori e vinti. Ma in questo essi non mi favorivano.

Avevamo occupato un villaggio in buona posizione per studiare le vie d'accesso a Ecbatana: gli abitanti erano già fuggiti quando arrivammo e in alcune case la cenere dei fornelli era ancora calda. Qui, insieme ai miei ufficiali, cominciai a definire i piani per l'assalto alla città, la capitale di Ellipi, i cui ''re'' avevano già fatto atto di sottomissione a Sargon durante il regno di quest'ultimo, e che perciò potevano essere considerati traditori. Il trionfo ci sarebbe costato caro senza essere in alcun modo definitivo, perché che cos'è una città, in fondo, se non un mucchio di pietre e di mattoni?

Qui una sentinella riferì di aver visto un cavaliere solitario che si stava avvicinando al villaggio, recando una bandiera di tregua.

«Lasciatelo passare» ordinai. Che danno poteva derivarci?

Due ore dopo, il nobile uqukadi, chiamato Upash, s'inchinava davanti a me come un venditore di tappeti.

«Ogni benedizione su di te, potente conquistatore, davanti al quale tutto il mondo...»

«Sì, sì, va bene» lo interruppi, facendogli segno di alzarsi, perché una simile dimostrazione di servilismo mi spazientiva e avevo anche la sensazione sgradevole che quel selvaggio bisunto cercasse di prendersi gioco di me. «Che cosa sei venuto a dirmi, barbaro?»

Se rimase male per l'accoglienza non lo dette a vedere, ma riprese subito il tono di disprezzo divertito che aveva usato con me cinque anni prima. Portò la mano al copricapo di cuoio, saldamente calcato sulla capigliatura corta, e sorrise.

«Ti porto un messaggio di Daiaukka, *shah* di tutti i Medi. Egli vuole incontrarsi con te, Signore.»

«Non ci sono obiezioni, gli garantirò il passaggio se vorrà venire qui a parlare con me.»

«Con te da solo, Signore; e in un posto sicuro. Non si fida di te più di quanto tu ti fidi di lui.»

Scrollai le spalle, non mi ero aspettato niente di diverso.

«Molto bene, allora. Mi incontrerà domani, un'ora dopo mezzogiorno, sulla pianura a nord di questo villaggio, a mezza giornata di distanza a cavallo. Non sarò armato e condurrò con me una scorta di venti uomini. Che faccia lo stesso e io mi incontrerò con lui, da solo.»

«Accetterà. E adesso, se potessi parlare con te in privato.»

Dette un'occhiata ai miei ufficiali, come se il significato delle sue parole non fosse stato abbastanza chiaro, e io feci loro cenno di allontanarsi e mi sedetti sull'unica sedia della stanza, estraendo la spada dal fodero e posandola davanti a me sul tavolo, per scoraggiare eventuali propositi di vendetta del mio visitatore.

«Tu mi giudichi male, Principe» disse tenendo lo sguardo fisso sulla spada come per valutarne la lunghezza. «Io non sono tuo nemico.»

«Sei mio nemico. Gli individui come te sono nemici di tutti.»

«Forse. Ho vissuto abbastanza a lungo, giovane Signore, per aver perduto la maggior parte delle mie illusioni e, in ogni caso, gli uomini di grandi ideali sono generalmente di scarsa utilità ai conquistatori.»

Sorrise, come se avessimo già raggiunto un accordo.

«Dunque, saresti venuto a vendermi i tuoi attuali protettori come se fossero altrettante ceste di datteri?»

«Quale lealtà potrei dovere ai Medi, Signore?» Fece un gesto con la mano sinistra che sembrava scacciare definitivamente quest'idea. «Ti prego di ricordarti che ti ho già visto combattere e so che tu sarai il vincitore qui, non Daiaukka: prima o poi, è una cosa che deve succedere. Bisogna anche essere pratici.»

«Molto bene, allora. Dimmi che cosa vuoi e ciò che hai da offrire in cambio.»

Combinammo l'affare all'istante. Quell'individuo non mi piaceva e non avevo alcun motivo di fidarmi di lui, ma, sì, lo avrei reso grande nella terra degli Ariani, e in cambio egli sarebbe stato i miei occhi e le mie orecchie nei consigli dei nobili di Daiaukka. Mi avrebbe rivelato il numero dei cavalieri e dei fanti al comando di ogni *parsua* delle tribù mede, il limite della loro lealtà, le gelosie fra di loro e le debolezze di ciascuno. Sarebbe stato un perfetto traditore e si sarebbe reso molto utile, poiché il vincitore non governa grazie alle virtù degli uomini, ma grazie ai loro vizi. Nondimeno, quell'uomo non mi piaceva.

«E che sai di questo incontro? Che cosa vuole Daiaukka? È una trappola?»

«Non lo è, Signore, perché Daiaukka ha detto che non lo è, e questa gente non si macchia mai di menzogna. Forse spera in una pace onorevole.»

Questo non lo credevo, ma Daiaukka aveva fatto bene a non rivelare le sue intenzioni a quell'uomo, il che voleva dire che era saggio. Lo avrei saputo molto presto.

Daiaukka, *shah* di tutti i Medi, cavalcava un bel cavallo nero di due spanne più alto di quelli dei suoi compagni. Quel cavallo era la sua unica debolezza, mi avevano riferito, perché la sua natura era di un'integrità perfetta, ed egli non conosceva né l'avarizia, né la cupidigia, né la paura. Non mentiva mai, pur riuscendo a essere astuto come un serpente. La crudeltà e la pietà gli erano entrambe sconosciute, dato che tutte e due fanno deviare un uomo dai suoi scopi. La sua volontà era invece salda come il granito. E la sua volontà era che i Medi fossero una grande nazione, così come aveva sognato suo padre Ukshatar, morto in esilio, e di questa nazione egli sarebbe stato il capo. Ed era sua volontà che i Medi fossero un giorno padroni del mondo, eredi della razza di Assur, considerata da lui con palese disprezzo.

Mentre lo guardavo avvicinarsi attraverso i duecento passi che ci separavano fra il frusciare dell'erba, notando l'abilità con la quale teneva il cavallo, nervoso e vivace, e l'aggraziata economia di ogni gesto, cominciai a rendermi conto che questo era probabilmente il nemico più pericoloso che ci si potesse trovare di fronte. Lo ammiravo e lo rispettavo, ma sperai che morisse lì, sulle sue montagne e per mia mano. La mia preghiera al Santo Assur fu che al mondo potessero essere risparmiati gli uomini come Daiaukka, *shah* di tutti i Medi.

«Potrebbe essere un trucco» bisbigliò Lushakin, il quale aveva insistito per far parte della mia scorta, asserendo che un principe sciocco aveva bisogno di un furfante avveduto per guardargli le spalle.

«Non è un trucco, ha dato la sua parola.»

«Allora non essere tu tanto scrupoloso, prendi il tuo giavellotto e, appena sarà a tiro, infilzaglielo nella pancia. È soltanto lui a tenere insieme tutta questa confederazione: uccidilo e i Medi ricominceranno un'altra volta a litigare fra loro.»

«Finché un altro prenderà il suo posto. E poi, Lushakin, anch'io ho dato la mia parola.»

«Tutti voi grandi nobili avete il fango del fiume al posto del cervello!»

Risi e spronai il cavallo, lasciando Lushakin e la scorta scelta del mio *quradu* ad aspettarmi. Daiaukka m'incontrò al centro della prateria.

Per qualche momento nessuno di noi due parlò. Le nostre cavalcature si annusarono nervosamente, come se capissero l'antagonismo che esisteva fra le nostre razze, mentre lo *shah* e il *rab shaqe* si studiavano a vicenda. Era un silenzio colmo d'interesse.

Daiaukka poteva avere circa trent'anni, ma per metà della sua esistenza era stato in guerra, occupato a ricostruire le alleanze distrutte dopo che il padre era stato cacciato in esilio, e ogni giorno di quella lunga lotta gli si leggeva sul viso, scuro e segnato dalle intemperie come il suo vecchio mantello di pelle. Sembrava senza età, e senza sentimenti. Se mai aveva riso, o perfino sorriso, non se ne vedeva traccia alcuna. Soltanto gli irrequieti occhi neri rivelavano l'uomo dietro la maschera.

«Tu sei Tiglath Assur» disse alla fine, come se per me la

notizia fosse nuova. «Porti il nome del tuo immondo dio e tuo padre è re nelle terre a occidente, dove si adorano i demoni. Vedi, io lo so che non sei uno spirito, ma soltanto un uomo come gli altri.»

«E tu sei Daiaukka, *shah* dei barbari, e tuo padre fu mandato in esilio da mio nonno. Forse adesso, quando finiremo di insultarci a vicenda, mi dirai ciò che vuoi da me.»

«Pace.»

«Il prezzo della pace è la sottomissione.»

«Una tregua, allora.»

«Anche una tregua va pagata.»

«Tu ti proponi di prendere la città di Ecbatana» disse alzando lo sguardo all'orizzonte dietro la mia spalla sinistra; sembrava che non avesse quasi prestato attenzione alla nostra conversazione. «Sarà difesa. La sua perdita, e la perdita degli uomini che moriranno per difenderla, non mi danneggerà, ma un tale assedio, anche se vittorioso, costerà caro a un esercito come il tuo, lontano dalla patria e circondato da nemici. Dovremmo entrambi decidere che cosa ci costerà di meno, la guerra o l'armistizio.»

«Non sono venuto fin qui per niente.»

«No, sei venuto per ottenere una grande vittoria su di noi: il perché, non lo so. Non certo perché qualche stolto ha razziato tre o quattro dei vostri villaggi.»

«No, non è questa la ragione.»

«Perché, allora?»

Sembrava sinceramente interessato e i suoi occhi mobili si arrestarono sul mio viso, socchiudendosi nello sforzo di concentrarsi. Non poteva, d'altronde, derivare alcun danno da una comprensione reciproca.

«Perché, se non sono tenuti a freno, non passerà molto tempo che i Medi cominceranno a desiderare le ricche terre dove Assur è re.»

«Dunque, le cose stanno così.» Annuì, come se stessimo parlando di cose senza importanza.

«E io vorrei por fine a tali desideri ambiziosi.»

«E per far questo hai bisogno di una vittoria. Ma questo io posso negartelo semplicemente rifiutando la sfida. Posso nascondermi fra queste montagne finché la neve non vi caccerà dalle nostre terre.»

«E mentre tu ti nascondi, io posso devastare la nazione che

stai formando. Posso bruciare campi e villaggi. Posso massacrare il bestiame e quando cadrà la neve il tuo popolo morirà di fame e darà la colpa a te, e con ragione, perché il dovere del re è quello di proteggere il suo popolo. Altrimenti, non è un re.»

«È vero anche questo. Perciò profitteremmo entrambi da un periodo di tregua.»

«Per quanto tempo?»

Meditò fra sé per qualche momento, considerando la questione. «Due anni.»

«Che cosa sarà cambiato fra due anni?»

«Allora sarò pronto a combattere. Allora tu potrai avere la tua vittoria... o io la mia.»

«Dovrai comunque pagare per avere questa tregua.»

«Perché? È vantaggiosa per entrambi.»

«Ma più per te che per me. Io posso spezzare la tua grande confederazione semplicemente riducendola alla fame. No, tu dovrai comprare questa tregua con oro, schiavi e cavalli. Gli uomini di Assur non fanno la guerra soltanto per la gloria e io non tornerò da mio padre come un mendicante.»

«Sarà come vuoi tu, Tiglath Assur. Non mi aspettavo di meno, dato che gli uomini della tua razza sono tutti ladri. Ricevi i miei inviati ed essi tratteranno con te i termini dell'accordo. Ci incontreremo di nuovo. Fra due anni.»

Così bruscamente da togliermi il respiro, fece fare dietrofront al cavallo e si diresse verso la sua scorta. Il nostro incontro era terminato e con esso la mia prima campagna nella terra degli Ariani.

Nel dare le istruzioni ai suoi emissari, Daiaukka aveva evidentemente posto l'accento sulla necessità di far presto, perché non impiegai più di cinque giorni a concordare il pagamento del tributo. Dovevo lasciare gli Zagros con quattrocento cavalli, un egual numero di schiavi, provvisti dei viveri necessari perché non dovessi sfamarli a mie spese, e cinque *mine* d'oro, che non era una somma molto elevata, ma sufficiente comunque a pagare i miei soldati. Ero soddisfatto del mio bottino perché, anche se Daiaukka non pareva essersene reso conto, mi aveva ceduto una cosa preziosa. Quell'uomo astuto e saggio aveva commesso un errore nello scegliere gli schiavi.

È un monarca molto duro colui che invia gente del suo stesso popolo in schiavitù, e lo *shah* dei Medi aveva evidentemente ceduto al sentimento, perché quasi tutti gli uomini e le donne che costituivano la mia preda erano Cimmeri del nord, presi nelle incessanti guerre fra i due popoli, praticamente indistinguibili fra loro nell'aspetto e nei costumi, perfino nella lingua, e che pure si odiavano con grande passione. Perciò i prigioneri cimmeri ci considerarono liberatori, e trovai fra loro molti dispostissimi ad aiutare i miei disegnatori di mappe e i miei scribi, e anche a combattere a fianco dei soldati di Assur. È un errore separarsi da un nemico che è stato a lungo prigioniero nella nostra stessa casa.

Daiaukka mi inviò un'ulteriore offerta nelle persone di Uksatar, *parsua* dei Miyaneh, e quattro dei suoi nobili, in riconoscimento della colpa commessa nel razziare i villaggi di Dur Tuqe. Questa fu la ragione data, ma io non ho dubbi che lo *shah* servisse in primo luogo i suoi scopi: forse aveva trovato questo mezzo per liberarsi di chi poteva un giorno mettere in pericolo la sua posizione, oppure le razzie erano state fatte senza la sua approvazione ed egli voleva così dare un esempio. O forse, entrambe le cose, ma, in ogni caso, io potevo agire nei confronti di quei cinque come preferivo, il che significava ucciderli.

E questo feci. Quando il nostro esercito riattraversò la frontiera della Terra di Assur ordinai che fossero strangolati, senza dar spettacolo perché il modo della loro morte non aveva importanza per nessuno, e poi feci impalare i cadaveri su alte picche, piantate a terra e rivolte a est, verso la loro patria. Li lasciai lì, ad ammonimento per altri della loro nazione che avessero pensato di razziare le terre dove la volontà del dio era legge.

Queste cose furono fatte nel sesto giorno del mese di Tisri, il ventunesimo anno del regno del Signore Sennacherib. Il giorno dopo, un giorno infausto, i soldati rimasero nelle loro tende a riposarsi, ma quello successivo riprendemmo la marcia verso Musasir prima, e poi verso Amat, dove la popolazione ci accolse trionfalmente il secondo giorno del mese di Marcheswan, quando a quelle altitudini si sente già aria di neve.

Tutti gli edifici della guarnigione erano ormai completati,

ricostruiti in pietra per durare fino alla fine dei secoli, e anche le mura della fortezza erano quasi terminate. La città stessa, che avevo lasciato come semplice accozzaglia di capanne di fango, era cresciuta in dimensioni e splendore tanto da non riconoscerla. I lavori erano andati bene e di questo il mio schiavo Kephalos fu pronto a prendersi il merito. Durante la mia assenza era ulteriormente ingrassato e, dato che la circonferenza del suo ventre era un indice infallibile della sua prosperità, dovevo dedurre che avesse continuato a beneficiare di un vasto traffico di compensi sottobanco.

«Tu, mio Signore, non hai tratto grandi vantaggi da questa campagna» disse, tirandosi la grande barba luccicante e scuotendo il capo con aria di rassegnazione. «Questo re dei Medi ti ha imbrogliato, perché prigionieri come questi, barbari con le orecchie piene di terra ai quali non si riesce a insegnare niente, non spunteranno un prezzo molto elevato sul...»

«I prigionieri, la maggior parte di loro, torneranno alle loro case alla fine dell'inverno. Sono Cimmeri e io voglio l'amicizia di quel popolo, dato che sono nemici acerrimi dei Medi. Qualcuno, e scelto da loro stessi, presterà servizio al nostro fianco quando torneremo a definire la questione con Daiaukka.»

Passeggiammo nel giardino dietro la sua abitazione, appena più piccola del palazzo che mi ero fatto costruire come *shaknu* del nord. Mi arrivava il profumo degli alberi d'incenso e il gorgogliare della fontana, piacevoli sensazioni dopo mesi di vita militare.

Kephalos si limitò a emettere un gemito di protesta, come se il denaro delle commissioni che avrebbe perso gli fosse stato tolto dalla sua stessa carne.

«Ah, bene, Signore, se così deve essere... ma almeno ci sono i cavalli.»

«I cavalli andranno all'esercito.»

«Temibile Signore, questo è troppo!» esclamò, fermandosi per battere i piedi sul selciato. «So che ti piace fare il *rab shaqe*, il nobile soldato che pensa soltanto al suo dovere, ma, per gli dei immortali, su un uomo che non dà ascolto al suo interesse, non si può fare alcun affidamento. Se proprio insisti, lascia almeno che io *venda* i cavalli all'esercito: in questo modo guadagneremmo lo stesso e la tua coscienza sarebbe tranquilla.»

«All'esercito, Kephalos, quale parte del bottino del re.»

«A questo punto ho anche paura di chiederti che intendi fare delle cinque *mine* d'oro.»

«Sono già state divise fra i soldati. La gente comune non combatte senza la speranza di un bottino.»

Stranamente, non ci furono proteste. Mi voltai a guardarlo per vedere se per caso si sentisse male, ma vidi che sorrideva.

«Kephalos, che cosa hai...»

«I soldati spendono i loro soldi in vino e donne» disse, come se stesse esponendo qualche legge della natura. «Ho un accordo con tutti i proprietari di taverne e di bordelli di Amat grazie al quale io, cioè noi, riceviamo un quinto di tutto il volume d'affari che passa per le loro mani. Questo in cambio di... no, diciamo per ''riconoscenza''. O meglio, non diciamo niente del tutto, perché l'uomo saggio non rimesta nel fango in fondo al suo stesso pozzo. In ogni modo, Signore, la mia sagacia ha salvato qualcosa dalla tua sventatezza, e devi essere grato al tuo schiavo che ti vuol bene e prende su di sé l'ingrato compito di evitarti la miseria e l'accattonaggio.»

Non protestai, ma scoppiai a ridere, pensando che se mai avessi cambiato idea e deciso di diventare re nella Terra di Assur, il modo più semplice sarebbe stato quello di farmi comprare il trono da Kephalos, dato che senza dubbio era abbastanza ricco da poterselo permettere.

«Hai già risposto alle lettere di tuo padre?» domandò osservandomi di sottecchi: la domanda presupponeva, naturalmente, che ne conoscesse il contenuto.

«No, ma dovrò farlo presto.»

«E andrai?»

«Sembra che debba farlo. È il re e questo è il suo volere.»

«Ma se rifiuti, capirà.»

«No. È il re e mi ha ordinato di tornare a Ninive. Sa bene che non disobbedirei, neanche se potessi.»

«Allora, dopo tutto questo tempo, tornerai a mettere la testa nella bocca del leone.»

«Questo lo so.»

Riprendemmo a camminare in silenzio. Il vento si era levato e non era più tanto piacevole passeggiare all'aperto.

«Tornerai insieme a me?» domandai. Non era nemmeno una vera richiesta, ma mi avrebbe fatto piacere la sua compagnia. Kephalos tuttavia scosse il capo.

«No, Signore. Finché tuo padre vive sei al sicuro dovunque nella Terra di Assur, ma Ninive è un luogo dove possono accadere cose spiacevoli a chi ha fatto irritare il *marsarru*. Resterò qui, affinché il Signore Asarhaddon non sia tentato di macchiarsi le mani col mio sangue.»

«Credo che tu gli faccia torto, amico mio.»

«Davvero?» Kephalos sorrise, un po' depresso. «Non credo, Signore. Credo che tu sia accecato dal tuo antico affetto e non veda ciò che tuo fratello è diventato in realtà. Quel che ci accadrà quando sarà re è un argomento che non amo molto sviscerare.»

Il Signore Sennacherib non avrebbe accettato scuse, non era più una faccenda fra padre e figlio: il re ordinava la presenza del suo *shaknu*, e la mia lealtà di suddito mi imponeva di rientrare a Ninive.

La sera della mia conversazione con Kephalos, due giorni dopo il mio ritorno ad Amat, scrissi facendo atto di sottomissione. Sarei stato a Ninive per servire il re non più tardi del primo giorno del mese di Kislef, non potevo rimandare oltre.

Mi recai poi negli appartamenti delle donne per parlare di queste cose con mia madre. Essa mi ascoltò quieta, come era sua abitudine, finché non ebbi finito.

«Mi porterai con te, figlio mio, o devo restare qui?»

«Mi accompagnerai almeno fino ai Tre Leoni. Credo sia meglio che tu rimanga là finché non saprò cosa mi attende a Ninive.»

«E che cosa ti attende a Ninive, *Lathikadas?*»

«Non lo so. Niente di buono, temo. Preferirei restarmene qui fino al mio ultimo respiro, ma non posso disobbedire al re.»

«Vuole rivedere suo figlio.» Mi sorrise, come se ogni suo dubbio fosse svanito. «E perché non dovrebbe? Tu sei l'orgoglio della sua vita e ti ama.»

Non risposi, non riuscendo a trovare una risposta da darle.

«Posso esser pronta fra due giorni» continuò alla fine. «Sono una donna vecchia e non c'è molto che mi tenga legata a un luogo più che a un altro.»

«Tu non sei vecchia, Merope, e sei ancora bella. Anche il re lo pensa, senza dubbio.»

«Il re, senza dubbio, non pensa ormai più alla bellezza delle donne, figlio mio. Ma tu no. Porterai Naiba con te?»

«Sì, la porterò con me. Non devi temere che tuo figlio ricada due volte nella stessa follia.»

Non parlammo più di questo argomento e il nome di Esharhamat non fu mai pronunciato fra noi.

Esharhamat. Ero stato lontano da Ninive per quasi due anni e in questi due anni la mia vita era stata piena di attività; e adesso avevo con me un'altra donna. Eppure, era forse passato un solo giorno in cui il ricordo di Esharhamat non si fosse agitato nella mia memoria? Il pensiero di lei era come un fantasma che si presentava silenzioso e non invitato. Non ero mai libero.

Aspettava un'altra volta un figlio, ne avevo avuto notizia da mio padre. Il *baru* prediceva un maschio che avrebbe portato la corona di una grande nazione, perciò la profezia che l'aveva allontanata da me sembrava realizzarsi.

E adesso stavo tornando, se non da Esharhamat, per lo meno alle mura di mattoni di Ninive. Sarei tornato a dissetarmi alle acque del Tigri, Madre dei Fiumi, e avrei rivisto i suoi templi e udito il suono delle molte lingue che si parlavano per le strade della città. Ero suo figlio e, sì, desideravo dal profondo del cuore rivederla, anche se la sua vista mi avrebbe forse straziato l'anima, perché non si può camminare a lungo per sentieri sconosciuti senza diventare stranieri a se stessi. Ninive! Come l'amavo mentre il mio sguardo percorreva la strada verso casa! E come l'amerò finché avrò vita, anche quando non sarà più che un nome!

Questo fu dunque il doloroso piacere che mi accompagnò durante il viaggio, perché gli uomini traggono facilmente un godimento dalle loro stesse pene e la memoria rende ogni cosa preziosa, perfino una perdita.

Lasciai Amat pensando di essere di ritorno entro due mesi. Kephalos doveva continuare con i lavori e Lushakin, che io avevo elevato al grado di *rab abru*, avrebbe assunto il comando della guarnigione. Il governo civile era in mano ai miei scribi, i quali mi avrebbero tenuto informato con dispacci inviati tre volte al mese.

Il tempo, alla nostra partenza, era insolitamente freddo, ma le strade erano buone e viaggiavamo velocemente, pur avendo una scorta di quaranta uomini. Il carro di mia madre e delle sue donne non costituiva un ingombro, e alla sera del dodicesimo giorno arrivammo ai Tre Leoni, in tempo per una cena a base di carne di capra appena macellata.

«Gli dei sono stati generosi con noi, Signore. Il fiume è stato buono e abbiamo avuto degli ottimi raccolti durante la tua assenza.»

«Forse gli dei sarebbero ancora più generosi se stessi lontano per sempre» dissi, ma non era questo il genere di scherzi che Tahu Istar era disposto ad apprezzare, perciò si limitò a inchinarsi profondamente senza scomporsi. Il mio sovrintendente non era quasi cambiato dal nostro primo incontro di tanti anni fa, ma suo figlio, Qurdi, era ormai un uomo.

Non fui io il solo a essere colpito da questo fatto. Un giovane attraente suscita sempre una certa impressione e la sera precedente, mentre mia madre si occupava di far riordinare la casa dalle sue donne, avevo osservato che lui e Naiba si scambiavano occhiate sul cui significato non potevano esserci dubbi. La mattina, mentre accompagnava suo padre e me in un giro d'ispezione alla fattoria, sembrava che niente potesse indurlo ad alzare lo sguardo dalla polvere del suolo, come se già si vergognasse di aver disonorato il letto del suo padrone. Era una situazione che trovavo molto comica.

Eravamo nella scuderia, dove Tahu Istar mi stava mostrando un bel puledrino grigio argento, nato appena quattro giorni prima, ritto accanto alla madre sulle zampe sottili e sgraziate, e il mio sovrintendente gli accarezzava il collo con le mani grandi ed esperte.

«È bello» dissi. «Bello come i cavalli dei Monti Zagros dei quali i Medi sono tanto fieri, bello come quella gran bestia nera che porta il loro re. Non me ne separerò. Lo farò addestrare per la guerra e lo cavalcherò io stesso.»

«Come lo chiameremo, Signore?»

«Spettro» risposi, e il nome fu una sorpresa anche per me, perché solo in quell'istante mi si era presentato alla mente. «I Medi hanno una grande paura degli spettri.»

«Sarà come tu vuoi, Signore.»

Richiuse la porta della scuderia alle nostre spalle e tornammo alla luce del sole. Era una giornata bella, fresca, e il sangue mi frizzava nelle vene come vino. Era meraviglioso essere vivo e possedere tante buone cose che la terra aveva da offrire: in quel momento non invidiavo nessuno.

«Hai agito bene, Tahu Istar» dissi. «Io divento ricco grazie al tuo lavoro e alle tue cure; mi sento privilegiato potendo affidare la mia proprietà a un uomo come te.»

Non disse nulla, ma aggrottò le ciglia lanciando un'occhiata furtiva, in tralice, a suo figlio. Evidentemente, aveva interpretato correttamente il messaggio di un paio di occhi neri.

Quella notte, quando la lampada accanto al nostro letto si fu spenta, lasciai scivolare la mano lungo il fianco di Naiba, ed essa si strinse a me, aprendo le gambe in modo che la mia mano potesse carezzarle la soffice fessura, e le sue labbra cercarono le mie, mentre mi introducevo in lei. C'era una passione maggiore o minore nelle sue carezze? Chi ero io per lei nel momento in cui il suo corpo s'inarcava e il respiro le sfuggiva in gemiti affannosi? Il piacere rende cieca una donna, e in quegli attimi può immaginarsi un amante secondo i suoi desideri.

Si addormentò fra le mie braccia, come aveva fatto innumerevoli volte prima, e sospirò nel sonno, sognando.

''L'ho perduta'' pensai. ''Posseggo il suo corpo, ma non è più mia.''

E con ciò? Io non ero mai stato suo. Non mi sentivo ferito, nemmeno nella vanità: anzi, non m'importava affatto. Era soltanto uno scherzo che gli dei avevano voluto giocarmi.

Avrei aspettato. Naiba era una mia proprietà e fino a quel momento i miei diritti non erano stati messi in discussione: in quanto alla sua anima, non mi riguardava. La cosa avrebbe potuto finire in niente e tutto tornare fra noi come prima. Altrimenti... Ma avevo tempo fino ad allora, potevo aspettare.

Rimasi ai Tre Leoni per altri cinque giorni, sufficienti perché succedesse qualcosa fra la mia concubina e il figlio del mio sovrintendente, forse soltanto un'improvvisa percezione, la comprensione del cuore dell'altro che riempie uno sguardo. Naiba era ancora una mezza selvaggia e, per di più, una donna fatta. Che cosa non doveva aver imparato sugli uomini nella casa del mio servo Kephalos! Che cosa non avrebbe rischiato per ottenere ciò che era caro al suo cuore? Che cosa non avrebbe saputo nascondere? Ogni notte giaceva con me, come se niente fosse cambiato. Ma Qurdi, il povero Qurdi, il bambinetto di un tempo, che aveva calpestato la pelle di leone portatami dal padre, guardando con curiosità dentro le fauci spalancate, non era ancora tanto cresciuto che chiunque sapesse usare gli occhi non potesse leggere il turbamento sul suo volto. Non era nato per tener nascosto qualcosa dentro di sé.

Perciò io sapevo tutto.

Ma c'era anche un altro mistero, che io non fossi toccato affatto dalla cosa. Non ero innamorato di Naiba, ma l'amore è soltanto una piccola parte del legame che unisce un uomo a una donna. Essa era mia, non meno che se le avessi coperto il capo col velo, chiamandola ''moglie''. Un anno prima avrei provato... che cosa? Collera? Sì, per lo meno collera, e la mia ira verso quell'oggetto di mia proprietà e il suo amante sarebbe stata terribile a vedersi. In quel momento speravo soltanto che essi fossero discreti, che le cose non si spingessero tanto oltre da costringermi ad agire. E soprattutto, non desideravo dover punire un'offesa che non sentivo.

Ma se il cuore non mi si gonfiava di collera, era forse vuoto di ogni sentimento? No. Allora, che cosa c'era? Cercai in me e trovai... sollievo. Io ero segretamente compiaciuto, perché finalmente avevo una donna che non avrebbe pianto amaramente quando l'avessi lasciata. Non era un'altra Esharhamat.

Esharhamat. Non avevo che da pronunciare il suo nome, mormorandolo nel segreto della mia mente inquieta, e tutto diventava chiaro per me.

Ero tornato da lei grazie al semplice fatto di aver acconsentito a rivedere quella città di morte speranze, dove forse, se il dio lo avesse voluto, essa avrebbe potuto sedere al mio fianco come consorte e regina. Ogni pietra miliare sulla strada per Ninive mi conduceva più vicino a lei. Era lei a riempire il mio cuore, non lasciando alcun posto per la piccola Naiba, che mi aveva tenuto nel cerchio protettore delle sue braccia forse soltanto in attesa di quel momento.

Questi erano i pensieri che andavo rivolgendo nella mia mente mentre abbracciavo Merope e mi preparavo a partire per la città dove sarei tornato a essere il figlio di un potente padre, coperto di onori e di gloria, il prediletto di un impero, padrone di ogni cosa tranne che della mia passione senza voce.

XXV

Ancora una volta sembrava che mi stesse aspettando, seduto nella polvere prima dell'ultima pietra che segnava la distanza sulla strada di Ninive. Seppi chi era non appena fui in grado di capire che la sagoma lontana apparteneva a un uomo e non era semplicemente uno di quei trucchi che il sole gioca con gli oggetti distanti. Non ne fui nemmeno sorpreso.

Non era cambiato dalla prima volta che l'avevo visto, circa sette anni prima. Feci fermare il cavallo davanti a lui e la mia ombra cadde sul punto in cui egli era accovacciato per terra. Alzò gli occhi ciechi che non si fissavano su alcun oggetto, e sorrise.

«Il Signore Tiglath Assur torna a casa finalmente» disse. «Egli è il benvenuto.»

Ordinai all'*ekalli* della mia scorta di proseguire, dicendogli che lo avrei raggiunto fra un momento. L'*ekalli* guardò il *maxxu* con un'espressione quasi di orrore e obbedì senza proferire verbo.

«Chi gli dà il benvenuto, vecchio?» domandai. «Parli per te stesso o per qualcun altro?»

«Non sei stato forse richiamato, Principe?»

Un cieco sembra guardare oltre ciò che non vede, come se attraversasse il velo che avvolge la realtà, ed era così anche allora. I suoi occhi erano fissi nei miei, ma per vedere la verità nascosta dietro la maschera. Le labbra scure e screpolate si aprirono come se volesse ridere, ma non ne uscì alcun suono. Sembrava prendersi gioco di me silenziosamente.

«Io so adesso che tu vieni dal dio» esclamai, il cuore stretto dall'apprensione. «Parla! Che vuoi da me?»

«Io, Signore? Niente.» Le spalle scarne si strinsero con noncuranza sotto la stinta veste gialla. «Hai visto tanto e imparato così poco? Tu, che sei salito sul Monte Epih per pregare e ricevere sogni? Forse che il dio non ti ha tenuto nella sua mano al Posto delle Ossa? E ancora mi chiedi che cosa voglio da te!»

«Allora che sei venuto a dirmi? Parla! Abbi pietà di me perché sono nell'oscurità!»

«Così va meglio, Signore. Impara a sottometterti, perché la volontà del dio è il destino di ognuno. Ma sono venuto con questo suo messaggio soltanto: che tu indurisca il tuo cuore, perché è iniziato per te il tempo degli addii. ''Addio'' sarà una parola che ti stancherà la lingua d'ora in poi.»

«Questo è il destino di ogni uomo.»

«Sì... alla fine della vita. Ma tu sei ancora giovane.»

«Per questo sono stato portato a Ninive? Per dire addio?»

«No, ma per fare la volontà del dio.»

Alzò il braccio magro e sembrò volermi allontanare anche dai suoi pensieri. «Va', adesso, Principe, perché i tuoi occhi ancora ti impediscono di vedere. Va'!»

Avrei voluto parlare ancora perché molte erano le cose che avrei voluto sapere, ma capii che sarebbe stato inutile e perciò tacqui. Un vecchio sedeva nella polvere a lato della strada, cieco e povero davanti a un principe potente, eppure il principe era diventato un oggetto indegno della sua attenzione. Io non ero nulla per lui, sembrava essersi dimenticato della mia stessa esistenza.

Spronai il cavallo e partii, senza voltarmi indietro, Non osavo.

Per quanto tempo una cosa può turbare la mente dopo che è stata dimenticata, come un'ombra che oscura tutto, rendendosi così invisibile?

I cavalieri inviati dal re ci incontrarono a due *beru* dalle porte della città e ci precedettero al galoppo per annunciare il nostro arrivo. Le mura di Ninive erano pavesate di bandiere e fummo accolti con offerte di pane, fiori e vino. Cavalcai lungo la via di Istar, con la testa che mi ronzava per le acclamazioni della folla, e mio padre mi venne incontro sulla scalinata del palazzo, abbracciandomi davanti a tutti. Mi ero dimenticato del *maxxu* e del suo parlare di addii, scacciandolo completamente dai miei pensieri.

Il re era fuori di sé dalla gioia.

«Figlio mio!» gridava, la voce rotta dall'emozione. «Figlio mio, conquistatore d'imperi! Nessuno è più grande di mio figlio, l'orgoglio di Assur!»

E la folla acclamava, come se fossi tornato con un centinaio di principi stranieri aggiogati al mio carro, ma la folla applaude chiunque goda il favore dei potenti e il re avrebbe potuto quindi innalzare altrettanto lo schiavo che gli puliva i sandali. In quel momento, però, non pensavo a queste cose, perché ero io che il re amava.

Era circondato, sulla scalinata, da tutti i dignitari di corte, o piuttosto quasi tutti, perché notai che Asarhaddon mancava, e anche il Signore Sinahiusur.

Il re era molto invecchiato.

«Stasera festeggeremo, non è vero?» disse, entrando con me per le grandi porte di bronzo, alte più di quattro uomini. «Ci ubriacheremo e faremo festa, scacciando ogni pensiero triste, sei d'accordo, vero?»

«Sì, sono d'accordo.»

Dove avevo la mente mentre parlavo così? Il re, tenendosi aggrappato alla mia spalla come se avesse paura di inciampare, seguiva i miei passi, e io mi ero quasi dimenticato di lui perché, per un attimo...

Non era più di un'ombra in quel vasto salone con le pareti affrescate e le colonne di cedro, ognuna delle quali era tanto grande che due uomini non sarebbero riusciti ad abbracciarla. La intravidi un solo istante, prima che si ritirasse nella penombra scomparendo alla vista, ma non tanto in fretta che non potessi riconoscerla.

Esharhamat, di cui vedevo il viso ogni notte, al buio. L'avevo riconosciuta. L'avevo riconosciuta dietro il velo, così come avrei fatto anche se mi avessero cavato gli occhi. Mi gettò una sola occhiata, e che cosa avrei dovuto leggervi? Forse niente, forse soltanto un odio mortale: non lo sapevo.

Era in stato di gravidanza avanzata e quanto si diceva era dunque vero.

«Sì. Domani avremo modo di parlare degli affari di Stato, eh? Domani sarò di nuovo il re.»

Mi strinse il braccio, svegliandomi dal mio sogno a occhi aperti. «*Guardami*» sembrava dirmi. «*Sono tuo padre e ti voglio bene. E sono anche il re in questo momento.*»

Non riuscivo però a non vedere come il turbante ingioiellato non nascondesse più il grigio dei capelli, e come sembrasse respirare a fatica. Le guance erano afflosciate e la faccia piena di rughe: era ben diverso da quello che era stato un tempo.

Bevemmo e ci ubriacammo e fummo allegri quella notte, ma non era il vino ad annebbiargli la mente. Cominciava a raccontare qualcosa interrompendosi a metà perché si era dimenticato ciò che voleva dire, irritandosi con chi si azzardava a ricordarglielo. E sempre, nella sua furia, tornava a parlare di Asarhaddon.

«Quel maledetto ragazzo! Perché sarà sempre soltanto un ragazzo, attaccato alle gonne della madre. Non sarà mai un uomo e voglia il dio che non debba mai salire sul trono!»

«Il dio ha già deciso di farlo salire sul trono» dissi posandogli la mano sul braccio, perché anche un lieve tocco come quello, che dieci anni fa avrebbe considerato un'impertinenza intollerabile, adesso aveva l'effetto di distrarlo, inducendolo alla calma. «Ed è sempre stato un buon soldato. Dovresti dargli il comando di un esercito perché possa combattere in qualche campagna importante. Non avresti da vergognarti di lui.»

«Mi vergogno di lui, adesso.»

Il re, accigliato e pieno di rancore, batté leggermente col pugno sul tavolo.

«Dov'è la Signora Shaditu?» gridò improvvisamente. «Dov'è? Perché non è qui a onorare suo fratello?»

E lanciò occhiate tutt'intorno alla ricerca di qualcuno da punire per questa mancanza, finché scorse un ciambellano, un anziano eunuco il cui nome era Shupa e che lo aveva servito per trent'anni. «Be', va' a chiamarla!»

Il ciambellano, il quale conosceva il carattere del suo padrone, s'inchinò e sparì più in fretta che poté, continuando a chinare la testa come un uccello che stesse beccando i semi per terra.

Mi guardai in giro, osservando le facce intorno alla mensa, i nobili fratelli del re e i loro figli, i miei stessi fratelli, che la nascita aveva posto più in alto o più in basso di me, uomini di umili origini, innalzati dalla fortuna o dalla virtù a sedere a fianco del re, uomini che erano stati grandi nella Terra di

Assur, alcuni ancor prima che io nascessi. Più d'uno non poteva, o non voleva, incontrare il mio sguardo. Tutti avevano paura. Sapevano dunque ciò che era successo fra Shaditu e me quell'ultima notte? Nabusharusur aveva saputo o indovinato, o forse in tutta Ninive soltanto il re era all'oscuro di tutto?

Ma non avevano ben altri motivi di aver paura? Non era sufficiente servire il re nel tramonto tormentato della sua vita, con l'erede al trono carico di odio? Ascoltavano mio padre mentre si faceva gioco del suo successore e tacevano, ma che cosa avrebbero potuto dire? Come era possibile essere leali col padre e col figlio? Quanti di loro si sarebbero ritrovati senza testa il giorno in cui Asarhaddon avrebbe preso il potere? No. Avevano sufficienti motivi di aver paura senza che il mio modesto peccato gravasse sulle loro menti.

E il re? Si era già dimenticato di Shaditu. Stava danzando una ragazza araba, con la pelle leggermente olivastra, che faceva tintinnare due piccoli cimbali a tempo con la musica di un suonatore di flauto che indossava la tunica a pieghe degli Egiziani. Il re rideva, battendo le mani, e la ragazza araba gli sorrideva con gli occhi. Il re aveva bevuto troppo e non riusciva a seguire il ritmo della musica, ma poco gli importava. Tutta la sua collera era sfumata in un momento di piacere.

«Non è graziosa, Tiglath, figlio mio?» Mi urtò col gomito facendomi quasi cadere la coppa di vino dalle mani. «Vero? E come luccica l'olio sui seni e sul ventre! Sarebbe capace di spremere il seme dai lombi di un uomo, eh? Te la regalerò; mi senti, piccola sgualdrina? Ti darò a mio figlio, il potente Tiglath Assur, amato dagli dei! Ah! Ah! Ah!»

«Temibile Signore, la Signora Shaditu...»

«Eh? Che cosa vuoi, Shupa?» Si voltò accigliato, ma credo che fosse semplicemente sorpreso.

«La Signora Shaditu...»

«Sì? Allora?»

«Essa prega di scusarla, Temibile Signore, ma la testa le duole e non scenderà.»

«Ah sì? E con questo? Perché mi disturbi, Shupa, non vedi che sono con mio figlio?»

E finalmente, quando l'ora tarda e il vino e la sua stessa debolezza lo ebbero sopraffatto, io aiutai il padrone del vasto mondo a coricarsi. Gli slacciai i sandali, lo coprii con un mantello e mi sedetti accanto a lui fino a che si addormentò, dopo pochi minuti. Il re era vecchio e la sua vita, come vino versato, se ne andava via goccia a goccia.

Ero cresciuto fino a diventare un uomo in quel grande palazzo, e non avevo bisogno di una lucerna per guidare i miei passi mentre cercavo la porta che si apriva su di un cortile avvolto nell'oscurità. Era deserto, non c'era nessuno oltre la notte, quieta e immobile. Mi sedetti su una panca di pietra, tenendo fra le mani la coppa di vino che avevo portato con me, il cuore colmo di ricordi.

Io sono Tiglath Assur! Mio padre è Sennacherib, Signore della Terra, Re dei Re!

Le parole risuonavano nella mia memoria come se fossero state appena pronunciate. E io avevo alzato gli occhi e avevo visto il re, splendente come il sole, proprio lì, tanti anni fa.

Signore della Terra, Re dei Re. E adesso il vecchio, che era mio padre, giaceva russando nella sua stanza. E Tiglath Assur? Che ne era stato di lui?

La visione di un attimo, mentre si sporgeva da un pilastro per dare un veloce sguardo al suo antico amante: Esharhamat, nei cui occhi un uomo avrebbe potuto perdersi. Almeno non mi aveva dimenticato, sebbene sarebbe stato molto meglio che lo avesse fatto.

Sorseggiai il vino e posai la coppa a terra, ai miei piedi. Aveva perso ogni sapore e la notte era durata troppo a lungo.

«Mio Signore?»

Mi voltai, ma non vidi niente; poi qualcuno uscì dall'ombra. Una donna. Per un attimo pensai... ma no, era soltanto la ragazza araba.

«Nessuno ha saputo dirmi dove il mio Signore avrebbe dormito questa notte e così sono venuta a cercarti.»

Di che cosa stava parlando? Poi, naturalmente, mi ricordai: il piccolo regalo di mio padre.

E perché no? Che differenza poteva fare?

«Vieni qui» le dissi, facendole cenno di avvicinarsi. «Vieni qui e lasciati guardare.» Mi si fece vicina, muovendosi silenziosamente con i piedi scalzi, e mi prese la mano che le porgevo. Si inginocchiò davanti a me e il suo profumo di sandalo e di olio aromatico mi avvolse.

«Mi dicono che sei un grande conquistatore» disse. «Stanotte potrai conquistare l'Arabia.»

La sua risata era argentina come la musica di una campanella. Si aprì la tunica e se la fece scivolare dalle spalle, sapendo che l'avrei trovata bella.

«Cerchiamo un posto dove stare tranquilli» dissi alzandomi in piedi. «Possiamo andare alla casa della guerra e cacciar via qualche cadetto dal suo letto.»

Forse avevo bevuto più di quanto pensassi, forse inciampai: il piede urtò la coppa che avevo lasciato per terra e il vino si sparse sul selciato come sangue.

«Non sei nella casa delle donne adesso, Principe!»

Avevo dormito, col naso premuto contro un seno morbido e profumato, ma prima che me ne rendessi conto mi sentii afferrare la caviglia e tirar via di sotto le coperte.

Era Tabshar Sin.

«Hai mancato la colazione e ti metterò a pulire le stalle fino all'ora di cena!» disse con un gran sorriso, mentre con il moncherino che gli usciva dall'uniforme verde gesticolava in direzione del mio giaciglio.

«Chi è la tua amica?»

Non lo sapevo, all'improvviso mi ero reso conto di non averne la più pallida idea.

«Chi sei?» le chiesi, voltandomi verso di lei, ed essa sorrise, come a uno scherzo. «Il *rab kisir* vuole sapere il tuo nome e anch'io lo voglio, perché sei molto bella. Come ti chiami?»

«Dammi il nome che vuoi, Signore; sebbene mia madre mi abbia chiamata Zabibe, dal nome di una regina.»

«E ha fatto bene.»

Tabshar Sin mi porse una bacinella d'acqua perché potessi sciacquarmi la faccia, ormai sveglio e felice di rivederlo.

«Senza dubbio mi avranno assegnato delle stanze nel palazzo di mio padre, sebbene non sappia dove. Va' a cercarle e aspettami là, Zabibe.»

La ragazza raccolse le sue cose e uscì, e io non ne fui dispiaciuto, perché una donna è una buona cosa la notte, quando ci si sente soli e si desidera un po' di piacere, ma la luce del giorno appartiene agli uomini.

«Vieni» dissi, mettendo un braccio intorno alle spalle di

Tabshar Sin: era più piccolo di quanto ricordassi. «Devi raccontarmi tutte le novità mentre ci beviamo un boccale insieme, perché ho una gran voglia della birra di Ninive...»

Ci sedemmo con la schiena appoggiata al muro del vecchio alloggio dei cadetti, godendoci il sole, già un po' alticci.

«Ti ricordi?» domandò alla fine, con gli occhi socchiusi e un lieve sorriso sulla labbra. «Ti ho dato proprio qui la tua prima lezione con la spada. Allora pensavo: "Ha tenacia, ma che gli dei lo assistano in un duello!". Spero che in seguito tu sia migliorato.»

«Un po'» dissi, pensando ad Asarhaddon. «Abbastanza da impedire a qualche ubriaco di tagliarmi la gola, ma non è la mia specialità.»

«No... era quella di Asarhaddon, prima che diventasse *marsarru*, però, e si dimenticasse di essere un soldato.»

Non risposi e non credo che Tabshar Sin si aspettasse una risposta.

«Ormai ho soltanto un cadetto.» Sospirò, come un uomo che stia meditando sulle sue numerose afflizioni. «Un altro principe di sangue reale, e partirà con l'esercito all'inizio della nuova campagna.»

Qualcosa nella sua voce mi costrinse a guardarlo davvero per la prima volta, e vidi ciò che prima mi era sfuggito: Tabshar Sin, come ogni altro, era diventato vecchio. Nella sua barba c'era più bianco che nero e la faccia, gli occhi, erano quasi quelli di un cadavere.

«Che farai allora?» gli chiesi.

«Non lo so, e non me ne importa gran che. Suppongo che me ne ritornerò al mio villaggio, dove non conosco più nessuno, ad annaffiare le palme da datteri.»

«Vieni con me ad Amat. Addestra i soldati che dovranno combattere contro i Medi.»

«Parli sul serio?» Spalancò gli occhi e mi guardò, quasi come se lo avessi svegliato di soprassalto.

«Sì, parlo sul serio.»

«Allora potrei avere la gran fortuna di morire in battaglia!»

«Verrai, dunque?»

«Sì, certo che verrò! Ti ringrazio, Principe. Sarà come una volta.»

«No, sarà meglio.»

Presi l'anfora di birra che si era tenuta in grembo e me

ne versai il contenuto in gola, gettando la testa all'indietro, molto soddisfatto di me stesso.

«Dov'è Asarhaddon?» domandai a un tratto, senza sapere bene perché.

«A Calah. Ma sarà qui domani, perché il re lo ha mandato a chiamare. Credo che non sappia resistere alla tentazione di umiliare Asarhaddon non appena ne ha l'occasione, perciò lo farà venire a Ninive mentre ci sei tu, perché veda l'affetto che il popolo ha per suo fratello.»

«Mi ama, il popolo?»

«Sì. Ma non gloriartene tanto. È vero che sei lodato perché combatti i Medi e hai in odio i Babilonesi, ma soprattutto ti lodano perché non sei Asarhaddon.»

«Eppure è lui che ha incontrato il favore degli dei.»

«Ma solo il loro!» Tabshar Sin mosse le spalle come se sentisse freddo. «Ci saranno guai. Sarò più che contento di aver lasciato Ninive quando il Signore Asarhaddon salirà sul trono.»

«Ma possono accadere ancora molte cose, il re può vivere ancora molti anni.»

«Sì, ma senza regnare. Tu lo hai visto, Principe. Quanto tempo passerà prima che tuo fratello sia re, di fatto se non di nome?»

Si riprese l'anfora, ma solo per tenersela in grembo, stringendo le dita intorno all'imboccatura, dopodiché parve dimenticarsene completamente.

«Per questo, vedi» continuò alla fine, tornando a chiudere gli occhi, «non mi dispiacerà affatto andarmene, e se mi raggiungerà una lancia dei Medi, per me sarà lo stesso.»

Per tutto il resto della mattinata fui ricercato dagli ufficiali e dai soldati, alcuni dei quali li conoscevo fin dal tempo delle guerre nel sud, mentre altri non li avevo mai visti. Sembrava che fossi sempre al centro di qualche piccolo crocchio di uomini che mi chiedevano come combatteva la cavalleria scita, se avessi trovato utili i carri nelle montagne, mentre altri si limitavano ad ascoltare. Qualcuno mi chiese perfino se l'avrei preso con me nella guerra contro i Medi. A quanto pareva i miei rapporti avevano suscitato una vasta eco nella casa della guerra e la mia popolarità presso l'esercito sembrava non esser mai stata tanto grande.

Ma, come mi aveva fatto notare Tabshar Sin, era meno per effetto della mia opera che di quella di mio fratello: io non ero lui e non condividevo il suo amore per i Babilonesi, perciò mi si amava.

Fin da quando il Signore Sennacherib aveva saccheggiato la città di Marduk, lasciandola in rovina, ridotta a tana per le volpi e nido per le civette, nella Terra di Assur si erano formati due partiti, due modi di pensare, a questo proposito. Alcuni ritenevano che il re avesse fatto una cosa malvagia nel distruggere l'antico potere di Babilonia: questi parlavano della città come di una madre e temevano l'ira del suo dio, desiderando di ricostruirne le mura, purificare i suoi santuari e indurre il re, o uno dei suoi figli, a ripristinare il culto di Marduk regnando in Sumer. Questo era il parere dei sacerdoti e molti si univano a loro. L'altro partito, ed era il più forte nell'esercito e fra la gente comune, desiderava che Babilonia restasse in rovina per sempre. «A che scopo crearci una nuova nazione di nemici?» si domandavano. «Non abbiamo già i barbari che premono a settentrione e a oriente? Non ci bastano, forse?»

Finché il re viveva, nemmeno un mattone delle mura di Babilonia sarebbe stato posto sull'altro, perché questa era la sua volontà. Ma alla morte del re...? Era noto che i sacerdoti avevano una grande influenza su Asarhaddon, e che molte volte egli aveva parlato dei nostri grandi crimini contro gli antichi dei. Perciò erano in molti ad avere paura.

Il popolo e l'esercito cercavano quindi qualcuno da preferire ad Asarhaddon e io ero rispettato dove lui era deriso e il mio nome era sulle labbra di tutti.

Ma diventare rivale di mio fratello voleva dire spezzare la linea della successione legale e la volontà del dio, e questo io non ero pronto a farlo. Quando, dunque, avessero capito le mie intenzioni, avrebbero messo un altro idolo al mio posto: era questo che Tabshar Sin aveva voluto dirmi.

E Tabshar Sin era più saggio di me, perché io ero ancora abbastanza giovane da essere lusingato da tante attenzioni, e la vanità di un soldato, così si dice, è come un buco scavato nella sabbia: inghiotte tutto.

Il re era però ormai tanto vecchio da esser diventato sciocco e da aver dimenticato chi un giorno o l'altro avrebbe dovuto regnare nella Terra di Assur, perché incoraggiava il mio orgoglio e detestava Asarhaddon, cosa che avrebbe potuto evitare se fosse stato più saggio. Il re si comportava così anche per rendermi nemico di mio fratello e di questa colpa avremmo un giorno pagato entrambi il prezzo.

Ma, come ho detto, io ero lusingato e non trovavo pericoloso essere tanto esaltato. Forse che il vincitore di tante nazioni meritava di meno? Asarhaddon avrebbe avuto il trono, perché io non avrei dovuto avere la gloria?

Asarhaddon avrebbe avuto il trono: e non aveva già, anche da *marsarru*, ciò che per me valeva più di un qualsiasi regno? Non aveva forse la Signora Esharhamat? Era stato un errore tornare a Ninive, perfino io riuscivo a capirlo chiaramente adesso, ma ormai l'avevo rivista e il veleno mi era già entrato nel sangue.

Che male poteva esserci nel cercare di vederla per pochi minuti? Non lo aveva fatto anche lei? Qualche istante, una parola, non chiedevo di più. Era incinta di molti mesi, perciò sarebbe stato tutto molto innocente, non avremmo dato nessuno scandalo. Questo mi dicevo e questo credevo perfino.

Ma non si poteva nemmeno pensare a un incontro clandestino. Non ci sono segreti in un palazzo reale e senza dubbio Esharhamat era circondata da spie: la signora Naq'ia, se non suo figlio, avrebbe voluto essere ben informata di tutto. Inoltre, se Asarhaddon avesse cambiato idea, decidendo di uccidermi, non volevo che lo facesse per gelosia di sua moglie.

Stabilii quindi che sarei andato la sera stessa a trovare Esharhamat nel suo giardino. Era anche possibile che, per prudenza, non volesse ricevermi, ma io sarei andato lo stesso.

Perciò, nell'ultima ora di luce, mi ritrovai seduto sulla panca di pietra accanto alla fontana d'acqua gorgogliante. Uno schiavo eunuco mi aveva introdotto nel giardino, lasciandomi poi solo, mentre andava ad avvertire la sua padrona: quasi solo, perché una gatta, non più molto agile e troppo grassa per saltarmi in grembo, prese a sfregarsi contro le mie caviglie. La tirai su perché era una mia vecchia conoscenza.

«Ebbene, Lamashtu, amica mia» mormorai, grattandola delicatamente sul collo, al che essa cominciò immediatamente a fare le fusa, affondandomi gli unghioli nella gamba, deliziata. «Sei diventata piuttosto vecchia dall'ultima volta che ci siamo visti. Vedo che la tua padrona ti vuole ancora bene.»

«La sua padrona è sempre stata costante negli affetti.»

Alzai lo sguardo, sobbalzando al suono della sua voce vicinissima a me, e vidi Esharhamat in piedi, con la mano appoggiata al bordo della fontana. Era lì, senza che avessi sentito nemmeno il fruscìo della sua veste.

«Non è una cosa di cui tu possa vantarti» continuò, e il suo viso inespressivo sembrava di marmo. «Perché sei venuto, Tiglath?»

«Pensavo che almeno questo non avrebbe avuto bisogno di una spiegazione.» Sorrisi, sentendo di aver commesso un errore sciocco.

«Non senti alcuno scrupolo nel far visita alla moglie di tuo fratello? Ma certo, avevo dimenticato. Asarhaddon è a Calah.»

Riuscì a sorridere e sembrò costarle molta fatica, come se l'avesse da tempo dimenticato. L'effetto non fu gaio, ma credo che avesse raggiunto lo scopo che si era prefissa.

«Sì, è a Calah. Tornerà domani e ci incontreremo alla presenza del re, ma certamente tu lo vedrai prima. Digli, se credi, che sono venuto a salutarti.»

«Vuoi farmi credere di non avere paura?» Si sedette accanto a me, prendendo la gatta dal mio grembo e mettendola nel suo. «Molto bene. Ti credo, non ho mai pensato che la tua vigliaccheria includesse la paura di Asarhaddon.»

«Sei stata così infelice, dunque, Esharhamat?»

Lo sguardo che mi lanciò, la sorpresa e la violenta emozione che lessi sul suo volto... non credo di essermi mai tanto vergognato, sebbene anche in questo momento non sappia con precisione di che, pur avendo soltanto l'imbarazzo della scelta.

«Sì! Sì, sono stata infelice» rispose e le voce prese a tremarle come per un pianto represso. «Sono infelice in questo momento, e lo sarò, ne sono certissima, finché la morte non mi libererà, la sua o la mia, non m'importa di chi! Sono stata la moglie di Asarhaddon per quasi due anni e tu mi chiedi se sono stata infelice?»

Abbassò lo sguardo sul suo ventre, grosso e tondo, e vi premette le mani, come se volesse nasconderlo alla mia vista. La gatta, forse avvertendo che quel momento di pace era finito, si allontanò silenziosamente.

«Il mio bambino si chiamava Siniddinapal, ed è morto che

aveva pochi mesi. Lo amavo, ma lui è morto. ''Non disperarti'' mi dicevano ''avrai altri bambini''. E ora il mio ventre è gonfio di nuovo e io lo odio questo bambino, anche prima che sia nato... e sarà un maschio, sai. Il figlio di Asarhaddon, sarà un re, come suo padre, e io vorrei poter... vorrei che il Signore mio marito potesse avere un cadavere per erede!»

Solo le donne conoscono quella specie di acredine, quel senso d'ingiustizia per la tirannia delle loro stesse passioni, per essere state tradite dalla logica spietata della natura stessa. Questo le pone, alcune di esse almeno, al di fuori del cerchio magico che noi, nella nostra ingenuità, chiamiamo i casi della vita, come se fossero morte perfino alla speranza di essere felici, e si trasformassero in spiriti vendicatori. Tutto questo lo capii in quell'istante, guardando gli occhi ardenti di Esharhamat, carichi di odio.

Ma fu saggezza di un attimo che scomparve immediatamente quando, con le lacrime che le inondavano finalmente il viso, Esharhamat non fece resistenza mentre la prendevo fra le braccia.

«Perdonami» mormorai, baciandole i capelli. «Perdonami. Volevo soltanto obbedire al volere del dio, e invece ho reso tutti infelici.»

«Oh, non parlarmi del tuo dio!»

Si liberò dal mio abbraccio, la sua collera esplose di nuovo come brace ravvivata.

«Il tuo dio! Noi siamo i suoi giocattoli! Un bambino che tiri una sassata a un nido non potrebbe essere più spietato. ''Il volere del dio'', tu dici. Il volere di Assur!... per una cosa tanto vuota mi hai lasciato andare nel letto di Asarhaddon!»

Cercai di parlare, ma le parole mi morirono in gola. Non sapevo far altro che tenerla per le spalle che tremavano per la terribile passione che la scuoteva tutta.

«Sai che cos'è stato per me il suo letto, lo sai, Tiglath?» Un sorriso terribile, senza gioia, le comparve come una smorfia sulle labbra. «La notte delle nozze mi ha detto: ''Vediamo il tuo didietro, moglie, per capire che cosa ti ha insegnato mio fratello dell'arte di piacere a un uomo''. Questo ho imparato sotto il velo del matrimonio, a essere sottomessa a tutto. Eppure non credo che mio marito sia anche oggi soddisfatto di me... sai che cosa fa, a volte, quando è abbastanza ubriaco? Mi manda le sue sgualdrine a istruirmi! Qualche volta se le porta dietro, anche. Ti divertono queste scenette di vita matrimoniale, Tiglath? O forse sei imbarazzato?»

Ammetto che non avrei saputo dire che cosa provavo in quel momento. Non riuscivo ad articolare parola, l'aria stessa nei polmoni sembrava trasformata in ghiaccio ed ero incapace di sensazioni come se fossi stato una piastrella del pavimento sotto i miei sandali. Succede così nel corso di una battaglia, quando si riceve un colpo micidiale e si rimane per un momento accecati e paralizzati in un lampo di luce abbagliante: il dolore verrà, ma per il momento sembra una cosa lontana.

Sarebbe venuto, però. Quando ritrovai il respiro, provai il desiderio di urlare di rabbia, le mani mi prudevano dalla voglia di stringere un'arma; un'ascia volevo, volevo mescolare il sangue di Asarhaddon alla polvere del suolo, non volevo soltanto ucciderlo, desideravo tagliarlo a pezzi per darlo in pasto ai cani. Perché non lo avevo ammazzato quando ne avevo avuto l'occasione? La mia spada gli si era appoggiata alla gola...

Mi alzai in piedi, tremando di una muta collera, senza riuscire a guardare Esharhamat in viso. Non potevo.

«Bene, sono contenta di avertelo detto» riprese con voce calma, ogni passione spenta. «Vedi dove ci ha portato il volere di Assur, Tiglath. Perché non voglio che tu provi pietà, voglio solo che provi vergogna.»

«Questo l'hai ottenuto, perché mi vergogno.»

«Adesso sono felice.» Allungò la piccola mano bianca e mi toccò un braccio. «Perché verrà il giorno in cui ti chiederò di voltare le spalle al tuo dio... e di tornare da me.»

XXVI

Mio padre si aspettava la mia presenza al banchetto di quella sera, ma non c'era posto in me per i doveri di suddito e di figlio. Non ricordavo quasi l'esistenza del re, tutto ciò che sapevo era che non avrei potuto restare a Ninive un'ora di più.

Non presentai quindi le mie scuse né lasciai un messaggio. Andai semplicemente a prendere il mio cavallo nelle scuderie della casa della guerra e uscii al galoppo in aperta campagna. La notte stava già ricoprendo la terra con le sue ali, ma anche di questo quasi non mi accorgevo. La mente mi scoppiava e batteva come per una ferita e credetti che sarebbe bastato il suono di una sola parola a farla esplodere.

«*Sono ormai tanto degradata dal tocco delle mani di tuo fratello che tu non mi possa più amare, Tiglath?*» aveva chiesto, schernendomi con la sua domanda. «*Vuoi sapere altri particolari sulle sue visite nel mio letto? Non hai che da chiedere perché non ti nasconderò niente. Chi più di te ha il diritto di conoscere tutte le intimità fra Asarhaddon e me, tutti i vezzi con i quali sa rendersi caro a una donna? Devo raccontarti tutto, Tiglath?*»

Sembrava ridere e piangere insieme; si era gettata alla fine fra le mie braccia, singhiozzando come una bambina.

«*Non lasciarmi in questa oscurità, Tiglath, ti prego... non abbandonarmi un'altra volta!*»

Non parlammo più. Non ricordavo neanche come fossi riuscito a staccarmi da lei, ricordavo soltanto il suo volto, rigato di lacrime.

Galoppai quindi nel buio della notte, quasi pazzo dall'ira nel mio dolore cieco e impotente.

Galoppai per ore, frustando il cavallo finché i fianchi non diventarono scivolosi per la schiuma, finché non ne poté più e si fermò, annaspando per trovare il respiro, la grande cassa toracica che si sollevava per lo sforzo. Smontai e proseguii a piedi, lasciando le luci delle torri di guardia della città molto lontane alle mie spalle.

Il vento gelido mi penetrava sotto il mantello come migliaia di aghi di ghiaccio, ed era già così buio che non riuscivo a vedere dove mettevo i piedi.

Alla fine, mentre il cervello cominciava a snebbiarmisi e il freddo diventava un fastidio, una distrazione indesiderata, cominciai a cercare un riparo, e trovai una capanna in rovina, senza dubbio l'abitazione di qualche contadino morto da lungo tempo, senza tetto, i muri di mattoni cadenti e corrosi dalle intemperie, ma ancora abbastanza solida da offrire una protezione contro il vento. Legai il cavallo e mi accucciai in un angolo, avvolgendomi il mantello intorno alle ginocchia. Il posto non offriva molte comodità, ma mi avrebbe impedito di morire di freddo e, inoltre, non avevo alcuna voglia di cercare qualcos'altro.

Nessuna emozione dura per sempre. Nelle gelide ore del mattino, la mia si era trasformata in un cupo risentimento, abbastanza doloroso, ma che per lo meno non mi strappava più la carne dal petto come una donnola rinchiusa in un sacco di cuoio. Cominciai a pensare con qualche soddisfazione all'idea di tagliare la gola ad Asarhaddon, un'idea che mi affascinava, e per un attimo provai qualcosa di simile al piacere. Ma sarebbe stato impossibile: la persona del *marsarru* è sacra al pari di quella del re. Eppure non riuscivo a rifiutare a me stesso la soddisfazione di immaginare, ed è questo il primo passo che la mente fa per guarire se stessa illudendosi che tutto possa andare a posto grazie a un'azione determinata.

Cominciai poi a cercare soluzioni più pratiche. Se non potevo uccidere Asarhaddon, potevo forse chiedergli di ripudiare sua moglie: non gli piaceva e, una volta che gli avesse dato un figlio sano... Ma anche questo era impossibile. Tutti conoscevano la profezia secondo la quale sarebbe stata madre di re. Esharhamat era il sigillo che legittimava il suo diritto al trono, e se avesse avuto figli da un altro uomo, e se gli auspici fossero stati favorevoli a questi ultimi, nessun figlio di Asarhaddon avrebbe potuto sentirsi sicuro.

«*Volta le spalle al tuo dio... e torna da me*» aveva detto. «*Volta le spalle al tuo dio.*» Come avrei potuto fare una cosa simile?

Non mi sarebbe stato concesso di uccidere Asarhaddon onorevolmente, in un combattimento aperto, ma avrei potuto farlo assassinare. Sì. Uomini morivano così tutti i giorni: non erano forse corse voci sulla morte di Arad Ninlil? Non mi sarebbero mancati i complici volenterosi, se avessi deciso di impiegarli, perché raramente un erede al trono era stato tanto malvisto come mio fratello. Una coppa di vino avvelenata, forse...

Ma avrei potuto farlo? *Io* lo potevo? No. Ormai odiavo Asarhaddon, ma egli non correva pericoli da parte mia. Non avevo sufficiente coraggio per un simile tradimento.

Che cosa mi restava, dunque? Incontri furtivi con Esharhamat? Niente più di questo? E forse nemmeno questo.

Sembrava che il nodo non potesse essere districato.

L'alba stava avvicinandosi e il sole di Assur sorgeva dietro le montagne a oriente. All'inizio disegnò soltanto il loro profilo frastagliato mentre il cielo, con penosa lentezza, assumeva un colore grigio pallido, poi, finalmente, il dio attizzò il suo fuoco e si levò ancora una volta per scacciare i fantasmi della notte. Il mondo aveva ricevuto il dono di un altro giorno di vita.

Non posso dire che fossi di umore ottimo. Mi sentivo le gambe irrigidite dal freddo, avevo fame e un rancore sordo e ostinato mi offuscava la mente come i fumi del vino dopo una notte di baldoria. Ero in uno stato d'animo velenoso e cattivo e ce l'avevo con tutto quanto mi circondava, perfino col sole del mattino.

Ero a molti *beru* dall'abitato più vicino, non si vedeva nemmeno un campo arato nelle vicinanze, eppure, guardandomi attorno, ebbi la sensazione di riconoscere il luogo in cui mi trovavo. Forse ero passato di lì una o due volte durante una battuta di caccia; comunque, mi era familiare.

Entro tre ore, cavalcando a caso, raggiunsi un villaggio, e i contadini si radunarono intorno al mio cavallo gridando «Signore! Signore! Il Signore Tiglath!». Non appena ebbi messo piede a terra mi trovai circondato da donne che mi offrivano birra da grandi anfore di terracotta, cestini di frutta e carne d'agnello arrostita.

Vivevano lì alcuni uomini che avevano combattuto a Khalule. Ci sedemmo intorno al fuoco (eravamo circa sessanta o settanta persone in tutto, inclusi i vecchi e i bambini) e banchettammo insieme.

Di fronte a un'ospitalità tanto calorosa si fa fatica a concentrarsi sulle proprie disgrazie e, così distratto, impiegai qualche tempo prima di ricordare che ero il più infelice degli uomini. Mi vergognavo di essermene dimenticato, ma naturalmente era un po' tardi, perché ormai ero allegro, e non mi restò che ringraziare gli dei di aver dato agli uomini un cuore tanto infantile e incostante, affinché il loro dolore potesse avere limiti così ridotti; ma non mi sentivo troppo orgoglioso.

«Rimani con noi» mi dissero gli anziani. «Ci porterai fortuna e la benedizione degli dei.»

''Perché no?'' pensai. Sì, me ne sarei rimasto lì per un po', mi sarei nascosto in quel luogo.

Ma il Signore Tiglath Assur non poteva nascondersi in nessun luogo. La mattina seguente un araldo del re, con il nastro d'argento legato al bastone del suo stato, entrò a cavallo nel villaggio.

«Il Signore Sennacherib, re dei Quattro Angoli della Terra, saluta il Principe reale, il Signore Tiglath Assur» annunciò, esattamente come se si rivolgesse a una folla anziché a un solo uomo. Era alto e dal volto liscio, un personaggio veramente grandioso, come sono sempre questi guerrieri di corte, con le loro spade incrostate di gemme. «Sono stato inviato insieme ad altri a scoprire la ragione dell'improvvisa scomparsa del Signore Tiglath Assur.»

Avrei dovuto aspettarmelo. Mio padre, che invecchiando era preda di facili paure, aveva probabilmente mandato a cercarmi dappertutto, con l'ordine di ritrovarmi o di non ripresentarsi a palazzo. Era possibile che le sue guardie stessero in quel momento rivoltando ogni pietra della città, per cercarmi vivo o morto. Era stato crudele ciò che avevo fatto, avrei dovuto lasciare un messaggio.

«Puoi dire al re che mi hai trovato» dissi. «Sono qui e ci resterò per qualche tempo.»

«Il Signore Sennacherib ti ordina di ritornare immediatamente» dichiarò tutto impettito.

«Non è possibile.»

Sorrise e, d'altronde, perché non avrebbe dovuto sorridere? La sua non era forse la voce del re?

«E perché non è possibile?»

«Non è possibile perché io non voglio!» gridai, avendo perduto completamente la pazienza. «Va'! Riferisci a mio padre che tornerò quando tornerò. Sparisci!»

Battei i piedi per terra dall'irritazione e l'araldo sobbalzò letteralmente dalla paura. Sono davvero eroici, questi eunuchi di corte! Dopo pochi istanti era a cavallo e sollevava una nuvola di polvere sulla stada di Ninive.

Ogni giorno, finché restai nel villaggio, andai a caccia da solo, tornando con daini e cinghiali per la gioia dei miei bravi ospiti, i quali godevano per l'abbondanza di carne fresca; ma io non trovavo alcun piacere in quell'esercizio.

Tutto ciò che desideravo era starmene da solo e passavo quindi la maggior parte del pomeriggio seduto all'ombra di un'acacia, meditando sullo strano destino che la vita aveva ideato per Esharhamat, Asarhaddon e me. Dalle mie meditazioni non usciva alcuna soluzione, secondo i disegni del dio, ma la natura del problema mi si rivelò man mano con assoluta e scoraggiante chiarezza.

Eravamo tutti in trappola: Esharhamat in un matrimonio basato sul rancore e il disprezzo, Asarhaddon in una posizione elevata poco confacente ai suoi gusti oltre che al suo talento, e io... io volevo una donna che non potevo avere, un fato questo abbastanza comune, mentre alla gloria del trono avrei potuto rinunciare senza grande sforzo. Perché dunque mi sentivo a tal punto estraniato da me stesso? Non lo sapevo, era quella la mia pena, non sapere.

E ogni sera, seduto insieme agli uomini del villaggio, discutevamo di guerra e di coltivazione dei campi, i soli due argomenti degni, bevendo birra finché il sonno sopraggiungeva, un sonno senza sogni tormentosi. Vissi così per cinque giorni.

Il terzo giorno il re inviò un altro araldo che fece la fine del primo, anche se usai un po' di cortesia, e la sera del quinto giorno, molto tempo dopo che la gente del villaggio era andata a letto, ne venne un altro e a questo dissi che sarei tornato a Ninive. I suoi ordini erano di scortarmi, ma gli dissi che non glielo avrei permesso, non ero uno scolaretto che doveva essere riportato a casa per un orecchio. Io sarei tornato come me ne ero andato, da solo.

La mattina seguente, mentre montavo a cavallo, una donna del villaggio mi dette una fiasca di terracotta piena d'acqua e una piccola sporta di vimini con pane e carne secca. Mi allontanai senza voltarmi indietro, nel silenzio più assoluto, rotto solo dal rumore degli zoccoli del mio cavallo.

La Porta di Nergal, che si apre sulla strada per Tarbisu, era ancora aperta quando vi giunsi e non dovetti quindi gridare per farmi identificare dalla sentinella, ma passai semplicemente in mezzo agli altri, un uomo a cavallo come tanti, e nessuno mi notò. Un principe senza la sua scorta diventa uguale agli altri, non ha una particolare maestà e non viene riconosciuto. È una cosa di cui bisognerebbe ogni tanto ricordarsi.

Ero appena arrivato nelle mie stanze e mi stavo togliendo il mantello per lavarmi la polvere della strada dagli occhi, quando un paggio entrò di corsa, seguito immediatamente dal re in persona.

«Dovrei farti tagliare i piedi per impedirti di andartene in giro in questo modo» disse abbracciandomi. «Ed è un delitto punibile con la morte rifiutarsi di obbedire a un ordine del re. Figlio mio, per quanto io ti ami, ti punirei togliendoti la vita se non fosse per tuo fratello Asarhaddon. La tua assenza ha obbligato il Mulo a rimanere qui a Ninive più a lungo di quanto gli aggradi, e io mi sono molto divertito allo spettacolo della sua impazienza e collera. È sempre un piacere vederlo infuriato, ma questa volta era davvero fuori di sé: non parla d'altro che della tua ''inconcepibile impudenza'' e di come lui ti farebbe frustare se fosse il re. Sei fortunato ad aver finalmente in lui un nemico. Vieni, ho fatto aspettare i convitati in tuo onore.»

Il nostro ingresso insieme nella grande sala provocò una certa sensazione, perché nessuno sapeva come mai avessi lasciato la città o se sarei stato ancora nelle grazie del re al mio ritorno: la vita di corte è fatta di simili cose e probabilmente una buona metà dei nobili invitati al banchetto di quella sera si aspettava qualche cambiamento che li avrebbe innalzati o abbassati nel favore reale.

C'era poi la questione di Asarhaddon e della sua fin troppo prevedibile reazione alla vista del re che si appoggiava al mio braccio.

Il banchetto di mio padre costituì dunque un'occasione di grande turbamento e, come accadeva così spesso negli ultimi anni del suo regno, degenerò rapidamente in un'orgia da ubriachi. Nello spazio di un'ora i cortigiani (dignitosissimi in altre occasioni), con le facce rosse per il vino, cominciarono a tirarsi l'un l'altro pezzi di carne arrostita, e vidi almeno tre danzatrici sollevate di peso sulla tavola, fatte sdraiare sul dorso e montate dagli invitati che aspettavano il loro turno rispettando le precedenze. Era una scena degna di una caserma di provincia dopo due mesi di campagna.

Ma il re si divertiva, rideva e scherzava in modo rozzo, incitando quanti si tenevano in disparte a unirsi all'allegria generale. Tormentare Asarhaddon e osservare la depravazione dei suoi dignitari, questi erano i piaceri ai quali il re sembrava essersi ridotto. Alla fine, si alzò dalla sedia, si diresse in un angolo, vomitò rumorosamente e si lasciò condurre a letto.

E per tutto questo tempo mio fratello e io, come di comune accordo, bevemmo poco, scambiammo a malapena qualche parola con quanti ci erano vicini ed evitammo accuratamente di guardarci negli occhi. Si sarebbe potuto pensare che per ciascuno di noi il solo ammettere l'esistenza dell'altro fosse assolutamente insopportabile.

Non appena il re si fu finalmente ritirato, me ne andai a riposare, lasciando il campo ad Asarhaddon. Ero stanco di Ninive, volevo soltanto ritornare al sicuro oblìo della mia guarnigione di Amat, dove i soli nemici li incontravo in battaglia. Avrei volentieri abbandonato tutta questa splendida corruzione a mio fratello, il quale senza dubbio l'apprezzava più di me. Che sia questa la sua punizione, pensai, di regnare in questo canile fino a morire dal disgusto. Appena il re mi avesse lasciato andare, me ne sarei volato via come un uccello dalla sua gabbia d'oro. I Medi mi avrebbero mille volte ripagato, avrei ammucchiato i loro cadaveri quali monumenti alla mia gloria immortale.

L'intricata ragnatela della vita sembra semplice, infatti, a un giovane, e io ero giovane allora, sebbene mi sentissi carico d'anni e pieno di amara saggezza.

Nelle mie stanze, la ragazza araba, Zabibe, mi aiutò a spogliarmi e mi massaggiò con olio caldo e profumato. Quasi mi addormentai sotto le sue mani esperte. Quasi, ma non proprio del tutto.

«Il mio Signore è stato assente molti giorni» mormorò mentre mi bagnava il viso con acqua nella quale erano stati immersi petali di fiori. «Temevo che il mio Signore avesse dimenticato la sua schiava.»

L'avevo dimenticata infatti, il pensiero di lei non mi aveva sfiorato neppure per un attimo in quei giorni, ma mi sembrò scortese dirlo e perciò mi limitai a sorridere.

«Zabibe vive soltanto per cercare il favore del suo Signore» continuò, con una voce gentile come il frullare di un'ala. La punta delle sue dita mi sfiorò il membro, duro ormai come bronzo. Il suo incarnato pallido catturava tutta la luce proveniente dalla lucerna posta accanto al mio letto facendola apparire il solo oggetto reale della stanza. «Il mio Signore deve imparare a dimenticare tutti i suoi dispiaceri, a lasciarli cadere come un indumento sporco. Il mio Signore deve permettere a Zabibe di dar sollievo al suo cuore.»

Ascoltavo la sua voce, sentendomi come un bambino cullato da una ninnananna; ero consapevole di star ascoltando solo l'esperto chiacchiericcio di una prostituta, ma non me ne curavo. Che differenza c'era fra il vero e il falso? Perché avrebbe dovuto importarmene? Dovevo afferrare quell'istante: la felicità era un'ombra, ma il piacere almeno era reale.

La mattina seguente mi svegliai con un forte mal di testa. Il braciere, ormai freddo da ore, aveva lasciato nell'aria un lieve odore di fumo e Zabibe stava russando come un bufalo. Ecco come finiva una notte di passione: con un mattino d'inverno, la testa dolorante e una donna che avrebbe preteso, non appena aperti gli occhi, di essere chiamata la più grande benedizione del cielo. Mi infilai la tunica e scivolai senza far rumore fuori della stanza. Forse la sera avrei nuovamente desiderato quella ragazza, ma per il momento non ne tolleravo nemmeno la vista. Mi rifugiai nella casa della guerra, dove potevo ripulirmi la mente con un bagno di vapore e godermi una colazione da soldato, a base di birra e miglio bollito.

«Il Temibile Signore Sennacherib, re dei Quattro Angoli della Terra, saluta il Principe reale Tiglath Assur!»

All'interno del ristretto spazio della mensa ufficiali la voce rimbombò come un tamburo di guerra. Ero seduto a tavola con le spalle rivolte alla porta e non avrei potuto essere colto più di sorpresa, nemmeno se qualcuno mi avesse ficcato la punta di una spada fra le costole. Mi voltai e vidi un araldo con i nastri d'argento appesi al bastone: mi sentii mancare il cuore.

«Il Temibile Signore Sennacherib richiede...»

«Sì, sì, sì, dimmi soltanto dove» ribattei, stanco di questo piccolo rituale.

«Se vuoi seguirmi, Signore: adesso.»

Indicò con un gesto ampio la porta e io mi alzai per seguirlo docilmente.

Una portantina mi aspettava: in tutta la mia vita non ero mai salito su una portantina, dato che ritenevo di avere le gambe robuste come chiunque altro, e non mi parve quello il momento di cominciare a comportarmi come una concubina viziata, perciò la licenziai e seguii l'araldo a piedi. Riattraversammo i cortili del palazzo per uscire dalla Porta di Igisigsig fino ai giardini reali, che occupavano l'angolo compreso fra il fiume e le mura settentrionali della città, un luogo che mio padre amava e dove lo vidi, seduto sotto un pergolato, con una coppa di vino in mano. Asarhaddon era con lui, e non sembrava molto più allegro della sera precedente.

«L'eroe ha finalmente trovato un po' di tempo da dedicarci!» esclamò mio fratello, fulminandomi con lo sguardo mentre si alzava dal sedile. «Mi stupisco che lo si sia disturbato.»

Il re scoppiò a ridere e rovesciò il contenuto della sua coppa per terra, dietro un cespuglio fiorito.

«Il *marsarru*, mi sta dicendo che la tua campagna contro i Medi sarebbe uno spreco inutile. Sostiene che la nostra unica salvezza consiste nell'evitare la collera degli dei.»

Rise di nuovo, battendo per terra il piede calzato nel sandalo, come per sottolineare quanto lo scherzo fosse divertente, mentre Asarhaddon si accigliava e grugniva come un toro tormentato dalle mosche. Ovviamente la discussione durava da un pezzo.

«Il mio Signore *marsarru* ha, come sempre, ragione» risposi. «Solo uno sciocco rischierebbe la collera del Grande Assur, ma io ritengo che il dio non sarebbe dispiaciuto se noi ricordassimo ai Medi che lui e non il loro Ahura è Signore nelle terre a occidente.»

«Io parlavo del tempio di Marduk a Babilonia.»

Asarhaddon si rimise a sedere mentre mi avvicinavo a lui e credo temesse gli volessi porgere la mano.

«Quel luogo è in rovina: non ti ricordi, fratello, come abbiamo combattuto tu e io per distruggerlo? E Marduk ha abbandonato la sua città e oggi rende onore ad Assur nel nostro tempio, qui, a Ninive. Staresti per caso suggerendo che dovrebbe essere il contrario?»

Gli sorrisi. In quel momento lo odiavo più di quanto abbia mai odiato nessuno in vita mia. E non era ai Medi che pensavo, né ai templi distrutti di Babilonia, o all'onore degli dei immortali: pensavo a Esharhamat.

«Sì, mio Signore *marsarru*» s'intromise il re. «Staresti per caso suggerendo che dovrebbe essere il contrario?»

Si sedette con le mani sulle ginocchia, guardando ora l'uno ora l'altro, e gli occhi gli brillavano di un piacere malizioso, ma il sole che si rifletteva sulla sua testa grigia rivelava senza compassione l'avanzare dell'età.

Asarhaddon raccolse da terra un sassolino e lo scagliò contro un uccello appollaiato su un ramo a circa venti passi di distanza. Mancò di poco il bersaglio e l'uccello svolazzò via impaurito.

«I Medi non sono più pericolosi di quello» disse, e negli occhi gli lessi la consapevolezza di aver evitato una risposta diretta.

«*Quello* che, mio amato figlio, quell'uccello o il tuo tiro infallibile?

«Il culto del dio di Babilonia deve essere restaurato» replicò Asarhaddon, deciso a quanto pareva a non dare più ascolto all'ironia del re. «Marduk, che non lascia impuniti gli insulti, ha concepito un grande odio per la Terra di Assur e noi non potremo prosperare finché la città non sarà ricostruita. Se mancheremo a questo dovere la nostra dinastia sarà condannata.»

«Io non sono nato nella Terra di Sumer» dissi. «Io sono un uomo del nord e ripongo la mia fiducia nella misericordia di Assur.»

«Non hai bisogno di ricordarci che sei mezzo straniero, mio Signore Tiglath.»

«Così come non c'è bisogno di ricordare che tua madre si vendeva nelle taverne di Borsippa.»

Asarhaddon si alzò in preda a un terribile accesso di collera, con la mano già pronta sull'elsa della spada, e credo che se non fosse stato per il re avremmo posto fine all'istante alla nostra contesa. Ma mio padre si alzò e ci divise.

«Come osate!» gridò. «Come osate, tutti e due! Sono forse un contadino, col fango sui piedi, perché debba vedere i miei figli aizzarsi a un duello mortale? Ve lo proibisco! Siediti Asarhaddon, visto che sei il più colpevole. Stiamo parlando dei Medi.»

In fretta, come era nata, la crisi passò. Asarhaddon si rimise a sedere, ma da quel momento avrebbe potuto essere sordo per l'effetto che le mie parole ebbero su di lui.

«Posso dunque parlare dei Medi?» domandai; sembrava che ormai avessimo chiuso con ogni altro argomento.

«Sì, figlio mio. Parlaci dei Medi.»

«Sono un piccolo popolo, non sono importanti.» Mio fratello parlò senza nemmeno guardarmi.

«I Sagari, i Miyaneh, gli Iranzu, sono soltanto tribù. Sì, sono un piccolo popolo, ognuno preso a sé, e senza importanza. Ma se si riuniscono e cominciano a ritenersi una sola nazione, allora diventano importanti. E questo hanno cominciato a fare, sotto il comando di un uomo, Daiaukka, che si definisce loro re. Io ho incontrato questo re e so che possiede tutto ciò che fa più paura in un nemico. Si aggiunga che i Medi hanno trovato una nuova religione...»

Parlai e raccontai tutto quello che avevo appreso sulle montagne a oriente e il re mi ascoltò con grande attenzione, interrompendomi ogni tanto per chiedere qualcosa, un nome, o il significato di qualche parola straniera, ma per il resto conservando il massimo silenzio.

«E tu sei convinto che marceranno verso occidente?» chiese alla fine, intrecciando le mani sul grembo.

«Sì, Temibile Signore. Se non li fermeremo, e presto, scenderanno dalle loro montagne come lupi. Dobbiamo insegnar loro il costo di tali ambizioni, e se la lezione sarà abbastanza dura, forse ci lasceranno in pace per una generazione.»

«E per questo, senza dubbio, tu avrai bisogno di un grande esercito» disse Asarhaddon all'improvviso. «Molto più grande di quello attualmente al tuo comando.»

«Avrò bisogno di più uomini, sì. Forse altre sessanta compagnie.»

Mio fratello annuì, come se quella fosse la risposta che si era aspettato, e il sorrisetto tirato sulle sue labbra era quello di un uomo che vede confermati i suoi peggiori sospetti.

«Mio Signore» domandò «hai considerato a che fine mio fratello vuole ottenere un simile esercito al suo comando? Certamente non per combattere i Medi. Non può essere che pochi barbari di montagna, che sono una minaccia soltanto per le province orientali, giustifichino una risposta tanto massiccia. Io credo che il Signore Tiglath Assur desideri rafforzare la sua armata settentrionale per ragioni che hanno ben poco a che vedere con i Medi.»

«E quali sarebbero queste ragioni, mio Signore *marsarru*?»

Il re aspettò una risposta, scrutando il suo erede con occhi attenti e interrogativi.

«Credo che si stia preparando per il giorno in cui un nuovo re sarà seduto sul trono di Ninive. Credo che stia progettando di essere lui stesso il nuovo re.»

Asarhaddon incrociò le braccia sul petto e si volse a guardarmi. *Ti ho scoperto,* dicevano i suoi occhi. *Tu credi di essere stato tanto intelligente, ma io ho capito i tuoi intrighi fin dall'inizio.*

«Se questo è ciò che mio fratello crede, ho una risposta molto semplice.» Gli sorrisi e in quel momento ogni resto di affetto per lui morì. «Che sia lui stesso a comandare l'esercito. Che l'esercito sia la sua arma, non la mia. È un bravo soldato e senza dubbio vincerà. Che la gloria di questa vittoria appartenga a lui e non a me.»

«Perché tu possa restare nella capitale a complottare alle mie spalle con i miei nemici? Tiglath, mi credi davvero tanto sciocco?»

«Io dunque preparerei un esercito nel nord per derubarti della tua eredità» dissi, scuotendo il capo con aria di derisione. «E nello stesso tempo desidererei restare a Ninive sempre per derubarti della tua eredità. Decidi, Asarhaddon, in che modo deve avvenire questo mio tradimento!»

Il re si mise a ridere, e quando mio fratello cercò di dare una risposta, gli impose il silenzio con un gesto.

«Adesso parliamo di faccende serie» disse il re. «Tu affermi, Tiglath, di poter fermare i Medi per una generazione. E dopo? Torneranno?

«Sì, Temibile Signore. Quando avranno trovato un altro re che faccia dimenticare loro la potenza di Assur.»

«Sì... è così.» Scosse la testa con tristezza. «Sono stato ai limiti del Mare Settentrionale nei giorni della mia gioventù, quando guerreggiavo contro gli Ebrei e le città di Tiro e di Sidone. Ho visto le onde di quel mare lambire la spiaggia: avanzano e indietreggiano, proprio così. E ogni onda è più potente di quella precedente, fino alla nona e ultima onda, la più terribile. E questo Daiaukka, che si fa chiamare re, è forse la nona onda?»

«No, Signore. Suo padre fu forse la prima ed egli è soltanto la seconda.»

«Allora cerca di darci più tempo che puoi, Tiglath, figlio mio. Sono contento di essere un vecchio, per non dover più affrontare tali cose.»

A queste parole Asarhaddon si alzò e se ne andò corrucciato, senza rivolgerci uno sguardo, e il re non cercò nemmeno di fermarlo.

«Faresti una cosa simile?» domandò alla fine. «Faresti guerra al Signore Mulo per regnare al suo posto?»

«No.»

«È un gran peccato. Tu saresti stato un migliore re, ma non possiamo sempre scrutare nei disegni del dio. Mi fa orrore pensare a ciò che avverrà quando morirò.»

Si lisciò la barba, ormai quasi completamente grigia, e contemplò il suo giardino con occhi che sembravano non vedere niente. O forse vedeva i tempi che avrebbero seguito la sua morte? Non lo so.

«Avrai la tua grande guerra contro i Medi» disse alla fine. «Ma credo che sarà l'ultimo dono che riceverai dalla mia mano. Sono vecchio e stanco. Le forze mi stanno abbandonando di giorno in giorno, e non posso oppormi ad Asarhaddon da solo.»

«Da solo, Temibile Signore?»

«Sì.» Mi guardò e di colpo la sua espressione cambiò. «O forse non lo sapevi?» Mio fratello, il Signore Sinahiusur, sta morendo.»

«No, non lo sapevo. Sapevo che era malato, ma...»

«Sì, sta morendo. Va' a trovarlo, ragazzo, perché ti è sempre stato amico.»

Mentre aspettavo nella sala d'ingresso del palazzo di mio zio, fui colpito dalla quiete che vi regnava. C'erano molte persone venute a ossequiare il *turtanu*, la maggior parte, probabilmente, sperando di poter chiedere un ultimo favore, ma nessuno parlava. Sembrava che tutti stessero aspettando qualcuno e non volessero assolutamente mancare il suo arrivo.

''Speriamo che non accada la stessa cosa a me'' pensai. ''Speriamo che possa trovare il mio *simtu* nel corso di una battaglia, che mi arrivi quando meno me lo aspetto.''

«Il Signore Sinahiusur vuole vederti, adesso» disse il ciambellano, quasi bisbigliandomi nell'orecchio. «Se vuoi seguirmi, Principe.»

Fui seguito da molti sguardi quando uscii dalla sala: quanti là erano tanto sciocchi da invidiarmi?

La camera era notevolmente piccola e disadorna, senza altri mobili se non alcune cassapanche di cedro. Anche sul punto di prendersi l'ultimo riposo, il Signore Sinahiusur, il *turtanu* del re, giaceva sul pavimento su una comune stuoia. Mi sedetti accanto a lui; egli mi prese una mano e fui stupito dalla debolezza della sua stretta. La malattia, a quanto pareva, lo aveva consumato perché le ossa della testa erano chiaramente visibili sotto la pelle.

Ma la voce, quando parlò, era ancora forte.

«Tu hai visto il re» disse. «Approva la tua guerra contro i Medi?»

«Sì, Signore... sembra che io sia destinato a essere un conquistatore.»

Non ricambiò il sorriso, ma forse leggeva attraverso il mio sciocco scherzo.

«Sì. Un conquistatore.» Chiuse gli occhi per un istante e parve poi concentrare tutta la sua energia nello sforzo di riaprirli. «Anche Asarhaddon, quando sarà la sua volta, diventerà un conquistatore. Mi chiedo che cosa questo lasci presagire per la Terra di Assur.»

«Credi che io agisca male, Signore?»

«Male? No. Ma non ha più importanza ciò che penso. Né io né il re contiamo qualcosa ormai. Anche lui lo sa. Tu e Asarhaddon dovrete stabilire il corso degli eventi fra voi.»

Feci per parlare, per dire che si sarebbe certamente ristabilito e che sarebbe vissuto ancora molti anni, ma mi fermai. Che senso avrebbe avuto mentirgli quando conosceva la verità? Lo si leggeva sul suo volto, e non sembrava che gli importasse gran che.

«I medici, quando sarò morto, mi sbudelleranno per assicurarsi che non sia stato avvelenato.» Sorrise, come a qualche sciocchezza infantile. «Mi troveranno la pancia piena di corruzione, perché non muoio per mano di un nemico mortale. Mi chiedo in che cosa abbia offeso il dio perché mi abbia riservato una fine simile.»

«Tu sei un uomo pio, Signore, non può esserci ombra di peccato in te.»

«Credi?» domandò, stringendomi la mano. «Forse, ma non sono tranquillo. Abbiamo sbagliato tutti a un certo punto, Tiglath, eppure non so capire dove. È anche possibile che gli indovini ci ingannino con false speranze e forse noi pecchiamo nell'immaginare di poter conoscere il volere del dio.»

Sedemmo in silenzio per un lungo istante durante il quale il Signore *turtanu* sembrò rivedere il corso sinuoso della sua vita. Mi teneva ancora la mano, ma ebbi l'impressione che si fosse dimenticato che ero lì. Era come se avesse sottratto un momento della visita per continuare la sua lunga fatica di morire, e questo doveva farlo da solo.

«Pensavo che ti avrei visto prima» disse finalmente, facendomi quasi sobbalzare. «Ma poi hai lasciato la città così all'improvviso... no, non devi darmi spiegazioni. Come tutti del resto, ho anch'io le mie spie e la ragione la conosco. Che farai, Tiglath, ragazzo mio, che farai?»

«Fare, Signore, che cosa posso fare?»

«Il dio solo lo sa.»

«Ma il dio tace.» Scossi il capo, chiedendomi come fossimo arrivati a parlare di questo argomento. «Tiene segreti i suoi disegni e ci lascia ad annaspare nel buio delle nostre volontà.»

«È così. Segreti... In questo, almeno. Ma non è sempre così, Tiglath? La vita non è forse una veste senza cuciture? Torna a trovarmi!»

«Sì, Signore. Quando vorrai.»

Provavo compassione per lui, ma solo perché doveva morire. Non capivo allora ciò che forse egli era arrivato a vedere, e cioè che il mondo era più malvagio e i disegni del dio più complicati di quanto quell'uomo pio e saggio potesse sperare di intuire. Forse aveva capito infine di non aver capito niente. Forse questo è l'ultimo dono del dio ai suoi servi.

Sorrise, un sorriso ambiguo.

Non sarei più tornato. Era già buio quando lo lasciai e il Signore Sinahiusur morì al tramonto del giorno successivo; ma io non potevo saperlo quando rientrai nelle mie stanze. Sapevo soltanto di sentirmi oppresso nello spirito.

Zabibe mi stava aspettando.

«Qualcuno è stato qui, Signore» disse, con una tensione innaturale nella voce, come se qualcosa le impedisse di dire di più. «Una donna... una schiava domestica, credo, ma molto educata nei modi. Ha chiesto di vederti, ma non poteva aspettare. Ha lasciato qualcosa per te. È là, sulla tavola.»

Presi il piccolo oggetto avvolto in una sciarpa di lino. Non lo aprii subito, sebbene Zabibe avesse l'aria di aspettare proprio questo. Ma non avevo alcuna voglia di soddisfare la sua curiosità.

«Non ha detto il suo nome?»

«No, Signore.»

«Molto bene, allora. Avverti che voglio cenare subito.»

«Come comandi, Signore.»

Si inchinò e uscì.

In piedi, senza pensare a niente, sciolsi il nodo e trovai una spilla di lapislazzuli, di quelle usate dalle signore per puntarsi il velo; era lavorata, decorata con figure di gatti. Veniva da Tiro, o almeno così mi aveva detto il mercante quella mattina nel bazar quando l'avevo comprata per regalarla a Esharhamat. Era passato tanto tempo...

XVII

Per tutto l'inverno Ninive assomigliò a un vecchio cane che morde se stesso nel sonno. Ci furono disordini: risse nelle taverne, che degeneravano in sommosse, incendi nei quartieri poveri, e si parlava di presagi e della nascita di mostri. La gente era inquieta senza sapere bene perché, come se aspettasse qualcosa che doveva accadere. Ma che cosa esattamente non lo sapeva nessuno e gli animi non erano in pace.

Per me, tutto cominciò con la morte del Signore Sinahiusur. Il suo testamento mi nominava unico erede, non avendo egli nessun figlio. Entrai così in possesso dei suoi palazzi, delle vaste tenute lungo l'alto corso dell'Eufrate, e d'oro e d'argento in quantità illimitata. Questo, in aggiunta a ciò che il re mi aveva già dato, faceva di me, dopo mio padre e mio fratello, certamente l'uomo più ricco della Terra di Assur.

Ma la mia eredità, a quanto pareva, non si limitava alla ricchezza, perché il re non nominò nessun successore come *turtanu* e in città correva la voce, fra le tante che agitavano l'ambiente, che stesse aspettando una mia richiesta in quel senso. Cosa che, con tutta probabilità, faceva anche Asarhaddon, e forse io stesso.

Il cadavere del Signore Sinahiusur non era ancora pronto per essere sepolto accanto ai resti dei suoi antenati, che già una delegazione di ufficiali di grado elevato del *quradu* venne a farmi visita nelle mie stanze.

«Il re è troppo vecchio per governare da solo» dissero. «Se tu vuoi assumere l'incarico del tuo defunto zio, gran parte, forse la maggior parte del potere andrà necessariamente ad Asarhaddon.»

«E sarebbe poi una cosa tanto terribile? Asarhaddon sarà re un giorno, non gli farà male imparare a usare la sua autorità. Inoltre, il re potrebbe scegliere un altro come *turtanu*.»

«E chi altri potrebbe essere gradito ad Asarhaddon?»

«Io non sarei gradito ad Asarhaddon, il quale, d'altronde, non è ancora re. Perché dovrebbe essere lui a decidere?»

«Perché la gente ha paura.»

«E perché?»

«Perché il *marsarru* ha giurato che chiunque pensi di mettersi sopra di lui in questo regno non vivrà nemmeno un'ora nel prossimo.»

«Questo potrebbe valere anche per me. Sono mortale come tutti quanti e mio fratello probabilmente mi farebbe tagliare la gola anche più in fretta.»

«Se tu sarai *turtanu* adesso, forse sarà possibile evitare che Asarhaddon diventi re.»

«Non sono un mago, signori miei. Non è in mio potere tenere in vita il re per sempre.»

«Il Signore Tiglath Assur fa finta di non capire.»

Era così infatti; ma che cosa avrei potuto dire loro, che avevo già impegnato la mia parola a questo proposito? Che mi sentivo ancora legato a una promessa fatta ad Asarhaddon quando ancora eravamo amici? Me ne rendevo conto, ma in ogni caso era fuori questione.

Sarebbe stato così semplice, come ben sapevano gli ufficiali del *quradu*: da *turtanu*, e con il pieno appoggio del re, avrei avuto con me l'esercito, rendendolo uno strumento della mia sola volontà, e quando fosse giunto il momento, avrei potuto mettere da parte Asarhaddon e prendere il trono, o se preferivo, lasciarlo come re fantoccio, conservando per me tutto il potere effettivo. In passato entrambe queste cose erano già accadute. Avrei anche potuto obbligarlo a ripudiare Esharhamat, che avrei quindi potuto sposare io. Come *turtanu* non avrei avuto limiti al mio potere, sempre che avessi avuto il fegato di usarlo.

Ma c'era un ostacolo: non ero disposto a strappare a mio fratello ciò che gli spettava per diritto di nascita; non ero nemmeno disposto a minacciarlo e, se non lo facevo, a che pro diventare *turtanu*?

Esharhamat aveva detto: «*Volta le spalle al tuo dio*», ma io non potevo. Il dio aveva posto il suo segno su di me, nella mia anima oltre che nel mio corpo. Mi ero sentito alla sua presenza troppe volte, si era reso troppo vero per me perché potessi non far conto della sua volontà, e la sua volontà era che Asarhaddon fosse re. In breve, avevo paura dell'empietà che tutti mi spingevano a commettere e temevo la collera del Santo Assur, davanti alla quale ero pronto a comportarmi da codardo, anche se non lo avrei ammesso davanti a nessun altro.

Che cosa aveva detto il *maxxu*? «*''Addio'' sarà una parola che ti stancherà la lingua d'ora in poi.*» Era questo il mio destino inalterabile, la volontà del dio. Non poteva esserci niente altro. Fu dunque ai funerali del Signore Sinahiusur, mio protettore e amico, che comincia a dire ''addio''.

Per tre giorni il suo corpo rimase esposto nella sua casa perché tutta la città potesse venire a constatare che quel grande uomo, primo ministro dello Stato, era morto. Asarhaddon era già tornato a Calah e il re, per un'antica tradizione, non prese parte al lutto e di tutta la nostra famiglia, perciò, fui il solo a vegliare il cadavere. Durante il giorno ci fu un andirivieni di sconosciuti, che davano un'occhiata al morto e scappavano via. Il potente *turtanu* era ormai solo un oggetto di curiosità e sembrava che la gente non ricordasse chi era: questo suscitava una strana impressione perché, ancor prima di essere consegnato alla tomba, pareva già del tutto dimenticato, come se una vita tanto piena si riducesse, alla fine, a niente.

Poi ci fu la processione, una cerimonia silenziosa e in un certo senso terribile, che parve segnare la fine dell'innocenza del mondo. Come suo erede, io guidavo i partecipanti, seguendo a piedi la semplice cassa di legno nella quale il suo corpo sarebbe stato trasportato nella città santa di Assur, fino al sarcofago di pietra nella cripta dei re. Il silenzio era assoluto: la folla immensa, radunata davanti al palazzo reale, era muta e immobile, rispettava il silenzio alla presenza del *turtanu* come quando era ancora vivo.

Alle porte della città, la cassa fu caricata su un carro e, scortati da una guardia d'onore, iniziammo il viaggio di cinque giorni per Assur.

Giunti a destinazione, il Signore Sinahiusur, il corpo cosparso di unguenti profumati, fu finalmente posto nella tomba. Una pietra venne fatta scivolare.sopra di lui e poi fu chiusa ermeticamente con sigilli di bronzo. La luce del giorno non lo avrebbe mai più raggiunto. Era possibile che questo fosse davvero un addio definitivo?

Morire. Diventare qualcosa di vago, uno spirito... o forse neppure quello, forse soltanto polvere invisibile che un vento indifferente sparge sulla terra. Era terribile a pensarci.

Mentre cavalcavo sulla strada per Ninive, mi sembrava di sentire il dio che si beffava di me. Si beffava di tutti noi.

Ma se gli uomini muoiono, la vita non muore. Esharhamat, che non avevo più visto dal mio primo ritorno a Ninive, aveva quasi raggiunto il momento del parto. Mi mandò a chiamare.

«Il figlio di Asarhaddon sarà chiamato Shamash Shumukin» disse, sdraiata su un divano nella sua camera: mi sedetti accanto a lei, ed essa mi tenne stretta la mano fra le sue lunghe dita sottili. «Non vedi come cerca di comprarsi il Signore del giudizio? Io ho paura che la prima cosa che farà questo figlio sarà di uccidere sua madre. Faccio brutti sogni, Tiglath, sono piena di paura, come sono al di là della misericordia del dio. Cosa dovrei temere, dato che mi auguro la morte?»

«Quali sogni, Esharhamat?»

«Sogno il fuoco, fuoco dappertutto, fiamme rosse e dorate, come lingue di serpenti. Le mura del grande palazzo stanno bruciando intorno a me, e io stessa ho appiccato il fuoco. Muoio per mia mano, eppure non sono io a causare la mia morte. E vedo tutto, attraverso gli occhi di un altro.»

«Hai consultato uno *sha'ilu*?»

«Oh, sì, molti.»

Si mise a ridere, un breve accesso di riso isterico che passò in un istante, continuando a stringermi forte la mano. «Nella casa di tuo fratello gli indovini non mancano, non ho avuto che l'imbarazzo della scelta, e tutti si sono accarezzati la barba, guardandomi gravemente e promettendo l'unica verità. Uno ha detto che le fiamme indicano la collera di Assur per qualche dovere al quale avrei mancato. Un altro mi ha assicurato che porto il sole ardente nel grembo, e chi potrebbe credere che il seme di Asarhaddon possa dare un simile risultato? Un sole che illuminerà il mondo. Ho sentito innumerevoli sciocchezze da questi sapienti, tante che tutto sembra confondersi, ma io credo però che il dio voglia vendicarsi, che voglia provocarmi con un avvertimento di morte.»

«Tu non morirai, Esharhamat» mormorai, passandole un braccio intorno al collo e attirandola a me, e parlando così sapevo di dire la verità, anche se non avrei potuto dire perché. «Tu e io non abbiamo ancora finito la nostra storia insieme.»

«Se potessi soltanto crederci, allora vorrei vivere per sempre.»

Mi guardò negli occhi e sorrise e io mi scoprii a domandarmi: ''Perché il dio dovrebbe vendicarsi di Esharhamat? Che cosa potrebbe aver fatto?''. Ma poi essa mi sfiorò le labbra con la punta delle dita e vidi che aveva gli occhi pieni di lacrime.

«Perdonami, perdonami per averti lasciato!»

«Ti perdono, Tiglath. Come potrei non perdonarti?» Le sue braccia mi stringevano adesso, e la sentivo tremare contro di me: o ero io che tremavo? «Non ti ho perdonato tanto tempo fa, amor mio, e ti ho anche maledetto... Amami come una volta e io ti toglierò il peso della mia maledizione dal cuore!»

«No, non farlo, perché la tua maledizione era che il mio amore mi ossessionasse per tutta la vita, e questa non è una maledizione. L'ho imparato in tutto questo tempo, quando non ho la tua immagine davanti agli occhi sono meno di un morto.»

Piangevamo entrambi. Ci stringevamo e piangevamo, perché ci sembrava di essere tornati a vivere. Niente importava se non il fatto che appartenevamo l'uno all'altra fino all'ultimo respiro. «*Volta le spalle al tuo dio*» mi aveva detto, e non avevo ora trovato questo coraggio? Non era mia adesso, a dispetto degli dei e degli uomini?

Ma il Signore Assur è saggio. Più saggio di quanto potessi prevedere.

L'uomo cieco è immerso nell'oscurità e si immagina inondato di luce. «I tuoi occhi ancora ti impediscono di vedere» aveva detto il *maxxu*. Ma forse ero anche sordo, perché il suo avvertimento non significò niente per me. Ero tornato a essere felice, stordito dall'amore di Esharhamat.

Esharhamat era cieca come me? Non credo, perché le donne

sono troppo astute. Essa fece il male, sapendo che era male e senza curarsene. Non aveva paura né degli dei né degli uomini, una specie di coraggio che solo le donne conoscono.

«Ho saputo della tua nuova donna araba» mi disse. «Ninsunna, la mia schiava, l'ha vista mentre andava nei tuoi appartamenti.»

«Un regalo del re» sorrisi come uno sciocco, vergognandomi. «La manderò via.»

«No, non farlo. Se lo farai ci saranno delle chiacchiere, perché una donna respinta non resta zitta, anche se è una schiava. Devi tenerla e dormire con lei, che pensi di essere la tua favorita. Noi non potremmo incontrarci che di rado e a me non importa a chi dai il tuo seme, se so di avere il tuo cuore.»

Gli uomini che credono di essere furbi sono soltanto degli sciocchi. Solo le donne e i serpenti conoscono l'astuzia.

Venti giorni dopo, Esharhamat dette alla luce un maschio robusto al quale fu dato il nome di Shamash Shumukin, secondo il desiderio del padre; le paure della madre svanirono completamente. Non morì, anzi stava benissimo quando venne a dirmi addio il giorno che, dopo la festa di Akitu e l'inondazione di primavera, iniziai il mio viaggio verso nord.

Mi recai dapprima ai Tre Leoni, pensando di far visita a mia madre e di godere qualche giorno di riposo prima di raggiungere le nuove compagnie di soldati che mi avrebbero accompagnato alla guarnigione di Amat. Sarei andato a caccia, pensai, e me ne sarei stato seduto a bere birra, al tramonto, in compagnia dei miei contadini. Già pregustavo questo programma, ma ad aspettarmi nella mia stessa casa trovai un altro intrigo.

A cena, quella sera, Naiba non si trovò da nessuna parte. Io chiesi di lei, ma mia madre abbassò gli occhi, mormorando qualche parola incomprensibile.

«Merope, c'è qualcosa che vuoi dirmi?»

«No, figlio mio.» Scosse il capo, senza guardarmi. «Non c'è niente che desidero dirti.»

La leggera enfasi di quella frase era rivelatrice: no, non c'era niente che *desiderasse* dirmi.

«Ma se ci fosse qualcosa, parleresti, non è vero?»

Silenzio.

Quali erano le possibilità? Non so perché mi prendessi la pena di chiederlo, dal momento che riuscivo facilmente a indovinare ciò che era successo mentre mi trovavo a Ninive.

«Mandami Naiba domattina» dissi, alzandomi da tavola. C'era una mezza brocca di vino accanto al mio piatto e decisi di prenderla con me, visto che non avrei avuto altra compagnia a letto quella sera. «Non desidero vederla prima di allora, ma dovrà essere presente quando farò colazione.»

«*Lathikadas*, io...»

«Sì, madre?»

«Niente» rispose. Mi guardò però con gli occhi asciutti e ardenti. «Però... sii buono, per amor mio.»

«Sì, madre. Domattina deciderò sui limiti della mia bontà. Fa' che Naiba venga da me domattina, dunque.»

Andai a letto.

Quella notte dormii come un masso, senza sogni, il vuoto assoluto, e la mattina dopo mi sentii molto meglio.

Naiba mi servì la colazione. Era molto silenziosa ed evitava di guardarmi, volgendo altrove lo sguardo. Non avevo bisogno di spiegazioni.

«Ti sei innamorata di quel ragazzo?» chiesi improvvisamente: un attimo prima avevo deciso di non parlare. «Sai di chi parlo. Qurdi, il figlio del mio sovrintendente Tahu Istar.»

«Temibile Signore, io...» Mi guardò, e i suoi occhi erano gonfi di lacrime: quegli occhi che erano tanto simili a quelli di Esharhamat.

Naturalmente aveva paura, ma io ne avevo abbastanza di lacrime femminili.

«Bene, se proprio lo vuoi, allora suppongo che dovrai averlo» dissi tranquillamente, prendendo un pezzo di pane e intingendolo nella birra. «Parlerò a suo padre stamattina e vedrò che cosa chiede come dote... no, no, alzati! Basta con queste sciocchezze!»

Si era prostrata sul pavimento e mi abbracciava le caviglie, coprendomi i piedi di baci mescolati alle lacrime. Avrei voluto mettermi a ridere, tanto era stato semplice far felice almeno questa donna.

«Basta, Naiba! Smetti immediatamente! Ecco, così va meglio. Parleremo ancora, dopo che avrò sistemato la faccenda. Va' adesso, lasciami far colazione in pace.»

Alla fine, Naiba si asciugò gli occhi e uscì e udii il rumore affrettato dei suoi piedi nudi sul pavimento, un suono che si spegneva nella distanza, come il vento che sospinge le foglie morte.

Quando una delle schiave domestiche venne a sparecchiare la tavola, ordinai che si accendesse il fuoco nel bagno e le dissi di portarmi un'anfora di quel vino di Nairia che mi ero portato da Amat: era quasi finito, ormai, ma non me ne addoloravo perché il re Argistis, senza dubbio, avrebbe presto inviato un altro ambasciatore a chiedere un nuovo favore. Mi recai nel bagno a vapore e rimasi per più di un'ora seduto nell'aria calda e umida. Poi mi vestii, ungendomi la barba e i capelli. Mi sentivo di nuovo un essere umano. A questo punto mandai a chiamare Tahu Istar.

«Sovrintendente, tuo figlio pensa forse di prendere moglie?»

Mi resi conto di averlo colto di sorpresa: la fronte gli si corrugò nell'ansia ed egli s'inchinò fino a terra.

«Mio Signore, sono pieno di vergogna» cominciò. «Questa cosa, questo insulto al mio Signore, è un gran dolore per me...»

«Ti ho chiesto soltanto se desidera sposarsi, Tahu Istar. Non faccio altre domande. La schiava Naiba sa cavarsela nel letto di un uomo e darà molta felicità a tuo figlio. È una barbara, è vero, e credo che abbia qualche anno più di Qurdi, ma questo non è necessariamente un male, non come se fossero ancora due bambini. E sa anche lavorare. Io le darò dieci sicli d'argento perché non si presenti a suo marito come una mendicante. Che ne dici, sovrintendente?»

Posso soltanto immaginare che cosa si fosse aspettato Tahu Istar, ma in quel momento la sua grande dignità lo abbandonò ed egli rimase in piedi davanti a me a bocca aperta, incapace di dire una parola. Dovetti fare uno sforzo per non mettermi a ridere.

«Ma, perdonami» ripresi, quando fu chiaro che non avrei avuto alcuna risposta. «Forse la ragazza non corrisponde ai tuoi desideri.»

«No, Signore. Io... essa è stata la tua... tu onori mio figlio... dieci sicli d'argento sono una grossa somma!»

«Allora possiamo considerare concluso l'affare?»

Tesi la mano e, dopo averla guardata come se non capisse che cosa doveva farne, Tahu Istar la prese e la strinse vigorosamente.

«Mio figlio ti sarà debitore per tutta la vita, Signore» esclamò, quasi gridando. «Tu innalzi la mia casa a un grande onore, quando avresti potuto...»

«Non parliamone più.» Mi liberai la mano, cosa che non fu facile, e ci dirigemmo verso casa. «Fissiamo il matrimonio al mio ritorno da Amat per l'inverno. Nel frattempo, mentre sarò ai Tre Leoni, mi impegno a non giacere con la ragazza, che potrà vivere qui sotto la protezione di mia madre, la quale, d'altronde, le vuole bene già come a una figlia.»

«In quanto a giacere con lei, Signore, non è necessario che ti preoccupi» rispose Tahu Istar, scuotendo la testa, da uomo che capisce come ci si comporta in questi casi. «Essa rimane di tua proprietà finché non prenderà il velo da mio figlio, e un principe reale non è un uomo come gli altri. Mio figlio non può biasimarla...»

«Tuttavia, voglio che sia come una figlia nella mia casa e non mi accosterò a lei fino a che Qurdi non sarà pronto a riceverla.»

La cosa fu dunque stabilita e io lasciai Tahu Istar per dire a Naiba e a mia madre che dovevano prepararsi per un matrimonio. Poi, stanco di chiacchiere, feci approntare il cavallo e me ne andai, con un canestro pieno di giavellotti, a caccia di cinghiali. Non tornai a casa prima di buio.

Una settimana più tardi, quando la polvere sollevata dalle colonne dei miei nuovi soldati fu avvistata dalla terrazza sul tetto, dissi addio a mia madre.

«Starò via solo tre o quattro mesi» le dissi. «E rimarrò con le mie truppe quasi tutto il tempo, perciò è meglio che tu rimanga qui.»

Non disse niente, ma fece cenno di sì col capo e mi baciò. Due ore dopo avevo raggiunto l'esercito.

Dietro di me, mentre mi dirigevo a nord, c'erano tremila uomini, il primo contingente di quelli promessimi da mio padre per la guerra contro i Medi. Li avrei addestrati durante l'estate e, dopo aver passato l'inverno ad Amat, essi si sarebbero uniti ai soldati già resi esperti da altre campagne.

Ma non avrei riposto tutta la mia fiducia soltanto nelle

armate di Assur, perché avevo intenzione di far pagare a Daiaukka uno scotto molto più pesante di quanto si potesse mai immaginare, e a quello scopo avevo inviato un corriere a nord, oltre le montagne Kashiari e il fiume Bothan, nella Terra di Shupria, perché vi recasse questo messaggio:

«Al Signore Tabiti, figlio di Argimpasa, capo della tribù Sacan degli Scoloti, salute e onore da parte di suo fratello di sangue il Signore Tiglath Assur, figlio di Sennacherib, che è re nella Terra di Assur. Se il Signore Tabiti ricorda l'affetto che ha votato al Signore Tiglath Assur, egli monterà sul suo cavallo non più tardi del primo giorno del mese di Iyyar e si affretterà a raggiungerlo nella guarnigione di Amat, per bere con lui il vino di Nairia e far progetti per la conquista di una fertile terra».

Quando arrivai era lì che mi aspettava, accampato lungo il fiume con cinquanta guerrieri.

«Sei ingrassato» disse, sorridendo con il suo sorriso da gatto, mentre mi teneva le redini e aspettava che smontassi. Non entrai nella fortezza, ma mi diressi subito al suo accampamento. «Le cospirazioni di Ninive non ti hanno lasciato il tempo di fare un po' d'esercizio, eh?»

«Perché tu e i tuoi guerrieri non siete alloggiati all'interno della fortezza? Ho fatto avvertire di ricevervi con tutti gli onori, e invece vi trovo qui, accovacciati sulla riva del fiume! I miei ordini sono stati trascurati oppure gli Scoloti disprezzano ogni comodità?»

Tabiti scoppiò a ridere e mi mise un braccio intorno alle spalle, mentre entravamo nella sua tenda di pelli.

«No, i tuoi ordini non sono stati trascurati. I tuoi ufficiali ci hanno trattato con grande gentilezza, specialmente quel grasso greco che si veste come un principe... come si chiama?»

«Kephalos» risposi, sorridendo fra me. «Non è un soldato, ma è un tipo molto intelligente ed è mio amico.»

«Anch'io sono un tipo molto intelligente. Questo ionio parla di trafficare in cavalli e oro, e visto che è un tuo amico, lo imbroglierò soltanto un po'.»

«Se vuoi morire ricco, ti consiglio proprio di cercarti un'altra vittima.»

«Mi consigli certamente bene, perché conosci il proverbio: ''Fidati di un ebreo piuttosto che di un fenicio e di un fenicio piuttosto che di uno ionio, ma non ti fidare mai di uno ionio''. Ma dimentico che sei mezzo ionio anche tu!»

Scoppiammo a ridere tutti e due, ma io non mi lasciavo distrarre tanto facilmente.

«Non mi hai ancora detto perché sei qui, in tende di pelli, invece di goderti l'ospitalità della guarnigione.»

«Ho cercato di spiegartelo, Principe Tiglath Assur, ma tu non mi ascolti.» Si accovacciò su una coperta da cavallo stesa all'ombra del lembo rialzato della sua tenda e mi invitò con un gesto a seguire il suo esempio. Quando fummo comodamente sistemati, batté le mani e un ragazzino, certamente uno dei suoi innumerevoli figli, ci portò un panno bagnato in acqua calda per lavarci la faccia e le mani, e un paio di tazze di rame con un otre di latte di cavalla fermentato, il *safid atesh*: un'attenzione quest'ultima della quale avrei fatto a meno volentieri

«Non devi aspettarti troppa fiducia» riprese finalmente, dopo essersi scolato la prima tazza e riempiendole entrambe. «I miei uomini mi crederebbero uno sciocco se fossi arrivato fin qui con pochi guerrieri, per dormire poi circondato da stranieri e dentro le mura di pietra del loro steccato. Io ti onoro come soldato, Principe, e non potrei amarti di più se fossi davvero mio fratello, figlio della stessa donna di mio padre Argimpasa, ma non molto tempo fa i tuoi soldati erano miei nemici, e bisogna sempre essere prudenti. Non devi sentirti offeso.»

Non ero offeso. Anzi, questo aveva accresciuto la mia stima per lui ed ero sempre più convinto di aver fatto bene a includerlo nei miei piani.

Restammo seduti a bere insieme fino a pomeriggio avanzato e, come mi era già successo in passato, il *safid atesh* cominciò a sembrarmi meno disgustoso quando ne ebbi bevuto una certa dose. Tabiti e io parlammo di molte cose, dei pettegolezzi che erano arrivati fino a lui dalla corte del re Argistis, che sembrava scivolare effettivamente nella pazzia come tutti si aspettavano, delle ricchezze dell'Egitto, della famigerata perfidia dei Lidi, di tutto, in effetti, tranne che dei Medi e del mio conflitto con loro. Questo argomento, notai, lo evitava scrupolosamente, così come facevo anch'io.

Ma, naturalmente, alla fine uno di noi doveva parlarne.

«Stai ampliando la tua guarnigione» disse finalmente. «Devi aver portato con te tremila soldati da Ninive, e ho contato venti carri. Al fiume Bothan non ne avevi nemmeno la metà. E ho notato anche che ci sono molti cavalli che pascolano nelle vicinanze.»

«Non ti è sfuggito molto, a quanto pare!»

«Un nomade sopravvive perché tiene gli occhi aperti.» Tabiti, capo dei Sacan, scrollò le spalle, come un gattone che si stiri al sole, e sogghignò. «Sbaglio, o stai preparandoti a regolare i conti col Signore Daiaukka? Ho sentito anch'io raccontare qualcosa della tua campagna della scorsa estate, e credo di essere qui perché tu cerchi alleati contro i Medi.»

«Ed è per questo che sei venuto, perché questa impresa sarebbe di tuo gusto?»

Ma il mio barbaro amico, il quale nelle trattative si credeva superiore anche al mio schiavo Kephalos, si limitò a riempire le nostre tazze del suo forte e disgustoso liquido.

«Sono qui per l'affetto che ti porto» disse, incontrando il mio sguardo e sorridendo. «La guerra è un'altra faccenda, una faccenda pratica nella quale un capo deve tener presente il benessere del suo popolo.»

«Il che significa...?»

«Significa, fratello, che da buon scolote, da uno che mio padre non si vergognerebbe a chiamare figlio, sto aspettando che tu mi compri.»

Non impiegammo molto tempo a trovarci d'accordo e all'ora di cena Tabiti e io avevamo già stabilito che i Sacan avrebbero attaccato a nord, obbligando i Mannai, una tribù importante non tanto per la bravura in battaglia, quanto per la posizione strategica che avrebbe permesso di minacciare Musasir e le sorgenti del Piccolo Zab, a uscire dalla confederazione di Daiaukka. La ricompensa per il mio amico consisteva in tutte le terre ricche di pascoli a sud e a est del Lago Urmia che sarebbe riuscito a prendersi, e dove la sua presenza avrebbe costituito un freno permanente per le ambizioni dei Medi. La sola difficoltà consisteva nell'atteggiamento di Urartu.

«Dovremo passare dalla riva settentrionale del Mare Mosso e poi andare a sud» disse Tabiti, tracciando col dito nella polvere il percorso, sporgendosi come una capra che rubi un grappolo da un pergolato. «Ci terremo lontani da Tushpah, ma il re Argistis reclama ancora il possesso di quelle terre e non credo che ci lascerà passare indisturbati.»

«Lo farà se sa che non ti fermerai: a che scopo ricacciarti al di là dei suoi confini se già ci stai andando? Questa è una cosa che posso sistemare io.»

«Lo credi? Farai bene a esserne sicuro, perché se dovrò far guerra ai Mannai l'estate prossima bisognerà che passi tutta questa estate in marcia. Non potrò permettermi di perder tempo: le terre di Urartu sono molto poco accoglienti quando comincia a nevicare.»

«Fidati di me. Stringeremo i Medi da settentrione e da occidente, come due mani che li afferrino alla gola.»

«D'accordo, allora; sono stanco di Shupria e la mia gente starà meglio con una stagione di guerra. Nessuno fra i veri Scoloti muore nel suo letto, non sarebbe dignitoso.»

Era buio già da parecchie ore quando a cavallo mi presentai davanti alle mura della fortezza. Sul momento, le guardie non mi riconobbero.

«Non eravamo nemmeno sicuri che tu fossi arrivato, *rab sahaqe*» gridarono dagli spalti, quando li ebbi salutati, facendo così udire la mia voce. «Cominciavamo a pensare che tu avessi deciso di restare a Ninive per sempre!»

«Niente potrebbe trattenermi a lungo lontano da Amat: non è forse il giardino del mondo? Aprite la porta, cani, prima che vi faccia frustare!»

Risero e mi ritrovai immediatamente circondato dai soldati che mi facevano luce, tanti che il mio cavallo quasi impazziva dalla paura delle torce. Davvero mi sentivo a casa, perché anch'io ero un soldato e la sola vera casa del soldato è la guarnigione.

La fortezza poteva ormai dirsi finita. Le grandi mura, con i blocchi di pietra scavati di fresco e che ancora recavano il segno dello scalpello, torreggiavano sulle file di baracche di mattoni crudi, i campi per le esercitazioni e le stalle. Dappertutto i soldati e le loro donne sedevano all'aperto, a godersi l'aria fresca e umida della notte, e le lucerne brillavano nel buio circostante come stelle cadute dal cielo. Si sentiva il brusìo di innumerevoli conversazioni, punteggiate qua e là da risate, e mi arrivava ogni tanto l'irrequieto sbuffare dei cavalli e il rumore degli zoccoli contro la terra battuta. I fuochi delle cucine erano quasi freddi ormai, ma ancora si sentiva l'odore della carne, del miglio e delle cipolle lessate. Sì, ero a casa, finalmente lontano da Ninive, con le sue strade lastricate di mattoni e i suoi intrighi.

Le finestre del palazzo che Kephalos mi aveva fatto costruire erano illuminate: senza dubbio i miei servi si domandavano che cosa mai trattenesse il padrone. Uno stalliere mi prese il cavallo e io salii la grande scalinata di pietra mentre i portoni di legno di cedro si aprivano per accogliermi. Le donne del palazzo si inginocchiarono e gli scribi, nelle loro vesti di lino, si curvarono inchinandosi profondamente. Lo *shaknu* era tornato e con lui l'autorità del re. Avevo già finito di assaporare il momento di intima gioia del mio ritorno a casa.

«Mio Signore, ci sono molte questioni che...»

«E non ce ne saranno meno domani, Ushnu» interruppi seccamente allontanandolo con un gesto. «Perciò, lasciamo che aspettino, eh? La strada da Ninive è lunga e mi sento come se l'avessi fatta tutta in un giorno.

Il mio capo scriba si inchinò nuovamente, non molto soddisfatto della risposta, e io cominciai a slacciarmi la corazza di pelle mentre una schiava mi sfilava i sandali.

«Il Temibile Signore vuole cenare?» domandò, togliendomi la polvere dalle caviglie con un panno umido. Mi guardò sorridendo incerta, come se avesse paura che la battessi. Mi ero dunque dimostrato tanto irritato?

«No, Gamelat, grazie.» Le tolsi con gentilezza il panno dalla mano. Era una delle donne di mia madre, acquistata quando ci eravamo stabiliti ai Tre Leoni. Mi conosceva da anni. «Forse soltanto un po' di vino, e poi me ne andrò a letto.»

Si rimise in piedi in fretta, come un cane che ha sentito la voce del padrone.

«Sì, mio Signore, subito.»

«E, Gamelat... dov'è Kephalos? Mi aspettavo di vederlo qui questa sera.»

«È stato qui, mio Signore, ma è... andato via. Devo farlo richiamare?»

«No, non importa.»

Rimasi lì seduto, nell'ingresso, a bere il vino che Gamelat mi aveva portato, felice di essere solo, troppo stanco per trovare la forza di trascinarmi fino alla mia stuoia. Per qualche minuto non fui capace di fissare la mente su un oggetto, poi, gradualmente, la dolce tristezza del ricordo mi assalì.

«Esharhamat.»

Il nome sembrava pronunciarsi da solo. Esharhamat. Non riuscivo a pensare ad altro e la sua immagine mi riempiva l'anima. Esharhamat.

Per il momento, almeno, era al sicuro. Asarhaddon non l'avrebbe visitata nel suo letto per tutta l'estate, non finché allattava il suo bambino, e io ero tanto lontano che lo scandalo non avrebbe potuto sfiorarla. Pensava a me? Sarebbe stato bello crederci.

Mi alzai. Basta... Sarei andato a dormire.

Dove poteva essere Kephalos, mi chiedevo. Non era da lui non venire a salutarmi dopo una lunga assenza. Era stato lì, così aveva detto Gamelat. Che cosa poteva averlo indotto ad allontanarsi?

Ma non aveva importanza, non per quella notte, almeno. Il giorno dopo sarei tornato ad appartenere ai miei scribi e ai miei soldati, agli amici e ai nemici. Quella notte però non volevo essere il Signore Tiglath Assur, *rab shaqe* dell'esercito reale, *shaknu* del nord, figlio del Signore Sennacherib e padrone di un grasso mascalzone greco che mi trattava come se fossi io una sua proprietà e non lui la mia. Quella notte non volevo essere nessuno, volevo solo dormire.

Dalla mia camera veniva un bagliore di luce. Bene: qualche schiavo previdente aveva lasciato una lampada accesa per me, ero fortunato a essere circondato da tante attenzioni, avrei dovuto fare qualcosa per dimostrare la mia soddisfazione. Ma anche questo poteva aspettare il giorno dopo.

Scostai la tenda e mi arrestai di botto: in attesa accanto alla mia stuoia stava Zazibe. La luce gialla e tremolante sulla sua pelle pallida conferiva un aspetto quasi demoniaco alla sua bellezza, come se incarnasse ogni piacere proibito.

«Il mio Signore mi ha dimenticato?» domandò con un sorriso invitante. Incrociò le braccia sul petto e con la punta delle dita si slacciò la tunica rivelando i seni. «Il cuore della tua schiava si sarebbe spezzato se tu l'avessi lasciata a Ninive.»

«Quella donna, Signore, è un diavolo! Da quando è arrivata tre giorni fa ha già insegnato ai tuoi servi a temere la sua collera; mi ha cacciato dalla tua casa la sera stessa del tuo arrivo e ora ho paura a rimetterci piede.»

Pur continuando a parlare, Kephalos si carezzava la barba con le dita tremanti, in preda all'agitazione. Si guardava intorno perfino lì, come se nella sua stessa casa non si sentisse al sicuro da Zabibe.

«Si comporta come se già fosse la padrona del palazzo dello *shaknu*» continuò. «Come se avesse preso il posto di Naiba o perfino della Signora tua madre, e nessuno ha il coraggio di contraddirla. Il mio Signore, voglio sperare, non sarà tanto sciocco da pensare di mettere il velo a questa donna?»

«No, Kephalos, non temere. Non credo che prenderò mai moglie.»

«Sì, Signore. Ma ciò che conta è cosa si aspetta *lei*. Sta' attento, è il tipo che ti scaglia gli oggetti.»

«Scaglia gli oggetti?»

«Sì, certo. Le coppe di vino si fracasseranno contro le pareti come grandine sui tetti.» Scrollò le spalle, apparentemente stupito che potessi essere tanto sciocco da aspettarmi qualcosa di diverso. «Battila, Signore. Ricordale chi è il padrone nel palazzo di un principe di sangue reale. È la cosa più saggia che puoi fare. Prendi una frusta di cuoio d'ippopotamo e usala finché non le avrai strappato la pelle dal didietro, perché se non le insegnerai a stare al suo posto, ti renderà la vita un tale inferno che finirai per desiderare soltanto la tranquillità delle battaglie.»

«Sì, la batterò, non fosse che per farti piacere e per ristabilire l'ordine fra i miei servi.»

«Cerca di farlo davvero, Signore.»

A poco a poco, consolato dalle mie assicurazioni in merito e dall'abbondanza del suo stesso vino, Kephalos si calmò, e mentre aspettavamo che i suoi servi ci servissero la colazione, perché sapendo che il mio degno schiavo era solito alzarsi dal letto soltanto due ore prima di mezzogiorno non avevo ancora mangiato, egli mi raccontò tutto ciò che era successo ad Amat durante la mia assenza, e in particolare mi descrisse la sua abilità nel trattare gli affari miei e suoi.

«Questo barbaro che abita in una tenda» mi confidò con l'aria di chi ha dei segreti da rivelare «questo Tabiti ha molti bei cavalli e una gran quantità d'oro. Mi domando dove li prende.»

«Li prende tagliando la gola agli sciocchi imprudenti come te» dissi porgendo la coppa perché fosse riempita. «Lasciagli le sue ricchezze per ora: dopo la campagna della prossima estate potrai portargliene via molte di più.»

«È giusto.» Il dotto medico annuì gravemente, troppo ubriaco ormai per notare qualsiasi sarcasmo, ma come sempre la sua mente non era mai tanto offuscata da non afferrare i concetti principali. «Tu farai di questa tribù errante di ladri una grande nazione, una nazione da temere. E questo Tabiti, mi pare, è tuo amico. In futuro, quando tuo fratello siederà sul trono, potrai aver bisogno di tali amici.»

«Non sto organizzando un tradimento, Kephalos. A sentirti, mi par di ascoltare le malelingue di Ninive, ognuna con la sua storia di come io stia cercando di tradire Asarhaddon.»

«Non parlo di tradimenti, Signore, ma un uomo che può contare su alleati potenti va trattato con un certo rispetto.»

Mi rifiutai di ascoltare oltre questi discorsi. Fin da quando mio fratello era stato fatto *marsarru*, avevo insegnato a me stesso a fare il sordo per ciò che non volevo sentire. E dopo un po' lasciai la casa di Kephalos e ritornai dai miei scribi, i quali erano più che ansiosi di seppellirmi di lavoro. Quando il cielo cominciò a farsi scuro, mi ero ormai dimenticato della saggezza della mia alleanza con gli Sciti, i quali, comunque, avevano già ripiegato le tende ed erano sulla via del ritorno verso la terra di Shupria. Mi stropicciai gli occhi pensando soltanto al piacere di una mezz'ora nel bagno di vapore, una cena e poi il letto.

Nel bagno appunto, mentre osservavo il vapore che si alzava dal braciere infocato, ricordai improvvisamente Zabibe. La sgualdrina... come aveva osato seguirmi da Ninive senza il mio permesso? Perfino una moglie non avrebbe osato comportarsi così.

Ma non mi aveva seguito. Era arrivata ad Amat circa tre giorni prima di me, viaggiando in una portantina coperta come una gran signora: non c'era da stupirsi che i miei servi fossero rimasti intimoriti.

Chi le aveva dato una scorta? Una schiava non s'imbarca in un viaggio simile da sola, qualcuno le aveva detto di farlo e le aveva offerto denaro e protezione. Qualcuno l'aveva mandata. Mi meravigliavo di non averlo capito subito.

Zabibe era una spia.

Non mi presi la briga di chiedermi per conto di chi, poiché i miei movimenti e le mie intenzioni non interessavano poi tante persone.

Esharhamat aveva indovinato? *Lascia che si creda la tua favorita* aveva consigliato. Sì, Esharhamat avrebbe capito tutte queste cose molto meglio di me, di me che non ascoltavo nemmeno quando il mio schiavo mi diceva di proteggere me stesso con amici potenti.

Per qualche momento presi in considerazione l'idea di rispedire quella sciagurata alla casa delle donne di mio padre, ma solo per qualche momento. Dopotutto, che cosa avrebbe potuto venire a sapere ad Amat che io desiderassi tenere nascosta a Ninive? O più probabilmente a Calah?

L'avrei lasciata rimanere. Perché dare ad Asarhaddon e a sua madre il disturbo di cercarne un'altra? L'avrei trattata come una prostituta da taverna e le avrei permesso di frugare in tutti i segreti che voleva.

Ma per quella notte almeno avrei seguito il saggio consiglio del mio amico Kephalos: le avrei dato una bella frustata perché si ricordasse di non recitare più la parte della gran dama. Mi bastava ricordare gli occhi pieni di paura dei miei servi per sentirmi infuriato.

«*Ekalli*, scendi al fiume e tagliami un ramo verde, lungo circa come il mio braccio. Che sia dritto e liscio: tagliagli la corteccia, lasciandola soltanto all'estremità.»

Sogghignò, mostrandomi i denti macchiati di succo di datteri. Non era che un ragazzo, appena arrivato da un villaggio di campagna; sapeva che non sarebbero state le sue parti posteriori a sopportare i colpi e non si curava di altro.

La sferza tagliava l'aria con un rumore simile a quello di api infuriate. Il legno, dove la corteccia era stata levata, era ancora scivoloso. Sorrisi al pensiero di come avrei fatto ballare la mia scimmietta araba.

Accanto alla mia camera da letto c'era una stanzetta che usavo quando consumavo i miei pasti da solo. Essa mi aspettava lì, insieme a due o tre donne della casa, che stavano apparecchiando la tavola per la mia colazione. Indossava soltanto una sottile tunica bianca di lino che non le arrivava nemmeno alle ginocchia e che essa lasciava aderire al corpo. Al mio arrivo la vidi accovacciata accanto alla mia sedia, quasi ne reclamasse il possesso.

Sì, era naturale che i miei schiavi si inchinassero davanti a lei, la concubina del Padrone, la donna che aveva trovato favore ai suoi occhi, nella quale egli versava il suo seme. Era naturale pensare che avesse qualche potere, forse anche un potere di vita e di morte, ed essa si dava da fare perché gli altri lo pensassero.

Bene, tutto ciò sarebbe finito quella sera stessa.

Quando mi vide, sorrise, ma non appena si accorse della sferza che tenevo in mano, il sorriso le si gelò sulle labbra e gli occhi neri sembrarono fremere di terrore.

Le altre donne sgattaiolarono via senza far rumore.

«Mio Temibile Signore, io...»

Ma la voce le morì in gola mentre alzavo la sferza la cui punta si posò delicatamente sulla sua spalla nuda.

«Tu hai esagerato» dissi, con una voce che cercai di rendere del tutto inespressiva. «Una prostituta con un corpo grazioso, che sa ballare accompagnata da flauti e cimbali, che sa suscitare un po' di desiderio, non può per questo credersi potente.»

«Se il mio Signore è soddisfatto...» Abbassò gli occhi luccicanti con aria di grande umiltà, perché come tante donne conosceva bene il potere dell'umiltà. Sì, credesse pure questo sciocco alla sua completa sottomissione.

«Il "mio Signore" non è soddisfatto. Non è soddisfatto di vedere i suoi servi, fidati e fedeli con lui da tanti anni, scacciati dalla sua casa come cani senza padrone. No, non è soddisfatto!»

Allungai la mano con un movimento rapido e le afferrai la manica della tunica. La stoffa si strappò con un rumore lacerante, lasciandola mezza nuda. Si accucciò ai miei piedi, la faccia quasi sul pavimento, ma io la presi per i capelli lunghi e neri e le tirai indietro la testa, obbligandola a guardarmi.

«Tu-sei-meno-di-niente» dissi, a denti stretti e facendo seguire una frustata a ogni parola. «Tu-non-sei-nessuno-in questa-casa!»

A ogni colpo sulla schiena le compariva una sottile striscia rossa e sulla fronte le si formava un velo di sudore, mentre si sentiva un gemito sommesso. All'inizio credetti fosse di dolore, ma non lo era, o almeno non soltanto.

«Oh... mio Signore... mio Signore e Padrone...»

La voce sembrava arrivare da una qualche sua profondità nascosta, le braccia, che mi stringevano le caviglie, strisciarono sotto la mia tunica e le mani scostarono il perizoma. Aumentai la forza dei miei colpi, finché non tagliarono la carne quasi come il filo di una spada, e il sangue non le coprì tutta la schiena, ma questo sembrava eccitarla ancora di più.

«Mio Temibile Signore...»

Le parole erano indistinte, soffocate. Essa premette la faccia contro il mio ventre e, improvvisamente, mi prese il membro fra le labbra. Sentivo il suo respiro ansante mentre sembrava che mi divorasse, come una mendicante affamata.

Non ero fatto di pietra, i miei sensi non erano morti. Ogni collera mi abbandonò e al suo posto sentii un qualcosa di infinitamente più selvaggio. La sferza cadde a terra senza che me ne accorgessi.

Essa si tirò indietro un attimo, sempre abbracciandomi le gambe, e gli occhi mentre mi guardava erano colmi di lacrime, non di dolore o di paura, ma di piacere.

«Mio Signore... ti prego...»

Che cosa mi era successo? In un istante tornai in me e la respinsi, così rudemente che andò a sbattere contro il pavimento. Poi mi voltai e uscii dalla stanza, la testa in fiamme.

Per due ore rimasi seduto all'aperto, sulla panca di pietra del mio giardino, lasciando che il freddo della notte penetrasse in me. I pensieri turbinavano nella mia mente, uno dopo l'altro, in una ridda confusa. Che cosa avevo visto dentro di me che mi riempiva di un tale delizioso spavento? Ero una bestia o un uomo? Non lo sapevo, non lo volevo sapere. Eppure non potevo allontanare questo pensiero che era lì, pronto ad afferrarmi.

Pensai a Asarhamat e a mio fratello. Era così per loro? Io ero migliore di lui, oppure mio fratello era molto più saggio di me?

Sì, certamente. Esharhaddon, con la sua lenta, rozza, deliberata lascivia... almeno lui era sempre uguale a se stesso.

Alla fine, mi stancai anche dei miei rimorsi estatici, delle immagini che galoppavano dentro la mia testa. Avrei bevuto fino a stordirmi e poi avrei dormito.

Nella mia camera trovai Zazibe che mi aspettava, sempre con la stessa sottile tunica bianca, ormai ridotta a uno straccio.

Non me l'ero aspettato, non lo desideravo, ma lei era lì nondimeno. Un vaso d'argento pieno di vino, ancora fresco dalla cantina, era posato in fondo alla mia stuoia, con una tazza d'oro accanto.

La sferza era sul mio cuscino, ancora macchiata di sangue.

Zazibe versò il vino e mi portò alle labbra la tazza con le sue mani. Io bevvi, nonostante che la gola mi si stringesse. Bevvi e sentii riaccendersi in me il desiderio. Eppure in quel momento la odiavo.

Ma questo essa lo capiva... e ne era felice. «Voltati» dissi.

Si accovacciò sulle ginocchia e sui gomiti, la testa contro il muro, i segni delle frustate sulla schiena quasi neri nella scarsa luce. Sentivo i suoi respiri, brevi e ansanti come se qualche violenta passione le spezzasse ogni respiro in centinaia di frammenti frastagliati.

Le appoggiai le mani sulle natiche e gliele aprii. Mentre penetravo in lei il solo suono che le sfuggì dalle labbra fu un gemito di dolore che era anche di piacere.

Sembrava che quella donna avesse trovato ciò che cercava e questa era una cosa che non dovevo cercar di capire.

XXVIII

Zabibe conservò la sferza e ogni sera la posava, insieme a una brocca di vino e a una sola coppa, ai piedi della mia stuoia. Era lì perché la usassi e se non lo facevo essa diventava irrequieta e infine fredda e scostante, ma era lei a custodirla, a nasconderla come un tesoro. Solo la sferza suscitava in lei una fame dei sensi, un'eccitazione che era quasi una frenesia religiosa, come se quella bacchetta fosse diventata il suo idolo, il simbolo del suo dio, al quale essa rivolgeva preghiere per essere liberata attraverso il dolore e la sottomissione.

All'inizio coprivo il dorso e le natiche di Zabibe di colpi furiosi, dei quali essa portava i segni per diversi giorni, ma col tempo mi bastò sfiorarle la schiena, farle sentire la dura e liscia superficie di quello strumento sulla pelle, perché essa cominciasse a singhiozzare di desiderio. Mi pregava allora, ma non per essere risparmiata, questo mai. Voleva che io la minacciassi di farle male, perfino di farla morire, voleva che la ferissi. A volte le stringevo la pelle del seno fra il pollice e l'indice fino a lasciarle un livido, e feci cose anche peggiori, cose che provo vergogna a ricordare. Una o due volte giunsi a essere fuori di me al punto da ucciderla, quasi, ed essa sembrò averlo desiderato, come un suggello definitivo di perfezione posto alla sua estasi, in quella bramosia incomprensibile.

E a me accadeva la stessa cosa. Facevamo questo gioco crudele quasi tutte le sere senza stancarci, anzi il desiderio nutriva se stesso. Zabibe era diventata un'ossessione per me.

Il legame che unisce un uomo a una donna è vario nella sua natura come i disegni che il sole crea sull'acqua increspata, e come quelli è mutevole. Io non parlo d'amore, perché l'amore non è entrato spesso nella mia vita e io certo non amavo Zabibe, né lei amava me; era la passione che ci univa e la passione, che può coesistere col disprezzo e perfino con l'odio, non è la stessa cosa dell'amore. Io trovavo un piacere freddo, intendo, in quella donna, nella sua carne e nella sua bramosia fatta di dolore. Ma niente di più.

Esharhamat, allora? L'avevo dimenticata? Ero ormai così preso dal mio nuovo appetito crudele da averla allontanata dai miei pensieri? Non era così. Al contrario, più mi invischiavo con Zabibe e più desideravo Esharhamat...

Non m'importa a chi dai il tuo seme mi aveva detto, *finché so di avere il tuo cuore*. Ho imparato ad avere un riverente timore della saggezza delle donne, e in queste cose Esharhamat era molto saggia. Sapeva di non avere rivali. Chi avrei potuto amare se non Esharhamat? Io mi sfinivo i lombi in un desiderio sempre più spasmodico di Zabibe, eppure, giorno dopo giorno, cresceva il mio odio per lei.

E non credo che per Zabibe la situazione fosse diversa, credo invece che entrambi avessimo imparato a odiarci, lottando nella nostra lussuria.

Ma ad Amat non c'era soltanto Zabibe e io non ero stato mandato là per sollazzarmi con una prostituta, ma per combattere le guerre di mio padre. Dovevo addestrare le mie truppe, e per ore, a volte per giorni interi, non pensavo quasi a lei, dimenticando anche me stesso nell'allegra e onesta fatica delle esercitazioni militari.

Promossi di grado alcuni uomini delle compagnie che avevano combattuto nelle campagne degli ultimi due anni e li misi al comando delle reclute appena giunte da Ninive. Tabshar Sin aveva l'incarico dell'addestramento nella guarnigione, e quando poté rispondere dei suoi soldati, io portai tre o quattro compagnie a turno sulle montagne per le manovre sul campo, con marce forzate che a volte duravano dodici, quindici o venti giorni.

Tornavamo ad Amat con le facce abbronzate e i piedi sanguinanti, peché sapevo bene che cosa aspettava quegli uomini nella terra dei Medi e non risparmiavo quindi loro nessuna fatica, ma i giovani contadini della partenza al ritorno erano veri soldati.

Ogni volta il mio antico istruttore mi pregava perché gli permettessi di accompagnarmi, e ogni volta io gli rispondevo: «Tabshar Sin, vorresti che mi vergognassi davanti a questi bamboccі piagnucolosi? Come loro comandante e veterano di molte battaglie, adesso godo di un certo credito, ma che accadrebbe se mi vedessero ridotto a niente a confronto di uno abbastanza vecchio da aver perduto una mano nelle guerre di mio nonno?».

«Io ti capisco bene, Principe» ribatteva, scrutandomi con uno sguardo accusatore. Tu hai paura che io sia troppo vecchio e ti sia d'impiccio.»

«Ho piuttosto paura che siamo *noi* a impicciare *te*, amico mio!»

«Allora promettimi questo: che non mi lascerai a casa quando marcerai verso i Monti Zagros, l'estate prossima. Dentro di me ho ancora qualche buona battaglia da combattere, e ho voglia di conoscere questo diavolo di Daiaukka che tu tanto ammiri, per vedere con i miei occhi se vale veramente tanto.»

«Va bene, sarà come vuoi tu. Ma non quest'estate, la prossima.»

Forse pensavo che Tabshar Sin avrebbe cambiato idea? Non so cosa pensassi, ma che il dio mi perdoni di aver fatto quella promessa, e di averla mantenuta.

Così passavamo le giornate, faticando al mestiere del soldato, felici di consumare le spade e di coprire i sandali di polvere, sempre sognando la gloria e la morte. E così passarono anche i mesi caldi dell'estate, mentre si avvicinavano le piogge dell'inverno e il momento del mio ritorno a Ninive.

Ma, in un certo senso, posso dire che non me ne ero mai allontanato.

Il re, dopo la morte del Signore Sinahiusur, non aveva nominato un altro *turtanu* e aveva cercato di governare da solo, come meglio aveva potuto, ma, come prevedibile, l'esperimento non aveva avuto successo perché l'impero era vasto e mio padre stava diventando vecchio. Comunque, ci aveva provato e potevo rendermi conto dei suoi sforzi, leggendo le lettere che quasi quotidianamente mi giungevano ad Amat.

«Oggi ho ricevuto gli ambasciatori da Ashdod. Nelle udienze pubbliche, essi portano doni da parte del loro re e messaggi nei quali mi si chiama buon padre di tutte le loro genti, ma in privato mi dicono di essere stanchi del loro sovrano e mi chiedono il permesso di rovesciarlo per mettere al suo posto il figlio. Questo ragazzo, figlio di una delle mie donne, regalata da me a Sharruludari quando l'ho rimesso sul trono dei suoi avi dopo la rivolta di Zedekiah di Ascalon, è un giovane malvagio...

«Mi si riferisce di una pestilenza nella città di Dilbat, e si sono viste tracce di sangue sulla luna per tre notti consecutive, a quanto sembra. I sacerdoti dicono che dovrei digiunare e tagliarmi la barba in segno di contrizione per le mie trasgressioni contro Sin e Nergal, ma se ho trasgredito, perché gli dei fanno ricadere la loro collera su Dilbat, quel buco maledetto i cui abitanti, ricorderai, si sono uniti agli Elamiti e a quei figli di sgualdrina dei Babilonesi nella ribellione crudele che ha causato la morte del mio figlio maggiore? Non vedo perché dovrei preoccuparmene...

«È presto, lo so, ma ho fatto trarre gli auspici per quel nuovo figlio che Esharhamat ha partorito al tuo amato fratello, il Signore Mulo. L'ho ritenuta una precauzione saggia dal momento che, sfortunatamente, il marmocchio non dà alcun segno di volerci favorire morendo come quell'altro. Anzi, è robusto come il padre, purtroppo, ma gli dei nella loro saggezza hanno grandemente alleviato l'offesa dichiarando che questo, almeno, non siederà sul trono. Il fegato della capra, mi hanno detto, era già pieno di vermi e il cuore era nero come se fosse stato bruciato col fuoco...»

Bruciato col fuoco. Ricordavo i sogni di Esharhamat di una morte fra le fiamme e mi domandai che cosa avesse voluto rivelarle il dio del giudizio.

Come sempre, fui molto guardingo nelle mie risposte e mi astenni dal dare pareri anche quando il re mio padre me li chiedeva espressamente. Non sarei stato *turtanu*, né di nome né di fatto, né a Ninive né ad Amat. Asarhaddon doveva essere re e non vedevo proprio il vantaggio di cercare di evitare ciò che era inevitabile.

E così, nei primi giorni di Kislef, quando le strade erano ancora fangose per le prime piogge invernali, partii per il sud con una scorta di un centinaio di uomini. Zabibe viaggiava con noi su un carro, ma il viaggio non era di suo gradimento e mi riempiva la testa di lamentele ogni volta che ero tanto incauto da andarle vicino, il che non accadeva spesso. Anche durante le ore di riposo io rimanevo con i miei soldati, dormendo in una tenda, lasciando a lei le comodità del carro. Non giacqui con lei se non una volta, quando ci fermammo per la notte in un villaggio nei pressi di Elkosh e, piuttosto ubriaco di birra, la spinsi sulle assi di una tavola per scaricarmi dopo una settimana di astinenza. La mattina dopo essa mi rimproverò aspramente, dicendomi che era dovuta rimanere alzata fino all'alba per togliersi le schegge dal petto e dal ventre.

«Taci, donna,» esclamai «o ti venderò a qualche conducente di carovane, puzzolente più dei suoi cammelli!»

Dopo dieci giorni, mentre ci avvicinavamo alle terre della mia proprietà, dissi al *rab kisir* a capo della scorta di far proseguire per Ninive le persone sul carro. Volevo passare qualche giorno tranquillo ai Tre Leoni e avevo ancora abbastanza pudore da non volere che mia madre sapesse di Zabibe.

Dopo un'assenza di molti mesi, è sempre bello tornare a casa. Il Signore Sinahiusur mi aveva reso padrone di molte belle proprietà, alcune delle quali non avevo mai visto, ma i Tre Leoni erano la mia vera casa. Qui non ero *rab shaqe* e *shaknu*, e nemmeno il figlio del re, né il rivale di grandi principi. Qui ero semplicemente un proprietario di terre e un agricoltore. Mangiavo il mio pane e bevevo la mia birra, e qui, sotto l'impiantito della mia stessa casa, speravo che le mie ossa avrebbero un giorno riposato.

L'ultimo raccolto dell'anno era già stato riposto e i campi erano spogli e coperti di stoppie ingiallite. Il fango lungo le rive dei canali sembrava granito fuso e sul fondo l'acqua arrivava a stento alla pancia di un bue. Il cielo era plumbeo e in lontananza si sentiva il rimbombo soffocato del tuono di Adad, anche se per quella notte non ci sarebbe stata pioggia. Quando giunsi nel cortile deserto si vedevano i bagliori dei lampi oltre le montagne a oriente.

I servi di casa erano riuniti a crocchio sotto il portico, bisbigliando fra loro e guardandomi come se non riuscissero a capire come avessi fatto a trovarmi lì. Un ragazzo uscì dalla stalla per prendermi il cavallo.

«Bene» dissi sorridendo e chiedendomi nel frattempo che cosa stesse succedendo. «Non c'è nessuno che voglia portare una birra al padrone? Dov'è la Signora mia madre?»

«Sono qui, figlio mio» disse uscendo dall'ombra della soglia. «Che gli dei siano benedetti per averti fatto tornare da me!»

La baciai ed entrammo in casa, dove mi lavai la faccia in un bacile d'acqua calda. Durante tutto quel tempo mia madre rimase in piedi accanto a me, giungendo le mani come una supplicante. Non potevo far altro che domandarmi quale catastrofe domestica fosse successa... quando Naiba entrò nella stanza, silenziosa come una gatta, e rimase in piedi con aria contrita accanto al focolare. Teneva gli occhi bassi e sembrava guardarsi il ventre che le gonfiava la tunica come un cocomero in piena estate.

Scoppiai a ridere a quella vista ed essa scappò via, piangendo e nascondendosi il viso con le braccia.

«Forse faremmo meglio a non andare per le lunghe con i riti del fidanzamento» dissi alla fine, quando riuscii a controllare la voce. «Sposiamo in fretta questa sgualdrinella in calore, o il giovane Qurdi si ritroverà padre prima di essere stato marito!»

«Allora non sei infuriato, *Lathikadas?*»

Mia madre mi guardò con un'espressione mista di sorpresa e di gratitudine, come se fosse sollevata nell'aver scoperto in me una debolezza.

«No, Merope, non sono infuriato» risposi, mettendole un braccio intorno alle spalle. «Non sono stato con quella ragazza da più di un anno, come tu sai, perché essa dorme nella tua stanza e non nella mia, perciò la cosa non m'interessa affatto. Se a Qurdi non dispiace, non vedo perché dovrebbe dispiacere a me.»

La mattina seguente feci venire Tahu Istar e suo figlio alla mia presenza. Era una visita di cerimonia, perciò li ricevetti fuori della porta di casa. Si inchinarono profondamente e mi offrirono stoffe ricamate, gioielli di rame, pane, vino di datteri e frutta al miele. Io li accettai a nome della mia schiava, dando così il mio consenso alle nozze. Alla fine, Naiba uscì alla luce, scortata da mia madre, e il suo futuro marito le versò olio profumato sui capelli. Dapprima essa arrossì di piacere e poi, quasi immediatamente, scoppiò a piangere un'altra volta e dovette essere ricondotta in casa, con Merope che le si affannava intorno come una chioccia col pulcino.

«Mia moglie faceva anche lei così, quando aspettava un bambino» disse Tahu Istar dopo che le donne si furono ritirate. «Il loro fegato si riempie di demoni. È una gran cosa essere nati uomini!»

Poi bevemmo birra tutti e tre e Tahu Istar e io ci accordammo sul fatto che, date le circostanze, sarebbe stato bene che il matrimonio avesse luogo prima che fossi obbligato a rientrare a Ninive. Qurdi rimase in silenzio mentre parlavamo, ficcando le dita dei piedi nella polvere: di lì a tre giorni avrebbe avuto moglie, ma per il momento era ancora un ragazzo, a quanto pareva.

Il giorno dopo, e quello dopo ancora, piovve dal mezzodì al tramonto e non ci si poteva distrarre nemmeno con la caccia. Io cercai di star lontano da mia madre, perché i preparativi per le nozze erano numerosi, e alla fine mi ritirai in un granaio per sedermi su un sacco di miglio a bere birra, sentendomi fuori posto e pieno di nostalgia per Amat.

Ma il terzo giorno uscì il sole e alla terza ora del mattino, quando il cortile fu pieno di contadini dei villaggi vicini, io condussi Naiba alla casa di Tahu Istar, suo futuro suocero, e mentre essa era seduta sulla panca davanti alla porta Qurdi la coprì col velo e dichiarò a voce alta che Naiba era adesso sua moglie. Sembrava molto contento di sé e tutti applaudirono perché il ragazzo era molto benvoluto: perfino Naiba non pianse quanto mi sarei aspettato. Alla fine, mi feci avanti e pagai solennemente la dote a Qurdi, contando i dieci sicli d'argento in modo che tutti potessero vedere come il figlio del sovrintendente fosse adesso un uomo facoltoso.

Per il banchetto di nozze erano stati arrostiti sette capretti che annaffiammo con numerosi boccali di birra. Tutti erano contenti e al tramonto Qurdi condusse sua moglie nella casa del padre per la prima volta, anche se dubito che potesse far molto con lei visto il suo stato di gravidanza avanzato. Credo comunque che entrambi fossero felici.

Io andai a letto presto, portandomi per compagnia un'anfora di forte vino di datteri: ero soddisfatto della giornata, perché Qurdi mi piaceva e volevo bene a Naiba, ma non posso dire che il mio piacere non fosse mescolato a un po' di malinconia.

''Io non metterò mai il velo sul capo di una donna'' pensai. ''E se avrò dei bambini saranno figli di concubine.'' Non avevo che da chiudere gli occhi per vedere il viso di Esharhamat: Esharhamat che amavo, che era la moglie di mio fratello e la madre di suo figlio.

Se un uomo beve vino di datteri a sufficienza non sogna: russa come un porco e niente viene a turbarlo. Così ha voluto la misericordia degli dei.

«Il mio Signore Tiglath Assur, il potente *rab shaqe*, non vuole un po' di vino? Ah già, dimentico sempre che beve soltanto sangue fresco dei Medi!»

A questa battuta seguì una gran risata. Eravamo a un banchetto offerto da Nabu Pashir, figlio di uno dei fratelli minori del re, un uomo di nessuna importanza allora, ma che sperava di prosperare nel prossimo regno. Non ricordo nemmeno perché c'ero andato, dato che non era certamente un luogo dove avrei incontrato molti amici.

Lo scherzo fu accolto molto bene: Asarhaddon, in quell'ambiente, poteva brillare.

«In primavera il mio nobile fratello combatterà una grande guerra» continuò, forse incoraggiato dal mio silenzio. «Ha in mente di guidare una spedizione di ventimila uomini nelle montagne orientali, una specie di battuta per catturare i cavalli selvaggi.»

Ci furono altre risate, perché l'ora era avanzata e tutti quanti già praticamente ubriachi, anche le prostitute. I suonatori di flauto erano accovacciati in un angolo e dormivano contenti. Sulla tavola si vedevano numerose macchie di vino rovesciato.

Io aspettai, senza replicare. Gli uomini seduti ai miei lati non mi guardavano, osservando invece mio fratello e facendo del loro meglio per ignorare la mia esistenza. Tutti gli altri, tutti quelli che erano lontano dalla portata delle mie mani e quindi si sentivano abbastanza sicuri per indulgere in qualche canzonatura, dividevano la loro attenzione fra Asarhaddon e me. Era un gioco e in questa compagnia nessuno rischiava molto dimostrandosi mio nemico.

È il *marsarru*, mi dicevo. La sua persona è sacra e nessuno può insultarlo in pubblico. Se gli avessi risposto non avrei potuto far altro che rendermi ridicolo.

Eppure questo era anche Asarhaddon, il mio amico fin dall'infanzia, il fratello che un tempo avevo amato. Ora si puliva le mani bisunte sulla tunica, cosparsa di fili d'argento, e sogghignava guardandomi, e si capiva che odiava perfino la mia faccia. Come era potuto accadere?

«Il grande guerriero se ne sta nel villaggio di capanne che

lui chiama guarnigione e fa grandi piani di razzie di bestiame fra tribù che non hanno mai dormito due volte nello stesso posto da quando sono nate. Oh, è davvero tutto molto glorioso!»

«Sì, e sua madre è una ionia che lavorava nelle taverne e che nemmeno il re...»

Non conoscevo il nome di quel cane, seduto a due o tre posti di distanza da Asarhaddon stesso, che mi guardava con due occhioni vacui e ammiccanti: forse era tanto sciocco da essersi immaginato al sicuro, in una specie di cerchio magico d'inviolabilità, ma dovette capire il suo errore vedendo la mia faccia, perché le parole gli morirono in gola.

Il silenzio cadde di colpo su tutta l'assemblea mentre mi alzavo in piedi, e ci fu un fuggi fuggi generale fra quelli intorno a me quando tolsi di mezzo con un calcio la tavola che stava fra noi, perché sapevano bene che uno di loro aveva firmato la sua condanna a morte.

«No! No... io...!»

Nessuno cercò d'interferire e il colpevole era troppo ubriaco e spaventato per pensare di difendersi. Lo afferrai per la barba con la sinistra e con la destra estrassi il pugnale che portavo alla cintura. Con un solo colpo gli tagliai la gola così profondamente che la lama sfregò contro l'osso.

Il sangue sgorgò con tale violenza che coprì me, la tavola e perfino la parete alle mie spalle, ma l'uomo non mandò neppure un gemito. Lasciai andare la barba ed egli cadde di schianto all'indietro sulla panca dove era seduto.

«Ho ripagato l'insulto» gridai, fulminando all'intorno con uno sguardo di sfida. «Se qualcuno desidera chiedere soddisfazione, sa dove trovarmi.»

Mi voltai e mi diressi verso l'uscita. Mentre mi avvicinavo alla porta, un tragitto che sembrò durare un'ora, mi giunse la voce di Asarhaddon alle mie spalle.

«Dannazione a te, Tiglath!» gridava. «Dannazione a te! Ti farò pagare per questo!»

Ma nessuno cercò di trattenermi e, mentre mi dirigevo verso casa, la gente per le strade si limitò a guardarmi: non era affar suo se i miei abiti, le mani, perfino il volto e la barba, erano macchiati di sangue. Probabilmente avevo l'aspetto di un macellaio.

Ero un macellaio. Avevo ucciso un uomo e per il buon motivo che aveva insultato mia madre. E l'avevo poi davvero ucciso per quello? No, l'avevo ucciso perché non era Asarhaddon e perché quindi mi era permesso ucciderlo. Il sangue che mi impregnava la tunica e che si stava raggrumando come fango secco avrebbe dovuto essere il sangue di Asarhaddon.

I miei schiavi mi vennero incontro sulla porta. Erano stati schiavi del Signore Sinahiusur, così come il palazzo nel quale vivevo era stato il suo, e perciò non mi conoscevano quasi. Non dissero niente, ma che cosa dovettero pensare di me quando mi spogliai completamente, con il sangue raggrumato sulla pelle, e chiesi vino, acqua calda e olio profumato?

Non mi presi la briga di pensarci.

Non rimpiangevo niente, non potevo permettere che mi si insultasse, ed era giusto che il *marsarru*, il Prescelto di Assur, fosse avvisato che era meglio non offendermi. Non rimpiangevo niente. Niente... io...»

Il re, naturalmente, s'infuriò. Mi mandò a chiamare la mattina successiva e lo trovai in giardino, seduto su una panca di pietra, con Asarhaddon in piedi dietro di lui.

Ma questo, almeno, non era un luogo pubblico, qui non dovevo a mio fratello alcun particolare rispetto.

«Voglio sapere come hai osato fare una cosa simile» disse mio padre con voce inespressiva e gelida. «Voglio sapere perché credi di poter tagliare la gola di un uomo davanti a venti o trenta dei miei nobili, sperando di sfuggire alla punizione.»

Asarhaddon incontrò il mio sguardo e sorrise: sembrava che, per un motivo noto a lui solo, anch'egli desiderasse saperlo.

«In primo luogo non sono tuoi nobili, ma di tuo figlio ed erede, il Signore *marsarru*. In secondo luogo, se lui può permettersi di gettar fango al riparo della sua carica, dovrebbe insegnare alle sue scimmie ammaestrate a tener chiusa la bocca, perché non sono altrettanto intoccabili. Se ho ucciso un uomo, che la sua vita ricada su Asarhaddon, perché non è mia abitudine ascoltare in silenzio le offese degli schiavi.»

«È vero questo?» Il re si volse ad Asarhaddon. «È vero? Quel cane ha avuto l'impudenza di insultare mio figlio?»

«Il Signore Tiglath Assur parla parole di fuoco, come si addice a un conquistatore, ma ciò non toglie che Girittu Marduk sia morto.»

«Così si chiamava?» domandai, ricambiando il sorrisetto asciutto e sdegnoso di Asarhaddon. «Non pensavo che un simile verme aspirasse alla dignità di un vero nome.»

«Dovresti dedicarti a tagliar gole per mestiere, Tiglath. Ti faresti una gran reputazione nei vicoli di Ninive!»

«E il mio Signore *marsarru* potrebbe metter su un bordello, dato che quel genere di vita pare essere tanto di suo gusto.»

«Basta! Finitela!» gridò il re, balzando dal sedile come se questo si fosse improvvisamente trasformato in una lastra di ferro incandescente. «Sono vecchio, e non tollero più certe cose, la testa mi scoppia per il frastuono delle voci adirate! Basta, ho detto!»

L'espressione sulle labbra di Asarhaddon non cambiò, ma adesso l'oggetto del suo disprezzo era suo padre.

«Mi dispiace di aver abusato così della tua pazienza, Temibile Signore, ma dal momento che si trattava di un'offesa all'onore reale...»

«Sì. Onore.» Il re ripeté la parola, come se facesse parte di un'invocazione. I suoi occhi continuavano a passare dalla mia faccia a quella di Asarhaddon, colmi di ansia e d'incertezza.

«Sì, onore. L'onore della nostra casa...»

L'umore di un vecchio è mutevole come il cielo a primavera. In un attimo, nel tempo che intercorre fra un respiro e l'altro, tutto il suo essere sembrò trasformarsi.

«No! Adesso ricordo.» Mi afferrò il braccio e lo strinse come se volesse provare la sua forza. «Un insulto che doveva essere vendicato! Quel cane aveva voluto offendere mio figlio. Che cosa ha detto, Tiglath? Be', non ha importanza...»

Si rimise a sedere e l'espressione ansiosa sul suo volto scomparve. Si appoggiò le mani sulle ginocchia, con aria perfettamente contenta e soddisfatta.

Al di sopra della testa del re Asarhaddon e io ci scambiammo uno sguardo. Mio fratello alzò le sopracciglia, come per dire: «Vedi com'è ridotto?».

«Ma tu devi proteggerti, figlio mio!» Il Signore Sennacherib, Padrone dei Quattro Angoli della Terra, mi lanciò un'occhiata, che ancora una volta esprimeva grande ansietà. «Va' a casa di quest'uomo, questo Girittu Marduk, e poni le offerte di pane e vino sulla sua bara, per evitare che il suo spirito si vendichi di te.»

«Mi sembra una precauzione più che saggia» interloquì Asarhaddon, annuendo con gravità.

«Vedi? Anche Asarhaddon è d'accordo.» Lo sguardo del re passava dall'uno all'altro di noi. «Fallo subito, Tiglath! E ora lasciatemi, tutti e due. Voglio dar da mangiare agli uccelli che si fermano nel mio giardino nel loro viaggio verso sud. Mi conoscono e non hanno paura, ma non verranno se ci sono estranei in giro. Lasciatemi!»

Me ne andai, ma non feci visita alla casa di Girittu Marduk né offersi sacrifici al suo spirito, perché l'ira di un uomo simile, vivo o morto che fosse, non mi preoccupava molto. Le ombre di quelli che avevo ucciso potevano tranquillamente lasciarmi ai miei nemici viventi.

Asarhaddon aveva imparato una o due cose da quando aveva ricevuto la benedizione del dio. In qualche modo, non sapevo né come né dove, aveva imparato l'arte della sottigliezza, abbastanza almeno da riuscire a manovrare il re. Sì, era naturale. Il re stava decadendo e fra non molti anni Asarhaddon avrebbe avuto tutto il potere nella Terra di Assur. Sarebbe stato come avevano detto gli ufficiali del *quradu*.

Ma io ero ormai abituato all'idea di camminare vicino al nido degli scorpioni, e non me ne curavo più.

Al mio ritorno a casa, trovai una portantina che mi aspettava, e gli schiavi accovacciati accanto a essa appartenevano alla casa reale.

Nella sala delle udienze, che al tempo di Sinahiusur era stata piena di postulanti, trovai soltanto la Signora Shaditu.

«Dicesti che mi avresti ammazzato la prossima volta che ci saremmo visti» mormorò. Si sedette a una tavola, mostrandomi il profilo delle gambe attraverso la tunica quasi invisibile. «Ma non credo che mi ucciderai, oggi. Credo che, per il momento, tu abbia saziato la tua sete di sangue.» Sorrise, suggerendo che aveva capito tutto, e che i miei crimini non facevano che rendermi più attraente. Sapevo che era perversa, che nel suo corpo si trovava soltanto vergogna e morte, eppure non potevo fare a meno di pensare che era bella.

«No, non ti ucciderò. Ma ti rimanderò a casa con la pelle della schiena a brandelli se mi farai aspettare per sapere che cosa sei venuta a fare qui.»

«Mi userai lo stesso trattamento che riservi alla schiava Zabibe?» Il sorriso si addolcì sulle sue labbra, come se la prospettiva non le fosse del tutto sgradita. «È una spia, non lo sapevi?»

«Sì. Della Signora Naq'ia.»

«Pare che il mio amato fratello sia diventato saggio con gli anni. Baciami, Tiglath.»

«Perché sei venuta?»

«Prima baciami, e poi te lo dirò. Baciami: so che nel tuo cuore desideri baciarmi.»

Non diceva che la verità, perché ero in uno stato d'animo molto turbato. Mi chinai a baciarla ed essa mi gettò le braccia al collo, spingendo di prepotenza la lingua fra le mie labbra. Le mie mani trovarono i suoi seni, i capezzoli erano duri sotto le mie dita e li strinsi con forza. Le braccia le ricaddero sui fianchi ed essa gemette di dolore, ma non si ribellò. Soltanto i suoi occhi, pieni di lacrime, mi guardavano supplichevoli.

«Sembra che tu e la mia piccola concubina abbiate gli stessi gusti» sibilai.

«Sì, gli stessi.»

Era vero: lo capivo dal suo sguardo.

Alla fine la lasciai andare ed essa si coprì subito i seni con le braccia.

«Non scherzare con me, Shaditu. Non sono uno dei tuoi amanti di corte.»

«Magari lo fossi, Tiglath, amore mio! Vorrei che tu... Oh! Credo che porterò i segni delle tue dita fino alla tomba!»

«Dimmi perché sei venuta o ci andrai prima di quel che credi.»

«Vorrei piuttosto seppellire te nel mio letto» mormorò gettandomi nuovamente le braccia al collo e baciandomi sulla bocca. «Ti amo, Tiglath, perché sei l'unico uomo di Ninive che non ha paura di me!»

Mi liberai e feci un passo indietro, mettendomi al sicuro, perché davvero essa mi infiammava le viscere.

«Ho più paura di te che di chiunque altro.»

«No, non di me, soltanto di te stesso. Hai paura di tradirti, e sei fortunato, o forse è vero che tu sei più forte di tutti noi, perché non ti sei mai tradito.»

«E tu, sorella?»

«Oh, sì! E per questo ho tanta paura.»

Lo si vedeva, era nei suoi occhi la paura. Ma non era paura degli uomini o di ciò che gli uomini avrebbero potuto farle, non era nemmeno paura della morte. Era un terrore dell'anima, era il terrore dell'abbandono e della disperazione, la paura di una persona che si è addentrata nell'oscurità e sa che non ritroverà più la strada del ritorno.

«Adesso parla!» dissi, scacciando ogni sentimento di pietà dal mio cuore; chi ero io infatti per provare compassione di Shaditu? «Che cosa sei venuta a dirmi?»

Immediatamente rientrò in sé. Si sedette alla tavola, riservata e distante, giocherellando con le unghie dipinte. Sembrava decisa a farsi pregare.

«Che cosa vuoi sapere?» domandò, senza guardarmi, ancora assorbita dall'esame delle sue unghie.

«Perché sei venuta qui.»

«Te l'ho detto. Perché ti amo, e perché devo scegliere un partito... e in fretta.»

Non ebbi bisogno di spiegazioni. L'intera città si stava schierando, o cercando di obbligarmi a fornire un partito col quale schierarsi.

«Il re molto presto non sarà più re» continuò, senza esserne richiesta, «perché è vecchio e stanco, e un giovane dovrà prendere il suo posto. Si tratta soltanto di decidere fra te e Asarhaddon. Io preferirei che fossi tu, ma il mio interesse vuole che stia fra quelli che appoggiano il vincitore.»

«La questione è già stata risolta. Asarhaddon è stato scelto dal dio, è *marsarru* e sarà re.»

«Davvero?» Mi dette un'occhiata e sorrise, come se avessi detto qualcosa di molto divertente. «Forse, se tu lo desideri, Asarhaddon sarà re. Ma tu potresti essere il suo *turtanu*. L'esercito ti seguirà e l'esercito ottiene ciò che vuole. È già accaduto che un *turtanu* abbia tenuto un re in sua completa balìa. Forse è questa la scelta del dio.»

«Shaditu... sorella. Perché il *baru* Rimani Assur si è tolto la vita? Anche quella è stata una decisione del dio?»

Abbassò lo sguardo e per un momento lasciò stare le mani, lo sguardo fisso nel vuoto. Era malvagia, ma non era codarda e non ricordo una sola volta in cui abbia conosciuto la paura, la vera paura. Ma in quell'attimo capii che era spaventata.

«Come potrei saperlo? A me interessano i corpi degli uomini, non i loro spiriti.» Rise, un suono acuto e metallico, come il riso senza gioia di un pazzo, continuando tuttavia a non guardarmi.

«Tu l'hai sedotto, non è vero?» Le presi il volto fra le mani, obbligandola a guardarmi negli occhi. «Sei andata nel suo letto e l'hai forzato a tradire il suo ministero.»

«Come sai...»

«Lo sanno tutti, io per ultimo. L'ho sentito raccontare ad Amat, da uno che probabilmente non hai neppure sentito nominare.»

«Non è vero! Non è vero! La Signora Naq'ia...»

«Che cosa? Ti ha costretta? Oppure tutt'e due avete semplicemente scoperto di avere ambizioni comuni?»

Si liberò dalla mia stretta e, dopo un istante, mi lanciò uno sguardo pieno di sfida. No, non avrebbe parlato, ma non negò, comunque.

«Cosa vide Rimani Assur negli auspici, sorella? Puoi dirmelo?»

«Se te lo dicessi e se il saperlo ti aiutasse a portar via la corona ad Asarhaddon, ti prenderesti anche sua moglie o prenderesti me?»

«Prenderei Esharhamat.»

«Allora temo che la verità sia morta con Rimani Assur.»

Rise di nuovo, sempre con amarezza, perché ormai aveva scelto il suo campo.

La colpii rudemente con il dorso della mano, un manrovescio che la fece cadere per terra: quando si voltò verso di me, c'era sangue sulle sue labbra, ma continuava a ridere.

Quella notte andai a trovare Esharhamat nei suoi appartamenti. Non m'importava se qualcuno sarebbe venuto a saperlo. Asarhaddon sarebbe rimasto a Ninive ancora per dieci giorni, ma se l'avesse saputo e desiderasse fare obiezioni, sarebbe stato il benvenuto.

Volta le spalle al tuo dio mi aveva detto Esharhamat, ma sembrava che il dio avesse voltato le spalle a me. Se preferiva nascondere i suoi piani, allora io avrei potuto sentirmi libero di seguire i miei.

Che Asarhaddon protestasse pure, questa volta non avrei fermato la mia mano.

Mi ricevette in una stanza vicina alla sua camera da letto. Aveva l'aria tirata, come se il parto recente l'avesse privata di ogni energia, e i seni erano gonfi di latte.

«Non allatterò il bambino di mio marito» disse, e il pensiero sembrava darle qualche piacere. «Non avrà niente da me tranne la vita. Hanno fatto arrivare le balie per nutrirlo, mogli di pecorai. Che c'è di più adatto per il figlio di Asarhaddon?»

«Lascia che ti porti a casa mia. Andremo ad Amat e che Asarhaddon venga a prenderci se ne ha il coraggio!»

Sembrò che non mi avesse sentito, quasi non si accorgeva della mia presenza, tanto era presa dalla sua infelicità.

Che avevo fatto a entrambi noi?

«Eppure cresce bene» continuò: forse la sua mente cominciava a vacillare? «È sano, robusto, come suo padre. Ma *questo* bambino non siederà mai sul trono di Assur!

«Mi vuoi, Tiglath? Mi vuoi ancora? Allora vieni. Nella camera qui vicino, dove potrò sdraiarmi. Non ci sarà bisogno di andare fino ad Amat, perché non fa alcuna differenza.»

Parlava seriamente, perché si alzò e mi prese un braccio con tutt'e e due le mani, attirandomi a sé. La porta della sua camera da letto era semiaperta: come avevo fatto a non accorgermene?

«Se Asarhaddon ci trova insieme, che cosa può farci?» Sorrideva, varcando la soglia. «Io devo partorire il figlio che regnerà dopo di lui e quel figlio deve ancora trovare la via del mio grembo. Che cosa potrà fare Asarhaddon?»

Era una camera piccola, nella quale si trovavano due schiave di Esharhamat, accovacciate in un angolo e intente a piegare e ripiegare dei lini bianchi, un lavoro da donne, comprensibile soltanto a loro. Sollevarono lo sguardo e, vedendomi, si alzarono per uscire, senza indugiare e con la paura negli occhi, perché sapevano bene che la loro padrona stava per commettere una follia. La porta si chiuse alle loro spalle, silenziosamente.

Senza una parola Esharhamat si tolse la tunica, facendola passare sopra la testa, e rimase completamente nuda davanti a me. Era bella, più bella per me della stessa vita, ma il suo corpo non era più giovane. I seni, un tempo piccoli e sodi, erano pesanti, pieni da scoppiare, e il ventre recava i segni del parto.

Mi inginocchiai accanto a lei, premendo la guancia contro la sua povera carne, gli occhi colmi di lacrime di pietà.

«Sono dunque così brutta, Tiglath?» mormorò, passandomi dolcemente le dita fra i capelli. «Anche l'amore se ne è andato?»

«Oh no!, amor mio, mio amore!» singhiozzai ripetendo continuamente quelle parole, incapace di trovarne altre. «Oh, amore mio!»

Restammo stretti l'uno all'altra per molto tempo, soli, con l'unica compagnia della luce tremolante della lucerna. Non so quanto tempo restammo così. La mia mente era vuota di ogni altro pensiero che non fosse quello di Esharhamat, e non provavo né vergogna né paura né pensavo al dovere. Ero un vaso vuoto di tutto tranne che del suo amore.

Quella notte fummo una sola carne, io penetrai in lei e fummo una cosa sola. Con Esharhamat non era come con le altre donne, perché non pensavo al piacere, e anche se i miei sensi dolevano per una muta felicità, non era il piacere che cercavo in lei. Non potevo sopportare l'idea di separarmene, poiché la mia anima era chiusa nel suo corpo e senza Esharhamat avrei vagato nell'aria come uno spettro. Sapevo di essere vivo soltanto perché ero con lei. Eravamo una carne sola.

«Vieni via con me» dissi, quando alla fine riuscimmo a ritrovare la parola. «Vieni con me, e saremo uniti fino alla morte.»

«Per quanto tempo, allora?»

«Che importa? Non posso lasciarti un'altra volta.»

«Devi: lo sai che devi.»

«So soltanto che ti amo.»

«Non partirò con te, Tiglath.» Si liberò dal mio abbraccio e si sedette sulla stuoia. «Quel tempo è passato. Tu dici soltanto ciò che vorresti che fosse, non ciò che è. Tu hai fatto la tua scelta, o forse il tuo dio l'ha fatta per te.»

«Quando sono con te, non m'importa né di questo dio né di un altro.»

«Questo lo pensi adesso, e ci credi anche, ma non sarà lo stesso domani, o il giorno dopo. Tu appartieni a lui, non a me. Io lo capisco, adesso, e non ne soffro nemmeno. È soltanto ciò che deve essere e niente altro.»

«Perché?»

«Perché questo è il suo volere.»

Sapevo che diceva il vero, e che era più forte di me. Io non potevo sopportare l'idea di separarmi da lei, dei giorni, forse degli anni, che sarebbero trascorsi senza di lei, e dentro di me maledissi il nome del dio.

«*Per te comincerà il tempo degli addii*» mi aveva detto il *maxxu* «*Addio è una parola che ti stancherà la lingua d'ora in poi.*»

Nel buio, mentre il mondo era ancora avvolto nelle ali della morte, mi alzai e uscii.

«Non sono più gradita al mio signore?» Zabibe, sempre astuta, recitava adesso la parte della penitente, inginocchiata davanti a me, vestita di stracci, la spalle scoperte. «Non mi onora più come una volta. Non sono ammessa alla sua presenza e si contano sulle dita le notti che ho passato sul suo giaciglio da quando siamo tornati a Ninive. Se ho peccato contro il mio signore, che mi punisca anche fino alla morte. Ma che non distolga da me il suo sguardo, perché questo è peggiore di ogni morte per me.»

Appoggiò la fronte sul pavimento, abbracciandomi le caviglie e bagnandomi i piedi di lacrime. Era molto convincente, ma mai una donna è pericolosa come quando sembra tutta lacrime e sottomissione. Mi accorsi di aver fatto un errore nel trascurarla.

«Allora portami la frusta.»

Ma qualche frustata e le tenerezze che possono essere scambiate in uno sbrigativo incontro non l'avrebbero soddisfatta per sempre. Sapeva di avere una rivale e non si sarebbe data pace finché non avesse scoperto chi era. Dopo tutto, proprio per scoprire certe cose era venuta da me. Ma in verità ero stanco di vivere fra i suoi inganni, e avevo i miei piani su Zabibe.

Fra quindici giorni sarei tornato ad Amat, alla testa di dieci compagnie di soldati che sarebbero rimaste a difendere la guarnigione, mentre io avrei portato le mie armate sui Monti Zagros, e quel giorno un nuovo capitolo della mia vita avrebbe dovuto cominciare.

«Dobbiamo aspettare e stare a vedere» avevo detto a Esharhamat. «Forse morirò durante la campagna, o forse Asarhaddon si ubriacherà e si romperà l'osso del collo cadendo da una scalinata. O forse il dio si stancherà di questa follia e distruggerà il mondo. Non ci resta che aspettare.»

E fu così. La vidi soltanto cinque volte nei mesi in cui rimasi in città e negli intervalli non facevo altro che aspettare. Vivevo per quelle poche ore che passavo con lei, e per niente altro. Perfino il pensiero della mia guerra contro i Medi non mi creava alcuna emozione, la gloria e il pericolo non essendo più nulla per me, poiché mi portavano lontano dalle sue braccia. Non era una falsa delicatezza a tenermi lontano da Zabibe, mi dimenticavo semplicemente della sua esistenza per giorni interi.

Durante quei mesi a Ninive mi giunsero all'orecchio molte voci, che ascoltai soltanto a metà. Il re era vecchio e presto sarebbe scomparso per sempre, ma ciò che era morte per uno per molti era vita e le cospirazioni crescevano come vermi nella pancia di un leone morto. Dappertutto si sentiva bisbigliare.

Incontravo continuamente gente, gran parte della quale mi era ignota. Questi incontri sembravano fortuiti, ricevevo ad esempio un invito a unirmi a una caccia, e in una compagnia di circa cento persone io mi trovavo in coppia con un *rab abru* responsabile di una guarnigione a Rasappa, a casa per una licenza. La caccia procedeva con lentezza e noi avevamo tempo per parlare. Si lasciavano cadere alcuni accenni alla situazione attuale e qualche lamentela sulla politica di Asarhaddon nei riguardi di Babilonia. Io davo qualche risposta e, improvvisamente, l'uomo mi assicurava il suo appoggio se avessi deciso di contestare il diritto al trono di mio fratello. Questo era più o meno ciò che mi accadde in innumerevoli occasioni.

Qualche volta gli incontri non erano fortuiti. Il quinto giorno prima dell'inizio della festa di Akitu, due ore prima dell'alba, il capo dei servi della mia casa mi svegliò: si era presentato un visitatore che si rifiutava di andarsene. Era arrivato in una portantina e portava un cappuccio che gli copriva il volto. Il capo dei servi non era nemmeno sicuro che si trattasse di un uomo e aveva paura che fosse venuto per assassinarmi.

Presi il giavellotto, che era appoggiato alla parete, e mi recai incontro allo strano visitatore, il quale, quando fummo soli, si tirò indietro il cappuccio. Era il mio reale fratello, lo scriba Nabusharusur.

«Sei sorpreso di vedermi» disse, sorridendo solo con le labbra.

«Niente mi sorprende di ciò che mi accade a Ninive» risposi. «Se posso chiedertelo senza mancare di cortesia, fratello, che vuoi da me a quest'ora?»

La mano nervosa e delicata di Nabusharusur giocherellò con il bordo del mantello. Intorno agli occhi si vedevano piccole rughe, come se cercasse continuamente di guardare qualcosa in distanza. Era un uomo, ammesso che potesse definirsi uomo, la cui vita si svolgeva sempre come sulla punta di un coltello.

«Sono venuto a dirti che hai dei nemici.»

«Questo non mi sorprende, dato che la mia condotta non è stata sempre esemplare.»

«Tu ti burli di me, fratello.»

«No, fratello» sorrisi, scuotendo il capo, un sorriso non molto più gradevole di quello di Nabusharusur. «Sono io a essere preso in giro. Non sono lo sciocco che tu pensi.»

«Allora saprai che ci sono spie in casa tua, quella donna Zabibe, per dirne una.»

«Me l'hanno già detto. E con ciò? In questa città una metà degli abitanti spia l'altra metà per guadagnarsi da vivere. Dimmi che cosa non so.»

«Che quella donna, per guadagnarsi da vivere, ha promesso alla Signora Naq'ia di avvelenarti. Non assaggerei più il vino dalle sue mani, fratello... ecco, vedo che ti ho detto qualcosa che non sapevi.»

«Sì, e mi chiedo perché tu ti sia disturbato a venirmelo a dire, e come lo sai.»

«Mi disturbo perché ho ancora delle speranze su di te, Tiglath.» Scrollò le spalle strette e femminee, come se tutte le sue speranze si fossero da gran tempo tramutate in disperazione. «Tu sei uno sciocco, che il passato rende cieco verso il futuro, ma può darsi che non sia sempre così. E, in quanto al modo in cui sono venuto a conoscenza di ciò che ti ho detto, come tu hai suggerito, quali segreti non sono in vendita a Ninive?»

S'inchinò e se ne andò e, come sempre, non mi dispiacque vederlo partire. Nabusharusur era un'anima inquieta e il suo scontento se lo portava appresso diffondendolo fra gli altri. Chiunque respirasse la stessa aria ne restava infettato. Rientrai nella mia camera, ormai senza più speranza di riposo, ad aspettare l'alba.

E la sera dopo, accanto al mio letto, trovai Zabibe e la sua frusta, e un vaso d'argento colmo di vino. Essa mi sorrise e io seppi che Nabusharusur mi aveva salvato la vita.

«Non ho sete» dissi. «Ma tu bevi, se vuoi. Bevi, prima che diventi caldo.»

Scosse il capo.

«No, non ho voglia di vino.»

L'avevo vista bere quello stesso vino più volte di quante riuscissi a ricordare.

«Molto bene, se hai deciso di farmi infuriare.»

Raccolsi la frusta ed essa mi sorrise. Senza dubbio pensava che la gola mi sarebbe bruciata dal desiderio di lei e che prima o poi, durante la notte, avrei bevuto e sarei morto.

Sollevò l'orlo della mia tunica e prese il mio membro portandoselo alle labbra: la frustai ed essa gemette e mi fece sentire la pressione della lingua. Continuai a batterla fino a farla sanguinare. Quella notte la presi due volte, ma non toccai il vino.

La mattina dopo, prima che il sole sorgesse, la lasciai che dormiva e uscii portando con me il vaso d'argento. I cuochi erano già svegli, perciò andai in cucina e presi uno di quei lunghi filoni di pane che solo i servi mangiano. Nessuno ci vide niente di strano.

Il giardino dietro la mia casa era stato trascurato durante gli ultimi anni di vita del Signore Sinahiusur, e la vegetazione si era sviluppata disordinatamente: vi passeggiavano grossi ratti, delle dimensioni di un gatto, che non avevano paura né degli altri animali, né degli uomini, né degli dei. Mi sedetti su una panchina di pietra e spezzai il pane a piccoli tocchi che inzuppai nel vino, posandoli poi per terra lungo il viale.

Dopo un certo tempo arrivò un ratto. Si immobilizzò quando mi vide, osservandomi con i suoi occhietti crudeli, e alla fine, quando fu sicuro che non avrei interferito, si avvicinò e annusò il pezzetto di pane. Ne mangiò uno, poi un altro. Aspettai. Il ratto si guardò intorno in cerca di un altro boccone, trascinandosi dietro la lunga coda.

E poi, tutto d'un tratto, si stirò sulle zampe anteriori e crollò a terra. Mi avvicinai e gli detti un calcio, tanto per essere sicuro: era inerte come un pezzo di legno.

Così era vero, non c'erano più dubbi. Versai a terra il resto del vino.

Zabibe fu certamente sorpresa di vedermi vivo.

«Dì a un servo di portarmi la colazione» le dissi. «Fa' presto perché sono affamato.»

E lo ero, infatti. Tutto sembra buono a chi è appena scampato a un pericolo di vita. Era un debito che avevo con mio fratello Nabusharusur.

E Zabibe avrebbe pagato. Sì, avrebbe pagato.

La mattina dovevo partire per Amat. Le caserme della casa della guerra erano illuminate dalla luce delle torce mentre i soldati si preparavano alla lunga marcia. Erano reclute fresche e sapevano che una parte di loro sarebbe andata alla guerra. Stanotte avrebbero dormito poco. Io sapevo esattamente che cosa provassero, mi bastava ricordare la lunga strada per Khalule.

Ma la mia mente non risuonava del frastuono delle armi, né del rimbombare degli zoccoli dei cavalli. Queste cose avevano perso il loro terribile fascino e, inoltre, io stavo correndo dalla donna amata, separarmi dalla quale era per me più terribile della morte.

Esharhamat mi aspettava nella camera da letto. Le sue donne, quelle di cui si fidava, avrebbero fatto la guardia fino a circa un'ora prima dell'alba. Asarhaddon aveva passato tutto il mese a Calah, aspettando, così si diceva, che io partissi per il nord.

Accanto alla sua stuoia ardeva un'unica lampada. Esharhamat era sdraiata, appoggiata su un braccio, quando si voltò verso di me sorridendo. Mi inginocchiai ed essa mi sfiorò la faccia con la punta delle dita, baciandomi sulla bocca. I nostri baci divennero frenetici, quasi violenti. Non parlavamo, non avevamo tempo per le parole. Facemmo l'amore come due affamati davanti a un banchetto che sappiano come tutto possa sparire in un attimo.

«Che cosa faremo tutto questo tempo lontani?» domandò, quando la passione si fu acquietata ed essa rimase raggomitolata fra le mie braccia.

«Soffriremo» risposi, dato che non c'erano altre risposte, «continueremo a sperare e ad aspettare.»

«Per quanto tempo?»

«Non lo so.»

«Siamo nelle mani del dio.»

«Sì.»

Fuori, nel giardino di Esharhamat, i grilli cantavano. Il fiume-madre Tigri era in piena e il mondo si ridestava a un altro anno. All'alba, sarei partito per combattere contro i Medi.

«Tiglath...»

«Sì?»

«Credo di aspettare un bambino, forse.»

La tenni stretta fra le braccia, senza muovermi, senza osare di respirare. Che cosa provavo? Sul momento, soltanto una fredda sorpresa senza emozioni.

«È mio?»

«Spero di sì. Potrebbe essere di Asarhaddon, perché è molto scrupoloso nei suoi doveri regali, ma non credo. Io credo che sia tuo, non fosse che per la ragione che sento di amarlo già questo bambino.»

«Allora sono felice.»

«Anch'io.»

Fra un'ora, forse anche prima, avremmo dovuto separarci. Come avrei fatto a sopportarlo? Adesso, più che mai, come avrei fatto?

Ma lo sopportai. Il cuore era freddo nel petto, ma riuscivo a sopportare anche questo. L'alba dorata di Assur mi vide alla testa di tremila soldati, uno spettacolo per il popolo di Ninive. Adesso appartenevo non a Esharhamat, o al nostro bambino non ancora nato, ma al re e al suo esercito, e alla folla cittadina che doveva avere il suo eroe per un'ora, per gridare il suo nome fino a sfiatarsi e poi dimenticarlo. Ero tornato a essere quell'oggetto privo di vita che è un Personaggio.

Mi fermai per una sola notte ai Tre Leoni a dire addio a mia madre: il *maxxu* aveva ragione perché già troppi addii avevo detto, e ci dirigemmo poi a nord, seguendo le piste sulle montagne, faticose ma più rapide e che, in ogni caso, costituivano una buona esperienza per la prossima campagna.

Zabibe viaggiava in un carro insieme ai vettovagliamenti. Non mandai a chiamarla e mi limitai ad aspettare.

Alla fine, raggiungemmo la cresta delle montagne e avvistammo il Grande Zab, il fiume che scintillava alla luce del mattino come un serpente d'argento. Quando i cavalli si abbeverarono alle sue acque, non distavamo da Amat più di due giorni.

Quella notte dormimmo nei pressi di un villaggio di discrete dimensioni chiamato Adini, e il capo venne a visitarmi nella mia tenda, s'inchinò e chiese la benedizione del re. Gliela detti e domandai se nel villaggio c'era un fabbro per aggiustare l'asse di un carro. Ricevetti una risposta affermativa.

«Avremo bisogno di un individuo robusto, perché il carro è pesante e ci vorranno quattro buoi per tirarlo.»

«Oh, se la caverà, Signore, perché ha la forza di un bue lui stesso.»

«Bene, allora mandalo da me.»

L'asse del carro avrebbe potuto aspettare finché non fossimo giunti ad Amat, ma io non potevo. Dopo circa mezz'ora si presentò il fabbro ed era esattamente come avevo sperato: un gigante, con le braccia grosse come le cosce di un uomo e la faccia e il petto coperti di piccole cicatrici dovute alle bruciature provocate dal suo mestiere. Era anche molto brutto e per qualche incidente aveva perso un occhio e si era inserita nell'orbita vuota una moneta di rame. Lo osservai mentre lavorava e quando ebbe finito lo invitai a bersi un boccale di birra con me. Ci sedemmo insieme in perfetta armonia, come se ci fossimo conosciuti per tutta la vita, e mentre beveva continuava a grattarsi la spessa coltre di peli neri che gli copriva il ventre. Ero veramente soddisfatto di lui.

«Dimmi, fabbro, tu hai moglie?»

«Purtroppo no, mio Signore» rispose, sogghignando in modo alquanto stupido. «Ne avevo una, ma è morta. Adesso i suoi bambini non hanno madre e io non ho una donna che mi prepari da mangiare.»

«Deve essere stata una grande perdita per te. Era bella?»

«No, Signore. Era troppo magra e aveva la pelle ruvida come il granito, ma un disgraziato senza un occhio non si può aspettare una regina nel suo letto. E aveva anche una gran linguaccia.»

«Allora penso che l'avrai battuta.»

«Oh, sì, Signore, la battevo, come è giusto che faccia ogni uomo. Ma questo non la faceva diventare più buona.»

Non volli sentire altro. Andai nella mia tenda per prendere qualcosa che avevo comprato a Ninive: una bella frusta, non molto più lunga del braccio di un uomo, ma intrecciata con pelle di cinghiale lasciata immersa in acqua salata.

«Vieni con me, fabbro.»

Ci dirigemmo ai carri dei vettovagliamenti e trovai Zabibe nel suo, sdraiata su un tappeto, nuda come gli dei l'avevano fatta, intenta a dipingersi le unghie. Mi sorrise quando mi vide, ma prima che potesse aprire bocca l'afferrai per il polso e la trascinai fuori nella polvere. L'unico occhio del fabbro brillò di piacere quando la vide, e poteva ben essere così perché nel suo villaggio non credo ce ne fosse un'altra come lei.

«Ecco una nuova moglie per te, fabbro...»

«No, Signore... No!» Zabibe cercò di liberarsi dalla mia stretta, ma io la tenevo con forza. «Pietà, Temibile Signore... No, questo no!»

Non risposi alle sue implorazioni, questa era una faccenda da sbrigare soltanto fra uomini e quindi mi rivolsi soltanto al fabbro.

«Naturalmente, anche questa ha una lingua da tenere a freno, ma prometto che se la batterai abbastanza forte, imparerà ad amarti. Ti regalo la frusta come dote.»

Con uno strattone la mandai a rotolare fino al promesso sposo, che fu lesto ad afferrarla. Zabibe cercò immediatamente di graffiarlo, ma con una risata egli le dette un colpetto scherzoso che la mandò a ruzzolare nel fango. Si rialzò a sedere, con le lacrime che le riempivano gli occhi e un'ammaccatura sulla guancia che le sarebbe durata diversi giorni.

«Padrone, ti prego...» piagnucolò, tendendo una mano verso di me.

«Taci, donna! Tu meriti di peggio. Credevi davvero che avrei voluto un'assassina nel mio letto?»

Il fabbro l'afferrò per il polso e la obbligò a rialzarsi. Zabibe, con le gambe nude sporche di fango, tacque finalmente, chiedendo pietà con gli occhi, ma consapevole che non ce ne sarebbe stata alcuna.

«Ti ringrazio, Signore: è bella.»

Il fabbro fece scorrere la mano sulle spalle e sui seni, incurante del fatto che essa cercava di scostarsi da lui. «È abbastanza bella da farmi sopportare anche la sua linguaccia!»

«Sì, ma non dimenticare di batterla, strappale la pelle dalla schiena» dissi, sogghignando con cupa soddisfazione, godendomi lo spettacolo che formavano insieme. «E... un avvertimento. A meno che tu non sia stanco della vita, falle assaggiare sempre il cibo che ti prepara prima di mangiarlo. È una donna araba e usa strane spezie. Certo non vorrai morire d'indigestione.»

Vidi una fiamma nello sguardo che essa mi lanciò che mi fece quasi rimpiangere di separarmi da lei. Sì, certo, mi odiava, ma quando mai mi ero preoccupato del suo odio?

«Prendila, fabbro, prima che cambi idea.»

L'intero esercito poté sentire le sue grida quando il fabbro la condusse via, e le sue invettive riempirono l'aria.

«Che gli dei ti abbandonino, Tiglath Assur» urlava. «Che tu possa morire di una morte orribile nella terra dei Medi e che i cani divorino il tuo cadavere!»

Quante donne mi avevano maledetto! Mi chiedevo se gli dei avessero mai ascoltato.

XXIX

I corvi avevano lavorato bene in due anni e, tranne per le ossa tenute insieme dai tendini decomposti, non c'era rimasto molto dei cavaderi di Uksatar e degli altri capi della tribù dei Miyaneh. Anche gli abiti erano marciti e quindi nemmeno quelli che, come me, erano stati presenti all'esecuzione, avrebbero potuto distinguerli l'uno dall'altro.

Spettro, il mio cavallo, un bello stallone ormai, un cavallo da guerra addestrato a non aver paura delle battaglie e dell'odore del sangue, sbuffò nervosamente, conficcando lo zoccolo nel terreno, quando mi fermai a osservare l'orrendo spettacolo dei cinque scheletri, uomini impalati e lasciati là come avvertimento, lasciati a guardare con le orbite vuote le montagne a oriente, dalle quali avevano osato sfidare la Terra di Assur.

Naturalmente, l'avvertimento non era servito a molto. Ogni tanto, durante quei due anni, e particolarmente nell'inverno appena trascorso, le bande di razziatori medi avevano attraversato la frontiera per mettere a sacco i villaggi circostanti. Non c'era niente di sorprendente in questo, dato che sapevano che io sarei tornato in ogni caso; perché dunque avrebbero dovuto frenare la loro naturale cupidigia di nomadi?

E, sebbene non lo ammettessi volentieri, quelle incursioni non mi erano del tutto sgradite, perché giustificavano la guerra che stavamo per muovere contro il popolo dell'Ahura. Dopo tutto, non eravamo soltanto crudeli predatori, qui venuti per il piacere del massacro e della rapina, ma rappresentavamo la collera armata del nostro dio, il quale non tollerava che il suo popolo fosse derubato e ucciso. E si aggiunga che quelle incursioni, fatto questo più importante, dimostravano che il controllo di Daiaukka sulla confederazione delle tribù era limitato.

Daiaukka non era certamente uno sciocco e sapeva senza ombra di dubbio che l'incendio dei villaggi a ovest del fiume Diyala e il furto del bestiame non avrebbero contribuito sicuramente a rendere meno violento l'attacco inevitabile. Sapeva anche che la mia politica di guerra non era senza oppositori e che l'animo di mio padre non era ancora completamente deciso a questo riguardo, e doveva quindi capire, data la sua indubbia intelligenza, che la notizia di ogni capanna incendiata, di ogni contadino ucciso, di ogni misura di frumento rubata, sarebbe giunta a Ninive, rafforzando così la mia tesi della necessità di schiacciare i Medi, i quali rappresentavano una continua minaccia.

Daiaukka sapeva quindi che queste razzie di frontiera erano una follia, e se non le impediva, voleva dire che non poteva. La sua parola non aveva perciò ancora valore di legge fra le tribù dei Monti Zagros, nonostante egli si definisse *shah-ye-shah*, re di tutti i re degli Ariani. Tanto peggio per lui.

Mentre guardavo dunque quei cinque Miyaneh, morti per mio ordine, con i teschi coperti soltanto qua e là di qualche brandello annerito e secco di carne raggrinzita, i quali sogghignavano come demoni ora che avevano avuto il tempo di meditare sulla risibile follia dei loro delitti, non ero dispiaciuto affatto che tale avvertimento non avesse avuto effetto. Promisi ad Assur che i Medi non avrebbero avuto bisogno di un altro per molti anni a venire.

Ritornai a cavallo fino all'accampamento, una città di tende spuntata sulla pianura aperta dove l'esercito del nord si stava godendo un ultimo lungo pomeriggio di pace prima di bagnare i sandali nelle acque del Diyala per l'ultima volta e di entrare nelle terre dei Medi.

Spettro scalpitava sotto di me, ansioso di lanciarsi al galoppo, con la criniera argentea che fremeva nel vento e i muscoli della sua struttura possente ben disegnati e tesi sotto la pelle. Ero certo che quel cavallo mi avrebbe portato fortuna.

Come entrai nell'accampamento, gli uomini mi salutarono agitando le mani e gridando il mio nome, e quando vidi una faccia nota sorrisi e salutai anch'io con la mano, perché i soldati devono credere che il comandante si interessa a loro. Quegli uomini avevano affidato a me la loro vita, mentre li stavo conducendo contro un nemico famoso per la sua crudeltà e ferocia, e poiché desideravano vivere e trionfare, si creavano un idolo e gli davano il nome del Signore Tiglath Assur. È sempre così, un uomo è esaltato sugli altri solo per servire gli scopi e le speranze di molti.

E quest'anno, ancora una volta, avremmo sventolato la bandiera della stella di sangue, iscritta sotto il disco alato di Assur, e speravo che non fossero soltanto i miei soldati a credere nel mito del *sedu* del Potente Sargon.

Non mi affidavo tuttavia soltanto alla magia della mia reputazione. L'esercito alla testa del quale stavo addentrandomi nei Monti Zagros era forte di ventimila uomini, ben addestrati e disciplinati, i quali sapevano che cosa ci si aspettava da loro. Molti erano veterani di altre campagne e conoscevano bene il terrore della battaglia. Se non avessimo vinto, il fallimento non sarebbe stato loro, ma soltanto mio. Tuttavia avremmo vinto, ne ero certissimo.

«Quando leveremo l'accampamento, *rab shaqe*?» domandò Lushakin, tenendo le redini di Spettro mentre smontavo.

«Un'ora prima dell'alba» risposi. «E fa' in modo che ogni soldato sia pronto a marciare con la prima luce del giorno. Voglio che i Medi vedano che sappiamo muoverci anche se siamo tanti.»

«Credi che ci stiano già osservando?»

«Non lo credo, lo so.» Lo guardai, alzando le sopracciglia, come per fargli capire che mi meravigliavo di constatare quanto fosse ingenuo. «I loro esploratori ci hanno preceduto di circa cinque ore fin dal terzo giorno dopo che siamo partiti da Amat. Se tu avessi viaggiato all'avanguardia con me, avresti visto lo sterco dei loro cavalli.»

Tabshar Sin scoppiò a ridere.

«Devi stare attento, Principe, o questo sempliciotto finirà per crederti!»

Lushakin, quando capì di essere stato preso in giro, si mise a ridere anche lui; li conoscevo tutti e due fin dai giorni della mia prima giovinezza, perciò uno scherzo era permesso.

«Tuttavia» dissi «sono qui. Non sono tanto sciocchi da rivelare la loro presenza, ma sono qui. Sento i loro sguardi su di noi.»

Nella mia tenda c'erano le mappe, certamente le migliori mai disegnate dei territori a oriente del Diyala, tracciate su pelli di capra dagli schiavi cimmeri che avevamo liberato durante la nostra ultima campagna. Non c'era pietra sulle steppe degli Zagros che esse non rivelassero e avevamo quindi la certezza che non ci saremmo trovati ad avanzare alla cieca.

«Dobbiamo restare sulla pianura aperta» dissi ai miei ufficiali. «Un esercito di queste dimensioni non può manovrare con efficienza in montagna; inoltre, perché dare a Daiaukka la possibilità di attirarci in un'imboscata? Abbiamo il numero a nostro favore, per quanti cavalieri riescano a mettere in campo i Medi, non hanno speranza di sopraffarci, e un gigante non dovrebbe scegliere l'interno di un'anfora come terreno di battaglia.»

«Potrebbero decidere semplicemente d'ignorarci, di aspettare nascosti sulle loro montagne l'inverno, quando saremo obbligati a ritirarci.»

«Daiaukka combatterà. Un re non è veramente re se non sa proteggere il suo popolo, e questo egli lo sa. Noi porteremo una tale devastazione nelle steppe degli Zagros che sarà obbligato a combattere.»

Terminata la riunione, Lushakin e Tabshar Sin si trattennero nella mia tenda e tutti e tre bevemmo vino, chiacchierando dei bei tempi andati fino a notte molto avanzata. Sapevamo che non avremmo dormito e in queste situazioni è meglio non essere soli.

Quando i primi raggi del sole illuminarono il cielo pallido e grigio, le armate della vendetta di Assur si stavano già muovendo. Per mezzogiorno avevamo attraversato il fiume e calpestavamo il suolo che i nostri nemici chiamavano patria.

Al tramonto del secondo giorno, gli esploratori tornarono dicendo di aver avvistato il primo villaggio dei Medi e io impartii i miei ordini per la mattina successiva.

«Prendete una compagnia. Distruggete tutto, ogni muro, ogni capanna di contadini: tutto. Bruciate ciò che trovate nei granai e razziate quanto potete del bestiame, non c'è ragione che i nostri soldati non debbano mangiar carne per cena, domani. Gli animali che non potete portar via, uccideteli e gettate le carcasse nei pozzi. Ammazzate ogni uomo che trovate in armi o che tenta di resistere, gli altri risparmiateli. Usate le fruste, se necessario, per farli uscire. Riempiremo questi territori di vagabondi in miseria e Daiaukka dovrà sfamarli, se potrà. Che nessuno molesti le donne, perché non siamo barbari.»

I Medi costruiscono le loro case in pietra, ma i tetti sono di legno. La notte successiva bruciavano ancora, illuminando di una sinistra luce rossastra il cielo a meridione. I miei soldati si rallegravano allo spettacolo, e perché non avrebbero dovuto farlo, dato che il nemico ci riservava lo stesso trattamento? Ma a me quella vista faceva gelare il sangue.

Per molti giorni fu dovunque la stesso: compagnie di soldati si staccavano dal corpo dell'esercito per razziare e saccheggiare. I nostri carri delle vettovaglie erano pieni da scoppiare, e avevamo cavalli, bestiame e capre sufficienti a una forza dieci volte superiore alla nostra. Trovammo oro e argento che io divisi fra le compagnie come bottino, tenendo, come d'uso, un quinto per me.

Non passò molto tempo che gli anziani dei villaggi cominciarono a venire da noi, come era successo nella nostra ultima campagna, offrendosi di pagare un tributo se li avessimo risparmiati. Ma io non mostrai alcuna pietà.

«Vi siete affidati a un re malvagio» dicevo loro. Egli ha attirato su di voi questa vendetta, combattendo contro la Terra di Assur. Ciò che voi soffrite, i nostri villaggi l'hanno già sofferto prima di voi: questo e peggio di questo. Tutti quelli che seguono Daiaukka devono conoscere il prezzo che il mio dio esige da chi si fa gioco del suo potere.»

Alle mie parole gli anziani del villaggio cominciavano a lamentarsi con voce rotta, strappandosi la barba.

«Ma noi, Temibile Signore, non siamo che contadini e allevatori, non siamo guerrieri e non facciamo guerra alla Terra di Assur. Risparmiateci!»

«Non è forse il mio popolo un popolo di contadini e allevatori? I vostri figli non combattono forse nell'esercito di Daiaukka? E tuttavia voglio mostrarmi pietoso e vi userò una misericordia maggiore di quella avuta da coloro che sono venuto a vendicare. Vi concedo un giorno di grazia. Raccogliete tutto ciò che potete e dirigetevi verso le montagne. I carri dovrete lasciarli, ma quello che riuscirete a trasportare sul dorso ve lo lascerò. Prendetelo e andate a cercare Daiaukka. Raccontategli le vostre sofferenze e chiedetegli la protezione alla quale avete diritto. Ditegli che il Signore Assur, figlio di un re e principe nelle Terre Occidentali, non cesserà di devastare il paese finché non ne sarà scacciato con la forza, o non avrà vinto i suoi nemici in aperta battaglia.»

Alzai la mano in segno di saluto perché potessero vedere la stella di sangue sul palmo e capire chi era a parlare così.

Così, dunque, mentre le mie parole venivano bisbigliate da un villaggio all'altro, le steppe degli Zagros si riempirono di lamenti di dolore e i sentieri e le piste si intasarono di profughi. Come l'acqua si fende davanti alla prua di una nave, così il popolo che si definiva Ariano si sparpagliava davanti alle nostre colonne in marcia, e sempre scorgevamo in distanza la nuvola di polvere sollevata dai loro piedi nudi, mentre si affrettavano inutilmente per salvarsi dalla distruzione.

E sempre trovavamo i loro villaggi abbandonati dagli uomini, le capre ancora legate nei cortili, i granai intatti, perché essi sapevano bene che se avessero rotto il patto noi li avremmo inseguiti e massacrati, lasciando i loro cadaveri in pasto ai cani. Il bottino che non riuscivamo a portar via lo bruciavamo, macellando gli animali.

Più di una volta le donne furono lasciate indietro, o ci rimasero di loro spontanea volontà. In un villaggio trovai due sorelle, nella capanna del capo, un uomo di settant'anni del quale erano le mogli. Erano stanche della loro vita con lui e mi chiesero di trovar loro un marito giovane fra i soldati di Assur. Sarebbero state capaci di soddisfare qualsiasi uomo degno di questo nome e per provarmelo mi invitarono ad approfittare di loro, e dato che ero solo da molti giorni, non mi feci pregare per soddisfarle entrambe. Dopo, detti a ognuna due sicli d'argento, dicendo che avrebbero potuto seguire l'esercito e che, quando la pace fosse tornata, avrebbero potuto sposare chi volevano, prendendo il velo come d'uso nel nostro paese. Furono tutt'e e due molto soddisfatte.

Ma per la maggior parte della terra dei Medi, quella fu una stagione ben triste. Lentamente il paese divenne un deserto desolato. Quell'inverno ci sarebbe stata carestia e molti di coloro che erano fuggiti non sarebbero vissuti abbastanza per ritornare, ma sarebbero periti sulle montagne, accogliendo la morte come una benvenuta per porre fine alle loro sofferenze. Tutto questo era male, ma stava a Daiaukka farlo cessare, ed egli lo sapeva quanto me.

Non fui quindi sorpreso quando arrivò un suo messaggero per parlamentare.

I Medi, in questi casi, mandano un cavaliere il quale reca una lancia con un nastro bianco che sventola attaccato alla punta. Il cavaliere agita la lancia sulla sua testa mentre si avvicina e il nastro guizza nel sole. Un uomo solo non fa paura a un esercito e noi l'avremmo quindi lasciato passare attraverso le nostre linee anche senza tutta quella messinscena elaborata.

Smontò non appena fu dentro l'accampamento e, senza che una parola fosse pronunciata né da lui né dai miei soldati, una sentinella lo accompagnò subito alla mia tenda.

«Vieni da parte di Daiaukka?» domandai.

«Porto un messaggio dello *shah-ye-shah*» disse, come se volesse correggere la mia impertinenza nel riferirmi a quel grande personaggio semplicemente col suo nome. «Vuole incontrarsi con te: da solo. Garantisce la tua incolumità.»

Era un giovane bello, alto, con occhi grandi come quelli di una donna e una barba nera ben curata e luccicante, elegantemente arricciata. Sorrise, mostrando i denti bianchi, come se fosse perfettamente consapevole dell'impressione che suscitava.

«Perché dovremmo affidare la vita del nostro Principe a simili ''garanzie''?» gli chiese Lushakin, e la domanda suonò quasi come una sfida aperta. «Perché dovremmo credere alle parole di Daiaukka?»

«Perché io ci credo» proclamò il messaggero: sì, era un vanitoso pavone. «Io sono Tanus, figlio maggiore di Rameteia, *parsua* della tribù degli Upasha. Resterò in ostaggio qui finché il Signore Tiglath Assur non sarà tornato incolume.»

Si guardò intorno, come se si aspettasse delle congratulazioni per il suo eroismo.

«Dove incontrerò lo *shah-ye-shah*?» chiesi. «O deve essere una sorpresa?»

«Ti aspetta a meno di due ore da qui, vicino al punto in cui inizia il pendìo delle montagne: laggiù.»

Le vedevo le montagne, oltre la steppa, simili a una muraglia piena di fenditure. Contro lo sfondo della prateria verdeggiante si stagliavano come ammassi di roccia che parevano essere usciti da tali profondità della terra da farli assomigliare a spettri di qualche antica creazione ritornata per tormentare la verde natura. E dietro questi ammassi rocciosi si ergevano i Monti Zagros, avvolti in una nebbia nero-azzurra, colore del ferro bruciato. Daiaukka mi avrebbe incontrato là, solo, in qualche luogo nascosto scelto da lui, fuori vista e lontano da ogni possibilità di soccorso.

«D'accordo» dissi, senza darmi il tempo di esitare. «Dove inizia il pendìo. Come lo troverò?»

«Non preoccuparti di questo, Mio Signore. Lo *shah-ye-shah* ti troverà.»

Mi sorrise, socchiudendo gli occhi, con tutta l'arroganza degli uomini primitivi che hanno visto molto poco oltre i confini del loro villaggio. Quell'uomo non mi piaceva.

«Allora non mi preoccuperò, né di questo, né di altro.» Imitai il suo sorriso. «Lushakin, accompagna il Signore Tanus nella mia tenda e provvedi a non fargli mancare niente fino al mio ritorno.»

Tabshar Sin mi seguì con passo pesante e rumoroso mentre andavo a prendere il mio cavallo, la collera che traspariva a ogni movimento del suo vecchio corpo indurito, ma ebbe almeno la buona grazia di attendere che il nostro ostaggio fosse fuori dalla portata della sua voce.

«Ti si è cotto completamente il cervello, Principe?» sibilò, guardandosi in giro per esser certo che una simile mancanza di rispetto non fosse sentita. «Hai perduto ogni senso di ciò che devi a questi uomini che hai trascinato fino ai confini della terra? Quello *shah-ye-shah*, quel barbaro nato sotto una coperta da cavallo, ha di certo una ventina di uomini che aspettano soltanto di tagliarti la gola!

«Vorresti forse che i Medi pensassero di far paura al *sedu* del Grande Sargon?» gli chiesi, mettendogli un braccio sulle spalle.

«Sì. Preferirei fargli sapere che gli uomini di Assur non sono comandati da uno sciocco che getta via la sua vita come un laccio di sandalo rotto.»

«Oh, non ho nessuna intenzione di farlo.» Risi, perché volevo bene al mio vecchio *rab kisir*, il terrore di tutti i figli del Signore Sennacherib destinati alle armi, non meno che se fosse stato mio padre. «E se mi sbaglio, potrai rimandarmi a pulire le stalle nella casa della guerra.»

«Ti rimanderò a casa in un sacco di pelle» rispose, quasi gridando fra i denti stretti. «Almeno prendi una scorta, solo qualche soldato!»

«No. Daiaukka ha detto "solo".»

«E perché dovremmo stare a sentire quel che dice e quel che non dice Daiaukka? Lasciami venire con te. Non potrà fare obiezioni a un vecchio con una mano sola.»

«Se ti vede, certamente penserà che sono venuto con l'intenzione di ucciderlo. No, ha detto da solo. Non ho paura di lui, perché lo *shah-ye-shah* ha dato la sua parola.»

«E che cosa vale la parola di un barbaro?»

«Nel mondo di questo barbaro, vale molto.»

Il sole si era abbassato da circa un'ora nella sua corsa verso occidente, quando l'erba alta della steppa smise di strusciare contro le ginocchia del mio cavallo e iniziai la salita sulle colline pedemontane dei Monti Zagros. Spettro sceglieva accuratamente il cammino fra le pietre taglienti, e sembrava quasi avvertire il pericolo nascosto in quei sentieri stretti e tortuosi, dalle brusche pendenze, dove ogni sporgenza poteva celare una ventina di uomini in agguato e dove le nostre vite potevano durare soltanto per quei pochi passi di terreno scoperto: drizzava quindi le orecchie, teso nell'ascolto del più piccolo rumore. Ma non c'era alcun rumore. Daiaukka mi aspettava in qualche luogo davanti a noi, silenzioso come la morte. Io riponevo la mia fiducia nella sua parola e nel mio *sedu* protettore, ma il mio animo non era tranquillo.

«Hai acconsentito a venire. Così almeno potremo parlarci come due uomini che si capiscono.»

Era là, semplicemente. Non lo avevo sentito arrivare. Alzai un attimo gli occhi e lo vidi davanti a me. Cavalcava ancora il suo bel cavallo nero, e su un altro che avrebbe potuto essere il gemello era montato un bel ragazzino robusto di circa otto o nove anni, suo figlio, ovviamente, che già aveva perduto, nonostante il viso imberbe, ogni grazia femminea dell'infanzia. Ebbi il sospetto, o piuttosto la paura, che sarebbe cresciuto fino a diventare come suo padre in ogni particolare.

Daiaukka non si era portato dietro altri compagni, ed era disarmato, a parte la spada corta infilata nella cintura. Avevo avuto ragione: questo non era uomo da abbassarsi a un tradimento.

«Il mio figlio maggiore» disse, senza neppure guardare il ragazzo. «Si chiama Khshathrita e l'ho condotto con me perché potesse guardarti in faccia e imparare qualcosa del carattere degli uomini.»

Non avevo bisogno di questa spiegazione. Khshathrita mi stava divorando con gli occhi come se volesse portarsi ogni dettaglio del mio aspetto fin nella tomba. Suo padre lo aveva portato con sé perché capissi che questa lotta non sarebbe finita con una battaglia o con dieci, ma che sarebbe proseguita per la prossima generazione e per quella successiva, finché fosse vissuto il seme di Ukshatar e forse anche dopo. Daiaukka voleva mostrarmi che il mio nemico non era un uomo ma una nazione, e che le nazioni risorgono sempre. Cosa che non mancai di capire.

«Ho visto il tuo esercito» continuò dopo una breve pausa. «È un bello spettacolo e getta il terrore nel cuore di semplici contadini. Sarà distrutto qui, nelle praterie dei Medi.»

«L'uno o l'altro dei nostri eserciti perirà, di questo possiamo essere entrambi sicuri, non credo però che saranno gli uomini di Assur a lasciare le loro ossa a seccare al sole.»

Sorrisi al ragazzo, il quale per un attimo si distrasse al punto di ricambiare il mio sorriso. Non potei fare a meno di domandarmi che cosa capisse di questi approcci preliminari fra me e suo padre. Si rendeva conto che non avevano alcun senso, che erano una specie di formula magica per evocare degli spiriti nei quali nessuno credeva? Non lo credo.

«Gli uomini che mi seguono sono tre volte più numerosi dei tuoi» rispose Daiaukka. «I nostri cavalli non si riesce a contarli. Vattene ora, se vuoi rivedere la tua patria. Come puoi pensare di vincere?»

«Ma ho già vinto, e non una volta sola, contro eserciti più grandi del mio. Non importa quanti soldati avrai con te, ti vinceremo lo stesso. Noi non siamo una marmaglia, Daiaukka, siamo i soldati di Assur e abbiamo conquistato un mondo più vasto di quanto tu riesca a immaginare. La lama di un pugnale può essere più corta di un dito, ma può arrivare al cuore, mentre una spada fatta di argilla crollerà sotto il suo stesso peso.»

Non parlò, perché non aveva bisogno di parole per dare la sua risposta. Riuscivo a leggerla nei suoi occhi neri e orgogliosi, e sapevo che non era uomo da lasciarsi spaventare da qualche minaccia. Sì, avrei avuto la mia grande battaglia, visto che serviva agli scopi di Daiaukka oltre che ai miei. Egli voleva semplicemente farmi sapere che si aspettava di vederla finire con la mia testa sulla sua picca.

«Poiché sei tanto indifferente verso la morte, farai scendere il tuo grande esercito dalla montagna?» domandai, e non era questa la domanda importante, ma la successiva: non se, ma quando.

Lo *shah-ye-shah*, signore degli Ariani, si limitò ad assentire.

«Sì» disse alla fine. «Il tempo e il luogo saranno di mia scelta, ma ci incontreremo ancora una volta. Misureremo la nostra virtù contro la vostra e vedremo chi è il favorito dell'Ahura.»

«La guerra ha poco a che vedere con la virtù, Daiaukka. Vince chi fa meno errori.»

Mi sorrise, come se provasse compassione per la meschinità del mio animo.

«Ti lascio un dono» disse dopo qualche minuto, e senza voltarsi allungò la mano dietro di lui e il figlio gli mise in mano una borsa di cuoio. «Come dici tu, vince chi fa meno errori.»

Lasciò cadere a terra la borsa e, senza una parola, si allontanò per il sentiero sassoso. Aspettai finché lui e suo figlio furono abbastanza lontani da non potermi vedere e smontai, raccolsi la borsa e l'aprii. Conteneva la testa di Upash, il nobile uqukadi che aveva pensato di potermi vendere il suo nuovo padrone come un sacco di miglio. La tirai fuori per i capelli e guardai. Non da molto era stata staccata dalle spalle, perché ancora si sentiva l'odore del sangue fresco. Gli occhi, offuscati dalla morte, avevano un'espressione sorpresa, come se Upash fosse stato preso alla sprovvista, e forse era stato proprio così. Questa volta, a quanto pareva, non era stato capace di sfuggire al suo *simtu*.

Rifeci il cammino inverso nella piana erbosa e tornai all'accampamento. Mancava soltanto un'ora al sopraggiungere della notte quando le sentinelle fecero rullare i tamburi per annunciare il mio ritorno.

Tanus degli Upasha mi si fece incontro.

«Sei tornato vivo, dunque» disse, come se volesse canzonarmi per aver osato dubitare della parola del suo re.

«Sì, sono tornato e non ci incontreremo più fino al giorno in cui faremo diventare l'erba rossa di sangue.»

Rise nel sentire queste parole. Era pieno di prosopopea e rideva, non riuscendo a vedere niente altro che l'avvicinarsi di una grande battaglia, forse la sua prima, nella quale la vittoria sarebbe stata soltanto sua. Era abbastanza giovane da crederlo. Sferzando il cavallo, si allontanò al galoppo per tornare alle sue montagne, fra la sua gente e dal suo Potente Signore.

''Povero sciocco'' pensai. ''Non riesce a capire niente.''

I soldati mi acclamarono mentre cavalcavano verso la mia

tenda, rallegrandosi che non fossi morto in qualche gola fra le rocce, e che fossi ritornato per ricondurli sani e salvi a casa, dopo aver ucciso l'ultimo dei Medi: questo è ciò che pensano i soldati e il comandante che non lo sa è un uomo finito. Gridarono il mio nome e si sgolarono, battendo sugli scudi con il piatto della spada quando alzai la mano a mostrare la stella di sangue sul palmo. Erano come bambini spaventati dal buio e io, e il *sedu* del Grande Sargon, eravamo diventati la loro unica luce.

«Tabshar Sin» dissi, quando il vecchio mi venne incontro con una tazza di vino. «Ci sarà un massacro quale non si è più visto dai tempi di Khalule. Forse sarà anche peggio, perché i Medi combatteranno finché non li avremo stritolati tutti sotto le ruote dei nostri carri.»

«Allora, è un'impresa da stolti la nostra, Principe?» domandò, e si capiva dal suo sguardo che stava soltanto mettendo alla prova il mio coraggio, perché nessuno temeva meno la morte del mio vecchio *rab kisir*.

«No. Non abbiamo scelta» dissi, quando ebbi smesso di ridere. «Dobbiamo combatterli qui, o fra un anno sotto le mura di Ninive. E questa non è una scelta.»

«Allora, li sconfiggeremo» disse, come se fosse un'affermazione ovvia. «Il dio non ci abbandonerà.»

Andai a letto quella notte ricordando il sorriso sulle labbra di Daiaukka quando ci eravamo lasciati. Anche Daiaukka credeva nel favore del suo dio.

Nei dieci giorni che seguirono, la nostra avanzata fu lenta e circospetta. Non avevo alcuna intenzione di farmi sorprendere dalla comparsa improvvisa dell'esercito di Daiaukka, perciò i nostri esploratori si sparpagliarono in tutte le direzioni, perfino sulle montagne, per segnalarci ogni movimento entro venti *beru* dalle nostre colonne. Non riuscimmo mai ad avvistarli, erano invisibili come il vento, eppure non avevo dubbi che i Medi fossero vicini a noi e che si stessero ammassando per la battaglia.

Il pomeriggio del decimo giorno, nel mezzo di una tempesta di polvere che soffiava dal deserto del nord, soffocando uomini e cavalli e rendendo l'aria greve e pesante intorno a noi fino a tramutare il cielo in una spessa coltre, un cavaliere solitario si presentò al nostro accampamento. Indossava il costume dei Medi e aveva la bocca e il naso coperti da una lunga sciarpa con alcune monete d'argento attaccate alla frangia, tanto da rendere visibili soltanto gli occhi. Quando le sentinelle gli intimarono l'alt, egli chiese di essere condotto alla mia presenza.

«Che c'è?» chiesi impaziente, poco gradendo di restare in piedi nel vento sferzante: nessuno, potendo farne a meno, si avventurava fuori della tenda con un tempo simile. «Che vuoi da me?»

Soltanto quando mi si avvicinò di un passo e potei vedergli gli occhi afferrai la situazione. Guardinghi e intelligenti, quegli occhi mi ricordavano quelli di un gatto: non si trattava di un medo. Mandai via la guardia.

«Entra» dissi, non appena fummo soli. «Mi porti un messaggio del Signore Tabiti?»

«Fratello, sono io Tabiti!»

Con un movimento rapido si tolse la sciarpa e improvvisamente il capo dei Sacan fu davanti a me. Scoppiò a ridere vedendo la mia aria sbalordita e ci buttammo le braccia al collo.

«Spero che il Signore Tiglath abbia un po' di vino con sé in questo luogo maledetto» disse, scuotendosi la polvere dalle braccia e dalle spalle. «Ho la gola secca e mi andrebbe bene perfino quella robaccia che ti avevano dato in Urartu. Per gli dei, sono queste le ricche praterie nelle quali tu hai promesso agli Scoloti un impero degno dei grandi principi della terra?»

«Fanno un'impressione migliore quando non soffia il vento e, sì, c'è vino in abbondanza.»

Ordinai che fosse arrostita una capra e per ingannare l'attesa Tabiti e io rompemmo il sigillo di un'anfora e ci ubriacammo insieme. Era sfinito, essendo partito dal suo accampamento venti giorni prima per studiare il terreno e cercare le armate di Assur.

«Abbiamo lasciato i carri con le donne e i bambini sulle rive del lago d'Urmia» mi disse. «Ho diecimila uomini validi e abbiamo viaggiato in fretta. Sono a meno di otto giorni dietro di me e si tengono vicini alle pendici dei Monti Elburz. Ho dovuto attraversare il deserto che si trova in mezzo, un luogo sciagurato dove solo gli scorpioni riescono a vivere. Ho visto dove i Medi si sanno radunando. Hanno scelto un buon posto se intendono combattere là, perché occupano un terreno in pendìo a circa otto giorni da qui. Daiaukka deve avere con sé circa cinquantacinquemila uomini.»

«Lui dice sessantamila.»

«Sessanta, allora. Gli credo. Tu quanti ne hai, trentamila?»

«Ventimila.»

«Trenta contro sessanta: e va bene.»

Tabiti scrollò le spalle, come se si trattasse di una sciocchezza di nessuna importanza. «Tu hai sconfitto i miei Sacan al fiume Bothan, dove il vantaggio di numero era per noi ancora maggiore.»

«I Medi sanno che stai arrivando?»

«No, non credo. I popoli delle montagne a nord sono quasi tutti Cimmeri e odiano i Medi. Non appena ci avviciniamo, si affrettano a tagliare la gola dei capi che Daiaukka ha posto sopra di loro e ci invitano a fare una festa di celebrazione. Dubito che la notizia del nostro arrivo sia trapelata a sud. Non è spiacevole invadere territori dove si è accolti come liberatori.»

Non dissi niente, perché la mia esperienza era stata molto diversa, ma nemmeno io, come Tabiti, avevo intenzione di stabilirmi in questi luoghi.

«È importante?» chiese Tabiti all'improvviso. «Forse i tuoi piani sono fondati sulla sorpresa?»

A momenti mi misi a ridere.

«No, mio Signore. Dubito che ci sia qualcosa che possa cogliere di sorpresa Daiaukka. Non lo sorprenderebbe nemmeno la sua sconfitta.»

«Allora deve avere dei potenti negromanti al suo servizio.» Il capo dei Sacan aggrottò la fronte, scuotendo il capo. «La magia è di grande aiuto in guerra. Forse dovremmo...»

«No, non è questo.» Scoppiai a ridere adesso, incapace di frenarmi, ma Tabiti era già troppo ubriaco per offendersi. «È solo che lo *shah-ye-shah* ha l'abitudine di guardare molto avanti nel futuro. I suoi piani non dipendono dal successo in questa battaglia, o nella prossima, o anche dalla sua stessa sopravvivenza. Sta preparando le fondamenta di una casa dove non abiterà mai, ma il progetto è chiaro nella sua mente. Un giorno, quando egli sarà morto da molto tempo, i Medi saranno una grande nazione, e regneranno sul vasto mondo. Daiaukka lavora per questo e sa che dovrà necessariamente accadere, e questa conoscenza, a quanto pare, gli basta.»

«Allora è pazzo, ma un pazzo della specie più pericolosa, perché infetta gli altri con la sua pazzia.»

«Sì, amico mio.» Tornai a riempire le nostre tazze e mandai giù una lunga sorsata di vino, che sembrò schiarirmi le idee pur mentre sentivo i fumi andarmi al cervello. «Sì, è molto pericoloso.»

Tabiti rimase con noi per tutto il giorno seguente e la notte successiva, e in quel frattempo mi raccontò tutto quello che aveva visto da quando era entrato nelle terre dove i Medi sono chiamati ''padroni''. Era un uomo intelligente e aveva tenuto gli occhi ben aperti. Se fosse stato più ambizioso avrebbe potuto rappresentare un pericolo grande quanto Daiaukka, ma i suoi sogni non comprendevano gli imperi e nemmeno era disposto a servire i progetti di dei sconosciuti. Voleva soltanto un po' di buona terra da pascolo per la sua gente e, naturalmente, la sua parte di gloria in battaglia. Forse in questo c'era da invidiarlo. E, per il momento almeno, era mio amico e si confidava con me.

«I Cimmeri non hanno volontà di combattere» mi disse. «Ho cercato di indurli ad allearsi con noi, ma hanno troppa paura e d'altro canto non ci sarebbero di grande aiuto; sono come cani e se ne scapperebbero a leccare il terreno ai piedi di Daiaukka la prima volta che fischiasse per chiamarli. Se non trionferemo in questa tua grande battaglia, si rivolteranno contro di noi molto rapidamente.»

«Dimmi che cosa hai visto dell'esercito di Daiaukka.»

«Che cosa c'è da dire?» Sputò per terra a indicare il suo disprezzo per i nemici, ma conoscevamo entrambi la verità. «Sono molti e hanno molti cavalli. Io ero su un'altura, a un'ora di distanza a cavallo dal loro accampamento, e non ho gli occhi di un falco da contare le piume sulle loro frecce. Inoltre, c'erano le pattuglie e non mi sono fermato a lungo.»

«Lo so. La prudenza è la prima virtù di un comandante. Voglio solo sapere che cosa hai visto.»

Soddisfatto di aver chiarito questo punto, Tabiti, figlio di Argimpasa, strinse gli occhi guardando la linea caliginosa delle montagne a sud. Ci trovavamo fuori dai terrapieni che servivano da difesa contro un attacco improvviso, e il sole era molto lontano alle nostre spalle.

«Una cosa mi ha colpito» disse alla fine. «Avevano costruito recinti per i cavalli, uno a ogni estremità dell'accampamento. Non me lo sarei aspettato, forse Daiaukka pensa di combattere alla maniera degli uomini di Assur.»

Sorrise, pensando di aver detto una battuta scherzosa, ma io mi sentii gelare il sangue nelle vene. Se i Medi stavano dividendo la loro cavalleria in due ali, con la fanteria nel mezzo, poteva significare soltanto che avevano cominciato a organizzarsi in unità di combattimento e non in tribù, come era sempre stato loro costume. Voleva dire che Daiaukka aveva veramente imparato qualcosa dalla campagna di due anni prima. Voleva dire che non ci avrebbe mandato contro i suoi uomini in ondate successive e disordinate, per combattere come fanno i barbari, che non hanno in testa altro che il pensiero della gloria e di un po' di bottino, affidandosi soltanto al cavallo, al proprio coraggio e al favore degli dei, ma che ci avrebbero invece impegnato, per quanto goffamente, come un esercito disciplinato. Voleva dire che Daiaukka aveva scoperto la tattica.

XXX

Tre giorni dopo che Tabiti ci ebbe lasciato per riunirsi ai suoi uomini, i miei esploratori entrarono per la prima volta in contatto con le truppe di Daiaukka. Mi giunsero rapporti di avvistamenti e anche di schermaglie, e ordinai quindi che da quel momento in poi i pattugliamenti fossero condotti in forze.

I Medi cominciarono una serie di attacchi, banali azioni di disturbo più che vere battaglie, intese soltanto a saggiare le nostre difese. In risposta, inviai due compagnie in un attacco notturno nel quale sbaragliarono le postazioni avanzate del nemico, tornando con quaranta teste tagliate di fresco. Dopodiché le spedizioni cessarono.

Due giorni dopo uscii a cavallo con una delle pattuglie e vidi per la prima volta l'accampamento di Daiaukka.

Ci fermammo sulla cima di un'altura, forse la stessa sulla quale si era nascosto Tabiti quando aveva dato la sua prima occhiata al nemico comune. Ma io non mi nascosi, e non c'era niente di eroico in questo, perché non ero solo e mi trovavo a non più di tre ore di galoppo dalle mie linee. Inoltre, volevo essere visto. Ormai i Medi conoscevano il grande stallone grigio argento e il suo cavaliere, e io volevo che sapessero che ero arrivato e che l'ora della resa dei conti era vicina.

Un drappello di cavalleria aveva attraversato la valle a forse mezzo *beru* di distanza da noi, ma erano soltanto in cinque ed era chiaro che non avevano intenzione di impegnarci. Alla fine si fermarono. Restarono così senza muoversi, aspettando semplicemente di vedere che cosa avremmo fatto, mentre osservavano a loro volta gli intrusi. Uno di loro era montato in groppa a un bel cavallo nero e, nonostante la distanza fosse troppa per esserne sicuri, pensai che si trattasse di Daiaukka in persona.

Tabiti aveva avuto ragione. Lo *shah-ye-shah* aveva scelto bene il luogo. L'accampamento occupava il punto più alto di un terreno leggermente in salita che avrebbe dato ai suoi cavalieri ampio spazio per le manovre, mentre l'erba folta e asciutta avrebbe potuto nascondere ogni sorta di ostacoli per i miei carri. Per essere vicino all'acqua, avremmo dovuto stabilirci sul fondo valle, un luogo stretto nel quale, se fossimo stati costretti, avremmo dovuto ritirarci alquanto in disordine. E poi c'era il vento, che soffiava caldo come l'alito di un demonio tutto il giorno, cambiando bruscamente direzione non appena il sole si avvicinava allo zenith. Da mezzogiorno in poi, quando la battaglia si sarebbe fatta più ravvicinata, e quando i nostri giavellotti e le nostre frecce ne avrebbero avuto più bisogno, il vento ci sarebbe stato contrario.

«Il tempo e il luogo saranno di mia scelta» aveva detto. *«Misureremo la nostra virtù contro la vostra e vedremo chi è il favorito dell'Ahura.»*

Aveva scelto il luogo e l'aveva scelto bene. Ma io giurai dentro di me che la scelta del tempo sarebbe stata mia, per quanto piccolo potesse essere questo vantaggio.

«Ho visto abbastanza» dissi. «Ritorniamo e leviamo le tende. Sembra che abbiamo un appuntamento.»

Sulla strada del ritorno, per evitare domande mentre cercavo di stabilire il da farsi, cavalcai in fondo alla colonna, ma alla fine, stanco dei miei stessi pensieri, cominciai ad ascoltare la conversazione fra i due soldati che mi precedevano, due ragazzi di campagna, ancora abbastanza freschi di casa da pensare che il resto del mondo fosse ben poca cosa in confronto al loro villaggio. Li trovai abbastanza interessanti, perché non parlavano di guerra e di strategia e della follia del loro comandante; la mia mente era già sazia di queste cose.

«Guarda questa desolazione» diceva uno di loro, indicando con un gesto di disprezzo la vallata dove, entro pochi giorni, forse sarebbe caduto. «Mi chiedo perché i Medi si prendano la pena di combattere per una terra simile, piena di sassi e pietre e polvere. Ci si potrebbe spezzare un centinaio di vomeri di rame solo per arare un campicello sufficiente appena a sfamare la moglie.»

«Solo se mangiasse poco!» rise l'altro soldato, dando una gomitata al suo compagno. «E urinasse molto, non so come si potrebbe fare altrimenti a irrigare questa terra. Per i sessanta grandi dei, guarda quell'erba! Con questo vento, il primo temporale con qualche fulmine brucerà tutto quanto fin dove si riesce a vedere...»

Smisi di ascoltare. Avevo sentito abbastanza. Il cuore prese a battermi nel petto come il martello di un fabbro.

La sera seguente avevamo già scavato i nostri terrapieni sul fondo della valle e ci sentivamo al sicuro là dentro quanto ci era possibile sperare di esserlo. Daiaukka non fece nessun tentativo di interferire: perché avrebbe dovuto farlo, mentre ci stavamo chiudendo in trappola da soli?

Quando gli ufficiali dell'esercito del nord si riunirono nella mia tenda quella sera, non erano di umore troppo allegro.

«Questa è pura follia» dissero. «Dovremmo ritirarci e costringerli ad affrontarci su un terreno più favorevole.»

«Non possiamo ritirarci» risposi. «Abbiamo lanciato questa sfida e Daiaukka l'ha accettata. Se ci ritiriamo lui avrà provato che abbiamo paura. Queste sono le condizioni più favorevoli per una battaglia che possiamo sperare di avere, perché se ci rifiutiamo di combattere adesso si sentirà autorizzato a tornare sulle sue montagne vantando una specie di vittoria, e là potrà soltanto diventare più forte, mentre noi diventeremo più deboli. No, dobbiamo combattere ora.»

«Non avremo spazio per manovrare e il vento ci sarà contrario nel pomeriggio.»

«Allora dovremo impegnare i Medi in combattimento sul loro stesso terreno e dobbiamo vincere prima che il vento cambi. Inoltre, nel pomeriggio i nostri alleati sciti si saranno uniti a noi, attaccando i Medi alle spalle.»

«Tu riponi troppa fiducia in quel bandito di Tabiti, che forse a quest'ora ci ha già venduto a Daiaukka.»

Non risposi, limitandomi a un silenzio gelido, di fronte al quale gli uomini che erano stati miei fratelli d'armi fin dai primi tempi riuscirono soltanto ad abbassare gli occhi a terra, schiarendosi la gola imbarazzati.

«L'erba qui è troppo alta» continuarono alla fine. «Perderemo la metà dei nostri carri ancor prima di raggiungere le linee nemiche.»

«Ho qualche idea a proposito dell'erba. Date ordine che i fuochi rimangano accesi tutta la notte e che ogni uomo si tenga pronto a marciare con la sua compagnia tre ore prima dell'alba. Dite ai cuochi di preparare il rancio per quell'ora. Ci aspetta una lunga giornata.

«E, ricordatevi, se domani vinceremo e se la cosa sarà in qualche modo possibile, voglio che Daiaukka sia preso vivo. Noi combattiamo non tanto contro un uomo quanto contro un'idea e questo re dei Medi sarà più pericoloso da morto di quanto non sia mai stato da vivo.»

Due ore dopo mezzanotte l'ultima pattuglia uscita in ricognizione rientrò, cinque uomini che avevano corso il rischio terribile di avvicinarsi a piedi alle linee nemiche, nell'oscurità: se li avessero presi, niente avrebbe potuto salvarli dalla morte spaventosa che i Medi riservano ai loro prigionieri.

«Che cosa avete visto?» domandai.

«Non molto, *rab shaqe*. Stanno ballando.»

«Ballando?»

«Sì, ballando. E ululando come diavoli. E fanno a gara a saltare attraverso i falò accesi. Avremmo detto che erano ubriachi fradici se esistesse un vino da far agire così un uomo.»

«Dovremo fare in modo di organizzare loro una giornata che li diverta tanto quanto la notte» dissi con un sorrisetto. L'uomo mi guardò come se temesse che fossi diventato matto.

«Sì, *rab shaqe*: come vuoi tu.»

Lo mandai a riposare per quell'ora che ancora restava prima che tutto l'esercito cominciasse a prepararsi per la battaglia. Sì, aveva certamente creduto che fossi impazzito, e poteva anche darsi che avesse ragione. L'idea che si era formata nella mia mente sembrava abbastanza folle perfino a me: un comandante pazzo che conduce i suoi soldati in battaglia contro un nemico altrettanto pazzo non costituisce una prospettiva molto allegra alla quale pensare stando sdraiato sul pagliericcio.

«Il mio animo è terribilmente preoccupato, Principe. Che cosa ti proponi di fare?»

Era Tabshar Sin, che mi era arrivato alle spalle così silenziosamente da cogliermi assolutamente di sorpresa.

«Fare?» Mi voltai e sorrisi. «Farò come mi hai insegnato tu, *rab kisir*, trionfare o morire. E forse riuscirò in entrambe le cose.»

«Non scherzare con me, Principe. Sento il battito di ali nere e pesanti sul nostro capo.»

Bastava guardarlo per capire che diceva la verità e mi vergognai, perché la morte non è materia adatta per gli scherzi oziosi di un giovane.

«Hai sentito il rapporto della pattuglia?»

Annuì.

«Allora, se ai Medi piace tanto correre sul fuoco, domani se ne toglieranno la voglia. Un'ora prima dell'alba, quando il vento avrà cominciato a soffiare forte, darò ordine di incendiare l'erba fuori dai nostri terrapieni. Creerò una linea di fuoco, larga come tutta la vallata; entro due ore il vento la porterà fino all'accampamento di Daiaukka. E noi seguiremo da presso.»

«E il fuoco libererà il terreno per i nostri carri.» La testa grigia di Tabshar Sin andò su e giù mentre considerava la situazione. «E i Medi, sul terreno rialzato e con il vento di fronte, avranno da combattere due nemici alla volta.»

«E quando caricheranno, se caricheranno, i loro cavalli saranno presi dal panico e le formazioni si sfasceranno.

«È così che la immagino la battaglia, ma nella mia mente i piani sono sempre perfetti e funzionano sempre. Vorrei poter combattere là invece che in questa valle.»

«E il calore? La maggior parte dei nostri soldati combatte scalza, e camminare sul terreno incendiato...»

«Ci muoveremo un quarto d'ora dopo e se le fiamme avanzeranno rapidamente, come spero, il terreno avrà il tempo di raffreddarsi.»

«E se il vento cambiasse?»

Gli misi un braccio intorno alle spalle, perché gli volevo bene, eppure desideravo che non desse voce alla paura che era nel mio cuore.

«In questo caso» dissi, fissando lo sguardo nell'oscurità dove i fuochi dei Medi erano solo minuscoli punti luminosi, simili a stelle moribonde, «in questo caso saprò quanto sono stato sciocco e che il dio mi ha infine voltato le spalle.»

Nell'ora più buia della notte, alla luce bizzarra, tremolante, di migliaia di fuochi, l'esercito del nord si preparò all'attacco. Sui volti degli uomini leggevo la paura: non avrebbero nemmeno avuto la possibilità di affrontare il nemico alla luce del sole; forse sarebbero morti prima dell'alba, le loro anime condannate a vagare in quella terribile oscurità. Era una cosa tremenda prepararsi alla battaglia nel buio.

Avevo già scelto circa cinquanta uomini del *quradu* al comando di Lushakin, uomini impegnati al silenzio, i quali, a un mio segnale, sarebbero saltati oltre il terrapieno e con le torce accese avrebbero dato inizio alla spaventosa conflagrazione. Se le cose fossero andate male per noi, sarebbero stati i primi a morire, e in questo, forse, sarebbero stati fortunati.

Nessuno, oltre a costoro e a Tabshar Sin, era a conoscenza del mio piano folle. Non lo avevo detto nemmeno ai miei ufficiali, non volendo dar loro il tempo di pensare, di valutare il rischio a cui esponevo tutte le nostre vite. Lo avrebbero saputo anche troppo presto.

Un'ora prima dell'alba, proprio come avevo sperato, il vento si alzò. Salii sul carro e andai ad affrontare il giudizio dei miei soldati.

«Siamo stati scelti da Assur» gridai, e le mie parole riecheggiarono lungo le linee, ripetute a quanti erano troppo lontani per sentirle, «per fermare i Medi qui, sulla terra che essi reclamano come loro propria, e non sotto le mura stesse delle nostre orgogliose città. Questa sarà una battaglia terribile, perché sarà combattuta fino alla morte, la loro o la nostra. Ma noi non diamo battaglia da soli, abbiamo molti alleati. Forse prima che il sole raggiunga lo zenith, Daiaukka si troverà gli Sciti alle spalle. E prima ancora, prima ancora che un solo uomo di Assur abbia avuto bisogno di por mano alla spada, i Medi si troveranno a combattere contro un nemico più terribile di qualsiasi uomo. Guardate lo splendente fuoco di Assur, Signore del Cielo!»

Alzai il braccio e Lushakin e i suoi uomini corsero attraverso il terrapieno appiccando il fuoco all'erba della prateria con le torce accese. In un istante, ci ritrovammo tutti a fissare affascinati la cortina di fuoco che sibilava come un immenso e furioso serpente, terribile a vedersi.

«Guardate come il vento lo trasporta!» urlai, e non riuscivo quasi a farmi sentire sopra la furia delle fiamme. «Guardate come avanza verso i nemici del dio! Preparate i vostri cuori, siate pronti a seguirlo fino alla vittoria e alla gloria!»

Perfino il fuoco non avrebbe potuto ruggire più forte dell'esercito di Assur. Come un solo uomo con ventimila voci, essi gridarono: «Assur è re! Assur è re! Assur è re!». Credo che in quel momento mi avrebbero seguito fin dentro le fiamme.

Il fuoco avanzava più rapidamente di quanto avevo calcolato, trasformando la notte in uno spaventoso e allucinante giorno. Era uno spettacolo grandioso e non potevo fare a meno di pensare a cosa provasse Daiaukka nel guardarlo arrivare.

«Piano, adesso, al passo: avanti!»

Ci muovemmo con i cavalli che nitrivano di terrore, uscendo allo scoperto sul terreno bruciato, già ormai raffreddato sotto i nostri piedi. Il fuoco avanzava sempre di più davanti a noi, sospinto dal vento incessante. Assur, nella sua misericordia, non ci aveva abbandonato.

Io ero su uno dei grandi carri da guerra, tirato da quattro cavalli coperti da una scintillante armatura di rame. Pur sotto la spessa coltre di fumo, si riusciva a vedere che il cielo notturno andava rischiarandosi: l'alba stava nascendo.

''Speriamo che Tabiti mantenga la sua parola'' pensai fra me. ''Speriamo che porti i suoi cavalieri alle spalle di Daiaukka, non fosse che per vendicarsi se noi falliamo.''

Non ero avanzato di molto, meno di duecento cubiti attraverso la prateria bruciata, quando vidi il primo morto dei Medi, il cadavere annerito e contorto dalle fiamme, i globi oculari sciolti nelle orbite, le labbra arricciate in una smorfia grottesca. Probabilmente era stata una spia, colta di sorpresa dal fuoco, impossibilitata a mettersi in salvo, morta di una morte orribile.

Ce n'erano altri, non so quanti, cavalli e uomini, le loro grida soffocate dal ruggito dell'incendio. Forse Daiaukka stava preparando anche lui una sorpresa? Chi avrebbe potuto saperlo ormai?

Avevamo attraversato il fondo della vallata per circa una metà prima di vedere altri segni della presenza nemica. Il fuoco si muoveva adesso a stratti improvvisi, un momento sembrando spegnersi completamente, un altro ruggendo con nuovo vigore. In uno di questi intervalli, i Medi attaccarono, due, forse tremila uomini su cavalli che erano stati bendati perché non vedessero le fiamme, ma ancora paralizzati dal panico. Con un grido simile al latrato di una muta di cani che abbiano fiutato l'odore del sangue, essi strapparono dagli occhi dei cavalli le bende e si lanciarono alla carica. Un'ondata di frecce e un quarto di essi cadde a terra, ma la carica continuò. Il fuoco alle spalle e una morte certa di fronte, continuavano a galoppare con il nome del loro dio sulle labbra mentre spiravano. Si può essere orgogliosi dei propri nemici, e sicuramente questi erano soldati coraggiosi e pieni di valore: era un onore ucciderli in battaglia.

E uccidere era ciò che facevamo. L'assoluta confusione prodotta dal fuoco aveva sparpagliato la cavalleria dei Medi costringendola quindi ad attaccare a sciami, simili ad api infuriate. Non avevano alcuna possibilità di rompere le nostre formazioni a quadrato, potevano soltanto attaccare e cadere sotto le nostre frecce e i nostri giavellotti, o sotto le ruote dei carri. Combattendo con un coraggio magnifico, gettavano via le loro vite e morivano come chi disprezza la morte.

Il mio carro percorreva avanti e indietro il campo di battaglia, mettendo in fuga i cavalieri medi e sparpagliandoli mentre cercavano di raggrupparsi per una nuova carica. La terra nera era adesso tappezzata di morti e di moribondi, che giacevano dappertutto come foglie cadute dopo un temporale, e il mio carro pesantemente corazzato, che otto uomini non sarebbero riusciti a sollevare più in alto del loro ginocchio, sobbalzava sui cadaveri come se fossero sassi sulla strada. Potevo sentire le urla mentre le ruote, ormai rese scivolose dal sangue, piombavano sul petto di un uomo stritolandolo. Un soldato con le gambe maciullate cercò di vendicarsi contro i miei cavalli, menando colpi al ventre con la spada. Lo scansai appena in tempo e, nel passare, gli affondai la punta del giavellotto nel collo: il soldato si riversò all'indietro fra le braccia della morte.

Così combattevano e morivano i cavalieri medi, riuscendo a rallentare di poco la nostra avanzata, quel poco però che, a quanto pareva, giustificava la furia di quell'inutile massacro.

A quel punto l'incendio aveva raggiunto la cima del lungo pendìo, arrivando fino ai terrapieni intorno al campo di Daiaukka; col vento che, pur soffiando con meno vigore, era ancora forte, questi non riuscirono a trattenerlo. In breve le tende dell'accampamento cominciarono a bruciare. Mentre gli ultimi Medi sul campo si giravano per fuggire, io fermai il carro per dare ai cavalli un attimo di riposo e osservai la scena davanti ai miei occhi. In pochi istanti, il fuoco aveva distrutto tutto, come se nessuno fosse mai stato là.

Ma dove erano i Medi?

Ovviamente, come avevo fatto a non capirlo prima?, se ne erano andati, nascosti dalla cortina di fiamme e di fumo, e si stavano raggruppando più a monte, fuori della nostra portata e di quella del fuoco. Per questo la loro cavalleria ci aveva caricato con un coraggio tanto sprezzante, per acquistare un po' di tempo nel caso il vento fosse cambiato.

E il vento stava cambiando: la nostra fortuna non poteva durare per sempre. Dopo aver trasportato le fiamme fin sulla cima del pendìo, il vento cominciò a calare e l'incendio sembrò fermarsi, intrappolato nell'accampamento di Daiaukka, dove lentamente avrebbe languito, crepitando. E là avremmo incontrato i nostri nemici, fra le ceneri della sua piazzaforte. Non sarebbe passato molto tempo prima che i due eserciti si scontrassero.

Mancava un'ora a mezzogiorno, quando raggiungemmo la periferia dell'accampamento ormai distrutto di Daiaukka. In pochi minuti squadre di operai avevano scavato parti del bastione gettando la terra nel fossato circostante per permettere ai carri di passare, e prendemmo dunque possesso del luogo, possesso di niente in effetti, nemmeno della terra bruciata. Eravamo semplicemente arrivati sulla scena del nostro cimento, e mentre il fumo si allontanava, potevamo vedere i Medi prepararsi al contrattacco.

Così i due grandi eserciti si fronteggiarono attraverso nemmeno mezzo *beru* di terra piatta e annerita dal fuoco. Avremmo combattuto su un terreno pianeggiante, adesso, Daiaukka aveva perduto quel vantaggio tattico, ma era riuscito a far ritirare i suoi uomini in buon ordine, conservando una enorme superiorità numerica. E adesso eravamo tutti, noi quanto i Medi, stanchi e resi duri dalla paura, nauseati dall'odore del sangue, e questo significava che la battaglia imminente sarebbe stata combattuta con la disperata crudeltà di uomini che hanno già imparato a disperare delle loro vite.

I Medi si erano schierati secondo lo schema che avevano appreso da noi: soldati a piedi al centro, cavalieri alle due ali. Non avevano carri, uno strumento di guerra col quale i popoli della montagna dovevano ancora familiarizzarsi, ma il campo di battaglia era tanto ristretto che temevo di non riuscire a usarli con nostro grande vantaggio: era arrivato il momento del combattimento ravvicinato, la specie più dura e spietata di guerra. Non si aspettava che l'inizio.

C'era silenzio, quella calma terribile immediatamente prima che si scateni l'inferno, quando ogni esercito guarda l'altro e attende. Sentivo lo sfregare dei finimenti del mio cavallo. Tutti, perfino i Medi, sembravano aspettare il mio segnale che desse inizio alla battaglia.

Finalmente, quando non potei più sopportare quell'attesa, alzai il braccio gridando: «Assur è re!». Immediatamente quel grido fu ripetuto da ventimila voci. Feci schioccare la frusta, il mio carro si lanciò in avanti e mi trovai scagliato contro le linee nemiche.

Mi sentivo un migliaio di lance puntate contro il petto, ma non m'importava, la battaglia era cominciata e mentre mi scontravo con ciò che mi parve una muraglia di cavalieri nemici mi sentivo immortale come gli stessi dei.

Le parole sono un misero strumento per descrivere quanto seguì nell'ora successiva, i cui minuti passarono in una confusa visione di sangue, mentre l'estasi della battaglia mi afferrava. Colpii un masso con la ruota e un asse si ruppe; tagliai quindi le tirelle liberando un cavallo e, prima ancora di salirvi in groppa armato soltanto della mia spada corta e di un unico giavellotto, vidi un cavaliere medo che galoppava verso di me, la punta della lancia già pronta a infilzarmi. Non era a più di quaranta o cinquanta passi da me quando lo notai che stava galoppando a briglia sciolta, ma mi parve metterci un tempo infinito. Con un movimento fluido, snodandomi come un serpente, mi voltai e lanciai, sapendo ancor prima che il giavellotto colpisse di aver centrato il bersaglio. Il cavaliere si rovesciò all'indietro e cadde morto quasi ai miei piedi, con la punta del mio giavellotto che gli usciva di una spanna dalla schiena.

''Bene'' pensai ''potrò recuperarlo.'' Appoggiai il piede sul petto del soldato ed estrassi il giavellotto con un forte strattone. Di tali cose è capace un uomo quando la frenesia del sangue lo possiede.

Quel giorno sembrava che la mia vita fosse protetta da una magia, niente poteva toccarmi. Centinaia di spade, di lance e di frecce erano dirette contro di me, ma mai raggiunsero il bersaglio, o perché la mira era difettosa o perché in qualche modo riuscivo a deviare i colpi. Qualche volta ero circondato dai Medi, a piedi e a cavallo, eppure mi aprivo la strada nella massa con i miei fendenti come se si fosse trattato di frumento maturo. Non avevo paura: che cosa potevo temere quando la Morte era una divinità che viveva nel mio braccio destro?

Ma alla fine mi liberai da questo incantesimo e, di colpo, mi ritrovai solo. Non c'era un nemico a portata della mia spada e guardandomi attorno per cercarne uno vidi che il campo era coperto da un ammasso di cadaveri e di feriti, Medi e uomini di Assur in egual misura, stretti nella tregua che unisce i popoli di ogni nazione. Era stato un giorno terribile e il sole non si era ancora abbassato di due ore sull'orizzonte dopo il mezzogiorno.

Avevamo raggiunto un pericoloso punto morto, nel quale i due eserciti non potevano che continuare a massacrarsi, ogni soldato sperando di infliggere il colpo mortale prima di essere lui stesso raggiunto. Per la maggior parte, i quadrati di battaglia dei miei fanti tenevano, ma i Medi, tanto più numerosi, e animati dal loro incredibile e sprezzante coraggio, premevano duramente contro le nostre formazioni. La cavalleria alle due ali aveva abbandonato la pretesa di una strategia unitaria e i cavalli si muovevano in mezzo alla calca dei soldati a piedi.

''Niente potrebbe essere peggiore di questo'' pensai. ''Gli dei hanno creato la guerra per punire le iniquità degli uomini.'' E subito dopo: ''Dobbiamo liberarci, dobbiamo...''.

Ma come? Adesso non ero più il *rab shaqe*, ero soltanto un soldato in mezzo agli altri. Il tempo delle grandi strategie era passato e quegli uomini, stretti nell'abbraccio del più spaventoso carnaio, si sarebbero allontanati gli uni dagli altri, sia da una parte sia dall'altra, soltanto quando non ce l'avrebbero proprio fatta più.

E prima di allora...

Udii qualcosa, un grido di guerra acuto che sembrava venire dal niente, simile alle strida di un falcone che si lancia sulla preda. Era un suono stranamente familiare, eppure non riuscivo a ricordare dove lo avessi già sentito...

A un tratto, capii. Voltai il capo, sapendo già che cosa avrei visto: i cavalieri sciti si riversavano da un'altura vicina, una valanga di uomini e di cavalli. Tabiti aveva mantenuto la parola.

Anche i miei uomini avevano sentito, così come i Medi, e questo sembrò mutare le sorti della battaglia. Improvvisamente, come se avessero trovato nuove energie, anche prima che l'effetto prodotto dalla prima carica scita si facesse sentire, i soldati di Assur si lanciarono in avanti. I Medi cominciarono a ripiegare e, da un istante all'altro, come una tavola marcita sotto il piede di un uomo, le loro linee si spezzarono.

Queste cose accadono in fretta. Ciò che qualche momento prima era stata una battaglia, divenne di colpo una rotta. Gli Sciti, come uccelli rapaci, si gettarono sul nemico per finirlo dopo che era già stato ferito a morte. I valorosi guerrieri di Daiaukka, quelli almeno che non erano fuggiti, furono calpestati sotto l'ondata vittoriosa dei nostri soldati e il massacro che seguì fu terribile a vedersi.

E continuò fino a che la pietosa oscurità della notte ci obbligò a fermarci, ma finché la luce del sole illuminò il campo i Medi furono abbattuti e uccisi. I feriti, e quanti erano rimasti appiedati o si erano trovati intrappolati dietro le nostre linee in rapida avanzata, morirono come pecore al macello, mentre i vincitori si prendevano la loro vendetta, collezionando trofei: teste, mani, in un caso ricordo di aver visto la pelle di un braccio, sfilata fino alle unghie, rossa di sangue: una volta seccata, sarebbe servita come fodera a una faretra.

I nostri soldati si stancarono abbastanza in fretta, stavano combattendo fin dalle ore che precedono l'alba ed erano nauseati dal sangue, perciò gli ufficiali non fecero grande fatica a riportarli all'ordine; ma gli Sciti erano freschi e poiché non avevano avuto la loro parte nella vera battaglia, si sentivano inclini, secondo l'uso dei barbari, a trarre il massimo da ciò che restava. Non erano miei uomini e io non avrei potuto fermarli.

Lo desideravo, poi? Non lo so. All'inizio, la necessità di prendere qualche misura non mi passò nemmeno per la mente. Ero istupidito dalla stanchezza e per parecchi minuti non riuscii a far altro che guardare il macello che andava crescendo sotto i miei occhi con la muta incomprensione di un animale. Non appena i Medi cominciarono a fuggire, tuttavia, i miei ufficiali si radunarono vicino a me sul campo, in attesa di ordini: era tempo di ritornare alla vita.

«Lushakin!» gridai, di colpo pieno di paura. «Lushakin, prendi tutti gli uomini che ti servono e trova Daiaukka. Se è ancora sul campo, trovalo! E prendilo vivo, se puoi: ci sarà molto meno utile con la gola tagliata da qualche scita, ma vivo o morto, trovalo!»

«*Rab shaqe*, nessuno l'ha mai visto tranne te» fu la sua molto sensata risposta. «Come faremo a distinguere uno di questi Medi sporchi di sange dall'altro?»

«Prendete dei prigioneri, allora, trovate qualcuno disposto a vendere il suo Signore in cambio della vita. Presto!»

Mentre Lushakin saltava a cavallo per eseguire il mio ordine, io cercai di costringermi a pensare. C'erano sicuramente comandi che in momenti simili mi venivano spontanei alle labbra, ma dov'erano adesso? La mia mente sembrava incapace di pensare ad altro che al cadavere maciullato di Daiaukka.

Non potevo permettere che mi beffasse, certamente non dopo tutto questo.

''Pensa!'' mi dicevo. ''Oggi sei il vincitore, qui. Agisci da vincitore!''

«Date ancora un'ora agli uomini, poi voglio che cessi tutto ciò. E mandate le pattuglie a inseguire quello che resta della cavalleria di Daiaukka: ma lasciateli andare, voglio soltanto conoscere il loro numero.»

«E gli Sciti, *rab shaqe*?»

«Già, e gli Sciti, *rab shaqe*?»

Alzai lo sguardo e vidi Tabiti piegato sul collo del suo cavallo che mi sorrideva con compassione, e un'aria fresca e riposata come se si fosse appena alzato dal letto.

«Li lasceremo a quel furfante del loro capo» dissi. «Come stai, fratello? Avremmo terminato senza di te, ma forse si può dire che ci avete aiutato un pochino.»

Il capo dei Sacan gettò la testa all'indietro, scoppiando in una risata da sciacallo. Poi, come se si fosse ricordato di qualcosa all'improvviso, fece compiere un mezzo giro al cavallo e si mise a scrutare il campo di battaglia.

«Non molti soldati a piedi sono scampati» disse. «Ma i cavalieri sono stati più fortunati. È un peccato perché i Medi possiedono bei cavalli, ma un furfante deve accontentarsi di prendere il bottino che trova, fratello.»

Rise di nuovo, abbastanza saggio da capire che non poteva lamentarsi della giornata.

«Ma sto indugiando» continuò, riprendendo le redini in mano. «Gli uomini vogliono che mi unisca al loro divertimento.»

«Tabiti...»

«Sì, fratello, che c'è?» I suoi occhi da gatto si spalancarono con aria interrogativa.

«Lo *shah* Daiaukka, se tu lo trovassi vivo...»

«Allora lo ucciderò. Perché, fratello?»

«Mi serve vivo, se possibile.»

«Vuoi ucciderlo tu stesso, sì, lo capisco perfettamente.» Mi mostrò i denti bianchi in un rapido sorriso divertito. «Se mi capita a tiro, lo risparmierò per te. Addio, fratello!»

Si allontanò al galoppo, come un ragazzo ansioso di cacciare i conigli selvatici. La sua era una versione del mondo senza complicazioni e io lo invidiavo.

Il silenzio che seguì fu interrotto dal suono concitato delle voci e delle urla dei moribondi. I veri orrori giungono sempre alla fine di una battaglia e forse è meglio così, affinché gli uomini ricordino che la guerra è una cosa seria, da non intraprendere alla leggera. Vidi soldati con la tunica inzuppata di sangue, seduti fra i cadaveri dei nemici, che si sciacquavano la gola dalla polvere con l'acqua delle borracce preparate da donne che ancora non sapevano che i loro figli e mariti erano morti. E già i miei uomini cominciavano a litigare per il bottino, e se non li avessi fermati si sarebbero ben presto sgozzati a vicenda, perché tale è la gloriosa conclusione di una battaglia.

«Sono stanco di tutto questo» dissi, senza rivolgermi a nessuno in particolare. «Qualcuno vada a prendermi un cavallo perché possa ritornare all'accampamento. Fate in modo che i miei ordini siano eseguiti.»

Era quasi buio quando ritrovai la mia strada. Senza l'odore nauseabondo della carneficina nelle narici, non desideravo che la mia cena, e dopo, forse, l'impensabile lusso di un'intera notte di sonno; ma non doveva essere così.

Un gruppetto di uomini mi stava aspettando e, per terra davanti a loro, stava un oggetto avvolto in una coperta. Nessuno parlava.

Alla fine, nel mondo imperfetto degli occhi che hanno visto più di quanto la mente può contenere, capii che la coperta nascondeva un altro cadavere: ce n'erano tanti, perché disturbarmi con un morto di più?

A un tratto mi sentii gelare le viscere dalla paura. Mi inginocchiai davanti al cadavere e scoprii la faccia: era Tabshar

Sin, e mi guardava con occhi sgranati e offuscati, che ancora rivelavano il trauma della morte.

Ero stato in molte battaglie, ma mai, credo, fino a quel momento avevo saputo che cosa volesse dire odiare il nemico.

Ci sono occasioni in cui sembra impossibile riuscire a ubriacarsi. Io cercai di farlo, ma non ne fui capace. Ogni sorso pareva anzi rendere più affilati i contorni delle cose, tanto che la mia mente, simile a un bambino che giochi con un pugnale, si feriva a ogni movimento maldestro.

Non ero quindi di umore molto sollevato mentre sedevo davanti al fuoco di fronte alla mia tenda, col cadavere di Tabshar Sin ai miei piedi, già avvolto nei lini e preparato per la sepoltura. Una lancia lo aveva trafitto sotto il braccio, e l'asta si era spezzata soltanto quando la punta gli aveva trapassato il petto. Dicono che ferite del genere non diano dolore e che un uomo muoia prima di sentire qualcosa di più del colpo che lo uccide. Potevo soltanto sperare che questo fosse vero.

Tabshar Sin aveva incontrato il suo *simtu* come un soldato qualunque ed era rimasto sul campo fino a quando qualcuno si era ricordato che quello era il vecchio maestro d'armi del Principe Tiglath e al quale il *rab shaqe* voleva bene come a un secondo padre. E veramente lo avevo amato, anche se adesso non riuscivo nemmeno a piangerlo. Che cosa mancava in me, da non poter versare una lacrima sul corpo di Tabshar Sin? Perché il dolore non trovava altro sfogo se non l'odio più cupo? Il vino aveva un gusto amaro, la vita stessa era amara e la morte soltanto l'ultimo dei crudeli scherzi del dio. La mattina seguente avrei seppellito il mio antico *rab kisir* e promisi a me stesso che molti prigionieri medi avrebbero pacificato il suo spirito versando il sangue del loro cuore nella sua tomba. Avrebbero pagato, anche se la colpa era mia più che loro, perché avrei dovuto lasciarlo ad Amat, dove sarebbe vissuto fino a morire nel suo letto. Questo però non aveva importanza, i Medi avrebbero pagato ugualmente. Avrei preso un'ascia e avrei tagliato io stesso le loro teste, dopo averli fatti inginocchiare sulla tomba di Tabshar Sin, e in tal modo essi avrebbero fatto ammenda per me. La mancanza di sonno, la tensione della battaglia, il dolore e la mia stessa coscienza inquieta contribuivano a rendermi crudele.

Oppure ero ubriaco, e forse è meglio pensare che lo fossi davvero, perché sarebbe altrimenti difficile spiegare ciò che avvenne quando portarono Daiaukka nella mia tenda.

La ricerca era continuata per tutto il pomeriggio e la sera, e Lushakin e le sue spie avevano interrogato ogni uomo di una certa importanza che avevano potuto trovare fra i Medi sopravvissuti, quelli fortunati abbastanza da esser presi prigionieri e quelli scoperti sul campo di battaglia, con un resto di vita sufficiente perché valesse la pena di trasportarli all'accampamento. Circa venti o trenta di questi aspettavano quindi, con le mani e i piedi legati, in ginocchio davanti alla mia tenda, attendendo che il vincitore decidesse la loro sorte. La maggior parte senza dubbio si aspettava di morire, ma io non avevo ancora deciso niente. In realtà non avevo ancora preso in esame la questione. Quando mi portavano un altro prigioniero, gli davo un'occhiata, sufficiente ad assicurarmi che non si trattava di Daiaukka, e poi lo dimenticavo, tornando alle mie cupe riflessioni.

Ma, alla fine, Daiaukka fu lì, vivo e mio prigioniero. Mi alzai e mi volsi a Lushakin, il quale mi fece un gran sorriso.

«Sì, *rab shaqe*» disse. «Pensavo che fosse lui. Questi schiavi hanno cercato di vendermi tanti Daiaukka quanti sono i semi in un campo, ma questa volta ho avuto più fiducia nelle loro parole. Era rimasto indietro, questo eroe, stava ancora cercando di respingere una folla di quei selvaggi sciti senz'altro in mano che un palo mezzo bruciacchiato di tenda. Non sono stati molto contenti di vedersi sottratta la loro preda, te lo posso assicurare, e te lo confermerà anche il tuo amico, il Signore Tabiti, perché abbiamo dovuto farne a pezzi uno.»

«Porta via gli altri e lasciami solo con lui» dissi, al che Lushakin aggrottò le ciglia.

«Non vorrai restare da solo, *rab shaqe*, questo è...»

«È abbastanza inoffensivo.» Sorrisi, cercando di essere paziente. «Non devi preoccuparti per me, Lushakin, so ancora difendermi contro un uomo disarmato con le mani legate dietro la schiena.»

Lushakin eseguì gli ordini, alquanto riluttante, e ben presto lo *shah-ye-shah* era seduto su un tronco dall'altra parte del fuoco, e mi osservava con gli occhi neri e guardinghi.

«Ti lascerò libere le mani se prometti di non violare la mia ospitalità» dissi. Daiaukka sembrò considerare la cosa per un istante, poi fece cenno di sì.

Mi sfilai il pugnale dalla cintura e recisi i lacci di cuoio che erano annodati intorno ai suoi polsi, poi riempii una tazza di vino e l'appoggiai al suolo, accanto al suo piede destro. Daiaukka prese la tazza e bevve il contenuto, apparentemente in una sola sorsata. La riempii un'altra volta e un'altra volta egli la vuotò, così finii per lasciargli tutta l'anfora. Era probabile che non avesse assaggiato nemmeno un sorso d'acqua fin dal mattino. Alla fine, mi rimisi a sedere.

«Quanto rimane del tuo esercito?» domandai. «Un terzo, pensi?»

«Ne dubito, i migliori sono tutti morti.»

Né il suo volto, né la sua voce inespressiva denunciavano la minima emozione. Sembrava che stessimo discutendo la situazione di qualche estraneo, per quel che rivelavano i suoi atteggiamenti. Mi colpì ancora il fatto, come già mi era capitato nei precedenti incontri, che quell'individuo aveva una personalità davvero notevole.

«E tu sai che cosa accadrà adesso» continuai. «Domani mattina riceverò le prime offerte di sottomissione da parte dei tuoi nobili che sono sopravvissuti. Faranno a gara a gettarsi ai miei piedi, e una tribù incolperà l'altra di aver voluto questa guerra, e tutti daranno la colpa a te. Hai perduto la partita, Daiaukka, e la nazione che tu sognavi di fare di questi pastori di capre è morta.»

«Per il momento è così. Ma tu te ne dovrai andare prima o poi, mio Signore, e gli uomini ricominceranno a sognare.»

Alzò ancora una volta la tazza e bevve lentamente, come un uomo che è in pace con se stesso. Ciò che diceva, d'altronde, era la verità.

«Non desidero toglierti la vita» dissi, sentendomi a disagio, come se in un certo senso fossi io ad avere perso. «Ti risparmierò se farai atto di sottomissione al re di Ninive. Sarebbe meglio se tu volessi accettare le conseguenze di questa sconfitta e, come dici tu stesso, decidessi di attendere giorni migliori.»

«Migliori per chi, Signore Tiglath Assur?» Mi sorrise, come se fosse divertito dalla mia ingenuità.

«Migliori per la tua gente, che non voglio veder rialzare la testa finché sarò vivo, e che si troverà a dover accettare uno *shah* di mia scelta se tu rifiuti.»

«Davvero? Sì, certamente. Sì, forse sarebbe meglio per loro.»

«Allora ti sottometterai?»

«Non mi sottometterò stanotte, mio Signore.» Appoggiò la tazza a terra e si coprì il volto con le mani, come se volesse cacciar via lo sfinimento. «Avrai la mia risposta, se lo desideri, domattina, ma non prima. La mia vita è in tuo potere e puoi prenderla quando vuoi, ma non m'impegnerò a niente perché sono stanco e debole nello spirito.»

«Avrai tempo fino a domattina, allora. Guardie!»

Lushakin venne correndo verso di noi, la spada in pugno, quasi si aspettasse di trovare Daiaukka che mi stringeva la gola, e non seduto accanto al fuoco mentre contrattava con me come se fossimo conduttori di carovane. Credo che restasse un po' deluso.

«Trova un letto allo *shah-ye-shah* per questa notte» gli dissi. «E vedi che non gli manchi niente.»

«Non gli mancherà niente, certo, *rab shaqe*. Ho una catena di rame molto comoda da mettergli intorno al collo.»

Fu Daiaukka stesso a ridere, da uomo che non aveva paura di niente. «Metti una guardia se ti fa sentire meglio» risposi. «Ma domattina riportalo da me quando lo ordinerò.»

Dormì Daiaukka quella notte? Da ciò che avevo capito della sua natura, non mi sarei meravigliato se fosse stato così. Dal canto mio, non chiusi occhio, ma rimasi seduto accanto al fuoco, vegliando il corpo di Tabshar Sin, senz'altra compagnia che una tazza di vino, fino a giorno chiaro.

E forse, se davvero ero ubriaco, i fumi del vino mi annebbiarono il cervello quanto bastava per farmi credere di avere intrappolato Daiaukka, perché intendevo ucciderlo io stesso, per farne la prima offerta allo spirito del mio amico, qualora non si fosse sottomesso alla potenza di Assur. Questo lo avrei fatto alla presenza dei suoi nobili sopravvissuti, perché potessero conoscere il prezzo della loro sfida. Avrei umiliato lo *shah* davanti ai loro occhi o gli avrei dato la morte, e anche a questa avrebbero dovuto assistere. Tutta la notte mi consolai con quell'idea: tanto un uomo può ritenersi intelligente ed essere invece uno sciocco.

Giunse il mattino. Ordinai che la tomba di Tabshar Sin fosse scavata oltre il terrapieno del nostro accampamento, sul suolo che lui e io e molti altri avevamo conquistato con le nostre spade per maggior gloria di Assur e del re. Calai il corpo nella stretta fossa e con le mie mani lo ricoprii di terra. Fra un anno, l'erba sarebbe ricresciuta e nessuno avrebbe potuto riconoscere il luogo del suo riposo. Doveva essere un giorno di funerali, e quello di Tabshar Sin fu il primo di molti.

Sulla pianura annerita, io dedicai al mio amico l'ultima cortesia che un uomo può fare a un altro, e furono in molti a esserne testimoni. I soldati dell'esercito del nord rimasero in piedi in silenzio, sapendo che ben presto sarebbe toccato a loro eseguire le stesse funzioni per i compagni caduti sul campo di battaglia.

I Medi sconfitti, ora nostri prigionieri e solo ieri nostri avversari, osservavano anch'essi, senza dubbio pensando che stavano per entrare nella lunga oscurità della morte. Tabiti, che mi chiamava fratello, stava dietro di me, sorridendo lievemente, come se già stesse contando le spoglie. Anche Daiaukka era là, ma da tempo ormai avevo smesso di cercar di capire ciò che passava nel suo animo.

Mi alzai e mi ripulii le mani dalla terra. Non dormivo da due giorni, la testa mi faceva male e avevo un gusto amaro in bocca, ma questo era soltanto l'effetto del vino e non meritavo di meglio. Tuttavia l'ira era sbollita in me e il mio animo era in pace. Sapevo ciò che sarebbe successo.

«Se i Medi lo vorranno» gridai perché tutti potessero sentirmi «allora la guerra di Assur contro di loro può finire in questo stesso momento. Io invito chiunque lo vorrà a inginocchiarsi e a prestare giuramento di sottomissione al re mio padre, il Signore Sennacherib, Re di Assur e Calah e Ninive, Signore dei Quattro Angoli della Terra, padrone di questo luogo e di tutto il mondo.»

Come un sol uomo, i nobili medi, i grandi fra gli Ariani, si prosternarono e giurarono: tutti, tranne uno. Il Signore Daiaukka, lo *shah-ye-shah*, l'unico che veramente mi interessava, restò in piedi.

«Non vuoi giurare, mio Signore?» gli chiesi, domandandomi perché non mi sentissi deluso. Perché, mi chiedevo, sono contento che non si sottometta? Soltanto perché era un vero uomo, un uomo che nessuno avrebbe potuto umiliare? Sì, forse era questa la ragione.

«No.» Scosse il capo, incrociando le braccia sul petto. «Altri possono farlo, ma io no. Perché ho giurato di vivere come *shah* degli Ariani e di cacciare il nemico da queste terre o di morire nel tentativo.»

«Una volta tu mi hai detto che avremmo avuto la nostra battaglia e avremmo visto chi era il favorito dell'Ahura. Non sai accettare il giudizio del tuo dio?»

Immediatamente, non appena ebbi pronunciato queste parole, capii di aver commesso un errore madornale.

Anche Daiaukka lo capì e sorrise.

«No, mio Signore, perché tu sei vivo e anch'io. La contesa fra il tuo dio e il mio potrà essere decisa soltanto fra noi due e nessun altro. Tu hai adesso il potere di uccidermi, se questa è la tua volontà, ma non avrai provato niente. Dovrà essere uno contro l'altro in un duello all'ultimo sangue.»

Potei avvertire il fremito di eccitazione che passò fra gli astanti che avevano udito la sua sfida. Tabiti fece un passo in avanti e mi mise la mano sul braccio.

«Non devi farlo!» bisbigliò concitato. «Uccidilo ora, o lo farò io per te!»

«Nessuno può ucciderlo tranne me» risposi. Ero rassegnato, perché sapevo che non era stato Daiaukka a cadere in una trappola, ma io stesso. «Mi ha in suo potere. Domanda un giudizio per mezzo di un combattimento singolo, la sua forza contro la mia, la sua magia, se preferisci, contro la mia. Se rifiuto e lo uccido come un cane, non morirà mai, ma regnerà per sempre su queste montagne. Non mi ha lasciato scelta.»

Tabiti allentò la stretta sul mio braccio, perché sapeva che avevo ragione.

«C'è una condizione» dissi in modo che tutti potessero sentirmi. «Dipenderà dagli dei chi dovrà vivere o morire, ma la guerra deve finire. Se io muoio, il Signore Daiaukka deve giurare che finché vivrà la frontiera fra i nostri due paesi non sarà violata.»

«Così sia.» Annuì, e come avrebbe potuto non essere d'accordo? Che cosa aveva da perdere? «E io chiedo un favore al Signore Tiglath Assur, tre giorni di tempo prima di incontrarci per definire la questione fra noi. Non ci sarà tradimento, ma voglio rivedere mio figlio.»

«Accordato.»

Fu dunque tutto stabilito: di lì a tre giorni ci sarebbe stato un duello a morte.

XXXI

Avevo nutrito la speranza che Daiaukka, una volta in mio potere, si sarebbe lasciato persuadere a cercare la pace, e non era poi troppo irragionevole sperarlo, perché la maggior parte degli uomini accetta condizioni decenti in cambio della vita, ma una volta che questa speranza si era rivelata vana, un comandante più saggio di me avrebbe semplicemente messo a morte lo *shah-ye-shah*, lasciando che si pensasse che era caduto in battaglia. I Medi lo avrebbero preferito, perché in tal modo avrebbero potuto dare a lui la colpa della sconfitta, e in futuro avrebbe costituito un eroe molto utile, un martire, nel cui nome si sarebbero nuovamente radunati quando si fossero sentiti abbastanza forti da sfidarci un'altra volta. E, per alcuni anni almeno, ciò sarebbe andato anche a mio vantaggio, poiché, essendo io il vincitore, avrei ereditato il considerevole prestigio di Daiaukka come guerriero. Sarebbe stato questo un misero sostituto per il personaggio sottomesso, umiliato e screditato che avrei fatto di Daiaukka da vivo (ma come avevo potuto immaginare, mi chiesi, che Daiaukka avrebbe permesso di essere usato per tali scopi?), ma comunque mi sarebbe servito a qualcosa. Avrei dovuto tagliargli la gola finché era in mio potere.

Invece avevo fatto l'errore più colossale, dando al mio nemico la possibilità di sfidarmi pubblicamente, una sfida che, una volta lanciata, difficilmente avrebbe potuto essere rifiutata. Una volta pronunciate quelle parole, non avrei potuto ordinare la sua esecuzione senza sembrare un vigliacco di fronte al pubblico che più contava, e cioè di fronte ai suoi stessi seguaci, sconfitti e demoralizzati. Ora, avrebbe dovuto essere un duello, il mio *sedu* protettore contro la ritrovata magia del suo nome: e Daiaukka non aveva niente da perdere. Lo *shah*-

ye-shah mi aveva intrappolato perché aveva capito con una lucidità dolorosa ciò che io, per un momento, mi ero permesso di dimenticare, e cioè che questa era una guerra alla quale non si poteva porre termine con una battaglia e con una vittoria, e che la tattica e la potenza degli eserciti avrebbero in ultima analisi contato meno della leggenda creatasi intorno ai singoli uomini.

Io avevo quindi offerto a Daiaukka l'opportunità di crearla questa leggenda, che avrebbe costituito per la sua razza un tesoro prezioso fino ai loro ultimi giorni.

Ma ci sarebbero stati tre giorni prima del nostro scontro definitivo. Prestai a Daiaukka un cavallo e rimasi a guardarlo mentre galoppava verso le pendici dei monti, non sapendo dove andasse né curandomi di saperlo. Sarebbe tornato, e questo soltanto contava. Non mi avrebbe usato la cortesia di fuggire, perché era un uomo al quale la morte non faceva paura.

Non avrei potuto dire la stessa cosa di me. Un duello, nel quale un uomo deve morire e l'altro può vivere, è più tremendo di qualsiasi battaglia, perché in battaglia il pericolo è meno personale, nessuno dei tuoi nemici cerca soltanto la tua vita, ed è raro il caso in cui una metà esatta degli uomini perisca. Non mi vergogno di confessare che avevo paura, perché Daiaukka era coraggioso, forte e astuto, e fin dalla sua prima giovinezza non aveva conosciuto altra vita che quella del guerriero. L'uomo che non aveva paura di lui non doveva avere occhi per vedere, né mente per ragionare, ma io non ero impassibile come un pezzo di legno e avevo quindi paura.

Ma almeno, se questa era una sfortuna che mi ero attirato, soltanto io ne avrei pagato le conseguenze. Per l'esercito si trattava di una grande gara e le scommesse, mi si diceva, si facevano sempre più alte.

Nei tre giorni che mi erano concessi, mi incontrai con i miei ufficiali e stabilii i piani per la ritirata. Avremmo stabilito una guarnigione in un luogo chiamato Zakruti, non troppo lontano dalle nostre frontiere, e vi avremmo lasciato tremila uomini. Il rimanente dell'esercito sarebbe tornato ad Amat e alle guarnigioni di Zamua e Namri. Questo sarebbe accaduto in ogni caso, perché le sorti della guerra non devono poggiare sulla vita di un solo uomo.

La notte prima del ritorno di Daiaukka, il Signore Tabiti, che si diceva mio fratello, venne nella mia tenda portando la sua coppa ricavata in un teschio e una borraccia di *safid atesh* sotto il braccio.

«I Medi hanno il loro *haoma*, che bevono per inebriarsi e accrescere la furia del loro valore, ma questo è meglio» disse riempiendo una delle coppe e porgendomela con le dita infilate nelle orbite vuote. «Ecco qua, bevi. So che non ti piace un gran che, ma hai bisogno di qualcosa e il vino ti lascerebbe i sensi intorpiditi domattina. Bevi!»

«Allora si vede che ho paura?»

«No, la nascondi bene come chiunque altro, ma non ho bisogno che mi si dica che cosa ti sta mordendo le viscere. Chi non ha paura della morte?»

«Daiaukka, forse.» Bevvi un sorso di *safid atesh* e feci subito una smorfia, non era un gusto che migliorasse con l'abitudine. «Credo che Daiaukka non abbia paura della morte.»

«Se non ha paura, non è un uomo. E se non è un uomo, allora tu puoi ucciderlo con ogni mezzo senza macchiare il tuo onore, perché si tratta di liberare il mondo da un demonio. Dimmi: hai mai provato questo genere di combattimento?»

«No.»

Pensai che non era prudente menzionare l'incidente con Asarhaddon e d'altronde i due casi non avevano niente in comune.

«Allora sappi che Daiaukka si aspetta che tu combatta a cavallo, con una sola lancia e una spada corta. È questo il modo di combattere di tutte le tribù, i Cimmeri, gli Scoloti, perfino questi cani di Medi. Non capiranno se rifiuterai questa specie di combattimento, tutti penseranno che tu sia un codardo. Io ti ho visto a cavallo e vai abbastanza bene per uno nato fra pareti di fango, ma rispetto a un nomade non vali molto.»

«Grazie, sei davvero un amico a parlare così gentilmente di me.»

«Non offenderti, perché dico soltanto quello che sai anche tu e lo dico per il tuo bene. Daiaukka è un bravo cavaliere e non appena sarà a cavallo ti metterà in posizione di svantaggio: ricordalo.»

Avevo già bevuto parecchio e avrei voluto essere lasciato in pace, ma capivo con sufficiente chiarezza che Tabiti diceva la verità.

«I Medi hanno un grande rispetto per i cavalli, ricordati

bene anche questo. Daiaukka starà molto attento a non ferire il tuo, perché causarne la morte sarebbe un sacrilegio del quale dovrebbe rispondere al suo dio. A te, però, questo non è proibito.»

«Che cosa mi stai suggerendo?»

«Uccidi il cavallo di Daiaukka. Appena puoi, uccidilo. Fallo combattere a terra, dove almeno avrai le sue stesse possibilità. Se perderai, darebbe conforto al tuo spirito se io uccidessi questo Daiaukka per te?»

«No.»

«Può darsi che lo uccida comunque, per dar conforto a me. Ti ho chiamato fratello, e l'uomo che ti toglie la vita offende me. Sì, credo che lo ucciderò in ogni modo, per non avere rimorsi di coscienza ma, per rispetto al tuo delicato senso dell'onore, lo farò con astuzia, secondo l'uso degli Scoloti: lo inviterò a cena e gli darò un veleno che agisce lentamente, e nessuno saprà che è morto per mano mia.»

«Questo non devi farlo, Tabiti, fratello! Non è una fine onorevole per un uomo così.»

«Allora, se hai tanta considerazione per lui, dovrai ucciderlo tu, Signore Tiglath Assur.» Tabiti sorrise, il sorriso furbo di un animale astuto e pericoloso. «Adesso me ne andrò; ricordati quel che ti ho detto a proposito del cavallo.»

E si alzò per uscire, lasciandomi la borraccia di *safid atesh*.

Per il resto della notte rimasi lì seduto, con una sola lampada a olio accesa per scacciare gli spiriti. Bevvi soltanto quanto bastava a rendere meno acuta la mia paura e a impedirmi di pensare. Nessun altro si avvicinò alla mia tenda quella notte, forse qualcuno aveva dato quest'ordine o forse gli uomini mi consideravano di malaugurio e si tenevano quindi lontani. Ma fui contento che fosse così, perché non avevo voglia di compagnia.

Venne finalmente la mattina e con essa Daiaukka, il quale era accompagnato da circa trecento cavalieri armati. Daiaukka chiese di poterli fare assistere al duello per assicurarsi che, nel caso dovesse morire, lo *shah-ye-shah* non fosse rimasto vittima di qualche tradimento; non lo disse apertamente, perché non avrebbe potuto farlo senza mostrarsi scortese, ma io credo volesse anche accertarsi, se fosse stato il vincitore, di avere qualche possibilità di lasciare vivo l'accampamento. Non feci obiezioni, dato che erano entrambe precauzioni perfettamente ragionevoli.

Aveva condotto con sé anche suo figlio Khshathrita. Il ragazzo stava accanto al padre e, nonostante volesse mostrare il comportamento indifferente di un uomo, continuò a studiare la mia faccia con i suoi grandi occhi neri e attenti per tutto il tempo in cui Daiaukka e io prendemmo gli ultimi accordi.

Fu stabilito fra noi che avremmo combattuto sulla stretta piana al di là del terrapieno del nostro accampamento, e che egli avrebbe preso posizione a nord e io a sud, affinché nessuno di noi avesse il vantaggio di avere il sole alle spalle. Daiaukka era armato di una lancia, lunga circa cinque cubiti, e io avrei preso il mio giavellotto. Oltre a queste due armi, ognuno di noi avrebbe potuto portare un piccolo scudo rotondo e una spada di meno di un cubito di lunghezza, ma niente altro.

Il cavallo di Daiaukka non era quello che io gli avevo dato, ma il bello stallone nero che avevo già visto le due volte precedenti, perciò dovevo dedurre che non lo avesse montato il giorno della battaglia per ragioni note a lui solo. Io montavo Spettro, il mio cavallo sembrava avvertire che quella mattina ci sarebbe stato un combattimento mortale e perciò nitriva e scalpitava infuriato.

Forse quarantamila uomini, Medi, Sciti e soldati di Assur, erano radunati là per assistere al duello, ma non si sentiva altro suono che il fruscìo del vento sopra le nostre teste. Nessuno parlava o rideva e neppure si schiariva la voce, e non potei fare a meno di pensare: ''È come se fossi già morto''.

Montai a cavallo e caracollai fino al mio punto di partenza: Daiaukka stava già aspettando dall'altra parte del campo e alzò la lancia in segno di saluto quando fermai il cavallo e mi posi di fronte a lui, levando in alto il giavellotto per segnalare che ero pronto.

Uno dei Medi si portò al centro del campo e spiegò un vessillo bianco, lasciandolo poi cadere a terra: era questo il segnale d'inizio, dopodiché il cavaliere tornò di corsa a raggiungere i suoi compagni. Adesso stava allo *shah-ye-shah* e a me.

Per un istante nessuno di noi due si mosse, e quasi sperai che la cosa non sarebbe mai successa, poi Daiaukka spinse il cavallo a un galoppo trattenuto. Io seguii il suo esempio, affidando me stesso agli dei. Ormai non era più possibile tornare indietro.

Che cosa avrebbe fatto? Come era possibile combattere con la lancia dalla groppa di un cavallo? Certamente un colpo, in queste circostanze, avrebbe avuto scarse possibilità di colpire il bersaglio. Io ero stato addestrato alle arti della guerra, ma non a questo, e decisi dunque di aspettare gli eventi.

Non dovetti aspettare a lungo. Daiaukka acquistò rapidamente velocità mentre puntava contro di me. Alla fine, quando la distanza fra noi non superava i cinquanta passi, abbassò la punta della lancia, mirando al mio petto.

Non c'era tempo per scartare di lato, non avevo altra difesa che lo scudo sul braccio sinistro e la lancia di Daiaukka trapassò gli strati di cuoio come se fossero stati di lino. In un secondo, mentre Daiaukka mi oltrepassava con un rumore di tuono, il mio scudo cadde a terra, rotolando come il cerchio di una botte, e il sangue prese a colarmi dalla spalla. Ma per un miracolo rimasi in sella. Mi raddrizzai e mi voltai per affrontarlo, con le risate dei Medi che mi risuonavano nelle orecchie.

Daiaukka non aveva fretta. Si allontanò di un bel tratto al galoppo, rallentando poi per girarsi verso di me, calmo, deciso, perfettamente consapevole del fatto che aveva inferto il primo colpo e che si trovava in posizione di vantaggio. C'era una sfumatura di disprezzo nel modo in cui si appoggiava la mano sulla coscia mentre mi guardava.

Questo mi irritò, ed era una cosa buona, perché avevo bisogno di sentirmi in collera.

La ferita sulla spalla mi doleva, ma non mi sentivo irrigidito, decisi pertanto che non mi avrebbe ucciso prima che Daiaukka ci riprovasse, ma decisi anche che avrei cercato di non dargliene l'occasione.

Questa volta toccò a me caricare. Bilanciai il giavellotto e, una volta a tiro, lo scagliai, tirando bruscamente Spettro da un lato per evitare la lancia di Daiaukka. Fu un lancio sbagliato e il giavellotto passò senza far danno sulla spalla di Daiaukka e andò a conficcarsi con la punta nel terreno. Proseguii chinandomi per raccoglierlo.

Il mio avversario però non aveva nessuna intenzione di darmi la possibilità di riprendermi, e già mentre stringevo il giavellotto nel pugno sentivo il rumore degli zoccoli dietro di me; fu soltanto gettandomi a terra che riuscii ad avere salva la vita. Non appena vide che mi aveva mancato, Daiaukka fermò il cavallo e gli fece eseguire un dietro-front e io ebbi appena il tempo di risalire a fatica in sella a Spettro e di ritirarmi

I Medi risero di nuovo, più forte questa volta, e il silenzio dei miei soldati rivelava la vergogna che provavano per me.

Nella caduta la ferita si era aperta maggiormente e il sangue fluiva copioso sul mio braccio incrostato di polvere, ma non c'era il tempo di fasciarla, perché Daiaukka si stava già preparando a un'altra carica. Sentii un urto doloroso quando cercai di sollevare la mano sinistra sopra la spalla, come se qualcuno mi sfregasse una manciata di sabbia nella carne viva.

Spettro sbuffò rumorosamente e s'impennò sulle zampe posteriori: lui, almeno, non era disposto a cedere.

Eseguii un vasto cerchio, cercando di mettere distanza fra Daiaukka e me, e poi, quando sentii che avevo abbastanza spazio per manovrare e lasciando che il colpo del mio avversario giungesse se doveva, lanciai Spettro al galoppo.

Giunto a tiro, scagliai nuovamente il giavellotto, ma la mira non fu migliore della prima volta e il lancio fu corto. Forse spaventò lo stallone nero perché anche Daiaukka sbagliò e la punta della sua lancia giunse troppo tardi per potermi colpire.

Adesso, però, non erano più gli uomini, ma i cavalli a combattere, e i due grandi stalloni si scontrarono quasi spalla a spalla, facendoci crollare a terra tutti quanti, uomini e cavalli. Mi rimisi in piedi a fatica, estraendo dal fodero la spada e cercando di vedere in mezzo alla nuvola di polvere che cosa fosse successo. Alla fine, scorsi Daiaukka in piedi, anch'egli con la spada in pugno. I cavalli stavano fra di noi, impennandosi e colpendosi con gli zoccoli, spettacolo selvaggio e per un attimo restammo tutti e due a guardare immobili, completamente affascinati.

Ma non poteva durare. Corsi a prendere il giavellotto e riuscii ad afferrarlo prima che Daiaukka mi raggiungesse; quando mi vide con l'arma in pugno corse a ripararsi dietro i cavalli. La sua lancia, a quanto pareva, non poteva essere usata e non voleva trovarsi sulla mia traiettoria.

Fischiai per chiamare Spettro, che si avvicinò di malavoglia; c'era sangue sul suo petto, dove lo stallone nero lo aveva colpito con gli zoccoli.

Avevo adesso il tempo di rimontare, perché Daiaukka non aveva ancora afferrato il suo cavallo per le redini, ma indugiai un momento, pensando che sarebbe stato facile per me colpire lo stallone nero. Un cavallo non è un uomo e non pensa a scansarsi, non avrei avuto che da alzare il giavellotto e scagliare...

«Uccidi il cavallo» aveva detto Tabiti. *«Fallo combattere a terra, dove almeno avrai le sue stesse possibilità.»*

Era un buon consiglio, ma con che cosa avrei combattuto dopo? Avrei avuto soltanto la spada, mentre a Daiaukka sarebbero rimaste spada e lancia. Che cos'era meglio?

Rimontai a fatica in groppa a Spettro, chiedendomi se non stessi commettendo un errore.

Eravamo di nuovo uno di fronte all'altro. Aspettai la carica di Daiaukka, domandandomi come potevo sperare di schivarla, ma a questo punto Daiaukka sembrò esitare. Perché? Che cosa gli passava per la mente? Non riuscivo assolutamente a indovinarlo.

Poi compresi: il suo cavallo, che scartava nervosamente da una parte e dall'altra nel modo impaziente che si nota negli stalloni di razza, sembrava irrigidito nei movimenti, e anche il suo petto era macchiato qua e là di sangue, rivelando quindi che Spettro, più bravo del suo padrone, era riuscito almeno a far diminuire il vantaggio del mio avversario

Daiaukka, rendendosi conto dello stato di sofferenza del cavallo e forse anche della sua paura, esitò, lasciando che lo stallone riprendesse fiato, senza abbandonare mai con gli occhi la punta del mio giavellotto.

Non avrebbe dovuto preoccuparsi, i miei tiri non erano affatto precisi. Pur con qualche miglioramento, non ero certo bravo a lanciare da cavallo, e se anche il mio colpo fosse arrivato a segno entro due o tre tentativi, sarebbe stato per pura fortuna, una speranza non troppo solida alla quale aggrapparsi. In questa carica o nella prossima, Daiaukka mi avrebbe certamente ucciso.

Eppure, che altra possibilità avevo? Combattere a terra voleva dire restare con un solo colpo a disposizione. Il mio giavellotto aveva trovato il cuore di molti nemici, ma sempre in battaglia, quando molti lanci possono essere diretti a un solo bersaglio. Daiaukka non aveva altri avversari da cui guardarsi oltre me, e quindi i suoi occhi non lasciavano mai la punta del mio giavellotto. Avrebbe potuto facilmente scansarsi e schivare il colpo con qualche finta, e quando finalmente fossi stato obbligato a lanciare, non mi sarebbe rimasta altra arma che la spada e Daiaukka avrebbe facilmente potuto caricarmi e travolgermi, uccidendomi con tutta calma. No, non osavo scendere da cavallo.

Era pronto, adesso lo capivo, dall'atteggiamento delle spalle, dal modo in cui la mano scivolava sull'asta della lancia. Avrebbe caricato e a me non sarebbe restato che aspettarlo, cercando ancora una volta di colpirlo in corsa.

Lasciai Spettro galoppare a briglia sciolta, molto più ansioso di me, e cercai di adattarmi al ritmo del suo galoppo, a quel rumore confuso, a quel soprassalto quando gli zoccoli colpivano il terreno, apparentemente tutti insieme. Dovevo cercare di lanciare un attimo prima, quando sembravamo volare tutti e due nell'aria.

Daiaukka si precipitò sul terreno pianeggiante come una forza cieca della natura che non può essere evitata, la lancia già puntata contro di me, quando il giavellotto lasciò la mia mano in un bel lancio, e piombò su di lui come un uccello da preda. Daiaukka vide e capì. Sollevò lo scudo e il giavellotto lo colpì sul bordo con la punta di bronzo.

Ma il lancio non era stato abbastanza buono e l'arma rimbalzò via per andare a sfiorare il terreno come un serpente.

E avevo atteso troppo a lungo. Non potevo più evitare la lancia di Daiaukka che mi raggiunse al fianco: la sentii penetrarmi bruciando nella carne. Mi girai e l'asta si ruppe. Caddi a terra, con un colpo terribile, uno squarcio enorme nel ventre e la punta della lancia ancora conficcata sotto le costole.

Mi ha ammazzato, pensai. Per un momento non riuscii ad alzarmi in piedi, le gambe non mi funzionavano. Sentivo il sangue scorrermi fra le dita mentre cercavo di riprendermi. Sono morto, anche se Daiaukka dovesse lasciare il campo sen za voltarsi indietro.

Non so come, riuscii a rimettermi in ginocchio, poi un piede, e l'altro... no, non sarei morto come uno schiavo! Dov'era il mio giavellotto?

Era a venti passi sulla mia sinistra, ma per me avrebbe potuto essere al di là del confine, in un altro paese. Come avrei potuto sperare di arrivarci prima di morire dissanguato o prima che Daiaukka mi raggiungesse calpestandomi come un rospo in mezzo alla strada?

Daiaukka girò il cavallo e si fermò: per un momento stette a guardare, forse aspettando che crollassi morto. Aveva vinto e lo sapeva: lo sapevo anch'io. Sarei morto ed egli sarebbe vissuto; anche non riuscendo a vedere la sua faccia a quella distanza, sapevo che cosa c'era nel suo cuore.

E Spettro, dov'era Spettro? Continuava a galoppare, sbuffando rumorosamente. Lo chiamai, ma non mi dette ascolto. Perfino il mio cavallo sapeva che ero un uomo morto.

Vidi Daiaukka estrarre la spada dal fodero. La lama brillò al sole mentre la faceva roteare sul suo capo, perché voleva farmi sapere che stava arrivando.

No. Non sarei restato semplicemente a guardare e ad aspettare che il colpo cadesse su di me. Ero il figlio del re, non avrei disonorato mio padre, né il Signore Assur, né i soldati che mi avevano seguito fin qui, permettendo che mi si falciasse come un fascio di grano. Venti passi non erano una distanza troppo grande per una morte onorevole e virile.

Mi sembrava di avere nelle viscere una massa di carboni ardenti e le ginocchia mi tremavano, ma riuscii a muovermi. Feci un passo, poi un altro, poi un altro ancora. Daiaukka aspettava: sembrava divertito.

Poi dette un gran colpo sui fianchi del cavallo col piatto della spada e uomo e animale insieme balzarono in avanti. All'inizio era soltanto un trotto, ma con l'aumentare della velocità si precipitarono come una valanga su di me. Era questo il momento.

Un passo, un altro ancora. Non avevo scelta, ero già morto. A che scopo...!

E finalmente Spettro scattò, i grossi zoccoli lanciati in avanti che divoravano il terreno. La *sua* battaglia non era ancora finita, *lui* non si sarebbe lasciato battere tanto facilmente.

Non posso descrivere il verso che fece, mai ho sentito un cavallo fare un simile verso, come un ringhio di felino. Il suo grido di guerra fece tremare l'aria mentre si lanciava contro lo stallone nero.

Con un balzo potente che quasi lo trascinò in groppa all'altro cavallo, Spettro scalciò con gli zoccoli taglienti, il collo teso e i grandi denti quadrati scoperti, quasi volesse fare a pezzi il nemico a morsi. Ancora una volta i cavalli caddero a terra aggrovigliati e Daiaukka precipitò al suolo, rotolando.

Non mi lasciai sfuggire l'occasione. Sarei morto, ma non da solo. Riuscii a percorrere la distanza che mi separava dal giavellotto in una specie di corsa saltellante e dolorosa, più veloce che potei. Raccolsi il giavellotto: lo stringevo nel pugno, adesso, ero tornato a essere un uomo.

Ce l'avrei fatta a scagliare? Non lo sapevo. Tutto il mio

fianco sinistro mi pulsava di dolore e mi sentivo sul punto di svenire, ma avrei tentato un colpo. Dovevo tentare.

Daiaukka cominciò a rimettersi in piedi. Era stordito, credo che si fosse dimenticato di me e si guardava in giro come per cercare di ricordarsi che cosa fosse successo. Poi si voltò a guardarmi.

Era l'ultima occasione che avrei mai avuto. Costringendomi a dimenticare il dolore, mi raccolsi e lanciai. Daiaukka vedeva ma sembrava che non capisse, e insieme guardammo il giavellotto che seguiva la sua traiettoria ad arco nell'aria.

Avrebbe potuto essere un fulmine, altrettanto inevitabile e violento: la punta gli penetrò nel petto, proprio sotto l'osso del collo, e lo trapassò affondando nel suo corpo fino a metà della lunghezza. Avrei potuto sapere il momento in cui l'arma lo colpì anche se avessi chiuso gli occhi, dal grido terribile lanciato dai Medi. Daiaukka invece non gridò.

Crollò a terra, senza vacillare per poi cadere come un uomo qualunque, ma si afflosciò semplicemente al suolo.

Adesso avevo tutto il tempo che volevo. Camminai verso di lui, lentamente, perché non riuscivo a fare di meglio, e trassi la spada.

Ma non ce n'era bisogno. Daiaukka giaceva a terra, incapace di muoversi. Mi inginocchiai accanto a lui.

I cavalli, a meno di venti passi di distanza, scalciavano in aria, nitrendo selvaggiamente, dimentichi di noi. Se qualcuno non li avesse divisi, uno dei due avrebbe ucciso l'altro.

Ma la quiete della morte era già scesa su Daiaukka, che giaceva su un fianco, ancora vivo, ma solo per poco, Mi guardò in faccia e le labbra formarono una parola, ma non uscì alcun suono. La lingua uscì dalla bocca per inumidire le labbra, ed egli riprovò a parlare.

«Credi...?» Chiuse gli occhi e per un attimo pensai che fosse morto, ma alla fine li riaprì. «Credi che finirà adesso?»

Già sentivo lo scalpiccìo dei sandali della folla che aveva assistito al combattimento e che correva adesso, ansiosa di essere presente agli ultimi istanti della vita di un uomo. Fra pochi attimi non saremmo stati più soli, e vivi o morti saremmo appartenuti alle nostre contrapposte nazioni.

«Non finirà mai» dissi.

Sorrise, poi s'immobilizzò. Adesso, finalmente, Daiaukka era morto.

Di ciò che restava di quel giorno, del seguente, e di molti altri che seguirono, ricordo molto poco. Fui vicino a morire e il nero uccello mi ricoprì l'anima con le sue ali.

«Per i sessanta grandi dei, che squarcio! Se ci guardi dentro, arrivi a vedere il fegato!»

Ricordo di aver sentito pronunciare queste parole mentre mi trasportavano dal campo dello scontro su una coperta, ma niente di più. Il volto di Daiaukka nella morte, qualche frase... tutto il resto è vuoto e mancante, perfino il dolore.

Perciò, tutto quello che so di quel periodo, quando la mia vita sembrava fragile come la ragnatela di un ragno, lo so soltanto attraverso le parole di chi mi raccontò, dopo, dei rumori che si diffusero nell'accampamento, già mentre mi portavano nella mia tenda, dei soldati che chiedevano a gran voce vendetta sui Medi, del vento terribile, che ululava come una donna impazzita, soffiando tutta la notte e il giorno seguente, finché dal terreno fu strappato ogni filo d'erba, e del sangue di Daiaukka e mio scomparve ogni traccia, un fatto questo interpretato come un terribile presagio da entrambe le parti: di queste cose non seppi niente, perché non mi trovavo là, ma in un luogo completamente diverso.

Per tenere a freno i Medi durante questo periodo turbolento (perché chi può dire di cosa siano capaci uomini disperati e sconfitti, se pensano che vi sia confusione nel campo nemico?) i miei ufficiali decisero di prendere il ragazzo Khshathrita in ostaggio. Era una precauzione ragionevole, perché dopo la morte di suo padre l'erede costituiva l'unico segno del potere fra le tribù dei Monti Zagros. Senza di lui, non esisteva una nazione, ed esse lo sapevano. Perciò restavano tranquille e aspettavano, mentre il figlio del loro *shah-ye-shah* rimaneva nell'accampamento dei suoi nemici.

I miei soldati trattavano Khshathrita con umanità, perché gli uomini di Assur sono buoni verso i ragazzi, eppure deve essere stata una prova terribile per lui. Dopo tutto non era che un bambino circondato da quelli che gli era stato insegnato a credere fossero mostri di crudeltà, e non poteva sapere quale sarebbe stato il suo destino se io fossi morto, un evento certo e imminente come il tramonto. Nonostante tutto questo, il ragazzo si comportò con la calma dignitosa di un uomo, e di un uomo di stirpe regale. Suo padre non si sarebbe vergognato di lui, perché Daiaukka riviveva in suo figlio.

Una volta, quando per qualche istante mi si snebbiò la mente, aprii gli occhi e vidi il ragazzo seduto sul pavimento accanto al mio giaciglio, il capo appoggiato sulle mani, come se avesse vegliato a lungo. Sembrava strano che dovesse trovarsi lì, il figlio del nemico che avevo ucciso, ma questo fatto curioso non mi turbò, pensai semplicemente di stare sognando. Avevo avuto sogni anche più strani nel mio sonno simile alla morte, perciò come poteva turbarmi la presenza di un ragazzo inoffensivo accanto al mio letto? Forse, se questo era un sogno, egli era un messaggero degli dei e mi avrebbe rivelato finalmente se avevo incontrato il mio *simtu*, per il quale, nel mio stato di debolezza, nutrivo soltanto una flebile curiosità. Presi dunque la sua visita con molta calma.

«Vivrai o morirai, Signore Tiglath?» domandò, a voce bassa, come se si trattasse di una faccenda privata da decidere fra noi due.

«Non lo so» risposi. «Ci sto mettendo molto tempo a scegliere?»

Il ragazzo alzò tre dita.

«Tanti giorni così, mio Signore. Allora quando lo saprai?»

«Non prima di te, ragazzo.»

Chiusi gli occhi, sprofondando nuovamente in quel dormiveglia che sembrava sommergermi come le onde di un mare senza fondo.

Più tardi, non avrei assolutamente saputo dire quando, dopo ciò che i miei sogni avevano reso un viaggio lungo e difficile in un paese popolato di mostri, la Signora Ereshkigal accondiscese ad aprire la mano e a lasciarmi andare.

«Ah!, dunque sembra che tu debba vivere!»

Era Tabiti, accovacciato come una lavandaia a capo del mio letto da campo. Dovetti girare la testa per vederlo, e lo sforzo mi provocò un forte dolore. Mi sembrava di avere nel fianco un nido di scorpioni ed ero molle di sudore.

«Qualcosa da bere» mormorai con la lingua spessa. «Qualcosa...»

La tazza fu portata alle mie labbra prima che potessi finire di parlare. Questa volta non era birra, ma vino mescolato ad acqua, e niente mi sembrò mai altrettanto delizioso come quei pochi sorsi. La bevanda fresca mi corse immediatamente nelle vene, quasi fossero state vuote fino a quel momento.

«Che cos'è...?»

Allungai la mano per sentire che cosa mi facesse tanto male al fianco: mi ero dimenticato di Daiaukka e della sua lancia e solo la puntura acuta della ferita fresca mi riportò i fatti alla mente. Sì, allora cominciai a ricordare.

«Ti ha fatto un buco talmente grande che ti si sarebbe potuto tirar fuori tutte le budella arrotolate, fratello. Ti hanno ricucito, ma è stato un brutto pasticcio e molto sangue si è sparso a terra. Poi la ferita è marcita e tu sei stato parecchi giorni in delirio con la febbre, ma adesso non ce l'hai più.»

«Quanti giorni?»

«Daiaukka è rimasto a ingrassare i corvi ormai da dieci giorni e fino a questa mattina pensavamo che tu avresti potuto fornire un altro piatto del banchetto. C'è mancato poco.»

«Il mio cavallo... che ne è di Spettro?»

«Un po' strapazzato, ma vivo e vegeto.» Tabiti rise piano. «Lo sapevi che ha ucciso il grande stallone nero? L'ha abbattuto e gli ha spaccato le costole a calci come se fossero state una stia per i polli. È un bell'animale, quel tuo cavallo. Fallo sapere a me per primo, se deciderai di venderlo.»

«Non lo venderò mai. Mi ha salvato la vita.»

«È vero, lo so, lui e quel tuo *sedu*. Non credo che tu sia destinato a morire presto, fratello.»

Si piegò un po' in avanti, come per svelare un segreto.

«Già da qualche giorno gli indovini hanno detto ai Medi che ti saresti ripreso. Dicono che Daiaukka è stato uno sciocco a sfidare in combattimento uno che non può morire, e nessuno li contraddice. È una cosa incredibile.»

Non disse altro, perché vide che le sue parole mi affaticavano, e mi dette invece un'altra tazza di vino nel quale, forse, era stata mescolata qualche altra cosa oltre l'acqua, perché ben presto mi addormentai, un vero sonno questa volta, che durò tre o quattro ore: al risveglio, mi sentii più in forze.

Sembrava che ancora una volta, per qualche loro disegno, gli dei mi avessero risparmiato.

Nei giorni che seguirono i miei soli visitatori furono Tabiti, il ragazzo Khshathrita e, una o due volte, Lushakin. Era lui ad avere il comando dell'esercito del nord adesso, e non mi disturbava con i problemi di lavoro. Per un mese nessuno mi ricordò che ero *rab shaqe*, dovevo prima rammentarmi di essere vivo.

La fine di quel mese vide l'arrivo dell'ultima persona che mi sarei aspettato di vedere nelle selvagge solitudini delle steppe dei Medi, perché una mattina, mentre, un cucchiaio alla volta, mi davano una pappa d'orzo che era ritenuto l'unico alimento che le mie povere budella martoriale potessero sopportare, udii qualcuno fuori dalla mia tenda parlare alla guardia, chiedendo di essere ammesso.

A un tratto, la voce si trasformò in un bercio, seguito da insulti feroci... e in greco! Si sentì un rumore confuso, e il lembo della tenda si sollevò, lasciando entrare la luce del sole insieme al mio amico e servo Kephalos.

«Padrone, che gli dei dell'Occidente, signori di ogni vera magia, siano lodati perché ti trovo in vita!» disse, mentre con grande difficoltà, dato che era grasso come sempre, si inginocchiò accanto al mio giaciglio, baciandomi la mano e piangendo come una donna. Le vesti e la barba erano impolverate e aveva addosso l'odore del sudore di molti giorni, eppure non c'era nessuno la cui vista sarebbe stata più gradita ai miei occhi.

«Mi hanno detto, cinque giorni fa in un villaggio di Cimmeri vicino a Heshir, che respiravi ancora, ma non riuscivo a credere che fosse vero. Sono partito non appena il messaggero è arrivato ad Amat. Temibile Signore, ho impacchettato le mie medicine e sono venuto. Che Apollo sia sempre benedetto per averti risparmiato!»

Non poté più parlare, i suoi sentimenti furono più forti di lui e le lacrime gli soffocarono la voce. Anch'io piansi, commosso da questa dimostrazione di affetto e di lealtà. Piangemmo insieme: fu una scena estremamente emozionante e fece bene a entrambi.

Un'ora dopo, perfettamente calmo, con un bicchiere di vino in mano, il mio schiavo mi fece il racconto del suo viaggio.

«Come potrai certamente immaginare, la notizia della tua vittoria in battaglia e la sconfitta e la morte del re dei Medi è stata un'occasione di grande gioia in tutta la città di Amat. Chi sognava la gloria, chi la fine della guerra, del pericolo e delle tasse per la campagna militare, mentre le prostitute e i negozianti sognavano il bottino dei soldati: insomma, passò quasi inascoltata la notizia che tu, Temibile Signore, eri stato gravemente ferito e anzi che molti ti ritenevano già morto. Tanto incostanti sono gli affetti degli uomini!

«Andai dal *rab abru*, quel figlio di un tenutario di bordelli, Marduk Pashir, e a proposito, hai fatto male a lasciarlo al comando della guarnigione, padrone, perché quell'omuncolo ti odia e trama dietro le tue spalle con tuo fratello il *marsarru*; gli chiesi, con tutta l'umiltà che si addice a uno schiavo, di poter avere una scorta per il viaggio fin qui, e invece, stenterai a crederlo, me la rifiutò!

«''Non posso fare a meno dei miei uomini'' mi disse, alquanto bruscamente. ''Sono stato lasciato qui con pochi soldati e non posso rinunciare a dieci, e nemmeno a cinque, uomini abili per mandarli a scorrazzare sui Monti Zagros solo per far piacere a un grasso schiavo ionio.''

«''Sono il medico del *rab shaqe*'' è stata la mia risposta. ''Egli giace gravemente ferito e in pericolo di vita. Devo avere una scorta per potermi recare da lui ad amministrargli i miei servizi.''

«''Da quel che sento, può essere già morto in questo momento. Quanto tempo credi che ti occorrerebbe a raggiungere il suo accampamento? Venti giorni almeno, sempre che non ti taglino la gola lungo la strada. Risparmiati il disturbo, medico. Sarà già ridotto a pasto per i corvi molto tempo prima che tu possa vedere da lontano la sua tenda.''»

Kephalos si drizzò a sedere, gonfiando il petto e spingendo in fuori la barba, come se volesse sfidare qualcuno a tirargliela.

«Puoi immaginare, Signore, che cosa gli ho detto a quel punto.»

«No, non ci provo nemmeno a immaginarlo, devi dirmelo.»

Socchiuse gli occhi un istante, incerto per un attimo se stessi parlando sul serio o se lo prendessi in giro, ma poi, avendo deciso che in un caso o nell'altro non gliene importava, stese la mano nel gesto di un re giudicante.

«''E se non morisse? Che succederebbee allora?'' gli chiesi. ''O se morisse di qui a un mese per mancanza di cure ade guate? Mi permetto di ricordarti, Marduk Pashir, che il Signore Asarhaddon non è ancora re nella Terra di Assur, e che il Signore Sennacherib ama suo figlio e non si farà pregare per punire coloro che potrà sospettare di connivenza nella sua morte. Io parto per i Monti Zagros all'alba, con o senza scorta, se tu non vorrai darmela, e se non farò ritorno puoi essere certo che le lettere nelle quali sarà riferita questa conversazione troveranno la strada di Ninive!''

«E *tu* puoi esser certo che la mattina dopo la scorta mi aspettava davanti alla porta di casa.»

Credo che tutto questo fosse vero, perché Marduk Pashir, che io sapevo essere una creatura di mio fratello e che quindi non amavo avere con me in battaglia, non era uomo da rischiare la collera di un re.

Tuttavia, quanto Kephalos narrò delle sue avventure di viaggio, fu troppo fantasioso per poter essere creduto. Durante ogni ora del percorso, così cercò di convincermi, fu assalito da banditi, impegnato in schermaglie con ciò che restava dell'esercito di Daiaukka, e un'altra quantità di sciocchezze inimmaginabili. E ogni racconto, uno più fantasioso del precedente rivelava il suo coraggio e la sua intelligenza con lo stesso orgoglio col quale un veterano mostra le sue cicatrici. Un mese più tardi, quando chiesi a un soldato della scorta come fosse andato il viaggio, mi assicurò che non era successo niente e che la strada era stata percorsa senza incidenti. Io lo sapevo già fin dal primo giorno, mentre me ne stavo sdraiato sul pagliericcio ad ascoltare.

Kephalos tuttavia era venuto fin qui, aveva affrontato un viaggio che comportava fatiche, scomodità e, se non veri pericoli, certamente dei rischi, e tutto questo per affetto verso di me. Ascoltai perciò le sue bugie senza sorridere, perché Kephalos, anche se disonesto in molte faccende, era un vero amico.

E credo anche che mi abbia salvato la vita, perché ancora la febbre non mi aveva completamente lasciato e quegli attacchi Kephalos li curò con tale successo che non ricaddi più nel terribile delirio che mi aveva tormentato durante i primi giorni dopo il duello.

Inoltre era un conforto averlo con me. Mi portò notizie di mia madre e tutti i pettegolezzi di Ninive, e con lui potevo parlare liberamente perché conosceva tutti i miei segreti.

Fu Kephalos a decidere che non ero in grado di affrontare il viaggio di ritorno ad Amat quell'estate, e mi persuase a svernare nella guarnigione di Zakruti. E così, alla metà di Tisri, perché le nevi cadono presto su quelle montagne, fui steso in un carretto pieno di paglia e trasportato fin là. Era un viaggio di soli dieci o quindici *beru*, ma richiese tre giorni. E quando finalmente arrivammo, e io dormii fra le pareti di mattoni per la prima volta in quattro mesi, ero completamente sfinito.

Il ragazzo Khshathrita rimase con noi come ostaggio per tutto l'autunno e l'inverno, e fra lui e me venne a crearsi una strana intimità. Gli piaceva entrare nella mia stanza a una certa ora e sedersi su uno sgabello accanto al mio letto per chiacchierare un po'. Sembrava che non me ne volesse per avergli ucciso il padre, e inoltre pensava che fra i suoi catturatori soltanto io, di stirpe regale come lui e di conseguenza chiamato alla grandezza, capissi veramente la sua posizione. Pretendeva molto da se stesso e risponde al vero affermare che si comportò da uomo, ma dopo tutto non era che un fanciullo, e non ci volevano poteri magici per indovinare che il figlio ed erede di Daiaukka si sentiva solo.

Parlava molto di suo padre, per il quale aveva una grandissima ammirazione; mi descrisse anche, con l'entusiasmo dei ragazzi, gli usi e la religione dei Medi, che credeva fossero la razza più virtuosa. E nella sua innocenza mi rivelò molte cose sui piani di Daiaukka per formare una nuova nazione, gli Ariani, gli Amati dall'Ahura, destinati a spazzare davanti a loro tutti i popoli della terra. Dal ragazzo Khshathrita venni a sapere dei pochi anni di tregua che quell'uomo pericoloso si era compiaciuto di concedere alla Terra di Assur.

«Mio padre parlò molto di te la notte prima della sua morte» mi disse il ragazzo. «Disse che se non era nei disegni dell'Ahura risparmiare la sua vita, allora voleva dire che il Signore Tiglath Assur, anche se miscredente, viveva sotto la protezione del dio, questo *sedu* di cui parlano i tuoi soldati. Mi disse che avrei dovuto vivere in pace con te e non condurre mai la nostra nazione a combattere contro il tuo re finché tu fossi stato alla sua destra. Questo mi fece giurare, ma disse che non avrei dovuto aspettare molto, perché tu saresti caduto in disgrazia durante il regno di tuo fratello.»

«Forse, allora, mio giovane amico, tu sei più temibile di quanto non lo sia stato tuo padre.» Sorrisi, volendo scherzare perché era un fanciullo così serio. «Forse dovrei farti uccidere perché tu non possa far danno alla terra di Assur.»

«No, questa non sarebbe una cosa saggia» disse scuotendo la testa. Sembrava che avesse pensato profondamente a ogni aspetto del problema. «Anch'io ho due fratelli e fra noi c'è molto affetto. Se io morissi, uno di loro mi succederebbe certamente, e non sarebbe legato da alcun giuramento.»

«Allora vedo che dovrò accontentarmi. Ma puoi dire sinceramente di avere il potere di far accettare questa pace dalle tribù?»

«Oh, sì, perché adesso sono lo *shah*. Ci vorrà qualche anno per far sentire la mia volontà, ma passerà anche più tempo prima che qualcuno degli Ariani abbia voglia di combattere.»

Nonostante la giovane età, il ragazzo era saggio e aveva già acquisito quella comprensione degli uomini e del potere per la quale nella mia lingua non c'è una parola, ma che i Greci chiamano ''politica''.

Diventammo grandi amici, Khshathrita e io, e quando finalmente potei alzarmi dal letto e camminare un po' con l'aiuto di un bastone, passammo molto tempo insieme esplorando i dintorni di Zakruti, un posto desolato quant'altri mai. Mi af fezionai al ragazzo, invidiando a Daiaukka un figlio così, e sperai che non si rendesse mai necessario metterlo a morte, perché sarei stato estremamente afflitto di dover dare quest'ordine.

Lentamente, il periodo della convalescenza passò e presto fui in grado di sbrigare la corrispondenza per qualche ora ogni pomeriggio e di occuparmi degli affari del mio ufficio. Il giorno in cui assunsi il comando della guarnigione faceva un freddo terribile, e io ne risentivo molto perché pareva penetrarmi tutto nelle ferite, e non c'è stato inverno da allora che quella vecchia cicatrice non mi abbia molestato, ma ero ormai guarito e stavo riacquistando le forze. Quando la neve cominciò a sciogliersi, sgocciolando sulle rocce, ero in grado di montare a cavallo e perfino di andare a caccia.

Ma già prima facevo di meglio che starmene seduto sulla soglia della mia abitazione con una coperta intorno alle gambe, perché ricevevo le delegazioni delle tribù, anche di quelle che non avevano preso parte al combattimento, giunte a Zakruti per fare atto di sottomissione. Ammucchiavano i loro tesori per terra e si inchinavano profondamente, perché sembrava che il semplice fatto di essere sopravvissuto alla lancia di Daiaukka facesse di me un essere quasi divino, forse uno spirito maligno, che era prudente comunque placare con offerte e omaggi. Non appena lasciavano me, andavano subito da Khshathrita e gli giuravano fedeltà, me lo rivelò lui stesso. Non potevo biasimarli: il mio potere di vita e di morte era assoluto, ma il ragazzo era il loro *shah* e a lui davano il loro cuore.

Quando venne la primavera, e con essa si avvicinò il momento del nostro ritorno ad Amat, una delegazione di *parsua* arrivò per riprendere Khshathrita. Io offrii un banchetto, al quale questi capi montanari sedettero con un certo imbarazzo, incerti su come comportarsi in presenza del loro conquistatore e del loro Signore, al quale avevano giurato fedeltà. E la mattina seguente, in quello che risultò essere il giorno del suo decimo compleanno, lo *shah-ye-shah* e io ci salutammo da buoni amici.

Non molti giorni dopo, detti ordine alla guarnigione di Zakruti di prepararsi per la lunga marcia verso casa. Eravamo rimasti in quei luoghi anche troppo.

Fu un viaggio lento e senza incidenti. In tempo di pace, un esercito di tremila uomini avanza senza fretta, e d'altronde non ero ristabilito al punto da non trovare faticose tante ore a cavallo. Kephalos affermò di rimpiangere amaramente di non essere stato allevato per fare il carovaniere e, alla fine, gli vennero tali escoriazioni nell'interno delle cosce che dovette proseguire il viaggio su un carro. Arrivammo ad Amat in poco meno di un mese.

Molte tavolette di argilla provenienti da Ninive mi stavano aspettando sul mio scrittoio, e la prima che lessi era del Signore Sennacherib:

«Sarai contento di sapere che la Signora Esharhamat ha partorito un altro bambino, un maschio che questa volta il Signore del giudizio guarda con favore. Tuo fratello il Signore Mulo ha dunque un erede, anche se non pare esserne molto contento. Io non dirò niente se non che la Signora Esharhamat mi ha onorato della sua confidenza e ho quindi fatto dare al bambino il nome di Assurbanipal».

Dunque il bambino del quale Esharhamat mi aveva parlato era nato: il nostro bambino. E il re sapeva.

Assurbanipal. «Assur ha dato un figlio come erede»: questo era il significato del nome. Non ero sorpreso perciò che Asarhaddon non fosse contento.

Ma io lo ero. Mio figlio, che un giorno sarebbe stato sovrano del mondo. Nostro figlio, il figlio di Esharhamat e mio.

XXXII

L'estate e l'autunno trascorsero tranquilli, e se non ero felice, almeno ero sereno. Ogni giorno portava il suo carico di lavoro, ma la storia interiore della mia vita era in gran parte un deserto. Mia madre tornò ad Amat e al suo posto di Signora del Palazzo dello *shaknu*, e lei e Kephalos e i miei amici della guarnigione costituivano la sola società che frequentassi. Ogni tanto arrivava un visitatore, ma si trattava di brevi interruzioni, e io preferivo così. Non ritornai a Ninive. Di quando in quando mi giungevano le voci di qualche intrigo, ma a quella distanza, e nella cecità del mio cuore, mi era facile ignorarle. Facevo il mio lavoro e godevo dei miei piccoli piaceri, e il mondo da parte sua mi lasciava tranquillo.

Tutto questo era destinato a cambiare, improvvisamente e per sempre, il primo giorno del mese di Sebat, con l'arrivo di un messaggero recante un dispaccio del comandante della guarnigione del palazzo reale di Ninive.

Giunse a tarda notte, e il suo cavallo, così mi dissero la mattina seguente, cadde a terra morto per la fatica non appena entrato nella fortezza; il suo messaggio, come disse all'ufficiale di guardia, non poteva aspettare. Fui svegliato da una serva spaventata e ordinai che il visitatore fosse accompagnato nella sala delle udienze, dove lo avrei ricevuto.

Era un *rab kisir*, giovane, forse appartenente a qualche grande famiglia che lo aveva fatto entrare nel *quradu* come primo passo di una carriera prestigiosa. Era ben fatto, avvenente e aggraziato nei movimenti, e senza dubbio non aveva mai visto una battaglia da vicino, probabilmente non per sua colpa.

«Principe, il mio messaggio è per te solo» disse dando un'occhiata sospettosa agli ufficiali che mi avevano accompagnato. Era già stato perquisito e gli era stata tolta la spada, non dovevo quindi temere di essere assassinato. Licenziai dunque gli ufficiali, pregandoli però di rimanere a portata della mia voce.

''Perché mi ha chiamato 'principe'?'' mi sorpresi a domandarmi. Era un'infrazione all'etichetta militare non rivolgersi a me con il titolo del mio rango.

Non appena fummo soli, egli si lasciò cadere in ginocchio, come avrebbe fatto alla presenza del re.

«Il Signore Sennacherib è morto» annunciò, senza sollevare gli occhi dal pavimento. Certo! Adesso capivo.

«Quando?»

«Dieci giorni fa.»

«Perché ci hai messo tanto? Un buon cavaliere arriva da Ninive in cinque giorni.»

«Ci sono state sommosse in città. Il comandante della guarnigione ha ritenuto più opportuno...»

«Aspettare che la situazione si chiarisse? Capisco. Dunque il re è morto e in città esiste una ''situazione''.» Cercavo di mantenere una maschera impassibile sul mio volto, ma che cosa provavo in realtà? Era stato un trauma, certamente, ma che altro? Non lo sapevo. «C'è stato qualche avvertimento? Mio padre è morto forse per qualche incidente?»

Conoscevo la risposta ancor prima che aprisse bocca per rispondere. Lo si capiva dall'espressione.

«Mio Signore...»

«Avanti, parla!»

«Il re è stato assassinato.»

Si rialzò in piedi e restammo per un lungo momento a guardarci in faccia in silenzio, impietriti dalla spaventosa consapevolezza che qualcuno, per il momento almeno senza un volto né un nome, aveva osato alzare la mano sul Prescelto di Assur. L'enormità del fatto stesso, la totale incapacità di comprendere, non lasciavano posto per niente altro. Non provai dolore, né paura, né collera. Queste emozioni erano troppo meschine per impadronirsi di me, non meno che se la terra stessa mi fosse sprofondata davanti ai piedi.

«Come è successo?» domandai alla fine, sorpreso dal suono stesso della mia voce. «Dove...! Come è successo?»

«Era in preghiera nel tempio di Shamash. Qualcuno, non si sa esattamente chi, ha preso una delle statuette di un dio minore e l'ha usata per colpirlo a morte sulla testa.»

Come nel mio sogno, pensai. Il futuro che mi era stato rivelato sulla montagna sacra di Assur, e che io non avevo capito. Mio padre, schiacciato sotto la mano di legno del dio.

«Un sacrilegio...» Fu tutto ciò che riuscii a dire. Quale uomo aveva così poco timore del cielo da poter commettere un delitto simile? «Un atto empio, sacrilego... Chi è stato? Se lo sai, dimmelo! Presto!»

Avevo afferrato il messaggero per il bavero della tunica e lo scuotevo come un cane scuote un ratto.

«Chi, dannazione? Parla!»

«Mio Signore Principe, non lo so! Io... non è sicuro...»

Sì, certamente, lo sapeva. Lasciai la presa e aspettai che la mia ira si placasse un po'.

«Chi è stato?» ripetei con più calma.

«Si crede che i tuoi reali fratelli Arad Malik e Nabusharusur...»

Già, certamente. Che idiota ero stato a non capire. Chi avrebbe potuto fare una cosa simile se non Arad Malik, troppo stupido per vedere l'enormità del crimine, e l'astuto, spietato Nabusharusur, che non aveva paura né degli dei né degli uomini? Certamente, quei due... c'era da domandarsi soltanto perché avessero aspettato così a lungo.

«E ci sono stati disordini?»

«Sì, Principe. La città è insorta» annuì rapidamente col capo, come per confermare le sue stesse parole. «Il comandante della guarnigione ti prega di far conoscere le tue intenzioni.»

«Le mie intenzioni?»

Di che parlava quell'uomo? Ero a quasi trenta *beru* di distanza, e di una strada difficile. Avrei impiegato una settimana a raggiungere Ninive con un esercito: che cosa potevano importare le mie intenzioni?

Ma forse ero semplicemente ottuso, e lo sguardo imbarazzato che apparve negli occhi del *rab kisir* voleva dire proprio questo.

«Principe, forse...» Si interruppe, tirando un profondo respiro, sembrava quasi che stesse preparandosi per affrontare una sentenza di morte. «Il fatto è che Arad Malik minaccia di proclamarsi re, e può già averlo fatto, e se la ribellione sarà fatta nel suo nome... Principe, come puoi immaginare che qualcuno voglia veramente Arad Malik sul trono di Assur?»

Le mie intenzioni! Mentre il *rab kisir* aspettava una risposta alla sua domanda, io considerai per la prima volta l'importanza che doveva essere annessa alle mie intenzioni.

Naturalmente, il comandante della guarnigione non era amico del *marsarru* — ma perché soltanto adesso mi era venuto in mente che Asarhaddon era già re? — e mi chiedeva di dichiararmi. La guarnigione, era implicito, restava per il momento neutrale, e non si muoveva né per soffocare l'insurrezione, né per appoggiarla, finché non avesse ricevuto una parola da me.

Perciò aveva mandato questo giovane elegante, il quale era troppo scaltro per dire le cose come stavano, ma nondimeno stava aspettando di sapere se ero pronto ad accettare l'appoggio dell'esercito e a proclamarmi re.

Ero invitato a mettermi alla testa della ribellione contro Asarhaddon.

E, naturalmente, proprio questo voleva sapere il *rab kisir*.

«Puoi riferire al comandante della guarnigione» cominciai, soppesando ogni parola, come se molte vite ne dipendessero, il che era la pura verità, «che le mie intenzioni sono di scrivere una lettera di condoglianze al signore *marsarru*, scusa, al re, nella quale gli prometterò solennemente tutta la obbediente lealtà che ha diritto di aspettarsi da un suo suddito e membro della sua stessa famiglia.»

«Allora tu non...»

«No, io no.» E lo fissai con uno sguardo che voleva significare il mio stupore di fronte alla sua meraviglia. «Ma questo farò: consiglierò il comandante della guarnigione di riportare la città di Ninive all'ordine e di arrestare i traditori Arad Malik e Nabusharusur. Altrimenti il Signore Asarhaddon potrebbe trarre delle conclusioni sbagliate.»

«Capisco. Hai altri messaggi, Principe?»

«Nessuno.»

A questa parola, egli si pose sull'attenti e salutò. Poi si girò sui tacchi e lasciò la stanza; che cosa ne sia stato in seguito di lui non so, perché non lo rividi mai più.

Con tutta probabilità i miei ufficiali erano fuori dalla porta ad aspettare che li chiamassi, ma io non li chiamai. Non ero preparato a parlare con nessuno, perciò tornai nelle mie stanze e ordinai a uno schiavo di portarmi una brocca di vino. Avevo bisogno di tempo per pensare, e di qualcosa che mi rimettesse in sesto.

Avevo fatto bene a rispondere come avevo risposto? E, cosa più importante, avevo agito saggiamente? Questi interrogativi si agitavano nella mia mente, eppure non sapevo che arrivare a una sola conclusione: che non avevo scelta. Il momento giusto per ribellarsi alla successione di mio fratello era stato mentre mio padre era ancora vivo, quando avrei potuto reclamare il mio diritto con tale forza che Asarhaddon non avrebbe osato metterlo in dubbio. Adesso, non avrei fatto altro che incitare alla guerra civile e, probabilmente, alla rovina dell'impero. Io avevo preso la mia decisione molto tempo fa, e ormai era tardi per cambiarla.

Eppure, che cosa sarebbe stato di me ora che il re era morto? Non mi facevo illusioni su Asarhaddon, e il fatto che non mi fossi unito a questa sciocca ribellione non mi avrebbe salvato. Non sarei stato perdonato e quando si fosse sentito abbastanza forte da agire, Asarhaddon si sarebbe vendicato del torto che gli avevo fatto per il solo fatto di esistere e per essere stato il preferito agli occhi di nostro padre.

Ma forse quel momento non sarebbe mai giunto, forse Asarhaddon avrebbe riflettuto prima di sfidare lo *shaknu* del nord, il *rab shaqe* di un vasto esercito con ufficiali leali al loro comandante. Ad Amat, tanto lontano da Ninive e da Calah, così distante dai consigli di Stato, non costituivo un gran pericolo, e forse non avrebbe voluto correre il rischio che comportava sfogare il proprio malanimo, e avrebbe preferito lasciare le cose come stavano.

Avrei aspettato, avrei scritto la mia lettera, una lettera che avrebbe espresso sia la mia lealtà sia il monito, se ve ne fosse stato bisogno, che l'armata del nord non aveva passato due anni a rammollirsi fra gli agi delle caserme. Sarei stato a vedere che risposta mio fratello mi avrebbe dato e avrei agito di conseguenza.

E se Asarhaddon fosse stato tanto sciocco da...? Allora, non avrei saputo cosa fare.

Il vino non mi fu di alcun aiuto. Ne bevvi quattro tazze, una dopo l'altra, e non mi servirono ad altro che a farmi vuotare la vescica nel vaso da notte. Quando tornai nella sala delle udienze, vi trovai i miei ufficiali riuniti ad aspettarmi.

«Il re è morto» dissi loro. «Il Signore Asarhaddon è ora sul trono e a Ninive c'è qualche disordine, ma la cosa non ci riguarda. I successivi sette giorni saranno dichiarati di lutto: domani, quando l'annuncio sarà letto nell'adunata, non conterrà altro che la notizia della morte del re. Adesso tornate a dormire.»

Se ne andarono, senza fare commenti. Forse si erano aspettati qualcosa di più, o forse vedevano nel futuro più chiaramente di me e non avevano voglia di parlare.

Uscii sulla terrazza del lato orientale del palazzo e vidi che il cielo stava già assumendo un colore grigio perla. Mia madre era probabilmente già sveglia e avrei dovuto informarla.

Pianse, una cosa che non mi sarei aspettata. Si coprì la faccia con le mani e pianse.

«Era il mio Signore» disse, quando le lacrime si furono asciugate. «Era il mio Signore, il padre di mio figlio. Mi sembra strano che non ci sia più.»

Rimasi seduto un po' accanto a lei e poi uscii nel giardino, dove l'unico rumore era quello delle voci dei servi nelle cucine. Merope aveva ragione. Sembrava strano che il re fosse morto. Per la prima volta considerai l'evento come qualcosa di diverso da una questione di Stato: l'uomo che mi aveva generato era in quel momento ridotto in polvere nella sua tomba. Mi sedetti su una panca di pietra, tremando come la corda tesa di un arco, e i miei nervi si presero la rivincita.

I giorni seguenti numerosi messaggeri, e qualche volta ufficiali e soldati, i quali, per una ragione o per l'altra, avevano abbandonato le loro guarnigioni, finendo per dirigersi ad Amat, ci tennero ben informati su quanto avveniva al sud.

Arad Malik si era effettivamente proclamato re e, cosa ancora più sorprendente, la guarnigione di Ninive si era schierata con lui. Asarhaddon aveva marciato su Assur per prendere possesso del trono, e le guarnigioni di quella città e di Calah gli avevano giurato fedeltà. Mardin, Tishkhan e Samsat, fra le altre città dell'ovest, dove la politica di Asarhaddon nei riguardi di Babilonia era impopolare, si erano unite ai ribelli, ma le guarnigioni del sud stavano inviando distaccamenti per combattere a fianco del legittimo sovrano. Ci sarebbe stata una guerra civile, alla quale io non avevo messo mano, ma stava esplodendo ugualmente. Era anche possibile, e ciò già mi era stato segnalato da più di uno dei miei ufficiali, che avrebbe potuto essere impedita se io avessi fatto una scelta diversa. Un uomo può pensare e decidere come vuole, ma alla fine gli dei stabiliscono il corso degli eventi a loro piacere.

Rimasi quindi a osservare a distanza lo svolgersi della vicenda. Come primo passo per reclamare la sua eredità, Asarhaddon marciò su Ninive con un esercito di circa ventimila uomini. La guarnigione della città, vedendosi in condizioni d'inferiorità, fuggì ritirandosi in una città sul corso superiore dell'Eufrate, chiamata Khanirabbat, dove i ribelli stavano radunando le loro forze. Quando Asarhaddon occupò il palazzo del padre, così mi dissero, si poteva quasi camminare sulle acque del Tigri, tanto era colmo dei cadaveri gonfi d'acqua dei cittadini che aveva fatto punire per la loro slealtà.

La mia lettera al nuovo re conteneva tutte le lodi appropriate al Signore Sennacherib, congratulazioni e una dichiarazione di lealtà. Non facevo menzione di ciò che sapevo della rivolta, né facevo offerte di nessun genere. Se Asarhaddon aveva bisogno dell'aiuto dell'esercito del nord, non aveva che da chiederlo. Io avrei aspettato, decisi, di ricevere una sua richiesta, non mi sarei gettato ai piedi di mio fratello.

Non ricevetti risposta. Il mese di Sebat era trascorso per metà e Ninive taceva sempre.

Andavo a caccia quasi ogni giorno. Il terreno era già in parte ghiacciato e la selvaggina scarseggiava, ma era un modo di distrarre i miei pensieri dall'imminente burrasca, e un modo anche per rimanere solo: ero stanco di essere osservato da uomini che avevano sempre una domanda negli occhi: ''Che farai, *rab shaqe*? Che farai?''. I daini e i cervi sulle montagne a occidente del fiume gelato non facevano domande, né si interrogavano sul loro futuro o sul mio. Peraltro, se ne vedeva pochi.

Dalla mia convalescenza avevo preso l'abitudine di mangiare a mezzogiorno, una di quelle brutte abitudini che si prendono quando si sta sdraiati tutto il giorno a sentirsi dire che bisogna conservare le proprie forze, eppure era vero che non mi ero ancora rimesso perfettamente. Un giorno, dopo aver legato Spettro ed essermi seduto dietro una macchia di alberi stenti e contorti dal vento, aprii la borsa di pelle per vedere che cosa Merope mi aveva preparato per impedirmi di morire di fame. Ero intento a masticare con gusto un pezzo di carne di manzo cucinata con pepe e altre spezie, quando vidi un cavaliere solitario che si avvicinava con determinazione, ma senza fretta, la faccia nascosta dal cappuccio del suo mantello.

Fermò il cavallo a circa trenta passi di distanza e sembrò disposto ad aspettare tranquillamente finché non avessi dato segno di accorgermi della sua presenza. Alzai la borraccia di vino perché la vedesse.

«Straniero, se hai sete...»

Spinse indietro il cappuccio e si scoprì la faccia. Era Nabusharusur.

Naturalmente fui sorpreso. Egli sorrise del suo strano sorriso senza allegria, come se avesse riportato una vittoria.

«Le mie spie mi hanno riferito che tu venivi qui quasi ogni giorno» disse. «Pensavo che valesse la pena di correre qualche rischio pur di acchiapparti da solo.»

«E così mi hai ''acchiappato'', fratello?»

«È solo un modo di dire, Tiglath. Voglio soltanto scambiare una parola con te in privato: me la concederai?»

«Tu sei l'assassino del tuo genitore e re, e un traditore del suo erede. Non dovrei concederti niente se non la mia spada fra le costole.»

«Eppure mi ascolterai, fratello.»

«Sì, suppongo di sì.»

Smontò e lasciò cadere le redini: notai che il suo cavallo era un castrone, così, forse, si capivano meglio.

Quando si fu seduto accanto a me, gli offrii nuovamente la borraccia del vino ed egli l'accettò, bevendo qualche profonda sorsata. Dopo tutto, ci conoscevamo fin dall'infanzia.

«Il freddo» disse. «Lo soffro molto, forse più di te.»

«Anch'io lo soffro, lo sento nelle ferite, mi fanno molto male.»

«Mi hanno detto che sei quasi morto, sulle montagne orientali.»

Il sorriso si fece di colpo pieno di sollecitudine e, forse senza volerlo, anche pieno di sarcasmo. Ma sì, avrebbe dato a questo sciocco vanesio di un soldato la possibilità di raccontare le sue storie di guerra.

È sempre un errore disprezzare gli altri così totalmente. Io mi limitai ad aspettare in silenzio.

«Ci sarà una guerra civile» cominciò alla fine, quando vide che non intendevo parlare. «Ci sarà una grande battaglia, forse di qui a pochi giorni. Asarhaddon sta già marciando diretto a nord e questo avrebbe potuto essere evitato, se tu mi avessi ascoltato.»

«Avrebbe potuto essere evitato se tu non avessi ucciso il re, Nabusharusur. Se avessi trattenuto la tua mano, oggi potremmo essere in pace e nostro padre sarebbe vivo.»

«Era necessario. Inoltre, non l'ho ucciso io: ero là, ma Arad Malik ha vibrato il colpo.»

«Cosa che non avrebbe mai pensato di fare, se tu non gli avessi indicato la strada. Non cavillare con me, fratello.» Tacqui e bevvi un sorso di vino, dicendomi che non valeva la pena di perdere le staffe.

«Perché era ''necessario'' uccidere il re?» chiesi alla fine, quando riuscii a controllare la mia voce.

«Perché ormai Asarhaddon lo teneva in suo potere. Le mura stanno sorgendo intorno a Babilonia: la città sarà ricostruita.»

«E perché dovrebbe interessarti? Tu, che temi così poco gli dei da spingerti fino a uccidere il re!»

«Hai ragione, non temo gli dei.»

Nabusharusur fece un gesto con la mano delicata, come se volesse accantonare l'idea del cielo. «Non tremo davanti a idoli di legno: perché dovrei tremare? Credi davvero che gli dei siano veri? Ci credi, Tiglath?»

Scrollò le spalle. «Io credo a quello che posso vedere. Credo che le mura stiano sorgendo intorno a Babilonia, credo che il re avesse rassegnato ogni potere ad Asarhaddon perché era vecchio e non gli importava più niente di ciò che accadeva nel mondo al di fuori del giardino del palazzo. E di chi è la colpa, fratello, se non tua?»

«Mia...?»

«Sì, tua. Il re è morto quando ha capito che Asarhaddon e non Tiglath Assur doveva succedergli sul trono.»

«E adesso tu vorresti che Arad Malik fosse re!»

«Sì, se necessario. Arad Malik è preferibile ad Asarhaddon, se non altro perché fa quello che gli dico io. E poi non è Asarhaddon, per questo gli uomini lo seguono, perché non è Asarhaddon.»

«E tu vorresti che la nazione combattesse contro se stessa per mettere sul trono uno sciocco al posto di un altro?»

«Sì, se necessario. Ma questo sta a te, Tiglath.»

Ci fu una pausa inevitabile, durante la quale ebbi giusto il tempo di chiedermi: ''Perché sto ascoltando?''. Forse perché c'era qualcosa che volevo sentire?

Nabusharusur, che era tutto fuorché sciocco, mi dette appena il tempo di formulare il pensiero e niente più.

«Gli eserciti si stanno ammassando a ovest di qui» continuò, come se si fosse fermato solo per riprendere il respiro. «Sono di pari forze e ci sarà una grande carneficina in battaglia, e probabilmente anche dopo. Ti ricordi quando eravamo ragazzi, Tiglath, e Asarhaddon, quando non riusciva a leggere la lezione, tirava la tavoletta in testa al vecchio Bag Teshub?»

«Sì, me lo ricordo.»

«Non è cambiato niente. Quel che Asarhaddon non capisce, lo distrugge, e non capisce questa rivolta, le sue ragioni; se vincerà, distruggerà mezza nazione pur di dare soddisfazione al suo orgoglio. Inoltre, come ti ho già detto, gli eserciti sono equilibrati e chi meglio di te sa come in certi casi gli uomini diventino spietati?»

«Non c'è niente che io possa fare.»

«Non c'è niente?»

Restai seduto per terra, con la borraccia di vino fra le ginocchia, facendo del mio meglio per non capire, con lo sguardo fisso nel vuoto, cercando di rendere ottusa la mia mente affinché quella serpe non potesse far presa su di essa. Non avrei preso su di me la colpa che lui voleva addossarmi. Non avrei...

Nabusharusur sorrise, con l'aria di sapere già come sarebbe andata a finire.

«Ci sono molti che seguono Asarhaddon senza amarlo» continuò, guardando da un'altra parte. «Non sanno cos'altro fare, visto che non possono schierarsi con Arad Malik senza appoggiare l'uomo che ha ucciso il loro re. E, come ho già detto, l'unica cosa che Arad Malik può vantare a suo favore è di non essere Asarhaddon. Ma dì soltanto una parola, proclama te stesso re, anche in questo momento, e la forza di Asarhaddon si squaglierà come neve al sole.»

«E che ne sarà di Arad Malik? Anche lui si ''squaglierà''?»

«Lascia che pensi io a quello sciocco.»

«Troverai qualcuno che uccida anche lui?» domandai, voltandomi a guardare Nabusharusur in faccia e permettendomi di sorridere: leggesse pure quel che voleva nel mio sorriso.

«Farà la fine di nostro padre il re? E dopo di lui, chi altri? Io, forse?»

«Dopo di lui, non sarò io ad avere il potere, ma tu, Tiglath.»

«E tu mi addosserai la responsabilità della morte di mio fratello, dei miei fratelli, anzi, Arad Malik e Asarhaddon.»

Nabusharusur si strinse nelle spalle senza far commenti.

«Due dovranno morire in ogni caso. E tu deciderai quali, indipendentemente dalla decisione che prenderai: Arad Malik e Asarhaddon, o Arad Malik e me. Non sto dicendo che la scelta sia facile, solo che appartiene a te. A te e soltanto a te. E non puoi cercare di evaderla, perché anche questa sarebbe già una scelta. C'è però qualcosa che puoi considerare: se risparmierai Asarhaddon, può darsi che un giorno anche tu ti ritrovi senza testa. Asarhaddon ti odia, o forse te ne sei dimenticato?»

Si alzò, spazzolandosi la tunica dalla polvere con un gesto noncurante della mano, come se tutta la questione non lo interessasse più di tanto.

«Non mi aspetto una risposta adesso, fratello» disse. «Pensaci, e quando ti vedrò sul campo, saprò quale strada hai scelto, se saprai deciderti a scegliere.»

Montò a cavallo e si allontanò, scomparendo rapidamente nella distanza.

Finalmente, quando ormai non era più possibile attendere oltre, ricevetti una risposta da Ninive. Era indirizzata a me, come comandante della guarnigione di Amat e *shaknu* delle province settentrionali, e non era proprio la risposta che mi sarei aspettato:

«Il re comanda che una forza di venticinquemila uomini provenienti dalle fortezze di Amat, di Zamua e di Namri sia radunata e proceda a marce forzate verso la città di Khanirabbat nella provincia di Gozan, per unirsi all'esercito del re. E questo deve avvenire non oltre l'ultimo giorno del presente mese.»

Non c'era altro, nessun accenno alla mia lettera, nessuna parola tale da suggerire che io non ero semplicemente un anonimo comandante senza volto al servizio del sovrano. La firna era di un certo Sha Nabushu, il cui nome mi era sconosciuto.

Non riuscivo a crederci. Che Asarhaddon avesse inteso insultarmi era abbastanza evidente, ma se il suo unico scopo fosse stato quello di spingermi fra le braccia dei suoi nemici, non avrebbe potuto trovare un mezzo migliore. Non mi meravigliava che mio fratello mi detestasse, ma anche soltanto una elementare prudenza avrebbe dovuto fargli nascondere un po' più a lungo i suoi sentimenti.

Chiedeva venticinquemila uomini, anzi ordinava. Venticinquemila uomini avrebbero sguarnito le guarnigioni del nord in modo pericoloso, ma presumibilmente, con una guerra civile in atto, Asarhaddon non si preoccupava di questo.

Inviai immediatamente i messaggeri, ordinando che le forze richieste procedessero a marce forzate verso Amat, ma di ciò che avrei fatto quando fossero giunte, non avevo alcuna idea.

Certe cose non possono restare segrete a lungo in una guarnigione di soldati, e al calar della sera non c'era probabilmente una sola persona ad Amat che ignorasse il contenuto della lettera di Asarhaddon. E come sempre negli occhi di tutti c'era la domanda: ''Che cosa farai, *rab shaqe*? Che cosa farai?''

Ma una voce, tuttavia, voleva esprimere apertamente il suo parere e quella voce apparteneva, naturalmente, a Kephalos.

«Non hai che due possibili linee di condotta» disse, dopo aver allontanato gli schiavi che ci avevano servito la cena. Ero stato invitato, con un preavviso di due ore soltanto, a passare la sera da lui e quindi le sue intenzioni erano abbastanza evidenti. «L'ordine del Signore Asarhaddon significa che non puoi restartene più a lungo ad Amat conservando la tua neutralità. Se lo farai, allora, chiunqe sia il vincitore, tu sarai un traditore, e se il vincitore sarà tuo fratello, egli indubbiamente arriverà con le sue truppe alla tua porta non appena avrà sistemato i ribelli. E chiaramente le sue forze saranno di gran lunga superiori alle tue.»

«Le sue truppe sarebbero esauste e indebolite, mentre le mie sarebbero fresche. Inoltre, Asarhaddon ha poca esperienza di comando e non avrei paura a scontrarmi con lui sul campo di battaglia, anche se avesse cinquantamila uomini.»

«È solo il tuo orgoglio ferito che parla, sai bene che stai

dicendo sciocchezze. Inoltre, tu non costringeresti mai la nazione a sopportare due guerre civili, una dopo l'altra. No, devi scegliere adesso.»

Annuii debolmente, fissando la coppa di vino, nauseato della vita.

«È così» dissi. «Tutto ciò che dici è vero.»

«Allora, che farai? Le sorti di questo conflitto sono nelle tue mani. Qualunque partito appoggerai, sarà il vincitore. Tu puoi fare di Asarhaddon il re, oppure puoi infliggergli un anello nelle labbra e trascinarlo a Ninive, legato al tuo carro. Che cosa scegli?»

Sempre, la domanda era la stessa: «Che farai, *rab shaqe*? Che farai?». E come sempre non conoscevo la risposta. Non potevo fare altro che scrollare le spalle.

«Devi ricordare, padrone, che ti troverai in grande pericolo se ti schiererai con Asarhaddon, il quale non te ne sarà affatto grato.»

«Qualcun altro me l'ha detto, non molti giorni fa.»

«Allora c'è un'altra persona, oltre al tuo misero schiavo, che vede la verità. Non so se Asarhaddon vorrà la tua pelle, ma certamente tutto ciò che rende bella la vita non esisterà più per te. Tu e i tuoi amici dovrete soffrire molto.»

Si tirò la grande barba scura e mi guardò con aria supplichevole, e sapevo esattamente che cosa voleva dirmi.

«Inoltre» continuò, raddrizzandosi e prendendo un sorso di vino, come se queste non fossero questioni che riguardavano entrambi, «tu saresti un re migliore di Asarhaddon. Se Asarhaddon sarà re, a governare saranno i maghi e gli indovini, loro e la Signora Naq'ia. Tu, almeno, sei mezzo greco e perciò una preda meno facile di queste paure superstiziose.»

«Davvero?» Scoppiai a ridere, incapace di trattenermi. «È volere del dio che Asarhaddon segua il Signore Sennacherib sul trono di Assur, e questo è un fatto al quale la mia mente ritorna continuamente.»

Kephalos allungò un braccio attraverso la tavola e posò la mano sul mio.

«Se è così, padrone, allora vi sono ben poche speranze per tutti noi.»

Alla grigia luce dell'alba, osservavo le compagnie che si radunavano sul terreno di parata: diciottomila uomini. Avrei lasciato alla guarnigione soltanto cinquecento soldati finché i rinforzi non fossero giunti da Zamua e Namri, settemila dei quali mi avrebbero immediatamente seguito sulla strada di Khanirabbat. Anche Kephalos sarebbe venuto con me, sebbene lo avessi liberato dalla schiavitù e avessi dato disposizioni affinché una carovana di mercanti lo conducesse fuori della portata di Asarhaddon. Ma non si era lasciato convincere e aveva deciso di accompagnarmi.

«Le mie recenti avventure mi hanno fortificato alla vita militare, Temibile Signore, e inoltre, se tu sei deciso a commettere questa follia, io non posso privarti dei miei consigli.»

Fece un sorriso non molto convinto e si guardò intorno con l'aria di un uomo che stia dando l'ultimo addio alla vita, sistemato su un carro, e cercando di soffocare il suo terrore con un'anfora di vino. Sarei stato probabilmente la causa della sua morte, eppure mai servo aveva meritato un destino migliore da parte del suo padrone.

Era una mattina freddissima e il terreno era incrostato di ghiaccio. Non era una stagione adatta alla guerra, ma per i soldati nessuna stagione è adatta per questo. E stavano adesso per marciare non contro barbari che vivevano sotto le tende, ma contro i loro stessi fratelli, e sui volti di tutti leggevo la disperazione che nasce dalla guerra civile.

«È un giorno cattivo questo, per dirci addio» disse mia madre, in piedi accanto a me, avvolta in un mantello bordato di pelliccia. «Ho paura che tu non faccia una cosa giusta, *Lathikadas*.»

«Combattere per Asarhaddon? Sì, Merope, non è una cosa giusta, ma in questa faccenda, qualsiasi cosa io faccia è male, e ancor più lo sarebbe se non facessi niente.»

«Allora, non è possibile tornare indietro?»

Gli occhi di mia madre erano pieni di lacrime mentre si voltava verso di me per farmi questa domanda alla quale conosceva già la risposta. Non dissi niente, ma la strinsi soltanto fra le mie braccia. Il suo pianto amaro mi ricordò il giorno in cui, da bambino, avevo lasciato la casa delle donne per l'ultima volta per affrontare il giudizio del re. Che c'era di tanto diverso, adesso?

«Sei stato grande nella Terra di Assur» disse alla fine. «Il dio ha già mantenuto la sua promessa e io ho paura dei giorni che verranno.»

«Merope, ho già combattuto molte volte prima d'ora. Cerca di stare tranquilla.»

«Non posso stare tranquilla, perché una voce dentro di me mi dice che non ti rivedrò mai più.»

Che cosa potevo dire quando sapevo che entro quello stesso mese mio fratello Asarhaddon avrebbe potuto avere la mia testa infilzata su una picca? Le parole del *maxxu* mi risuonavano nelle orecchie, bisbigliandomi che era giunto per me il tempo degli addii. Potevo forse dirle questo? No, non potevo, non potevo far niente tranne tacere.

Non potevo nemmeno dirle di fuggire se fossi morto, perché già mi aveva detto che non lo avrebbe fatto.

«Se tu morirai, che m'importa di ciò che può accadermi?» Ma forse la collera di Asarhaddon non sarebbe giunta fino a colpire mia madre, e questa speranza doveva bastarmi.

La baciai un'ultima volta e mi sciolsi dal suo abbraccio. Ormai non appartenevo più a lei e nemmeno a me stesso, ma al dio e al fratello che mi odiava.

«Addio!» esclamai.

Fino alla morte porterò in me l'immagine del suo volto mentre mi guardava.

Montai in sella a Spettro e uscii a cavallo dalla porta della fortezza, con l'esercito del nord che mi seguiva riluttante. La folla radunata ai bordi della strada per vederci partire era silenziosa. Mia madre aveva ragione: quello era un giorno infausto.

E fra la folla vidi un volto, solo per un istante prima che scomparisse, il volto scuro di un vecchio i cui occhi erano ciechi alla luce del sole. Eppure, in quel preciso momento, passato ancor prima di giungere, sembrò che sorridesse ironico perché ancora non riuscivo a vedere con i suoi occhi.

XXXIII

In una diversa stagione dell'anno, l'area intorno a Khanirabbat avrebbe potuto anche essere gradevole. La città vera e propria era vuota, naturalmente, dato che anche la gente di campagna sa bene che gli orrori della guerra non sono riservati ai soli soldati, e dappertutto all'intorno, sulle basse colline e sulla pianura che si stendeva fino all'Eufrate, l'erba era secca e ingiallita e gli scheletri di qualche raro albero tremavano nel vento con movimenti incerti, simili a quelli delle dita di un vecchio. Il vento era quasi l'unico suono che si sentiva, perché perfino i corvi sembrava avessero abbandonato quel luogo.

Asarhaddon aveva stabilito l'accampamento a meno di tre ore di marcia da quello dei ribelli, ma il terreno era configurato in modo tale che era quasi impossibile vedere anche il fumo dei fuochi del campo avverso. La comparsa quindi di pattuglie nemiche era frequentissima e c'erano stati parecchi scontri anche prima che io arrivassi, il che avvenne nel ventiseiesimo giorno di Sebat.

Fra le prime notizie che udii ci fu quella che il re era in uno stato di assoluto terrore, perché la notte prima la stella reale di Marduk era apparsa circondata da un anello giallastro. Gli astrologi offrirono diverse interpretazioni, ma concordarono nel dire che quello era un cattivo presagio per la Terra di Assur, una predizione non molto difficile alla vigilia di una calamitosa guerra civile.

Ho detto fra le prime notizie, perché la prima fu che mio fratello si rifiutava di ricevermi per qualsiasi motivo. Avrei dovuto schierare l'esercito del nord come un'ala separata sul fianco sinistro di Asarhaddon e aspettare i suoi ordini.

E così fosse, dunque. Feci alzare la mia tenda su un rilievo del terreno, il mio stendardo piantato davanti all'ingresso, ma non mi avventurai all'esterno fra i soldati. Misi alcune guardie affinché nessuno potesse essere ammesso alla mia presenza, tranne il messaggero di Asarhaddon. Consumavo i miei pasti da solo, così come si schiudono le uova di serpente lasciate al calore del sole.

Finalmente, il messaggero del re arrivò, ma non c'erano nastri d'argento legati al bastone del suo ufficio: non mi riconosceva quindi nemmeno come membro della famiglia reale. Dietro di lui camminava un ometto grasso, con la barba rada e gli occhi sporgenti come quelli di una rana. Era questi, a quanto pareva, quello Sha Nabushu che aveva avuto la presunzione di firmare gli ordini del re a suo nome.

«Sei sollevato dal comando dell'esercito del nord» mi disse. «Sarai libero nell'accampamento e conserverai il rango di *rab shaqe*, per il momento, ma ti è proibito prender parte alla battaglia imminente, anche come soldato semplice. È una vittoria che dovrà appartenere al Signore Asarhaddon soltanto.»

Non risposi.

«Sei d'accordo?» domandò, con una voce in cui la minaccia era mescolata a un po' d'incertezza.

«È necessario che io sia d'accordo? Io sono il servo del re. A lui sta comandare e a me obbedire.»

La bocca di Sha Nabushu si arricciò in un sorriso, come se non riuscisse a trattenersi.

«Chi assumerà il comando?» domandai.

Per un attimo l'ometto esitò: pensava forse che Asarhaddon si immaginasse di poter mantenere segreta la notizia? Ma è sempre così, i servi di un padrone sciocco e mutevole hanno paura di tutto.

«Ho io questo onore» rispose alla fine. Sì, forse non era soltanto mio fratello a fargli paura. «Tu informerai i tuoi ufficiali degli ordini del re e darai ordine che s'incontrino qui con me alla quinta ora dopo mezzogiorno.»

«Non sono più i miei ufficiali adesso, e non sono in posizione di dare ordini a nessuno.»

Sembrò che per un momento fossimo giunti a un punto morto. Sha Nabushu aprì la bocca per parlare, ma parve essersi dimenticato le parole. In quanto a me, ero divertito.

«Va bene» dissi «provvederò io.»

I miei ufficiali, o meglio non più miei, non furono contenti.

«Chi è questo burattino?» domandò Lushakin. «Qualcuno l'ha sentito nominare? Come puoi pensare che gli uomini rischino la vita agli ordini di un tipo simile?»

«I soldati non obbediranno. Non riconoscono altra autorità che quella del *rab shaqe*. Ci saranno delle diserzioni!»

«E noi saremmo i primi a disertare. Questo è un insulto intollerabile!»

«Bisognerà tollerarlo» dissi con tutta la calma che riuscii a fingere perché ero commosso dalla loro lealtà, ma non dovevo mostrarlo. «Così vuole il re.»

«E tu, cosa vuoi, *rab shaqe*?»

«Che vi incontriate con il vostro nuovo comandante e obbediate agli ordini che provengono dal re. Qualsiasi siano i vostri sentimenti in questa vicenda, o qualsiasi cosa accada in seguito, li terrete per voi e farete in modo che la truppa faccia altrettanto, perché non è difficile per un uomo tagliarsi la gola da solo con la propria lingua.»

«E di te che sarà, *rab shaqe*?»

«Di me? Credo che il mio *simtu*, come quello di qualsiasi uomo, sia scritto sulle tavolette del dio. Forse saprò abbastanza presto quale dovrà essere.»

Mi congedai da loro, prendendo la mano di ciascuno, perché da quel momento ero già come morto. Come avrebbero potuto altrimenti aver salva la vita? Me ne andai, misi le redini a Spettro e me andai a fare una cavalcata sulle colline circostanti, ma non avevo ancora lasciato l'accampamento che già ero seguito da due uomini a cavallo: non ci si fidava a lasciarmi allontanare.

Il tempo degli addii. Questo era veramente un tempo di separazioni e, come sempre, non lo avevo visto venire: il re mio padre, mia madre, l'esercito che amavo come un uomo ama la propria moglie, forse la mia stessa vita.

E, naturalmente, Esharhamat. L'avevo perduta prima di tutti gli altri, ma era il pensiero di lei a riempirmi l'anima, perfino in quel momento.

Non l'avrei rivista mai più. Adesso che era re, Asarhaddon l'avrebbe murata viva nella casa delle donne e io non l'avrei più riveduta. Mai più mi sarei riempito gli occhi della sua bellezza, come se fossi diventato cieco o come se la luce avesse abbandonato la terra. E allora, che cos'altro poteva importarmi, e che dovevo temere dalla morte?

Facevo dunque la volontà del dio, eppure lo maledicevo dentro di me.

Esharhamat e nostro figlio, che il dio amava; ma si era anche detto che il dio amava me, eppure mi aveva condotto a questo. Le tenebre avvolgono colui che il dio ama.

Esharhamat, Esharhamat, il nome stesso conteneva tutta la dolcezza della vita, e vivere era ricordare e ricordare era soffrire. No, non avevo paura della morte, e il potere di mio fratello su di me si dissolse come un'ombra. Che facesse pure quello che voleva.

Mi tenni lontano dall'accampamento, spero con gran pena dei miei due sorveglianti, i quali rimanevano a cinque o seicento passi di distanza senza però darsi la pena di stare nascosti, fino a sera inoltrata, quando i soldati erano già seduti comodamente davanti ai fuochi dell'accampamento. Alla fine, quando fui certo che la tenda sarebbe stata soltanto per me, rientrai. I soldati che incontrai mi salutarono senza imbarazzo, non sapendo niente della mia caduta in disgrazia o forse non curandosene, perché per loro il re era un essere lontano come gli stessi dei.

Mangiai di buon appetito, dopodiché mi sfilai i sandali con un calcio, per buttarmi sul letto: è incredibile come sia facile sentirsi in pace, quando si è rassegnati alla morte. Mi chiedevo come avrebbe dormito Asarhaddon quella notte e non lo invidiavo.

Gli altri settemila soldati non sarebbero arrivati da Amat prima di due o tre giorni, ma già la mattina seguente non ebbi che da guardarmi attorno per vedere come, quasi per magia, le forze del re fossero cresciute di numero. Il tratto di terreno aperto fra il nostro accampamento e quello occupato dall'esercito principale era adesso ripieno di tende improvvisate e di fuochi da campo. Erano sopraggiunti forse altri tremila uomini, non si capiva bene da dove: erano soldati che avevano disertato le colonne dei ribelli e che volevano riunirsi ad Asarhaddon finché potevano.

Era ciò che individui ragionevoli avrebbero fatto. Negli ultimi giorni i loro esploratori avevano dovuto dare ai comandanti ribelli la notizia che l'esercito del nord si stava avvicinando, e le nostre intenzioni di schierarci con il re dovevano essere ormai palesi. L'equilibrio si era quindi spostato a favore di Asarhaddon e questo, per quanto i miei fratelli traditori facessero, non avrebbe potuto essere nascosto a quanti li avevano seguiti nel tradimento. Nessun individuo sano di mente ama gettar via la proprisa vita in una causa persa.

I soldati che vedevo quella mattina, accampati come mendicanti alla porta di Asarhaddon, erano semplicemente le prime ondate di disertori della causa di Arad Malik, e ce ne sarebbero stati di più, molti di più, se non mi sbagliavo di grosso.

Asarhaddon non sarebbe poi stato tanto sciocco da cacciarli via. Sapeva che un nemico, mentre può essere indebolito dalla forza corruttrice della clemenza, è rafforzato dalla disperazione. Perciò, pur non potendo mai trovarsi molto in alto nella stima del loro re, a questi disertori sarebbe stato concesso di vivere e di servire. Asarhaddon avrebbe ingiuriato e minacciato e poi li avrebbe perdonati, la maggior parte almeno, ed essi lo sapevano. E poiché lo sapevano, l'esercito di Arad Malik si sarebbe dissanguato silenziosamente, ancor prima che le spade uscissero dal fodero.

Ogni notte, dunque, le sentinelle stavano all'erta per sentire i rumori soffocati di uomini che strisciavano nell'oscurità, da soli o a piccoli gruppi di due o tre, ufficiali e fanti e cavalieri sui loro cavalli, e ogni notte venivano lasciati a ripararsi contro il terrapieno, sulla fredda terra, in attesa di una parola di clemenza da parte di Asarhaddon. Tutta la notte avrebbero aspettato, con niente alle spalle se non la certezza della rovina e niente davanti se non la sola sicurezza che poteva essere comprata abbracciando le ginocchia di mio fratello e implorando perdono. E infine, nella fredda luce del mattino, sarebbe stato loro permesso di entrare, gli avrebbero dato da mangiare e da dormire dove c'era posto.

E sarebbero stati grati ad Asarhaddon, perfino un cane è grato a chi gli permette di vivere, ma mentre camminavo in mezzo a loro, vedendo qua e là una faccia o anche un nome che mi erano noti, c'erano sempre le stesse accuse nei loro occhi: "Guardaci, Principe Tiglath Assur, figlio preferito del Signore Sennacherib, tuo padre, che era il Signore del mondo e vero re della Terra di Assur. Guardaci e vedi a cosa siamo stati condotti. Ora dobbiamo prostrarci davanti ad Asarhaddon: pensa al futuro che ci si prepara, a noi e alla nazione. E di tutto questo tua è la colpa, e soltanto tua".

Ma almeno quegli uomini avevano un futuro. Altri erano arrivati nella notte per trovare soltanto la morte, perché la clemenza del re non era per tutti. Mio fratello aveva buona memoria e non pochi furono scoperti fra quelli che avevano parlato un po' troppo avventatamente al tempo del Signore Sennacherib.

Con altri ufficiali fui chiamato ad assistere all'esecuzione di un certo Zakir Nergal, che era stato *rab abru* alla guarnigione di Ninive e del quale non conoscevo nessuna azione particolarmente malvagia. Eppure, in qualche modo aveva recato offesa alla maestà del re e ora doveva pagarne il prezzo facendosi arrostire incatenato, un supplizio tradizionale, ma che non avevo mai sentito fosse stato adottato durante il regno di mio padre. Non prometteva di essere uno spettacolo piacevole.

Kephalos mi accompagnò, affermando che il suo interesse era puramente medico. Lo misi in guardia, ma volle essere presente lo stesso.

«Non devi preoccuparti, padrone» disse sorridendo come se il mio fosse un timore infantile «un medico è incallito allo spettacolo del dolore. Ti assicuro che ho assistito a cose ben peggiori nella stanza di consultazione di mio padre, non c'è motivo di preoccuparsi per me.»

Prendemmo posto sul luogo dell'esecuzione, niente più di uno spiazzo di terra nuda dove era stato acceso un gran fuoco di legna che ardeva fin dalla sera precedente: essendo una mattina fredda, il calore ci faceva piacere, anche se probabilmente Zakir Nergal non sarebbe stato d'accordo, e aspettammo l'arrivo del re. Il suo seggio era già pronto per lui e, finalmente, arrivò, splendente nei suoi abiti intessuti d'oro con il turbante coperto di gemme. Si sedette e si guardò intorno, come un ospite a un banchetto. Se mi scorse non lo diede a vedere.

Era la prima volta che vedevo mio fratello in due anni e, considerando che molto probabilmente non ci saremmo rivisti spesso prima che decidesse cosa fare di me, ero curioso di constatare il cambiamento che il possesso del trono aveva provocato in lui. Non dava l'impressione di un uomo che tragga grande piacere dalla gloria.

Asarhaddon era ancor più giovane di me, ma già recava sul volto i segni di quell'incertezza ansiosa che tante volte avevo visto sul viso di mio padre. Sedeva, con la guancia appoggiata al palmo della mano, e tutto l'oro e i gioielli, intesi ad abbagliare gli occhi degli altri uomini, non riuscivano a nascondere il disagio nei suoi. Sarebbe stato più felice se avesse potuto continuare a condurre la vita del soldato, seguendo le ambizioni della sua infanzia condivise da entrambi noi, e credo che anch'egli ne fosse consapevole.

Il fuoco era ormai ridotto a un letto di braci ardenti, alto circa una spanna e coperto da una coltre di cenere grigia, ma color rosso sangue al di sotto. Sopra le braci, disposte a formare un cerchio, era stato sistemato un colossale treppiede di ferro, con le gambe molto distanziate, che copriva circa quattordici o quindici cubiti di terreno. Sulla cima si trovava un anello di ferro al quale era attaccata una catena di rame con un gancio a un'estremità.

Asarhaddon fece un cenno col capo, dando inizio allo spettacolo.

Quattro guardie condussero il prigioniero, che trascinava catene di rame alle mani e ai piedi, e continuava a strofinarsi i polsi dolenti. Conoscevo Zakir Nergal da dieci anni, ma se non mi avessero detto in anticipo chi doveva essere sottoposto al supplizio quella mattina, avrei stentato a riconoscerlo. Tale è il cambiamento che si produce in un uomo dopo una notte passata in attesa della morte, e quel genere di morte: tre giorni era durata la sua gloria di personaggio di rango accanto all'usurpatore Malik, e adesso era ridotto a questo.

Sembrava già morto. La faccia era scavata, stravolta, e gli occhi spalancati, senza vita e fissi nel vuoto, lasciavano capire che non si rendeva nemmeno conto di quanto stava avvenendo. Eppure aveva paura, era quasi impazzito dal terrore, e se le guardie avessero lasciato la presa, sarebbe crollato a terra.

Non parlava; la bocca era aperta, ma soltanto per cercare il respiro. Sembrava che avesse perduto la favella.

Ci alzammo tutti in piedi sull'attenti, quando Asarhaddon si alzò per parlare.

Ma anche mio fratello sembrava incapace di articolare parola. Guardò il condannato e il volto gli si imporporò per la collera, ma non poté trovare il modo di dar voce alla terribile ira che lo teneva incatenato come le catene di rame intorno ai polsi e alle caviglie di Zakir Nergal. Alla fine ricadde a sedere, sconfitto, e con un gesto distratto della mano segnalò che l'esecuzione poteva cominciare.

Durante tutto questo tempo Zakir Nergal aveva fissato il treppiede di ferro, come se non ne comprendesse lo scopo. Fu spinto fin quasi ai piedi del letto di braci e lì fu obbligato a inginocchiarsi, e non ci volle molta forza. Le catene che lo tenevano prigioniero furono legate dietro la sua schiena, ogni estremità assicurata a un anello di ferro, appeso a sua volta a un gancio attaccato alla catena tesa sulla cima del treppiede. Mentre Zakir Nergal si inginocchiava davanti ai carboni ardenti, le guardie cominciarono a tirare la catena, cosicché lo sciagurato fu issato come un secchio da un pozzo.

A quel punto ritrovò la voce e le sue urla di terrore straziarono l'aria.

Non ebbe la grazia di una fine rapida. Dapprima, mentre la catena lo sollevava, si trovò a dondolare sopra le braci, ma questo non fu che un assaggio; le guardie continuarono a issarlo finché non fu proprio sulla cima del treppiede, dove il calore gli arrivava solo un po' più forte di quanto arrivasse agli astanti.

Poi, lentamente, mezzo cubito alla volta, lo abbassarono sul fuoco. Era ormai completamente senza fiato, adesso, e le grida non si sentivano quasi più, ma era ancora ben vivo, e si agitava di qua e di là, cercando di sfuggire; a che cosa, ci si domandava, quando liberarsi dalla catena voleva dire soltanto precipitare dritto sulla brace ardente che lo aspettava? Ma un uomo lotterà sempre per sfuggire alla morte, anche se non c'è alcuna possibilità di salvezza.

Lentamente, si avvicinava sempre di più al fuoco.

Era ancora in vita, ancora cosciente, quando le vesciche cominciarono a formarglisi sul viso e sul collo, vesciche enormi, piene di liquido e di sangue. Poi i capelli cominciarono a fumare e a bruciare, e subito dopo le vesti. Ed era ancora vivo, ancora si divincolava nelle catene, quando le guardie decisero che era abbastanza vicino alla brace e fissarono l'estremità della catena al suolo con un paletto di ferro.

Almeno, adesso era fermo. Lo spettacolo della sua agonia sembrò durare ore, ma forse si trattò soltanto di qualche minuto. Un uomo non muore tanto in fretta per le sole bruciature, perciò fu forse asfissiato dal fumo, bianco e sottile. Rimase a dondolare là, circa all'altezza di un uomo al di sopra dei carboni rossastri, senza vita, bruciando come un pezzo di arrosto dimenticato sul fuoco. Quando la carne di un piede si staccò completamente, facendo scivolare l'osso attraverso l'anello di ferro, sentii un suono soffocato accanto a me. Mi voltai e vidi Kephalos, con la testa fra le ginocchia, che si stava liberando della colazione del mattino.

Asarhaddon non si era mosso: osservava, senza mai distogliere lo sguardo dall'orrore che lui stesso aveva voluto, il volto impassibile come una maschera. Una cosa sembrava aver imparato del mestiere di re, che non gli era permesso provare alcun sentimento.

Quando fu soddisfatto, si alzò dalla sedia e ci licenziò con un gesto. Nessuno aveva voglia di rimanere, e io portai Kephalos nella mia tenda e gli detti da bere del vino a piccoli sorsi, finché non smise di singhiozzare. Non si era aspettato una cosa simile.

«Per gli dei» disse alla fine «siete una razza brutale, voi Assiri!»

Non potei fare a meno di sorridere, sebbene non ne avessi affatto voglia.

«Ho il sospetto che dappertutto sia la stessa cosa» dissi. «Asarhaddon non è peggiore degli altri. Questa è la giustizia dei re.»

Eppure l'esibizione della giustizia dei re non frenava il pellegrinaggio notturno dei disertori dell'armata ribelle. Ogni mattina li trovavo accampati all'esterno del terrapieno in numero sempre crescente, e se Asarhaddon nella sua sete di vendetta ne eliminava alcuni, altri vivevano e tutti erano disposti a tentare la sorte.

Le esecuzioni continuarono. Il treppiede di ferro era in funzione quotidianamente e a volte l'odore di carne arrostita gravava sul campo come una cappa. Non biasimo Asarhaddon per questo, poiché è necessario e politicamente saggio dare qualche esempio di ciò che la legge esige dai traditori. Circondato dalla ribellione, non poteva mostrarsi debole, e tuttavia credo che la morte di molti uomini non fu dovuta a saggezza ma a paura. Mio fratello cercava di uccidere i suoi stessi dubbi.

L'ultimo giorno di Sebat ricevetti un messaggio: un amico, Sinqi Adad, il quale aveva disertato dal campo di Arad Malik, senza per questo ottenere clemenza, doveva affrontare il supplizio del treppiede la mattina seguente, e aveva chiesto di vedermi.

«Siamo stati ragazzi insieme» dissi a Kephalos. «Ha combattuto a Babilonia con noi, era amico di Asarhaddon quanto mio. È una cosa crudele che debba morire così.»

«È una cosa crudele che chiunque muoia così» replicò il mio schiavo, con ammirevole chiarezza di idee.

«Eppure lo impedirei se potessi.»

Lo guardai con aria interrogativa e Kephalos aggrottò la fronte nello sforzo di .apire; alla fine annuì.

«Non sarebbe certo bene che la cosa fosse scoperta» disse, prendendo una piccola fiala di terracotta dalla sua borsa dei medicinali. «Veramente, l'avevo preparata per te, nel caso si arrivasse a quel punto, ma disponi come meglio credi, mio sciocco padrone.»

Lo ringraziai e uscii per recarmi a visitare il mio amico.

Sinqi Adad era seduto nel fango, incatenato a un palo di ferro. I capelli e la barba erano aggrovigliati e coperti di sudiciume, e sulle braccia e sulla schiena si vedevano le numerose escoriazioni prodotte dalle guardie con le loro lance. Aveva l'aria esausta e sfinita. Non c'è l'abitudine di sciupare il cibo per i condannati a morte, ma io avevo portato con me pane e vino e nessuno mi impedì di portarlo all'interno della palizzata.

Mi inginocchiai accanto a lui, porgendogli il pane e l'anfora di vino, e con mani tremanti egli spezzò un angolo della pagnotta piatta e rotonda, ficcandoselo in bocca e aiutandosi a inghiottirlo con una sorsata di vino. Passarono parecchi minuti prima che fosse in condizioni di parlare, ma alla fine, quando lo stimolo della fame si fu un po' calmato, mi guardò sospirando e annuì.

«Ti ringrazio» disse. «Questo non ti scusa dall'aver unito le tue sorti a quelle di Asarhaddon, comunque ti ringrazio ugualmente.»

«Avevo sempre detto chiaramente che avrei onorato la successione legittima, e nessuno ha il diritto di dirmi che l'ho indotto in errore!»

«Forse no, ma si crede sempre ciò che si vuol credere.»

Fece un sorriso, cosa che nelle presenti circostanze equivaleva a un notevole atto di coraggio.

«Arad Malik, quel topo di fogna, avresti dovuto vederlo quando gli hanno dato la notizia che avresti schierato le tue forze con quelle di Asarhaddon! Se gli dei danno ascolto alle maledizioni di un uomo del genere, di quale morte saresti dovuto morire in quel momento!»

«È molto brutta la situazione là?» domandai, non sapendo bene perché.

«Brutta?» Alzò le sopracciglia, come se si domandasse che cosa intendevo dire. «È come qui, solo in proporzioni maggiori.»

Con un gesto della mano incatenata, indicò il perimetro della palizzata.

«Quando credi che Asarhaddon attaccherà? Domani? Dopodomani? Là tutti sanno che non ci sarà scampo, e già quando me ne sono andato i soldati stavano tagliando la gola ai loro ufficiali. Sì, la situazione è molto brutta.»

«Allora, forse, non ci sarà battaglia. Forse, quando sarà il momento, Asarhaddon troverà i suoi nemici in ginocchio.»

«Tu non sei sempre stato così sciocco, Tiglath.» Dette un altro morso al pane e lo mangiò con una ferocia selvaggia, sempre tenendo gli occhi fissi su di me, come se volesse mangiare anche il mio cuore. «C'è gente che preferisce una morte onorevole in battaglia a una vita al servizio di tuo fratello e dei suoi dei babilonesi. Io sono stato debole e tanto stupido da credere di poter avere salva la vita facendo atto di sottomissione, e vedi quale errore ho commesso. E adesso morirò perché una volta ho detto ad Asarhaddon, in faccia, che non era adatto nemmeno a fare il guardiano dei piccioni del re, non parliamo di fare il re. Altri, più coraggiosi di me, non rischieranno la stessa fine.»

Improvvisamente lasciò cadere il pane nel fango e si coprì il volto con le mani, singhiozzando.

«Oh, chi pensava che saremmo arrivati a questo!» disse alla fine, asciugandosi le lacrime con la mano e sorridendo, perché era imbarazzato. «E per amore di Arad Malik... è questo che brucia! Chi vorrebbe un uomo simile sul trono? Non è migliore di Asarhaddon, forse è anche peggiore. Ma Nabusharusur... oh, come maledico il giorno in cui ho cominciato a dare ascolto a quel serpente castrato!»

«Perché? Che c'entra lui?» Scrollai le spalle, senza capire. Nabusharusur, che cosa...»

Sinqi Adad, afferrandomi il braccio con entrambe le mani, lo scosse come se volesse scuotermi dal sonno.

«Ha detto a tutti che Arad Malik ti stava soltanto tenendo il posto, Tiglath. Ha fatto credere a tutti che questa ribellione era in tuo nome!»

Alla fine mi lasciò andare e le mani gli ricaddero in grembo. Tutta la sua forza lo aveva abbandonato quando si era accorto dell'enormità del suo errore.

«Non ho forse detto che gli uomini credono quel che vogliono credere?»

Misi la mano nella tasca della mia tunica e tirai fuori la fiala che Kephalos mi aveva dato, tenendola nascosta in modo che soltanto Sinqi Adad potesse vederla.

«Che cos'è?» mi domandò incuriosito, e sembrò sorpreso, sul momento.

«Bevila prima che vengano a prenderti, domani.»

«Che cos'è? Veleno?»

«No... non sono tanto coraggioso. Se ti dessi del veleno per privare il re del suo spettacolo, finirei per prendere il tuo posto sul fuoco. No, non è veleno.»

«Allora, che cosa...»

«Uccide il dolore e la paura. Rende facile la morte. Morirai, ma senza soffrire. Bevila subito prima che vengano a prenderti, perché l'effetto non durerà a lungo. E seppellisci la fiala vuota nel fango quando avrai bevuto, altrimenti qualcuno potrebbe intuire qualcosa.»

Nascose la fiala sotto i suoi stracci e mi strinse nuovamente il braccio.

«Corri un rischio terribile, Tiglath... che gli dei ti benedicano per questo!»

«Prendiamola come una mia ribellione contro Asarhaddon. Mi dispiace di aver mancato verso di te, amico.»

«Abbiamo tutti mancato, tu non più degli altri.»

Ci salutammo e io tornai alla mia tenda, nascondendomi alla vista degli uomini. La mattina dopo non andai ad assistere all'esecuzione di Sinqi Adad, ma mi dissero che era morto coraggiosamente.

Quella sera giunse un messaggero da parte di Arad Malik, chiedendo le condizioni di resa, e sebbene fosse sotto la bandiera di tregua, Asarhaddon lo rimandò indietro chiuso in un sacco, ucciso con cento colpi di spada, cosicché non c'era nel suo corpo una sola goccia di sangue. In questo modo i ribelli avrebbero saputo che cosa aspettarsi.

Era evidente che la battaglia, se doveva esservene una, sarebbe avvenuta presto, e poiché Asarhaddon si sarebbe sentito truffato se non ci fosse stata, i preparativi furono accelerati. Io non fui invitato alle riunioni degli ufficiali, ma anche un principe in disgrazia ha i suoi informatori, e seppi quindi che era stato impartito l'ordine di scendere in campo la mattina seguente, cioè il secondo giorno del mese di Adar. Ricevetti inoltre istruzioni da parte di Sha Nabushu.

«Tu non prenderai parte alla battaglia» mi ripeté ancora una volta. «Non potrai combattere, nemmeno come semplice soldato. La gloria di questo giorno deve appartenere soltanto al re.»

«Questo me l'hai già detto, ma non temere, non getterò alcuna ombra sul sole del Signore Asarhaddon. Assisterò soltanto come osservatore, perché questa è una penitenza che sento di dovere a quanti moriranno domani, ma sarò ben lieto di starmene lontano da questa battaglia, non ho l'inclinazione a fare il macellaio.»

La risposta non gli piacque molto, ma non c'era dubbio che Sha Nabushu avesse afferrato ciò che volevo dire. Tutto il giorno si sentì il rumore delle mole e tutti sapevano del carro pieno di asce che mio fratello aveva portato con sé da Ninive, indovinandone senza fatica l'uso che intendeva farne.

Quella sera fui invitato nella tenda di Lushakin, dove gli ufficiali superiori dell'esercito del nord, che il giorno seguente avrebbero combattuto agli ordini di Sha Nabushu, erano occupati a bere fino a intontirsi completamente. Nessuno aveva paura di una sconfitta e, in simili circostanze, non si pensa di poter essere uccisi, nemmeno per sbaglio, ma l'umore era quello.

«Il nipote di mia moglie era nella guarnigione di Ninive» disse uno di loro. «Non si è visto fra i disertori: che cosa le dirò quando tornerò ad Amat?»

«Dovremo lavare le armi e offrire sacrifici di purificazione. Questo genere di guerra manda cattivo odore nelle narici degli dei.»

«Dicono che il Signore Asarhaddon stia...»

Alzai la mano per indicare che non avrei ascoltato nessun

insulto contro il re e tutti tacquero, e credo che anch'essi, nel profondo del cuore, mi accusassero di averli portati a questa situazione. Mi trattenni ancora un po' e poi me ne andai.

E la mattina dopo, nella luce grigia che precede l'alba, la testa quasi mi si spaccò al suono delle trombe di guerra.

«Perché non sono stato svegliato?» chiesi, precipitandomi fuori dalla tenda con la cotta di placche di rame ancora semislacciata. «E dove in nome della dea Istar è andato a finire il mio cavallo?»

L'attendente scosse il capo, come se si vergognasse di dire che era tutta colpa sua.

«Portato via la scorsa notte, *rab shaqe*» disse alla fine. «Ti hanno lasciato al suo posto una cavalla baia ma non ne sarai molto contento, è buona solo per dar da mangiare ai corvi.»

«Il mio cavallo?!» Lo guardai di traverso con sospetto, incapace di credergli. «Hanno preso il mio cavallo?»

«Sì, *rab shaqe*... vedi, gli uomini lo riconoscono...»

Sì, naturalmente. Asarhaddon aveva voluto essere sicuro che sarei stato invisibile, anche se avessi deciso di seguire la battaglia a distanza.

«Allora preparami la cavalla.»

Era davvero come aveva detto il soldato, sulle ossa non c'era altro che la pelle ed ebbi il sospetto che sarebbe morta sul colpo se l'avessi costretta a galoppare, ma dato che non ne avevo l'intenzione, mi sarebbe servita ugualmente. Era comunque adatta al cavaliere, perché nessuno dei due pareva in grado di fare la guerra.

Mi tenni accanto alle colline basse, dove non avrei dato fastidio a nessuno, restando in un punto fra il corpo principale della fanteria e le compagnie di cavalleria che avanzavano per prime per cercare il contatto con le forze di Arad Malik. Poiché il dio mi ha fatto suo testimone, descriverò la terribile verità di quella giornata che vide uno spargimento di sangue tanto spaventoso, perché la battaglia di Khanirabbat non fu una battaglia, ma un semplice massacro.

Il sole era sorto da un'ora quando ebbero luogo i primi scontri. I cavalieri ribelli attuarono un attacco in massa contro la cavalleria di Asarhaddon, caricando tutti insieme. Anche a mezzo *beru* di distanza potevo sentire le loro grida di guerra, e per un momento sembrò che fossero penetrati abbastanza in profondità nello schieramento nemico da riuscire forse a sfondarlo, sparpagliando la cavalleria di Asarhaddon.

Ma che cosa possono fare trecento uomini, e non so se fossero tanti, contro tre o quattromila? Le api non sopraffanno forse il furetto solitario che cerca di far razzia di miele nell'alveare? La cavalleria reale sciamò tutt'intorno ai ribelli, soffocandoli e non lasciando loro nessuno scampo. In mezz'ora lo scontro era terminato e il terreno era cosparso di cavalli e di uomini, morti o moribondi, in entrambi gli schieramenti. Eppure non poteva esserci dubbio sul vincitore e quello fu il primo e l'ultimo scontro di cavalleria della giornata. I ribelli avevano lasciato tutti i loro cavalieri caduti sull'erba ingiallita.

Due ore dopo fu la volta della fanteria: i ribelli avevano ventiquattro o venticinque quadrati di battaglia, messi insieme in fretta da compagnie la cui forza era stata indebolita dalle diserzioni degli ultimi giorni, che avevano ridotto il loro numero a meno di tremila uomini, nemmeno un quinto delle forze iniziali, decise a dar battaglia all'esercito di Asarhaddon che adesso poteva arrivare a settanta, ottantamila soldati.

Non parlerò di tattiche, perché quali tattiche possono essere adottate da un uomo solo contro venti, trenta avversari? I ribelli furono semplicemente schiacciati, non c'è altra parola per definire l'andamento dello scontro. Si batterono coraggiosamente, da uomini che sanno di poter scegliere soltanto il modo in cui morire, ma si batterono senza speranza.

A mezzogiorno fu tutto finito, tranne il massacro: uomini scelti da Asarhaddon si recarono sul campo armati di asce, troncando la testa ai feriti e raccogliendo trofei dai caduti. Quei pochi tanto sfortunati o sciocchi da farsi prendere vivi, erano trattati con un disprezzo ancora maggiore; gli ufficiali erano spellati vivi sul posto: venivano legati a paletti fissati nel primo spiazzo di terra libero dai cadaveri e gli si strappava la pelle come se fossero stati conigli. Ne contai almeno quaranta sottoposti a quel supplizio e ce n'erano indubbiamente molti altri che io non potevo vedere. I soldati semplici furono per il momento risparmiati, circondati e condotti via, ma non ebbero una sorte molto migliore, perché fu ordinato di farli marciare direttamente dal campo di battaglia fino a Calah, una distanza di circa cinquanta o sessanta *beru* che uomini freschi e ben nutriti non avrebbero potuto percorrere in meno di dieci giorni, e questo senza cibo né acqua. I pochi sopravvissuti furono messi a lavorare come schiavi per fabbricare i mattoni crudi destinati al nuovo tempio che Asarhaddon stava edificando in onore del dio Marduk. Mi domando se anche uno solo sia sopravvissuto fino all'estate.

Questo accadde a Khanirabbat e io che onoro gli dei dei miei padri testimonio che è la verità.

Osservai tutto quanto da lontano, ben felice di non trovarmi più vicino di così, ma continuavo a rimproverarmi amaramente, perché non ero io forse il vero responsabile di quella carneficina? Gli auspici avevano indicato in Asarhaddon il futuro re della Terra di Assur, secondo il volere della divinità, e io, facendomi scrupolo di sfidare il dio per amore di una donna, mi ero sottomesso. Non fingerò che i miei motivi fossero più nobili, perché soltanto a Esharhamat pensavo, e avevo rinunciato a lei, sacrificandola alla mia obbedienza.

Ma quella era la volontà del dio? Che i suoi figli, il fiore della sua nazione, fossero lasciati in pasto agli uccelli e ai cani? E avevo veramente obbedito, o mi ero a tal punto inorgoglito della nobiltà del mio gesto da trascurare ogni altra cosa? Che cosa avevo fatto? Avevo affidato la mia decisione, la decisione sul mio destino, e su quello di migliaia di uomini e forse della nazione intera e del mondo al di là di essa, alle interiora di una capra.

Alcune impressioni rimangono nell'animo tutta la vita, e io non dimenticherò mai il massacro di Khanirabbat, né i miei sentimenti di vergogna e di rimorso. Da quel giorno il mondo fu per me un luogo diverso, e perdetti per sempre l'illusione della giovinezza, di poter essere senza macchia di peccato.

Per tutto il giorno, finché la luce non venne completamente a mancare e il paesaggio grondante di sangue poté finalmente coprirsi nella decenza dell'oscurità, le pattuglie percorsero avanti e indietro le colline circostanti in cerca di fuggitivi. Non credo che fossero in molti a salvarsi, ma uno ci fu che riuscì a farsi beffa dei lavori forzati e della lama del carnefice: mio fratello Nabusharusur infatti non morì a Khanirabbat, sebbene sia stata una fortuna per lui che fossi io a trovarlo e non qualcun altro.

Il tramonto si stava avvicinando e io me ne andavo in giro a cavallo, senza meta, senza scopo se non quello di evitare il ritorno all'accampamento che mi disgustava, perché non volevo vedere le espressioni colpevoli di assassini da me conosciuti fin dalla prima giovinezza. Volevo risparmiare a loro e a me quell'ultima umiliazione, perciò lasciai andare la cavalla baia dove voleva, preoccupandomi soltanto di tenerla lontano dal campo di battaglia.

Sorpassai un grosso ammasso di rocce messe l'una sull'altra come cipolle su un piatto, fermandomi un attimo, non so bene perché, e bevvi un sorso d'acqua dalla borraccia che portavo legata a uno spago sulla spalla. Non mi aspettavo niente, non cercavo niente, quando sentii un rumore, debole, ma riconoscibile: era il rumore del metallo sfregato sulla pietra.

Mi voltai e non vidi niente, mi rimisi in ascolto e non udii niente. Non c'era nessuno, ne ero sicuro.

Poi guardai nuovamente e in una delle profonde fessure nell'ammasso roccioso vidi confusamente, ma senza possibilità di errore, il profilo di una figura umana accovacciata e nascosta, immobile come la morte.

Trassi la spada, mi guardai in giro e, assicuratomi che non ci fosse nessuno, la rimisi nel fodero, sentendomi un po' sciocco.

«Vieni fuori, non hai niente da temere da me.»

La figura si mosse e lentamente, nel tramonto incerto, uscì Nabusharusur. Chiunque mi sarei aspettato fuorché lui.

Si sedette davanti all'orifizio, sempre tenendo nella mano destra il pugnale, e mi guardò con un'espressione mista di disgusto e di sollievo.

«Niente da temere da te! Fratello, qualsiasi sia il motivo che ti fa parlare così, che tu scherzi o dica sul serio, mi meraviglio davvero. Niente da temere da te! Per gli dei!»

Aveva l'aria sfinita e miserevole come quella di un mendicante, nonostante i braccialetti d'oro sulle braccia. La sua bella tunica di lana, che la mattina era probabilmente sembrata quasi regale, era tutta stropicciata e sporca. Eppure era sempre lo stesso e il suo orgoglio perverso non era spezzato.

«Dunque, è tutto finito» continuò. «Dammi un sorso d'acqua, Tiglath... come la daresti a un amico.»

Bevve avidamente e fece per restituirmi la borraccia, ma con un gesto gli indicai che poteva tenerla.

«Grazie. E ora puoi farmi un'altra cortesia: uccidimi prima di riportarmi da Asarhaddon. Digli che mi hai trovato morto.»

«Dov'è Arad Malik?» domandai, più per cambiare argomento che per vera curiosità. Perché infatti avrebbe dovuto interessarmi la sorte di Arad Malik?

«Scappato, sfuggito ieri, senza nemmeno aspettare la risposta di Asarhaddon alla sua offerta di resa, il vigliacco. Con un essere simile non c'è bisogno del coltello del castratore per togliergli la virilità. Sono morti tutti?»

«Sì, quasi tutti. E quelli che non sono morti lo saranno presto o desidereranno esserlo.»

«Sapevo che non c'era più speranza fin dal giorno in cui parlammo ad Amat. Sapevo che non mi avresti ascoltato, perché nelle tue orecchie ronza sempre quella voce che solo tu puoi sentire. Tu credi che sia quella del dio, ma non lo è.»

Scosse il capo e gli sfuggì una risata amara che era quasi un grido di dolore.

«Tu sei un vigliacco, Tiglath, peggiore anche di Arad Malik, il quale almeno ha avuto un momento di libertà, quando ha trovato il coraggio di uccidere il re nostro padre. Antiche lealtà ti legano come catene e hai sempre paura di fare una cosa non perché è giusta, ma perché la desideri con tutto te stesso. Fin da quando hai rinunciato alla Signora Esharhamat, ti sei tuffato in un'orgia di sacrifici. Sapevo che avresti preso le parti di Asarhaddon.»

«Allora perché non sei fuggito?»

«Come Arad Malik?» Sorrise con compatimento come a uno scherzo di cattivo gusto: «Per quanto sia un eunuco, concedimi un po' di dignità, fratello. No. Avevo messo in moto tutto questo e dovevo lasciare che mi portasse dove voleva.»

Il sorriso si spense, cedendo a una specie di stanca rassegnazione.

«E ora uccidimi. Ho perduto, ma vorrei evitare di pagarne tutto il prezzo, e non sono sicuro di avere il coraggio di fare quanto è necessario. Uccidimi, Tiglath.»

Invece, smontai da cavallo e misi le redini in mano a Nabusharusur.

«Ho un peso già abbastanza grosso sulla coscienza» dissi.

«E inoltre ti devo la vita nella faccenda della schiava Zabibe. Prendi il cavallo e fuggi, non c'è più niente che ti trattenga adesso, e nel buio avrai buone probabilità di cavartela. Non fermarti, neppure per un giorno, finché non sarai fuori della portata di Asarhaddon.»

Non si fece pregare due volte, ma balzò a cavallo, passandosi la corda della borraccia sulla spalla.

«Non pensare che te ne sia grato, Tiglath, fratello mio» disse, e in effetti non avrei potuto sbagliarmi sullo sguardo di odio profondo nei suoi occhi. «E questo non salda il conto fra di noi, perché tu sei in debito con me di molto di più della tua meschina vita. Non saremmo mai arrivati a questo se tu ti fossi schierato con noi, perciò sei in debito per quanto è successo qui oggi.»

Detti una pacca sulla natica della cavalla, facendola partire al galoppo, e rimasi a guardare Nabusharusur allontanarsi verso un destino assai incerto. Speravo soltanto di non rivederlo mai più.

Tornai a piedi all'accampamento, guidato dalla pallida luce dei fuochi, e quando raggiunsi la mia tenda vi trovai soltanto Kephalos, che aveva sul volto l'espressione rassegnata di chi ha visto ogni orrore immaginabile.

«È stato un giorno terribile» disse. «I miei occhi hanno visto troppe cose.»

«Sì, è stato un giorno terribile, perfino io sono nauseato dalla guerra. Perché non partiamo di qui e non ce ne torniamo a casa?»

«A casa, padrone? Vuoi dire ad Amat?»

«No, ai Tre Leoni. Preferirei aspettare là piuttosto che altrove, finché Asarhaddon non deciderà il mio *simtu*. Dobbiamo soltanto trovare dei cavalli.»

Non aspettammo fino al mattino. Una volta finita la battaglia, Spettro era stato riportato al suo posto e per Kephalos ottenni un cavallo in prestito. Partimmo nel buio, portando una lanterna assicurata in cima a un palo, e ci dirigemmo a sud, una strada piacevole, dopo tutto.

XXXIV

Presumevo ormai di essere giunto alla fine della mia esistenza e volevo essere preparato. Non appena fummo arrivati ai Tre Leoni, mandai Kephalos a Ninive a prendere uno scriba, per poter mettere ordine nei miei affari. In tre giorni fece ritorno, e in quel frattempo avevo stabilito che avrei fatto meglio a intestare subito i Tre Leoni a nome di mia madre, perché se fossi stato dichiarato traditore la mia proprietà sarebbe stata subito confiscata dal re. Ogni mio altro possesso poteva restare com'era, perché donare una parte significativa di quella ricchezza a qualcuno a cui tenevo equivaleva semplicemente a invitare la confisca immediata. Allo stato attuale delle cose, a meno che Asarhaddon non agisse per pura cattiveria, non avrebbe potuto procedere contro mia madre.

Rilasciai poi al mio antico schiavo atti grazie ai quali poteva disporre a suo piacimento dell'oro che aveva depositato presso i mercanti di Sidone e in Egitto.

«Ti consiglio di affrettarti a partire» gli dissi. «Passerà un po' di tempo prima che mio fratello si ricordi del suo rancore verso di te, ma quel momento arriverà.»

«Potrei tornare a Nasso a fare la vita del signore» disse, sospirando rumorosamente. «Le isole greche sono il posto più indicato per un uomo che desideri trovare comodità e piacere, cioè tutta la felicità della vita, padrone. Non posso persuaderti a fuggire con me?»

«No. Se tolgo ad Asarhaddon la sua vendetta, su chi credi che ricadrebbe il colpo?»

«Stai pensando alla Signora Merope.»

«Sì, a lei. Non c'è tempo di mandarla a prendere e inoltre sono senza dubbio sorvegliato a distanza. Devo rimanere.»

«Allora resterò anch'io. Mi fermerò qui almeno finché il

tuo fato sia deciso, e forse potrò esserti di qualche aiuto. E può anche darsi che dopo ci sia tempo.»

Lo abbracciai e con gli occhi pieni di lacrime di gratitudine insistetti per farlo partire, ma non volle ascoltarmi.

«Per volere del mio padrone sono oggi un uomo libero» disse con magniloquenza. «Libero di andare e venire a mio piacimento, e ho il desiderio di vedere come andrà finire tutta questa storia. Farò come riterrò opportuno.»

«Allora cerca di ritenere opportuno andare a Ninive e vedi che cosa riesci a sapere là. Sarai abbastanza sicuro se ti perderai nella folla, la città è piena di stranieri e uno di più non si noterà.»

E così fece, lasciandomi solo a godere meglio che potevo dei miei ultimi giorni di libertà.

Avrei aspettato ai Tre Leoni finché mio fratello non mi avesse mandato a chiamare, e sarebbe stato presto, perché sapevo che non avrebbe resistito alla tentazione di avermi a portata di mano; ma decisi che fino a quel momento avrei sgombrato la mia mente da ogni pensiero e avrei vissuto soltanto per il mio piacere. Perciò, andai a caccia tutti i giorni, sebbene d'inverno la selvaggina fosse scarsa, bevvi più del dovuto e dormii più che potei. Forse i miei schiavi e contadini avevano qualche idea della mia situazione, ma non lo dettero a vedere. La vita era dunque quasi piacevole.

Scoprii al mio ritorno che Naiba era madre di un bel maschio, un bambino robusto che già camminava sulle sue gambette grassottelle, ed era nuovamente in attesa di un figlio. Sembravano felici lei e il marito, e provai un certo piacere al pensiero che non tutte le mie azioni erano state causa di dolore.

Perché, sebbene davanti agli dei potessi essere senza peccato, questo non bastava più a lavare la vergogna che avevo provato a Khanirabbat, e forse Nabusharusur aveva avuto ragione: avevo creduto di dare ascolto alla voce di Assur e invece non avevo seguito altro che quella della mia paura.

Il mio fratello eunuco aveva avuto ragione nel dire che tutto era cominciato con Esharhamat: avevo rinunciato a lei sentendomi nobile, e come poteva essere diversamente se il mio cuore sanguinava così? E ogni anno senza di lei mi era sembrato più duro, un passo in più verso la disperazione. Eppure avevo cominciato quel cammino e dovevo andare fino in fondo, dovunque mi portasse.

Che cosa avrei potuto fare di diverso? Man mano che Asarhaddon si avvicinava al trono, la sua elezione a *marsarru* era parsa a tutti una follia sempre maggiore, eppure quella era la volontà proclamata dagli dei e io lo avevo creduto sempre più ostinatamente. E avendo perduto Esharhamat, come potevo ammettere con me stesso che avevamo entrambi offerto un sacrificio così terribile sull'altare del destino, soltanto per vederlo respinto tanto sgarbatamente? Più una cosa ci costa e più cara ci diventa, è un'avidità che acceca, che brucia le pupille. Io ero stato accecato dall'avidità dello spirito, perciò quale prezzo non sarei stato disposto a pagare per mettere Asarhaddon sul trono? Nabusharusur aveva avuto ragione a chiamarmi codardo, perché avevo paura di tutto a quanto pareva, tranne che della morte.

Passarono cinque giorni, e poi altri cinque. Il grande esercito di Asarhaddon era ritornato dal corso superiore dell'Eufrate: un pomeriggio, mentre cavalcavo nella campagna, vidi, lontano, la nuvola di polvere sollevata dalle colonne in marcia. Ormai mio fratello doveva essere a Ninive e aver già celebrato il suo trionfo, e molto probabilmente si stava guardando intorno. Continuai ad aspettare. Non avevo fretta.

Finalmente, l'araldo del re arrivò, un uomo solo, così dedussi che non dovevo essere condotto via in catene.

«Il re ti vuole» disse. «Hai l'ordine di rientrare in città da solo e in modo da causare il minimo scalpore.»

«Forse dovrei venire travestito da mendicante» risposi. «Oppure il re preferirebbe che vi fossi portato come un criminale comune, legato dietro a un carro?»

«Conosci già la volontà del re.»

«Sì: la conosco.»

Partì, l'impassibile messaggero, senza nemmeno essere disceso da cavallo, ma non ero comunque in vena di dimostrare la mia ospitalità.

Molto bene. Non avrei fatto del mio ritorno a Ninive un grande spettacolo, un'idea che d'altronde non mi era nemmeno passata per la mente, ma alla quale avrei comunque rinunciato. Sarei entrato in città a cavallo, da solo, senza insegne del rango. Sarei stato un semplice proprietario terriero venuto in città per qualche affare, forse per una breve vacanza, e Asarhaddon non avrebbe avuto di che lamentarsi

La mattina seguente mi recai nella stalla, accompagnato dal mio sovrintendente Tahu Istar, e feci preparare il castrone pomellato sul quale avrei fatto il mio ingresso a Ninive. Spettro, nel recinto attiguo, scalciava e sbuffava nervosamente, come se capisse tutto.

«Può darsi che stia lontano per qualche tempo» dissi. «E desidero che si abbia la più grande cura di quel cavallo. Una volta, fra i Medi, mi ha salvato la vita.»

«Sarà fatto come desidera il padrone dei Tre Leoni.»

Il mio sovrintendente sottolineò le sue parole con un profondo inchino, la mano sul cuore, e io mi chiesi quanto sapesse di me.

«Padrone non lo sono più, perché ho donato la proprietà a mia madre. So che la servirai fedelmente come hai servito me, Tahu Istar.»

«Io e mio figlio la serviremo entrambi, Signore.»

«Bene, allora questo è sistemato.»

Balzai a cavallo e tesi la mano che Tahu Istar prese fra le sue. «E che le cose prosperino sempre per te e possa il bambino nel ventre di Naiba essere un altro maschio per rallegrare il tuo cuore.»

«Addio, Signore! Che il dio ti tenga nella sua mano!»

Sapeva che non ci saremmo rivisti mai più, glielo leggevo in viso.

«Addio, sovrintendente!»

Quando mi lasciò andare la mano, spronai il cavallo e lasciai quel luogo che era stato la mia casa.

Raggiunsi la pietra che segnava il confine delle mie terre alla prima ora del mattino e non prevedevo di passare per la Grande Porta di Ninive prima di due ore dopo il mezzogiorno. Con un passo più svelto avrei potuto arrivarci più in fretta, ma avevo fatto una colazione abbondante e mi sentivo impigrito; in ogni caso, non c'era niente di molto allettante per me a Ninive.

La strada seguiva il corso del Tigri, che in quella stagione dell'anno è dentro il suo letto, e le sue acque fredde e scure correvano veloci fra le strette rive, sibilando come tanti serpenti: anche il Tigri era diretto a Ninive.

Mi chiedevo che cosa sarebbe accaduto là: mi avrebbero messo a confronto con falsi testimoni, uomini pagati per testimoniare che avevo complottato con Arad Malik? E Asarhaddon si sarebbe davvero abbassato a questo, dal momento che lui più degli altri sapeva che ero innocente?

Eppure, nemmeno come re avrebbe potuto accusarmi dei miei veri crimini, perché come avrebbe potuto ammettere davanti al mondo che suo figlio ed erede Assurbanipal, favorito dagli dei, non era suo ma mio? No, se sapeva, e sospettavo che sapesse, avrebbe mantenuto il silenzio.

E dunque, che cosa restava? Un assassino, un pugnale prezzolato, nascosto nel buio? Forse. Tutti avrebbero saputo la verità, ma nessuno avrebbe parlato. Un re può regnare circondato da molti scandali, perché gli uomini, se se ne dà loro motivo, crederanno sempre ciò che desiderano credere.

Questo aveva detto Sinqi Adad prima che la sua carne fosse strappata dalle ossa col fuoco. Era forse la saggezza che viene ai condannati?

Il sole sulla faccia mi dava piacere: la vita era un dono del cielo, anche se fosse durata solo un'ora.

La strada per Ninive era sgombra.

Incontrai poca gente durante il percorso, fino all'ultima pietra miliare prima delle porte della città, lo stesso punto nel quale avevo parlato per l'ultima volta col *maxxu*. Là, dove i solchi delle ruote si fanno più profondi, oltrepassai un gruppo di contadini con i loro carri, tre o quattro uomini, che sul lato della strada si godevano un boccale di birra e quattro chiacchiere prima di recarsi al mercato. Uno di essi mi guardò mentre passavo e dall'espressione della sua faccia capii che mi aveva riconosciuto. Cinque minuti dopo lo stesso carro mi superò a trotto serrato; ma gli uomini guardarono da un'altra parte mentre passavano.

Mi fermai lungo la strada e consumai il pasto di mezzogiorno in un luogo dal quale già si vedevano le mura di Ninive.

Che cosa era successo? Ogni passo del nostro cammino mi era chiaro, eppure non riuscivo a capire come mai Asarhaddon e io, amici e fratelli, avessimo potuto diventare nemici tanto acerrimi. Sembrava strano, ma inevitabile. La mia vita rovinata, la sua senza gioia o serenità di spirito: era una cosa amara, e quest'odio fra noi era ciò che mi dispiaceva maggiormente, più ancora della perdita di Esharhamat, il cui amore avevo almeno conservato. Se avessi incontrato la lama di un assassino, vibrata da un nascondiglio nel buio, non avrei sofferto a separarmi dalla vita, ma rimpiangevo che fosse Asarhaddon a pagare perché questo avvenisse.

Finito che ebbi di mangiare, mi accinsi all'ultima parte del viaggio e quando fui a cinquecento passi dalla Grande Porta vidi la folla che andava radunandosi.

Non avevo ancora percorso metà di quella distanza che ai lati della strada si era allineata gente che lanciava fiori e monete d'oro al mio passaggio, cercando di toccarmi, e perfino di toccare il mio cavallo, acclamando.

«Assur è Re! Assur è Re! Assur è Re!» cantavano, rossi in volto, pazzi di gioia, e mentre passavo sotto la Grande Porta, dalle mura di mattoni riecheggiavano le grida. La via di Ninlil, che conduceva al palazzo reale, era gremita di folla, stranieri e abitanti della città, ragazzi e uomini, donne che tendevano verso di me i loro bambini perché la mia ombra cadesse su di loro.

Non riuscivo quasi a farmi strada per la pressione della folla che mi circondava da tutte le parti.

E dappertutto le acclamazioni, lo stesso grido ripetuto da mille voci: «Assur è Re! Assur è Re!». Era come se stessero supplicando me o il dio, o entrambi.

''Questo'' pensai, col cuore che mi batteva forte nel petto, ''questo è il momento più bello della mia vita. Qualsiasi cosa succeda adesso, non ne conoscerò mai uno simile.''

Si dice in Oriente che le tre cose più belle della vita sono l'amore, il potere e la vendetta. La folla radunata ad accogliermi al mio ritorno a Ninive me le regalò tutte e tre, anche se solo per un attimo. Qualunque cosa potesse succedere nelle ore e nei giorni successivi, mi stavo vendicando di Asarhaddon in anticipo.

Perfino in un giorno di mercato, quando le strade sono affollate, si può andare a piedi dalla Grande Porta al palazzo reale in quarantacinque minuti, ma quel giorno, a cavallo, non mi ci vollero meno di due ore. La gente di Ninive non voleva lasciarmi andare, le orecchie mi risuonavano dei loro applausi ed ero inebriato dalla loro adorazione. Essi, almeno, non mi avevano abbandonato.

Anche la scalinata del palazzo reale era gremita: i nobili della corte di mio fratello, forse attratti dal rumore, erano venuti, abbigliati fastosamente nelle loro vesti d'ufficio, per essere testimoni di ciò che senza dubbio nessuno di loro si sarebbe aspettato, né riusciva a spiegarsi. Vidi molte facce note e molte sconosciute e vidi perplessità, allarme, perfino paura. Sì, era naturale che avessero paura.

E alla fine, lo stesso re apparve sui gradini della scalinata, il re, nelle sue vesti dorate, apparso ancora una volta a calmare la gente di questa città odiata e ribelle. Alzò la mano per imporre il silenzio, ma la folla non gli obbedì e continuò a gridare gioiosamente «Assur è Re! Assur è Re! Assur è Re!», come se il suo re fossi io ed essa mi stesse seguendo dopo la cerimonia dell'incoronazione.

Finalmente, ai piedi della scalinata, tirai le redini del mio cavallo, spaventato e innervosito, e smontai. Asarhaddon era in cima alla gradinata, davanti alle grandi porte spalancate sui loro cardini di rame, e io ero in fondo: eravamo uno di fronte all'altro per la prima volta.

Salii i gradini, uno dopo l'altro, lentamente, mentre le fila dei dignitari si aprivano davanti a me e la folla continuava ad applaudire alle mie spalle. Un gradino alla volta, e mi sembrò che durasse un'eternità.

Alla fine mi ritrovai davanti a lui, che aveva una smorfia di freddo disprezzo sul volto, come se si fosse sempre aspettato questo tradimento. E ancora la folla acclamava.

Mi inginocchiai ai piedi di Asarhaddon.

Nella folla si fece silenzio. Inginocchiato tesi le mani verso di lui, mio Re e Signore, in segno di sottomissione, e poi mi abbassai a premere la fronte sul suolo, un gesto inequivocabile.

Sembrò che tutto il mondo trattenesse il fiato. Sollevai il capo e lessi l'odio negli occhi di mio fratello. Mi odiava ancora di più in quel momento. Mi rialzai in piedi.

Asarhaddon non parlò. Si voltò e rientrò nel palazzo.

Fui informato che la volontà del re era che non abitassi nella mia residenza, il palazzo che avevo ereditato dal Signore Sinahiusur, ma che restassi nel palazzo reale. Ero in effetti agli arresti, e potevo muovermi liberamente nel palazzo e nella casa della guerra, la cui guarnigione era adesso formata da truppe del sud, fedeli ad Asarhaddon; ma la città mi era proibita.

Avevano paura della folla, naturalmente. Temevano che, perfino dopo il mio atto di sottomissione formale al re, potessi strappargli la corona, anche se non so dire se ne avrei avuto il potere.

Credo che la folla fosse rimasta delusa da me, si era aspettata che il Principe Tiglath Assur venisse a liberarla, che fosse il suo campione, avevano sperato in un miracolo. Ancora una volta io ero onorato e acclamato perché non ero mio fratello, e adesso mi ero dichiarato suo servo.

Ma quanto doveva essere costato ad Asarhaddon farsi vedere a ricevere questa pubblica offerta di lealtà! Non si può combattere ciò che viene dato spontaneamente, e come doveva esser stato ferito nel vedermi con la faccia a terra, a onorarlo come re perché così avevo voluto io! La vittoria era stata mia, non sua: in quel momento lo avevo ripagato di ogni offesa e il suo orgoglio non si sarebbe ripreso mai più. Si sarebbe ricordato per tutta la vita di come lo avevo coperto di vergogna: è possibile trionfare anche mettendosi in ginocchio.

E adesso, una volta di più, rimasi ad aspettare la sua sentenza, sebbene non avesse quasi più importanza per me.

Ero solo. Gli schiavi mi portavano il cibo e mi servivano in ciò di cui avevo bisogno con silenziosa efficienza, ma non parlavano mai e per tre giorni la mia solitudine fu ininterrotta.

La terza sera, però, ricevetti una visita. Mentre sedevo davanti a un braciere in quella che doveva essere la mia sala delle udienze, si aprì una porta, un'ombra cadde sul pavimento, e vidi mia sorella, la Signora Shaditu: almeno, ricordo di aver pensato, lei non è un'assassina.

Gli schiavi erano improvvisamente scomparsi nel nulla.

«Pensavo che a questo punto tu avessi già scelto con chi allearti» dissi, grato a dispetto di me stesso per quel poco calore umano che essa poteva darmi.

«L'ho fatto, ma nostro fratello non prende tanto sul serio le sue donne da interessarsi a dove vanno o a chi vedono.»

«Sei una sua donna, dunque?»

«Sì: pensavi che Asarhaddon avrebbe avuto i tuoi scrupoli?» Mi sorrise e si sedette accanto a me sul divano. Era solo un sorriso, niente di più. «Un corvo razzola dove gli capita. Asarhaddon conosce il mio letto, lui come altri uomini, e mi domando a volte se saprebbe riconoscermi in un altro luogo. Che ne è stato della tua schiava?»

«L'araba? Zabibe? L'ho data a un fabbro con un occhio solo, che se ha abbastanza forza nel braccio, e nello stomaco, forse la rende anche felice.»

Questo divertì Shaditu, che gettò indietro il capo e scoppiò in una risata simile a quella di una iena; poi mi mise le braccia intorno al collo e mi baciò. Sentii la sua lingua che scivolava fra le mie labbra, e le coprii i seni con le mani.

«Avanti!» mormorò. «Non fermarti!»

Shaditu sospirò di passione mentre penetravo in lei.

Finì e avrebbe potuto non esser mai successo. Si lisciò i capelli neri e sorrise.

«Ti sarai forse chiesto perché sono venuta. No, non per questo, o almeno, non soltanto per questo.»

«Allora perché?»

«Per avvertirti che sei in pericolo.»

Toccò a me ridere, adesso.

«In pericolo...?» Il riso mi soffocava. «In...? Shaditu, sorella mia, credi forse che non mi renda conto della mia situazione?»

«Asarhaddon è furioso» disse, ignorando la mia poco opportuna esibizione di allegria. «Quando è entrato in città, con i prigionieri incatenati al carro e un esercito col quale aveva riportato una grande vittoria alle spalle, la gente è rimasta in silenzio. Si sentiva soltanto il rullare dei tamburi. E poi tu...»

Fece un gesto con la mano, lasciandola a mezz'aria.

«A questo hai ridotto il suo trionfo: a niente, a meno di niente. ''Crede che io sia re grazie a lui?'' chiede, e tutti hanno paura di rispondergli. Ti ucciderebbe, se osasse.»

«Oserà?»

«Tu lo conosci. Dipende dai suoi sogni, e dagli indovini... e da sua madre.»

«Se dipende da sua madre, sono già morto.»

Non rispose, ma si alzò, incamminandosi nella penombra della stanza verso la porta che era rimasta aperta.

«Addio, Tiglath Assur» disse. «È una debolezza per me amarti, ma ti amo. Mi chiedo se ci rivedremo mai più.»

Uscì.

Rimasi alzato fino all'alba, poi me ne andai a dormire, tenendo una spada accanto alla mia stuoia per compagnia.

La mattina dopo, quando lo schiavo mi portò la colazione, sul vassoio c'era una ciotola di datteri. Non ne avevo mangiati più di due o tre, quando trovai una strisciolina di pelle arrotolata, non più grande del palmo della mia mano. La scrittura su di essa era greca.

«Essendo stato uno di loro, conosco l'arte di corrompere gli schiavi. Se hai bisogno di me, mormora il mio nome all'orecchio del cane che ti ha portato questo.»

Sì, chi se non Kephalos avrebbe saputo trovare il modo di penetrare attraverso le mura del palazzo reale? Chi altri ci avrebbe provato? Ma ormai non avevo bisogno di lui.

Avevo già ricevuto l'ordine di presentarmi davanti al re alla terza ora dopo mezzogiorno.

Asarhaddon era sdraiato sui cuscini, circondato dalle sue concubine, i piedi che dondolavano oltre il bordo del divano, e che una negra, senza niente addosso tranne i pesanti fili d'oro che portava intrecciati ai capelli, stava lavando in un grande bacile d'argento. Misi la destra sul cuore e cominciai a inchinarmi.

«Non osare farmi ancora una cosa simile, Tiglath!» urlò, sferrando un calcio alla schiava negra e balzando in piedi. «Non ti burlerai di me un'altra volta!»

«Mio Signore...»

«Basta!»

Alzò un braccio, puntandomi contro il dito, e poi si guardò intorno fulminando i presenti.

«Uscite tutti di qui! Tutti quanti! Non vedete che ho da fare? Fuori!»

Per un attimo non si sentì altro che lo scalpiccìo dei piedi nudi sul pavimento. Soltanto quando fummo soli, Asarhaddon sembrò capace di rilassarsi.

«Sono una vera seccatura, alle volte» disse, come per scusarsi, e poi mi gettò uno sguardo strano, quasi implorante. Improvvisamente, fu come se niente fosse cambiato fra noi.

«Chi è la negra? È nuova?»

«Sì.» Sorrise, quasi fra sé e sé. «Un regalo di... Tiglath, che sporco tiro mi hai giocato!»

«Se ho offeso...»

«Ho detto basta! Dannazione a te, quando assumi quel tono so che mi stai prendendo in giro!»

«Sei tu il re, fratello» dissi, scoprendomi quasi capace di provare compassione per lui.

«Davvero! Sì, e allora?» Scontento e petulante come un bambino, si lasciò andare sui cuscini. «Per i sessanta grandi dei, vorrei non esserlo!»

«Tuttavia lo sei. E nessuno di noi due può farci niente.»

Improvvisamente mi sorrise.

«No, è vero, nessuno!»

Per un lungo istante rimase in silenzio, sdraiato a contemplare il soffitto, e io aspettai, dato che non c'era molto altro da fare per me.

«Sei venuto a Khanirabbat» disse finalmente, sempre guardando il soffitto, come se parlasse a lui anziché a me. «Avresti potuto unirti ai ribelli, forse anche essere re al mio posto. Eppure sei venuto. E quando ho mandato quell'idiota di Sha Nabushu...»

«Sei tu il re. Se ben ricordi, eravamo già d'accordo su questo. Io sono un soldato e il servo del re.»

«E se il re ti chiedesse la vita?»

«Allora morirei, penso.»

«E se io morirò, starai pensando, quel piccolo bastardo della Signora Esharhamat, Assurbanipal, regnerà al mio posto. Noterai che ho chiamato *mio* figlio bastardo, Tiglath, quello che il mondo nella sua ignoranza chiama mio figlio. O forse pensavi che non avrei capito?»

Guardava me adesso, e se fosse stato un dio, invece di un uomo, sarei rimasto incenerito all'istante sotto quello sguardo. Ma non parlai.

«*Mio* figlio regnerà, Tiglath... fratello. *Mio* figlio e di nessun altro! Non ti porto rancore per questo, per questo in particolare, perché io la odio quasi quanto lei odia me, ma mio figlio avrà la corona!»

«Questo lo deciderà il dio. Sceglierà il suo successore come ha scelto te. È vano pensare il contrario.»

Il re balzò in piedi tremando d'ira mentre la sua faccia si faceva scura come il cielo durante un temporale.

«Possano gli dei dannare la tua anima nera, Tiglath!»

«E che il dio ti conceda tutto ciò che entrambi noi sappiamo che meriti, Temibile Signore.»

Per un istante, solo per un istante, pensai che Asarhaddon avrebbe pronunciato le parole che gli avrebbero permesso di essere nuovamente mio fratello. C'era qualcosa nei suoi occhi che suggeriva la consapevolezza improvvisa di un uomo che capisce finalmente che cosa sta per perdere. Restammo a guardarci, l'uno di fronte all'altro. Tutto avrebbe potuto succedere in quel momento, e come sarebbero state diverse le storie delle nostre vite, allora!

«Guardie!»

In un istante mi trovai circondato dai soldati, e mentre guardavo ancora il volto di Asarhaddon seppi che quel momento era passato, o che ciò che avevo visto non era stata che la mia ultima vana speranza, perché adesso i suoi occhi mostravano l'odio implacabile e l'assenza di rimorso del despota.

«Conducete via il Signore Tiglath Assur» disse con la voce soffocata dalla collera. «Credo che ci sia ancora da qualche parte la gabbia di ferro nella quale abbiamo sistemato il re di Babilonia, il Signore Nergalushezib, durante la sua permanenza da noi. Trovatela e mettetela a disposizione di mio fratello.»

Uno dei soldati cercò di afferrarmi un braccio, ma io lo scossi via e gli spinsi la faccia con la mano così forte da farlo ruzzolare sul pavimento.

«Non osate!» sibilai a denti stretti. «Andrò, perché questa è la volontà del re, ma per nessun'altra ragione. Non osate mettermi le mani addosso un'altra volta!»

Entrambi i soldati erano armati e io non avevo con me nemmeno un pugnale, ma quello che era rimasto in piedi arretrò di un passo. Guardò il re, con aria supplichevole, come se io avessi il potere di fulminarlo all'istante.

E anche Asarhaddon ebbe paura.

«Sì, certamente» disse, con un risolino forzato. «Ricordatevi le vostre buone maniere e comportatevi bene. Dopo tutto è il Signore Tiglath Assur, un Eroe e un Principe!»

Potevo sentire la sua risata riecheggiare alle mie spalle mentre i soldati mi conducevano via.

In casa nostra, così pareva, non si scartava mai niente. La gabbia era in un angolo delle prigioni del palazzo, sulle sbarre c'era la polvere accumulata in dieci anni di disuso.

Il carceriere, un vecchio gentile, che era stato soldato e aveva perduto in guerra la metà del piede sinistro, la ripulì meglio che poté e mi dette perfino un cuscino su cui sedermi, la gabbia essendo di dimensioni tali da non potercisi mettere in piedi. Mi portava i miei pasti di pane e acqua e mi rallegrava lo spirito con tutta la conversazione di cui era capace. Ricordava molto bene il Signore Nergalushezib e aveva aiutato a inchiodargli la corona sulla testa. Mi disse che la gabbia non era più stata usata da allora.

Aveva moglie e viveva in città e grazie al suo andare e venire riuscii in qualche modo a tenere il conto del tempo e a sapere quindi da quanti giorni mi trovavo prigioniero. Ero al ventesimo quando, nel mezzo della notte, o almeno così giudicai, sebbene in quella cella senza finestra non potessi esserne sicuro, ricevetti una visita.

Non ne aspettavo certamente nessuna e dedussi che, a parte il carceriere, l'unica persona che potesse venirmi a trovare era l'uomo mandato a tagliarmi la gola, ma non si trattava di lui: era la madre del re, la Signora Naq'ia.

Era allora tra i quaranta e i cinquant'anni, eppure, a parte il grigio nei capelli, non sembrava diversa dalla donna che ricordavo dalla mia infanzia. Anche la tunica e il velo di lino nero, trapunto d'argento, erano gli stessi, la sua bellezza inalterata e il sorriso ugualmente enigmatico.

Il carceriere, non il mio amico, ma quello che veniva a dargli il cambio e che non parlava mai, le portò uno sgabello sul quale essa si sedette, licenziandolo poi con un gesto della mano. Per un lungo momento restammo in silenzio: mi guardava attraverso le sbarre, come se la mia vista le desse un immenso piacere.

«Come sta tua madre, Tiglath?» chiese alla fine.

«Stava bene l'ultima volta che l'ho vista, Signora, un po' più di un mese fa.»

«Mio figlio ha inviato un nuovo *shaknu* ad Amat, perciò suppongo che adesso sarà nella tua proprietà chiamata i Tre Leoni?»

«Dove spero, le sarà permesso di vivere in pace.»

«Naturalmente, Tiglath.» Sorrise. «Tua madre è una dolce creatura e io non le voglio alcun male.»

«Sono sollevato nel sentirtelo dire, Signora.»

Tacque nuovamente, e poi, di colpo, come se le fosse venuto in mente qualcosa di divertente, scoppiò a ridere, un riso freddo, metallico, che l'esperienza mi ha insegnato a temere nelle donne.

«Forse non ti ricorderai» disse. «È successo quando eri ancora un bambino: dissi a tua madre una volta che saresti finito a costruire mattoni per le mura della città.»

«Sì, mi ricordo. Sarà questo il mio destino?»

«Questa è la difficoltà, Tiglath: il tuo destino. Per quanto possa piacermi l'idea di vederti sudare seminudo, con i gomiti e le ginocchia immersi nel fango, non credo che sarà possibile.» Scosse il capo, guardandomi come se volesse confortarmi attraverso le sbarre.

«C'è la folla cittadina da tenere in considerazione» continuò. «Un uomo che suscita tanto affetto fra la gente come te, non può essere pubblicamente umiliato: il popolo non lo tollererebbe. E poi c'è mio figlio. Vuole ucciderti, ma non sono sicura che osi farlo, e anche se trovasse il coraggio, sarebbe una cosa saggia eliminarti? Come possiamo ucciderti quando la folla e l'esercito ti tengono in tanto onore, quando hai fatto atto di sottomissione al nostro potere tanto pubblicamente? Eppure, come possiamo lasciarti vivere se Asarhaddon non sarà mai veramente un re finché la tua ombra lo sovrasterà? Come ti ho detto, questa è la difficoltà e io devo ancora prendere una decisione per mio figlio.»

Il sorriso, che non aveva mai lasciato la sua faccia, cambiò leggermente.

«O forse ti eri immaginato che il tuo destino fosse nelle mani di Asarhaddon? No, Tiglath: è nelle mie mani. Credevi che mi sarei fidata di mio figlio per prendere una decisione di questa importanza?»

«È lui il re, Signora, non tu.»

«Sì, è il re. Ma io l'ho messo sul trono e senza di me non resterà re a lungo. Asarhaddon lo sa, o lo saprà molto presto.»

«Il dio l'ha messo sul trono, Signora.»

«No, Tiglath.» Scosse il capo, gentilmente, come una madre che istruisce il suo bambino. «Il dio non ha avuto niente a che vedere con questo. Io l'ho fatto re, e nessun altro.»

Dunque era vero. Le voci che avevo sentito dalla bocca di Nabusharusur erano vere. Gli auspici erano stati falsati, e questa non era una semplice fantasia nata dal desiderio di coloro che erano stati delusi dall'elezione di mio fratello, improvvisa e inattesa, ma era la verità. Forse, e rabbrividivo al pensiero, forse Shaditu non aveva mentito quando mi aveva chiamato *vero re*.

Per la prima volta dopo l'assassinio di mio padre, sentii la fredda morsa della paura afferrarmi il cuore, non la paura della morte, ma di ciò che è peggiore della morte. Era stato tutto inutile, dissi a me stesso. Tutto, la mia sottomissione, la mia lunga tenace obbedienza... Non avevo servito il volere del dio, ma quello di Naq'ia.

«E la morte di Arad Ninlil...?»

«Non io, Tiglath, o almeno non direttamente.» Si coprì la bocca con le dita, in un gesto di divertita compassione. «Posso pronunciare il nome di Esharhamat, o tu la immagini sempre così pura, così innocente? Gli uomini sono talmente sciocchi creduloni! Sì, Tiglath, in questo, se non in altro, siamo state alleate.

«Lo ha avvelenato a tavola, e sotto gli occhi di sua madre, un atto che ha richiesto del coraggio e un cuore indurito come il mio. E la sua punizione adesso, come moglie di mio figlio, è più che giusta, credimi.»

Non volevo sentire di più. Mi coprii la faccia con le mani.

«Fa' quello che vuoi di me, Signora» dissi. «Perché mi hai già reso il più maledetto fra gli uomini.»

«Sì, Tiglath, lo so.»

Si alzò in piedi, avendo già raggiunto il suo scopo, e desiderando lasciarmi ai miei pensieri.

«Esharhamat non soffrirà da sola» dissi alla fine, il cuore stretto dal dolore. «Il dio non permetterà che queste azioni restino impunite.»

Si fermò un istante, la mano già sulla porta, e sorrise.

«Forse no, Tiglath, per quanto io poco mi curi del vostro rozzo dio del nord, eppure non sembra che voglia sfogare la sua ira su di me. Guardati intorno! Sono io a lasciare questa prigione, non tu! E ne uscirai mai, mi domando?»

Ne uscii, perché la voce del dio non era ancora soffocata, e se mi fossi ricordato della sua promessa e di tutto ciò che mi aveva rivelato, avrei intuito i suoi disegni.

Ma non ricordavo, e il mio cuore, nei giorni che seguirono, era chiuso a ogni speranza. Restavo accovacciato nell'oscurità, in attesa soltanto della morte.

E un giorno credetti veramente che fosse giunto quel momento.

Non fu però la morte a venire a me ma soltanto Asarhaddon, che indossava l'uniforme da soldato. Venne accompagnato dalla guardia del corpo del *quradu*, e con la spada in mano.

«Fallo uscire!» ordinò al carceriere, e poi, come se non riuscisse a contenere la sua collera, cominciò a colpire le sbarre con la spada, facendole risuonare. «Fallo uscire, ho detto!»

Era il sogno! Il dio non me l'aveva forse rivelato? La città trasformata in gabbia, e Asarhaddon che batteva la spada contro le sbarre...?

Potevo leggerglielo in faccia. Voleva uccidermi, ma non avevo bisogno che me lo dicesse la Signora Naq'ia per capire che non osava. Gli sorrisi, non avevo paura di lui, perché ricordavo adesso la promessa del dio.

Il carceriere girò la chiave nella serratura e aprì la piccola porta della gabbia.

Era la prima volta in poco meno di un mese che mi alzavo in piedi e vacillai sulle ginocchia.

«Esci dalla tua cuccia, cane!» ringhiò mio fratello, con la faccia nera dalla collera.

Alla fine, due soldati dovettero aiutarmi, e io rimasi in piedi, appoggiato alla gabbia che mi aveva contenuto come una volpe in trappola, e mi beffai di Asarhaddon senza parlare, soltanto guardandolo in faccia: era sufficiente, perché non ero io ad avere paura, ma lui.

«Coraggio!» mormorai. «Hai la spada in mano, non c'è niente che possa fermarti. Uccidimi e sarai re per sempre, am messo che tu abbia il fegato per essere un uomo.»

«Tiglath, non...»

«Colpisci!» gridai, senza badare a niente. «Ora o mai più!»

Sapevamo tutti e due che la scelta era quella.

Impiegò molto tempo a decidere: nel suo cuore e sul suo volto regnava un conflitto penoso a vedersi Voleva uccidermi, sì, per questo era venuto.

Ancora adesso non so che cosa abbia potuto trattenere la sua mano, se non il volere del dio.

Alla fine scagliò la spada sul pavimento di mattoni.

«Ripulitelo! Il Signore Tiglath Assur, il mio reale fratello, sembra un mucchio di letame!»

Si guardò intorno sorridendo, cercando un applauso alla sua battuta di spirito, ma non incontrò che il silenzio.

«Non ascolterà il mio giudizio come uno schiavo» disse, con voce inespressiva, tenendomi gli occhi addosso, come se parlasse a me soltanto. «Portatelo da me fra tre ore.»

Si girò sui tacchi e se ne andò.

Avevo tre ore. Fui riportato nelle mie stanze, incapace di camminare all'inizio, ma ritrovando man mano quell'abilità perduta, e là fui accudito da schiave a me sconosciute, che mi lavarono e mi dettero da mangiare: non erano le mie schiave, ma quelle di Asarhaddon, e non parlavano, lasciando quindi inalterata la solitudine della mia prigionia; ma ero più contento così.

''Che faccia quello che crede'' dissi a me stesso. ''Che mi uccida, se vuole, ma non si libererà mai della vergogna di questo giorno.'' In questo pensiero mi confortavo, credendo di aver vinto, che ci fosse ancora qualcosa da vincere.

Alla fine del tempo concessomi, fui rivestito della tunica d'argento dei principi e condotto davanti al re nella grande sala. Asarhaddon aspettava là, ma non da solo.

Era un luogo solenne, la grande sala. All'entrata stavano i grandi tori alati androcefali, i geni protettori dei re, e sulle pareti erano scolpite o dipinte su pannelli scene dedicate alla memoria della gloria dei nostri padri. Avevo visto là il Signore Sennacherib migliaia di volte, a banchetto coi suoi nobili, o nel suo ufficio di giudice, o mentre riceveva il tributo delle nazioni soggette. Tutta la potenza e la forza della Terra di Assur trovava qui la sua espressione, non meno che nelle armate, non meno che nei templi degli dei. Quando gli stranieri entravano in questo luogo erano presi da tremore e quando vi entravamo noi, principi o gente comune, per i quali la voce del re era la stessa del Grande Assur, sentivamo un fremito di orgoglio.

E adesso Asarhaddon era là, circondato dai suoi dignitari e dallo splendore della sua maestà, tenendo in mano la spada d'oro, simbolo del suo ufficio. Era in piedi separato dagli altri, e aspettava, il volto fermo e senza espressione.

Quando entrai, tutti fecero silenzio, volgendo gli occhi al sovrano. Mi misi la mano sul cuore e m'inchinai, perché era il re, non potevo mutare questo fatto, e dovevo perciò inchinarmi alla sua maestà.

Alzò il braccio, puntandomi la spada contro il petto.

«Questo principe è mio nemico» disse, e la sua voce riempì la sala. «Nel suo cuore non onora alcun re, anche al tempo di mio padre, il Signore Sennacherib, era un ribelle. Vorrebbe mascherare la sua ribellione, ma con me non può farlo, perché io solo conosco le storture della sua mente, io che sono stato suo fratello.»

Abbassò la spada e si guardò in giro, per vedere come erano state accolte le sue parole.

Ma non erano le sue parole, ora lo capivo, erano quelle della Signora Naq'ia, la sua voce sentivo e la sua astuzia. Lei aveva deciso come sarebbero andate le cose, aveva stabilito tutto per noi. E quindi non potevo non provare compassione per Asarhaddon poiché sembrava che non se ne rendesse conto.

«Perciò lo bandisco.»

Ci fu un mormorìo di voci, molte voci, che dicevano con parole diverse la stessa cosa, e mentre il ronzìo simile a quello delle mosche su una carogna continuava, mio fratello, colui che era stato mio fratello e che aveva proclamato di non esserlo più, scambiò con me un'occhiata silenziosa che diceva tutto senza bisogno di parole.

«Che si allontani da questa città» continuò, gli occhi sempre fissi nei miei. «Che parta prima dell'alba di domani, se ha cara la vita, e che lasci la Terra di Assur per sempre e tutti i paesi dove la potenza di Assur arriva. Entro cinque giorni invierò i miei araldi perché proclamino il mio verdetto e se sarà trovato entro i nostri confini trascorso questo termine, sarà ucciso. Darò una ricompensa a chi mi porterà la sua testa.»

Mi erano dunque concessi cinque giorni di grazia, cinque giorni per distanziarmi dai miei inseguitori, per trovare scampo alla morte.

«Che si nasconda nelle terre oscure oltre il sole! Che tremi al pensiero di ritornare, perché il suo re lo odia. Che sia allontanato dalla mia vista! Via!»

Mi fecero uscire, e capivo a malapena dove mi stavano portando, perché la mia mente era piena di confusione. Cinque giorni. Cinque giorni per lasciare la terra dove ero nato, per vagare in esilio, fino alla morte. Mai più avrei rivisto...

Asarhaddon, che puntava la spada, indicando una terra desolata dove nessun uomo dimora, che diceva una sola parola: «Via!».

A suo tempo, il dio mi aveva rivelato tutto.

Così cominciavano i miei giorni di vagabondaggio e li vedevo davanti a me, ricolmi di dolore, mentre pensavo che la mia vita fosse finita. Il dio, finalmente, non aveva più bisogno di me. Dall'ora della mia nascita, la notte della stella di sangue, non avevo vissuto ancora venticinque anni.

EPILOGO

Il mio nipote più giovane ha una figlia che si chiama Deianira. Ha quattro anni e molta curiosità per la scrittura, e adesso è seduta sulla panca accanto a me; mi osserva mentre traccio il mio racconto sulla pergamena di pelle di capra, dato che durante il mio esilio sono diventato ricco e posso permettermi simili lussi

Dal momento che è più complicata e che d'altronde nessuno qui la sa leggere, non ho usato la scrittura cuneiforme da cinquant'anni, né ho parlato la mia nativa lingua accadica in quasi altrettanto tempo. Sembra che io sia diventato completamente greco, perciò, mentre do forma alle lettere, le nomino alla piccola Deianira, che ogni tanto salta giù dalla panca e con un bastoncino le traccia nella polvere. Le avrà imparate presto tutte.

È una bambina intelligente e di grande conforto per me. Mi piace pensare che vivrà fino a tarda età e che leggerà questa storia ai suoi piccoli pronipoti, ricordando con un certo affetto il vecchio che l'ha scritta: ricorderà questo momento, in cui siamo seduti qui insieme mentre io riempio la pergamena di segni, e in questo modo qualcosa di me resterà. I vecchi trovano piacere in queste vanità.

Un uomo nella sua prima giovinezza chiede tutto agli dei, ricchezza, gloria immortale, piacere, amore: li chiede come un suo diritto, ma diventando vecchi s'impara, in un lungo processo faticoso, che gli dei porgono scarsa attenzione a queste richieste. La voce che risponde nel vento parla di altre cose, di saggezza e di pazienza, cose che vengono da sole, col tempo. Ricchezza, gloria immortale, piacere... sono parole vuote. Solo l'amore è reale, e la felicità consiste nell'essere consapevoli di quest'unico dono degli dei i quali, quando vogliono accecare un uomo o dannarlo, gli concedono le altre cose. Ma qualche volta, nella loro misericordia, gliele tolgono. Hanno lasciato me all'ombra del mio pergolato a insegnare l'alfabeto alla bambina di mio nipote, e io non sono senza riconoscenza.

Curioso è il destino degli uomini. Un bambino nato nella cupa ora in cui fui bandito, sarebbe già un vecchio canuto oggi, come lo sono io, pronto a morire. Eppure vivo ancora. Sono scomparsi tutti: Asarhaddon, Naq'ia, Esharhamat, tutti. Sono spettri che io ho riportato in vita un istante sulle pagine di questa mia storia, una storia che non è ancora giunta alla fine. Perché mi sbagliavo: il dio continuò a servirsi di me.

Avrei conosciuto l'esilio e l'oscurità, la felicità e il dolore e qualcosa di ciò che si cela nel cuore degli uomini. E sarei ritornato un giorno nella Terra di Assur, vi avrei imparato i segreti che allora erano nascosti, e il volere del cielo sarebbe stato appieno rivelato. Quando credevo che la mia vita fosse finita, stava appena cominciando.

Ma le forze di un vecchio hanno un limite e questa storia dovrà attendere. Sarà per un altro giorno.

BUR
Periodico settimanale: 7 novembre 2001
Direttore responsabile: Evaldo Violo
Registr. Trib. di Milano n. 68 del 1°-3-74
Spedizione in abbonamento postale TR edit.
Aut. N. 51804 del 30-7-46 della Direzione PP.TT. di Milano
Finito di stampare nell'ottobre 2001 presso
il Nuovo Istituto Italiano d'Arti Grafiche - Bergamo
Printed in Italy

ANNOTAZIONI

ANNOTAZIONI

ANNOTAZIONI

ANNOTAZIONI

ANNOTAZIONI

ANNOTAZIONI

ISBN 88-17-11366-2